o große Romane des 20. Jahrhunderts | Paul Auster – Stadt aus Glas • **Jurek Becker** – Bronsteins Kinder • **Thomas Bernhard** – Der Untergeher • **Italo Calvino** – Wenn ein eisender in einer Winternacht • **Elias Canetti** – Die Stimmen von Marrakesch • **Bruce hatwin** – Traumpfade • **Joseph Conrad** – Herz der Finsternis • **Julio Cortázar** – Der 'erfolger • **Marguerite Duras** – Der Liebhaber • **Friedrich Dürrenmatt** – Der Richter und ein Henker • **Umberto Eco** – Der Name der Rose • **William Faulkner** – Die Freistatt • **F. Scott itzgerald** – Der große Gatsby • **Edward M. Forster** – Wiedersehen in Howards End • **Max risch** – Mein Name sei Gantenbein • **Günter Grass** – Katz und Maus • **Julien Green** – eviathan • **Graham Greene** – Der dritte Mann • **Peter Handke** – Die Angst des Tormanns eim Elfmeter • **Hermann Hesse** – Unterm Rad • **Patricia Highsmith** – Der talentierte 1r. Ripley • **Peter Høeg** – Fräulein Smillas Gespür für Schnee • **John Irving** – Das Hotel lew Hampshire • **Uwe Johnson** – Mutmassungen über Jakob • **James Joyce** – Ein Porträt es Künstlers als junger Mann • **Franz Kafka** – Amerika • **Eduard von Keyserling** – Wellen **Wolfgang Koeppen** – Das Treibhaus • **Milan Kundera** – Die unerträgliche Leichtigkeit es Seins • **Siegfried Lenz** – Deutschstunde • **Primo Levi** – Das periodische System • **V. Somerset Maugham** – Der Magier • **Carson McCullers** – Das Herz ist ein einsamer Jäger **Ian McEwan** – Der Zementgarten • **Harry Mulisch** – Das Attentat • **Cees Nooteboom** Allerseelen • **Michael Ondaatje** – Der englische Patient • **Juan Carlos Onetti** – Das kurze eben • **Marcel Proust** – Eine Liebe Swanns • **Rainer Maria Rilke** – Die Aufzeichnungen es Malte Laurids Brigge • **Arthur Schnitzler** – Traumnovelle • **Jorge Semprún** – Was ür ein schöner Sonntag! • **Georges Simenon** – Der Mann, der den Zügen nachsah • **laude Simon** – Die Akazie • **John Steinbeck** – Tortilla Flat • **Botho Strauß** – Paare, 'assanten • **Andrzej Szczypiorski** – Die schöne Frau Seidenman • **Martin Walser** – Ehen 1 Philippsburg • **Oscar Wilde** – Das Bildnis des Dorian Gray • **Marguerite Yourcenar** – Der angschuß **| Ausgewählt von der Feuilletonredaktion der Süddeutschen Zeitung | 2004–2005**

PETER HØEG

FRÄULEIN SMILLAS GESPÜR FÜR SCHNEE

PETER HØEG

FRÄULEIN SMILLAS GESPÜR FÜR SCHNEE

Roman
Aus dem Dänischen von
Monika Wesemann

Süddeutsche Zeitung | Bibliothek

Deutsche Bibliothek verzeichnet diese Publikation in der
Deutschen Nationalbibliografie;
detaillierte bibliografische Daten sind im Internet über
http.//dnb.ddb.de abrufbar.

Der vorliegenden Ausgabe liegt die Textfassung der 1994
im Carl Hanser Verlag erschienenen deutschsprachigen Erstausgabe
zugrunde.

Lizenzausgabe der Süddeutsche Zeitung GmbH, München
für die Süddeutsche Zeitung | Bibliothek 2004
Aus dem Dänischen von Monika Wesemann

Titel der Originalausgabe „Froken Smillas fornemmelse for sne“

Rosinante Munksgaard, Kopenhagen
Umschlag: Szene aus der gleichnamigen Verfilmung mit Julia Ormond
Foto: Constantin/Cinetext Bildarchiv
Autorenfoto: Harald H. Schröder
Umschlaggestaltung und Layout: Eberhard Wolf
Klappentexte: Ralf Hertel
Satz: vmi, J. Echter
Druck und Bindearbeiten: Ebner & Spiegel, Ulm
Printed in Germany
ISBN 3-937793-37-2

DIE STADT

I

1

Es friert, außerordentliche 18 Grad Celsius, und es schneit. In der Sprache, die nicht mehr meine ist, heißt der Schnee *qanik*, er schichtet sich zu Stapeln, fällt in großen, fast schwerelosen Kristallen und bedeckt die Erde mit einer Schicht aus pulverisiertem, weißem Frost.

Das Dezemberdunkel kommt aus dem Grab, das grenzenlos wirkt wie der Himmel über uns. In dieser Dunkelheit sind unsere Gesichter nur noch blaß leuchtende Scheiben, aber trotzdem spüre ich die Mißbilligung des Pastors und des Kirchendieners, die sich gegen meine schwarzen Netzstrümpfe richtet und gegen Julianes Jammern, das noch dadurch verschlimmert wird, daß sie heute morgen ein paar Antabus genommen hat und der Trauer jetzt fast nüchtern begegnet. Sie denken, sie und ich hätten weder das Wetter noch die tragischen Umstände respektiert. Dabei sind die Strümpfe und die Tabletten auf ihre Weise ganz einfach eine Huldigung an die Kälte und an Jesaja.

Die Frauen um Juliane, der Pastor und der Kirchendiener, alle sind sie Grönländer, und als wir *Guutiga, illimi* singen, Du mein Gott, Julianes Beine unter ihr nachgeben, sie zu weinen anfängt, dieses Weinen langsam anschwillt, und der Pastor schließlich auf westgrönländisch mit der Lieblingsstelle der Herrnhuter bei Paulus von der Erlösung durch das Blut anfängt, kann man sich bei nur leichter Zerstreutheit nach Upernavik, Holsteinsborg oder Qaanaaq versetzt fühlen.

Doch aus der Dunkelheit ragen wie ein Schiffssteven die Gefängnismauern von Vestre Fængsel, wir sind in Kopenhagen.

Der Grönländerfriedhof ist ein Teil des Vestre Kirkegaard. Mit Jesaja in seinem Sarg ist eine Trauergemeinde hierhergekommen, die aus den Bekannten von Juliane, die sie jetzt stützen, aus dem Pastor und dem Kirchendiener, dem Mechaniker und einer kleinen Gruppe von Dänen besteht, von denen ich nur den amtlichen Pfleger und den Assessor erkenne.

Der Pastor sagt jetzt irgend etwas, das mich denken läßt, er müsse Jesaja tatsächlich einmal getroffen haben, obwohl

Juliane, soweit mir bekannt ist, nie in die Kirche geht. Dann verschwindet seine Stimme, denn nun weinen die Frauen mit Juliane.

Viele sind gekommen, vielleicht zwanzig, und nun lassen sie sich von der Trauer wie von einem schwarzen Fluß durchströmen, in den sie eintauchen und von dem sie sich auf eine Weise mitreißen lassen, die kein Außenstehender verstehen kann und niemand, der nicht in Grönland aufgewachsen ist, und selbst das reicht vielleicht nicht aus. Ich kann ihnen auch nicht folgen.

Zum erstenmal schaue ich den Sarg genauer an. Er ist sechseckig. Zu einem bestimmten Zeitpunkt nehmen Eiskristalle diese Form an.

Nun senken sie ihn in die Erde. Er ist aus dunklem Holz und sieht sehr klein aus, es liegt bereits eine Schicht Schnee darauf. Die Flocken sind groß wie kleine Federn, so ist der Schnee nun mal, er ist nicht notwendigerweise kalt. In diesem Augenblick weint der Himmel um Jesaja, und die Tränen werden zu einem Frostflaum, der sich auf ihn legt. Es ist das All, das auf diese Weise eine Decke über ihn zieht, damit er nie mehr frieren muß.

In dem Moment, als der Pastor Erde auf den Sarg geworfen hat und wir uns eigentlich umdrehen und gehen sollten, entsteht eine Stille, die endlos lang wirkt. In dieser Stille schweigen die Frauen, niemand rührt sich, es ist eine Stille, die darauf wartet, daß etwas zerbirst. Von mir aus gesehen geschehen zwei Dinge.

Das erste ist, daß Juliane auf die Knie fällt, das Gesicht gegen die Erde preßt und die Frauen sie in Ruhe lassen.

Das zweite Ereignis ist ein innerliches, es ist in mir, und was da aufbricht, ist eine Einsicht.

Ich muß die ganze Zeit über ein weitreichendes Abkommen mit Jesaja gehabt haben: daß ich ihn nicht im Stich lassen werde, niemals, auch jetzt nicht.

2

Wir wohnen im Weißen Schnitt.

Auf einem Grundstück, das man der Wohnungsbaugesellschaft geschenkt hat, hat sie ein paar vorfabrizierte Schachteln aus weißem Beton aufeinandergestapelt, für die sie vom Verein zur Verschönerung der Hauptstadt eine Prämie erhalten hat.

Das Ganze, einschließlich Prämie, macht einen billigen und notdürftigen Eindruck; die Mieten allerdings haben nichts Kleinliches, sie sind so hoch, daß hier nur Leute wohnen können wie Juliane, für die der Staat aufkommt, oder wie der Mechaniker, der nehmen mußte, was er kriegen konnte, oder die eher marginalen Existenzen wie zum Beispiel ich.

Die Leute haben offenbar sehr gut begriffen, was Leukotomie ist. So ist der Spitzname für uns, die hier wohnen; das ist zwar verletzend, im großen und ganzen aber korrekt.

Es gibt Gründe dafür, hier einzuziehen, und Gründe, hier auch wohnen zu bleiben. Mit der Zeit ist das Wasser für mich wichtig geworden. Der Weiße Schnitt liegt direkt am Kopenhagener Hafen. In diesem Winter konnte ich sehen, wie sich das Eis bildete.

Der Frost setzte im November ein. Ich habe Respekt vor dem dänischen Winter. Die Kälte – nicht die meßbare, die auf dem Thermometer, sondern die erlebte – hängt mehr von der Windstärke und vom Feuchtigkeitsgrad der Luft ab als davon, wie kalt es ist. Ich habe in Dänemark mehr gefroren als je in Thule. Sobald die ersten klammen Regenschauer mir und dem November ein nasses Handtuch ins Gesicht peitschen, begegne ich ihnen mit pelzgefütterten Capucines, schwarzen Alpakaleggings, langem Schottenrock, Pullover und einem Cape aus schwarzem Goretex.

Dann fällt die Temperatur alljährlich. Irgendwann hat die Meeresoberfläche minus 1,8 Grad Celsius, die ersten Kristalle bilden sich, eine kurzlebige Haut, die der Wind und die Wellen zu *frazil* Eis zerschlagen, das zu dem seifigen Mus verknetet wird, das man Breieis, *grease ice*, nennt; es bildet allmählich freitreibende Platten, *pancake ice*, das dann an einem Sonntag in einer kalten Mittagsstunde zu einer zusammenhängenden Schicht gefriert.

Es wird kälter, und ich freue mich, denn ich weiß, daß der Frost jetzt zugelegt hat, das Eis bleibt liegen, und die Kristalle haben Brücken gebildet und das Salzwasser in Hohlräumen eingekapselt, die eine Struktur haben wie die Adern eines Baumes, durch die langsam die Flüssigkeit hindurchsickert; daran denkt kaum jemand, der zur Marineinsel Holmen hinüberschaut, es ist aber ein Argument für die Ansicht, daß Eis und Leben auf mehrfache Weise zusammenhängen.

Wenn ich auf die Knippelsbrücke komme, ist das Eis normalerweise das erste, wonach ich Ausschau halte. An diesem Tag im Dezember aber sehe ich etwas anderes. Ich sehe das Licht.

Es ist gelb, wie das meiste Licht in einer Winterstadt; es hat geschneit, und deshalb hat es, auch wenn es nur ein zartes Licht ist, einen starken Widerschein. Es scheint unten bei einem der Packhäuser, den Speichern, die sie, als sie unsere Wohnblocks bauten, in einem schwachen Moment beschlossen haben stehenzulassen. Auf der Giebelseite, zur Strandgade und nach Christianshavn zu, rotiert das Blaulicht eines Streifenwagens. Ich sehe einen Polizisten. Die provisorische Absperrung aus weiß-roten Plastikbändern. Das, was dort abgesperrt ist, kann ich als kleinen dunklen Schatten auf dem Schnee ausmachen.

Weil ich renne und es erst gut fünf Uhr und der Nachmittagsverkehr noch nicht vorbei ist, schaffe ich es, einige Minuten vor dem Krankenwagen dort zu sein.

Jesaja liegt mit angezogenen Beinen da, das Gesicht im Schnee und die Hände um den Kopf, als wollte er sich gegen den kleinen Scheinwerfer, der ihn beleuchtet, abschirmen, als sei der Schnee ein Fenster, durch das er tief unter der Erde etwas gesehen hat.

Der Polizist müßte mich sicher fragen, wer ich bin, meinen Namen und meine Adresse aufnehmen und überhaupt die Arbeit der Kollegen vorbereiten, die jetzt bald von Haus zu Haus gehen und klingeln müssen. Aber er ist ein junger Mann mit einem kranken Ausdruck in den Augen. Er vermeidet es,

Jesaja direkt anzuschauen. Als er sich vergewissert hat, daß ich sein Absperrband nicht übertrete, läßt er mich stehen.

Er hätte ein größeres Stück absperren können. Doch das hätte keinen Unterschied gemacht. Die Packhäuser werden teilweise umgebaut. Menschen und Maschinen haben den Schnee hartgetrampelt wie einen Terrazzoboden.

Selbst im Tod hat Jesaja etwas Abgewandtes, als wollte er von Mitleid nichts wissen.

Hoch oben, außerhalb des Scheinwerferlichts, ahnt man einen Dachfirst. Das Packhaus ist hoch, sicher so hoch wie ein sieben- oder achtstöckiges Wohnhaus. Das angrenzende Haus wird umgebaut. An der Giebelseite, die auf die Strandgade hinausgeht, steht ein Gerüst. Dort gehe ich hin, während sich der Krankenwagen über die Brücke arbeitet und dann zwischen den Gebäuden durchwindet.

Das Gerüst deckt die Giebelseite bis zum Dach hinauf ein. Die untere Leiter ist heruntergeklappt. Die Konstruktion scheint immer zerbrechlicher zu werden, je höher man kommt.

Sie bauen ein neues Dach. Über mir türmen sich die dreieckigen Dachsparren. Sie sind mit einer Persenning zugedeckt, die über die halbe Gebäudelänge reicht. Die andere Hälfte, auf der Hafenseite, ist eine verschneite Fläche. Darauf sind die Spuren von Jesaja.

An der Schneekante hockt ein Mann, der seine Knie umklammert hält und sich hin und her wiegt. Selbst zusammengekauert wirkt der Mechaniker noch groß, und noch in dieser Haltung totaler Resignation wirkt er zurückhaltend.

Es ist so hell. Vor einigen Jahren hat man das Licht bei Siorapaluk gemessen. Von Dezember bis Februar, drei Monate, in denen die Sonne weg ist. Man stellt sich immer eine ewige Nacht vor, aber es sind Mond und Sterne da, und ab und zu das Nordlicht. Und der Schnee. Man registrierte dieselbe Anzahl Lux wie außerhalb von Skanderborg in Jütland. Genau so erinnere ich meine Kindheit. Daß wir immer draußen spielten, und daß es immer hell war. Damals war das Licht eine Selbstverständlichkeit. So viele Dinge sind für ein Kind selbstverständlich. Mit der Zeit fängt man dann an, sich zu wundern.

Jedenfalls fällt mir auf, wie hell das Dach vor mir ist. Als sei es die ganze Zeit über der in einer vielleicht zehn Zentimeter dicken Schicht liegende Schnee gewesen, der das Licht dieses Wintertages geschaffen hat, und als glühe es in punktweisem Glitzern wie kleine, graue, leuchtende Perlen immer noch nach.

Am Boden schmilzt der Schnee ein bißchen, selbst bei schwerem Frost, wegen der Wärme der Stadt. Hier oben jedoch liegt er locker, so wie er gefallen ist. Nur Jesaja hat ihn betreten.

Selbst wenn keine Wärme da ist, kein neuer Schnee, kein Wind, selbst dann verändert sich der Schnee. Als würde er atmen, als würde er sich verdichten, sich heben und senken und sich zersetzen.

Jesaja hat Turnschuhe getragen, auch im Winter, und es ist seine Spur, die abgetretene Sohle seiner Basketballstiefel mit der gerade noch sichtbaren Zeichnung konzentrischer Kreise unter der Wölbung der Fußsohle, um die sich der Spieler drehen muß.

Er ist dort, wo wir stehen, in den Schnee hinausgetreten, Die Spuren laufen schräg auf die Dachkante zu und führen daran entlang weiter, vielleicht zehn Meter. Dann halten sie an. Um sich dann zur Ecke und zur Giebelseite hin fortzusetzen. Wo sie der Dachkante in einem Abstand von ungefähr einem halben Meter bis an die Ecke zum angrenzenden Packhaus hin folgen. Von dort aus ist er vielleicht drei Meter zur Mitte zurückgelaufen, um Anlauf zu nehmen. Dann führt die Spur direkt zur Kante, wo er gesprungen ist.

Das andere Dach besteht aus glasierten schwarzen Ziegeln, die zur Dachrinne hin in so steilem Winkel abfallen, daß der Schnee nicht liegengeblieben ist. Es gab nichts zum Festhalten. So gesehen hätte er ebensogut direkt in den leeren Raum springen können.

Außer Jesajas Spuren gibt es keine anderen. Auf der Schneefläche ist außer ihm niemand gewesen.

»Ich habe ihn gefunden«, stellt der Mechaniker fest.

Es wird für mich nie leicht sein, Männer weinen zu sehen. Vielleicht, weil ich weiß, wie fatal das Weinen für ihre Selbstachtung ist. Vielleicht, weil es für sie so ungewohnt ist, daß es sie immer in ihre Kindheit zurückverfrachtet. Der Mechaniker ist in dem Stadium, wo er es aufgegeben hat, sich die Augen zu trocknen, sein Gesicht ist eine Maske aus Schleim.

»Putz dir die Nase«, sage ich. »Es kommen Leute.«

Die beiden Männer, die aufs Dach kommen, sind über unseren Anblick nicht sonderlich erfreut.

Der eine schleppt die Fotoausrüstung und ist außer Atem. Der andere erinnert ein wenig an einen verwachsenen Nagel. Flach und hart und voll ungeduldiger Gereiztheit.

»Wer sind Sie?«

»Die Nachbarin von oben«, sage ich. »Und der Herr ist der Mann von unten.«

»Gehen Sie bitte runter.«

Dann sieht er die Spuren und ignoriert uns.

Der Fotograf macht die ersten Bilder, mit Blitz und einer großen Polaroidkamera.

»Nur die Spuren des Verstorbenen«, sagt der Nagel. Er redet, als fertige er im Kopf bereits seinen Bericht an. »Die Mutter betrunken. Da hat er halt hier oben gespielt.«

Dann fällt sein Blick erneut auf uns.

»Gehen Sie jetzt bitte runter.«

Zu diesem Zeitpunkt sehe ich nichts klar, es geht alles durcheinander. Das allerdings so sehr, daß ich davon abgeben kann. Ich bleibe also stehen.

»Komische Art zu spielen, nicht wahr?«

Manche Leute meinen vielleicht, ich sei eitel. Das will ich eigentlich nicht abstreiten. Ich kann ja auch Gründe dafür haben.

Jedenfalls ist es meine Kleidung, die ihn jetzt zuhören läßt. Der Kaschmir, die Pelzmütze, die Handschuhe. Er hat zwar Lust und auch das Recht, mich hinunterzuschicken. Aber er sieht, daß ich aussehe wie eine Dame. Auf den Dächern von Kopenhagen begegnet man nicht so vielen Damen.

Einen Augenblick lang zögert er also.

»Wieso?«

»Als Sie in dem Alter waren«, sage ich, »und Vater und Mutter noch nicht aus dem Kohlenbergwerk zurück waren und Sie allein auf dem Dach der Obdachlosenbaracke gespielt haben, sind Sie da in gerader Linie die Dachkante entlanggelaufen?«

Daran kaut er ein wenig.

»Ich bin in Jütland aufgewachsen«, sagt er dann. Doch sein Blick läßt mich nicht los, während er das sagt.

Dann dreht er sich zu seinem Kollegen um.

»Wir brauchen Lampen hier oben. Und wenn du gleich noch die Dame und den Herrn runterbringen würdest.«

Mir geht es mit der Einsamkeit wie anderen mit dem Segen der Kirche. Sie ist für mich ein Gnadenlicht. Ich mache nie hinter mir die Tür zu, ohne mir bewußt zu sein, daß ich damit für mich eine Tat der Barmherzigkeit vollbringe. Cantor veranschaulichte seinen Schülern den Unendlichkeitsbegriff, indem er erzählte, es sei einmal ein Mann gewesen, der ein Hotel mit einer unendlichen Zahl von Zimmern gehabt habe, und das Hotel sei voll belegt gewesen. Dann sei noch ein Gast gekommen. Der Wirt habe den Gast von Zimmer Nummer eins nach Nummer zwei, den von Nummer zwei nach Nummer drei, den von drei nach vier verlegt, und so fort. Damit sei das Zimmer Nummer eins für den neuen Gast frei geworden. Was mich an dieser Geschichte freut, ist die Tatsache, daß alle Beteiligten, die Gäste und der Wirt, es ganz in Ordnung finden, eine unendliche Anzahl von Operationen durchführen zu müssen, damit ein einzelner Gast in einem Zimmer für sich Ruhe und Frieden finden kann. Das ist eine große Verbeugung vor der Einsamkeit.

Im übrigen weiß ich, daß ich meine Wohnung wie ein Hotelzimmer eingerichtet habe. Ohne den Eindruck vermeiden zu können, daß diejenige, die hier wohnt, sich auf der Durchreise befindet. Wenn ich mir das zuweilen selbst erklären muß, dann denke ich daran, daß die Familie meiner Mutter und auch sie selbst eine Art Nomaden waren. Als Entschuldigung ist das eine fadenscheinige Erklärung.

Aber ich habe zwei große Fenster zum Wasser hin. Ich sehe die Holmenskirche, das Gebäude der Seeassekuranz und die Nationalbank, deren Marmorfassade heute abend die gleiche Farbe hat wie das Eis im Hafen.

Ich habe mir gedacht, daß ich trauern will. Ich habe mit den Polizisten geredet, Juliane eine Schulter hingehalten und sie zu Bekannten begleitet, dann bin ich zurückgekommen, und die ganze Zeit über habe ich die Trauer mit der linken Hand weggehalten. Jetzt muß ich wohl an der Reihe sein, jetzt muß ich unglücklich sein dürfen.

Doch es ist noch nicht soweit. Die Trauer ist ein Geschenk, etwas, um das man sich verdient machen muß. Ich habe mir eine Tasse Pfefferminztee gemacht und mich ans Fenster gestellt. Aber es stellt sich nichts ein. Vielleicht, weil noch eine Winzigkeit zu tun bleibt, weil noch etwas unfertig ist und den Gefühlsprozeß bremsen kann.

Ich trinke also meinen Tee, während der Verkehr auf der Knippelsbrücke spärlicher und zu vereinzelten roten Lichterstrichen in der Nacht wird. Allmählich überkommt mich eine Art Ruhe. Schließlich reicht es zum Einschlafen.

3 An einem Tag im August vor anderthalb Jahren begegne ich Jesaja zum erstenmal. Eine bleierne und feuchte Hitze hat Kopenhagen in eine Brutstätte des unmittelbar drohenden Wahnsinns verwandelt. Ich habe in der typischen Druckkochtopfatmosphäre eines Busses gesessen, in einem neuen Kleid aus weißem Leinen, mit tiefem Rückenausschnitt und Valenciennevolants. Es hat lange gedauert, bis ich sie mit dem Dampfbügeleisen zum Stehen gebracht habe, in der allgemeinen Depression jedoch haben sie sich wieder gelegt.

Es gibt Leute, die fahren in dieser Jahreszeit nach Süden. Runter in die Wärme. Ich persönlich bin nie südlicher als bis nach Køge gekommen. Ungefähr fünfzig Kilometer südlich von Kopenhagen. Und weiter werde ich auch nicht kommen, bis der Atomwinter Europa abgekühlt hat.

Es ist so ein Tag, an dem man nach dem Sinn des Daseins fragen könnte und die Antwort bekommen würde, daß es keinen gibt. Und auf der Treppe, ein Stockwerk unter meiner Wohnung, kraucht irgend etwas herum.

Als in den dreißiger Jahren allmählich die ersten größeren Ladungen von Grönländern nach Dänemark kamen, schrieben sie mit als erstes nach Hause, die Dänen seien Schweine, sie hielten Hunde im Haus. Einen Moment lang glaube ich, daß auf der Treppe ein Hund liegt. Dann sehe ich, daß es ein Kind ist, und an diesem Tag ist das auch nicht sehr viel besser.

»Hau ab, Rotzzwerg«, sage ich.

Jesaja sieht auf.

»*Peerit*«, sagt er, »hau doch selber ab.«

Nur wenige Dänen sehen es mir an. Sie meinen, irgend etwas Asiatisches zu spüren, vor allem, wenn ich unter den Wangenknochen einen Schatten aufgelegt habe. Doch der Junge auf der Treppe sieht mich gerade an, mit einem Blick, der direkt trifft, was er und ich gemeinsam haben. Es ist ein Blick, wie ihn auch Neugeborene haben. Danach verschwindet er und kommt zuweilen bei sehr alten Menschen wieder. Mag sein, daß ich mein Leben nie mit Kindern beschwert habe, weil ich unter anderem zuviel darüber nachgegrübelt habe, weshalb die Menschen den Mut verlieren, sich direkt anzuschauen.

»Willst du mir vorlesen?«

Ich habe ein Buch in der Hand. Das hat seine Frage ausgelöst.

Man könnte sagen, er sieht aus wie ein Waldgeist. Aber da er dreckig ist, nur Unterhosen anhat und vor Schweiß glänzt, kann man auch sagen, er sieht aus wie ein Seehund.

»Verpiß dich«, sage ich.

»Magst du keine Kinder?«

»Ich fresse Kinder.«

Er tritt zur Seite.

»*Salluvutit*, du lügst«, sagt er, als ich vorbeigehe.

In diesem Moment sehe ich zwei Dinge, die mich in gewisser Weise an ihn fesseln. Ich sehe, daß er allein ist. Wie jemand im Exil es immer sein wird. Und ich sehe, daß er die Einsamkeit nicht fürchtet.

»Is'n das für'n Buch?« ruft er hinter mir her.

»Euklids *Elemente*«, sage ich und knalle die Tür zu.

Es blieb bei Euklids *Elementen*.

Ich will sie mir noch am selben Abend vornehmen, als es an der Tür klingelt und er draußen steht, noch immer in Unterhosen, und mich einfach anstarrt. Ich trete zur Seite, und er tritt in die Wohnung und in mein Leben ein, um eigentlich nie mehr hinauszugehen. Ich nehme Euklids *Elemente* aus dem Regal. Wie um ihn wegzuscheuchen. Wie um sofort klarzumachen, daß ich keine Bücher habe, die ein Kind interessieren könnten, daß er und ich uns weder über einem Buch noch sonst irgendwie begegnen können. Wie um irgend etwas zu entgehen.

Wir setzen uns auf das Sofa. Er sitzt mit gekreuzten Beinen auf der Kante, so wie die Kinder aus Thule bei Inglefield, die im Sommer auf der Kante des Schlittens saßen, der im Zelt als Pritsche diente.

»›Ein Punkt ist das, was sich nicht teilen läßt. Eine Linie ist eine Länge ohne Breite.‹«

Es ist das Buch, das er nie kommentieren wird und auf das wir zurückkommen. Ich versuche es auch mal mit anderen

Büchern. Einmal leihe ich in der Bibliothek *Petzi am Nordpol* aus. Mit abgeklärter Ruhe hört er der Erläuterung der ersten Bilder zu. Dann legt er einen Finger auf Rasmus Klump.

»Wie schmeckt der?« fragt er.

»›Ein Halbkreis ist die Figur, die von einem Durchmesser und von der durch den Durchmesser abgeschnittenen Peripherie umschlossen wird.‹«

Für mich durchläuft die Lektüre an diesem ersten Abend im August drei Phasen. Zuerst nur die Gereiztheit über diese ganze unpraktische Situation. Dann die Stimmung, die mich bei dem bloßen Gedanken an dieses Buch packt, die Feierlichkeit. Die Gewißheit, daß es die Grundlage, die Grenze ist. Daß man, wenn man sich zurückarbeitet, vorbei an Lobatschewski und Newton und so weit zurück wie möglich, bei Euklid endet.

»›Auf der größeren von zwei gegebenen ungleich großen geraden Linien ... ‹.«

Irgendwann sehe ich dann nicht mehr, was ich lese. Irgendwann ist nur noch meine Stimme und das Sonnenuntergangslicht aus dem Südhafen im Raum. Und dann nicht einmal mehr die Stimme, dann sind nur noch ich und der Junge da. Irgendwann höre ich auf. Wir sitzen einfach da und schauen vor uns hin, als sei ich fünfzehn und er sechzehn, und wir am *point of no return* angelangt. Irgendwann steht er dann ganz still auf und geht. Ich schaue in den Sonnenuntergang, der in dieser Jahreszeit drei Stunden dauert. Als habe die Sonne zum Abschied doch noch Qualitäten in der Welt entdeckt, die sie jetzt nur widerstrebend Abschied nehmen lassen.

Natürlich hat ihn der Euklid nicht abgeschreckt. Natürlich war es nicht wichtig, was ich las. Ich hätte ebensogut aus dem Telefonbuch vorlesen können. Oder aus Lewis' und Carrisas *Detection and Classification of Ice.* Er wäre trotzdem gekommen und hätte mit mir auf dem Sofa gesessen.

Zuweilen kam er jeden Tag. Dann wieder konnten vierzehn Tage vergehen, in denen ich ihn nur einmal sah, und auch das nur von weitem. Doch wenn er kam, dann gern beim Einbruch der Dunkelheit, wenn der Tag vorbei und Juliane sinnlos betrunken war.

Ab und zu steckte ich ihn in die Badewanne. Er mochte heißes Wasser nicht. Mit kaltem konnte man ihn aber nicht sauber kriegen. Ich stellte ihn in die Badewanne und drehte die Dusche auf. Er protestierte nicht. Er hatte es längst gelernt, sich mit Widerwärtigkeiten abzufinden. Doch nicht einen Moment lang wandte er seinen vorwurfsvollen Blick von meinem Gesicht ab.

4

In meinem Leben kommen einige Internate vor. Ich arbeite täglich daran, das zu verdrängen, und über lange Zeiträume hinweg gelingt es mir sogar. Nur momentweise schafft es vielleicht eine vereinzelte Erinnerung, sich ans Licht hochzuarbeiten. Wie jetzt die ganz spezielle Stimmung in einem Schlafsaal. In Stenhøj bei Humlebæk, nördlich von Kopenhagen, lagen wir in Schlafsälen. Einer war für Mädchen, einer für Jungs. In der Nacht mußten die Fenster offen sein. Und unsere Decken waren zu dünn.

In der Morgue, im Leichenschauhaus der Amtsgemeinde Kopenhagen, im Keller des Gerichtsmedizinischen Instituts des Reichskrankenhauses, schlafen die Toten in bis knapp über den Gefrierpunkt gekühlten Schlafsälen den letzten, kalten Schlaf.

Überall ist es sauber, modern und endgültig. Sogar im Schauraum, der wie ein Wohnzimmer gestrichen ist, in den man ein paar Stehlampen gestellt hat und wo eine Grünpflanze den Mut zu bewahren sucht.

Über Jesaja liegt ein weißes Laken. Jemand hat einen kleinen Blumenstrauß darauf gelegt, als habe er versucht, die Topfpflanze zu unterstützen. Jesaja ist vollständig zugedeckt, doch an dem kleinen Körper und dem großen Kopf sieht man, daß er es ist. Die französischen Schädelmesser hatten in Grönland große Probleme. Sie arbeiteten mit der Theorie, daß zwischen der Intelligenz eines Menschen und seiner Schädelgröße ein kausaler Zusammenhang bestehe. Bei den Grönländern, die sie für eine Übergangsform der Affen hielten, fanden sie die größten Schädel der Welt.

Ein Mann in weißem Kittel hebt das Laken vom Gesicht. Jesaja sieht so intakt aus, als habe man ganz vorsichtig Blut und Farbe abgelassen und ihn schlafen gelegt.

Juliane steht neben mir. Sie ist in Schwarz und bereits den zweiten Tag nüchtern.

Als wir den Flur entlanggehen, ist der weiße Kittel bei uns.

»Sie sind Angehörige«, schlägt er vor. »Eine Schwester?«

Er ist nicht größer als ich, aber breit, und hat eine Haltung wie ein Widder, der zum Stoßen ansetzt.

»Arzt«, sagt er. Er zeigt auf seine Kitteltasche und merkt, daß dort kein Schild ist, das ihn ausweist.

»Tod und Hölle«, sagt er.

Ich gehe weiter. Er ist dicht hinter mir.

»Ich habe selber Kinder«, sagt er. »Wissen Sie, ob es ein Arzt war, der ihn gefunden hat?«

»Ein Mechaniker«, antworte ich.

Er fährt im Fahrstuhl mit hinauf. Plötzlich habe ich das Bedürfnis zu wissen, wer Jesaja angefaßt hat.

»Haben Sie ihn untersucht?«

Er antwortet mir nicht. Vielleicht hat er mich nicht gehört. O-beinig eiert er vor uns her. An der Glastür zieht er plötzlich ein Stück Pappe heraus, wie ein Exhibitionist, der den Mantel aufreißt.

»Meine Karte. Jean Pierre, wie der Flötist. Lagermann, wie die dänische Lakritze.«

Juliane und ich haben kein Wort zueinander gesagt. Doch als sie sich in das Taxi gesetzt hat und ich gerade die Tür zumachen will, greift sie nach meiner Hand.

»Die Smilla«, sagt sie, als rede sie von einer nicht Anwesenden, »ist eine feine Dame. Hundertprozentig, verdammt noch mal.«

Das Auto fährt los, und ich richte mich auf. Es ist fast zwölf. Ich habe eine Verabredung.

»Reichsobduzentur für Grönland« steht an der Glastür, auf die man stößt, wenn man den Frederik V.-Vej zurück und am Teilum-Gebäude und Gerichtsmedizinischen Institut vorbei zum neuen Trakt des Reichskrankenhauses gegangen ist und den Fahrstuhl genommen, die Stockwerke, in denen den Fahrstuhlknöpfen zufolge die *Grönländische medizinische Gesellschaft*, das *Polarzentrum* und das *Institut für Arktische Medizin* untergebracht sind, passiert hat und hinauffährt in den fünften Stock, eine Dachetage.

Heute morgen habe ich das Polizeipräsidium angerufen,

das mich zur Abteilung A durchgestellt hat, die mich mit dem Nagel verbunden hat.

»Sie können ihn in der Morgue sehen«, sagt er.

»Ich will auch mit dem Arzt sprechen.«

»Loyen«, sagt er. »Sie können mit Loyen reden.«

Hinter der Glastür führt ein kurzer Flur zu einem Schild, an dem *Professor* steht und in kleineren Buchstaben *J. Loyen.* Unter dem Schild ist eine Tür, hinter der Tür eine Garderobe und dahinter ein kühles Büro mit zwei Sekretärinnen unter Fotoabzügen von Eisbergen auf blauem Wasser und in strahlender Sonne, dahinter fängt das richtige Büro an.

Hier drinnen haben sie keinen Tennisplatz angelegt. Nicht, weil kein Platz wäre, sondern sicher, weil Loyen ein paar in seinem Garten in Hellerup und zwei weitere am Dünenweg in Skagen hat. Und weil es die gewichtige Feierlichkeit des Raumes beeinträchtigt hätte.

Auf dem Fußboden liegt ein dicker Teppich, zwei Wände sind von Büchern bedeckt; Panoramafenster mit Aussicht über die Stadt und über den Fælledpark, ein in die Mauer eingelassener Safe, goldgerahmte Gemälde, ein Mikroskop über einem Lichttisch, eine Glasvitrine mit einer vergoldeten Maske, die aussieht, als käme sie aus einem ägyptischen Sarkophag, zwei Sofaecken, zwei abgeschaltete Bildschirme auf einem Sockel und noch immer so viel Platz, daß man, wenn man die Schreibtischhockerei satt hätte, einen Bürolauf machen könnte.

Der Schreibtisch ist eine große Mahagoniellipse, und von dort her erhebt er sich und kommt mir entgegen. Er ist zwei Meter groß und um die Siebzig, aufrecht, im weißen Kittel und sonnengebräunt wie ein Wüstenscheich, mit dem freundlichen Ausdruck von jemandem, der auf dem Kamel sitzt und zuvorkommend auf den Rest der Welt herabblickt, der unten im Sand vorbeikrabbelt.

»Loyen.«

Den Titel läßt er zwar weg, aber er klingt trotzdem mit. Der Titel und die Tatsache, die wir nicht vergessen dürfen, daß der Rest der Weltbevölkerung mindestens einen Kopf tiefer steht, und es hier, unter seinen Füßen, jede Menge Ärzte gibt, die es nicht bis zum Professor gebracht haben; über seinem Kopf hat er nur die weiße Decke, den blauen Himmel und den lieben Gott, und vielleicht nicht einmal das.

»Nehmen Sie Platz, gnädige Frau.«

Er strahlt Zuvorkommenheit und Dominanz aus, und ich sollte glücklich sein. Andere Frauen vor mir sind glücklich gewesen, und viele andere werden es noch sein – kann man sich in den schweren Augenblicken des Lebens etwas Besseres zum Anlehnen wünschen als zwei Meter gut polierte ärztliche Selbstsicherheit, und das auch noch in einer so geborgenen Umgebung wie hier?

Auf dem Tisch steht eine gerahmte Fotografie der Arztgattin, des Airedaleterriers und von Vatis drei großen Jungs, die sicher Medizin studieren und in allen Prüfungen, einschließlich der klinischen Sexologie, eine Eins kriegen.

Ich habe nie behauptet, ich sei vollkommen. Vor Menschen, die Macht haben, sie genießen und ausnutzen, werde ich ein anderer, minderwertigerer und schlechterer Mensch.

Aber ich zeige es nicht. Ich setze mich auf die Stuhlkante und lege die dunklen Handschuhe und den Hut mit dem dunklen Schleier an den Rand der Mahagoniplatte. Professor Loyen hat, wie so oft, eine schwarze, trauernde, fragende, unsichere Frau vor sich.

»Sie sind Grönländerin?«

Dank seiner fachlichen Erfahrung sieht er das.

»Meine Mutter kam aus Thule. Sie haben Jesaja ... untersucht?«

Er winkt bestätigend.

»Was ich gerne wissen möchte: Woran ist er gestorben?«

Die Frage überrumpelt ihn etwas.

»Am Sturz.«

»Aber was heißt das, rein physisch?«

Einen Moment lang denkt er nach, er ist es nicht gewöhnt, das Selbstverständliche formulieren zu müssen.

»Er ist schließlich vom sechsten Stockwerk gefallen. Der Organismus als Ganzes bricht ganz einfach zusammen.«

»Aber er hat irgendwie so unbeschädigt ausgesehen.«

»Das ist bei Sturzunfällen normal, meine Liebe. Aber ...«

Ich weiß, was er sagen will. ›Nur, bis wir sie aufmachen. Dann ist alles nur noch Knochensplitter und innere Blutungen.‹

»Aber sie sind es nicht«, vollendet er.

Er richtet sich auf. Er hat anderes zu tun. Das Gespräch nähert sich seinem Ende, ohne in Gang gekommen zu sein. Wie so viele Gespräche zuvor und danach.

»Hat es Spuren von Gewaltanwendung gegeben?«

Ich überrasche ihn nicht. In seinem Alter und seinem Beruf läßt man sich nicht so leicht überraschen.

»Nicht die geringste«, sagt er.

Ich bleibe ganz still sitzen. Es ist immer interessant, Europäer der Stille zu überlassen. Für sie ist sie eine Leere, in der die Spannung steigt und ins Unerträgliche wächst.

»Wie sind Sie denn auf die Idee gekommen?«

›Meine Liebe‹ hat er jetzt gestrichen. Ich überhöre die Frage.

»Wieso sind dieses Büro und diese Institution eigentlich nicht in Grönland?« frage ich.

»Das Institut ist erst drei Jahre alt. Vorher hat es keine Obduzentur für Grönland gegeben. Die Staatsanwaltschaft in Godthåb benachrichtigte gegebenenfalls das Gerichtsmedizinische Institut in Kopenhagen. Diese Stelle hier ist neu und zeitlich begrenzt. Das Ganze soll im Laufe des nächsten Jahres nach Godthåb verlegt werden.«

»Und Sie?« sage ich.

Er ist es nicht gewöhnt, verhört zu werden, gleich wird er aufhören zu antworten.

»Ich leite das Institut für Arktische Medizin. Ursprünglich bin ich jedoch Gerichtspathologe. In dieser Etablierungsphase fungiere ich als amtierender Leiter der Obduzentur.«

»Führen Sie alle gerichtsmedizinischen Obduktionen an Grönländern durch?«

Ich habe blind zugeschlagen. Aber es muß ein harter, flacher Ball gewesen sein, denn jetzt zucken seine Lider.

»Nein«, erwidert er und spricht nun sehr langsam, »aber ab und zu helfe ich der dänischen Staatsobduzentur. Sie haben jedes Jahr Tausende von Fällen aus dem ganzen Land.«

Ich denke an Jean Pierre Lagermann.

»Haben Sie die Obduktion allein gemacht?«

»Wir folgen, außer in ganz speziellen Fällen, einer festen Routine. Ein Arzt arbeitet mit einem Laborangestellten und manchmal auch mit einer Krankenschwester.«

»Kann man den Obduktionsbericht einsehen?«

»Sie würden ihn sowieso nicht verstehen. Und was Sie verstehen könnten, würden Sie nicht mögen!«

Einen kurzen Moment lang hat er die Selbstbeherrschung verloren. Sie ist jedoch sofort wieder da.

»Diese Berichte gehören der Polizei, die die Obduktionen offiziell bestellt. Und im übrigen auch bestimmt, wann die Beerdigung stattfinden kann, da sie die Totenscheine unterschreibt. Das Gesetz über die Öffentlichkeit der Verwaltung gilt für zivilrechtliche Angelegenheiten, nicht für strafrechtliche.«

Er ist mittendrin im Match, und ganz vorn am Netz. Seine Stimme nimmt einen beruhigenden Klang an.

»Sie müssen schon verstehen, in einem Fall wie diesem, wo auch nur der geringste Zweifel an den Umständen des Unglücks aufkommen kann, ist die Polizei und sind wir an einem möglichst gründlichen Gutachten interessiert. Wir untersuchen alles. Und wir finden alles. In den Fällen, in denen jemandem etwas angetan worden ist, ist es so gut wie unmöglich, keine Spuren zu hinterlassen. Es gibt Fingerabdrükke, zerrissene Kleidung, das Kind verteidigt sich und hat Hautzellen unter den Nägeln. In diesem Fall nichts von alldem. Nichts.«

Das war der Satz- und Matchball. Ich erhebe mich und ziehe die Handschuhe an. Er lehnt sich zurück.

»Selbstverständlich sehen wir den Polizeibericht«, sagt er. »Aus den Spuren ging ja deutlich hervor, daß er allein auf dem Dach war, als es passierte.«

Ich wandere den langen Weg bis in die Mitte des Zimmers, und von dort aus schaue ich zu ihm zurück. Irgend etwas hatte ich zu fassen gekriegt, ich weiß nur nicht, was. Doch jetzt sitzt er wieder auf dem Kamel.

»Rufen Sie ruhig wieder an, gnädige Frau.«

Es dauert einen Augenblick, bis sich der Schwindel gelegt hat.

»Wir haben«, sage ich, »alle unsere Phobien. Irgend etwas, wovor wir richtig Angst haben. Ich habe meine, und Sie haben sicher auch Ihre, wenn Sie den schußsicheren Kittel ausziehen. Wissen Sie, was Jesajas Phobie war? Die Höhe. Er hüpfte bis zum ersten Stock, und von da ab kroch er, mit geschlossenen Augen und beiden Händen am Geländer. Stellen Sie sich das vor, jeden Tag, die Innentreppe hoch, Schweiß auf der Stirn, Wackelpudding in den Knien, fünf Minuten vom ersten bis zum dritten Stock. Seine Mutter hatte schon, bevor sie überhaupt eingezogen waren, darum gebeten, nach unten ziehen zu dürfen. Aber Sie wissen ja – wenn man Grönländer ist und Sozialhilfeempfänger ...«

Es dauert geraume Zeit, bis er antwortet.

»Nichtsdestoweniger ist er dort oben gewesen.«

»Ja«, sage ich, »das ist er wohl. Aber sehen Sie, Sie hätten mit einem Wagenheber kommen können. Oder auch mit unserem berühmten Schwimmkran Herkules, und Sie hätten ihn trotzdem keinen Meter auf das Gerüst gebracht. Was mich wundert, was ich mich in den schlaflosen Nächten frage, ist, was ihn bei dieser Gelegenheit dahinauf gebracht hat.«

Noch immer sehe ich seine kleine Gestalt unten im Keller liegen. Ich schaue Loyen nicht einmal an. Ich gehe einfach.

5 Juliane Christiansen, die Mutter von Jesaja, ist eine warme Empfehlung für die heilsame Wirkung des Alkohols. Wenn sie nüchtern ist, ist sie steif, stumm und gehemmt. Wenn sie voll ist, ist sie quietschvergnügt und spritzig.

Da sie heute morgen Antabus genommen und nach der Rückkehr aus dem Krankenhaus sozusagen auf die Tablette getrunken hat, tritt diese schöne Verwandlung natürlich durch den Schleier eines vergifteten Organismus zutage. Aber trotzdem geht es ihr spürbar besser.

»Smilla«, sagt sie, »ich liebe dich.«

Man sagt, in Grönland wird viel getrunken. Das ist eine vollkommen unsinnige Untertreibung. Es wird kolossal getrunken. Deshalb habe ich auch dieses spezielle Verhältnis zum Alkohol. Wenn ich Lust auf etwas Stärkeres als Kräutertee kriege, denke ich immer daran, was der freiwilligen Alkoholrationierung in Thule vorausging.

Ich bin schon öfter in Julianes Wohnung gewesen, aber wir haben immer in der Küche gesessen und Kaffee getrunken. Die eigenen vier Wände der Leute muß man respektieren. Vor allem, wenn ihr Leben ansonsten bloßliegt wie eine offene Wunde. Doch jetzt treibt mich das dringliche Gefühl, eine Aufgabe zu haben, ich spüre, daß irgend jemand etwas übersehen hat.

Ich stöbere also herum, und Juliane läßt mich machen, was ich will. Erstens hat sie ihren Apfelwein aus dem Supermarkt, und zweitens bezieht sie schon so lange Sozialhilfe und liegt schon so ewig unter dem Elektronenmikroskop der Behörden, daß sie sich schon gar nicht mehr vorstellen kann, daß man etwas ganz für sich haben kann.

Die Wohnung strahlt die spezielle Art von häuslicher Gemütlichkeit aus, die sich einstellt, wenn man lange genug mit Clogs auf den versiegelten Dielen herumgelaufen ist, genug brennende Zigaretten auf der Tischplatte vergessen und häufig seinen Rausch auf dem Sofa ausgeschlafen hat und der schwarze Fernseher, der so groß ist wie ein Konzertflügel, das einzig Neue und Funktionierende ist.

Die Wohnung hat ein Zimmer mehr als meine, das Zimmer von Jesaja. Ein Bett, ein niedriger Tisch und ein Schrank.

Auf dem Fußboden ein Pappkarton. Auf dem Tisch zwei Stöcke, ein Stein zum Himmel-und-Hölle-Spielen, eine Art Saugnapf, ein Modellauto. Und alles farblos wie Strandsteine in einer Schublade.

Im Schrank Regenmantel, Gummistiefel, Clogs, Pullover, Unterwäsche, Strümpfe, alles in wildem Durcheinander hineingestopft. Meine Finger tasten unter den Kleiderstapeln und auf dem Schrank. Doch da ist nur der Staub vom letzten Jahr.

Auf dem Bett in einer durchsichtigen Plastiktüte seine Sachen aus dem Krankenhaus. Regenschutzhosen, Turnschuhe, Sweatshirt, Unterwäsche, Strümpfe. Aus seiner Hosentasche ein weißer, weicher Stein, der als Kreide gedient hat.

Juliane steht in der Tür und weint.

»Ich habe nur die Windeln weggeschmissen.«

Einmal im Monat, wenn auch seine Höhenangst zunahm, benutzte Jesaja ein paar Tage lang eine Windel. Einmal habe ich selbst welche für ihn gekauft.

»Wo ist sein Messer?«

Sie weiß es nicht.

Auf dem Fensterbrett steht, ein kostbarer Ausruf in die Gedämpftheit des Zimmers, ein Schiffsmodell. Auf dem Sockel steht: ›Motorschiff Johannes Thomsen der Kryolithgesellschaft Dänemark‹.

Ich habe noch nie versucht herauszubekommen, wie Juliane sich eigentlich über Wasser gehalten hat.

Ich lege den Arm um ihre Schultern.

»Juliane«, sage ich. »Würdest du mir bitte deine Papiere zeigen.«

Wir anderen haben eine Schublade, eine Mappe, eine Klarsichthülle. Juliane hat sieben fettige Briefumschläge, in denen sie die gedruckten Zeugnisse ihres Daseins aufbewahrt. Für viele Grönländer ist die schriftliche die schwerste Seite von Dänemark. Die staatsbürokratische Papierfront aus Anträgen, Formularen und Schriftwechseln mit der jeweils zuständigen Behörde. Die Tatsache, daß selbst eine fast analphabetische Existenz wie die von Juliane einen solchen Berg von Papier eingebracht hat, entbehrt nicht einer feinen und zarten Ironie.

Die kleinen Zettel mit den Terminen für das Alkoholambulatorium Sundholm, Geburtsurkunde, fünfzig Gutscheine vom Bäcker am Christianshavn Torv, die bei fünfhundert Kronen einen kostenlosen Kuchen einbringen. Kontrollkarten vom Rudolph-Bergh-Institut für sexuell übertragbare Krankheiten. Alte Steuerkarten, Kontoauszüge von der Sparkasse. Eine Fotografie von Juliane bei Sonnenschein im Kongens Have. Krankenversicherungskarte, Paß, Inkassoauszüge von den Elektrizitätswerken. Briefe von Ribers Kreditauskunftei. Ein Bündel dünne Blätter, die aussehen wie Gehaltsstreifen und aus denen hervorgeht, daß Juliane jeden Monat 9 400 Kronen Pension bezieht. Ganz unten in dem Haufen liegt ein Bündel Briefe. Ich habe es nie über mich bringen können, Briefe anderer Leute zu lesen. Die private Post überspringe ich also. Ganz unten liegen die offiziellen, maschinenschriftlichen Bescheide. Ich will sie schon zurücklegen, da sehe ich ihn.

Einen sonderbaren Brief. ›Hiermit teilen wir Ihnen mit, daß der Aufsichtsrat der Kryolithgesellschaft Dänemark auf seiner letzten Sitzung beschlossen hat, Ihnen als Witwe von Norsaq Christiansen eine Witwenpension zuzuerkennen. Sie erhalten eine Pension von monatlich 9 000 Kronen, die an den Index der Lebenshaltungskosten angeglichen wird.‹ Unterzeichnet ist der Brief im Namen des Aufsichtsrats mit ›E. Lübing, Leiterin der Buchhaltung‹.

Daran ist erst mal nichts Seltsames. Aber als der Brief fertig war, hat ihn jemand um neunzig Grad gedreht. Und mit Füller schräg an den Rand geschrieben: ›Es tut mir so leid. Elsa Lübing‹.

Aus den Randnotizen kann man etwas über seine Mitmenschen erfahren. Über Fermats verschwundenen Beweis wurde viel nachgegrübelt. In einem Buch, in dem es um die nie bewiesene Behauptung ging, daß man eine Quadratzahl oft in der Summe von zwei anderen Quadratzahlen auflösen könne, daß dies jedoch bei ganzzahligen Exponenten, die größer als zwei sind, nicht möglich sei, hatte Fermat am Rand hinzugefügt: ›Für diesen Satz habe ich einen wirklich wunderbaren Beweis gefunden. Leider ist der Rand zu schmal dafür.‹

Vor zwei Jahren hat im Büro der Kryolithgesellschaft Dänemark eine Dame gesessen und einen äußerst korrekten Brief diktiert. Er hält alle Formalitäten ein, enthält keine Tippfehler und ist überhaupt, wie es sich gehört. Danach hat man ihn ihr zum Durchlesen gegeben, sie hat ihn gelesen und unterschrieben. Dann hat sie einen Augenblick dagesessen. Und dann das Papier gedreht und geschrieben: ›Es tut mir so leid.‹

»Wie ist er gestorben?«

»Norsaq? Er war bei einer Expedition an die Westküste dabei. Es war ein Unfall.«

»Was für ein Unfall?«

»Er hat etwas gegessen, was er nicht vertragen hat. Glaube ich.«

Sie sieht mich hilflos an. Die Menschen sterben eben. Man kommt nicht weiter, wenn man darüber nachgrübelt, wie oder weshalb.

»Für uns ist der Fall abgeschlossen.«

Ich habe den Nagel am Telefon. Ich habe Juliane ihren Gedanken überlassen, die sich jetzt wie Plankton in einem Meer aus süßem Wein bewegen. Vielleicht hätte ich bei ihr bleiben sollen. Aber ich bin keine Seelsorgerin. Ich kann ja kaum für mich selbst sorgen. Außerdem habe ich meine eigenen Zwangsvorstellungen, die mich das Polizeipräsidium haben anrufen lassen. Ich werde mit Abteilung A verbunden. Die mir erzählt, daß der Kriminalkommissar noch im Büro ist. Nach seiner Stimme zu urteilen, ist er das bereits viel zu lange.

»Der Totenschein ist heute nachmittag um vier unterschrieben worden.«

»Und die Spuren?« frage ich.

»Wenn Sie gesehen hätten, was ich gesehen habe, oder wenn Sie selber Kinder hätten, dann wüßten Sie, daß sie vollkommen unzurechnungsfähig und unberechenbar sind.«

Bei dem Gedanken an die Sorgen, die ihm seine Gören gemacht haben, geht seine Stimme in ein Knurren über.

»Hier geht es natürlich auch bloß um einen Scheißgrönländer«, sage ich.

Am anderen Ende wird es still. Der Kommissar ist ein Mann, der auch nach einem langen Arbeitstag noch genug Reserven hat, um den Thermostat auf schnelles Einfrieren stellen zu können.

»Nun will ich Ihnen verdammt noch mal was sagen. Wir machen keinen Unterschied, verstehen Sie? Ob da ein Pygmäe heruntergefallen ist oder ein siebenfacher Mörder oder ein Sittlichkeitsverbrecher, wir ziehen die Sache durch. Verstehen Sie? Ich habe mir den Bericht der Gerichtsmediziner geholt. Nichts spricht dafür, daß das hier kein Unglücksfall war. Ein tragischer, ja, aber einer von denen, wie wir sie hundertfünfundsiebzigmal im Jahr haben.«

»Ich werde mich beschweren.«

»Tun Sie das.«

Dann legt er auf. Ich habe natürlich nicht vor, mich zu beschweren. Aber ich habe schließlich auch einen harten Tag hinter mir.

Ich weiß ja, daß die Polizei viel zu tun hat. Ich verstehe ihn schon. Alles, was er gesagt hat, habe ich sehr gut verstanden.

Bis auf eins. Als ich vernommen wurde, vorgestern, habe ich auf einige Fragen geantwortet und auf einige nicht. Eine davon war die nach dem ›Personenstand‹.

»Das geht Sie einen Dreck an«, habe ich zu dem Polizisten gesagt. »Es sei denn, Sie hätten Interesse an einer Verabredung.«

Demnach sollte die Polizei also eigentlich nichts über mein Privatleben wissen. Woher, frage ich mich, hat der Nagel nun gewußt, daß ich keine Kinder habe? Die Frage kann ich nicht beantworten.

Es ist nur eine kleine Frage. Aber wenn es sich um eine alleinstehende und wehrlose Frau handelt, will die ganze Welt sofort wissen, warum sie, wenn sie in meinem Alter ist, keinen Mann und ein paar bezaubernde kleine Purzel hat. Mit der Zeit wird man auf diese Frage allergisch.

Ich hole ein paar Blatt Unliniertes und einen Umschlag und setze mich an den Eßtisch. Ganz oben schreibe ich: ›Kopenhagen, d. 19. Dezember 1993. An die Staatsanwaltschaft Kopenhagen. Mein Name ist Smilla Jaspersen. Ich bitte Sie, diesen Brief als Beschwerde zu behandeln.‹

6 Er sieht aus wie Ende Vierzig, ist aber zwanzig Jahre älter. Er trägt einen schwarzen Thermotrainingsanzug, Spikes, eine amerikanische Baseballmütze und fingerlose Lederhandschuhe. Aus der Brusttasche holt er eine kleine braune Medizinflasche, die er mit einer geübten, fast diskreten Bewegung leert. Es ist Propranolol, ein Betablocker, der die Herzschlaggeschwindigkeit senkt. Er öffnet die eine Hand und sieht sie an. Sie ist groß und weiß, gepflegt und ganz ruhig. Er sucht sich einen Schläger Nummer eins heraus, einen *Driver, taylormade*, mit einem polierten, glockenförmigen Kopf aus Palisander. Er legt ihn an den Ball und holt aus. Als er zuschlägt, hat er alle Kraft und seine ganzen 85 Kilo auf einen Punkt von der Größe einer Briefmarke konzentriert, der kleine gelbe Ball scheint sich förmlich aufzulösen und zu verschwinden. Er kommt erst wieder zum Vorschein, als er auf dem Green landet, ganz außen, am Rand des Gartens, wo er sich gehorsam in die Nähe der Fahne legt.

»Caymanbälle«, sagt er. »Von McGregor. Früher habe ich immer Probleme mit den Nachbarn gehabt. Die hier machen nur die halbe Strecke.«

Der Mann ist mein Vater, diese Show hat er mir zu Ehren abgezogen, und ich durchschaue sie, sehe sie als das, was sie wirklich ist: die Bitte eines kleinen Jungen um Liebe. Ich denke nicht eine Sekunde lang daran, sie ihm zu schenken.

Von da aus betrachtet, wo ich stehe, gehört die ganze Bevölkerung Dänemarks zur Mittelschicht. Wirklich Arme und wirklich Reiche gibt es nur wenige, sie sind absolute Exoten.

Ich habe das Glück, einen Teil der Armen zu kennen, alldieweil ein Großteil von ihnen Grönländer sind.

Zu den richtig Wohlhabenden gehört mein Vater.

Er hat im Hafen von Rungsted eine 67-Fuß-Swan mit drei Mann fester Besatzung liegen. Er hat seine eigene kleine Insel an der Einfahrt zum Isefjord, wo er sich in seine norwegische Blockhütte zurückziehen und zu unbefugt herumstrolchenden Touristen sagen kann, ab geht's, verzieht euch. Er besitzt als einer der ganz wenigen in Dänemark einen Bugatti und hat einen Mann angestellt, der ihn poliert und die zwei Mal im Jahr, die er im Oldtimerrennen des Bugattiklubs an den

Start geht, das Konsistenzfett in den Lagern mit einem Bunsenbrenner erhitzen muß. Den Rest des Jahres begnügt er sich damit, ab und zu die Platte aufzulegen, die der Klub herausgegeben hat und auf der man hört, wie eins von diesen herrlichen Fahrzeugen mit der Handkurbel gestartet und gehätschelt und dann das Gaspedal durchgetreten wird.

Und er hat dieses Haus, das weiß wie Schnee ist, mit weißverputzten Zementziermuscheln, einem Dach aus Naturschiefer und einer gewundenen Treppe zum Eingang hinauf. Mit Rosenbeeten in einem Vorgarten, der zum Strandvej hin steil abfällt, und einem Garten hinter dem Haus, der für einen Neunlochübungsplatz groß genug gewesen ist und jetzt, wo er die neuen Bälle bekommen hat, gerade noch ausreicht.

Er hat sein Geld mit Spritzen verdient.

Er ist noch nie jemand gewesen, der irgendwelche Auskünfte über sich hat durchsickern lassen. Wen es interessiert, der kann im *Blauen Buch*, dem dänischen *Who is Who*, nachschlagen und nachlesen, daß er mit dreißig Chefarzt wurde, Dänemarks ersten Lehrstuhl für Anästhesiologie erhielt, als er eingerichtet wurde, und die Krankenhäuser fünf Jahre später verließ, um sich, wie es so schön heißt, seiner Privatpraxis zu widmen. Dann ist er mit seiner Berühmtheit auf Reisen gegangen. Nicht auf die Walz, sondern mit Privatflugzeugen. Er hat den Großen der Welt Spritzen verpaßt. Er hat bei den ersten, bahnbrechenden Herzoperationen in Südafrika für die Narkose gesorgt. Er war mit der amerikanischen Ärztedelegation in der Sowjetunion, als Breschnew starb. Ich habe jemanden sagen hören, es sei mein Vater gewesen, der mit seinen langen Kanülen gewedelt und in den letzten Wochen Breschnews Tod hinausgeschoben habe.

Er sieht aus wie ein Hafenarbeiter und pflegt diesen Eindruck diskret, indem er ab und zu seinen Bart stehenläßt. Einen Bart, der jetzt grau ist, aber einmal blauschwarz war und noch immer zweimal am Tag eine Naßrasur braucht, um gepflegt auszusehen.

Seine Hände sind unfehlbar sicher. Mit ihnen kann er mit einer 150-mm-Kanüle retroperitonal durch die Flanke und durch die tiefen Rückenmuskeln bis an die Aorta gehen. Dort klopft er mit der Nadelspitze leicht an die große Pulsader, um sicher zu sein, daß er dran ist, und geht dann dahinter und legt an dem großen Nervenplexus ein Depot aus Lidocain an. Das Zentralnervensystem steuert den Tonus der Blutadern. Er hat eine Theorie, daß er mit dieser Blockade etwas gegen die Kreislaufinsuffizienz in den Beinen übergewichtiger Reicher ausrichten kann.

Während der Injektion ist er so konzentriert, wie es ein Mensch überhaupt nur sein kann. Er denkt an nichts anderes, nicht einmal an die Rechnung über 10 000 Kronen, die seine Sekretärin gerade ausstellt und die vor dem 1. Januar zu begleichen ist, und Frohe Weihnachten und ein gesundes neues Jahr, der nächste, bitte.

Die letzten fünfundzwanzig Jahre hat er zu den zweihundert Golfspielern gehört, die um die letzten fünfzig Eurocards kämpfen. Er lebt mit einer Ballettänzerin zusammen, die dreizehn Jahre jünger ist als ich und ihn anschaut, als lebe sie nur in der Hoffnung, daß er ihr das Tüllröckchen und die Ballettschuhe vom Leibe reißt.

Mein Vater ist also ein Mann, der alles hat, was sich mit Händen greifen läßt. Und das meint er mir hier auf dem Platz denn auch zu zeigen. Daß er alles hat, was das Herz begehrt. Sogar die Betablocker, die er die letzten zehn Jahre genommen hat, um ruhige Hände zu haben, sind im großen und ganzen ohne Nebenwirkungen.

Wir gehen auf geharkten Kieswegen um das Haus, der Gärtner Sørensen hat die Rasenkanten im Sommer wieder mit der Friseurschere bearbeitet, und man muß aufpassen, daß man sich nicht die bloßen Füße daran schneidet. Ich trage einen Seehundspelz über einer Kombination aus bestickter Wolle mit Reißverschluß. Von außen betrachtet sind wir Vater und Tochter, voller Vitalität und strotzend vor Kraft. Bei näherem Hinsehen jedoch sind wir nur eine über zwei Generationen verteilte banale Tragödie.

Das Wohnzimmer hat Dielen aus Mooreiche und eine in rostfreien Stahl gefaßte Spiegelglaswand, die auf das Vogelbad, die Rosensträucher und das soziale Gefälle bis hinunter zum Strandvej hinausgeht. Am Kamin steht in Trikot und dicken Wollsocken Benja, sie streckt ihre Fußmuskulatur und ignoriert mich. Sie ist blaß und hübsch und sieht ungezogen aus wie eine Elfe, die Stripperin geworden ist.

»Brentan«, sage ich.

»Wie bitte?«

Sie spricht betont deutlich, wie sie es an der Königlichen Theaterschule gelernt hat.

»Für die schlimmen Füße, mein Schatz, Brentan gegen Fußpilz. Gibt es jetzt ohne Rezept.«

»Das ist kein Pilz«, sagt sie kalt. »Den kriegt man ja wohl erst in deinem Alter.«

»Auch Minderjährige, mein Schatz. Vor allem Leute, die viel trainieren. Und er breitet sich leicht zum Schritt hin aus.«

Sie zieht sich fauchend in die angrenzenden Räume zurück. Sie hat viel bullige Kraft, aber sie hat auch eine behütete Jugend gehabt und schnell Karriere gemacht. Noch hat sie die Widrigkeiten des Daseins nicht erlebt, die notwendig sind, um eine Psyche zu entwickeln, die immer wieder kontern kann.

Señora Gonzales serviert den Tee an einem Sofatisch, der aus einer über einen glatten Marmorblock gelegten, siebzig Millimeter dicken Glasplatte besteht.

»Es ist lange her, Smilla.«

Er redet ein bißchen von seinen neuen Gemälden, von seinen Erinnerungen, an denen er schreibt, und davon, was er auf dem Flügel übt. Er schindet Zeit, um sich auf die Wucht des Schlages vorzubereiten, der auf ihn niedersausen wird, wenn ich ein Anliegen vorbringe, das nichts mit ihm zu tun hat. Er ist dankbar dafür, daß ich ihn reden lasse. In Wirklichkeit aber machen wir uns nichts vor.

»Erzähl mir von Johannes Loyen«, sage ich.

Mein Vater war Anfang Dreißig, als er nach Grönland kam und meine Mutter kennenlernte.

Der Polareskimo Aisivak erzählte Knud Rasmussen, daß die Welt am Anfang nur von zwei Männern bewohnt gewesen sei, die beide große Zauberer waren. Da sie gern zahlreicher werden wollten, habe der eine seinen Körper so umgemodelt, daß er gebären konnte; und danach hätten die beiden viele Kinder gezeugt.

In den sechziger Jahren des 19. Jahrhunderts registrierte der grönländische Katechet Hanseeraq im Tagebuch der Brüdergemeine, *Diarium Friedrichstal*, mehrere Fälle von Frauen, die wie Männer jagten. Beispiele dafür gibt es auch in Rinks Sagensammlung und in den Nachrichten aus Grönland, *Meddelelser fra Grønland*. Besonders verbreitet war das wohl nie, doch es kam vor. Die Ursache waren Frauenüberschuß, Todesfälle, Not und das in Grönland selbstverständliche Wissen, daß beide Geschlechter das jeweils andere als Möglichkeit in sich tragen.

In der Regel aber mußten sich die Frauen dann wie Männer kleiden und auf ein Familienleben verzichten. Einen Geschlechtswechsel konnte das Kollektiv ertragen, einen fließenden Übergangszustand jedoch nicht.

Bei meiner Mutter war das anders. Sie lachte, gebar ihre Kinder, tratschte hinter dem Rücken ihrer Freunde und reinigte die Felle wie eine Frau. Und zugleich schoß sie, fuhr Kajak und schleppte das Fleisch nach Hause wie ein Mann.

Als sie ungefähr zwölf war, ging sie mit ihrem Vater im April aufs Eis. Er schoß auf einen *uuttoq*, einen Seehund, der sich auf dem Eis sonnte. Er schoß vorbei. Bei anderen Männern hätte man sich für diesen Patzer verschiedene Gründe denken können. Bei meinem Großvater gab es nur einen. Daß sich etwas Nichtwiedergutzumachendes anbahnte. Es war die Verkalkung des Sehnervs. Nach einem Jahr war er vollkommen blind.

An diesem Tag im April, als ihr Vater weiterging, um nach einer Langleine zu sehen, blieb meine Mutter stehen. Auf dem Eis hatte sie Zeit, an ihren verschiedenen Zukunftsmöglichkeiten herumzukauen. Es gab die Sozialhilfe, die in Grönland zwar heute noch unter dem Existenzminimum liegt, damals aber ein unfreiwilliger Witz war. Oder den Hungertod, der keineswegs ungewöhnlich war. Oder ein Leben, bei dem man sich auf Verwandte stützen mußte, die selber nicht klarkamen.

Als der Seehund wieder hochkam, schoß sie ihn.

Bis dahin hatte sie mit der Pilkschnur Seeskorpione und schwarzen Heilbutt geangelt. Mit diesem Seehund wurde sie Robbenfängerin.

Ich glaube, daß sie nur selten einen Schritt zurücktrat und ihre Rolle von außen betrachtete. Einmal zelteten wir im Sommerlager bei Atikerluk, einem Fjäll, auf dem im Sommer Krabbentaucher einfallen, schwarze Vögel mit weißen Köpfen, und es sind so viele, daß man sich von der Menge nur einen Begriff machen kann, wenn man sie gesehen hat. Sie überschreitet alles Meßbare.

Wir waren von Norden gekommen, wo wir von kleinen Dieselkuttern aus Narwale gefangen hatten. An einem Tag hatten wir acht Tiere erwischt, teils weil das Eis sie in ein begrenztes Gebiet eingeschlossen hatte, teils weil die drei Boote den Kontakt zueinander verloren hatten. Acht Narwale, das ist zu viel Fleisch, selbst für Hundefutter. Viel zuviel Fleisch.

Der eine Wal war ein schwangeres Weibchen. Die Brustwarze sitzt direkt über der Geschlechtsöffnung. Als meine Mutter mit einem einzigen Schnitt die Bauchhöhle öffnete, um die Eingeweide herauszunehmen, rutschte ein anderthalb Meter langes, engelweißes und vollständig fertiges Junges aufs Eis.

Ungefähr vier Stunden lang standen die Walfänger fast schweigend da, sahen in die Mitternachtssonne, die zu dieser Jahreszeit das Licht endlos macht, und aßen *mattak*, Walhaut. Ich bekam nicht einen Bissen hinunter.

Eine Woche später liegen wir beim Vogelfjäll und haben seit vierundzwanzig Stunden nichts gegessen. Man muß, das ist die Technik, mit der Landschaft verschmelzen, warten und den Vogel dann mit einem großen Kescher fangen. Beim zweiten Versuch erwischte ich drei.

Es waren Weibchen, die auf dem Weg zu ihren Jungen waren. Sie brüten in Löchern an den Steilhängen. Von dort her machen die Jungen einen höllischen Lärm. Die Mütter verstecken die Würmer, die sie finden, in einer Art Schnabeltasche. Man tötet sie, indem man ihnen aufs Herz drückt. Drei Vögel hatte ich.

Es war nicht das erste Mal, davor hatte es viele andere Male gegeben. So viele Vögel. Getötet, in Lehm gebacken und gegessen, es waren so viele, daß ich mich an die Zahl nicht mehr erinnern kann. Und trotzdem sehe ich jetzt plötzlich ihre Augen als Tunnel, an deren Ende die Jungen warten, und die Augen dieser Jungen sind ebenfalls Tunnel, an deren Ende das Narwaljunge ist, dessen Blick wiederum nach innen und weg führt. Ganz langsam drehe ich den Kescher um, in einer kurzen Lärmexplosion steigen die Vögel in die Luft.

Meine Mutter sitzt ganz still direkt neben mir. Sie schaut mich an, als sähe sie etwas zum erstenmal.

Ich weiß nicht, was mich zurückhielt. Mitleid ist in der Arktis keine Qualität, sondern eher eine Art Fühllosigkeit, das fehlende Gespür für die Tiere, die Umgebung und das jeweils Notwendige.

»Smilla«, sagt sie, »ich habe dich im *amaat* getragen.«

Es ist Mai, ihre Haut hat einen dunkelbraunen, tiefen Glanz, wie ein Dutzend Firnisschichten. Sie trägt goldene Ohrringe und um den Hals eine Kette mit zwei Kreuzen und einem Anker. Das Haar hat sie im Nacken zum Knoten aufgesteckt, sie ist groß und schön. Noch jetzt ist sie, wenn ich an sie denke, für mich die schönste Frau, die ich je gesehen habe.

Ich muß um die fünf Jahre alt sein. Ich weiß nicht genau, was sie damit sagen will, doch zum erstenmal verstehe ich, daß wir vom selben Geschlecht sind.

»Trotzdem«, sagt sie, »bin ich stark wie ein Mann.«

Sie hat ein rot-schwarz kariertes Baumwollhemd an, krempelt einen Ärmel auf und zeigt mir ihren Unterarm, der so breit und hart ist wie ein Paddel. Dann knüpft sie langsam das Hemd auf. »Komm, Smilla«, sagt sie ruhig. Sie küßt mich nie und faßt mich nur selten an. Doch in Augenblicken großer Vertrautheit läßt sie mich die Milch trinken, die immer noch da ist, unter der Haut ist wie das Blut. Sie spreizt die Beine, damit ich dazwischentreten kann. Wie die anderen Jäger trägt sie Bärenfellhosen, die nur notdürftig gegerbt sind. Sie liebt Asche, sie ißt sie zuweilen direkt aus dem Feuer und hat sich damit jetzt unter den Augen eingeschmiert. In diesem Duft aus verbrannter Kohle und Bärenfell gehe ich zu ihrer Brust, sie ist leuchtend weiß und hat eine große, zartrosa Aureole, und ich trinke dann *immuk*, die Milch meiner Mutter.

Später hat sie mir einmal zu erklären versucht, daß in einem Monat dreitausend Narwale in derselben Bucht versammelt sind und das Wasser vor Leben kocht, und im nächsten Monat hat das Eis sie eingeschlossen, und sie sind erfroren. Daß es im Mai und im Juni so viele Krabbentaucher gibt, daß sie die Klippen schwarz färben, und im nächsten Monat eine halbe Million Vögel verhungert ist. Auf die ihr eigene Art und Weise will sie zeigen, daß dem Leben der arktischen Tiere schon immer eine extreme Fluktuation der Populationen zugrunde liegt. Und daß in diesem Auf und Ab das, was wir uns nehmen, weniger als nichts bedeutet.

Ich verstand sie, ich verstand jedes Wort. Damals und später. Doch es änderte nichts. Im Jahr darauf – es war das Jahr, bevor sie verschwand – wurde mir beim Fischen übel. Ich muß etwa sechs gewesen sein. Nicht alt genug, um über die Ursache nachzugrübeln. Aber alt genug, um zu verstehen, daß es sich um eine Naturentfremdung handelte. Daß mir ein Teil der Natur nicht mehr so selbstverständlich zugänglich war wie zuvor. Vielleicht fing ich bereits damals an, das Eis verstehen zu wollen. Verstehen wollen heißt, daß wir etwas zurückzuerobern versuchen, was wir verloren haben.

»Professor Loyen ...«

Er spricht den Namen mit dem Interesse und dem gewappneten Respekt aus, mit dem ein Brontosaurus den anderen betrachtet und immer betrachtet hat.

»Sehr tüchtiger Mann.«

Er läßt seine weiße Handfläche über Wange und Kinn gleiten. Es ist eine genau einstudierte Bewegung, die ein Geräusch macht, wie wenn man mit einer Schruppfeile ein Stück Treibholz raspelt.

»Institut für Arktische Medizin, das hat er aufgebaut.«

»Und welches Interesse hat er an der Gerichtsmedizin? Er hat sich als Obduzent für Grönland einsetzen lassen.«

»Ursprünglich ist er Gerichtspathologe. Aber er nimmt alles mit, womit er sich verdient machen kann. Er meint wohl, daß das nach oben führt.«

»Was treibt ihn?«

Hier kommt eine Pause. Den größten Teil seines Lebens hat mein Vater den Kopf unter dem Arm getragen. Auf seine alten Tage jedoch beschäftigen ihn die Motive der Leute sehr.

»In meiner Generation gibt es drei Arten von Ärzten. Einmal die, die als Oberärzte hängenbleiben oder in einer Privatpraxis landen. Es sind viele großartige Leute darunter. Dann die, die sich habilitieren, was – wie du weißt – die willkürliche, lächerliche und vollkommen unzulängliche Bedingung dafür ist, daß man im System nach oben befördert wird. Diese Leute enden als Chefärzte. Alles kleine Könige in der jeweiligen medizinischen Lokalszene. Und dann gibt es noch die dritte Sorte. Das sind wir, die hochgeklettert und hoch hinaus gekommen sind.«

Er sagt das ohne jede Spur von Selbstironie. Man könnte meinen Vater durchaus dazu bringen, allen Ernstes zu erklären, eines seiner Probleme sei, daß er von sich nicht halb so eingenommen sei, wie er es mit guten Gründen hätte sein können.

»Diese letzten Schwimmzüge verlangen einem eine besondere Kraft ab. Es braucht dazu einen starken Willen, einen Ehrgeiz. Nach Geld. Oder Macht. Oder vielleicht Einsicht. In der Geschichte der Medizin hat man dieses Streben immer durch das Feuer abgebildet. Die ewige Flamme des Alchimisten unter der Retorte.«

Er sieht vor sich hin, als halte er eine Spritze in der Hand, als habe die Nadel ihre Stelle fast gefunden.

»Loyen«, sagt er, »der hat schon in seiner Studienzeit immer nur eins gewollt. Daneben ist alles andere Kleinkram. Er wollte als der Klügste auf seinem Gebiet anerkannt sein. Nicht als der Klügste in Dänemark, unter all den Bauerntrotteln. Als der Klügste im Universum. Der fachliche Ehrgeiz, das ist sein ewiger Bunsenbrenner. Aber auf dem brennt kein Gasflämmchen. Das ist ein Johannisfeuer.«

Ich weiß nicht, wie sich mein Vater und meine Mutter begegnet sind. Ich weiß, daß er nach Grönland kam, weil dieses gastfreundliche Land schon immer ein Arbeitsfeld für wissenschaftliche Experimente abgegeben hat. Er entwickelte damals gerade eine neue Technik zur Behandlung der Trigeminusneuralgie, der Entzündung des Gesichtsnervs. Bis dahin hatte man das Leiden gelindert, indem man den Nerv mit Alkoholinjektionen abtötete, was zu einer teilweisen Gesichtslähmung führte und bewirkte, daß man das Gefühl für die Muskulatur der einen Mundhälfte verlor. Dann gab es die sogenannte Tropflippe. Sie kommt selbst in den besten und reichsten Familien vor, und das war auch der Grund, weshalb mein Vater Interesse dafür bekundete. Die Krankheit trat in Nordgrönland häufig auf. Und er war gekommen, um sie mit seiner neuen Technik – einer teilweisen Wärmedenaturierung des Schmerznervs – zu behandeln.

Es gibt Fotos von ihm. In Kastingstiefeln und Daunenanzug, mit Eispickel und Gletscherbrille steht er vor dem Haus, das man ihm auf der amerikanischen Base zur Verfügung gestellt hat. Die Hand auf der Schulter der beiden kleinen dunklen Männer, die für ihn dolmetschen sollen.

Für ihn war Nordgrönland wirklich das äußerste Thule. Keine Sekunde lang hatte er sich vorgestellt, sich länger als diesen einen notwendigen Monat in der windzerzausten Eiswüste aufzuhalten, in der man nicht mal für einen Golfplatz gesorgt hatte.

Eine vage Vorstellung von der weißglühenden Energie zwischen ihm und meiner Mutter kann man sich machen, wenn man bedenkt, daß er tatsächlich drei Jahre dort blieb. Er versuchte sie zu überreden, mit auf die Base zu ziehen, aber sie lehnte ab. Wie für alle, die in Nordgrönland geboren sind, war für meine Mutter auch nur der Anschein von Eingesperrtsein unerträglich. Statt dessen folgte er ihr in eine der

Baracken aus Sperrholz und Wellblech, die hochgezogen wurden, als die Amerikaner die Eskimos aus dem Gebiet vertrieben, auf dem die Base gebaut wurde. Noch heute frage ich mich, wie er das wohl geschafft hat. Die Antwort lautet natürlich, daß er, solange sie lebte, seine Golfschläger und seine Tasche jederzeit hinter sich gelassen hätte, um ihr zu folgen, und sei es direkt in die schwarze, versengte Haupthölle.

»*Sie* bekommen ein Kind«, sagt man von Leuten, die Kinder kriegen. In diesem Fall wäre das nicht korrekt gewesen. Ich möchte sagen, meine Mutter bekam meinen kleinen Bruder und mich. Mein Vater, der Mann mit den Kanülen und den sicheren Händen, der Golfspieler Moritz Jaspersen, stand außerhalb dieses Szenarios, war anwesend, ohne richtig daran teilhaben zu können, gefährlich wie ein Eisbär, gefangen in einem Land, das er haßte, und von einer Liebe, die er nicht verstand, deren Opfer er nur war und auf die er – so empfand er es – nicht den geringsten Einfluß nehmen konnte.

Als ich drei Jahre alt war, ging er fort. Oder genauer gesagt: Er wurde von sich selbst vertrieben. Insgeheim wächst in jeder blinden, kopflosen Verliebtheit der Haß auf den Geliebten, der den einzigen Schlüssel zum Glück besitzt. Ich war, wie gesagt, erst drei Jahre alt, erinnere mich aber noch daran, wie er wegging. Er ging in einem Zustand siedender, verklemmter, schäumend fluchender Wut. Als Energieform betrachtet wurde dies nur durch das Verlangen übertroffen, das ihn wieder zurückschleuderte. Er hing an meiner Mutter mit einem für die Welt nicht sichtbaren Gummiband, das jedoch die Wirkung und die physische Realität eines Treibriemens besaß.

Mit uns Kindern hatte er nicht viel zu tun, wenn er da war. Aus meinen ersten sechs Jahren erinnere ich mich nur an seine Spuren. An den Duft der Latakiatabake, die er rauchte. An den Autoklav, in dem er seine Instrumente auskochte. An das Interesse, das er weckte, wenn er zuweilen die Pickelschuhe anzog, sich rausstellte und einen Eimer Bälle über das Neueis schlug. Und an die Stimmung, die er mitbrachte, die Summe der Gefühle, die er für meine Mutter hegte. Eine Hitze von derselben beruhigenden Art, die man sich in einem Kernreaktor vorstellt.

Welche Rolle hatte meine Mutter in der ganzen Sache? Ich weiß es nicht und werde es auch nie erfahren. Leute, die sich in so etwas auskennen, sagen, die beiden Parteien müßten einander schon behilflich sein, wenn eine Liebesbeziehung so richtig in die Brüche gehen und zu Kleinholz werden soll. Das ist schon möglich. Wie alle anderen habe auch ich meine Kindheit seit meinem siebten Lebensjahr kräftig mir Rauschgold übermalt, und ein bißchen hat sich wohl auch an meiner Mutter festgesetzt. Aber sie blieb, wo sie war, legte Robbennetze aus und flocht mir die Haare. Sie war da, groß und gegenwärtig, während Moritz mit seinen Golfschlägern, Bartstoppeln und Kanülen zwischen den Extrempolen seiner Liebe, der totalen Verschmelzung und dem gesamten Nordatlantik zwischen sich und der Geliebten, hin und her pendelte.

Wer in Grönland ins Wasser fällt, kommt nicht wieder hoch. Das Meer hat unter vier Grad, und bei dieser Temperatur haben alle Verwesungsprozesse aufgehört. Deshalb gerät der Mageninhalt auch nicht in Gärung, die Selbstmördern in Dänemark normalerweise erneuten Auftrieb gibt und sie als Wasserleiche an die Küsten spült.

Sie fanden die Reste ihres Kajaks und schlossen daraus, daß es ein Walroß gewesen sein mußte. Ein Walroß ist unberechenbar. Es kann hypersensibel und scheu sein. Gerät es jedoch ein wenig weiter nach Süden, und es ist ein Herbst mit wenig Fischen, verwandelt es sich in einen der schnellsten und gewissenhaftesten Killer des großen Meeres. Mit den beiden Hauern kann es eine Schiffsseite aus Eisenzement eindrücken. Ich habe einmal gesehen, wie Robbenfänger einem Walroß, das sie lebend gefangen hatten, einen Dorsch hinhielten. Es spitzte die Lippen zu einem Kußmäulchen und schlurfte das Fleisch des Fisches glatt von den Gräten.

»Es wäre schön, wenn du Heiligabend rauskommen würdest, Smilla.«

»Weihnachten sagt mir nichts.«

»Willst du deinen Vater allein sitzen lassen?«

Das ist eine der anstrengenderen Seiten von Moritz, die er mit dem Alter entwickelt hat – die Mischung aus Perfidie und Sentimentalität.

»Kannst du es nicht mit dem Seemannsheim versuchen?«

Ich bin aufgestanden, und er geht mir nach.

»Du bist verdammt herzlos, Smilla. Deshalb hast du auch nie einen Mann halten können.«

Näher kann er den Tränen nicht kommen.

»Vater«, sage ich. »Stell mir ein Rezept aus.«

Sofort und blitzschnell schlägt sein Gekränktsein in Besorgtheit um, wie gegenüber meiner Mutter.

»Bist du krank?«

»Sehr. Aber mit dem Stück Papier kannst du mir das Leben retten und deinen hippokratischen Eid halten. Mach es fünfstellig.«

Er windet sich, hier geht es ums Herzblut, jetzt sind wir bei den vitalen Organen, dem Portemonnaie und dem Scheckbuch.

Ich ziehe den Pelz an. Benja kommt nicht heraus, um mir auf Wiedersehen zu sagen. An der Tür reicht er mir den Scheck. Er weiß, daß diese Pipeline seine einzige Verbindungslinie zu meinem Leben ist. Selbst die fürchtet er zu verlieren.

»Soll Fernando dich nicht nach Hause fahren?«

Da fällt ihm plötzlich etwas ein.

»Smilla«, ruft er, »du fährst doch wohl nicht weg, oder?«

Zwischen uns liegt ein Stück schneebedeckter Rasen. Es könnte ebensogut Inlandeis sein.

»Mir drückt was aufs Gewissen«, sage ich. »Wenn ich was dagegen tun will, kostet es Geld.«

»Dann fürchte ich wirklich«, sagt er, halb zu sich selbst, »daß der Scheck bei weitem nicht hoch genug ist.«

Damit hat er das letzte Wort. Der Klügere gibt schließlich nach.

7 Vielleicht ist es Zufall, vielleicht auch nicht, daß er kommt, als die Arbeiter zum Essen gegangen sind, so daß das Dach verlassen daliegt.

Die Sonne scheint hell, mit einem Hauch von Wärme, blauer Himmel, weiße Möwen, Aussicht auf die Werft im schwedischen Limhamn und keine Spur von dem Schnee, der daran schuld ist, daß wir hier stehen. Ich und Herr Ravn, Assessor bei der Staatsanwaltschaft.

Er ist klein, nicht größer als ich, aber er hat einen sehr großen, grauen Mantel an. Die Schultern sind so wattiert, daß er aussieht wie ein Zehnjähriger, der in einem Musical über die Prohibition mitspielt. Sein Gesicht ist dunkel und ausgebrannt wie Lava und so mager, daß die Haut wie bei einer Mumie um den Schädel spannt. Doch seine Augen sind wach und aufmerksam.

»Ich dachte, ich sollte mal vorbeischauen«, sagt er.

»Zu freundlich, Sie schauen bei Beschwerden immer vorbei?«

»Ausnahmsweise. Normalerweise geht die Sache an den örtlichen Beschwerdeausschuß. Sagen wir, es ist wegen der Eigenart dieser Angelegenheit und wegen Ihres provozierenden Beschwerdeschreibens.«

Ich sage nichts. Ich lasse die Stille ein wenig auf den Assessor einwirken. Sie hat keinen sichtbaren Effekt. Seine sandfarbenen Augen ruhen ohne Unstetigkeit und Peinlichkeit auf mir. Er kann hier unbegrenzt stehenbleiben. Schon das macht ihn zu einem ungewöhnlichen Mann.

»Ich habe mit Professor Loyen gesprochen. Er hat mir erzählt, daß Sie ihn besucht haben. Daß Sie meinen, der Junge habe unter Höhenangst gelitten.«

Sein Platz in dieser Welt macht es mir unmöglich, wirklich Zutrauen zu ihm zu haben. Aber ich habe das Bedürfnis, etwas von dem, was mich quält, loszuwerden.

»Da waren die Spuren im Schnee.«

Nur wenige Menschen können zuhören. Ihre gehetzte Eile zieht sie aus dem Gespräch heraus, oder sie versuchen innerlich, die Situation zu verbessern, oder sie überlegen sich ihren Auftritt für den Moment, in dem man selber die Klappe hält, damit sie sich nun ihrerseits in Szene setzen können.

Mit dem Mann vor mir ist das anders. Wenn ich rede, hört er unzerstreut zu, was ich sage, und nichts sonst.

»Ich habe den Bericht gelesen und die Bilder gesehen ...«

»Es gibt noch etwas anderes. Anderes und mehr.«

Jetzt bewegen wir uns auf das zu, was gesagt werden muß, sich aber nicht erklären läßt.

»Es waren Beschleunigungsspuren. Beim Absprung von Schnee oder Eis dreht sich das Fußgelenk. Wie wenn man barfuß durch Sand läuft.«

Ich versuche ihm die leicht nach außen drehende Bewegung mit dem Handgelenk vorzumachen

»Wenn man die Bewegung zu schnell macht, nicht mit dem richtigen Gefühl, gibt es einen kleinen Rutscher nach hinten.«

»Wie bei jedem Kind, das spielt ...«

»Wenn man daran gewöhnt ist, im Schnee zu spielen, macht man keine solchen Spuren, die Bewegung ist nämlich unökonomisch, wie wenn man beim Langlauf bergauf das Gewicht schlecht verlagert.«

Ich höre selber, wie unzulänglich das klingen muß. Ich erwarte eine höhnische Bemerkung. Doch sie bleibt aus.

Er schaut auf das Dach. Er hat keine Ticks, keine Angewohnheiten mit seinem Hut. Er zündet keine Pfeife an und tritt auch nicht von einem Fuß auf den anderen. Er zieht keinen Block heraus. Er ist nur ein sehr kleiner Mann, der zuhört und gründlich nachdenkt.

»Interessant«, sagt er schließlich. »Aber auch ein bißchen ... vage. Einem Außenstehenden könnte man das nur schwer vorlegen. Schwierig, darauf etwas *aufzubauen.*«

Er hat recht. Schnee lesen ist wie Musik hören. Das Gelesene beschreiben heißt, die Musik schriftlich erklären.

Wenn es zum erstenmal passiert, ist es, als würde man entdekken, daß man wach ist, während alle anderen schlafen. Zu gleichen Teilen Einsamkeit und Allmacht. Wir sind auf dem Weg von Qinnissut in die Inglefieldbucht hinunter. Es ist Winter, es ist stürmisch, und es ist beängstigend kalt. Wenn die

Frauen austreten wollen, müssen sie unter einer Decke einen Primuskocher anzünden, um überhaupt die Hosen herunterziehen zu können, ohne sich sofort Erfrierungen zu holen.

Eine Zeitlang spüren wir bereits, daß Nebel aufzieht, doch als er dann kommt, kommt er augenblicklich, wie eine kollektive Blindheit. Selbst die Hunde kriechen enger zusammen. Doch für mich ist der Nebel eigentlich gar nicht da. Für mich ist da nur eine wilde, helle Aufgeräumtheit, weil ich absolut sicher weiß, in welche Richtung wir müssen.

Meine Mutter hört auf mich, und die anderen hören auf sie. Ich werde auf den ersten Schlitten gesetzt, und ich erinnere mich, daß ich das Gefühl habe, daß wir auf einem Silberdraht fahren, der zwischen mir und dem Haus in Qaanaaq gespannt ist. Eine Minute, bevor der Giebel aus der Nacht hervortritt, weiß ich, daß er kommt.

Vielleicht war es nicht das erstemal. Aber so erinnere ich mich daran. Vielleicht ist es falsch, wenn wir uns an die Durchbrüche zu unserem eigenen Wesen so erinnern, als würden sie in einzelnen, einzigartigen Augenblicken stattfinden. Vielleicht haben die Verliebtheit, die durchdringende Gewißheit, daß wir selbst einmal sterben müssen, und die Liebe zum Schnee in Wirklichkeit nichts Plötzliches, vielleicht sind sie immer schon dagewesen. Vielleicht kommen sie einem nie wirklich abhanden.

Noch ein anderes Nebelbild, möglicherweise aus demselben Sommer. Ich bin nie viel mit dem Boot draußen gewesen. Ich kenne den Meeresboden nicht. Es bleibt ungewiß, weshalb sie mich mitgenommen haben. Doch ich weiß in jedem Augenblick, wo wir uns im Verhältnis zu den Landmarken befinden.

Von da an nehmen sie mich fast jedesmal mit.

Im *Coldwater Laboratory* des amerikanischen Militärs auf Bylot hatten sie Leute angestellt, die das Phänomen Ortssinn erforschen sollten. Dort habe ich dicke Bücher und lange Verzeichnisse von Aufsätzen gesehen, die beschreiben, daß richtungskonstante Winde um die Erde wehen, die den Eiskristallen einen bestimmten Winkel verleihen, an dem man selbst bei geringer Sicht die Himmelsrichtungen ablesen können soll. Daß weiter oben eine zweite, fast unmerkliche Brise bei Nebel der einen Gesichtshälfte eine bestimmte Kühlung verleiht. Daß das Bewußtsein unterschwellig selbst das normalerweise nicht spürbare Licht registriert. Es gibt eine Theorie, wonach das menschliche Gehirn in den arktischen Gebieten imstande sein soll, die kräftigen elektromagnetischen Turbulenzen des magnetischen Nordpols in der Nähe von Bucha Felix zu registrieren.

Mündliche Vorträge über das Musikerlebnis.

Mein einziger Bruder im Geiste ist Newton. Ich war tief bewegt, als man uns an der Universität die Stelle im ersten Buch der *Principia Mathematica* vorlegte, wo Newton einen Eimer voll Wasser ankippt und die schräge Wasserfläche als Argument dafür anführt, daß in der rotierenden Erde und um sie herum ebenso wie um die sich drehende Sonne und die tanzenden Fixsterne, die es unmöglich machen, im Dasein einen festen Ausgangspunkt, ein Inertialsystem und einen Haltepunkt zu finden, der *absolute space*, der Absolute Raum ist, das, was stillsteht, das, woran wir uns klammern können.

Ich hätte Newton küssen mögen. Später verzweifelte ich über Ernst Machs Kritik an dem Eimerexperiment, die den Ausgangspunkt für Einsteins Arbeiten bildete. Damals war ich jünger und leichter zu bewegen. Heute weiß ich, daß diese Arbeiten nur gezeigt haben, daß Newtons Argumentation unzulänglich war. Jede theoretische Erklärung ist eine Reduzierung der Intuition. Niemand hat an meiner und Newtons Gewißheit vom Absoluten Raum rütteln können. Niemand findet mit der Nase in Einsteins Schriften den Heimweg von Qaanaaq.

»Was meinen Sie denn, was da passiert ist?«

Nichts ist so entwaffnend wie Hellhörigkeit.

»Ich weiß es nicht«, sage ich.

Das kommt der Wahrheit sehr nahe.

»Was sollen wir Ihrer Meinung nach denn tun?«

Hier, bei Tageslicht, wo der Schnee geschmolzen ist, das Leben über die Knippelsbrücke hin und her weitergeht und ein höflicher Mensch mit mir redet, wirken meine Einwände plötzlich fadenscheinig. Mir fällt keine Antwort ein.

»Ich werde die Sache von Anfang bis Ende noch mal durchgehen und sie mir im Lichte dessen, was Sie mir erzählt haben, anschauen.«

Wir steigen hinunter, und es ist ein doppelter Abstieg. Dort unten erwartet mich die Depression.

»Ich habe um die Ecke geparkt«, sagt er.

Und dann macht er seinen großen Fehler.

»Ich würde vorschlagen, daß Sie, solange wir die Sache noch mal durchgehen, Ihre Beschwerde zurückziehen. Damit wir unsere Arbeit in Ruhe machen können. Und aus demselben Grund noch etwas: Falls sich die Zeitungen an Sie wenden, finde ich, sollten Sie es ablehnen, sich zu der Angelegenheit zu äußern. Also auch nicht erwähnen, was Sie mir erzählt haben. Verweisen Sie sie an die Polizei, sagen Sie, daß die den Fall noch bearbeitet.«

Ich spüre, daß ich rot werde. Aber nicht aus Verlegenheit. Sondern vor Zorn.

Ich bin nicht vollkommen. Schnee und Eis sind mir lieber als die Liebe. Es fällt mir leichter, mich für die Mathematik zu interessieren, als meine Mitmenschen zu mögen. Aber ich bin im Dasein mit etwas verankert, das fest steht. Man kann das von mir aus Ortssinn nennen oder auch weibliche Intuition, von mir aus kann man es so nennen, wie es einem gerade einfällt. Ich stehe auf einem Fundament, und tiefer kann ich nicht fallen. Schon möglich, daß ich es nicht geschafft habe, mein eigenes Leben sonderlich clever einzurichten. Aber den Absoluten Raum halte ich immer fest – mindestens mit einem Finger.

Deshalb hat es seine Grenzen, wie weit die Welt aus den Fugen geraten kann, wieviel schief gehen kann, bevor ich es entdecke. Ich weiß jetzt, ohne auch nur den Schimmer eines Zweifels, daß irgend etwas nicht stimmt.

Ich habe keinen Führerschein. Und wenn man anständig angezogen ist, muß man zu viele Parameter im Griff haben, wenn man Fahrrad fahren, den Verkehr überblicken, seine Würde behalten und ein Jägerhütchen von Vagns Geschäft in der Østergade festhalten will. Deshalb laufe ich in der Regel oder nehme den Bus.

Heute laufe ich. Es ist der 20. Dezember, und es ist kalt und klar. Zuerst gehe ich zur Bibliothek des Geologischen Instituts in der Øster Voldgade.

Ein Satz gefällt mir wirklich sehr, Dedekinds Postulat von der linearen Komprimierung. Es besagt – in etwa –, daß man an jeder beliebigen Stelle einer Zahlenreihe innerhalb eines jeden beliebigen, verschwindend kleinen Intervalls auf die Unendlichkeit stößt. Als ich am Computer der Bibliothek die *Kryolithgesellschaft Dänemark* suche, spuckt er mir Lesestoff für ein ganzes Jahr aus.

Ich entscheide mich für *Das weiße Gold*. Es erweist sich als ein Buch von schillernder Humorigkeit. Die Arbeiter im Kryolithbruch haben den Schalk im Nacken, die Industrieherren, die den Kies verdienen, haben ihn, das grönländische Reinigungspersonal hat ihn, und die blauen, grönländischen Fjorde sind voller Reflexe und Sonnenstreifen.

Anschließend gehe ich an der S-Bahn Østerport vorbei und den Strandboulevard entlang. Bis zur Nummer 72 B, wo die Kryolithgesellschaft Dänemark – neben der Konkurrentin Kryolithgesellschaft Öresund – 500 Mitarbeiter, zwei Laborgebäude, die Rohkryolithhalle, die Sortierhalle, die Werkkantine und die Werkstätten hatte. Jetzt sind davon nur noch die Eisenbahngeleise, die Abrißfläche, ein paar Schuppen und Unterstände und eine große rote Backsteinvilla übrig. Von meiner Lektüre her weiß ich, daß die beiden großen Kryolithvorkommen bei Saqqaq in den sechziger Jahren erschöpft waren und die Gesellschaft im Laufe der siebziger Jahre zu anderen Aktivitäten überging.

Jetzt sind nur noch ein abgesperrtes Gebiet, eine Zufahrtsstraße und eine Gruppe Handwerker in weißen Arbeitsklamotten da. Sie genießen ein stilles Weihnachtsbier und bereiten sich auf das bevorstehende Fest vor.

Ein ausgeschlafenes und unternehmungslustiges Mädchen würde jetzt zu ihnen hingehen, grüßend an die Mütze tippen, Jargon reden und sie nach Frau Lübing fragen: wer sie war und was aus ihr geworden ist.

Diese Geradheit liegt mir nicht. Ich spreche Fremde nicht gern an. Dänische Handwerker in Gruppen kann ich nicht leiden. Um ehrlich zu sein, kann ich überhaupt Männer in Gruppen nicht leiden.

Während ich so weit gedacht habe, bin ich den ganzen Weg um den Block herumgegangen, die Handwerker haben mich gesehen, winken mich zu sich und erweisen sich als gewandte Gentlemen, die schon seit dreißig Jahren hier angestellt sind und jetzt die wehmütige Aufgabe haben, den Laden abzuwikkeln. Sie wissen, daß Frau Lübing noch lebt, in Frederiksberg wohnt und im Telefonbuch steht, und warum mich das wohl interessiere?

»Sie hat mir mal einen Gefallen getan«, sage ich. »Jetzt möchte ich sie nach was fragen.«

Sie nicken und sagen, Frau Lübing habe vielen einen Gefallen getan, und sie hätten selber eine Tochter in meinem Alter, und ich solle doch mal wieder vorbeischauen.

Ich gehe den Strandboulevard zurück und denke daran, daß es selbst im paranoidesten Argwohn ganz tief verborgen Mitmenschlichkeit und den Wunsch nach Kontakt gibt, die darauf warten, ausgebrütet zu werden.

Niemand, der irgendwann einmal mit Tieren gelebt hat, die Platz haben, kann danach wieder in einen Zoo gehen. Einmal jedoch nehme ich Jesaja ins Zoologische Museum mit, um ihm dort den Raum mit den Seehunden zu zeigen.

Er findet, daß sie krank aussehen. Aber das Modell des Urochsen beschäftigt ihn. Auf dem Heimweg gehen wir durch den Fælledpark.

»Wie alt ist der noch mal?« fragt er.

»Vierzigtausend Jahre.«

»Dann stirbt er sicher bald.«

»Sicher.«

»Wenn du stirbst, Smilla, kriege ich dann deine Haut?«

»In Ordnung«, sage ich.

Wir gehen über die Triangelkreuzung. Es ist ein warmer Herbst, die Luft ist diesig.

»Smilla, können wir nach Grönland fahren?«

Ich sehe keinen Grund, Kindern die unumgänglichen Wahrheiten zu ersparen. Sie müssen schließlich als Erwachsene dasselbe aushalten können wie wir anderen.

»Nein«, sage ich.

»In Ordnung.«

Ich habe ihm nie etwas versprochen. Ich kann ihm nichts versprechen. Kein Mensch kann einem anderen etwas versprechen.

»Aber wir können was über Grönland lesen.«

Er sagt ›wir‹ zum Vorlesen, er ist sich bewußt, daß er mit seiner Anwesenheit ebensoviel dazu beiträgt wie ich.

»In welchem Buch?«

»In Euklids *Elementen* ...«

Als ich zu Hause bin, ist es dunkel. Der Mechaniker bringt gerade sein Fahrrad in den Keller.

Er ist sehr breit und bärenhaft, und wenn er richtig gerade gehen würde, wäre er imposant. Aber er hält den Kopf gesenkt, vielleicht um seine Größe zu entschuldigen, vielleicht um den Türrahmen dieser Welt auszuweichen.

Er gefällt mir. Ich habe eine Schwäche für Verlierer. Für Invaliden, Ausländer, den Klassendicken, alle, mit denen nie jemand tanzt. Für sie schlägt mein Herz. Vielleicht, weil ich immer gewußt habe, daß ich irgendwie immer eine von ihnen sein werde.

Jesaja und der Mechaniker waren befreundet. Schon bevor Jesaja Dänisch gelernt hatte. Sie haben sicher nicht sehr viele Worte gebraucht. Der eine Handwerker hat den anderen erkannt. Zwei Männer, die irgendwie beide allein auf der Welt waren.

Als er das Fahrrad hinunterschiebt, gehe ich mit. Mir ist wegen des Kellers ein Gedanke gekommen.

Er hat einen Doppelraum als Werkstatt bekommen. Der Raum hat einen Zementboden, warme, trockene Luft und ein scharfes, gelbes elektrisches Licht. Der begrenzte Platz ist vollgestopft. An zwei Wänden ein Arbeitstisch. Fahrradräder und Schläuche an Haken. Eine Molkereikiste mit defekten Potentiometern. Eine Plastikschiene für Nägel und Schrauben. Ein Brett mit kleinen Isolierzangen für elektrische Arbeiten. Ein Bord mit Schraubenschlüsseln. Neun Quadratmeter Sperrholz mit Dingen, die aussehen, als sei hier das ganze Werkzeug der Welt versammelt. Lötkolben in Reih und Glied. Vier Regale mit Klempnerwaren, Malerdosen, ausrangierten Stereoanlagen, Steckschlüsseln, Schweißelektroden und der ganzen Serie elektrischer Metabo-Werkzeuge. An der Wand zwei große Flaschen für ein CO_2-Schweißgerät und zwei kleine für einen Schneidbrenner. Außerdem eine zerlegte Waschmaschine. Eimer mit Mitteln gegen Hausschwamm. Fahrradrahmen. Eine Fußpumpe.

Hier sind so viele Gegenstände beisammen, daß es aussieht, als warteten sie nur auf den kleinsten Vorwand, um sich in ein Chaos zu verwandeln. Mir persönlich kommt es vor, als bräuchte man mich nur in diesen Raum zu schicken, um das Licht anzumachen, allein das würde zu einem Durcheinander führen, in dem man hinterher nicht einmal mehr den Schalter fände. Tatsächlich aber wird alles an seinem Platz festgehalten, und zwar von dem alles einbeziehenden, funktionellen Ordnungssinn eines Menschen, der sichergehen will, daß er findet, was er braucht.

Der Raum ist eine Doppelwelt. Oben der Arbeitstisch, das Werkzeug, der hohe Bürostuhl. Unter der Tischplatte wiederholt sich das Universum in halber Größe. Eine kleine Holzfaserplatte mit Laubsäge, Schraubenzieher, Stemmeisen. Ein kleiner Schemel. Eine Arbeitsplatte. Eine kleine Schraubzwinge. Eine Bierkiste. Eine Zigarrenkiste mit vielleicht dreißig Dosen Humbrol. Jesajas Sachen. Ich bin einmal hiergewesen, als sie gearbeitet haben. Der Mechaniker auf dem Stuhl, über eine Lupe in einer Halterung gebeugt, Jesaja auf dem Fußboden, in Unterhosen, der Welt abhanden gekommen. Es roch nach verbranntem Lötzinn und Epoxyhärter. Und noch etwas war in der Luft, etwas Stärkeres: die totale, selbstvergessene Konzentration. Ich stand vielleicht zehn Minuten still da. Sie schauten nicht ein einziges Mal auf.

Jesaja war für den dänischen Winter nicht gerüstet. Nur gelegentlich nahm sich Juliane zusammen und zog ihn warm genug an. Als ich ihn ein halbes Jahr kannte, hatte er innerhalb von zwei Monaten seine vierte schwere Mittelohrentzündung. Als er aus dem Penicillinrausch wieder auftauchte, war er schwerhörig. Seitdem saß ich vor ihm, wenn ich vorlas, damit er meine Mundbewegungen verfolgen konnte. In dem Mechaniker fand er einen Menschen, mit dem er anders als durch Sprache reden konnte.

Seit einigen Tagen trage ich etwas in der Manteltasche mit mir herum, weil ich auf diese Begegnung gewartet habe. Jetzt zeige ich es ihm.

»Was ist das hier?«

Es ist der Saugnapf, den ich aus Jesajas Zimmer mitgenommen habe.

»Ein Saugheber. Glaser benutzen so etwas, wenn sie große Glasstücke transportieren.«

Ich nehme die Sachen aus der Bierkiste. Mehrere geschnitzte Holzstückchen. Eine Harpune, ein Beil. Ein Boot aus einer festen, irgendwie gesprenkelten Holzsorte, vielleicht Birne. Ein *umiaq*. Er ist außen glattgeschliffen und innen mit einem Hohleisen ausgehöhlt. Eine lange, mühselige, behutsam ausgeführte Arbeit. Dann ein Auto aus gebogenen und zusammengeleimten Aluminiumstreifen, die aus einer fast foliendünnen Platte ausgeschnitten worden sind. Farbige Rohglasstückchen, die man geschmolzen und über einer Glasflamme in die Länge gezogen hat. Mehrere Brillengestelle. Ein Walkman. Die Deckplatte ist verschwunden, aber er ist mit einer Plexiglasplatte und kleinen, angeschraubten Scharnieren kunstgerecht repariert worden. Er liegt in einem handgenähten Plastiketui. Das Ganze sieht aus wie ein Gemeinschaftsprojekt von einem Kind und einem Erwachsenen. Schließlich ein Stapel Kassetten.

»Wo ist sein Messer?«

Er zuckt die Achseln. Gleich darauf trottet er davon. Er ist der hundert Kilo schwere kleine Freund der ganzen Welt – und auch mit dem Hauswart ein Herz und eine Seele. Er hat einen Hauptschlüssel für die Keller und kann kommen und gehen, wie es ihm paßt.

Ich nehme den kleinen Schemel und setze mich an die Tür. Von dort aus kann ich den ganzen Raum überblicken.

Im Internat hatten wir jeder einen Schrank von dreißig mal fünfzig Zentimetern. Er hatte ein Schloß. Der Besitzer hatte einen Schlüssel dazu. Alle anderen knackten es mit einem Stahlkamm.

Die Ansicht, daß Kinder offen sind, daß ihr inneres Wesen sozusagen pur aus ihnen heraussickert, ist weit verbreitet. Das ist falsch. Niemand hält sich bedeckter als ein Kind, niemand muß es so sehr sein. Als Antwort auf eine Welt, die dauernd mit dem Büchsenöffner ankommt, um nachzuschauen, was es in sich hat, und festzustellen, ob es nicht vielleicht gegen eine gängigere Konserve eingetauscht werden sollte.

Das erste Bedürfnis, das sich im Internat entwickelte, war – abgesehen von dem permanenten, nie richtig gestillten Hunger – das Bedürfnis nach Ruhe. In einem Schlafsaal herrscht nie Ruhe. Deshalb verlagert sich das Bedürfnis. Es wird zu dem Bedürfnis nach einem Versteck, nach dem Geheimfach.

Ich versuche mich in Jesajas Lage zu versetzen, mir vorzustellen, wo er überall hingekommen ist. Die Wohnung, den Block, den Kindergarten, den Stadtwall. Orte, die man nie gründlich würde absuchen können. Ich halte mich also an das Vorliegende.

Ich sehe mir den Raum an. Sehr gründlich. Ohne etwas zu finden. Außer die Erinnerung an Jasaja. Dann rufe ich mir ins Gedächtnis, wie er die beiden Male ausgesehen hat, als ich hier unten war. Das ist lange her.

Ich habe vielleicht eine halbe Stunde so dagesessen, als das Bild deutlicher wird. Vor einem halben Jahr ist das Gebäude auf Hausschwamm untersucht worden. Die Versicherungsgesellschaft kam mit einem Hund, der auf den Geruch trainiert war. Er fand zwei kleinere Myzellien, die abgeklopft wurden. Hinterher wurden die Stellen eingepinselt. Sie arbeiteten auch in diesem Raum. Sie öffneten die Mauer einen Meter über dem Fußboden. Sie haben sie wieder zugemauert, aber noch nicht, wie die übrige Wand, mit Mörtel verputzt. Unter dem Arbeitstisch, im Schatten, ist ein Quadrat aus sechs mal sechs Steinen.

Trotzdem kann ich es fast nicht finden. Er muß gewartet haben, bis die Arbeiter fertig waren. Dann ist er, als der Mörtel noch feucht war, herangegangen und hat einen der Steine ganz leicht nach innen geschoben. Danach hat er einen Augenblick gewartet und ihn wieder zurückgezogen. Das hat er gemacht, bis der Mörtel trocken war. Ruhig und bedächtig, den ganzen Abend lang, ist er alle Viertelstunde in den Keller geschlendert, um den Stein einen Zentimeter zu verrücken. Denke ich mir. Man kriegt keine Messerklinge zwischen den Stein und den Mörtel. Doch als ich drücke, rutscht der Stein nach innen. Erst verstehe ich nicht, wie er ihn herausbekommen hat, weil man ihn nicht richtig greifen kann. Dann hole ich den Saugnapf aus der Tasche und schaue ihn mir an. Ich kann den Stein nicht nach hinten schieben, denn dann würde er in den Hohlraum der doppelschaligen Mauer fallen. Doch als ich die schwarze Gummischeibe an den Stein ansetze und mit dem kleinen Handgriff einen Unterdruck herstelle, kommt mir der Stein ohne großen Widerstand entgegen. Als ich ihn draußen habe, verstehe ich, warum. Auf der Rückseite ist ein kleiner Stahlnagel eingeschlagen und mit einer dünnen Nylonschnur umwickelt. Auf die Nylonschnur und den Nagel hat Jesaja einen dicken Tropfen Araldit aufgetragen, der inzwischen steinhart ist. Die Schnur führt in die Hohlmauer. An ihrem Ende hängt eine flache, mit einem dicken Gummiband umwickelte Zigarrenkiste. Das Ganze ist wie ein Gedicht technischer Findigkeit.

Ich stecke die Kiste in die Manteltasche. Dann praktiziere ich den Stein wieder zurück.

Ritterlichkeit ist ein Archetypus. Als ich nach Dänemark kam, stellte der Bezirk Kopenhagen eine Klasse von Kindern zusammen, die in der Rugmarkschule bei den Einwandererbaracken der Sozialfürsorge in Sundby auf Amager Dänisch lernen sollten. Ich saß neben einem Jungen, der Baral hieß. Ich war sieben und hatte kurzgeschnittene Haare. In den Pausen spielte ich mit den Jungen Ball. Nach vielleicht drei Monaten mußten wir in einer Stunde die Namen unserer Banknachbarn sagen.

»Und die neben dir, Baral, wie heißt die?«

»Er heißt Smilla.«

»Sie heißt Smilla. Smilla ist ein Mädchen.«

Baral sah mich stumm vor Erstaunen an. Nachdem sich der erste Schock gelegt hatte, veränderte sich sein Verhalten zu mir für den Rest meines halben Jahres an dieser Schule eigentlich nur in einem Punkt wesentlich. Es erweiterte sich jetzt um eine angenehme, höfliche Hilfsbereitschaft.

Diese Hilfsbereitschaft fand ich auch bei Jesaja. Er konnte plötzlich ins Dänische wechseln, um *Sie* zu mir sagen zu können, als er den diesem Wort innewohnenden Respekt erst einmal begriffen hatte. In den letzten drei Monaten, in denen Julianes Selbstzerstörung zunahm und zielstrebiger war als vorher, kam es hin und wieder vor, daß er am Abend nicht wieder gehen wollte.

»Glauben Sie«, sagte er, »daß ich hier schlafen kann?«

Wenn ich ihn dann geduscht hatte, stellte ich ihn auf den Klodeckel und cremte ihn ein. Von da aus konnte er im Spiegel sein Gesicht sehen, das mißtrauisch dem Rosenduft von Elizabeth Ardens Nachtcreme nachschnüffelte.

Solange er wach war, hat er mich nie berührt. Er nahm nie meine Hand, erwies nie Zärtlichkeiten und bat auch nie darum. Doch im Laufe der Nacht rollte er ab und zu im Tiefschlaf zu mir hin und blieb ein paar Minuten so liegen. An meiner Haut hatte er eine Minierektion, die wie ein Kasperle hochschnellte und wieder verschwand.

In diesen Nächten schlief ich sehr leicht. Bei der kleinsten Veränderung seiner schnellen Atemzüge wachte ich auf. Oft lag ich einfach wach und dachte, die Luft, die ich jetzt einatme, hat er gerade ausgeatmet.

8 Bertrand Russell hat einmal geschrieben, die reine Mathematik sei der Themenbereich, bei dem wir nicht wüßten, wovon wir redeten oder inwieweit das, was wir sagen, wahr oder falsch sei.

So geht es mir mit dem Kochen.

Meistens esse ich Fleisch. Fettes Fleisch. Von Gemüse und Brot wird mir nicht warm. Ich habe nie einen Überblick über meine Küche, über die Rohwaren und die Grundchemie des Kochens bekommen. Ich habe nur ein einziges Arbeitsprinzip. Ich koche immer warm. Das ist wichtig, wenn man allein ist. Es dient einem mentalhygienischen Zweck. Es erhält einen aufrecht.

Heute dient es noch einem anderen Zweck. Es verschiebt zwei Telefonate. Ich telefoniere nicht gern. Ich will sehen, mit wem ich rede.

Ich stelle Jesajas Zigarrenkiste auf den Tisch. Dann mache ich mich an den ersten Anruf.

Eigentlich hoffe ich, daß es zu spät ist, es ist bald Weihnachten, die Leute sind wahrscheinlich früh nach Hause gegangen.

Ich rufe die Kryolithgesellschaft an. Der Direktor ist noch im Büro. Er stellt sich nicht vor, ist nur eine Stimme, trocken, unverrückbar und abweisend, wie Sand, der durch ein Stundenglas rinnt. Er gibt mir die Auskunft, daß man beschlossen habe, sämtliche Akten dem Reichsarchiv zu übertragen, da der Staat mit im Aufsichtsrat sitze, die Gesellschaft abgewickelt und der Fonds umstrukturiert werde. Das Reichsarchiv bewahrt alle Dokumente zu behördlichen Beschlüssen auf. Einige davon – er kann mir nicht sagen, welche – fallen unter die Kategorie ›Allgemeine Bestimmungen‹ und sind fünfzig Jahre lang geschützt, andere dagegen – auch hier kann er, wie ich ja wohl begreifen könne, nicht sagen, welche – gelten als Personenauskünfte und genießen achtzig Jahre Schutz.

Ich versuche ihn zu fragen, wo die Papiere sind, die Papiere als solche.

Als physische Realität befänden sie sich noch immer im

Gewahrsam der Gesellschaft, offiziell aber seien sie bereits in das Reichsarchiv aufgenommen worden, an das ich mich deshalb wenden müsse, und ob er sonst noch etwas für mich tun könne?

»Ja«, sage ich. »Scheren Sie sich zum Teufel!«

Ich ziehe die Gummibänder von Jesajas Kiste herunter.

Die Messer, die ich in der Wohnung habe, sind gerade noch so gefährlich, daß man damit Briefe öffnen kann. Eine Scheibe grobes Brot zu schneiden, geht bereits über ihre Leistungsfähigkeit. Für mich brauchen sie auch nicht schlimmer zu sein. An schlechten Tagen verfalle ich sonst nämlich leicht auf den Gedanken, daß man sich ja jederzeit im Bad vor den Spiegel stellen und sich die Kehle durchschneiden kann. Bei solchen Gelegenheiten ist es ganz angenehm, wenn man die zusätzliche Sicherheit hat, daß man sich beim Nachbarn erst ein ordentliches Messer ausleihen muß.

Doch ich begreife die Liebe zu einer blanken Klinge. Irgendwann habe ich Jesaja einen *Puma-Skinner* gekauft. Er dankte mir nicht. Sein Gesicht verriet keine Überraschung. Er hob den kurzen, breitschneidigen Dolch aus dem grünen Filz, ganz behutsam, und fünf Minuten später ging er. Er wußte und ich wußte, und er wußte, daß ich wußte, daß er in den Keller gegangen war, um sich unter dem Tisch des Mechanikers um seine Neuerwerbung zu krümmen, und daß er Monate brauchen würde, um zu begreifen, daß das sein Messer war.

Jetzt liegt es vor mir, in der Scheide, in der Zigarrenkiste. Mit einem breiten, sorgfältig polierten Hirschhornschaft. In der Kiste sind noch vier andere Dinge. Eine Harpunenspitze, wie sie alle Kinder in Grönland an den verlassenen Siedlungsplätzen finden. Sie wissen, daß sie sie eigentlich für die Archäologen liegenlassen sollten, heben sie aber trotzdem auf und schleppen sie mit sich herum. Eine Bärenklaue, und wie immer grübele ich über die Härte, Schwere und Schärfe dieses einen Nagels nach. Eine Tonbandkassette ohne Hülle, die in eine verblichene grüne, mit Zahlen beschriebene Kladdenseite eingewickelt ist. Ganz oben steht in Blockbuchstaben das Wort ›Niflheim‹.

Dann eine Buskarte. Der Kontrollabschnitt ist herausgenommen worden, so daß die Hülle jetzt als Umschlag für ein Foto dient. Ein Farbfoto, sicher mit einer Instamatic aufgenommen. Im Sommer, und es muß in Nordgrönland sein, denn der Mann hat seine Jeans in die Kamiken gesteckt. Er sitzt in der Sonne, auf einem Stein. Sein Oberkörper ist nackt, am linken Arm trägt er eine große, schwarze Taucheruhr. Er lacht den Fotografen an, und in diesem Augenblick ist er mit jedem Zahn und jeder Lachfalte Jesajas Vater.

Es ist spät geworden. Doch es scheint eine Zeit zu sein, in der wir, die wir den Gesellschaftsapparat in Gang halten, vor Weihnachten noch einmal so richtig ranklotzen, um uns die Gratifikation zu verdienen, die in diesem Jahr aus einer tiefgefrorenen Ente und einem Ohrenküßchen vom Direktor besteht.

Ich schaue im Telefonbuch nach. Die Staatsanwaltschaft für das Amt Kopenhagen hat ihre Büros in der Jens-Kofods-Gade.

Ich weiß nicht genau, was ich Ravn sagen will. Vielleicht drängt es mich einfach nur, ihm zu erzählen, daß ich mich nicht habe überlisten lassen, daß ich nicht aufgegeben habe. Ich brauche ihm bloß zu sagen: Wissen Sie was, Sie kleiner Plumps, Sie sollen nur wissen, daß meine Augen auf Ihnen ruhen.

Ich bin auf jede Antwort vorbereitet.

Bloß nicht auf die, die ich bekomme.

»Hier arbeitet niemand, der so heißt«, sagt eine kalte Frauenstimme.

Ich setze mich. Mir bleibt nichts anderes übrig, als ein wenig in den Hörer zu atmen, um die Zeit in die Länge zu ziehen.

»Mit wem spreche ich?« fragt sie.

Ich bin drauf und dran aufzulegen. Doch irgend etwas an der Stimme läßt mich dranbleiben. Sie hat so was Kommunalbürokratisches. So was Engstirniges und Neugieriges. Doch diese Neugierde bringt mich plötzlich auf eine Idee.

»Mit Smilla«, flüstere ich und versuche Zuckerwatte zwischen mich und die Membrane zu schieben. »Von ›Smillas Saunaklub‹. Herr Ravn hatte einen Massagetermin, den er gern ändern wollte ...«

»Dieser Ravn, ist der klein und dünn?«

»Wie eine Hopfenstange, Schätzchen.«

»Trägt er große Mäntel?«

»Wie Wohnzelte.«

Ich höre, wie ihr Atem schneller wird, ich weiß, daß sie blanke Augen hat.

»Das ist der von der Polizei für Wirtschaftskriminalität«, sagt sie.

Jetzt ist sie glücklich. Auf ihre eigene Art. Ich habe ihr das Weihnachtsmärchen des Jahres beschert, gerade passend zum Kaffee und Kuchen mit den Busenfreundinnen morgen früh.

»Sie haben mir wirklich den Tag gerettet«, sage ich. »Falls Sie selbst mal Massage haben möchten ...«

Sie legt auf.

Ich nehme meinen Tee mit ans Fenster. Dänemark ist ein reizendes Land. Und die Polizei ist ganz besonders reizend. Und voller Überraschungen. Sie begleitet die Leibgarde zum Schloß Amalienborg. Sie geleitet verirrte Entenküken über die Straße. Und wenn ein kleiner Junge vom Dach fällt, kommt zuerst die Schutzpolizei. Und danach die Kriminalpolizei. Und schließlich läßt sich dann auch noch der Staatsanwalt für besondere Wirtschaftsvergehen vertreten. Das ist beruhigend.

Ich ziehe den Telefonstecker heraus. Für heute habe ich genug telefoniert. Ich habe den Mechaniker irgend etwas mit einem Bananenstecker machen lassen, so daß ich auch die Türklingel abstellen kann.

Dann setze ich mich aufs Sofa. Zuerst kommen die Bilder dieses Tages. Die lasse ich gehen. Danach kommen die Erinnerungen aus der Zeit, als ich klein war, mal leicht depressiv, mal schwach lustig, ich lasse sie den anderen hinterherziehen. Dann kommt die Ruhe. In der lege ich eine Platte auf. Dann sitze ich da und weine. Ich weine nicht über etwas oder jemanden. Mein Leben habe ich mir in gewisser Weise selber eingebrockt, und ich will es gar nicht anders haben. Ich weine, weil es im All etwas so Schönes gibt wie Kremer, wenn er Brahms' Violinkonzert spielt.

9 Ein wissenschaftstheoretischer Standpunkt besagt, daß man genaugenommen nur die Existenz des selbst Erfahrenen als sicher betrachten kann. Folglich kann es nur sehr wenige Leute geben, die sicher sind, daß der Godthåbsvej um fünf Uhr morgens existiert. Jedenfalls sind die Fenster dunkel und leer, die Straßen sind leer, und die Linie 2 ist, bis auf den Fahrer und mich, ebenfalls leer.

Fünf Uhr morgens, das hat etwas Besonderes. Als ob der Schlaf dann seinen Tiefpunkt erreichen würde. Die Parabel der REM-Zyklen kehrt sich um und hievt die Schlafenden zu der Erkenntnis empor, daß es so nicht weitergeht. Die Menschen sind zu diesem Zeitpunkt ungeschützt wie Säuglinge. Da jagen die großen Raubtiere, und die Polizei treibt bei säumigen Zahlern die Knöllchen ein. Und ich nehme die Linie 2 nach Brønshøj, zum Kabbelejevej am Rande von Utterslev Mose, dem sumpfigen Erholungsgebiet, um dem Gerichtsmediziner Lagermann einen Besuch abzustatten, Lagermann, wie die dänische Lakritze.

Er hat meine Stimme am Telefon erkannt, bevor ich mich habe vorstellen können, und stößt die Uhrzeit hervor, »halb sieben«, sagt er, »schaffen Sie das?«

Ich komme also kurz vor sechs. Der Mensch hält sein Leben durch die Zeit zusammen. Ändert man sie nur ein klein wenig, passiert fast immer etwas Spannendes.

Der Kabbelejevej ist dunkel. Die Häuser sind dunkel. Das Moor am Ende ist dunkel. Es ist eiskalt, der Bürgersteig ist hellgrau vom Reif, die geparkten Autos haben einen glitzernden weißen Pelz übergezogen. Das schlaftrunkene Gesicht des Gerichtsmediziners dürfte interessant werden.

Ein Haus ist erleuchtet. Nicht einfach nur erleuchtet, sondern illuminiert. Hinter den Fenstern bewegen sich Gestalten, als sei hier schon seit gestern abend Hofball, der noch nicht zu Ende ist. Ich klingele. Smilla, die gute Fee, der letzte Gast vor dem Morgengrauen.

Fünf Personen machen die Tür auf, und zwar auf einmal, und danach verkeilen sie sich in der Türöffnung. Fünf Kinder in der Größenordnung ganz klein bis mittel. Drinnen sind noch mehr. Sie sind für einen Raid angezogen, mit Skistiefeln und Tornister, damit sie die Hände frei haben, um jemandem eine schmieren zu können. Ihre Haut ist milchweiß, sie haben Sommersprossen und kupferrote Haare unter ihren Fußballmützen mit den Wackelohren und strahlen eine Aura von hyperaktivem Vandalismus aus.

Mitten zwischen ihnen steht eine Frau mit der Haut- und Haarfarbe der Kinder, doch von der Größe, der Schulter- und Rückenbreite her eignet sie sich für Rugby. Hinter ihr kommt der Gerichtsmediziner zum Vorschein.

Er ist einen halben Meter kleiner als seine Frau. Er ist fertig angezogen, verbissen und rotäugig morgenfrisch.

Er hebt nicht mal die Augenbrauen, als er mich sieht. Er senkt den Kopf, und wir pflügen uns durch die Zurufe und ein paar Räume, die aussehen, als seien die Völkerwanderung und die wilden Horden über sie hinweggefegt und auf dem Rückweg noch mal vorbeigekommen, dann durch eine Küche, in der man Brote für eine ganze Kaserne geschmiert hat, und durch eine Tür. Als sie zugemacht wird, ist es ganz still, trocken, sehr warm und neonfarbig.

Wir stehen in einem Treibhaus, das als eine Art Wintergarten an das Haus angebaut ist. Abgesehen von ein paar schmalen Pfaden, einer kleinen Plattform mit weißgestrichenen Eisenmöbeln und einem Tisch gibt es hier nur Beete und Kakteentöpfe. Kakteen in allen Größen, von einem Millimeter bis zu zwei Metern. In allen Schattierungen der Kratzbürstigkeit. Beleuchtet von violetten und blauen Floralampen, die das Wachstum fördern.

»Aus Dallas«, sagt er. »Verdammt gutes Plätzchen, um eine Sammlung anzufangen. Sonst weiß ich allerdings nicht, ob ich es empfehlen kann, nee, wirklich nicht. An einem Samstagabend konnten wir bis zu fünfzig Tötungsdelikte haben. Oft mußte man unten neben der Unfallstation arbeiten. Die war so eingerichtet, daß wir dort gleich obduzieren konnten. Das war praktisch. Man lernte was über Schußwunden und Messerstiche. Meine Frau sagte, ich würde die Kinder nie sehen. Hat ja wirklich auch gestimmt, verdammt noch mal.«

Beim Sprechen schaut er mich unverwandt an.

»Sie kommen verteufelt früh. Nicht, daß es uns was ausmacht, wir sind sowieso auf. Meine Frau hat die Gören in den Kindergarten von Allerød gesteckt. Damit sie ein bißchen in den Wald rauskommen. Sie haben den kleinen Jungen gekannt?«

»Ich war eine Freundin der Familie. Besonders seine.«

Wir setzen uns einander gegenüber.

»Was wollen Sie?«

»Sie haben mir Ihre Karte gegeben.«

Das überhört er ganz einfach. Ich spüre, daß er ein Mensch ist, der zuviel gesehen hat, um sich noch allzuviel mit Umschweifen aufzuhalten. Wenn er etwas hergeben soll, will er Aufrichtigkeit.

Ich erzähle ihm also von Jesajas Höhenangst. Von den Spuren auf dem Dach. Von meinem Besuch bei Professor Loyen. Von Assessor Ravn.

Er zündet sich eine Zigarre an und betrachtet seine Kakteen. Vielleicht hat er nicht verstanden, was ich ihm erzählt habe. Ich bin nicht sicher, daß ich selber es verstanden habe.

»Wir haben das einzige richtige Institut«, erzählt er. »In den anderen sitzen vier Leute und knapsen und kriegen kein Geld für Pipetten und für die weißen Mäuse, denen sie ihre kleinen Zellproben einpflanzen wollen. Wir haben ein ganzes Haus. Wir haben die Pathologen, die Chemiker und Gerichtsgenetiker. Und den ganzen Laden im Keller. Die Lehrverpflichtungen. Wir haben 200 Mitarbeiter, verdammt noch mal. Wir kriegen jährlich 3 000 Akten auf den Tisch. Wenn man in Odense sitzt, hat man vielleicht vierzig Tötungsdelikte gesehen. Hier in Kopenhagen habe ich 1 500 gehabt. Und genauso viele in Deutschland und in den USA. Wenn es in Dänemark drei Leute gibt, die sich Gerichtsmediziner schimpfen dürfen, dann ist das viel. Und zwei, zwei davon, das sind Loyen und ich.«

Neben seinem Stuhl steht ein Kaktus, der eine Form wie ein blühender Baumstumpf hat. Aus dem grünen, langsamen, holzigen, dornigen Gewächs wuchert eine Explosion in Purpur und Orange.

»Am Morgen nach dem Tag, an dem man den Jungen eingeliefert hat, hatten wir viel zu tun, Alkohol am Steuer und

Weihnachtsfeiern. Jeden Nachmittag um vier steht uns die Polizei auf den Zehen wegen des Berichts, verdammt noch mal. Um acht fange ich also mit dem Jungen an. Sie sind doch nicht etwa zimperlich, oder? Wir haben schließlich eine Routine. Es ist eine äußerliche Untersuchung. Wir suchen nach Zellgewebe unter den Nägeln, nach Sperma im Dickdarm, und dann machen wir auf und gucken uns die inneren Organe an.«

»Ist die Polizei dabei?«

»Nur in Sonderfällen, wenn zum Beispiel schwerer Mordverdacht besteht. Nicht bei so etwas. Das hier war Standard. Er hatte Regenschutzhosen an. Die halte ich hoch und denke, mit so was macht man normalerweise nicht gerade Weitsprung. Ich habe einen kleinen Trick. Wie man sie in allen Disziplinen entwickelt. Ich halte eine brennende elektrische Birne in die Hosenbeine. Helly Hansen. Solide Sache. Trage ich selber, wenn ich im Garten arbeite. Aber am Schenkel ist eine Perforierung. Ich schaue an dem Jungen nach. Reine Routine. Da sehe ich dann ein Loch. Das hätte mir schon bei der Oberflächenuntersuchung auffallen sollen, das sage ich Ihnen geradeheraus, aber zum Teufel, wir sind schließlich alle nur Menschen. Aber jetzt runzele ich doch die Brauen. Es hat nämlich keine Blutung gegeben, und das Gewebe hat sich nicht zusammengezogen. Wissen Sie, was das heißt?«

»Nein«, sage ich.

»Das heißt, was immer auch passiert ist, es ist passiert, nachdem sein Herz zu schlagen aufgehört hat. Jetzt schaue ich mir also den Regenschutz genauer an. Um das Loch ist ein kleiner Fleck, und irgendwie dämmert mir was. Ich hole eine Biopsienadel. Eine Art Kanüle, aber dick, die man an einen Griff montiert und ins Gewebe jagt, um eine Probe zu entnehmen. Wie Geologen Bohrkerne entnehmen. Werden vor allem drüben im August-Krogh-Institut von den Sportphysiologen massig benutzt. Sie paßt, verdammt noch mal. Der Kreis an dem Regenschutz könnte entstanden sein, weil jemand es eilig hatte und sie mit einem ordentlichen Ruck reingejagt hat.«

Er lehnt sich zu mir herüber.

»Ich fresse einen Besen, wenn da nicht jemand eine Muskelbiopsie an ihm vorgenommen hat.«

»Der Notarzt?«

»Habe ich auch gedacht. Das wäre zwar verdammt unerklärlich, aber wer sonst? Ich rufe an und erkundige mich. Ich spreche mit dem Fahrer. Und mit dem Arzt. Und mit dem Wachhabenden bei uns, der bei der Aufnahme dabei war. Die schwören bei ihrer Seligkeit, daß sie nichts Derartiges gemacht haben.«

»Weshalb hat Loyen mir das nicht erzählt?«

Einen kurzen Augenblick lang ist er drauf und dran, es mir zu sagen. Dann ist die Vertraulichkeit zwischen uns plötzlich unterbrochen.

»Das muß wirklich ein verdammter Zufall sein.«

Er macht die Floralampen aus. Wir sind auf allen vier Seiten von Nacht umgeben gewesen. Jetzt wird spürbar, daß trotz allem eine Art Tageslicht anbrechen wird. Das Haus ist jetzt still. Es japst lautlos, um Luft für das nächste Armageddon zu holen.

Ich mache auf den schmalen Pfaden eine kurze Runde. Kakteen haben etwas Trotziges an sich. Die Sonne will sie unten halten, und ebenso der Wüstenwind, die Trockenheit und der Nachtfrost. Trotzdem drängeln sie nach oben. Sie sträuben sich, verschanzen sich hinter einer dicken Schale. Und geben keinen Millimeter nach. Ich hege Sympathie für sie.

Lagermann erinnert an seine Pflanzen. Vielleicht sammelt er ja deswegen Kakteen. Ohne seine Lebensgeschichte zu kennen, sehe ich, daß er sich wohl durch einige Kubikmeter Schotter hat drücken müssen, um ans Licht zu kommen.

Wir stehen vor einem Beet mit grünen Seeigeln, die aussehen, als hätten sie in einem Sturm aus Baumwollwatte gestanden.

»*Pilocereus senilis*«, sagt er.

Daneben steht eine Reihe von Töpfen mit kleineren grünen und violetten Gewächsen.

»Mescalin. Selbst die Großen – sagen wir der Botanische Garten von Mexico City oder das Cesar-Manrique-Kakteenmuseum auf Lanzarote – haben nicht mehr. Eine kleine Scheibe, und man ist weit, weit weg. Nicht gerade empfehlenswert. Ich bin ein Vernunftsmensch. Rationalist. Wir untersuchen das Gehirn. Schneiden eine Scheibe heraus. Hinterher legt unser Mitarbeiter den Knochen wieder an seinen Platz und zieht die Kopfhaut drüber. Nichts zu sehen. Ich habe Tausende von Gehirnen gesehen. Ist nichts Mystisches dran. Das Ganze ist wirklich bloß Chemie, verdammt noch mal. Wenn man nur genug darüber weiß. Was glauben Sie, warum ist er auf dem Dach herumgelaufen?«

Zum erstenmal habe ich Lust, eine ehrliche Antwort zu geben.

»Ich glaube, daß jemand hinter ihm her war.«

Er schüttelt den Kopf.

»Sieht einem Kind nicht ähnlich, so weit zu flüchten. Meine setzen sich hin und heulen. Oder schnappen ein.«

Der Mechaniker hat einmal für Jesaja ein Fahrrad überholt. Jesaja hatte in Grönland nicht fahrradfahren gelernt. Als er es konnte, zog er los. Der Mechaniker fand ihn zehn Kilometer weiter auf dem Gammel-Køge-Landevej, mit Stützrädern und mit Butterbroten auf dem Gepäckträger. Auf dem Heimweg nach Grönland. Er hatte die Richtung genommen, in die Juliane irgendwann mal im Delirium zum Krankenhaus von Hvidovre gebracht worden war.

Von meinem siebten Lebensjahr an, als ich zum erstenmal nach Dänemark kam, bin ich, bis ich dreizehn war und aufgab, öfter abgehauen, als ich mich erinnern kann. Zweimal kam ich bis Grönland, einmal weiter bis Thule. Man muß sich nur an eine Familie anhängen und aussehen, als säße die Mutti im Flugzeug fünf Sitze weiter vorn, oder sich ein bißchen weiter hinten in die Schlange stellen. Die Welt ist voller Räubergeschichten von entflogenen Papageien, entlaufenen Perserkatzen und französischen Bulldoggen, die wunderbarerweise zu Herrchen und Frauchen in der Frydenholms Allé zurückgefunden haben. Das ist nichts gegen die Kilometer, die Kinder auf ihrer Suche nach einem ordentlichen Leben zurückgelegt haben.

All das hätte ich Lagermann vielleicht erklären können. Aber ich tue es nicht.

Wir stehen im Flur zwischen Stiefeln, Schlittschuhschonern, Proviantresten und allen möglichen anderen Gegenständen, die die Kampftruppen zurückgelassen haben.

»Und was jetzt?«

»Ich suche«, sage ich, »nach dem logischen Zusammenhang, von dem Sie eben geredet haben. Bis ich den gefunden habe, will sich die Weihnachtsstimmung nicht so richtig einstellen.«

»Müssen Sie nicht zur Arbeit?«

Ich antworte nicht. Plötzlich zieht er alle Stacheln ein. Jetzt redet er, ohne zu fluchen.

»Ich habe haufenweise Familienangehörige erlebt, die in ihrer Trauer durchgedreht sind. Haufenweise Privattalente, die es besser machen wollten als wir und die Polizei. Ich habe mir ihre Ideen und ihre Hartnäckigkeit angeschaut und mir gesagt, ich gebe fünf Minuten Garantie. Bei Ihnen bin ich mir nicht so sicher ...«

Ich versuche ein Lächeln, das seinen Optimismus erwidern soll. Aber es ist zu früh am Morgen, auch für mich.

Statt dessen entdecke ich plötzlich, daß ich mich zu ihm umgedreht und ihm eine Kußhand zugeworfen habe. Von Wüstenpflanze zu Wüstenpflanze.

Ich bin kein Kenner von Automarken. Meinetwegen könnte man alle Autos der Welt durch eine hydraulische Presse jagen, sie aus der Stratosphäre rausdrücken und in Umlaufbahnen um den Mars schicken. Ausgenommen natürlich die Taxis, die zur Verfügung stehen müssen, wenn ich sie brauche.

Ich habe jedoch eine gewisse Vorstellung davon, wie ein Volvo 840 aussieht. Volvo hat während der letzten Jahre das Golfturnier ›Europe Tour‹ gesponsert und meinen Vater in verschiedenen Werbespots benutzt, in einer Kampagne mit Männern und Frauen, die es international geschafft haben. Auf einem Bild steht er mitten in einem Swing vor der Terrasse des Golfklubs von Søllerød, auf einem anderen sitzt er im weißen Kittel vor einem Instrumententablett und hat einen Ausdruck in den Augen, als wollte er sagen: Ich schaffe das schon, und wenn Sie von mir verlangen, daß ich Ihnen eine Blockade direkt, peng, in die Hypophyse spritze! Beide Male hatte er sie dazu gebracht, ihn genau aus dem Winkel aufzunehmen, aus dem er aussieht wie Picasso mit Toupet, und der Text lautete ›Die Unfehlbaren‹, oder so ähnlich. Drei Monate lang hat mich die Reklame an Bussen und in S-Bahnhöfen daran erinnert, was ich selber dem Text vielleicht hätte hinzufügen können. In meinem Kopf zerdrückte der Text das kantige und irgendwie geschrumpfte Profil eines Volvo 840.

Wenn die Temperatur vor Sonnenaufgang so steigt, wie sie das heute getan hat, verdunstet der Reif von den Autos zuletzt auf dem Dach und über den Scheibenwischern. Eine Banalität, die den wenigsten auffällt. Das Auto am Kabbelejevej, auf dem kein Reif liegt, weil er weggewischt worden oder das Auto erst vor kurzem unterwegs gewesen ist, ist ein blauer Volvo 840.

Man kann sich sicher viele gute Gründe dafür ausdenken, daß hier jemand zwanzig Minuten nach sechs parkt. Im Moment fällt mir allerdings keiner ein. Ich gehe also zu dem Auto, lehne mich über die Kühlerhaube und gucke durch die getönte Windschutzscheibe. Zuerst komme ich fast nicht ran. Aber wenn ich in eine Felge steige, bin ich in Höhe des Fahrersitzes. Dort sitzt ein Mann und schläft. Ich bleibe eine Zeitlang stehen, aber er wechselt seine Stellung nicht. Also steige ich schließlich wieder runter und trolle mich zum Brønshøj Torv.

Schlaf ist wichtig. Heute morgen hätte ich mir eigentlich auch ein paar Stunden mehr vorstellen können. Aber dazu hätte ich mir keinen Volvo am Kabbelejevej ausgesucht.

»Mein Name ist Smilla Jaspersen.«

»Meine Einkäufe vom Lebensmittelladen?«

»Nein, Smilla Jaspersen.«

Es stimmt nicht ganz, daß Telefongespräche die schlechteste Kommunikation sind, die es gibt. Mit einer Gegensprechanlage sind wir dem Rekord doch noch ein bißchen näher. Damit sie dem Rest des hohen, silbergrauen und herrschaftlichen Hauses keine Schande macht, ist sie aus oxydiertem Aluminium und in Muschelform gegossen. Leider hat sie auch das Brausen der weiten Meere aufgesogen und legt es jetzt über unser Gespräch.

»Die Putzfrau?«

»Nein«, sage ich. »Auch nicht die Fußpflegerin. Ich habe ein paar Fragen über die Kryolithgesellschaft.«

Elsa Lübing gönnt sich eine Pause. Das kann man sich erlauben, wenn man am richtigen Ende der Gegensprechanlage steht. Dort, wo es warm ist und der Türsummer sitzt.

»Das kommt mir wirklich ungelegen. Sie müssen schon schreiben oder ein andermal wiederkommen.« Sie hat aufgehängt.

Ich trete einen Schritt zurück und schaue hoch. Das Haus steht für sich allein, im Vogelviertel von Frederiksberg, am Ende des Hejrevej. Es ist hoch. Elsa Lübing wohnt im sechsten Stock. Der Balkon im fünften hat gußeiserne Verzierungen, die von Blumenkästen verdeckt werden. Aus dem Namensschild geht hervor, daß es sich bei den Blumenliebhabern um das Ehepaar Schou handelt. Ich drücke kurz und autoritativ auf die Klingel.

»Ja?« Die Stimme ist mindestens achtzig.

»Der Bote vom Blumenhändler. Ich habe einen Strauß für Frau Lübing abzugeben, aber sie ist nicht zu Hause. Würden Sie mich bitte reinlassen?«

»Tut mir leid. Wir haben die strenge Auflage, für die anderen Wohnungen niemanden hereinzulassen.«

Mich bezaubern Leute, die noch mit achtzig strenge Auflagen erfüllen.

»Frau Schou«, sage ich. »Es sind Orchideen. Frisch aus Madeira eingeflogen. Die verschmachten hier unten in der Kälte.«

»Das ist ja schrecklich!«

»Gräßlich«, sage ich. »Aber ein kleiner Druck auf Ihr kleines Knöpfchen könnte sie in die Wärme bringen, wo sie hingehören.«

Sie drückt.

Der Fahrstuhl ist einer von der Sorte, bei der man Lust

kriegt, einfach so sieben-, achtmal hoch und runter zu fahren, nur um das kleine eingebaute Plüschsofa, das polierte Palisanderholz, das goldene Gitter und die sandgestrahlten Putten der Glasscheiben zu genießen, hinter denen man das Kabel und das Gegengewicht in die Tiefe sinken sieht.

Die Tür der Lübing ist geschlossen. Unten hat Frau Schou ihre Tür aufgemacht, um zu hören, ob das mit den Orchideen vielleicht nur ein Vorwand für eine schnelle Weihnachtsvergewaltigung gewesen ist.

In meiner Tasche habe ich zwischen Geldscheinen und Mahnzetteln der Universitätsbibliothek ein Papier. Das lasse ich durch den Briefschlitz fallen. Danach warten Frau Schou und ich.

Die Tür hat einen Messingbriefschlitz, ein handgemaltes Namensschild und eine Füllung in Weiß und Grau.

Sie geht auf. Im Türrahmen steht Elsa Lübing.

Sie läßt sich viel Zeit, mich anzuschauen.

»Ja«, sagt sie schließlich, »zudringlich sind Sie ja.«

Sie tritt zur Seite. Ich gehe an ihr vorbei. In die Wohnung. Elsa Lübing hat die Farben des Hauses. Poliertes Silber und frische Sahne. Sie ist sehr groß, über einen Meter achtzig, und sie hat ein langes, einfaches weißes Kleid an. Ihre Haare trägt sie aufgesteckt, ein paar lose Löckchen ringeln sich wie eine Kaskade aus blankem Metall an ihren Wangen entlang. Kein Make-up, kein Parfüm und kein Schmuck, abgesehen von einem Silberkreuz, das direkt unter ihrem Hals hängt. Ein Engel. Einer von der Sorte, der man es beruhigt überlassen kann, irgend etwas mit einem Flammenschwert zu bewachen.

Sie schaut sich den Brief an, den ich ihr hineingeworfen habe. Es ist Julians Rentenbescheid.

»An diesen Brief erinnere ich mich sehr gut«, sagt sie.

An der Wand hängt ein Gemälde. Vom Himmel fließt ein Strom langbärtiger Greise, kleiner, fetter Kinder, von Obst, Füllhörnern, Herzen, Ankern, Königskronen und Kanonen auf die Erde herab, dazu ein Text, den man versteht, wenn man Latein kann. Dieses Bild ist der einzige Luxus. Ansonsten hat der Raum nackte weiße Wände, einen Parkettboden mit einem Wollteppich, einen Eichentisch, einen niedrigeren runden Tisch, ein paar hochlehnige Sessel, ein Sofa, ein hohes Bücherregal und ein Kruzifix.

Mehr ist nicht notwendig. Denn hier gibt es etwas anderes. Hier hat man eine Aussicht, die man sonst nur bekommt, wenn man Pilot ist, und nur aushalten kann, wenn man schwindelfrei ist. Die Wohnung scheint im wesentlichen aus einem einzigen, sehr großen und hellen Raum zu bestehen. Zum Balkon hin hat der Raum in seiner ganzen Breite eine Glaswand. Dahinter sieht man ganz Frederiksberg, Bellahøj und, weit weg, die Hochhäuser von Høje Gladsaxe. Durch die Scheibe fällt das Licht des Wintermorgens so hell und weiß, als seien wir draußen. Zur anderen Seite hat der Raum ein großes Fenster. Dahinter sieht man über endlose Reihen von Dächern hinweg die Türme von Kopenhagen. Hoch über der Stadt stehen wie in einer Glasglocke Elsa Lübing und ich und versuchen, uns aneinander heranzutasten.

Sie bietet mir einen Bügel für mein Cape an. Unwillkürlich ziehe ich die Schuhe aus. Irgend etwas in dem Raum fordert dazu auf. Wir setzen uns in zwei hochlehnige Sessel.

»Um diese Zeit«, bemerkt sie, »bete ich für gewöhnlich.«

Sie sagt das mit einer solchen Selbstverständlichkeit, als sei sie zu dieser Zeit für gewöhnlich mitten im Fitneßprogramm der Herzliga.

»Sie haben sich also – unwissentlich – eine ungelegene Zeit ausgesucht.«

»Ich habe in dem Brief Ihren Namen gelesen und Sie im Telefonbuch nachgeschlagen«, erwidere ich.

Sie schaut sich das Papier noch einmal an. Dann nimmt sie die schmale Lesebrille mit den dicken Gläsern ab.

»Ein tragisches Unglück. Vor allem für das Kind. Ein Kind muß beide Eltern um sich haben. Das ist einer der praktischen Gründe dafür, daß die Ehe heilig ist.«

»Das hätte Herr Lübing sicher gern gehört.«

Wenn ihr Mann tot ist, beleidige ich mit dem Konjunktiv niemanden. Wenn er noch lebt, ist das ein geschmackvolles Kompliment.

»Es gibt keinen Herrn Lübing« sagt sie. »Ich bin eine Braut Jesu.«

Sie sagt das ernst und zugleich kokett, so als hätten sie vor ein paar Jahren geheiratet und die Beziehung sei sehr glücklich und anscheinend von Dauer.

»Das heißt jedoch nicht, daß die Liebe zwischen Mann und Frau für mich nicht etwas Göttliches ist. Aber eben doch nur ein Stadium auf dem Weg. Ein Stadium, das ich mir zu überspringen erlaubt habe, wenn ich das so sagen darf.«

Sie schaut mich an. Aus ihrem Blick spricht so etwas wie hintergründiger Humor.

»Wie wenn man in der Schule eine Klasse überspringt.«

»Oder«, sage ich, »wie wenn man bei der Kryolithgesellschaft Dänemark den Sprung von der Buchhalterin zur Leiterin der Buchhaltung macht.«

Als sie lacht, ist ihr Lachen so tief wie das eines Mannes.

»Liebes Fräulein«, sagt sie, »sind Sie verheiratet?«

»Nein, auch nie gewesen.«

Wir rücken einander näher. Zwei reife Frauen, die beide wissen, was es heißt, ohne Männer zu leben. Sie scheint das besser zu verkraften als ich.

»Der Junge ist tot«, sage ich. »Vor vier Tagen ist er von einem Dach heruntergefallen.«

Sie steht auf und geht zur Glaswand. Wenn man so gut und würdevoll aussehen könnte, müßte das Altwerden eigentlich ein Vergnügen sein. Ich lasse den Gedanken fallen. Allein schon die Mühe, die dreißig Zentimeter zu wachsen, die sie größer ist als ich.

»Ich habe ihn ein einziges Mal gesehen«, sagt sie. »Wer ihn kennengelernt hat, hat begriffen, warum geschrieben steht, wenn ihr nicht werdet wie die Kinder, so wird euer nicht das Himmelreich. Ich hoffe, die arme Mutter findet zu Jesus Christus.«

»Nur, wenn er ganz unten in der Flasche anzutreffen ist.«

Sie sieht mich an, ohne zu lächeln.

»Er ist überall. Auch da unten.«

Anfang der sechziger Jahre hatte die christliche Mission in Grönland noch etwas von dem bebenden Nerv des Imperialismus. Die Zeit danach und vor allem Thule Airbase haben uns, die Grönländer, von den Außenposten der Religion mit Containern voller Pornohefte, Whisky und der Nachfrage nach Halbprostitution in einer Leere aus Staunen sitzenlassen. Ich habe das Gespür dafür verloren, wie man gläubige Europäer angeht.

»Wie haben Sie Jesaja kennengelernt?«

»Ich habe in der Gesellschaft meinen bescheidenen Einfluß geltend gemacht, um den Kontakt zu den Grönländern auszubauen. Unser Tagebau in Saqqaq war, genauso wie die Mine der Kryolithgesellschaft Öresund in Ivittuut, ein Sperrgebiet. Die Arbeitskräfte kamen aus Dänemark. Die einzigen Grönländer, die wir anstellten, waren die Putzfrauen, die *kivfakker*, wie man sie mit einer dänischen Verballhornung des grönländischen *Die anderen dienen* nannte. Nach der Eröffnung der Mine wurde sehr auf die strenge Trennung von Dänen und Eskimos geachtet. Ich habe in dieser Situation versucht, die Aufmerksamkeit auf das Gebot der Nächstenliebe zu lenken. In jahrelangen Abständen haben wir im Zusammenhang mit den geologischen Expeditionen dann auch mal Eskimos angestellt. Bei einer solchen Expedition ist Jesajas Vater umgekommen. Obwohl seine Frau ihn und das Kind verlassen hatte, trug er weiterhin zu ihrem Lebensunterhalt bei. Als der Aufsichtsrat die Rente bewilligt hatte, bat ich sie und das Kind ins Büro. Dort habe ich ihn gesehen.«

Bei dem Wort *bewilligen* fällt mir etwas ein.

»Warum hat man ihr eine Rente gegeben? War man rechtlich dazu verpflichtet?«

Sie zögert einen Augenblick.

»Verpflichtet wohl kaum. Ich kann nicht ausschließen, daß man sich dabei von meinem Rat hat beeinflussen lassen.«

Ich sehe noch eine Seite von Fräulein Lübing. Die Macht. So ist das vielleicht mit den Engeln. Vielleicht hat auch der liebe Gott im Paradies irgendwie unter Druck gestanden.

Ich bin neben sie getreten. Frederiksberg, das Viertel um den Platz der Wiedervereinigung, Brønshøj, der Schnee läßt alles wie ein Dorf aussehen. Der Hejrevej ist kurz und schmal. Er führt auf den Duevej. Auf dem Duevej stehen viele geparkte Autos. Eines davon ist ein blauer Volvo 840. Die Produkte der Volvofabriken kommen schließlich weit herum. Das müssen sie wohl auch, damit es sich der Konzern leisten kann, ›Europe Tour‹ zu sponsern. Und das Honorar zu bezahlen, mit dem mein Vater angibt. Er hat sich die Aufnahmen nämlich teuer bezahlen lassen.

»Woran ist Jesajas Vater denn gestorben?«

»Lebensmittelvergiftung. Sie interessieren sich für die Vergangenheit, Fräulein Jaspersen?«

Jetzt muß ich mich entschließen, ob ich sie mit einer frisierten Geschichte füttern will oder es mit dem mühsamen Weg der Wahrheit versuchen soll. Auf dem niedrigen Tisch liegt die Bibel. Ein grönländischer Katechet in der Sonntagsschule der Herrnhuter Mission war von den Schriftrollen vom Toten Meer fasziniert. Ich denke an den Klang seiner Stimme: ›Und Jesus sagte: Ihr sollt nicht lügen.‹ Ich lasse mir den Gedanken eine Warnung sein.

»Ich glaube, daß ihn jemand erschreckt hat, daß ihn jemand auf das Dach verfolgt hat, von dem er heruntergefallen ist.«

Ihr Gleichgewicht wankt keine Sekunde. Während der letzten Tage bewege ich mich ständig unter Menschen, die das, was mich am allermeisten erstaunt, mit der größten Gemütsruhe aufnehmen.

»Der Teufel hat mannigfaltige Gestalten.«

»Nach einer dieser Gestalten suche ich.«

»Mein ist die Rache, sagt der Herr.«

»Diese Gerechtigkeit liegt mir in zu weiter Ferne.«

»Ich meine verstanden zu haben, daß man auf kürzere Sicht die Polizei hat.«

»Die hat den Fall abgeschlossen.«

Sie starrt mich an.

»Tee«, sagt sie. »Ich habe Ihnen noch gar nichts angeboten.« Auf dem Weg zur Küche dreht sie sich in der Tür um.

»Sie kennen das Gleichnis von den anvertrauten Talenten? Es geht dabei um die Loyalität. Es gibt eine Loyalität sowohl gegenüber dem Irdischen als auch dem Himmlischen. Ich bin fünfundvierzig Jahre lang bei der Kryolithgesellschaft angestellt gewesen. Verstehen Sie das?«

»Alle zwei oder drei Jahre schickte die Gesellschaft eine geologische Expedition nach Grönland.«

Wir trinken Tee, vom Trankebarservice, und aus einer Georg-Jensen-Kanne. Elsa Lübings Geschmack entpuppt sich bei näherem Hinsehen eher als einfach denn als demütig.

»Die Expedition im Sommer 1991 zum Gela Alta an der Westküste kostete 1 870 747 Kronen und 50 Öre. Davon wurde die eine Hälfte in Dänenkronen, die andere in ›Cap York Dollars‹ gezahlt, der Währung der Gesellschaft, die nach Knud Rasmussens Thuler Geschäft von 1910 benannt war. Das ist alles, was ich Ihnen erzählen kann.«

Ich setze mich mit Vorsicht. Ich habe mir bei Rohrmann am Ordrupvej in meine Feinlederhosen Seidenfutter einnähen lassen. Die Rohrmann macht das sehr ungern. Sie sagt, die Nähte reißen aus. Aber ich bestehe darauf. Mein Dasein beruht auf den kleinen Freuden. Ich will die seidige Vereinigung aus Kühle und Wärme an den Schenkeln spüren. Der Preis ist allerdings so, daß ich mich behutsam hinsetzen muß. Das Hin- und Herscheuern auf der Unterlage belastet die Nähte. Das ist mein kleines Problem bei diesem Gespräch. Fräulein Lübing hat ein größeres. Es steht geschrieben, so ungefähr jedenfalls, daß man aus seinem Herzen keine Mördergrube machen soll, und das weiß sie, und deshalb steht sie jetzt unter einem gewissen Druck.

»Ich bin 1947 zur Kryolithgesellschaft gekommen. Als mir Fabrikant Virl am 17. August mitteilte: Sie bekommen 240 Kronen im Monat, freies Mittagessen und drei Wochen Sommerferien, habe ich nichts gesagt. Aber insgeheim habe ich gedacht, es ist also wahr. Schau dir die Vögel des Himmels an. Sie säen nicht. Sollte er dann nicht auch für dich sorgen? Bei Grøn & Witzke am Kongens Nytorv, wo ich herkam, hatte ich 187 Kronen im Monat.«

Das Telefon steht neben der Eingangstür. Dazu sind zwei Dinge anzumerken. Erstens, daß der Stecker herausgezogen ist, und zweitens, daß daneben kein Block, kein Telefonverzeichnis und kein Bleistift liegt. Das habe ich schon beim Hereinkommen gesehen. Jetzt beginne ich zu begreifen, was sie mit den zufälligen Telefonnummern macht, die wir anderen an die Wand und auf den Handrücken schreiben oder der Vergessenheit anheimgeben. Sie steckt sie in ihr sagenhaftes Zahlengedächtnis.

»Seitdem hat meines Wissens niemand Grund gehabt, sich über die Großzügigkeit oder Offenheit der Gesellschaft zu beklagen. Und was vorher gewesen war, wurde korrigiert. Als ich kam, gab es sechs Kantinen. Eine Werkkantine für die Arbeiter, eine Kantine für die Büroangestellten, eine für die Handwerker, eine für die Bürovorsteher und den Leiter der Buchhaltung, eine für die wissenschaftlichen Mitarbeiter drüben in den Laborgebäuden und eine für den Direktor und den Aufsichtsrat. Aber das hat sich bald geändert.«

»Sie haben Ihren Einfluß geltend gemacht?« schlug ich vor.

»Wir hatten im Aufsichtsrat ja mehrere Politiker. Irgendwann auch unseren berühmten Sozialdemokraten Steincke. Da ich nun Zeuge eines Zustands war, der gegen mein Gewissen ging, ging ich zu ihm – am 17. Mai 1957, nachmittags um vier, an dem Tag, an dem ich zur Leiterin der Buchhaltung ernannt worden war. Ich sagte: ›Ich weiß nichts über den Sozialismus, Herr Steincke. Aber ich höre, daß er in gewissen Zügen mit der Lebensführung der christlichen Urgemeinde übereinstimmt. Deren Mitglieder haben, was sie besaßen, den Armen gegeben und miteinander wie Brüder und Schwestern gelebt. Wie lassen sich diese Gedanken mit sechs Kantinen vereinbaren, Herr Steincke?‹ Er antwortete mit der Bibel. Er sagte, man müsse Gott geben, was Gottes sei, aber auch dem Kaiser, was des Kaisers sei. Doch nach einigen Jahren gab es nur noch die Werkkantine.«

Als sie den Tee einschenkt, nimmt sie ein Sieb, um zu verhindern, daß Teeblätter durchrutschen. Unter der Tülle der Kanne klebt ein bißchen Watte, damit der Tee nicht auf den Tisch tropft. In ihrem Innern vollzieht sich etwas Ähnliches. Was sie ärgert, ist die ungewohnte Arbeit, aussieben zu müssen, was nicht zu mir durchtropfen darf.

»Wir sind – waren – ja teilweise staatlich. Nicht halbstaatlich wie die Kryolithgesellschaft Öresund. Aber der Staat war im Aufsichtsrat vertreten und hatte 33,33 Prozent der Aktien.

Auch bei den Jahresbilanzen herrschte große Offenheit. Es wurden ja von allem Durchschläge auf altmodischem Durchschlagpapier gemacht.« Sie lächelt. »Das an das berühmte Toilettenpapier Nummer 00 erinnerte. Teile der Jahresbilanz wurden von der Rechnungsabteilung im Ministerium durchgesehen, der Institution, die am 1. Januar 1976 zum Reichsrechnungshof gemacht wurde. Das Problem war die Zusammenarbeit mit den Privatunternehmen. Mit der Svenska Diamantborrningsaktiebolag, mit Greenex und mit der Zeit auch mit der Grönländischen Gesellschaft für Geologische Untersuchungen. Es waren die halben und viertel Stellen. Das machte die Beziehungen kompliziert. Und es gab ja auch noch die Hierarchie. Die muß es freilich in jedem Unternehmen geben. Es gab Bereiche der Buchhaltung, zu denen nicht einmal ich Zugang hatte. Ich hatte meine Bücher in graues Moleskin mit rotem Druck gebunden. Wir haben sie in einem Tresor im Archiv. Aber es gab auch eine kleinere, vertrauliche Buchhaltung. Die muß es ja geben. Das kann in einem großen Unternehmen ja gar nicht anders sein.«

›Haben sie im Archiv‹. Das ist Gegenwart.

»Ich bin vor zwei Jahren pensioniert worden. Seitdem stehe ich als Buchhaltungsexpertin mit dem Unternehmen in Verbindung.«

Ich versuche es ein letztes Mal.

»An der Abrechnung für die Expedition vom Sommer 1991, war an der etwas Besonderes?«

Einen Augenblick bilde ich mir ein, fast an sie heranzukommen. Dann rutschen die Filter vor.

»Ich kann mich auf mein Gedächtnis nicht ganz verlassen.«

Ich dränge noch ein letztes Mal. Was taktlos und von vornherein zum Mißlingen verdammt ist.

»Kann ich das Archiv sehen?«

Sie schüttelt nur den Kopf.

Meine Mutter rauchte eine Shagpfeife aus alten Patronenhülsen. Sie log nie. Wenn sie jedoch eine Wahrheit verbergen wollte, kratzte sie die Pfeife aus, steckte das Ausgekratzte in den Mund, sagte *mamartoq*, herrlich, und tat danach so, als sei sie außerstande zu sprechen. Verschweigen ist auch eine Kunst.

»War es«, frage ich, während ich mir die Schuhe anziehe, »für eine Frau nicht schwierig, in den fünfziger Jahren in einem großen Unternehmen für die Buchhaltung verantwortlich zu sein?«

»Der Herr hat mir seine Gnade erwiesen.«

Ich denke mir, daß der Herr in Elsa Lübing ein schlagkräftiges Instrument zur Durchsetzung seiner Gnade gehabt hat.

»Was läßt Sie annehmen, daß der Junge gejagt worden ist?«

»Auf dem Dach, von dem er heruntergefallen ist, lag Schnee. Ich habe die Spuren gesehen. Ich habe ein Gespür für Schnee.«

Sie sieht müde vor sich hin. Plötzlich ist ihre Gebrechlichkeit sichtbar.

»Der Schnee ist ein Bild für die Unbeständigkeit«, sagt sie. »Wie im Buch Hiob.«

Ich habe mein Cape angezogen. Ich bin keine Bibelkennerin. Doch am Fliegenfänger des Gehirns bleiben zuweilen sonderbare Bruchstücke der Kindergelehrsamkeit kleben.

»Ja«, sage ich. »Und für das Licht der Wahrheit. Wie in der Offenbarung. ›Sein Haupt aber und sein Haar waren weiß wie der Schnee.‹«

Sie sieht zerquält aus, als sie die Tür hinter mir schließt. Smilla Jaspersen. Der liebe Gast. Die Lichtspenderin. Wenn sie abzieht, herrschen blauer Himmel und blendende Laune.

Als ich auf den Hejrevej hinaustrete, knackt es in der Gegensprechanlage.

»Wären Sie so nett, noch mal heraufzukommen?«

Ihre Stimme ist heiser. Aber das liegt an dem Unterwassertelefon.

Ich nehme also noch einmal den Fahrstuhl. Und sie empfängt mich noch einmal an der Tür.

Doch nichts ist wie zuvor, wie Jesus irgendwo sagt.

»Ich habe eine Angewohnheit«, sagt sie. »Ich schlage aufs

Geratewohl die Bibel auf, wenn ich im Zweifel bin. Um einen Wink zu bekommen. Ein kleines Spielchen zwischen Gott und mir, wenn Sie wollen.«

Bei einem anderen Menschen hätte diese Angewohnheit aussehen können wie eine der kleinen, punktuellen Funktionsstörungen, die Europäer überkommen, wenn sie zuviel allein sind. Aber nicht bei ihr. Sie ist nie allein. Sie ist mit Jesus verheiratet.

»Vorhin, als Sie die Tür zugemacht hatten, habe ich sie aufgeschlagen. Sie öffnete sich auf der ersten Seite der Offenbarung. Die Sie erwähnt hatten. ›Ich habe die Schlüssel des Todes und des Totenreiches.‹«

Eine Weile lang stehen wir da und schauen uns an.

»Die Schlüssel des Totenreiches«, sagt sie. »Wie weit wollen Sie gehen?«

»Versuchen Sie's!«

Einen Augenblick noch kämpft etwas in ihr.

»Es gibt im Keller unter der Villa am Strandboulevard ein doppeltes Archiv. Im ersten liegen die Bücher und der Schriftwechsel. In dieses Archiv kommen die Prokuristen, die Buchhalter, ich und manchmal auch die Bürovorsteher. Das zweite liegt hinter dem ersten. Dort werden die Expeditionsberichte aufbewahrt. Bestimmte mineralogische Proben. Und dort ist auch eine ganze Wand mit Meßtischblättern. Ein Stativ für Bohrkerne, für die geologischen Bohrungen, etwa von der Größe eines Narwalzahns. Dort hat man im Prinzip nur mit Erlaubnis des Aufsichtsrats oder des Direktors Zugang.«

Sie kehrt mir den Rücken zu.

Mir ist angemessen feierlich zumute. Sie ist dabei, eine der – zweifellos sehr wenigen – Regelverstöße ihres Lebens zu begehen.

»Ich kann Ihnen natürlich nicht sagen, daß die Schlüssel überall passen. Oder daß der Abloyschlüssel dort am Brett bei der Tür für die Haupttür ist.«

Ich drehe langsam den Kopf. Hinter mir hängen, an kleinen Messinghaken, drei Schlüssel. Einer davon ist ein Abloy.

»Die Villa als solche hat keine Alarmanlage. Der Schlüssel zum Kellerarchiv hängt im Safe im Büro. Einem elektrischen Safe mit einem sechsziffrigen Kode, dem Datum meiner Ernennung zur Leiterin der Buchhaltung. Der 17.05.57. Der Schlüssel paßt zum ersten und zweiten Kellerraum.«

Sie dreht sich um und stellt sich neben mich. Näher kann sie der Berührung eines Mitmenschen nicht kommen, vermute ich.

»Glauben Sie?« fragt sie.

»Ich weiß nicht, ob es Ihr Gott ist.«

»Das ist egal. Sie glauben an das Göttliche?«

»Es gibt Morgen, da kann ich nicht mal an mich selber glauben.«

Sie lacht zum zweitenmal an diesem Tag. Dann dreht sie sich um und geht zu ihrem Panorama.

Als sie den Raum halb durchquert hat, stecke ich den Schlüssel in die Tasche. Mit den Fingerspitzen versichere ich mich, daß Rohrmanns Futter jedenfalls in dieser Tasche nicht ausgerissen ist.

Dann gehe ich. Ich nehme die Treppe. Wenn es eine himmlische Vorsehung gibt, stellt sich die große Frage, wie direkt sie eingreift. Ob mich beispielsweise der liebe Gott höchstpersönlich auf dem Hejrevej 6 gesehen und gesagt hat: ›Es breche auf‹, und siehe, es brach auf. In einem seiner eigenen Engel.

Als ich beim Duevej um die Ecke biege, habe ich einen Kugelschreiber in der Hand. Ich habe Lust, mir ein bestimmtes Nummernschild auf dem Handrücken zu notieren. Dazu kommt es nicht. Als ich an die Ecke komme, steht da überhaupt kein Auto.

10

Erde zu Erde.

Es kamen auch schon mal Jagdfalken, wenn wir Krabbentaucher fingen. Zuerst waren sie nur zwei Nadelstiche am Horizont. Dann sah es aus, als löse sich das Fjäll auf und steige zum Himmel empor. Wenn eine Million Krabbentaucher abhebt, verdunkelt sich für einen Augenblick das All, als sei für Momente der Winter zurückgekehrt.

Meine Mutter schoß Falken. Ein Jagdfalke schießt mit einer Geschwindigkeit von 200 Kilometern in der Stunde herunter. In der Regel traf sie. Sie schoß mit einem vernickelten, kleinkalibrigen Projektil. Wir holten ihr die Vögel. Einmal war die Kugel durch das eine Auge eingedrungen und steckte in dem anderen, es sah aus, als schaue uns der tote Falke mit blitzendem, scharfsinnigem Blick an.

Ein Konservator der Base stopfte ihr die Vögel aus. Jagdfalken stehen unter strengem Naturschutz. Auf dem Schwarzmarkt in den USA oder in Deutschland kann man ein Falkenjunges für die Jagdaufzucht für 50 000 Dollar verkaufen. Niemand wagte zu denken, daß meine Mutter das Jagdverbot übertreten hatte.

Sie verkaufte die Vögel nicht. Sie verschenkte sie. An meinen Vater, an einen Ethnographen, der sie aufsuchte, weil sie eine Frau und zugleich Robbenfängerin war, an einen der Offiziere von der Base.

Die ausgestopften Falken waren ein grausames und zugleich strahlendes Geschenk. Sie überreichte sie feierlich und mit einer scheinbar grenzenlosen Großzügigkeit. Dann ließ sie eine Bemerkung fallen, ihr fehle eine Schneiderschere. Sie deutete an, daß sie 75 Meter Nylongarn brauche. Sie ließ durchblicken, daß wir Kinder gut zwei Garnituren Thermounterwäsche gebrauchen könnten.

Sie bekam, worum sie bat. Indem sie ihren Gast in einen Kokon aus grimmiger, gegenseitig verpflichtender Höflichkeit einspann.

Ich schämte mich deswegen, und zugleich liebte ich sie dafür. Das war ihre Antwort auf die europäische Kultur. Sie öffnete sich ihr mit der Höflichkeit der kühlen Berechnung. Und sie umschloß diese Kultur und kapselte ein, was sie gebrauchen konnte.

Eine Schere, eine Rolle Nylongarn, die Spermatozoen von Moritz Jaspersen, die ihn in ihre Gebärmutter brachten.

Deshalb wird Thule nie zum Museum. Die Ethnographen haben den Traum von der Unschuld nach Nordgrönland gebracht. Den Traum davon, daß die *inuit* die O-beinigen, trommeltanzenden, sagenerzählenden, breit lächelnden Ausstellungsbilder bleiben würden, die sich die ersten Entdekkungsreisenden um die Jahrhundertwende einbildeten, südlich von Qaanaaq angetroffen zu haben. Meine Mutter gab ihnen einen toten Vogel. Und brachte sie dazu, ihr ein halbes Geschäft leerzukaufen. Sie fuhr einen Kajak, der so gebaut war wie damals im 17. Jahrhundert, bevor die Kajakkunst aus Nordgrönland verschwand. Doch als Fangblase benutzte sie einen versiegelten Plastikkanister.

Asche zu Asche.

Ich sehe das Gelungene an anderen. Nur ich selber kann nicht gelingen.

Jesaja wäre fast gelungen. Er hätte ankommen können. Er hätte Dänemark in sich aufnehmen, es transformieren und Sowohl-Als-auch sein können.

Ich ließ ihm einen Anorak aus weißer Seide nähen. Sogar das Muster war durch europäische Hände gegangen. Mein Vater hatte es einmal von dem Maler Gitz-Johansen geschenkt bekommen, und der hatte es in Nordgrönland bekommen, als er das große Standardwerk über die grönländischen Vögel illustrierte. Ich zog Jesaja den Anorak über, kämmte den Jungen, hob ihn dann hoch und stellte ihn auf den Klodeckel. Als er sich im Spiegel sah, passierte es. Das exotische Textil, die grönländische Andacht angesichts des Festgewands, die dänische Freude am Luxus, alles verschmolz. Vielleicht bedeutete es auch etwas, daß ich ihm den Anorak geschenkt hatte.

Im nächsten Augenblick mußte er niesen.

»Halt mir die Nase zu!«

Ich hielt ihm die Nase zu.

»Warum?« fragte ich ihn. Er schneuzte sich normalerweise in das Waschbecken.

Sobald ich den Mund aufmachte, fanden seine Augen im

Spiegel meine Lippen. Oft sah ich, daß er den Sinn gesehen hatte, bevor er ausgesprochen war.

Wenn ich *annoraaq qaqortoq*, den vornehmen Anorak, anhabe, will ich keinen Rotz an den Fingern haben.

Staub zu Staube.

Ich versuche die Frauen um Juliane zu scannen, um herauszukriegen, ob eine von ihnen vielleicht schwanger ist. Mit einem Jungen, der Jesajas Namen bekommen könnte. Die Toten leben im Namen weiter. Vier Mädchen wurden nach meiner Mutter Ane genannt. Ich habe sie mehrmals besucht, bei ihnen gesessen und mit ihnen geredet, um durch die Frau vor mir oder hinter ihr einen Blick auf die zu erhaschen, die mich verlassen hat.

Sie ziehen die Seile aus den Sargösen. Einen kurzen Augenblick lang ist die Sehnsucht wie eine Eifersucht. Wenn sie nur einen kurzen Moment lang den Sarg öffnen und mich neben seinem kleinen, kalten Körper liegenlassen würden, in den jemand eine Nadel gestochen hat, den sie aufgemacht und fotografiert, von dem sie Scheiben abgeschnitten und den sie wieder zugemacht haben – wenn ich nur einmal noch seine Erektion an meinem Schenkel spüren könnte, diese Geste geahnter, endloser Erotik, diesen Flügelschlag von Nachtfaltern an meiner Haut, den dunklen Insekten des Glücks.

Es friert so stark, daß sie noch warten müssen, bis sie das Grab zuschaufeln können. Als wir gehen, liegt es offen hinter uns. Der Mechaniker und ich gehen nebeneinander.

Er heißt Peter. Es ist keine vierundzwanzig Stunden her, seit ich seinen Namen zum erstenmal ausgesprochen habe.

Sechzehn Stunden zuvor ist es Mitternacht. Am Kalkbrænderivej. Ich habe zwölf große schwarze Plastiksäcke, vier Rollen Abdeckklebestreifen, vier Tuben Zehnsekundenkleber und eine *Maglite*-Taschenlampe gekauft. Ich habe die Säcke aufgeschnitten, sie doppelt gelegt und zusammengeklebt. Sie in meine Louis-Vuitton-Tasche gestopft.

Ich habe hohe Stiefel und einen roten Rollkragenpullover an, einen Seehundpelz von Groenlandia und einen Kiltrock von Scotch Corner. Ich habe die Erfahrung gemacht, daß sich alles leichter bemänteln läßt, wenn man anständig angezogen ist.

Was jetzt passiert, ist nicht unbedingt elegant.

Das gesamte Fabrikgelände umgibt ein dreieinhalb Meter hoher Zaun, den oben einfacher Stacheldraht krönt. Im Kopf geblieben ist mir eine Tür an der Rückseite, zum Kalkbrænderivej und zur Bahn hin. Die habe ich bereits gesehen.

Nicht gesehen habe ich dagegen das Schild, das verkündet, daß hier die Dänische Schäferhundzentrale Wache hält. Das braucht nichts zu bedeuten. Man hängt ja so viele Schilder auf, die nur den Zweck haben, die gute Stimmung aufrechtzuerhalten. Ich trete also versuchsweise gegen die Tür. Es vergehen keine fünf Sekunden, da steht ein Hund hinter dem Gitter. Es ist möglicherweise ein Schäferhund. Er sieht aus wie etwas, das vor der Tür gelegen hat und an dem sich die Leute die Füße abgetreten haben. Vielleicht erklärt das seine schlechte Laune.

Es gibt in Grönland Leute, die gut mit Hunden können. Meine Mutter zum Beispiel. Bevor in den siebziger Jahren die Nylonschnüre üblich wurden, benutzten wir als Zugleinen Koppelriemen aus Seehundfell. Die anderen Hundegespanne fraßen ihre Riemen. Unsere Hunde rührten sie nicht an. Meine Mutter hatte ein Verbot ausgesprochen.

Dann gibt es Leute, die werden mit der Angst vor Hunden geboren und überwinden sie nie. Zu denen gehöre ich. Ich gehe also zum Strandboulevard zurück und nehme ein Taxi nach Hause.

Ich gehe nicht zu mir hoch. Ich gehe zu Juliane. Aus ihrem Kühlschrank hole ich ein halbes Kilo Dorschleber. Die Leber, die aufgeplatzt ist, bekommt sie von einem Freund vom Fischmarkt gratis. In ihrem Bad kippe ich mir ein halbes Glas Rohypnoltabletten in die Tasche. Die hat sie erst vor kurzem von ihrem Arzt bekommen. Sie verkauft sie. Rohypnol ist unter Junkies eine gängige Ware. Das Geld nimmt sie für ihre eigene Medizin, die der Zoll banderoliert.

In Rinks Sammlung gibt es eine Geschichte aus Westgrönland von einem Schreckgespenst, das nicht einschlafen kann, sondern in alle Ewigkeit wachen muß. Das hat bloß noch nie Rohypnol genommen. Beim erstenmal versenkt einen eine halbe Tablette in ein tiefes Koma.

Juliane läßt es zu, daß ich mich verproviantiere. Sie hat fast alles aufgegeben, auch, mir Fragen zu stellen.

»Du hast mich vergessen!« ruft sie mir hinterher.

Ich nehme ein Taxi zurück zum Kalkbrænderivej. In dem Auto wird es später nach Fisch riechen.

Ich stehe im Licht unter dem Viadukt zum Freihafen und drücke die Tabletten in die Leber. Jetzt rieche ich selber nach Fisch.

Diesmal brauche ich den Hund nicht zu rufen. Er wartet schon und hat darauf gehofft, daß ich zurückkomme. Ich werfe die Leber über den Zaun. Man hört so viel über den verfeinerten Geruchssinn von Hunden. Ich befürchte, daß er die Tabletten riechen könnte. Meine Furcht wird beschämt. Er zieht sich die Leber rein wie ein Staubsauger.

Danach warten wir, der Hund und ich. Er wartet auf mehr Leber. Ich warte darauf zu sehen, was die Pharmaindustrie für die schlaflosen Tiere tun kann.

Dann kommt ein Auto. Ein Kombiwagen von der Dänischen Schäferhundzentrale. Am Kalkbrænderivej gibt es keine Stelle, wo man sich unsichtbar machen oder auch nur diskret zurückziehen könnte. Ich bleibe also stehen. Aus dem Auto steigt ein Mann in Uniform. Er mustert mich, kommt allerdings zu keiner befriedigenden Erklärung. Eine Dame im Pelz um ein Uhr nachts allein am äußersten Ende von Østerbro? Er schließt die Tür auf und nimmt den Hund an die Leine. Er holt ihn auf den Bürgersteig. Der Hund knurrt mich häßlich an. Doch plötzlich bekommt er Gummibeine und stolpert fast. Der Mann starrt ihn besorgt an. Der Hund schaut den Mann bittend an. Der öffnet die Rückklappe. Der Hund legt die Vorderpfoten in das Auto, doch das letzte Stück muß der Mann ihn schieben. Der Mann steht vor einem Rätsel. Dann fährt er weg. Und überläßt mich meinen Gedanken über die Arbeitsweise der Dänischen Schäferhundzentrale. Ich komme zu dem Schluß, daß sie die Hunde nur zur Stichprobe aussetzen, nur ab und zu, und überall nur für kürzere Zeit. Jetzt fährt er ihn an einen anderen Ort. Ich hoffe, es gibt dort etwas Weiches, worauf das arme Tier schlafen kann.

Ich stecke also den Schlüssel ins Schloß. Die Tür läßt sich damit jedoch nicht öffnen. Man sieht die Situation direkt vor sich: Elsa Lübing ist immer zur Arbeit gekommen, wenn ein Pförtner ihr aufmachen konnte. Deshalb weiß sie nicht, daß die Außeneingänge andere Schlösser haben.

Mir bleibt nichts anderes übrig, als den Zaun zu nehmen. Das braucht lange. Und endet damit, daß ich zuerst meine Stiefel hinüberwerfen muß. Ein Stück Seehundfell bleibt auf der Strecke.

Ich brauche nur einmal auf eine Karte zu schauen, und schon hebt sich die Landschaft aus dem Papier. Das habe ich nicht gelernt. Die Nomenklatur, das Zeichensystem mußte ich mir selbstverständlich aneignen. Die gestrichelten Höhenkurven auf den Meßtischblättern des Geodätischen Instituts. Die grünen und roten Parabeln auf den Vereisungskarten des Militärs. Die scheibenförmigen, grauweißen Fotografien des X-Bandradars. Die multispektralen Scanningaufnahmen von LANDSAT 3. Die bonbonfarbene Sedimentkarte der Geologen. Die roten und blauen thermischen Fotografien. Aber genaugenommen war das, als würde man ein neues Alphabet lernen. Um es zu vergessen, sobald man lesen kann. Den Text vom Eis.

In dem Buch im Geologischen Institut war eine Karte der Kryolithgesellschaft Dänemark. Eine Matrikelkarte, eine Luftaufnahme und ein Gebäuderiß. Als ich jetzt auf dem Platz stehe, weiß ich, wie es hier einmal ausgesehen hat.

Jetzt ist das Ganze eine Abbruchruine. Dunkel wie ein Loch, mit weißen Flecken, wo der Schnee zusammengeweht ist.

Ich bin an der Stelle hereingekommen, wo einmal die Rückseite der Rohkryolithhalle gestanden hat. Das Fundament ist noch da. Ein verlassener Fußballplatz aus gefrorenem Beton. Ich suche nach Eisenbahngleisen. Und stolpere im selben Moment über die Schwellen. Die Gleise der Bahn, die das Erz vom Kai der Gesellschaft hereinbrachte. Eine Silhouette in der Dunkelheit sind die Baubuden der Handwerker, wo einmal die Schmiede, die Maschinenstation und die Schreinerwerkstatt gelegen haben. Ein Keller voller Mauerbrocken war einmal der Keller unter der Werkkantine. Das Fabrikgelände durchschneidet die Svanekegade. Auf der anderen Straßenseite steht ein Wohnblock mit Unmengen von elektrischen Weihnachtssternen, Unmengen von Kerzen, Unmengen von Vätern, Müttern und Kindern. Und vor den Fenstern haben sie: die beiden länglichen Laborgebäude, die noch nicht abgerissen sind. Ist das ein Bild der Beziehung, die Dänemark zu seiner ehemaligen Kolonie hat – ein Bild für die Desillusionierung, die Resignation, den Rückzug? Für die Beibehaltung der letzten Verwaltungsklammer: die Verfügungsgewalt über die Außenpolitik, die Bodenschätze, die militärischen Interessen?

Die Villa vor mir sieht gegen das Licht des Strandboulevards aus wie ein Schlößchen.

Es ist ein Winkelbau. Der Eingang liegt oberhalb einer fächerförmigen Granittreppe in dem Flügel, der auf den Strandboulevard hinausgeht. Diesmal paßt der Schlüssel.

Die Tür führt in eine kleine quadratische Diele mit schwarzen und weißen Marmorfliesen und einer hallenden Akustik, egal, wie leise man sich bewegt. Von dort aus führt eine Treppe in die Dunkelheit und das Archiv hinunter und eine andere die fünf Stufen zu dem Niveau hinauf, von dem aus Elsa Lübing fünfundvierzig Jahre lang ihren Einfluß geltend gemacht hat.

Die Treppe führt zu einer französischen Doppeltür. Dahinter liegt ein großer Raum, der wahrscheinlich die gesamte Fläche dieses Flügels ausfüllt. Der Raum hat sechs Fenster zur Straße hin und acht Schreibtische, Archivschränke, Telefone, Textverarbeitungsanlagen, zwei Fotokopierer und Metallregale mit blauen und roten Plastikordnern. An der einen Wand eine Übersichtskarte von Grönland. Auf einem langen Tisch eine Kaffeemaschine und verschiedene Becher. In der Ecke ein großer elektrischer Safe, dessen kleine Scheibe ein *closed* in den Raum hinausglüht.

Ein Schreibtisch steht separat und ist etwas größer als die

anderen. Auf dem Tisch liegt eine Glasplatte. Auf der Platte steht ein kleines Kruzifix. Hier gibt es für den Leiter der Buchhaltung kein eigenes Büro. Nur einen Schreibtisch in dem gemeinsamen *pool*. Wie in der christlichen Urgemeinde.

Ich setze mich auf ihren hochlehnigen Stuhl. Um zu verstehen, wie es ist, fünfundvierzig Jahre lang zwischen Postpapier und Radiergummis gesessen zu haben, während ein Teil des Bewußtseins sich in eine spirituelle Region aufschwingt, in der ein Licht brennt, und zwar mit einer Stärke, die einen dazu bringen kann, über die irdische Liebe nur freundlich die Achseln zu zucken. Die für uns andere eine Mischung aus dem Dom von Nuuk und der Möglichkeit eines Dritten Weltkriegs ist.

Nach einer Weile stehe ich auf. Ohne schlauer geworden zu sein.

Die Fenster haben Jalousien. Das gelbe Licht, das vom Strandboulevard in den Raum fällt, hat Zebrastreifen. Ich gebe das Datum ein, an dem sie Leiterin der Buchhaltung wurde, den 17. Mai 1957.

Der Schrank summt, die Tür verschiebt sich nach außen. Kein Griff, nur eine breite Rille zum Anfassen, gegen die man sein Gewicht stemmen kann.

Auf schmalen Metallregalen stehen die Bilanzen der Kryolithgesellschaft. Sie reichen bis ins Jahr 1885 zurück, als die Gesellschaft durch staatliche Konzession von der ›Öresund‹ getrennt wurde. Etwa sechs Bücher für jedes Jahr. Hunderte von Foliobänden in grauem Moleskin mit rotem Aufdruck. Ein Stück Geschichte. Über die politisch und wirtschaftlich ergiebigste und bedeutendste Investition in Grönland.

Ich nehme einen Band mit der Aufschrift ›1991‹ heraus und blättere aufs Geratewohl darin herum. ›Löhne und Gehälter‹, steht da, ›Pensionen‹, ›Hafengebühren‹, ›Arbeitszulagen‹, ›Unterkunft und Verpflegung‹, ›Kraftfahrzeugsteuern‹, ›Wäsche und Reinigung‹, ›Reisekosten‹, ›Aktionärsdividende‹, ›Zahlungen an Struers chemisches Laboratorium‹.

Rechts an der Schrankwand hängen verschiedene Reihen von Schlüsseln übereinander. Ich suche den, auf dem ›Archiv‹ steht.

Als ich die Safetür zuschiebe, verschwinden die Zahlen nacheinander, und als ich den Raum verlasse und in die Dunkelheit hinuntergehe, steht da erneut *closed* auf der Scheibe.

Der erste Raum des Kellerarchivs nimmt eine Längsseite des Gebäudes ein. Ein niedriger Raum mit endlosen Holzregalen, endlosen Mengen von Konzeptpapier in braunen Packpapierumschlägen und mit einer Papierwüstenluft, die müde macht und bar jeder Feuchtigkeit ist.

Der zweite Raum schließt sich im rechten Winkel an den ersten an. Er hat die gleichen Regale. Außerdem aber auch noch Archivschränke mit flachen Schubladen für Meßtischblätter. Ein Hängearchiv mit wiederum Hunderten von Karten, einige davon in Messingrohren. Eine verschlossene Holzkonstruktion, wie ein zehn Meter langer Sarg. Hier dürften wohl die Bohrkerne schlafen.

Der Raum hat unter der Decke zwei Fenster zum Strandboulevard und vier zum Fabrikgelände hin. Nun kommt meine Vorarbeit mit den Plastiksäcken zum Zug. Ich werde die Scheiben abdecken, damit ich Licht machen kann.

Es gibt Frauen, die streichen ihre attraktive Dachwohnung selber. Polstern ihre Möbel neu. Sandstrahlen ihre Fassaden.

Ich habe immer einen Handwerker angerufen. Oder alles bis zum nächsten Jahr liegenlassen.

Es sind große Fenster, innen mit Eisenstäben. Ich brauche eine Dreiviertelstunde, um die sechs Fenster zu verdunkeln.

Als ich fertig bin, traue ich mich doch nicht, das elektrische Licht einzuschalten, sondern begnüge mich mit meiner Taschenlampe.

In einem Archiv sollte eigentlich unerbittliche Ordnung herrschen. Das Archiv ist ganz einfach der auskristallisierte Wunsch nach einer geordneten Vergangenheit. Damit dynamische und gehetzte junge Leute hereinflitzen, sich eine bestimmte Akte, einen bestimmten Bohrkern aussuchen und mit genau diesem Ausschnitt der Vergangenheit wieder hinausflitzen können.

Dieses Archiv hier läßt allerdings einiges zu wünschen übrig. Die Regale haben keine Beschriftung. Das archivierte Material trägt auf dem Rücken weder Nummern noch Jahreszahlen oder Buchstaben. Als ich ein paarmal aufs Geratewohl zugreife, ziehe ich *Coal petrographic analyses on seams from Atâ (low group profiles), Nugssuaq, West Greenland, Über den Einsatz von verarbeitetem Rohkryolith bei der Herstellung von elektrischen Birnen und Grenzziehungen im Siedlungsplan von 1862* heraus.

Ich gehe nach oben und zu einem Telefon. Anrufen kommt einem immer falsch vor. Ganz besonders dann, wenn man vom Tatort aus anruft. Als hätte ich die direkte Nummer des Polizeipräsidiums gewählt, um mich selber anzuzeigen.

»Hier Elsa Lübing.«

»Ich stehe hier zwischen Bergen von Papier und versuche mich daran zu erinnern, wo geschrieben steht, daß selbst die Erwählten Gefahr laufen, in die Irre zu gehen.«

Erst wartet sie, dann lacht sie.

»Bei Matthäus. Aber vielleicht ist die richtige Stelle für diese Gelegenheit eher die bei Markus, wo Jesus sagt: ›Irrt ihr nicht deshalb, weil ihr die Schriften nicht kennt noch die Kraft Gottes?‹«

Wir kichern beide ein bißchen ins Telefon.

»Ich lehne jede Verantwortung ab«, sagt sie. »Ich bitte schon seit fünfundvierzig Jahren darum, daß aufgeräumt und systematisiert wird.«

»Freut mich, daß es etwas gibt, was Sie nicht durchgekriegt haben.«

Im Hörer ist es still.

»Wo?« frage ich.

»Über der Bank – dem langen Holzkasten – sind zwei Regalbretter. Dort stehen die Expeditionsberichte. Alphabetisch nach den Mineralien geordnet, nach denen man gesucht hat. Die Bände, die am nächsten beim Fenster stehen, enthalten die Reisen, die einen geologischen und einen historischen Zweck verfolgten. Der Bericht, den Sie suchen, müßte unter den letzten sein.«

Sie will gerade auflegen.

»Fräulein Lübing«, sage ich.

»Ja.«

»Sind Sie jemals einen Tag krank gewesen?«

»Der Herr hat seine Hand über mich gehalten.«

»Hab ich mir gedacht«, sage ich. »Hatte ich irgendwie im Gefühl.« Danach legen wir auf.

Ich brauche keine zwei Minuten, um den Bericht zu finden. Er ist in einer schwarzen Klemmappe abgeheftet. Er hat vierzig unten rechts numerierte Seiten.

Er paßt gerade noch in die Handtasche. Danach muß ich die Plastikverdunkelung entfernen und über den Kalkbrænderivej spurlos verschwinden, wie ich gekommen bin.

Ich kann meine Neugierde nicht zähmen. Ich nehme den Bericht und setze mich am anderen Ende des Raums mit dem Rücken an ein Regal gelehnt auf den Fußboden. Es gibt unter meinem Gewicht nach. Es ist ein wackliges Holzregal. Sie haben nicht gewußt, daß das Archiv so groß sein würde. Daß Grönland so überraschend unerschöpflich ist. Sie haben einfach nachgeschoben. Die Spuren der Zeit auf ein schwaches Holzskelett.

›Die geologische Expedition der Kryolithgesellschaft Dänemark nach Gela Alta, Juli – August 1991‹, steht auf dem Titelblatt. Danach folgen zwanzig engbeschriebene Seiten Expeditionsbericht. Ich überfliege die ersten Seiten, die einleitungsweise berichten, daß der Zweck der Expedition gewesen sei, ›das Vorkommen von Kornerupinkristallen auf dem Barrengletscher von Gela Alta zu untersuchen‹. Der Text zählt auch die fünf europäischen Expeditionsteilnehmer auf. Unter anderen einen Professor für arktische Ethnologie, Dr. Andreas Fine Licht. Der Name erinnert mich entfernt an irgend etwas. Doch als ich versuche, dieser Erinnerung nachzuspüren, bricht die Spur ab. Ich vermute, daß seine Anwesenheit erklärt, warum unten auf der Seite steht, daß die Expedition vom ›Institut für arktische Ethnologie‹ unterstützt wurde.

Danach kommt ein Bericht mit einem englisch- und einem dänischsprachigen Teil. Auch in dem blättere ich ein bißchen. Es geht darin um eine Hubschrauberrettungsexpedition von Holsteinsborg zum Barrengletschter. Der Helikopter konnte wegen des durch den Motorlärm großen Lawinenrisikos nicht nah genug herankommen. Deshalb kehrte er um, und man schickte statt dessen eine Cherokee Six 3000. Ich habe keine Ahnung, was das ist, aber da steht, daß sie auf dem Wasser landete und einen Piloten, einen Navigator, einen Arzt und eine Krankenschwester an Bord hatte. Es folgt ein kurzer Bericht der Rettungsmannschaft und ein ärztliches Attest des Krankenhauses. Es hat fünf Tote gegeben. Einen Finnen und vier Eskimos. Einer der Eskimos hieß Norsaq Christiansen.

Zwanzig Seiten Anlagen. Übersicht über die mitgebrachten mineralogischen Proben. Die Abrechnung. Eine lange Reihe von Schwarzweißaufnahmen, die vom Flugzeug aus aufgenommen worden sind und einen Gletscher zeigen, der sich teilt und um eine helle, abgeschnittene Kegelklippe herumtreibt.

Eine Plastikhülle enthält Kopien von ungefähr zwanzig Briefen, die alle den Transport der Leichen betreffen.

Am Ende der Abrechnung als Anlage eine gesonderte Berechnung der Vor- und Nachteile, die sich aus der Tatsache ergeben haben, daß die Expedition das Schiff Disko 3 von der Grönländischen Handelsgesellschaft gechartert hat.

Das Ganze sieht nüchtern und korrekt aus. Es ist tragisch, und dabei doch nur, was nun einmal passieren kann. Nichts, was erklären könnte, weshalb zwei Jahre später ein kleiner Junge in Kopenhagen vom Dach fällt. Der Gedanke meldet sich, daß ich Gespenster gesehen habe. Daß ich in die Irre gegangen bin. Daß das Ganze eine Gedankenspinnerei von mir ist.

Erst jetzt merke ich, wie vergangenheitsschwer der Raum um mich ist. Reihen von Tagen, Reihen von Zahlen, Reihen von Leuten, die jeden Tag, jahraus, jahrein in der Kantine ihre Brote gegessen und sich mit der Marie ein Bier geteilt haben, und nie mehr als eins, außer zu Weihnachten, wenn das Labor für die Weihnachtsfeier einen Ballon 96%igen Desinfektionsalkohol auf Kümmel angesetzt hat. Das Archiv ruft mir zu, daß sie zufrieden gewesen sind. Genau das stand auch in dem Bibliotheksbuch, und auch Elsa Lübing hat es gesagt: ›Wir waren zufrieden. Es war ein guter Arbeitsplatz.‹

Wie so oft verspüre ich einen Stich in der Brust, wäre gern dabeigewesen, hätte gern teilgenommen. In Thule und Siorapaluk hat niemand gefragt, was die Leute sind, denn alle waren Robbenfänger, alle haben mit angepackt. In Dänemark ist man Lohnabhängiger, es verleiht dem Dasein Fülle und Sinn, daß man weiß, jetzt krempelt man die Ärmel hoch, steckt sich den Bleistift hinters Ohr, zieht die Seestiefel hoch und geht zur Arbeit. Und wenn man frei hat, sieht man fern oder besucht Freunde oder spielt Badminton oder macht einen Computerkurs für Comal 80. In der Weihnachtszeit findet das Leben nicht mitten in der Nacht in einem Keller am Strandboulevard statt.

Solche Gedanken habe ich nicht zum ersten- und auch nicht zum letztenmal. Was bringt uns nur dazu, den Sturz in die Depression regelrecht zu suchen?

Als ich den Bericht zuklappe, kommt mir ein Gedanke. Ich schlage auf und blättere zu dem ärztlichen Bericht zurück. Dort sehe ich etwas. Und weiß, daß es die ganze Mühe wert gewesen ist.

Ich habe Freundinnen in Grönland erlebt, die, nachdem sie entdeckt hatten, daß sie schwanger waren, mit sich plötzlich so vorsichtig umgingen wie nie zuvor. Dieses Gefühl durchläuft mich jetzt. Von jetzt an muß ich auf mich aufpassen.

Der Verkehr hat aufgehört. Ich trage keine Uhr, aber es könnte ungefähr drei sein.

Das Gebäude ist still. Doch in der Stille ist plötzlich ein falsches Geräusch. Zu nahe, um zur Straße zu gehören. Aber schwach wie ein Flüstern. Von meinem Platz aus ist die Türöffnung zum ersten Raum ein schwach leuchtendes, gräuliches Rechteck. Ich sehe es, und im nächsten Moment ist es weg. Jemand hat den Raum betreten, jemand, der mit seinem Körper das Licht aussperrt.

Wenn ich den Kopf drehe, kann ich eine Bewegung an den Regalen verfolgen. Ich ziehe meine Stiefel aus. Zum Laufen sind sie nicht gut. Ich stehe auf. Wenn ich den Kopf drehe, kriege ich die Gestalt in den schwach leuchtenden Rahmen der Tür.

Wir glauben, daß der Umfang der Angst eine Grenze hat. Das gilt nur, bis wir dem Unbekannten begegnen. Entsetzen haben wir alle in grenzenlosen Mengen.

Ich packe fest zu und kippe ein Regal zu ihm hin. Kurz bevor es schneller wird, fällt das erste Heft heraus. Das warnt ihn, er kriegt gerade noch die Hände hoch und bremst das Regal. Erst ein Geräusch, als würde es seine Unterarmknochen brechen. Dann fällt zu Boden, was wie fünfzehn Tonnen Bücher klingt. Er kann das Regal nicht loslassen. Aber es drückt sehr schwer auf ihn. Und langsam fangen seine Beine an nachzugeben.

Unter großen Teilen der Bevölkerung hat sich das Mißverständnis breitgemacht, daß Gewalt immer nur dem physisch Starken zum Vorteil gereicht. Das ist nicht richtig. Wie eine Schlägerei ausgeht, ist eine Frage der Geschwindigkeit auf den ersten Metern. Als ich nach einem halben Jahr Rugmarkschule in die Skovgårdsschule umgeschult wurde, begegnete ich zum erstenmal der klassischen dänischen Verfolgung der ›anderen‹. Dort, wo wir herkamen, waren wir allesamt Ausländer und im selben Boot gewesen. In meiner neuen Klasse war ich die einzige mit schwarzen Haaren und unbeholfenem Dänisch. Besonders ein Junge aus einer höheren Klasse war wirklich äußerst brutal. Ich bekam heraus, wo er wohnte. Dann stand ich früh auf und wartete auf ihn. An der Stelle, wo er über den Skovshovedvej mußte. Er hatte mir fünfzehn Kilo voraus. Er hatte keine Chance. Er bekam nie die paar Minuten, die er brauchte, um sich in Trance zu bringen. Ich schlug ihm mitten ins Gesicht und brach seine Nase. Danach trat ich ihm erst gegen die eine, danach gegen die andere Kniescheibe, um ihn auf eine handlichere Höhe zu kriegen. Zwölf Stiche waren nötig, um seine Nasenscheidewand wieder zurechtzurücken. Eigentlich hat nie jemand so recht daran geglaubt, daß ich das hätte gewesen sein können.

Auch diesmal bleibe ich nicht stehen, bohre nicht in der Nase und warte nicht auf Weihnachten. Ich nehme eines der Messingrohre mit fünfzig Meßtischblättern von der Wand und ziehe ihm, so fest ich kann, eins über den Nacken.

Er geht sofort zu Boden, auf ihn drauf fällt das Regal. Danach warte ich, um zu sehen, ob er vielleicht Freunde mithat. Oder einen kleinen Hund. Aber es sind nirgends andere Geräusche zu hören, nur sein Atem unter dreißig Regalmetern.

Ich leuchte ihm ins Gesicht. Es hat sich ein Teil Bücherstaub auf ihn gelegt. Der Schlag hat ihm die Ohrkante gespalten.

Er hat schwarze Trainingshosen, einen dunkelblauen Pullover, eine schwarze Wollmütze und dunkelblaue Seemannsschuhe an und ein schwarzes Gewissen. Es ist der Mechaniker.

»Peter«, sage ich. »Schwarzer Peter.«

Er kann wegen des Regals nicht antworten. Ich versuche es wegzuschieben, aber es ist unverrückbar.

Ich muß die professionellen Sicherheitsmaßnahmen fahrenlassen und das Licht anmachen. Ich mache mich daran, Papier, Bücher, Aktendeckel, Berichte und Bücherstützen aus massivem Stahl aus dem Regal zu schaufeln. Ich muß drei Meter räumen. Das dauert eine Viertelstunde. Danach kann ich es einen Zentimeter anheben, und der Mechaniker kann darunter hervorkriechen. Zur Wand, wo er sich hinsetzt und seinen Schädel befühlt.

Erst jetzt fangen meine Beine an zu zittern.

»Ich habe Sehstörungen«, sagt er. »Ich glaube, ich habe eine G-Gehirnerschütterung.«

»Ist ja man gut. So wissen wir jedenfalls, daß du ein Gehirn hast!«

Es vergeht eine Viertelstunde, bis er aufrecht stehen kann. Auch dann sieht er noch aus wie Bambi auf dem Eis. Eine weitere halbe Stunde brauchen wir, um das Regal hochzukriegen. Wir müssen erst alle Papiere herausnehmen, bevor wir es aufrichten können, und danach müssen wir sie alle wieder hineinstellen. Es wird so warm, daß ich meinen Rock ausziehen und in Strumpfhosen arbeiten muß. Er läuft barfuß und mit nacktem Oberkörper herum, bekommt immer wieder Hitzewallungen und Schwindelanfälle und muß sich ausruhen. Der Schock und die unbeantworteten Fragen hängen in der Luft, und das mit soviel Staub, daß man einen Sandkasten damit füllen könnte.

»Hier riecht es nach Fisch, Smilla.«

»Dorschleber«, sage ich. »Soll sehr gesund sein.«

Er sieht schweigend zu, wie ich den elektrischen Safe aufmache und den Schlüssel an seinen Platz hänge. Dann gehen wir. Er führt mich zu einer Zauntür an der Svanekegade. Sie ist offen. Als wir durch sind, beugt er sich über das Schloß. Es klickt.

Sein Auto steht in der nächsten Straße. Ich muß ihn mit einer Hand stützen. In der anderen habe ich einen Abfallsack, in dem andere Abfallsäcke stecken. Eine Polizeistreife fährt langsam an uns vorbei, hält aber nicht. Man sieht hier vor Weihnachten nachts auf den Straßen so viele sonderbare Gestalten. Sollen sich die Leute doch amüsieren, wie es ihnen paßt.

Der Mechaniker hat mir erzählt, daß er versucht, seinen Wagen in einem Oldtimermuseum unterzubringen. Es ist ein Morris 1000 von 1961. Hat er mir erzählt. Mit roten Ledersitzen, Klappverdeck und Holzarmaturenbrett.

»Ich kann nicht fahren«, sagt er.

»Ich habe keinen Führerschein.«

»Aber du bist schon mal gefahren?«

»Mit Raupenfahrzeugen auf dem Inlandeis.«

Das möchte er seinem Morris denn doch nicht antun. Er fährt also selbst. Sein großer Körper hat hinter dem Lenkrad kaum Platz. Das Verdeck hat Löcher, und wir frieren wie die jungen Hunde. Ich wünsche mir, daß es ihm schon längst gelungen wäre, den Wagen an ein Museum loszuwerden.

Die Temperatur lag dicht unter dem Nullpunkt. Jetzt ist sie auf Frostniveau gesunken, und auf dem Heimweg fängt es an zu schneien. *Qanik*, feinkörnigen Pulverschnee.

Die gefährlichsten Lawinen sind Pulverschneelawinen. Sie werden durch winzige Energieverschiebungen ausgelöst, beispielsweise durch ein kräftiges Geräusch. Sie haben eine sehr geringe Masse, bewegen sich jedoch mit 200 Stundenkilometern und ziehen ein tückisches Vakuum nach sich. In Pulverschneelawinen hat es Leuten schon die Lunge aus dem Körper gesogen.

Im Kleinformat waren es diese Lawinen, die auf dem steilen, glatten Dach angerollt sind, von dem Jesaja heruntergefallen ist. Ich zwinge mich hochzusehen. Eines kann man unter anderem vom Schnee lernen: daß man die großen Kräfte und Katastrophen immer im Kleinformat im Alltag wiederfindet. Kein Tag in meinem Erwachsenenleben, an dem ich mich nicht darüber gewundert hätte, wie schlecht Dänen und Grönländer einander verstehen. Das ist natürlich am schlimmsten für die Grönländer. Es ist ungesund für den Seiltänzer, wenn er von dem, der das Seil hält, mißverstanden wird. Und das Leben der *inuit* ist in diesem Jahrhundert der reinste Seiltanz gewesen, auf einem Tau, das an einem Ende am schwerstbewohnbaren Land der Welt mit dem härtesten und wechselhaftesten Klima der Welt und auf der anderen Seite an der dänischen Verwaltung festgemacht war.

Das ist die große Perspektive. Die kleine, alltägliche, ist, daß ich bereits seit anderthalb Jahren über dem Mechaniker wohne und unzählige Male mit ihm geredet habe. Er hat meine Türklingel in Ordnung gebracht und mein Fahrrad geflickt, und ich habe ihm geholfen, einen Brief an die Wohnungsbaugesellschaft auf Schreibfehler durchzusehen. Auf etwa achtundzwanzig Wörter kommen bei ihm ungefähr zwanzig. Er ist Legastheniker.

Eigentlich müßten wir jetzt duschen und den Staub, das Blut und die Dorschleber abspülen. Doch die letzten Ereignisse haben uns verbunden. Wir gehen also zusammen in seine Wohnung. Wo ich noch nie gewesen bin.

Im Wohnzimmer herrscht Ordnung. Möbel aus sandgescheuertem und abgelaugtem hellem Holz, Polster und Bezüge aus festem Wollstoff. Halter mit Kerzen, ein Bücherregal mit Büchern, eine Pinnwand mit Fotografien und Zeichnungen, die Kinder von Bekannten gemacht haben. ›Für den großen Peter von Mara, fünf Jahre‹, steht auf einer. Rosensträucher mit roten Blüten in Porzellantöpfen. Sie sehen aus, als würde jemand sie gießen, mit ihnen reden und ihnen versprechen, daß sie nie zu mir in die Ferien geschickt werden, wo das Klima für Grünpflanzen aus irgendeinem Grund unerquicklich ist.

»K-Kaffee?«

Kaffee ist Gift. Trotzdem kriege ich plötzlich Lust, mich im Morast zu wälzen, und sage ja, bitte.

Ich stehe in der Tür und schaue zu, wie er den Kaffee macht. Die Küche ist ganz weiß. Er zentriert sich darin wie ein Badmintonspieler auf dem Platz, damit er sich so wenig wie möglich bewegen muß. Er hat eine kleine elektrische Mühle. Darin mahlt er erst mehrere helle Bohnen und danach welche, die klein, fast schwarz und so blank wie Glas sind. Er mischt sie in einem kleinen Metalltrichter, den er in eine Espressokanne montiert, die er auf eine Gasflamme stellt.

In Grönland nimmt man häßliche Kaffeegewohnheiten an. Ich kippe heiße Milch direkt in den Nescafé. Ich bin keineswegs darüber erhaben, das Pulver einfach in dem Wasser aufzulösen, das direkt aus dem Heißwasserhahn kommt.

Er gießt ein Drittel Rahm und zwei Drittel Vollmilch in zwei hohe Henkelgläser.

Der Kaffee, den er aus der Maschine zapft, ist schwarz und dick wie Rohöl. Er schäumt die Milch mit dem Dampfrohr auf und verteilt den Kaffee auf die beiden Gläser.

Wir nehmen ihn mit zum Sofa. Ich weiß es durchaus zu schätzen, wenn mir jemand etwas Gutes vorsetzt. Das Getränk in dem hohen Glas ist dunkel wie alte Eiche und hat einen überwältigenden, fast parfümierten tropischen Duft.

»Ich bin dir gefolgt«, sagt er.

Das Glas ist brühheiß. Der Kaffee kochend. Normalerweise verlieren heiße Getränke beim Umgießen ihre Temperatur. Aber hier hat das Dampfrohr das Glas zusammen mit der Milch auf 100 Grad erhitzt.

»Die Tür ist offen. Ich gehe also rein. Man konnte ja nicht w-wissen, daß du da im Dunkeln sitzen und w-warten würdest.«

Ich schlürfe vorsichtig über die Oberfläche. Das Getränk ist so stark, daß es mir das Wasser in die Augen treibt und ich plötzlich mein Herz spüre.

»Ich hatte über das nachgedacht, was du oben auf dem Dach gesagt hast. Über die Spuren.«

Er stottert nur ganz leicht. Ab und zu gar nicht.

»Wir waren ja Freunde. Er war so klein. Aber wir waren

trotzdem Freunde. Wir reden nicht viel miteinander. Aber wir haben Spaß zusammen. Mensch, haben wir Spaß! Er sch-schneidet Grimassen. Er nimmt den Kopf in die Hände. Er kommt hoch und sieht aus wie ein alter, kranker Affe. Er versteckt ihn wieder. Kommt wieder hervor. Er sieht aus wie ein Kaninchen. Dann noch mal, und er sieht aus wie Frankensteins Monster. So daß ich auf den Knien liege und ihm schließlich sagen muß, daß er aufhören soll. Gib ihm einen Klotz und ein Stemmeisen. Gib ihm ein Messer und ein Stück Speckstein. Er sitzt da, knobelt und brummt wie ein kleiner Bär. Ab und zu sagt er etwas. Aber auf grönländisch. Zu sich selber. Wir arbeiten also. Jeder für sich und trotzdem zusammen. Ich denke bei mit, nur gut, daß er ein so feiner Mensch sein kann – bei der Mutter.«

Er macht eine lange Pause in der Hoffnung, daß ich übernehme. Aber ich komme ihm nicht zu Hilfe. Wir wissen beide, daß ich Anspruch auf eine Erklärung habe.

»Eines Abends sitzen wir also da wie immer. Da kommt Petersen, der Hauswart. Er hat seine Weinballons beim Wärmetauscher auf der Treppe stehen. Kommt, um sich seinen Aprikosenwein zu holen. Sonst ist er ja um diese Zeit nie hier. Ich höre also seine tiefe Stimme. Das Klappern seiner Holzpantinen. Und dann sehe ich auf den Jungen hinunter. Und der sitzt zusammengekrümmt da. Wie ein Tier. Das Messer, das du ihm geschenkt hast, hat er in der Hand. Zittert am ganzen Körper. Sieht lebensgefährlich aus. Auch nachdem er gesehen hat, daß es nur Petersen ist, zittert er immer weiter. Ich nehme ihn auf den Schoß. Zum erstenmal. Ich spreche auf ihn ein. Er will nicht nach Hause. Ich n-nehme ihn mit hier hoch. Lege ihn aufs Sofa. Ich denke daran, dich anzurufen, aber was soll man schon sagen. Man kennt sich ja nicht so gut. Er schläft hier. Ich wache hier beim Sofa. Alle Viertelstunde springt er hoch wie eine Feder, zittert und weint.«

Er ist kein großer Redner. In den letzten fünf Minuten hat er mehr zu mir gesagt als in den vergangenen anderthalb Jahren zusammen. Das ist eine derartige Selbstpreisgabe, daß ich ihn nicht direkt anschauen kann, sondern in den Kaffee gucke. Dort hat sich eine Fläche aus klaren, kleinen

Blasen gebildet, die das Licht einfangen und es in Rot und Lila brechen.

»Von dem Tag an habe ich das Gefühl, daß er vor irgend etwas Angst hat. Was du über die Spuren gesagt hast, geht mir immer wieder im Kopf herum. Ich beobachte dich also ein bißchen. Du und der Baron, ihr versteht euch – habt euch verstanden.«

Jesaja war einen Monat vor meinem Einzug nach Dänemark gekommen. Juliane hatte ihm ein Paar Lackschuhe geschenkt. Lackschuhe sind in Grönland etwas Vornehmes. Seine Fächerzehen waren in die spitzen Modelle einfach nicht hineinzuzwängen, Juliane war es jedoch gelungen, ein Paar fußgerechte Schuhe zu finden. Seitdem nannte der Mechaniker Jesaja den Baron. Wenn ein Spitzname hängenbleibt, dann deshalb, weil er eine tiefere Wahrheit eingefangen hat. In diesem Fall war es Jesajas Würde. Die etwas damit zu tun hatte, daß er so selbstgenügsam war. Daß ihm die Welt nur so wenig zuführen mußte, damit er zufrieden war.

»Rein zufällig sehe ich, daß du zu Juliane hochgehst und dann bald wieder weg. Ich schleiche dir in meinem Morris hinterher. Sehe, wie du den Hund fütterst. Daß du rüberkletterst. Ich öffne die andere Zauntür.«

So hängt das also zusammen. Er hört etwas, sieht ein bißchen, er geht hinterher, öffnet eine Zauntür, kriegt etwas an den Kopf, und da sitzen wir nun. Keine Wunder, nichts Neues und Beunruhigendes unter der Sonne.

Er wirft mir ein schiefes Lächeln zu. Ich lächele zurück. Wir sitzen da, trinken Kaffee und lächeln uns an. Wir wissen, daß ich weiß, daß er lügt.

Ich erzähle ihm von Elsa Lübing. Von der Kryolithgesellschaft Dänemark. Von dem Bericht, der in einer Plastiktüte vor uns auf dem Tisch liegt.

Ich erzähle von Ravn. Der nicht genau dort arbeitet, wo er arbeitet, sondern woanders.

Er starrt vor sich hin, während ich spreche. Mit hochgezogenen Schultern, unbeweglich.

Es ist verborgen. Es liegt an der Außengrenze des Bewußtseins. Aber wir spüren beide, daß wir einen Tauschhandel eingehen. Daß wir in tiefem, gegenseitigem Mißtrauen die Informationen austauschen, die wir hergeben müssen, um etwas dafür zu bekommen.

»Dann ist da noch der A-Anwalt.«

Draußen, über dem Hafen, kommt das Licht, als hätte es in den Kanälen unter den Brücken geschlafen und steige jetzt von dort her zögernd auf das Eis, das sich ans Leuchten macht. In Thule kam das Licht im Februar zurück. Wochen vorher schon sahen wir die Sonne; während sie noch weit hinter den Bergen war und wir im Dunkeln lebten, fielen ihre Strahlen auf Pearl Island, hundert Kilometer weiter draußen im Meer, und ließen die Insel wie einen Kristall aus rosa Perlmutt erglühen. Da war ich mir ganz sicher, egal, was die Erwachsenen sagten, daß die Sonne im Meer ihren Winterschlaf gehalten hatte und nun langsam aufwachte.

»Es fängt damit an, daß ich in der Strandgade das Auto sehe, einen roten BMW.«

»Ja«, sage ich.

Mir kommt es so vor, als wechselten die Autos in der Strandgade jeden Tag.

»Einmal im Monat. Er holt den Baron. Wenn er zurückkam, war er nicht ansprechbar.«

»Nein«, sage ich.

Man muß den langsamen Menschen alle Zeit der Welt lassen.

»Eines Tages mache ich also den Wagen auf und schaue ins Handschuhfach. Ich habe Werkzeug dafür. Rechtsanwalt. Ving heißt er.«

»Du hättest in das verkehrte Auto schauen können.«

»B-Blumen. Das ist wie bei Blumen. Wenn man Gärtner ist. Ich sehe ein Auto ein- oder zweimal und erinnere mich daran. So wie es dir mit Schnee geht. So wie es dir auf dem Dach gegangen ist.«

»Vielleicht habe ich mich geirrt.«

Er schüttelt den Kopf.

»Ich habe gesehen, wie du mit dem Baron das Hopsespiel gespielt hast.«

Mit diesem Spiel habe ich einen Großteil meiner Kindheit

verbracht. Oft spiele ich es noch im Schlaf weiter. Jemand hopst über eine saubere Schneefläche. Die anderen haben ihm dem Rücken zugekehrt und warten. Danach muß man – auf der Grundlage der Spuren – die Sprünge des Hopsers rekonstruieren. Jesaja und ich haben dieses Spiel oft gespielt. Oft habe ich ihn in den Kindergarten gebracht. Oft kamen wir anderthalb Stunden zu spät. Ich kriegte Krach. Bekam zu hören, daß ein Kindergarten nicht funktionieren kann, wenn die Kinder erst im Laufe des Tages eintrudeln. Aber wir waren glücklich.

»Er hüpfte wie ein Sack Flöhe«, sagt der Mechaniker träumerisch.

»Er war ja gerissen. Er wendet sich anderthalbmal in der Luft, landet auf einem Fuß und tritt dabei in seine eigene Spur zurück.«

Er schaut mich kopfschüttelnd an.

»Aber jedesmal, jedesmal hast du es erraten.«

»Wie lange blieben sie weg?«

Die Preßluftbohrer auf der Knippelsbrücke. Der anrollende Verkehr. Die Möwen. Der ferne Baßklang, eigentlich nur ein tiefes Vibrieren, des ersten Tragflächenboots. Die kurzen Sirenenstöße der Bornholmer Fähre, wenn sie vor dem Amaliegarten wendet. Es wird langsam Morgen.

»Vielleicht ein paar Stunden. Aber zurück brachte ihn ein anderes Auto. Ein Taxi. Er kam immer allein in einem Taxi zurück.«

Er macht uns ein Omelett, während ich an der Tür lehne und ihm vom Gerichtsmedizinischen Institut erzähle. Von Professor Loyen. Von Lagermann. Von den Spuren einer möglichen Muskelbiopsie, die man an einem Kind vorgenommen hat. Nachdem es gefallen war.

Er schneidet Zwiebeln und Tomaten, wendet sie in Butter, schlägt das Eiweiß steif, zieht die Dotter darunter und brät das Ganze auf beiden Seiten. Er nimmt die Pfanne mit zum Tisch. Wir trinken Milch dazu und essen schwarzes, saftiges Roggenbrot, das nach Teer duftet. Ich denke an meine Dosenmahlzeiten.

Wir essen schweigend. Wenn ich mit Fremden esse – so wie jetzt – oder großen Hunger habe – so wie jetzt –, kommt mir immer die rituelle Bedeutung der Mahlzeit in den Sinn. Dann erinnere ich mich an meine Kindheit, an das Verschmelzen des feierlichen Beisammenseins mit großen Geschmackserlebnissen. Den rosafarbenen, leicht schäumenden Walspeck, der aus einer Gemeinschaftsschüssel gegessen wurde. Das Gefühl, daß im großen und ganzen alles im Leben zum Teilen da ist.

Ich stehe auf.

Er steht an der Tür, als wollte er mir den Weg versperren.

Ich denke an die Unzulänglichkeit dessen, was er mir heute erzählt hat.

Er tritt beiseite. Ich gehe vorbei. Meine Stiefel und meinen Pelz in der Hand.

»Ich habe einen Teil des Berichts liegengelassen. Das ist eine gute Leseübung für deine Legasthenie.«

Sein Gesicht hat etwas Neckendes.

»Smilla. Wie kommt es, daß ein so zartes und zierliches Mädchen wie du eine so grobe Stimme hat?«

»Tut mir leid«, sage ich, »wenn ich den Eindruck mache, daß ich nur ein grobes Mundwerk habe. Ich gebe mir alle Mühe, überhaupt grob zu sein.«

Dann mache ich die Tür zu.

11 Ich habe den ganzen Vormittag geschlafen und bin ein bißchen spät aufgewacht, habe also nur anderthalb Stunden Zeit zum Duschen und Anziehen und für das Beerdigungs-Make-up gehabt, was viel zuwenig ist, wie jeder, der sich gern vorteilhaft präsentieren möchte, bestätigen kann. Ich bin deshalb noch ganz benommen, als wir in die Kapelle kommen, und nach der Feier geht es mir immer noch nicht besser. Als ich dann neben dem Mechaniker hergehe, ist mir, als hätte jemand meinen Deckel abgeschraubt und mit der großen Flaschenbürste ein paarmal hoch und runter geschrubbt.

Etwas Warmes legt sich um meine Schultern. Er hat seinen Mantel ausgezogen und ihn mir umgehängt. Er reicht mir bis zu den Füßen.

Wir bleiben stehen und schauen auf das Grab und unsere eigenen Spuren zurück. Seine großen, schiefgetretenen Absätze. Vermutlich ist er, für das Auge kaum sichtbar, ein ganz klein wenig O-beinig. Meine kleinen Löcher von den Hochhackigen. Könnten an Rehspuren erinnern. Eine schräge, nach unten rutschende Bewegung, und am Grund der Spur schwarze Flecken, wo die Hufe durch die Schneedecke bis zur Erde vorgedrungen sind.

Die Frauen gehen an uns vorbei. Ich sehe nur ihre Stiefel und Schuhe. Drei von ihnen tragen Juliane, ihre Schuhspitzen schleifen über den Schnee. Neben dem Talar steht ein Paar schwarze Stiefel aus besticktem Pelz. Über dem Tor zur Allee hängt eine Lampe. Als ich aufschaue, hebt die Frau ihren Kopf und macht eine Bewegung, so daß ihre langen Haare im Dunkel verschwimmen und ihr Gesicht das Licht einfängt, es ist ein weißes Gesicht mit großen Augen, wie dunkles Wasser in der Blässe. Sie hält den Pfarrer am Arm und spricht eindringlich auf ihn ein. Etwas an diesen beiden Gestalten nebeneinander läßt das Bild stocken und sich im Gedächtnis festsetzen.

»Fräulein Jaspersen.«

Es ist Ravn. Mit zwei Freunden. Zwei Männern. Ihre Mäntel sind so groß wie seiner, aber sie können sie ausfüllen. Darunter tragen sie einen blauen Anzug, weißes Hemd und Schlips und Sonnenbrillen, damit sie die Winterdunkelheit hier um vier Uhr nachmittags nicht blendet.

»Ich möchte gern ein paar Worte mit Ihnen reden.«

»Bei der Polizei für Wirtschaftskriminalität? Über meine Investitionen?«

Er nimmt das ausdruckslos entgegen. Er hat ein Gesicht, auf das sich im Laufe der Zeit so viel herabgesenkt hat, daß nichts mehr es richtig beeindruckt. Er macht eine Handbewegung zum Auto hin.

»Ich bin nicht sicher, ob ich im Moment Lust dazu habe.«

Er rührt sich keinen Millimeter vom Fleck. Aber seine beiden Logenbrüder sickern unmerklich näher heran.

»Smilla. W-wenn du keine Lust hast, brauchst du nicht mitzugehen, finde ich.«

Es ist der Mechaniker. Er hat den Männern den Weg vertreten.

Wenn Tiere – und im großen und ganzen alle gewöhnlichen Menschen – vor einer physischen Bedrohung stehen, wird in ihrem Körper etwas steif. Physiologisch betrachtet ist das unökonomisch, aber es ist ein Gesetz. Eisbären sind davon ausgenommen. Sie können vollendet entspannt zwei Stunden lang auf der Lauer liegen, ohne auch nur eine Sekunde den maximalen Bereitschaftstonus der Muskulatur zu lokkern. Jetzt sehe ich, daß auch der Mechaniker davon ausgenommen ist. Seine Haltung ist fast locker. Doch in seiner Konzentration auf die Männer vor ihm liegt eine physische Gefährlichkeit, die mir erneut klarmacht, wie wenig ich über ihn weiß.

Auf Ravn hat sie keine sichtbare Wirkung. Aber sie läßt die beiden blauen Männer einen Schritt zurücktreten, wobei sie zugleich ihre Jacken aufknöpfen. Kann sein, daß ihnen zu warm ist. Kann sein, daß sie an derselben nervösen Zuckung leiden. Kann aber auch sein, daß sie beide einen Totschläger mit Bleikern haben.

»Werde ich zurückgefahren?«

»Bis vor die Tür.«

Während der Fahrt sitze ich mit Ravn auf dem Rücksitz. Irgendwann lehne ich mich vor und nehme dem Fahrer die Sonnenbrille ab.

»Ich schweige wie ein Grab, Herzchen«, sage ich. »Mein Mund ist mit sieben Siegeln verschlossen. Von mir erfährt Ravn hier nicht, daß du im Dienst schläfst. Morgens um halb sieben am Kabbelejevej.«

Beim Polizeipräsidium biegen wir zwischen den roten Gebäuden ein, wo die Kfz-Sachverständigen ihre Büros haben. Wir fahren zu einer niedrigen roten Baracke, die zum Hafen hin liegt.

Vor dem Gebäude ist kein Schild. Wir begegnen keinem Menschen. Nirgendwo klappern Schreibmaschinen. Die Türen tragen keine Namensschilder. Hier herrschen nur Ruhe und Frieden. Wie in einem Lesesaal. Oder in der Morgue unter dem Gerichtsmedizinischen Institut.

Die beiden blauen Pagen sind abgefallen. Wir gehen in ein dunkles Büro. Die Fenster haben Jalousien. Durch die Jalousien sieht man das elektrische Licht, die Kais, das Wasser, Islands Brygge.

Am Tag muß der Raum ziemlich viel Licht kriegen. Ansonsten ist nichts weiter dran. Nichts an den Wänden. Nichts auf den Tischen. Nichts auf den Fensterbrettern.

Ravn macht das Licht an. In einer Ecke sitzt ein Mann auf einem Stuhl. Er hat hier im Dunkeln gewartet. Sehnig, kurzgeschnittene schwarze Haare, fast Bürstenschnitt, abwesende blaue Augen und ein harter Mund. Sorgfältig gekleidet.

Ravn setzt sich an den Schreibtisch.

»Smilla Jaspersen«, stellt er vor. »Kapitän Telling.«

Ich habe den Rücken zum Fenster und die beiden Männer vor mir.

Keine Zigaretten, kein Kaffee in Plastikbechern, kein Tonband und kein grelles elektrisches Licht, keine Verhörstimmung. Nur Wartezeit.

In dieser Wartezeit mache ich mich still.

Aus der Stille tritt eine Dame mit einem Tablett mit Tee, Zucker, Milch und Zitronenscheiben, alles auf weißem Porzellan. Danach verschluckt das verlassene Gebäude sie, und sie ist weg. Ravn schenkt ein.

Er holt einen Umschlag aus einer Schublade. Er ist rosa. Er liest langsam. Als wolle er es – noch einmal – zum erstenmal erleben.

»Smilla Qaavigaaq Jaspersen. Geboren am 16. Juni 1956 in Qaanaaq. Eltern: Robbenfängerin Ane Qaavigaaq und Arzt Jørgen Moritz Jaspersen. Volksschule in Grönland und Kopenhagen. Abitur 1976 an der Birkerød Statsskole. Studium am H.C. Ørsted-Institut und am Geographischen Institut in Kopenhagen. Gletschermorphologie, Statistik und mathematische Grundlagenprobleme. Reisen nach Westgrönland und Thule 1975, 1976 und 1977. Depotauslegungen für dänische und französische Expeditionen nach Nordgrönland 1978, 1979 und 1980. 1982 am Geodätischen Institut eingestellt. Von 1982 bis 1985 wissenschaftliche Teilnehmerin an Expeditionen zum Inlandeis, zum Polarmeer und zum Arktischen Nordamerika. In der Anlage verschiedene Empfehlungen. Eine von Major Guldbrandsen, dem Leiter der Siriuspatrouille in Grönland. Noch von 1979. Er beschwert sich darüber, daß Sie keinen Hundeschlitten fahren wollen. Sie haben Angst vor Hunden?«

»Reine Vorsicht.«

»Aber er fügt hinzu, daß er jeder zivilen Expedition empfehlen würde, Sie als Navigatorin mitzunehmen, und wenn man Sie auf dem Rücken mitschleppen müßte. Dann Ihre wissenschaftlichen Aufsätze. Ein Dutzend, mehrere davon im Ausland erschienen. Mit Titeln, die Kapitän Tellings und mein Verständnisvermögen übersteigen. *Statistics on Glacial Graphology. Mathematical Models for Brine Drainage from Seawater Ice.* Und ein Kompendium für Studenten, das Sie mal geschrieben haben. *Grundzüge der nordgrönländischen Gletschermorphologie.*«

Er klappt den Bericht zu.

»Dann haben wir hier noch mehrere andere Beurteilungen. Von Lehrern. Von Mitarbeitern am *Cold Water Laboratory* der amerikanischen Armee an einem Ort, der Pylot Island heißt. Aus allen geht übereinstimmend hervor, daß man sich mit Gewinn an Smilla Jaspersen wenden kann, wenn man etwas über Eis wissen will.«

Ravn zieht den Mantel aus. Darunter ist er spillerig wie ein Pfeifenreiniger. Ich ziehe die Schuhe aus und lege die Füße gekreuzt auf den Stuhl, so daß ich meine Zehen massieren kann. Sie sind vor Kälte gefühllos, und an den Strümpfen hängen noch Eisklumpen.

»Diese Auskünfte stimmen im großen und ganzen mit dem *curriculum vitae* überein, das Sie abgegeben haben, als das Norwegische Polarinstitut für seine Expedition zur Kennzeichnung von Eisbären den Antrag auf Einreisegenehmigung nach Nordgrönland stellte. Wir haben Sie ein bißchen genauer unter die Lupe genommen. Alle Informationen sind völlig korrekt. Von daher muß man, meine ich, den Eindruck gewinnen, daß man es mit einer jungen, sehr selbständigen Frau zu tun hat, die ungewöhnliche Fähigkeiten besitzt und sie mit Ehrgeiz und Begabung verwaltet hat. Meinen Sie nicht auch, daß man zu dieser Meinung gelangen muß?«

»Sie können sich genau die Meinung bilden, die Ihnen in den Sinn kommt«, sage ich.

»Ich habe allerdings auch noch einige andere Auskünfte.«

Der Umschlag ist sehr dünn, dunkelgrün.

»Das hier stimmt im großen und ganzen mit dem Bericht überein, den Kapitän Telling und sein Büro vorliegen hatten, als dort auf Ihren letzten Antrag auf Einreisegenehmigung nach Nordgrönland der Stempel ›Abgelehnt‹ gedrückt wurde. Zunächst werden da einige persönliche Angaben zusammengefaßt. Die Mutter wurde am 12. Juni 1963 als auf der Jagd vermißt gemeldet. Vermutlich umgekommen. Ein Bruder begeht im September 1981 in Upernavik Selbstmord. Die Eltern heiraten 1956, geschieden 1958. Das Sorgerecht geht nach dem Tod der Mutter auf den Vater über. Die diesbezügliche Beschwerde des Bruders der Mutter im Mai 1974 vom Justizministerium abgewiesen. Nach Dänemark im September 1963. Zwischen 1963 und 1971 sechsmal von der Polizei gesucht und gefunden, davon zweimal in Grönland.

Dänische Volksschule für Einwanderer 1963. Skovgårdsschule in Charlottenlund 1964 bis 1965. Von der Schule verwiesen. Internat Stenhøj in Humlebæk 1965 bis 1967. Rausschmiß. Danach kommen kürzere Aufenthalte an kleineren Privatschulen. Mittlere Reife als Externe nach Privatunterricht zu Hause. Danach Gymnasium. Letzte Klasse wiederholt. 1976 Abitur als Externe. Immatrikulation an der Universität Kopenhagen. 1984 ohne Abschluß exmatrikuliert. Dann ist da noch die politische Tätigkeit. Bei den Besetzungen des Umweltministeriums durch den Rat Junger Grönländer mehrmals inhaftiert. Aktiv an der Bildung von IA beteiligt, als sich der RJG spaltet.«

Er sieht fragend zu Telling hinüber.

»*Inuit Ataqatigiit.* ›Die vorwärts wollen‹. Aggressiv marxistisch.«

Es ist das erstemal, daß der Kapitän gesprochen hat.

»Verläßt die Partei noch im selben Jahr nach verschiedenen Unstimmigkeiten. Seither parteilos. Dann sind da noch ein paar kleinere Gesetzesübertretungen. Drei noch nicht abgeschlossene Verfahren wegen Übertretung der kanadischen Territorialgesetze im Pearysund. Warum?«

»Ich habe Eisbären gespürt. Bären können keine Karten lesen. Sie respektieren also keine Nationalgrenzen.«

»Ein paar kleine Verkehrsvergehen. Ein Urteil wegen Verleumdung in Verbindung mit einem Aufsatz über ›Eisforschung und Profitinteressen in Dänemark im Zusammenhang mit der Ausbeutung von Ölvorkommen im Polarmeer‹. In diesem Zusammenhang aus der Dänischen Gesellschaft für Gletscherkunde ausgeschlossen.«

Er blickt auf.

»Gibt es irgendeine Institution, die Sie nicht rausgeworfen hat, Fräulein Jaspersen?«

»Soweit ich weiß, bin ich beim Einwohnermeldeamt noch registriert«, sage ich.

»Des weiteren haben wir der Steuer- und Registerverwaltung über die Schulter geschaut. Durch Ihre Aufsätze, sporadischen Anstellungen und die Arbeitslosenunterstützung kommt ein bißchen herein. Scheint jedoch nicht Ihrem Verbrauch zu entsprechen. Wir überlegen, ob Sie einen Sponsor haben. Wie ist Ihr Verhältnis zu Ihrem Vater?«

»Warm und ehrerbietig.«

»Das könnte einiges erklären. Kapitän Telling hat nämlich auch einen Blick in seine Einkommenssteuererklärung geworfen.«

Für mich ist es nichts Neues, daß sie das wissen. Seit es die Airbase Thule gibt, ist die Zahl der zivilen Passagiere, die jede Maschine nach Grönland mitnehmen darf, begrenzt. Damit der Nachrichtendienst Zeit hat nachzuschauen, ob alle konfirmiert sind, aus guter Familie stammen, und bis vor kurzem auch noch kontrollieren konnte, ob sie gegen das rote Fieber aus dem Osten geimpft waren. Erstaunlich ist nur, daß sie mir hier erzählen, was sie wissen.

»Die Informationen vermitteln ein komplizierteres Bild. Sie zeichnen das Porträt einer Frau, die nie eine Ausbildung abgeschlossen hat. Die arbeitslos ist. Die ohne Familie ist. Die überall, wo sie sich aufgehalten hat, Konflikte ausgelöst hat. Die sich nie hat anpassen können. Die aggressiv ist. Und die um politische Extreme kreist. Trotzdem ist es Ihnen gelungen, in zwölf Jahren an neun Expeditionen teilzunehmen. Ich kenne Grönland nicht. Aber ich denke mir, daß man, wenn einem das Leben mißlungen ist, das auf dem Inlandeis besser verbergen kann.«

Kein Kommentar. Aber es kommt unter seinem Namen auf die schwarze Liste.

»Bei diesen Expeditionen haben Sie jedesmal als Navigatorin fungiert. Jedesmal wurden vertrauliches militärisches Kartenmaterial, Satelliten- und Radaraufnahmen und meteorologische Beobachtungen benutzt. Zwölfmal haben Sie in den letzten neun Jahren eine Erklärung unterschrieben, die Ihnen Schweigepflicht auferlegt. Alles Material, von dem wir eine Kopie haben.«

Allmählich habe ich das Gefühl zu wissen, worauf er hinauswill, was sein roter Faden ist.

»In einem kleinen Land wie dem unserem sind Sie ein heikler Punkt, Fräulein Jaspersen. Sie haben viel gehört und gesehen. Was man zwangsläufig tut, wenn man nach Nordgrönland reingelassen wird. Aber Sie haben eine Vergangenheit und einen Charakter, die – wenn Sie sich irgendwo anders auf dänischem Territorium befunden hätten – mit Sicherheit dazu geführt hätten, daß Sie überhaupt nichts zu hören oder zu sehen bekommen hätten.«

Der Blutkreislauf in meinen Füßen funktioniert allmählich wieder.

»Ich schäme mich«, sage ich. »Ich weine fast. Darf ich mir die Nase an Kapitän Tellings Schlips abwischen?‹

»Wer auch nur einen ganz kleinen Rest von Vernunft hat, würde sich an Ihrer Stelle sehr bedeckt halten.«

»Haben Sie etwas gegen meine Kleidung? Gegen den Minirock?«

»Wir haben etwas gegen Ihren nutzlosen oder geradezu schädlichen Versuch, sich in die Untersuchung eines Falls einzumischen, der – das habe ich Ihnen doch versprochen – geprüft wird.«

Natürlich haben wir uns die ganze Zeit über auf diesen Punkt zubewegt.

»Ja«, sage ich. »Ich entsinne mich gut, daß Sie das versprochen haben. Damals, als Sie noch bei der Kopenhagener Staatsanwaltschaft gearbeitet haben.«

»Fräulein Smilla«, sagt er ganz sanft. »Wir können Sie jederzeit ins Kittchen stecken. Verstehen Sie mich? Wir können Sie in eine Einzelzelle – einen Isolationstank – stecken, wann immer uns das paßt. Kein Richter würde zögern, wenn er Ihr Führungszeugnis zu sehen bekäme.«

Bei dieser Unterredung muß es von Anfang an um Authentizität gegangen sein. Er hat mir zeigen wollen, was er kann. Daß er sich die Informationen beschaffen kann, die ich an die dänische Grönlandverwaltung und an das Militär geschickt habe. Daß er meine Bewegungen hat verfolgen können. Daß er Zugang zu allen Archiven hat. Und daß er jederzeit einen Nachrichtenoffizier herbeischaffen kann, um sechs Uhr abends und direkt vor Weihnachten. Und das alles hat er getan, damit ich auch nicht den geringsten Zweifel hege, daß er mich jederzeit in den Knast stecken kann.

Es ist ihm gelungen. Jetzt weiß ich, daß er kann. Daß er kriegt, was er haben will. Denn seine Drohung stützt sich auf tiefer liegende Wissensschichten. Die er jetzt ans Licht hebt.

»Eingesperrtsein«, sagt er langsam, »in einem kleinen schalltoten Raum ohne Fenster, ist, so habe ich mir sagen lassen, besonders unangenehm, wenn man in Grönland aufgewachsen ist.«

Er hat nichts Sadistisches an sich. Er weiß nur genau und vielleicht ein bißchen melancholisch über seine Druckmittel Bescheid.

In Grönland gibt es keine Gefängnisse. Der größte Unterschied zwischen der Gesetzgebung in Dänemark und in Nuuk besteht darin, daß man in Grönland Gesetzesübertretungen, für die man in Dänemark mit Haft oder Gefängnis bestraft wird, weit häufiger mit Geldbußen ahndet. Die grönländische Hölle ist nicht die schwefelschwappende europäische Klippenlandschaft. Die grönländische Hölle ist der geschlossene Raum. Ich erinnere mich an meine Kindheit, als seien wir nie in Innenräumen gewesen. Es war undenkbar für meine Mutter, längere Zeit am selben Ort zu wohnen. Mir geht es mit meiner räumlichen Freiheit wie – nach meiner Beobachtung – Männern mit ihren Hoden. Ich wiege sie wie einen Säugling und bete sie an wie eine Göttin.

Mit der Untersuchung von Jesajas Tod bin ich am Ende.

Wir stehen auf. Wir haben unsere Essen nicht angerührt. Der Tee ist kalt geworden.

II

1 Man kann eine Depression auf verschiedene Weise zu kaschieren versuchen. Man kann sich in der Erlöserkirche Bachs Orgelwerke anhören. Man kann mit der Rasierklinge auf dem Taschenspiegel eine Schneelinie ziehen und sie mit dem Strohhalm reinziehen. Man kann um Hilfe rufen. Zum Beispiel am Telefon, dann weiß man mit Sicherheit, wer es hört.

Das ist der europäische Weg. Darauf zu hoffen, daß man sich aus den Problemen herausarbeiten kann.

Ich nehme den grönländischen Weg. Der besteht darin, daß man in das schwarze Loch hineingeht. Seine Niederlage unter das Mikroskop legt und bei diesem Anblick verweilt.

Wenn es richtig schlimm ist – so wie jetzt –, sehe ich einen schwarzen Tunnel vor mir. Zu dem gehe ich. Ich lege meine schönen Sachen ab, meine Unterwäsche, meinen Sicherheitshelm und meinen dänischen Paß, und dann gehe ich in das Dunkel hinein.

Ich weiß, es kommt ein Zug. Eine Dampflokomotive mit Bleimantel, die Strontium 90 transportiert. Ich gehe ihr entgegen.

Das kann ich, weil ich siebenunddreißig Jahre alt bin. Ich weiß, daß im Tunnel, unter den Rädern, zwischen den Schwellen, ein kleiner Lichtpunkt ist.

Es ist Heiligabend, morgens. Seit einigen Tagen habe ich mich nach und nach von der Welt abgenabelt. Und bereite mich nun auf den endgültigen Abstieg vor. Der kommen muß. Weil ich mich von Ravn habe unterkriegen lassen. Weil ich jetzt Jesaja im Stich lasse. Weil ich meinen Vater nicht aus dem Kopf kriege. Weil ich nicht weiß, was ich dem Mechaniker sagen soll. Weil ich anscheinend nie klüger werde.

Ich habe mich vorbereitet, indem ich nicht gefrühstückt habe. Das fördert die Konfrontation. Ich habe die Tür abgeschlossen. Ich setze mich in den großen Sessel. Und rufe die schlechte Laune auf mich herab: Hier sitzt Smilla. Hungrig. Verschuldet. Am Heiligabend. Wo andere ihre Familie haben. Ihren Partner. Ihre B&O-Stereoanlage. Wo andere einander haben.

Das zeigt Wirkung. Ich stehe bereits vor dem Tunnel. Angealtert. Mißlungen. Verlassen.

Es klingelt. Es ist der Mechaniker. Ich höre es an der Art des Klingelns. Vorsichtig, tastend, als sei die Klingel direkt in den Schädel einer alten Dame eingeschraubt, die er nicht stören möchte. Ich habe ihn seit der Beerdigung nicht mehr gesehen. Nicht mehr an ihn denken wollen.

Ich gehe in den Flur und ziehe den Bananenstecker heraus. Ich setze mich wieder.

In meinem Inneren lasse ich die Bilder aufmarschieren, als ich zum zweitenmal ausgerissen bin und Moritz mich in Thule holte. Wir standen auf der nicht überdachten Zementplattform, auf der man die letzten zwanzig Meter zum Flugzeug hinausgeht. Meine Tante jammerte. Ich atmete durch, so tief ich konnte. Ich dachte, daß es mir auf diese Weise gelingen würde, die klare, trockene und irgendwie süße Luft mit nach Dänemark zu nehmen.

Es klopft an die Küchentür. Es ist Juliane. Sie kniet sich hin und ruft durch den Briefschlitz.

»Smilla. Ich habe Fischteig angerührt!«

»Laß mich in Ruhe.«

Sie ist eingeschnappt. »Ich kippe ihn durch deinen Briefschlitz.«

Als wir ins Flugzeug steigen wollten, schenkte mir meine Tante ein Paar Hauskamiken. Allein für die Perlenstickerei hatte sie einen Monat gebraucht.

Das Telefon klingelt.

»Ich hätte mit Ihnen gern über etwas gesprochen.«

Es ist Elsa Lübings Stimme.

»Bedaure«, sage ich. »Erzählen Sie's jemand anderem. Werfen Sie Ihre Perlen nicht vor die Säue.«

Ich ziehe den Stecker heraus. Sekundenweise fühle ich mich von dem Gedanken an Ravns Isolierzelle angezogen. Es ist ein Tag, an dem man nicht ausschließen kann, daß als nächstes jemand ans Fenster klopft. Im vierten Stock.

Es klopft an mein Fenster. Draußen steht ein grüner Mann. Ich mache auf.

»Ich bin der Fensterputzer. Ich wollte Sie bloß warnen. Damit Sie nicht plötzlich anfangen zu strippen.«

Er grinst von Ohr zu Ohr. Als würde er die Fenster putzen, indem er die Scheiben nacheinander in den Mund nimmt.

»Was zum Teufel meinen Sie? Wollen Sie damit andeuten, daß Sie keine Lust haben, mich nackt zu sehen?«

Sein Lächeln verblaßt. Er drückt auf einen Knopf, die Plattform, auf der er steht, bringt ihn außer Reichweite.

»Ich will keine Fenster geputzt haben«, rufe ich ihm nach. »In meinem Alter kann man sowieso kaum mehr rausschauen.«

Die ersten Jahre in Dänemark habe ich nicht mit Moritz gesprochen. Wir aßen zusammen Abendbrot. Das hatte er verlangt. Ohne ein Wort saßen wir aufrecht da, während wechselnde Haushälterinnen wechselnde Gerichte servierten. Frau Mikkelsen, Dagny, Fräulein Holm, Boline Hsu. Hacksteak, Hase in Rahmsauce, Japanisches Gemüse, ungarische Spaghetti. Ohne ein Wort zu wechseln.

Wenn jemand davon redet, wie schnell Kinder vergessen, wie schnell sie vergeben und wie sensibel sie sind, dann geht mir das zum einen Ohr rein und zum anderen wieder raus. Kinder können jemanden, den sie nicht mögen, erinnern, aufheben und erfrieren lassen.

Ich war wohl etwa zwölf Jahre alt, als ich zum erstenmal auch nur ein klein wenig verstand, warum er mich nach Dänemark geholt hatte.

Ich war aus Charlottenlund abgehauen. Ich trampte nach Westen. Ich hatte gehört, daß man nach Jütland käme, wenn man nach Westen fuhr. In Jütland gab es Frederikshavn. Von dort aus konnte man nach Oslo kommen. Von Oslo gingen regelmäßig Frachtschiffe nach Nuuk.

In der Nähe von Sorø wurde ich am späten Nachmittag von einem Förster mitgenommen. Er fuhr mich zu einem Forsthaus, gab mir Milch und ein Butterbrot und bat mich, einen Augenblick zu warten. Während er die Polizei anrief, hatte ich das Ohr an der Tür.

Vor der Garage fand ich das Moped seines Sohnes. Ich nahm den Weg über die Äcker. Der Förster lief mir nach, aber seine Hausschuhe blieben im Schlamm stecken.

Es war Winter. In einer Kurve an einem See rutschte ich,

fiel, riß meine Jacke auf und verletzte mir die Hand. Ich ging einen Großteil der Nacht zu Fuß weiter. Zum Schlafen setzte ich mich in ein Wartehäuschen einer Bushaltestelle. Als ich aufwachte, saß ich auf einem Küchentisch, und eine Frau desinfizierte meine Hautabschürfungen am Brustkasten mit reinem Alkohol. Es war ein Gefühl, als würde man von einem Rammbock umgerannt.

Im Krankenhaus kratzten sie Asphalt aus der Wunde und gipsten die gebrochenen Handwurzelknochen ein. Dann kam Moritz und holte mich.

Er war sehr wütend. Als wir nebeneinander den Krankenhausflur entlanggingen, zitterte er.

Er hielt meinen Arm fest. Als er seinen Autoschlüssel herausnehmen wollte, ließ er mich los, und ich riß aus. Ich war ja auf dem Weg nach Oslo. Aber ich war nicht gerade in allerbester Form, und er war schon immer schnell. Golfspieler trainieren das Laufen, um die langen Entfernungen durchhalten zu können. Oft sind das zweimal 25 Kilometer, wenn sie in zwei Tagen zweiundsiebzig Löcher abgehen. Im nächsten Moment hatte er mich am Kragen.

Ich hatte eine Überraschung für ihn. Ein Chirurgenskalpell, das ich mir auf der Unfallstation in die Kapuze gesteckt hatte. Es geht durchs Fleisch, als sei es Butter, die in der Sonne gestanden hat. Doch weil meine rechte Hand eingegipst war, reichte es nur zu einem Schnitt über seine eine Handfläche.

Er sah die Hand an, und dann hob er sie, um mich zu schlagen. Ich war jedoch etwas zurückgeglitten, und so umkreisten wir einander, dort auf dem Parkplatz. Wenn physische Gewalt in einer Beziehung lange Zeit nur latent da ist, kann es manchmal geradezu erleichternd sein, wenn man zu ihr vorstößt.

Plötzlich richtete er sich auf.

»Du bist wie deine Mutter«, sagte er. Und dann fing er an zu weinen.

In diesem Augenblick tat ich einen Blick in sein Inneres. Als meine Mutter auf Grund ging, muß sie etwas von Moritz mitgenommen haben. Oder, was noch schlimmer ist: Etwas von seiner physischen Welt muß mit ihr ertrunken sein. Dort, auf dem Parkplatz, an diesem frühen Wintermorgen, wo wir uns ansahen, während sein Blut von der Hand heruntertropfte und einen kleinen roten Tunnel in den Schnee brannte, erinnerte ich mich an etwas. Ich erinnerte mich an ihn in Grönland, bevor meine Mutter starb. Ich erinnerte mich, daß es mitten in seinen lauernden, unvorhersehbaren Stimmungsschwankungen auch eine Fröhlichkeit und Lebensfreude und möglicherweise auch sogar so etwas wie Wärme gegeben hatte. Diesen Teil der Welt hatte meine Mutter mit sich genommen. Sie war mit den Farben verschwunden. Seitdem war er in einer ausschließlich schwarzweißen Welt eingesperrt.

Nach Dänemark hatte er mich geholt, weil ich das einzige war, das ihn an das Verlorene erinnern konnte. Menschen, die verliebt sind, beten eine Fotografie an. Sie liegen vor einem Halstuch auf den Knien. Sie unternehmen eine Reise, um sich eine Hausmauer anzusehen. Sie machen alles, was die Glut, die sie wärmt und zugleich verbrennt, entfachen kann.

Bei Moritz war es noch schlimmer. Er war hoffnungslos in jemanden verliebt, dessen Moleküle in die große Leere hinausgesogen worden waren. Seine Liebe hatte die Hoffnung aufgegeben. Aber sie hatte sich an die Erinnerung geklammert. Und diese Erinnerung war ich. Unter großen Mühen hatte er mich geholt, jahrelang hatte er in einer Wüste aus Widerwillen eine endlose Serie von Zurückweisungen ertragen, um zu mir herübersehen und einen Augenblick bei dem innehalten zu können, was ihn an mir an die Frau erinnerte, die meine Mutter gewesen war.

Wir richteten uns auf. Ich warf das Skalpell ins Gebüsch. Wir gingen in die Unfallstation zurück und ließen ihn verbinden.

Es war das letztemal, daß ich auszureißen versuchte. Ich will nicht sagen, daß ich ihm verzieh. Ich werde immer mißbilligen, wenn Erwachsene den Druck der Liebe, den sie nicht haben loswerden können, an kleinen Kindern auslassen. Aber in gewisser Weise verstand ich ihn.

Von meinem Stuhl aus sehe ich den Briefschlitz. Es ist der

letzte Eingang, durch den sich die Welt draußen noch nicht durchzuzwängen versucht hat. Jetzt wird ein langer Streifen graue Pappe durchgeschoben. Er ist beschrieben. Ich lasse ihn eine Zeitlang liegen. Aber es ist schwer, eine Nachricht zu ignorieren, die fast einen Meter lang ist.

›Alles ist besser als Selbstmord‹, steht da. Jedenfalls *sollte* es da stehen. Es ist ihm gelungen, in dem kurzen Text zwei oder drei Schreibfehler unterzubringen.

Seine Tür ist offen. Ich weiß, daß er sie nie abschließt. Ich klopfe an und gehe hinein.

Ich habe mir ein bißchen kaltes Wasser ins Gesicht geklatscht. Es ist nicht auszuschließen, daß ich auch meine Haare gebürstet habe.

Er sitzt im Wohnzimmer und liest. Ich sehe ihn zum erstenmal mit Brille.

Draußen ist der Fensterputzer zugange. Als er mich sieht, beschließt er, ein Stockwerk tiefer weiterzumachen.

Der Mechaniker hat immer noch eine Wundklammer im Ohr. Doch es scheint zu heilen. Er hat schwarze Ränder unter den Augen. Aber er ist frisch rasiert.

»Es hat noch eine Expedition gegeben.«

Er klopft auf die Papiere, die er vor sich hat.

»Es war die Karte, die mich darauf gebracht hat.«

Ich setze mich neben ihn. Er riecht nach Shampoo und Knoblauch.

»Jemand hat etwas auf die Karte geschrieben.«

Ich schaue mir die Detailkarte des Gletschers zum erstenmal genauer an. Es ist eine Fotokopie. Auf dem Rand hat jemand mit Bleistift etwas notiert. Durch das Kopieren ist die Notiz deutlicher geworden. Es ist eine Mischung aus Englisch und Dänisch. ›Revidiert accord. Carlsb. found. Expd. 1966‹.

Er sieht mich erwartungsvoll an.

»Da s-sage ich mir, daß es also noch eine Expedition gegeben hat. Ich überlege einen Augenblick und gehe ins Archiv zurück.«

»Ohne Schlüssel?«

»Ich habe Werkzeug.«

Kein Grund, daran zu zweifeln. Er hat Werkzeug, mit dem man die Keller unter der Nationalbank öffnen könnte.

»Aber dann habe ich den Einfall, bei Carlsberg anzurufen. Das erweist sich als m-mühsam. Jemand stellt mich durch. Es stellt sich heraus, daß ich mit dem Carlsbergfonds reden muß. Dort bekomme ich die Auskunft, daß sie 1966 eine Expedition unterstützt haben. Aber keiner im Fonds hat schon damals dort gearbeitet. Und einen Bericht hatten sie nicht. Aber sie hatten etwas anderes.«

Das ist sein Trumpf.

»Sie hatten die Abrechnung und das Verzeichnis der Expeditionsteilnehmer und Mitarbeiter, an die sie Gehalt gezahlt hatten. Weißt du, was ich ihnen gesagt habe, woher ich a-anrufe? Vom Finanzamt. Sie haben die Auskünfte sofort herausgerückt. Und weißt du was? Es war einer von der ersten Expedition dabei.«

Er legt mir ein Blatt Papier vor. In Blockschrift steht da eine Reihe von Namen, von denen ich zwei kenne. Er zeigt auf den einen.

»Komischer Name, nicht wahr? Den vergißt man nicht, wenn man ihn einmal gehört hat. Er war beide Male dabei.«

›Andreas Fine Licht‹, steht da. ›600 CYD 12/9‹.

»Was bedeutet CYD?«

»Cap York Dollars. Die Währung der Kryolithgesellschaft in Grönland.«

»Ich habe das Einwohnermeldeamt angerufen. Die wollten Namen, Personenkennzeichen und die letzten bekannten Wohnanschriften haben. Ich mußte also noch mal beim Fonds anrufen. Aber dann habe ich sie gefunden. Da stehen zehn Namen, nicht wahr? Drei davon waren Grönländer. Von den sieben anderen leben nur noch zwei. 1966 ist a-allmählich schon lange her. Der eine ist Licht. Der andere ist eine Frau. Bei Carlsberg haben sie gesagt, sie sei für eine Übersetzung bezahlt worden. Sie konnten nicht sehen, was es war. Sie heißt Benedicte Clahn.«

»Da ist noch einer.«

Er sieht mich verständnislos an.

Ich lege ihm den medizinischen Bericht vor und zeige auf den Namen des Unterzeichners. Er buchstabiert ihn langsam.

»Loyen.«

Dann nickt er.

»Der war 1966 auch dabei.«

Er kocht für uns.

Es ist eine Art Gesetzmäßigkeit. Wenn man sich bei Leuten wohl fühlt, landet man in der Küche. In Qaanaaq wohnten wir in der Küche. Hier begnüge ich mich damit, in der Tür zu stehen. Seine Küche ist zwar geräumig, aber er füllt sie auch allein ganz gut aus.

Manche Frauen können Soufflé machen. Haben zufällig gerade ein Rezept für Mokkaparfait in ihrem Sport-BH. Können mit der einen Hand ihre Hochzeitstorte schichten und mit der anderen Pfeffersteak Nossi Bé machen.

Darüber sollten wir uns alle freuen. Solange das nicht heißt, daß wir anderen ein schlechtes Gewissen haben müssen, weil wir noch nicht mal mit unserem elektrischen Toaster auf du und du sind.

Er hat einen Berg von Fischen und einen Haufen Gemüse da. Lachs, Makrele, Dorsch, verschiedene Plattfische. Zwei große Krebse. Schwänze, Köpfe, Flossen. Außerdem Mohrrüben, Zwiebeln, Lauch, Wurzelpetersilie, Fenchel, Topinambur.

Er wäscht und kocht das Gemüse.

Ich erzähle von Ravn und Kapitän Telling.

Er setzt Reis auf. Mit Kardamom und Sternenanis.

Ich erzähle ihm von den Vertraulichkeitsklauseln, die ich unterschrieben habe.

Von den Berichten, die Ravn hatte.

Er seiht das Gemüsewasser und kocht die Fischstücke.

Ich erzähle von den Drohungen. Davon, daß sie mich jederzeit verhaften können.

Er nimmt die Fischstücke nacheinander heraus. Von Grönland her erinnere ich mich gut daran. Aus der Zeit, als wir uns zum Essenkochen Zeit nahmen. Fisch hat ganz unterschiedliche Garzeiten. Dorsch ist sofort weich. Makrele später, Lachs noch später.

»Ich habe Angst vor dem Eingesperrtsein«, sage ich.

Die Krebse gibt er zuletzt hinein. Er läßt sie höchstens fünf Minuten mitkochen.

In gewisser Weise bin ich erleichtert darüber, daß er nichts sagt, mich nicht ausschimpft. Er ist der einzige, der weiß, wieviel wir wissen. Wieviel wir jetzt vergessen müssen.

Ich halte es für notwendig, ihm das mit der Klaustrophobie näher zu erklären.

»Weißt du, was hinter der Mathematik steckt?« frage ich. »Hinter der Mathematik stecken die Zahlen. Wenn mich jemand fragen würde, was mich richtig glücklich macht, dann würde ich antworten: die Zahlen. Schnee und Eis und Zahlen. Und weißt du, warum?«

Er knackt die Scheren mit einem Nußknacker und zieht das Fleisch mit einer gebogenen Pinzette heraus.

»Weil das Zahlensystem wie das Menschenleben ist. Zu Anfang hat man die natürlichen Zahlen. Das sind die ganzen und positiven. Die Zahlen des Kindes. Doch das menschliche Bewußtsein expandiert. Das Kind entdeckt die Sehnsucht, und weißt du, was der mathematische Ausdruck für die Sehnsucht ist?«

Er gibt Rahm und ein paar Tropfen Apfelsinensaft in die Brühe.

»Es sind die negativen Zahlen. Die Formalisierung des Gefühls, daß einem etwas abgeht. Und das Bewußtsein erweitert sich immer noch und wächst, das Kind entdeckt die Zwischenräume. Zwischen den Steinen, den Mosen auf den Steinen, zwischen den Menschen. Und zwischen den Zahlen. Und weißt du, wohin das führt? Zu den Brüchen. Die ganzen Zahlen plus die Brüche ergeben die rationalen Zahlen. Aber das Bewußtsein macht dort nicht halt. Es will die Vernunft überschreiten. Es fügt eine so absurde Operation wie das Wurzelziehen hinzu. Und erhält die irrationalen Zahlen.«

Er backt die Baguettes im Ofen auf und füllt Pfeffer in eine Mühle.

»Es ist eine Art Wahnsinn. Denn die irrationalen Zahlen sind endlos. Man kann sie nicht schreiben. Sie zwingen das Bewußtsein ins Grenzenlose hinaus. Und wenn man die irrationalen Zahlen mit den rationalen zusammenlegt, hat man die reellen Zahlen.«

Ich bin in die Küche getreten, um Platz zu haben. Man hat so selten die Möglichkeit, sich einem Mitmenschen zu erklären. In der Regel muß man darum kämpfen, zu Wort zu kommen. Und das hier liegt mir wirklich am Herzen.

»Es hört nicht auf. Es hört nie auf. Denn jetzt gleich, auf der Stelle, erweitern wir die reellen Zahlen um die imaginären, um die Quadratwurzeln der negativen Zahlen. Das sind Zahlen, die wir uns nicht vorstellen können, Zahlen, die das Normalbewußtsein nicht fassen kann. Und wenn wir die imaginären Zahlen zu den reellen Zahlen dazurechnen, haben wir das komplexe Zahlensystem. Das erste Zahlensystem, das eine erschöpfende Darstellung der Eiskristallbildung ermöglicht. Es ist wie eine große, offene Landschaft. Die Horizonte. Man zieht ihnen entgegen, und sie ziehen sich immer wieder zurück. Das ist Grönland, und das ist es, ohne das ich nicht sein kann! Deshalb will ich mich nicht einsperren lassen.«

Auf einmal bin ich vor ihm gelandet.

»Smilla«, sagt er. »Darf ich dich küssen?«

Wir machen uns wohl alle ein Bild von uns. Ich habe mich immer als Grobian mit großer Klappe gesehen. Jetzt weiß ich nicht, was ich sagen soll. Ich habe das Gefühl, daß er mich verraten hat. Nicht so zugehört hat, wie er es hätte tun sollen. Daß er mich im Stich gelassen hat. Andererseits tut er ja nichts. Er behelligt mich nicht. Er steht vor den dampfenden Töpfen und schaut mich nur an.

Mir fällt keine Antwort ein. Ich stehe bloß da und habe keine Ahnung, was ich mit mir anfangen soll, der Augenblick ist da, und dann ist er glücklicherweise vorbei.

»F-frohe Weihnachten.«

Wir haben gegessen, ohne ein Wort zu wechseln. Zum einen natürlich, weil das Ungesagte von vorhin immer noch im

Raum ist. Vor allem aber, weil die Suppe das erfordert. Über die Suppe kann man nicht hinwegreden. Sie meldet sich aus dem Teller und will ungeteilte Aufmerksamkeit.

So war es auch mit Jesaja. Wenn ich ihm vorlas oder wir uns ›Peter und der Wolf‹ anhörten, passierte es schon mal, daß meine Aufmerksamkeit von etwas anderem gefesselt wurde, daß meine Gedanken mit mir durchgingen. Nach einer Weile räusperte er sich. Ein freundliches, ein belehrendes, ein vielsagendes Räuspern. Es hieß soviel wie: Smilla – du döst dich weg von mir.

Genauso ist es mit der Suppe. Ich esse sie von einem Suppenteller. Der Mechaniker trinkt sie aus einer großen Tasse. Sie schmeckt nach Fisch. Nach den Tiefen des Atlantik, nach Eisbergen und nach Tang. Der Reis erinnert an die Tropen, an gefaltete Bananenpalmenblätter. An Burmas schwimmende Gewürzmärkte. Um mal der Phantasie freien Lauf zu lassen.

Wir trinken Mineralwasser. Er weiß, daß ich keinen Alkohol anrühre. Er hat nicht gefragt, wieso nicht. Er hat mich überhaupt nie richtig etwas gefragt. Abgesehen von dem einen, gerade eben.

Er legt den Löffel hin.

»Das Schiff«, sagt er. »Das Modellschiff im Zimmer vom Baron. Es sah teuer aus.«

Er legt mir ein Faltblatt vor.

»Die K-Kiste, die er in seinem Zimmer hatte. In der er sich die Höhle gebaut hatte, das war die Verpackung vom Schiff. Dort habe ich das da gefunden.«

Warum habe ich das nicht selber gesehen?

Auf der Titelseite steht: ›Arktisches Museum. Motorschiff Johannes Thomsen der Kryolithgesellschaft Dänemark. Maßstab 1:50‹.

»Was ist das ›Arktische Museum‹?« frage ich.

Er weiß es nicht.

»Aber auf der Kiste war eine Adresse.«

Er hat etwas in der Hinterhand. Er hat die Adresse mit einem Messer aus dem Pappkarton ausgeschnitten. Sicher um Schreibfehler zu vermeiden. Jetzt legt er sie vor mich hin.

›Anwaltsbüro Hammer und Ving‹. Und eine Adresse in der Østergade, ganz hinten am Kongens Nytorv.

»Das war der, der den Baron mit dem Auto abgeholt hat.«

»Was sagt Juliane?«

»Sie hat solche Angst, daß sie zittert.«

Er macht Kaffee. Mit zwei Sorten Bohnen, mit Mühle, Trichter und Maschine und derselben, nichts überstürzenden Sorgfalt. Wir trinken ihn schweigend. Es ist Heiligabend. Für mich ist die Stille normalerweise ein Bundesgenosse. Heute verursacht sie mir leichten Druck auf den Ohren.

»Habt ihr einen Weihnachtsbaum gehabt, als du ein Kind warst?« frage ich.

Eine Frage mit einer zuverlässigen Oberfläche. Aber gestellt, um zu erfahren, wer er ist.

»Jedes Jahr. Bis ich f-fünfzehn war. Dann ist die Katze reingesprungen. Und die hat Feuer gefangen.«

»Was hast du da gemacht?«

Erst als ich bereits gefragt habe, merke ich, daß ich wie selbstverständlich davon ausgegangen bin, daß er etwas getan hat.

»Mein Hemd ausgezogen und es der Katze umgelegt. Das hat das Feuer erstickt.«

Ich stelle ihn mir ohne Hemd vor. Im Schein der Lampen. Im Schein der Weihnachtskerzen. Im Schein der brennenden Katze. Ich lege den Gedanken beiseite. Er kommt wieder. An einigen Gedanken klebt Leim.

»Gute Nacht«, sage ich und stehe auf.

Er bringt mich an die Tür.

»Heute nacht werde ich g-garantiert träumen.«

Die Bemerkung hat etwas Schlitzohriges. Ich sehe ihm forschend ins Gesicht, um herauszufinden, ob er sich über mich lustig macht, doch es ist ernst.

»Vielen Dank für alles«, sage ich.

Daß man in seinem Leben mal wieder aufräumen müßte, zeigt sich symptomatisch daran, daß man irgendwann überwiegend nur noch von Dingen umgeben ist, die man sich vor langer Zeit einmal ausgeliehen hat und jetzt nicht mehr zurückgeben kann, weil man sich lieber eine Glatze scheren lassen würde, als dem Buhmann unter die Augen zu treten, dem die Sachen rechtmäßig gehören.

Auf meinem Kassettenrecorder steht ›Geodätisches Institut‹ eingraviert. Er hat eingebaute Lautsprecher, eingebaute siebzigprozentige Verzerrung und eingebaute Unverwüstlichkeit, so daß man nicht einmal eine Ausrede hat, sich einen neuen zu kaufen.

Vor mir auf dem Tisch habe ich Jesajas Zigarrenkiste. Ich habe die Dinge nacheinander in der Hand gewogen. Ich habe die Harpunenspitze in Birket-Smith' *Die Eskimos* nachgeschlagen. Es ist eine Spitze aus der Dorsetkultur. 700–900 nach Christus. Das Buch meint, man habe davon mindestens 5 000 gefunden. An einer Küste von 3 000 Kilometern.

Ich nehme das Band aus dem Cover. Es ist ein Maxell XL I-S. Ein teures Band. Ein Band für Leute, die Musik aufnehmen wollen.

Auf dem Band ist keine Musik. Ein Mann spricht. Ein Grönländer.

1981 habe ich auf Disko mitgetestet, wie naßkalter Meeresnebel die Karabiner korrodieren läßt, die man auf Gletscherwanderungen zur Sicherung benutzt. Wir hängten sie einfach an einer Schnur auf und kamen drei Monate später zurück. Sie sahen immer noch zuverlässig aus. Leicht angelaufen, aber zuverlässig. Die Fabrik hatte die Zugstärke mit 4 000 Kilo angegeben. Es zeigte sich, daß wir die Haken mit einem Fingernagel auseinanderpulen konnten. In dem feindlichen Klima waren sie in Auflösung geraten.

Durch einen ähnlichen Korrosionsprozeß verliert man seine Sprache.

Als man uns aus der Siedlungsschule von Qaanaaq herausnahm, bekamen wir Lehrer, die kein Wort Grönländisch konnten und auch nicht vorhatten, es zu lernen. Sie erzählten uns, daß auf diejenigen von uns, die besser als die anderen lernten, eine Eintrittskarte nach Dänemark, die Zulassung zu einem Examen und damit der Weg aus dem arktischen Elend wartete. Dieser goldene Aufstieg mußte auf dänisch vor sich gehen. Das war zu einer Zeit, als man die Weichen für die Politik der Sechziger stellte. Es führte dazu, daß aus Grönland offiziell ›Dänemarks nördlichster Regierungsbezirk‹ wurde, die *inuit* offiziell als ›Norddänen‹ bezeichnet werden mußten und ›zu denselben Rechten wie die übrigen Dänen erzogen‹ werden sollten, wie es der gemeinsame Premier ausdrückte.

Damit ist das Fundament gelegt. Dann kommt man nach Dänemark, es vergeht ein halbes Jahr, und man hat das Gefühl, daß man die Muttersprache nie vergessen wird. In der Muttersprache macht man sich seine Gedanken und erinnert sich an seine Vergangenheit. Dann begegnet man auf der Straße einem Grönländer. Man tauscht Phrasen aus. Und plötzlich sucht man nach einem ganz gewöhnlichen Wort. Noch ein halbes Jahr vergeht. Eine Freundin nimmt einen mit zum Grönländerhaus in der Løvstræde. Dort entdeckt man, daß man sein Grönländisch mit dem Fingernagel auseinanderpulen kann.

Seitdem habe ich, wenn ich in Grönland war, versucht, es wieder zu lernen. Wie so vieles andere ist es mir weder richtig gelungen noch mißlungen. So weit bin ich also ungefähr mit meiner Muttersprache – als wäre ich sechzehn oder siebzehn Jahre alt.

Außerdem gibt es in Grönland nicht nur eine Sprache. Es gibt drei. Der Mann auf Jesajas Band spricht Ostgrönländisch. Einen südlichen Dialekt. Für mich ist er unverständlich.

Ich bilde mir ein, am Tonfall hören zu können, daß er zu jemandem spricht. Aber er wird nicht unterbrochen. Es klingt, als spreche er in einer Küche oder einem Eßzimmer, denn ab und zu hört man etwas, das wie das Klappern von Besteck klingt. Und ab und zu Motorenlärm. Vielleicht ist es ein Generator. Oder das Gerätebrummen des Recorders.

Der Mann erklärt etwas, das für ihn wichtig ist. Die Erklärung ist lang, eifrig, umständlich, aber auch mit langen Pausen. In den Pausen hört man, daß hinter seiner Stimme ein Rauschen liegt, vielleicht Musik, vielleicht der Klang eines Blasinstruments. Ein Rest von einer früheren Aufnahme, die nicht richtig gelöscht worden ist.

Ich gebe es auf, verstehen zu wollen, was gesagt wird, und lasse die Gedanken treiben. Der Sprecher kann nicht Jesajas Vater sein, der Dialekt würde nicht stimmen.

Die Stimme spricht einen Satz zu Ende und hält inne. Man hat offenbar die Pausentaste benutzt, denn es kommt kein Knistern. Die Stimme ist da, und im nächsten Augenblick hört man nur ein leeres Rauschen. Und weit weg, tief unten, den Rest einer fernen Musik.

Ich lasse es rauschen und lege die Beine auf den Tisch.

Ab und zu habe ich Jesaja Musik vorgespielt. Ich stellte die Lautsprecher zum Sofa, dicht an seine Schwerhörigkeit, und drehte auf. Er rückte nach hinten, gegen die Rückenlehne, und schloß die Augen. Oft schlief er ein und fiel ganz sachte zur Seite, ohne aufzuwachen. Dann hob ich ihn auf und trug ihn nach unten. Wenn es dort zu lärmig war, trug ich ihn wieder hoch und legte ihn aufs Bett. In dem Moment, in dem man ihn hinlegte, wachte er auf. Und in diesem halb schlafenden Zustand war es, als ob er mit einem heiseren Brummen ein paar Takte des Gehörten zu singen versuchte.

Ich habe die Augen geschlossen. Es ist Nacht. Die letzten Weihnachtsgäste haben ihre mit Geschenken beladenen Anhänger nach Hause gefahren. Jetzt liegen sie in ihren Betten und freuen sich auf übermorgen, wenn sie in die Stadt gehen, die Geschenke umtauschen oder sich das Geld wiedergeben lassen können. Falls Opa und Oma nicht gleich so rücksichtsvoll gewesen sind und ihnen einen Gutschein geschenkt haben.

Zeit für Pfefferminztee. Zeit, auf die Stadt hinauszuschauen. Ich wende mich zum Fenster. Es gibt ja immer noch die Hoffnung, daß es vielleicht angefangen hat zu schneien, während man dem Fenster den Rücken zugekehrt hatte.

In diesem Augenblick lacht jemand.

Ich bin sofort auf den Beinen und habe die Hände vorgestreckt. Das ist kein zartes Jungmädchenlachen. Das ist das Phantom der Oper. Ich will mein Leben so teuer wie möglich verkaufen.

Vier leichte Taktvorgaben, dann beginnt die Musik. Es ist Jazz. Im Vordergrund eine Trompete, die sich breitmacht. Es kommt alles von Jesajas Band.

Ich drücke die Stopptaste. Ich brauche einige Zeit, um die Füße wieder auf den Boden zu kriegen. Eine solide Panik aufzubauen, dauert den Bruchteil einer Sekunde. Sie wieder loszuwerden, kann einen halben Abend in Anspruch nehmen.

Ich spule zurück und lasse den letzten Teil des Bandes noch einmal laufen. Wieder die Pausentaste. Keine Vorwarnung, plötzlich ist das Lachen da. Tief, triumphierend, sonor. Dann die Taktvorgaben. Dann die Musik. Es ist Jazz und doch kein Jazz. Sie hat etwas Euphorisches, Unzusammenhängendes. Wie vier Instrumente, die Amok laufen. Doch das täuscht. Denn die Musik hat auch eine sonderbare Präzision. Wie eine Clownsnummer auf dem Manegenrand. Wenn das Ganze wirken soll wie das absolute Chaos, braucht es die größte Genauigkeit.

Von dem Stück sind vielleicht sieben Minuten zu hören. Dann läuft das Band aus, die Töne werden brutal abgewürgt.

In der Musik ist Energie. Ein merkwürdiger Auftrieb, nach all der Angst hier, am Heiligabend um drei Uhr nachts.

In Qaanaaq habe ich im Kirchenchor gesungen. Ich sah die drei Weisen vor mir, mit Schneeschuhen, auf Hundeschlitten fuhren sie über das Eis. Den Blick auf den Stern gerichtet. Ich wußte, wie ihnen zumute war. Sie hatten den *absolute space* erwischt. Sie wußten, daß sie auf dem rechten Weg waren. Zu einem Energiephänomen. Das nämlich war das Christkind für mich. Ich tat so, als würde ich die Noten lesen, die ich in Wirklichkeit nie begriffen, sondern immer nur auswendig gelernt habe.

Jetzt, wo ich mehr als die Hälfte meines Lebens hinter mir habe, geht es mir hier, im Weißen Schnitt, wieder genauso. Dabei ist es inzwischen unwichtig, daß ich nie selber ein Kind bekommen habe. Ich genieße das Meer und das Eis, ohne mich ständig um die Schöpfung betrogen zu fühlen. Ein Kind, das geboren wird, danach kann man sich richten, und nach einem Stern, dem Nordlicht, einer Säule aus Energie im All, danach kann man suchen. Und ein Kind, das stirbt, ist eine Grausamkeit.

Ich stehe auf, gehe nach unten und klingele.

Er macht im Pyjama auf. Schlaftrunken.

»Peter«, sage ich. »Ich habe Angst. Aber ich mache trotzdem mit.«

Er lacht, halb wach, halb im Schlaf.

»Habe ich doch gewußt«, sagt er. »Habe ich doch gewußt.«

2

»Dreißig ist eine biblische Zahl«, sagt Elsa Lübing. »Judas bekam dreißig Silberlinge. Jesus war dreißig Jahre alt, als er getauft wurde. Im neuen Jahr ist es dreißig ahre her, daß die Kryolithgesellschaft eine automatisierte Buchhaltung bekam.«

Es ist der zweite Weihnachtstag. Wir sitzen in denselben Sesseln. Dieselbe Teekanne steht auf dem Tisch, dieselben Tischschoner liegen unter den Teetassen. Und es ist dieselbe schwindelnde Aussicht, dasselbe weiße Winterlicht. Es könnte sein, daß die Zeit stehengeblieben ist. Als hätten wir die ganze letzte Woche hier gesessen, ohne uns zu bewegen. Und jetzt hat jemand auf einen Knopf gedrückt, jetzt nehmen wir den Faden da wieder auf, wo wir das letztemal aufgehört haben. Wenn nicht eines anders wäre. Sie scheint einen Entschluß gefaßt zu haben. Sie hat etwas Entschlossenes.

Ihre Augen liegen tief, sie ist bleicher als das letztemal, als hätte es sie schlaflose Nächte gekostet, bis dahin zu kommen.

Oder aber das Ganze ist Einbildung. Vielleicht sieht sie so aus, weil sie Weihnachten mit Fasten und Wachen gefeiert und zweimal am Tag siebenhundertmal ihr Herzensgebet gebetet hat.

»In gewisser Weise haben die dreißig Jahre alles verändert. Und in gewisser Weise ist alles beim alten geblieben. Der damalige Direktor – in den fünfziger Jahren und Anfang der sechziger – war Konferenzrat Ebel. Er und seine Gattin hatten beide ihren Rolls-Royce in Sonderanfertigung. Ab und zu hielt einer der Wagen vor dem Gebäude, und der Chauffeur in Livree wartete am Steuer. Dann wußten wir, daß er oder seine Frau die Fabrik besuchte. Sie selbst sahen wir nie. Die Gattin hatte einen privaten Salonwagen, der in Hamburg stand und mehrmals im Jahr an den Zug angehängt wurde, und dann fuhren sie an die Riviera. Für die Tagesgeschäfte waren der Finanzleiter, der Verkaufsleiter und Oberingenieur Ottensen zuständig. Ottensen war immer im Labor oder in der Mine von Saqqaq. Ihn sahen wir nie. Der Verkaufsleiter war ständig auf Reisen. Ab und zu kam er nach Hause und verstreute sein Lächeln, Geschenke und frivole Anekdoten.

Ich erinnere mich, daß er, als er das erstemal nach dem Krieg aus Paris zurückkam, Seidenstrümpfe mitbrachte.«

Sie lacht bei dem Gedanken daran, daß sie sich einmal über Seidenstrümpfe hat freuen können.

»Ich habe bemerkt, daß Sie auch an Kleidern interessiert sind. Das vergeht mit dem Alter. Die letzten dreißig Jahre habe ich nur Weiß getragen. Wenn man das Irdische begrenzt, macht man das Denken für das Geistige frei.«

Ich sage nichts, aber das ist eine Bemerkung, die ich mir hinter die Ohren schreibe. Für das nächstemal, wenn ich mir bei Tvilling in der Heinesgade Hosen nähen lassen will. Der Schneidermeister sammelt solche golden funkelnden Weisheiten.

»Es war ein Apparat von 165 Zentimetern mal ein Meter mal 120 Zentimeter. Er arbeitete mit zwei verschiedenen Funktionsstangen. Einer für kontinentale Münzsorten und einer für englische Pfund Sterling und Pence. Die relevanten Informationen waren mit einer Art Lochkode in Karteikarten eingestanzt, die man in die Maschine steckte. Das bedeutete, daß die Informationen weniger direkt zugänglich waren. Wenn man Zahlen auf Lochkarten zusammenpreßt und in Kodes umsetzt, werden sie schwerer verständlich. Das ist Zentralisierung. Das sagte jedenfalls der Direktor. Und daß die Zentralisierung immer gewisse Unkosten mit sich bringt.«

Irgendwie kann man sich inzwischen leicht orientieren. Jedes Phänomen ist international geworden. Die Grönländische Handelsgesellschaft schloß – im Zuge der Zentralisierung – 1979 das Geschäft auf Maxwell Island. Mein Bruder war dort zehn Jahre lang Robbenfänger gewesen. Der Inselkönig, unangreifbar wie ein Pavianmännchen. Die Geschäftsschließung zwang ihn hinunter nach Upernavik. Als ich an der meteorologischen Station war, fegte er im Hafen die Kais. Im Jahr darauf hängte er sich auf. Es war das Jahr, in dem Grönland die höchste Selbstmordrate der Welt hatte. Das Grönlandministerium schrieb in *Atuagagdliutit*, es habe den Anschein, daß es schwer sein werde, die notwendige Zentralisierung mit dem Robbenfängergewerbe in Einklang zu bringen. Sie schrieben nicht, daß es im Laufe der Zeit sicher noch ein paar mehr Selbstmorde geben würde. Doch das klang sozusagen durch.

»Probieren Sie die Plätzchen«, sagt sie. »Selbstgebackene Spekulatius. Ich habe ein ganzes Leben gebraucht, bis ich endlich gelernt hatte, wie man sie aus der Form löst, ohne daß das Muster kaputtgeht.«

Die Plätzchen sind flach und dunkelbraun und haben an der Unterseite festgepreßte Mandelstückchen. Sie betrachtet sie aufmerksam. Ein Mensch, der sein ganzes Leben über allein gewesen ist, kann es sich erlauben, ganz spezielle Interessen zu verfeinern. Zum Beispiel, wie man Plätzchen aus der Form löst.

»Ich schummele ein bißchen«, sagt sie. »Nehmen Sie zum Beispiel das hier. Die Form ist ein Ehepaar. Die Augen sind wirklich sehr schwer hinzukriegen. So ist das mit sehr trokkenem Mürbeteig. Deswegen nehme ich, wenn sie aus dem Ofen kommen und auf dem Tisch liegen, eine Stricknadel. Das ist dann zwar nicht die ursprüngliche Form, aber doch fast. In einem Unternehmen geschieht etwas ganz Ähnliches. Dort heißt das ›gute Buchführungspraxis‹. Das ist ein Gummibegriff, der bezeichnet, was der Wirtschaftsprüfer gutheißen kann. Wissen Sie, wie sich die Verantwortung in börsengängigen Unternehmen verteilt?«

Ich schüttele den Kopf. Die Plätzchen bringen Butter und Gewürze so zusammen, daß man hundert davon essen könnte und erst merken würde, wie schlecht einem eigentlich ist, wenn es bereits zu spät ist.

»Der Vorstand ist gegenüber dem Aufsichtsrat und letzten Endes natürlich auch gegenüber der Hauptversammlung rechenschaftspflichtig. Der Finanzleiter war ›amtierender Aufsichtsratsvorsitzender‹. Das kann eine sehr praktische Machtverteilung sein, setzt allerdings höchstes Vertrauen voraus. Ottensen war immer in der Mine. Der Verkaufsleiter war immer verreist. Ich glaube, ich sage nicht zuviel, wenn ich behaupte, daß der Finanzleiter viele Jahre hindurch in der Gesellschaft alle wichtigen Beschlüsse allein gefaßt hat. Dabei gab es keinen Grund, seine Integrität zu bezweifeln. Ein durch und durch würdiger Entscheidungsträger. Jurist und Wirtschaftsprüfer. Ehemaliges Mitglied im Stadtrat. Für die Sozialdemokraten. Er hatte und hat mehrere Aufsichtsratsposten. In Wohnungsbaugenossenschaften und Sparkassen.«

Sie reicht mir die Schale. Die Dänen bringen ihre stärksten Gefühle in Zusammenhang mit Nahrungsmitteln zum Ausdruck. Das habe ich begriffen, als ich das erstemal mit Moritz bei Freunden zu Besuch war. Als ich zum drittenmal nach den Keksen griff, sah er mich direkt an.

»Nimm, bis du dich schämst«, sagte er.

Ich war nicht sicher im Dänischen, aber den Sinn hatte ich begriffen. Ich nahm noch dreimal. Ohne ihn aus den Augen zu lassen. Der Raum war weg, die Leute, die wir besuchten, waren weg, ich merkte nicht, wie die Kekse schmeckten. Nur Moritz existierte.

»Ich schäme mich immer noch nicht«, sagte ich.

Ich griff noch dreimal zu. Da nahm er die Schale und entzog sie meinem Zugriff. Ich hatte gewonnen. Den ersten einer langen Reihe von kleinen, wichtigen Siegen über ihn und die dänische Erziehung.

Elsa Lübings Plätzchen sind anders. Sie sollen mich zu ihrer Vertrauten und zugleich zur Mitschuldigen machen.

»Die Wirtschaftsprüfer werden von der Hauptversammlung gewählt. Doch die Aktien der Gesellschaft sind – abgesehen von den Anteilen des Finanzleiters und des Staates – in viele Hände verteilt. Sie liegen bei allen Erben der acht Teilhaber, die im vorigen Jahrhundert die ersten Konzessionen erhalten haben. Es war nie möglich, sie zur Hauptversammlung zusammenzubringen. Das bedeutet, daß das leitende Vorstandsmitglied einen außerordentlich großen Einfluß hatte. Schon bemerkenswert, daß alle Beschlüsse über den wirtschaftlich wichtigsten Teil der grönländischen Bodenschätze von einem einzigen Menschen getroffen wurden, nicht wahr?«

»Ergreifend.«

»Die Sache hat außerdem noch einen geschäftlichen Aspekt. Die Gesellschaft war ein sehr großer Kunde. Ein Wirtschaftsprüfer, der gegen den Leiter auftrat, mußte sich darauf einstellen, diesen Kunden zu verlieren. Obendrein gab es dann noch die Personalunion. Der Wirtschaftsprüfer, den die Gesellschaft in den sechziger Jahren hatte, wurde später, als der Leiter eine Rechtsanwaltspraxis aufmachte, dessen Kollege. Am 7. Januar 1967 bilanzierte ich den Halbjahresabschluß. Darin tauchte ein unspezifizierter Posten auf. 115 000 Kronen. Damals ein hoher Betrag. Vielleicht hätte das einen Außenstehenden nicht gewundert. Der Aufsichtsrat jedenfalls hätte ihn bestimmt nicht bemerkt. Nicht bei einem Umsatz von fünfzig Millionen. Doch für mich, die ich mit der täglichen Buchführung zu tun hatte, war er inakzeptabel. Ich suchte also nach der betreffenden Karteikarte. Sie war nicht da. Die Karten waren alle numeriert, sie mußte also dasein. Aber sie fehlte. Also ging ich zum Büro des Leiters. Ich arbeitete inzwischen seit zwanzig Jahren unter seiner Leitung. Er hörte mich an, sah in seine Papiere, und dann sagte er: ›Fräulein Lübing – diesen Posten habe ich akzeptiert. Aus Buchungsgründen war es zu schwer, ihn zu spezifizieren. Unser Wirtschaftsprüfer ist der Ansicht, daß die vorliegende Aufstellung einer korrekten Rechnungslegung entspricht. Was darüber hinausgeht, liegt außerhalb Ihrer Zuständigkeit.‹«

»Was haben Sie unternommen?« frage ich.

»Ich ging zurück und trug die Zahlen ein. Wie man mir befohlen hatte. Damit machte ich mich zur Mitschuldigen. An einer Sache, die ich nicht verstand und nie verstanden habe. Ich habe die mir anvertrauten Talente nicht verwaltet. Mich des Vertrauens nicht würdig erwiesen.«

Ich fühle mit ihr. Schlimm ist nicht, daß man ihre Zuständigkeit bezweifelt hat, indem man ihr Informationen vorenthalten hat. Auch nicht, daß man ihr eine unverschämte Antwort gegeben hat. Schlimm ist, daß man ihr Ideal von Rechtschaffenheit verrückt hat.

»Ich will Ihnen erzählen, wo in der Bilanz der Betrag aufgetaucht ist.«

»Lassen Sie mich raten«, sage ich. »In der Abrechnung der geologischen Expedition, die die Gesellschaft im Sommer 1966 zum Barrengletscher auf Gela Alta vor der Westküste von Grönland geschickt hat.«

Sie schaut mich mit schmalen Augen an.

»Der Bericht von 1991 enthielt Hinweise auf eine frühere Expedition«, erkläre ich. »So einfach war das.«

»Auch damals hat es ein Unglück gegeben«, sagt sie. »Ein Unglück mit Sprengstoff. Zwei von acht Teilnehmern kamen um.«

Langsam beginne ich zu ahnen, weshalb sie mich geholt hat. Sie sieht in mir eine Art Wirtschaftsprüferin. Eine Person, die ihr und dem lieben Gott vielleicht dabei helfen kann, eine noch offene Bilanz vom 7. Januar 1967 zu revidieren.

»Was denken Sie?« fragt sie.

Was soll ich ihr antworten? Meine Gedanken sind chaotisch.

»Ich denke«, erwidere ich, »daß der Barrengletscher anscheinend ein ungesunder Aufenthaltsort ist.«

Eine Zeitlang haben wir geschwiegen und unseren Tee getrunken, Kekse gegessen und auf die schneebedeckte alltägliche Welt zu unseren Füßen geschaut, die jetzt sogar einen Sonnenstreif quer über den Solsortevej und den Fußballplatz bei der Schule am Duevej hat. Die ganze Zeit über weiß ich jedoch, daß sie noch eine Fortsetzung auf Lager hat.

»Der Konferenzrat starb 1964«, sagt sie. »Alle sagen, mit ihm sei eine Epoche des dänischen Finanzlebens gestorben. In seinem Testament hatte er verlangt, daß sein Rolls Royce im Nordatlantik versenkt werden sollte. Währenddessen sollte der schwedische Schauspieler Gösta Ekman an Deck des Schiffes Hamlets Monolog rezitieren.«

Ich sehe die Szene vor mir. Und denke mir, daß diese Beisetzung als Symbol eines politischen Todes und einer politischen Wiederauferstehung gesehen werden konnte. Die alte, ungeschminkte Kolonialpolitik in Grönland wurde begraben. Um der Politik der sechziger Jahre Platz zu machen – der Erziehung der Norddänen zu denselben Rechten.

»Die Gesellschaft wurde umstrukturiert. Wir merkten das daran, daß ein neuer Büroleiter kam und in der Buchhaltung zwei neue Damen eingestellt wurden. Ansonsten aber war es die Wissenschaftliche Abteilung, die die größten Veränderungen erlebte. Weil das Kryolith zu Ende ging. Die ganze Zeit über hatten sie ja an neuen Sortier- und Gewinnungsmethoden arbeiten müssen, weil sich die Erzqualität immer mehr verschlechterte. Doch wir wußten alle, worauf das hinauslief. Beim Essen in der Kantine liefen ab und zu Gerüchte von neuen Funden um. Es war wie ein kurzes Fieber. Nach ein paar Tagen wurden sie dementiert. Ursprünglich hatte das Labor nur vier Mitarbeiter. Es wurde ausgebaut. Irgendwann waren es sogar einmal zwanzig. Früher wurden in einer solchen Phase für kürzere Perioden zusätzlich Geologen eingestellt, meist aus Finnland. Doch jetzt wurde eine feste wissenschaftliche Gruppe eingerichtet. 1967 kam dann noch die Beratende wissenschaftliche Kommission dazu. Das machte die tägliche Arbeit geheimnisvoller. Wir erfuhren nur sehr wenig. Aber die Kommission war gebildet worden, um neue Funde zu machen. Sie bestand aus Vertretern einiger großer Unternehmen und Institutionen, mit denen die Gesellschaft zusammenarbeitete. Svenska Diamantborrningsaktiebolaget, Danmarks Undergrund AG, Geologisches Institut, Grønlands Geologiske Undersøgelser. Das verkomplizierte die Buchhaltung. Die vielen neuen Honorare und Expeditionskosten machten das Ganze verwickelt. Und die ganze Zeit über blieb für mich die ungeklärte Frage der 115 000 Kronen.«

Ich überlege mir, wie es für sie mit ihrem überdimensionierten Sinn für Zahlen und ihrem Glauben an die Redlichkeit wohl gewesen sein muß, jeden Tag mit einem Menschen zusammenarbeiten zu müssen, den man im Verdacht hat, eine Unregelmäßigkeit gedeckt zu haben.

Sie selbst gibt mir die Antwort.

»Denn es ist nichts verborgen, das nicht offenbar werde. Markus, Kapitel 4, Vers 22.«

Die Gewißheit der himmlischen Gerechtigkeit hat ihr Geduld verliehen.

»1977 bekamen wir EDV. Es ist mir nie gelungen, sie zu verstehen. Auf meine Veranlassung wurden die Bücher auch danach noch manuell geführt. 1992 wurde ich pensioniert. Drei Wochen vor meinem letzten Arbeitstag stimmten wir die Bücher ab. Der Finanzleiter schlug vor, den Bilanzabschluß dem Prokuristen zu überlassen. Ich bestand darauf, ihn selbst vorzunehmen. Am 7. Januar – genau fünfundzwanzig Jahre nach dem Ereignis, von dem ich gesprochen habe – saß ich über der Abrechnung der Expedition nach Gela Alta vom Sommer zuvor. Es war wie ein Zeichen. Ich suchte die alten Bücher heraus. Ich verglich Punkt für Punkt. Das war natürlich schwierig. Die Expedition von 1991 war, wie das inzwischen üblich geworden war, über die Wissenschaftliche Kommission finanziert worden. Trotzdem ließen sie sich vergleichen. 1991 betrug der größte Posten 450 000 Kronen. Ich rief die Kommission an und bat um eine Spezifikation.«

Sie hält inne und versucht, ihrer Entrüstung Herr zu werden.

»Später bekam ich einen Brief, dessen Inhalt in aller Kürze besagte, daß ich mit einer solchen Frage meinen unmittelbaren Vergesetzten nicht hätte umgehen dürfen. Doch da war es zu spät. Denn an jenem Tag am Telefon, da hatten sie mir bereits Antwort gegeben. Mit den 450 000 hatte man ein Schiff gechartert.«

Sie sieht, daß ich nichts verstehe.

»Ein Schiff«, sagt sie, »ein Küstenmotorschiff, das acht Mann an die grönländische Westküste bringen sollte, um einige Kilo Schmucksteinproben zu holen. Das ist sinnlos. Wir hatten von der Grönländischen Handelsgesellschaft mehrmals die Disko gechartert. Um das Kryolith zu transportieren. Aber ein Schiff für eine kleine Expedition – undenkbar. Erinnern Sie sich an Ihre Träume, Fräulein Smilla?«

»Ab und zu.«

»In der letzten Zeit habe ich mehrmals geträumt, daß Sie von der Vorsehung geschickt seien.«

»Dann sollten Sie mal hören, was die Polizei über mich sagt.«

Wie viele alte Menschen hat sie sich ein selektives Gehör zugelegt. Sie überhört meine Antwort und fährt auf ihrem Gleis fort.

»Ich komme Ihnen vielleicht alt vor. Und Sie fragen sich ob ich wohl senil bin. Aber denken Sie an die Offenbarung ›Eure Alten werden Träume träumen‹.«

Sie schaut durch mich und durch die Wand hindurch. Direkt in die Vergangenheit.

»Ich glaube, daß die 115 000 dazu benutzt worden sein müssen, ein Schiff zu chartern. Ich glaube, daß 1966 jemand unter dem Deckmantel der Kryolithgesellschaft zwei Expeditionen an die Westküste geschickt hat.«

Ich halte den Atem an. Ihre Aufrichtigkeit und der Bruch einer lebenslangen Loyalität, das ist ein empfindlicher Augenblick.

»Das Ganze kann nur einen denkbaren Zweck gehabt haben. Zumindest kann ich mir nach fünfundvierzig Jahren in der Gesellschaft keinen anderen Zweck vorstellen. Man wollte etwas nach Dänemark zurücktransportieren, und zwar etwas Schweres, so daß man dazu ein Schiff brauchte.«

Ich lege mir mein Cape um. Das schwarze mit der Kapuze, in dem ich aussehe wie eine Nonne und das, so hatte ich mir vorgestellt, zum Anlaß meines Besuches passen würde.

»Der Carlsbergfonds hat 1991 einen Teil der Expedition bezahlt. In seinen Büchern taucht ein Honorar für eine gewisse Benedicte Clahn auf«, sage ich.

Sie starrt träumerisch in die Luft, während sie ihre komplette, fehlerfreie innere Buchhaltung durchblättert.

»1966 auch«, sagt sie langsam. »267 Kronen als Übersetzerhonorar. Einer der Posten, für die ich ebenfalls keine Erklärung erhielt. Aber ich erinnere mich an sie. Sie war eine Bekannte des Leiters. Sie hatte in Deutschland gewohnt. Ich hatte den Eindruck, sie kannten sich von 1945 her, aus Berlin. Unmittelbar nach Ende des Krieges verhandelten die Alliierten in Berlin über eine Aufteilung der Aluminiumversorgung. Mehrere Leute der Gesellschaft waren in diesen Jahren häufig in Deutschland.«

»Zum Beispiel?«

»Ottensen. Der Verkaufsleiter. Und der Konferenzrat.«

»Sonst noch jemand?«

Sie ist groggy nach so viel Reden und Herzausschütten, und das möglicherweise in die Gosse. Sie denkt angestrengt nach.

»Ich erinnere mich nicht, von anderen gehört zu haben. Ist das wichtig?«

Ich zucke die Achseln. Sie packt mich. Sie kann mich fast hochheben.

»Der Tod des kleinen Jungen. Was haben Sie sich vorgestellt?«

Dänemark ist eine hierarchische Gesellschaft. Sie findet einen Fehler und beschwert sich bei ihrem Chef. Sie wird abgewiesen. Sie beschwert sich beim Aufsichtsrat. Sie wird abgewiesen. Doch über dem Aufsichtsrat sitzt der liebe Gott. An ihn hat sie sich im Gebet gewandt. Jetzt wünscht sie sich, daß ich mich als seine Abgesandte zu erkennen gebe.

»Dieses Kümo. Ist es mit dem Ding abgefahren, das es holen sollte?«

Sie schüttelt den Kopf.

»Schwer zu sagen. Nach dem Unglück wurden die Überlebenden und ihre Ausrüstung nach Godthåb und von dort nach Hause geflogen. Das weiß ich ganz sicher, weil die Buchhaltung Fracht und Flugticket bezahlt hat.«

Sie bringt mich bis an den Fahrstuhl. Ich empfinde eine plötzliche Zärtlichkeit für sie. Eine Art Muttergefühl, obwohl sie doppelt so alt ist wie ich und dreimal so stark.

Der Fahrstuhl kommt.

»Nun kriegen Sie aber bloß keine bösen Träume wegen Ihrer Ehrlichkeit«, sage ich.

»Ich bin inzwischen zu alt, um noch etwas zu bereuen.«

Ich fahre hinunter. Beim Hinausgehen fällt mir etwas ein. Als ich sie durch die Silbermuschel anrufe, antwortet sie, als hätte sie direkt neben der Gegensprechanlage auf den Anruf gewartet.

»Fräulein Lübing.«

Man würde nie auf die Idee verfallen, ihren Vornamen zu benutzen.

»Der Finanzleiter. Wer war das?«

»Er geht nächstes Jahr in Pension. Er hat eine eigene Anwaltspraxis. Er heißt David Ving. Das Büro heißt Hammer und Ving. Die Adresse ist irgendwo in der Østergade.«

Ich danke ihr.

»Gott sei mit Ihnen«, sagt sie.

Das hat außerhalb einer Kirche noch nie jemand zu mir gesagt. Möglicherweise habe ich es bisher auch noch nicht so sehr gebraucht wie jetzt.

»Ich hatte einen K-Kollegen, der hat in der Putzkolonne bei der Schaltzentrale der Telefongesellschaft in der Nørregade gearbeitet.«

Wir sitzen im Wohnzimmer des Mechanikers.

»Er hat mir erzählt, daß die einfach anrufen und sagen, sie hätten eine richterliche Genehmigung. Dann schalten sie sich einfach in ein Relais ein und können vom Polizeipräsidium aus alle ein- und ausgehenden Telefongespräche einer bestimmten Nummer anzapfen.«

»Ich habe das Telefon noch nie gemocht.«

Er hat eine große Rolle mit breitem rotem Isolierband und eine kleine Schere auf dem Tisch liegen. Er schneidet einen langen Streifen ab und klebt damit den Telefonhörer fest.

»Bei dir oben machen wir dasselbe. Von jetzt an mußt du jedesmal, bevor du anrufst, und jedesmal, wenn dich jemand anruft, erst den S-Streifen abmachen. Das wird dich daran erinnern, daß du irgendwo in der Stadt vielleicht Zuhörer hast. Am Telefon vergißt man immer, daß es nicht unbedingt nur eine Privatangelegenheit ist. Der Streifen wird dich daran erinnern, vorsichtig zu sein. Falls du zum Beispiel mit einer Liebeserklärung kommst.«

Wenn ich jemandem eine Liebeserklärung machen sollte, dann jedenfalls nicht telefonisch. Aber ich sage nichts.

Ich weiß nichts über ihn. Im Laufe der letzten zehn Tage habe ich ein paar Tröpfchen seiner Vergangenheit gesehen. Sie hängen nicht zusammen. Wie jetzt, wo sich zeigt, daß er die Abhörprozedur kennt.

Der Tee, den er uns macht, ist auch so ein Tropfen, der mich erstaunt, nach dem ich ihn jedoch nicht fragen will.

Er kocht Milch mit frischem Ingwer, einer viertel Stange Vanille und einen so dunklen und feinblättrigen Tee, daß er aussieht wie schwarzer Staub. Er seiht ihn und tut für uns beide Rohrzucker hinein. Der Tee hat etwas euphorisierend Aufputschendes und zugleich Sättigendes. Er schmeckt so, wie nach meiner Vorstellung der Orient schmecken muß.

Ich erzähle ihm von meinem Besuch bei Elsa Lübing. Er weiß jetzt alles, was ich weiß. Abgesehen von einigen Einzelheiten, wie beispielsweise Jesajas Zigarrenkiste und deren Inhalt, zu dem unter anderem ein Band gehört, auf dem ein Mann lacht.

»Wer, außer Carlsberg, hat die Expedition von 1991 bezahlt? Konnte sie das sagen? Und wer hat das Schiff besorgt?«

Ich ärgere mich, daß ich gerade danach nicht gefragt habe. Ich greife zum Telefon. Der Hörer ist festgeklebt.

»G-genau deshalb braucht man den Klebestreifen«, sagt er. »Die Vorsicht hat man nämlich nach fünf Minuten vergessen.«

Wir gehen zusammen zur Telefonzelle auf dem Markt. Er macht anderthalbmal so große Schritte wie ich. Trotzdem habe ich das Gefühl, mühelos neben ihm hergehen zu können. Er geht genauso langsam wie ich.

Als meine Mutter nicht zurückkam, merkte ich, daß jeder Augenblick der letzte sein kann. Es darf im Leben nichts geben, das nur der Weg von einem Ort zum anderen ist. Jeden Spaziergang muß man gehen, als sei er alles, was man noch vor sich hat.

Eine solche Haltung kann man als – unerreichbares – Ideal haben. Aber man muß sich jedesmal, wenn man mit irgend etwas schlampt, daran erinnern. Bei mir heißt das: zweihundertfünfzigmal am Tag.

Sie nimmt sofort ab. Es überrascht mich, wie selbstsicher ihre Stimme ist.

»Ja?«

Ich stelle mich nicht vor.

»Die 450 000. Wer hat die bezahlt?«

Sie fragt nichts. Vielleicht ist ihr ebenfalls offenbart worden, daß sich in ihrer Leitung mehrere Leute tummeln könnten. Einen Augenblick denkt sie schweigend nach.

»›Geoinform‹«, sagt sie dann. »So hieß die Gesellschaft.

Sie hatten zwei Vertreter in der Wissenschaftlichen Kommission. Sie haben ein Aktienpaket. Fünf Prozent, soweit ich mich entsinne. Genug, um sie im Handelsregister eintragen lassen zu müssen. Die Gesellschaft gehört einer Frau.«

Der Mechaniker ist mit in die Zelle gekommen. Das läßt mich an drei Dinge denken. Erstens, daß er sie ausfüllt. Als könnte er, wenn er sich aufrichten würde, den Boden herauspressen und mit mir und dem Kasten losspazieren.

Zweitens, daß seine Hände an der Glaswand vor mir glatt und sauber sind. An Arbeit gewöhnt, aber glatt und sauber. Ab und zu hat er Arbeit in einer Werkstatt am Toftegårdsplatz. Wie kann man den ganzen Tag mit Schmieröl und Steckschlüsseln herummurksen und trotzdem so glatte Finger haben, frage ich mich.

Das dritte ist, daß ich ehrlich genug bin zuzugeben, daß es irgendwie angenehm ist, so neben ihm zu stehen. Ich muß mich zusammenreißen, um das Gespräch deswegen nicht zu verlängern.

»Ich habe über etwas, wonach Sie gefragt haben, nachgedacht. Berlin nach dem Krieg. Es gab noch einen Mitarbeiter. Damals war er nicht bei uns angestellt. Aber später. Nicht in der Mine, sondern hier in Kopenhagen. Als medizinischer Berater. Doktor Loyen. Johannes Loyen. Er hat auch für die Amerikaner gearbeitet. Ich glaube, er war Gerichtsmediziner.«

»Wie wird man Professor, Smilla?«

Wir haben auf einem Zettel Namen aufgelistet: zuerst Rechtsanwalt und Wirtschaftsprüfer David Ving. Jemand, der etwas mit Schiffen machen kann. Die Charterkosten vertuschen, zum Beispiel. Und kleinen grönländischen Jungs Schiffe als Weihnachtsgeschenk schicken.

Dann Benedicte Clahn. Der Mechaniker hat sie im Telefonbuch gefunden. Wenn sie es denn ist. Es stellt sich heraus, daß sie nur zweihundert Meter von der Stelle entfernt wohnt, an der wir jetzt sitzen. In einem der restaurierten Packhäuser in der Strandgade. Mit Dänemarks teuersten Eigentumswohnungen. Drei Millionen Kronen für 84 Quadratmeter. Dafür hat man dann aber auch anderthalb Meter dicke Ziegelwände, an denen man sich den Kopf einrennen kann, wenn man den Quadratmeterpreis ausgerechnet hat. Und Balken aus Pommernkiefer, an denen man sich aufhängen kann, wenn das mit der Wand nichts hilft. Neben ihren Namen hat er eine Telefonnummer geschrieben.

Dann zwei Professoren. Johannes Loyen und Andreas Fine Licht. Zwei Männer, über die wir nicht so schrecklich viel mehr wissen, als daß ihre Namen mit den beiden Expeditionen nach Gela Alta verknüpft sind. Zwei Expeditionen, über die wir eigentlich auch nichts wissen.

»Mein Vater«, sage ich, »ist mal Professor gewesen. Jetzt, wo er keiner mehr ist, sagt er, daß meistens die Professor werden, die tüchtig sind, ohne zu tüchtig zu sein.«

»Und was passiert mit denen, die zu tüchtig sind?«

Ich hasse es, Moritz zu zitieren. Was soll man mit Leuten anfangen, deren Sprüche man nicht wiederholen will, die es aber nun mal am treffendsten ausgedrückt haben?

»Er sagt, entweder steigen sie zu den Sternen empor oder sie gehen zugrunde.«

»Was davon ist deinem Vater passiert?«

Ich muß ein bißchen nachdenken, bevor ich eine Antwort finde.

»Ich glaube, er ist wohl eher mittendurchgebrochen«, sage ich.

Schweigend hören wir auf die Geräusche der Stadt. Die Autos auf der Brücke. Den Lärm der Preßlufthämmer der Nachtschicht in einem der Trockendocks der Marineinsel Holmen. Das Glockenspiel der Erlöserkirche. Es heißt, daß jeder darauf spielen darf. Den Eindruck hat man auch. Manchmal klingt es wie Horowitz. Und manchmal, als hätten sie den nächstbesten Besoffenen aus dem Wirtshaus Hobel geholt.

»Das Handelsregister«, sage ich. »Die Lübing hat gesagt, daß man, wenn man wissen will, wer eine Gesellschaft kontrolliert oder im Aufsichtsrat sitzt, nur im Handelsregister nachzusehen braucht. Dort sollen auch die Jahresabschlüsse aller börsennotierten Gesellschaften dokumentiert sein.«

»Das l-liegt in der Kampmannsgade.«
»Woher weißt du das?« frage ich.
Er schaut aus dem Fenster.
»Ich habe in der Schule halt aufgepaßt.«

3 Es gibt Morgen, an denen man wie durch ein Schlammbad an die Oberfläche steigt. Die Füße fest in einen Sonnenschirmfuß zementiert. Wo man weiß, daß man im Laufe der Nacht seine Seele ausgehaucht hat. Und sich nur noch darüber freuen kann, daß man von selber gestorben ist und sie die entseelten Organe nicht transplantieren können.

So sind sechs von sieben Morgen.

Heute ist der siebte Tag. Ich wache auf und bin kristallklar. Ich steige aus dem Bett, als hätte ich etwas, wofür sich das Aufstehen lohnt.

Ich mache die vier Yogaübungen, die ich gerade gelernt hatte, bevor ich den x-ten Mahnzettel von der Bibliothek bekam, sie einen Boten schickten und ich eine Strafgebühr bezahlen mußte, die so hoch war, daß ich das Buch genausogut hätte kaufen können.

Ich dusche unter eiskaltem Wasser. Ziehe Leggings an, einen dicken Pullover, graue Stiefel und eine Pelzmütze von Jane Eberlein. Die ist in einer Art grönländischem Stil gemacht.

Meine kulturelle Identität habe ich für immer verloren, das sage ich mir oft. Und wenn ich es oft genug gesagt habe, wache ich, wie heute morgen, mit einer sicheren Identität auf. Smilla Jaspersen – die Luxusgrönländerin.

Es ist sieben Uhr. Ich gehe zum Hafen hinunter und auf das Eis hinaus.

Das Eis im Kopenhagener Hafen empfiehlt sich nicht unbedingt, wenn Eltern ihre kleinen Kinder zum Spielen schicken wollen, nicht einmal bei so strengem Frost wie jetzt. Selbst ich muß vorsichtig sein, wenn ich da draußen herumlaufe.

Etwa vierzig Meter weit draußen bleibe ich stehen. Hier wird die Eisoberfläche eine Spur dunkler. Ein Schritt weiter und ich würde einbrechen. Ich stehe und schaukele. Meereseis ist porös und elastisch, das Wasser dringt nach oben und bildet um meine Stiefel zwei Spiegelflächen, die das diffuse Licht in der Dunkelheit reflektieren.

Auf den Wellenbrechern steht ein Mann. Eine schwarze Silhouette vor den weißen Hausmauern. Die Angst schlägt aus wie ein vibrierender Ton. Die Robbe in Lebensgefahr wenn sie auf dem Eis liegt. So empfindlich, so sichtbar, so unbeweglich. Dann erstirbt der Ton. Es ist der Mechaniker, vornübergebeugt, vierschrötig, wie ein großer Stein.

Man ist so daran gewöhnt, die Stadt aus bestimmten Winkeln zu sehen, daß sie von hier aus wie eine fremde, nie gesehene Hauptstadt wirkt. Wie Venedig. Oder Atlantis. Eine Stadt, die, in Schnee und Nacht eingehüllt, aus Marmor sein könnte. Ich gehe zum Kai zurück.

Er könnte ein anderer sein. Ich könnte eine andere sein. Wir hätten ein junges Liebespaar sein können. Statt eines stotternden Legasthenikers und eines verbitterten Drachen, die einander halbe Wahrheiten erzählen und sich auf einer zweifelhaften Fährte begleiten.

Als ich vor ihm stehe, packt er mich an den Schultern.

»Das ist lebensgefährlich!«

Wenn ich es nicht besser wüßte, hätte ich schwören können, daß seine Stimme etwas fast Flehendes hat.

Ich mache mich los.

»Ich habe ein gutes Verhältnis zum Eis.«

Als wir den Rat Junger Grönländer auflösten, um die IA zu gründen, und von den Sozialdemokraten in der SIUMUT d der reaktionären grönländischen Oberschicht in der ATASSUT deutlich unterschieden sein wollten, lasen wir das *Kapital.* Ich mochte das Buch sehr. Wegen seines bebenden, femininen Mitgefühls und seiner furiosen Empörung. Ich kenne kein anderes Buch, das einen so starken Glauben daran hat, daß man, wenn man den Willen zur Veränderung hat, sehr weit kommen kann.

Leider bin ich für mich da nicht so sicher. Ich habe viel bekommen und ziemlich viel gewollt. Und habe am Ende doch nichts Richtiges und weiß nicht wirklich, was ich will. Ich habe die Grundlagen einer Ausbildung mitbekommen, ich bin gereist. Manchmal finde ich, daß ich getan habe, was ich wollte. Trotzdem bin ich geführt worden. Irgendeine unsichtbare Hand hat mich am Schlafittchen gehalten, und jedesmal, wenn ich meinte, jetzt mache ich einen entscheidenden Schritt hinauf ans Licht, hat sie mich noch tiefer in das Kanalisationsnetz gedrückt, das unter einer Landschaft verläuft, von der ich nicht weiß, wie sie aussieht. Als sei es vorherbestimmt, daß ich so und so viele Kubikmeter Abwasser schlucken muß, bevor ich ein bißchen Platz zum Atmen zugeteilt bekomme.

In der Regel schwimme ich gegen den Strom. Doch an manchen Morgen, so wie heute, habe ich Überschuß genug, um einfach aufzugeben. Jetzt, wo ich neben dem Mechaniker dahintreibe, bin ich sonderbar, unbegreiflich glücklich.

Ich habe die Idee, daß wir zusammen frühstücken könnten. Ich weiß nicht, wie lange es her ist, daß ich mit einem anderen Menschen gefrühstückt habe. Es war meine eigene Entscheidung. Morgens bin ich empfindlich. Ich will Zeit haben, mir kaltes Wasser ins Gesicht zu klatschen, meine Lidschatten nachzumalen und ein Glas Orangensaft zu trinken, bevor ich gesellig sein muß. Doch dieser Morgen ist von selbst so geworden. Wir sind uns begegnet, und jetzt gehen wir nebeneinander. Ich will es gerade vorschlagen.

Da schwebe ich.

Er hat mich hochgehoben und zum Klettergerüst hingezogen. Ich halte das für einen Spaß und will gerade etwas sagen. Da sehe ich, was er gespürt hat, und bin still. Im Treppenhaus ist es auf allen Stockwerken dunkel. Doch eine Tür öffnet sich langsam. Sie läßt gelbes Licht in die Dunkelheit hinaus. Und zwei Gestalten. Juliane und einen Mann. Er spricht mit ihr. Sie schlingert. Was er sagt, fällt wie Schläge. Sie sinkt auf die Knie. Dann schließt sich die Tür. Der Mann nimmt die Außentreppe.

Julianes Freunde gehen nicht um sieben Uhr morgens. Um die Zeit sind sie noch nicht mal nach Hause gekommen. Und wenn sie gehen, dann nicht mit der behenden Leichtfüßigkeit dieses Mannes. Dann robben sie nämlich zum Fahrstuhl. Wir stehen im Schatten des Klettergerüsts. Er kann uns nicht sehen. Er hat einen langen Burberry an und trägt einen Hut.

An der Hauswand Richtung Christianshavn drückt der Mechaniker meinen Arm, ich gehe allein weiter. Der Hut steigt in einen Wagen. Als er von der Bordsteinkante rollt, hält der kleine Morris neben mir. Die Sitze sind kalt und so niedrig, daß ich mich strecken muß, um durch die Windschutzscheibe sehen zu können. Sie ist vereist. Unsere Sicht reicht gerade über die Kühlerfigur zu den roten Rücklichtern vor uns.

Wir fahren über die Brücke. Vor der Holmens-Kirche nach rechts und an der Nationalbank vorbei über den Kongens Nytorv. Möglicherweise ist noch anderer Verkehr da, möglicherweise sind wir die einzigen. Durch die Scheiben ist das nicht zu entscheiden.

Der Hut parkt beim Denkmal Frederiks V. in der Mitte des Platzes. Wir fahren weiter und halten vor der französischen Botschaft. Er sieht sich nicht um.

Er geht am Hotel d'Angleterre vorbei und biegt in die Fußgängerzone ein. Wir sind fünfundzwanzig Meter hinter ihm. Jetzt sind auch noch andere Leute auf der Straße. Er geht zu einer Toreinfahrt und schließt auf.

Wenn ich allein gewesen wäre, wäre ich jetzt stehengeblieben. Ich muß nicht zu dem Tor hingehen, um zu wissen, was auf dem Namensschild steht. Ich weiß, wer der Mann ist, dem wir gefolgt sind, und bin mir so sicher, als hätte er mir seine Bestallungsurkunde gezeigt. Wenn ich allein gewesen wäre, wäre ich jetzt nach Hause gegangen und hätte unterwegs nachgedacht.

Aber heute sind wir zu zweit. Zum erstenmal seit langer Zeit sind wir zwei.

Er steht neben mir, im nächsten Moment aber ist er an der Einfahrt und hat die Hand dazwischen, bevor sich die Tür schließt.

Ich ziehe mit. Wenn man spielt oder Ball spielt, gibt es manchmal diesen Augenblick, daß man sich ohne ein Wort sofort versteht.

Wir kommen in eine Toreinfahrt mit gewölbter Decke in Weiß und Goldbronze, mit Marmorpaneelen, weichem gelbem Licht und einer Tür mit Glasscheiben und Messingklinken. Der Torbogen führt zu einen Atriumhof mit immergrünen Büschen, kleinen japanischen Tempelbäumen und einer Fontäne. Das Ganze zugedeckt vom Schnee der letzten vierzehn Tage, der zwischendurch einmal geschmolzen ist und jetzt an der Oberfläche eine dünne, gefrorene Kruste hat. Von oben sinkt irgendwoher wie Staub das erste Tageslicht herunter.

Im Treppenaufgang liegt ein Elektrokabel. Es führt um eine Ecke, und von dort ist auch das Geräusch eines Staubsaugers zu hören. Vor uns steht ein Gestell auf Rädern. Mit zwei Eimern, Scheuerlappen, Schrubber und ein paar Walzen zum Auswringen des Scheuerlappens. Der Mechaniker reißt das Gestell an sich.

Über uns sind Schritte. Weiche Schritte, die von dem blauen Läufer gedämpft werden, der über die ganze Treppenbreite von Messingstangen gehalten wird. Uns umgibt ein angenehmer Duft, ein Duft, den ich kenne, jedoch nicht identifizieren kann.

Als die Tür hinter dem Hut ins Schloß fällt, sind wir im zweiten Stock. Der Mechaniker bewegt sich mit dem Gestell unter dem Arm, als trage er überhaupt nichts.

Die Vergoldung und die cremefarbenen Türfüllungen der Toreinfahrt wiederholen sich im Treppenhaus und an den Türen. Gravierte Messingschilder. Das Schild vor uns ist über einem doppeltbreiten Briefschlitz angebracht. Damit auch die größten Schecks durchgehen. ›Anwaltsbüro‹, steht auf dem Schild. Selbstverständlich. ›Anwaltsbüro Hammer und Ving‹. Die Tür ist nicht verschlossen, wir treten also ein. Wir und das Gestell.

Wir kommen in eine große Diele. Eine offene Tür führt zu einer Reihe von Büros, die hintereinander liegen wie die Empfangszimmer auf den Fotografien von Schloß Amalienborg. Hier hängen denn auch prompt Fotografien von der Königin und dem Prinzen. Spiegelblanke Parkettböden, goldgerahmte Gemälde und die vornehmsten Büromöbel, die ich je gesehen habe. Und der gleiche Duft wie im Treppenhaus, und jetzt erkenne ich ihn. Es ist der Duft von Geld.

Weit und breit keine Menschenseele. Ich nehme einen Scheuerlappen und wringe ihn aus, der Mechaniker nimmt einen großen Schwabber.

Nach den Büros kommt eine geschlossene Doppeltür. Dort klopfe ich an. Er muß ein Kontrollpult haben, denn als die

Tür aufgeht, sitzt er am entgegengesetzten Ende des Raumes, in einem Büro mit Fenster zum Hof.

Er sitzt hinter einem Schreibtisch aus schwarzem Mahagoni, der auf vier Löwenfüßen steht und so mächtig aussieht, daß sich unwillkürlich die Frage aufdrängt, wie sie ihn wohl hier hochbekommen haben. An der Wand dahinter hängen in schweren Rahmen drei düstere Gemälde der Marmorbrücke.

Sein Alter ist schwer zu beurteilen. Von Elsa Lübing weiß ich, daß er über siebzig sein muß. Aber er sieht gesund und athletisch aus. Als ob er jeden Morgen auf seinem Strandgrundstück barfuß hinunter zum Meer läuft, ein Loch in das Eis hackt und ein erfrischendes Bad nimmt, dann zurückläuft und ein Schälchen Gladiatorenmüsli mit Magermilch ißt.

Das hat seine Haut glatt und rosig gehalten. Seinem Haarwuchs ist das allerdings nicht bekommen. Er hat eine spiegelblanke Glatze.

Er trägt eine Goldrandbrille mit so vielen Reflexen, daß man seine Augen nie richtig sieht.

»Guten Morgen«, sage ich. »Ich bin von der Qualitätskontrolle. Wir kontrollieren die Morgenputzkolonne.«

Er sagt nichts, sieht uns nur an. Ich erinnere mich an seine trockene und korrekte Stimme von einem lange zurückliegenden Telefongespräch her so deutlich, als hätte er in diesem Moment gesprochen.

Der Mechaniker verzieht sich in eine Ecke und fängt an zu schwabbern. Ich nehme das dem Schreibtisch am nächsten gelegene Fensterbrett.

Er schaut in seine Papiere. Ich trockne das Fensterbrett mit dem Lappen, der eine streifige Dreckwasserspur hinterläßt.

Bald wird er anfangen sich zu wundern.

»Ist schon schön, wenn ordentlich sauber gemacht wird«, sage ich.

Sein Gesicht verzieht sich und wirkt jetzt etwas irritiert.

Neben dem Fenster hängt das Bild eines Segelschiffes. Ich nehme es ab und staube es auf der Rückseite mit dem Lappen ab.

»Ein schönes Bild, das hier«, sage ich, »Ich interessiere mich sogar für Schiffe. Wenn ich nach einem langen Tag in Gummihandschuhen und zwischen Desinfektionsmitteln nach Hause komme, lege ich die Beine hoch und blättere in einem guten Buch über Schiffe.«

Jetzt überlegt er, ob ich vielleicht unzurechnungsfähig bin.

»Wir haben ja alle unsere Lieblinge. Meine sind die Grönlandschiffe. Und wie es der Zufall will: Als ich Ihren Namen auf dem vornehmen Türschild sehe, sage ich mir: Himmel, Smilla, sage ich. Ving! Dieser feine Mann hat einmal einem deiner Freunde zu Weihnachten ein Modellschiff geschenkt. Die gute Johannes Thomsen. Einem kleinen grönländischen Jungen.«

Ich hänge das Bild wieder auf. Das Wasser ist ihm nicht bekommen. Jedes Putzen hat seinen Preis. Ich denke an Juliane vor ihm auf den Knien, an der Tür.

»Worüber ich auch nicht genug lesen kann, das sind Schiffe, die man für grönländische Expeditionen gechartert hat.«

Jetzt sitzt er vollkommen still da. Nur die Reflexe der Brillengläser spielen schwach.

»Zum Beispiel die beiden Schiffe, die '66 und '91 gechartert wurden. Für die beiden Expeditionen nach Gela Alta.«

Ich gehe zum Gestell und wringe den Lappen aus.

»So, nun hoffe ich, daß Sie zufrieden sind«, sage ich. »Wir müssen weiter. Die Arbeit ruft.«

Als wir hinausgehen, können wir durch die lange Flucht der Räume bis in sein Büro zurückschauen. Er sitzt hinter dem Schreibtisch und hat sich nicht gerührt.

Auf der Treppe steht eine weißbekittelte Frau im mittleren Alter. Mit traurigen Augen streichelt sie ihren Staubsauger. Als hätte sie mit ihm darüber geredet, wie sie in dieser großen Welt nun ohne das Eimergestell zurechtkommen sollen.

Der Mechaniker stellt es vor ihr ab. Es ist ihm nicht ganz recht, daß er jemandem das Werkzeug weggenommen hat. Er möchte gern ein paar Worte sagen, von Handwerker zu Handwerker. Doch es fällt ihm nichts ein.

»Wir sind von der Firma«, sage ich. »Wir haben Ihre Arbeit kontrolliert. Wir sind sehr, sehr zufrieden.«

In der Tasche finde ich einen von Moritz' knisternden neuen Hundertkronenscheinen und lasse ihn auf dem Eimerrand balancieren.

»Wenn Sie diese Qualifikationszulage annehmen würden. An diesem schönen Morgen. Für einen Kopenhagener zu Ihrem Kaffee.«

Sie sieht mich melancholisch an.

»Ich bin die Chefin«, sagt sie. »Wir sind ja nur fünf, ich und vier Mitarbeiter.«

Einen Augenblick lang schauen wir uns alle drei an.

»Na und«, sage ich. »Auch Chefs essen ja wohl Kopenhagener zum Kaffee.«

Wir setzen uns ins Auto, bleiben eine Zeitlang sitzen und schauen auf den Kongens Nytorv. Für ein gemeinsames Frühstück ist es inzwischen zu spät. Wir verabreden uns für später. Jetzt, wo die Spannung vorbei ist, reden wir miteinander wie Fremde. Als ich ausgestiegen bin, kurbelt er das Fenster herunter.

»Smilla. War das auch klug?«

»Das war spontan. – Und außerdem: Bist du je auf der Jagd gewesen?«

»Ein bißchen.«

»Wenn man scheues Wild jagt, wie beispielsweise Rehe, läßt man sich manchmal mit Absicht sehen. Man steht auf und fuchtelt mit dem Gewehrkolben herum. Bei allen Lebewesen sitzen Furcht und Neugierde fast genau an dergleichen Stelle. Das Tier kommt näher. Es weiß, das ist gefährlich, aber es muß nachsehen, was sich da bewegt.«

»Was hast du gemacht, wenn es dicht herankam?«

»Nichts weiter – ich habe nie schießen können. Aber vielleicht hat man Glück und jemanden in der Nähe, der weiß, was man tun muß.«

Ich gehe über die Knippelsbrücke nach Hause. Es ist acht Uhr, der Tag hat kaum angefangen. Ich habe das Gefühl, genausoviel geschafft zu haben wie ein Zeitungsbote.

Auf dem Fußboden wartet ein Brief auf mich. Ein länglicher Umschlag aus schwerem Büttenpapier. Er ist von meinem Vater. Ein gefütterter Umschlag von den Vereinten

Papierfabriken mit seinen Initialen in Prägedruck. Seine Handschrift sieht aus, als hätte er einen Kurs für kalligraphische Angeberei absolviert. Hat er auch. Das war, als ich bei ihm wohnte. Nach zwei Kursabenden hatte er seine alte Handschrift vergessen. Und die neue noch nicht gelernt. Drei Monate lang schrieb er wie ein Kind. Auf den Rechnungen, die er verschickte, mußte ich seine Handschrift nachmachen. Er hatte Angst, seine Patienten könnten beim Anblick der wackligen Signatur des großen Medizinmanns einen Rückfall erleiden.

Inzwischen hat er sie besser unter Kontrolle. Die Welt bewundert sie, für mich ist sie nur großkotzig.

Doch der Brief ist durchaus freundlich. Er besteht nur aus einer Zeile auf einem Blatt Papier mit Wasserzeichen, das, wie ich weiß, pro Blatt fünf Kronen kostet, und aus einem Bündel fotokopierter Zeitungsausschnitte, das von einer Büroklammer zusammengehalten wird.

›Liebe Smilla‹, steht da, ›das ist alles, was das Archiv der *Berlingske Tidende* über Loyen und Grönland hatte.‹

Dann noch ein Blatt.

In Moritz' Handschrift: ›Eine vollständige Liste seiner wissenschaftlichen Veröffentlichungen‹. Die Liste selbst ist maschinenschriftlich.

Unten steht, daß die Auskünfte einem Ding folgen, das *Index Medicus* heißt, und über eine Stockholmer Datenbank abgerufen worden sind. Aufsätze in vier Fremdsprachen, eine davon Russisch. Das meiste ist auf englisch. Von der Hälfte verstehe ich nicht einmal die Titel. Aber Moritz hat am Rand eine kurze Erklärung hinzugefügt. Es gibt Aufsätze über ›crash injuries‹. Über Toxikologie. Einen mit einem Koautor geschriebenen Aufsatz über Störungen der Vitamin-B-12-Aufnahme aus dem Magen als Folge der Nachwirkungen von Schußwunden. Diese Aufsätze stammen aus den vierziger und fünfziger Jahren. Von den Sechzigern an handeln sie von arktischer Medizin. Trichinose, Erfrierungen. Ein Buch über Grippeepidemien um die Barentssee. Eine lange Reihe kurzer Aufsätze über Parasiten. Mehrere über den Einsatz von Röntgenstrahlen. Er hat vielseitig gearbeitet.

Anscheinend hat er mehrmals historische Forschung betrieben. Ein Aufsatz beschreibt die Untersuchung dänischer Moorleichen. Und dann drei Titel, die ich ankreuze. Sie handeln von Röntgenuntersuchungen an Mumien. Die eine wurde in den siebziger Jahren in Berlin im Pergamonmuseum an Mumien aus Tutenchamuns Grab gemacht. Bei der zweiten geht es um präbuddhistische Balsamierung in Malaysia und Thailand; die Arbeit wurde von einem Museum in Singapur veröffentlicht. Bei dem dritten Aufsatz handelt es sich um eine Beschreibung der grönländischen Qilakitsoqmumien.

An das Ende der Liste schreibe ich: ›Mit Dank zurück – Smilla‹, stecke sie in einen Umschlag und adressiere ihn an meinen Vater. Dann sehe ich die Zeitungsausschnitte durch.

Es sind achtzehn, und sie liegen in chronologischer Reihenfolge. Ich fange von oben an. Ein Artikel vom Oktober vermerkt, daß die Vorbereitungen zur Etablierung einer gerichtsmedizinischen Instanz für Grönland unter der Leitung von Professor Dr. med. Johannes Loyen jetzt fast abgeschlossen sind. Der nächste ist ein Jahr älter. Es ist eine Fotografie mit einem kurzen Text. ›Der ethische Rat bei seiner Konferenz in Godthåb‹. In Kamiken und Pelzmützen. Loyen ist der zweite von links. Er ragt genauso weit heraus wie diejenigen, die hinter ihm auf den Treppenstufen stehen. Der dritte Artikel meldet seinen siebzigsten Geburtstag im letzten Jahr und berichtet, daß man sein Arbeitsverhältnis aufgrund seiner Arbeit an einer Staatsobduzentur für Grönland außerplanmäßig verlängert habe. So geht es rückwärts weiter. ›Herzliche Glückwünsche zum sechzigsten Geburtstag für Professor Loyen‹, ›Professor Loyen hält Vorlesungen an Grönlands neu eröffneter Universität‹, ›Vertreter des staatlichen Gesundheitsamts auf Grönland, von links der Kopenhagener Amtsarzt, danach Chefarzt J. Loyen, Leiter des neu errichteten Instituts für arktische Medizin‹. Und so weiter durch die siebziger und sechziger Jahre. Die Expeditionen von 1991 und 1966 sind nicht erwähnt.

Der vorletzte Ausschnitt stammt von 1949. Es ist ein kleines Stück Verbalprostitution. Eine begeisterte Beschreibung der neuen *Dumpters* der Kryolithgesellschaft Dänemark, die den Erztransport aus den tieferen Flözen der Mine an die Oberfläche erleichtert haben. Eine warmherzige Huldigung an Direktor und Konferenzrat Ebel und Gattin, die im Vordergrund zu sehen sind. Dahinter stehen Oberingenieur Dr. techn. Wilhelm Ottensen und der medizinische Berater der Gesellschaft, Dr. Johannes Loyen. Die Aufnahme wurde in dem Moment gemacht, als die neue Maschine in der Mine von Saqqaq die erste Ladung nach oben bringt.

Nach diesem Bildartikel kommt eine Lücke von zehn Jahren. Der letzte Ausschnitt stammt vom Mai 1939.

Es ist ein Foto mit Text. Das Bild wurde in einem Hafen aufgenommen. Im Hintergrund liegt ein dunkles Schiff. Im Vordergrund steht ein Dutzend Leute, die Herren in hellen Anzügen, die Damen in langen Röcken und leichten Staubmänteln. Die Szene macht einen gestellten Eindruck. Der Text ist kurz. ›Die mutige und erwartungsvolle Gesellschaft der Freia-Film bei ihrer Abreise nach Grönland‹. Es folgt eine Liste der mutigen und erwartungsvollen Gesellschaft. Sie besteht aus Schauspielern und einem Regisseur. Und aus dem Arzt des Filmteams und dessen Assistenten. Der Arzt heißt Rovsing. Der Name des Assistenten wird nicht erwähnt. Assistenten haben in der konservativen Presse der dreißiger Jahre keine Namen. Doch sein späteres Schicksal hat auch dieses Foto in einem Archiv festgehalten und irgend jemanden seinen Namen mit Kugelschreiber hinzufügen lassen. Er ist auf dem Bild deutlich sichtbar. Größer als alle anderen. Und trotz seiner Jugend, seiner untergeordneten Stellung und seinem Platz hinter all den Exzentrikern, die sich der Kamera anbiedern, ist seine Arroganz schon damals deutlich sichtbar. Es ist Loyen. Ich falte den Ausschnitt zusammen.

Nach dem Frühstück ziehe ich einen langen Wildledermantel an und setze Jane Eberleins Pelzmütze auf. Der Mantel hat tiefe Innentaschen. Darin versenke ich den letzten zusammengefalteten Ausschnitt, ein Bündel Geldscheine, Jesajas Band und den Brief an meinen Vater. Dann mache ich mich auf. Der Tag hat angefangen.

Bei der Prontaprint in der Torvegade lasse ich von dem Band eine Kopie machen. Ich leihe mir auch ihr Telefonbuch aus. Das Institut für Eskimologie liegt in der Fiolstræde. Ich rufe aus einer Telefonzelle am Markt an und werde zu einem Dozenten durchgestellt, der so klingt, als sei er grönländischer Abstammung. Ich erkläre, daß ich ein Band auf ostgrönländisch habe, das ich nicht verstehe. Er fragt, warum ich nicht in das Grönländerhaus gehe.

»Ich will einen Experten. Es geht nicht nur darum zu verstehen, was gesagt wird, ich möchte auch den Sprecher identifizieren. Ich suche jemanden, der sich die Stimme anhören und mir sagen kann, der Sprecher hat Hennahaare, und als er fünf war, hat er einen Klaps gekriegt, als er auf dem Töpfchen saß, und seinen Vokalen nach zu urteilen klingt es, als sei das 1947 bei Akunnaaq passiert.«

Der Mann fängt an zu glucksen.

»Haben Sie Geld, gnädige Frau?«

»Sie vielleicht? Und übrigens bin ich keine Frau, sondern ein Fräulein.«

»Svajerbryggen. Das ist im Südhafen. Liegeplatz 126. Fragen Sie nach dem Kurator.«

Er gluckst immer noch, als er auflegt.

Ich nehme die S-Bahn zur Enghave-Station. Von dort aus werde ich laufen. Ich habe mir in der Bibliothek in der Torvegade die Karte angeschaut, das Bild des Labyrinths aus gewundenen Straßen habe ich im Kopf.

Der S-Bahnhof ist kalt. Auf dem gegenüberliegenden Bahnsteig steht ein Mann. Er starrt sehnsuchtsvoll nach dem Zug, der ihn fortbringen soll, zu den anderen. Es ist der letzte Mensch, den ich sehe.

Jetzt ist die Innenstadt ein Ameisenhaufen. Jetzt wimmeln die Menschen in die Kaufhäuser. Jetzt bereiten sie Theaterpremieren vor und stehen vor Hviids Weinstube Schlange.

Der Südhafen ist eine Geisterstadt. Der Himmel ist tief und grau. Die Luft, die man einatmet, schmeckt nach Kohlenrauch und Chemie.

Wer befürchtet, daß die Maschinen kurz vor der Machtübernahme stehen, sollte keinen Spaziergang im Südhafen machen. Hier ist der Schnee nicht geräumt. Die Bürgersteige sind unwegsam. Auf der schmalen, matschigen Fahrbahn kommen ab und zu übernatürlich große Lastwagen mit schwarzen Windschutzscheiben vorbei, hinter denen niemand zu sitzen scheint. Über einer Seifenfabrik hängt eine Decke aus grünem Rauch. Eine Cafeteria wirbt mit Bratkartoffeln. Hinter den Scheiben leuchten in einer verlassenen Küche an einsamen Friteusen rote und gelbe Signallampen. Über einem verschneiten Kohlenlager bewegt sich ein Kran auf seinen Schienen ruhelos und ohne Ziel hin und her. Aus den Ritzen geschlossener Garagentore dringen bläuliche Blitze, das Knistern von Elektroschweißern und das Klingeln des schwarzen Geldes, das hier verdient wird, aber keine einzige menschliche Stimme.

Dann öffnet sich die Straße zu einem Ansichtskartenmotiv, einem großen Hafenbecken, das von niedrigen, gelben Lagerhäusern eingefaßt ist. Das Wasser ist zugefroren, und während ich mich noch von dem Anblick erhole, bricht die Sonne niedrig, weißgelb und überraschend durch und läßt das Eis leuchten wie eine unterirdische elektrische Birne hinter Milchglas. Am Kai liegen kleine Fischerboote mit einem Rumpf, der so blau ist wie die Linie, wo Meer und Horizont zusammenstoßen. Am Außenkai des Beckens, draußen im Hafen, liegt ein großer Dreimaster. Das ist Svajerbryggen.

Am Liegeplatz 126 ist das Segelschiff. Auf dem Weg dorthin begegne ich keinem Menschen. Alle Maschinengeräusche sind hinter mir verschwunden. Alles ist still.

Am Kai hat man eine Latte mit einem weißen Briefkasten aufgestellt. Darüber hängt ein schwarzes Schild, das noch von weißem Plastik verhüllt ist.

Am Heckspiegel steht in vergoldeten Buchstaben, daß das Schiff Nordlicht heißt. Die Galionsfigur ist ein geschnitzter Mann, der eine Fackel trägt. Das Schiff hat einen schwarzen blanken Rumpf von mindestens dreißig Metern Länge, Masten, die in den Himmel ragen und den Eindruck machen, als stünde man vor einer Kirche, und es verbreitet einen Duft aus Teer und Sägespänen. Jemand hat erst vor kurzem ein Vermögen dafür ausgegeben, es renovieren zu lassen.

Ich gehe auf einer Gangway mit dicken Kokosläufern und einem Geländer mit polierten Bronzeknäufen an Bord. Das gesamte Deck beanspruchen große, geschlossene Holzkisten mit der Aufschrift ›Vorsicht‹, Stapel aus Planken und Farbeimer. Das Tauwerk ist sorgfältig aufgerollt, das Holz hat von einem Dutzend Schichten teurem Schiffslack einen tiefen, dunkelbraunen Glanz. Die weiße Emaille schimmert wie Glas. Die Luft vibriert von Putzmitteln, Zweikomponentenepoxy und Fugenmasse. Abgesehen von dieser Vibration wirkt das Schiff wie ausgestorben.

Zwischen den Kisten führt ein schmaler Pfad zu einer lakkierten Doppeltür, die nicht abgeschlossen ist, und dahinter eine Treppe ins Dunkle hinunter.

Am Ende der Treppe steht ein Mann. Er lehnt sich an einen Spieß, und er rührt sich nicht. Auch nicht, als ich dicht vor ihm bin.

Der Raum muß mehrere Oberlichter haben, die noch abgedeckt sind. Doch an den Rändern der Abdeckung fallen schmale weiße Lichtstreifen ein, Licht genug, daß ich sehen kann, daß der Raum saalgroß ist. Alle Querwände sind herausgerissen worden, um einen Unterdeckraum zu schaffen, der etwa fünfundzwanzig Meter lang und so breit wie das Schiff ist.

Jetzt ist es so hell, daß ich sehe, daß der Mann vor mir ein Eskimo ist. Er stützt sich auf eine lange Harpune. In der linken Hand hat er sein Wurfholz. Er ist nur halb angezogen, trägt hohe Kamiken, einen Innenpelz aus Vogelhaut und ist nicht sehr viel größer als ich. Ich klopfe ihm auf die Wange. Er ist aus hohler gegossener Glasfaser, die man hinterher gekonnt angestrichen hat. Sein Gesicht ist geistesgegenwärtig.

»Naturgetreu, nicht wahr?«

Die Stimme ist irgendwo hinter einem Schirm. Auf dem Weg dorthin muß ich um einen Kajak, der noch teilweise eingepackt ist, und eine Glasvitrine herum, die auf der Seite liegt wie ein ausgeleertes Dreitausendliteraquarium. Der Schirm ist ein zwischen zwei Walbarten ausgespanntes Fell. Dahinter steht ein Schreibtisch. Hinter dem Schreibtisch sitzt ein Mann. Er steht auf, und ich ergreife die ausgestreckte Hand. Er sieht der Puppe zum Verwechseln ähnlich, ist jedoch dreißig Jahre älter. Er hat kräftige Haare und eine Pagenfrisur, aber die Haare sind grau. Seine Herkunft ist die gleiche wie meine. Irgendwie grönländisch.

»Kurator?«

»Bin ich.«

Sein Dänisch ist akzentfrei. Er macht eine Handbewegung.

»Wir stellen gerade die Sammlungen auf. Kostet ein Vermögen.«

Ich lege ihm das Band vor. Er befühlt es vorsichtig.

»Ich versuche den Sprecher zu identifizieren. Ich habe Sie über einen Telefonanruf beim Institut für Eskimologie ausfindig gemacht.«

Er lächelt zufrieden.

»Die mündliche Empfehlung ist die beste Reklame. Und die weitaus billigste. Wissen Sie, was eine Anzeige kostet?«

»Nur bei Kontaktanzeigen.«

»Ist das teuer?«

Er ist ehrlich interessiert. An ihm ist jeglicher Humor verschwendet.

»Sehr.«

Er nickt.

»Das ist grauenhaft. Überall wird einem das Fell über die Ohren gezogen. Zeitungen, Finanzamt, Zoll ...«

Es kommt mir vor, als hätte ich ihn schon einmal gesehen. Dieses Gefühl fügen mir Gesichter und Orte immer öfter zu. Ich weiß nicht, ob das daran liegt, daß ich allmählich zu viel gesehen habe, daß die Welt anfängt sich zu wiederholen, oder ob das nur am frühzeitigen Verschleiß des mentalen Apparats liegt.

Vor ihm auf dem Tisch steht ein flacher, mattschwarzer, quadratischer Kassettenrecorder. Er legt das Band ein. Der Ton kommt von weit her aus Lautsprechern irgendwo an den Rändern des Raumes. Jetzt, wo sich meine Augen an die Dunkelheit gewöhnen, spüre ich, daß sich die Wände wölben, wo sie der Schiffsseite folgen.

Er hat das Gesicht in den Händen und hört eine halbe Minute lang zu. Dann hält er das Band an.

»Mitte Vierzig. Um Angmagsalik herum aufgewachsen. Nur sehr geringe Schulbildung. Auf ostgrönländischem Fundament eine Spur nördlicherer Dialekte. Aber da oben ziehen sie zuviel herum, als daß man sagen könnte, welche. Wahrscheinlich ist er nie längere Zeit aus Grönland weggewesen.«

Er sieht mich mit hellgrauen, fast milchigen Augen mit einem Ausdruck an, als warte er auf etwas. Plötzlich weiß ich, was es ist. Der Beifall nach dem ersten Akt.

»Beeindruckend«, sage ich. »Läßt sich noch mehr sagen?«

»Er beschreibt eine Reise. Übers Eis. Mit Zugschlitten. Wahrscheinlich ist er Robbenfänger, denn er benutzt eine Reihe von Fachausdrücken, wie zum Beispiel *anut* für die Hunderiemen. Wahrscheinlich spricht er zu einem Europäer. Für die Lokalitäten benutzt er englische Bezeichnungen. Und mehrere Dinge meint er wiederholen zu müssen.«

Er hat sich das Band nur ganz kurz angehört. Ich überlege mir, ob er mich zum Narren hält.

»Sie mißtrauen mir«, sagt er kalt.

»Ich wundere mich nur darüber, daß man aus so wenig so viel erschließen kann.«

»Die Sprache ist ein Hologramm.«

Er sagt das langsam und nachdrücklich.

»In jeder Äußerung eines Menschen liegt die Summe seiner sprachlichen Vergangenheit. Nehmen Sie doch nur sich selbst ... Sie sind Mitte Dreißig. In Thule oder nördlich davon aufgewachsen. Ein Elternteil oder beide Eltern *inuit*. Sie sind nach Dänemark gekommen, nachdem Sie die grönländische Sprachgrundlage bereits vollständig erworben hatten, aber noch bevor Sie das instinktive Talent des Kindes zur perfekten Erlernung einer Fremdsprache verloren hatten. Sagen wir, Sie waren zwischen sieben und elf Jahre alt. Danach wird es schwerer. Sie zeigen Spuren verschiedener Soziolekte. Sie haben vielleicht in den vornehmen nördlichen Vororten gewohnt oder sind da zur Schule gegangen, in Gentofte oder Charlottenlund. Da ist auch etwas eigentlich Nordseeländisches. Und seltsamerweise auch eine spätere Andeutung von Westgrönländisch.«

Ich mache keinen Versuch, meine Bewunderung zu verbergen.

»Das ist richtig«, sage ich. »Im großen und ganzen ist das richtig.«

Er schmatzt zufrieden.

»Kann man hören, wo das Gespräch stattfindet?«

»Wissen Sie es wirklich nicht?«

Da ist es wieder. Das schroffe Selbstgefühl und der Triumph angesichts seines Wissens.

Er spult zurück. Er schaut den Recorder nicht an, während er ihn bedient. Er spielt mir vielleicht zehn Sekunden vor.

»Was hören Sie?«

»Ich höre nur die unverständliche Stimme.«

»Hinter der Stimme. Ein anderes Geräusch.«

Er spielt es noch einmal. Da höre ich es. Ein schwacher, ansteigender Motorenlärm, wie ein Generator, der angeworfen und danach wieder abgestellt wird.

»Eine Propellermaschine«, sagt er. »Eine große Propellermaschine.«

Er spult, spielt erneut vor. Ein Stück mit dem schwachen Klirren von Porzellan.

»Ein großer Raum. Mit niedriger Decke. Tische, die gedeckt werden. Eine Art Restaurant.«

Ich sehe ihm an, daß er die Antwort weiß. Aber er genießt es, sie ganz langsam aus dem Zylinder zu fischen.

»Im Hintergrund eine Stimme.«

Er spielt dieselbe Stelle mehrmals. Jetzt kann ich sie gerade eben hören.

»Eine Frau«, sage ich.

»Ein Mann, der wie eine Frau redet. Er schimpft. Auf dänisch und amerikanisch. Dänisch ist seine Muttersprache. Vermutlich weist er die Person, die den Tisch deckt, zurecht. Sicher der Inspektor des Restaurants.«

Ein letztesmal überlege ich, ob er bloß rät. Doch ich weiß, daß er recht hat. Daß er ein abnorm genaues und geübtes Gehör und einen Sinn für Sprache haben muß.

Das Band läuft.

»Wieder eine Propellermaschine«, versuche ich.

Er schüttelt den Kopf.

»Ein Jet. Eine kleinere Jetmaschine. Ganz dicht nach der vorigen. Ein verkehrsreicher Flughafen.«

Er lehnt sich zurück.

»Wo auf der Welt kann ein ostgrönländischer Robbenfänger in einem Restaurant sitzen, in dem gerade die Tische gedeckt werden, und erzählen, und wo ein Däne auf amerikanisch schimpfen, während man im Hintergrund einen Flugplatz hört?«

Nun weiß ich es auch, aber ich überlasse es ihm, es auszusprechen. Kleine Kinder soll man lassen. Erwachsene kleine Kinder auch.

»Nur an einem Ort, Thule Air Base.«

Auf der Base heißt das Vergnügungsetablissement ›Northern Star‹. Ein Restaurant mit zwei Speisesälen und einem Konzertraum.

Er schaltet das Band wieder ein.

»Sehr bemerkenswert!«

Ich sage nichts.

»Die Musik ... hinter der Stimme ... die Spur der vorigen Aufnahme. Natürlich Pop. Eurythmics, *There must be an angel.* Aber die Trompete ...«

Er blickt auf.

»Das Klavier, das hören Sie natürlich, ist ein Yamaha Grand.«

Ich höre nicht einmal, daß überhaupt ein Klavier dabei ist.

»Ein großer, schwerer, prunkender Ton. Ein etwas schwerfälliger Baß. Gerne eine Spur falsch. Wird nie ein Bösendorfer ... Aber was mich wundert, das ist die Trompete.«

»Am Ende vom Band ist noch etwas von der Musik drauf«, sage ich.

Er läßt das Band vorlaufen. Als er drückt, sind wir in eine Stelle unmittelbar nach dem Anfang geraten.

»›Mr P.C.!‹«, sagt er. Dann wird sein Gesicht leer, selbstvergessen.

Er läßt das Band zu Ende laufen. Als er es anhält, ist er weit weg. Ich lasse ihm Zeit zurückzukommen. Er trocknet sich die Augen.

»Jazz«, sagt er still. »Meine Leidenschaft ...«

Das war eine kurze Blöße. Im nächsten Augenblick kommt er wie ein Gockel zurück. Drei Viertel der Politiker und Beamten der grönländischen Selbstverwaltung gehören seiner Generation an. Sie waren die ersten Grönländer, die eine Universitätsausbildung erhielten. Einige haben überlebt und an sich festgehalten. Andere – wie der Kurator – sind mit ihrem zerbrechlichen und dabei abnorm aufgeblasenen Selbstgefühl echte intellektuelle Norddänen geworden.

»In Wirklichkeit kann man einen Musiker nur äußerst schwer am Klang erkennen. Wer läßt sich so identifizieren? Stan Getz, wenn er lateinamerikanisch spielt. Miles Davis an dem nackten, präzisen, vibratolosen Klang. Armstrong an der genauen Kristallisierung des New-Orleans-Jazz. Und dieser Musiker.«

Er sieht mich erwartungsvoll und vorwurfsvoll an.

»Großer Jazz ist ein Synonym für das John-Coltrane-Quartett, McCoy Tyner Klavier, Jimmy Garrison Baß, Elvin Jones Schlagzeug. Und in den Zeiten, in denen Jones im Gefängnis saß: Roy Haynes. Nur diese vier. Außer bei vier Gelegenheiten. Den vier New Yorker Independent Club Concerts. Dort wurden sie durch Roy Louber auf der Trompete ergänzt. Er hat sein Gespür für europäische Harmonisierung und seinen psalmodierenden afrikanischen Nerv bei Coltrane persönlich gelernt.«

Darüber denken wir nun ein bißchen nach.

»Alkohol«, sagt er plötzlich, »hat noch nie etwas für die Musik getan. Cannabis, heißt es, soll vorzüglich sein. Aber Alkohol ist eine tickende Bombe unter dem Jazz.«

Wir hören der tickenden Bombe ein bißchen zu.

»Seit damals, seit 1964, arbeitet Louber daran, sich zu Tode zu saufen. Auf seinem Weg nach unten, menschlich und musikalisch, ist er an Skandinavien vorbeigekommen. Und hiergeblieben.«

Jetzt erinnere ich mich an die Konzertplakate mit dem Namen. An vereinzelte skandalträchtige Zeitungsüberschriften. Eine lautete: ›Besoffene Jazzberühmtheit versucht Bus umzukippen‹.

»Er muß in dem Restaurant gespielt haben. Es ist dieselbe Akustik. Leute im Hintergrund, die essen. Irgend jemand hat die Gelegenheit zu einem Raubmitschnitt benutzt.«

Er lächelt voller Verständnis für das Projekt.

»Damit hat man sich eine fast kostenlose Liveaufnahme verschafft. Mit einem kleinen Walkman kann man viel Geld sparen. Wenn man das Risiko eingeht.«

»Warum ist er nach Thule gekommen?«

»Wegen des Geldes, natürlich. Jazzmusiker müssen ständig tingeln gehen. Denken Sie nur daran, was das alles kostet ...«

»Was was kostet?«

»Sich zu Tode zu saufen. Haben Sie je daran gedacht, was Sie sparen, weil Sie keine Alkoholikerin sind?«

»Nein«, sage ich.

»Fünftausend Kronen«, sagt er.

»Wie bitte?«

»Diese Sitzung kostet fünftausend Kronen. Und circa zehntausend, wenn Sie eine beglaubigte Transkription des Inhalts wollen.«

Auf seinem Gesicht liegt nicht die Andeutung eines Lächelns. Er ist bierernst.

»Kann ich eine Rechnung haben?«

»Dann muß ich die Mehrwertsteuer draufschlagen.«

»Tun Sie das«, sage ich, »tun Sie das ruhig.«

So gesehen, kann ich die Rechnung zu nichts gebrauchen. Aber ich will sie zu Hause an die Wand hängen. Als eine Erinnerung daran, wozu sich die berühmte grönländische Hilfsbereitschaft und die Gleichgültigkeit gegenüber Geld entwickeln kann.

Er schreibt auf der Maschine, auf einem A4-Bogen.

»Ich brauche mindestens eine Woche. Würden Sie mich bitte Anfang Januar anrufen, fünf oder sechs Tage nach Neujahr?«

Ich ziehe fünf neue unbefleckte Tausendkronenscheine aus einem Bündel. Er schließt die Augen und lauscht, während ich sie ihm hinzähle. Er hat jedenfalls eine noch brennendere Passion als den modalen Jazz, nämlich das wollüstige Knistern von Geldscheinen, die den Besitzer wechseln und ihn als Empfänger haben.

Als ich bereits stehe, finde ich, daß ich ihn doch noch fragen sollte.

»Wie lernt man das, so viel zu hören?«

Er strahlt wie eine Sonne.

»Ich bin von Haus aus Theologe. Ein Beruf, der eine einzigartige Möglichkeit bietet, Menschen zuzuhören.«

Der Talar ist eine fast totale Verkleidung, deshalb habe ich so lange gebraucht, um den Mann wiederzuerkennen. Obwohl es keine zehn Tage her ist, seit ich ihn Jesaja habe begraben sehen.

»Im übrigen springe ich ab und zu schon noch mal ein. Wenn viel zu tun ist. Aber in den letzten vierzig Jahren habe ich mich meist mit Sprachen befaßt. Mein Lehrer an der Universität war Louis Hjelmslev, Professor für vergleichende Sprachwissenschaft. Er hatte einen sicheren Überblick über vierzig bis fünfzig Sprachen. Und noch mal so viele gelernt und wieder vergessen. Damals war ich jung und genauso überrascht wie Sie. Als ich ihn fragte, wie er denn so viele Sprachen habe lernen können, antwortete er« – hier macht er einen Mann mit starkem Übergebiß nach –, »die ersten dreizehn bis vierzehn dauern lange. Danach geht's viel schneller.«

Er brüllt vor Lachen. Er ist blendender Laune. Er hat brilliert und damit Geld verdient. Mir fällt auf, daß er wohl der erste Grönländer ist, der mich gesiezt und von mir erwartet hat, daß ich dasselbe tue.

»Noch etwas«, sagt er. »Seit meinem zwölften Jahr bin ich völlig blind.«

Er genießt meine plötzliche Erstarrung.

»Ich bewege die Augen nach Ihrer Stimme. Aber ich sehe nichts. Unter bestimmten Bedingungen schärft die Blindheit das Gehör.«

Ich ergreife die ausgestreckte Hand. Ich sollte meine Klappe halten. Einen Blinden zu ärgern, ist wirklich ziemlich daneben. Obendrein einen Landsmann. Doch für mich hat die pure, unverfälschte Habgier schon immer etwas Rätselhaftes und Provozierendes gehabt.

»Herr Kurator«, flüstere ich. »Sie sollten vorsichtig sein. In Ihrem Alter. Mit dem ganzen Geld in der Tasche. Von diesen

Werten umgeben. Auf einem Schiff, das wie ein offener Banksafe lockt. Der Südhafen ist durch und durch kriminell. Sie wissen, daß diese Welt voller Menschen ist, die hemmungslos nach dem Besitz ihrer Mitmenschen trachten.«

Er versucht, seinen Adamsapfel zu schlucken.

»Auf Wiedersehen«, sage ich. »Wenn ich Sie wäre, würde ich die Tür verbarrikadieren, sobald ich weg bin.«

Die letzten goldenen Sonnenstrahlen haben sich auf die flachen Steine des Kais gelegt. In ein paar Minuten werden sie fort sein. Und eine rauhe, feuchte Kälte zurücklassen.

Es ist nirgends ein Mensch zu sehen. Mit einem Schlüssel schlitze ich die weiße Plastikhülle um das Schild auf, mache einen Riß, gerade lang genug, daß ich hineinsehen kann. Das Schild ist von einem Schildermaler gemalt worden. Schwarze Buchstaben auf weißem Grund. ›Hier richten die Universität Kopenhagen, das Polarzentrum und das Kulturministerium das ARKTISCHE MUSEUM ein‹. Dann folgt eine Liste der Fonds, die den Spaß bezahlen. Die Lektüre erspare ich mir. Langsam gehe ich den Kai hinunter.

Arktisches Museum. Dort ist das Schiff für Jesaja gekauft worden. Ich ziehe die Rechnung des Kurators aus der tiefen Tasche. Sie ist formvollendet und noch ein weiteres Wunder in Anbetracht der Tatsache, daß er blind ist. Er hat sie unterschrieben. Seine Unterschrift ist unleserlich. Doch er hat sie auch abgestempelt. Den Stempel kann ich lesen.

Da steht ›Andreas Fine Licht. Dr. phil. Professor für eskimoische Sprachen und Kulturen‹.

Ich bleibe stehen, bis sich der Schock gelegt hat. Dann überlege ich, ob ich zurückgehen soll.

Schließlich gehe ich weiter. Das Band ist eine Kopie. Und wenn man jagt, kann es zuweilen nützlich sein, wenn man sich sichtbar macht, stehenbleibt und mit dem Gewehrkolben herumfuchtelt.

4 Ich komme einigermaßen pünktlich. Der kleine blaue Morris hält am Hans-Christian-Andersen-Boulevard, vor dem Tivoli.

Der Mechaniker sieht aus wie ein Mann, der gewartet und in der Wartezeit zu viele belastende Gedanken gedacht hat.

Ich setze mich neben ihn in den Wagen. Das Auto ist kalt. Er sieht mich nicht an. Der Schmerz steht ihm im Gesicht wie in einem offenen Buch. Zusammen blicken wir schweigend geradeaus. Ich bin nicht bei der Polizei. Ich habe keinen Grund, anderen Leuten Geständnisse zu entlocken.

»Der Baron«, sagt er schließlich, »hat sich *erinnert.* Er hat nicht vergessen.«

Ich habe selber das gleiche gedacht.

»M-manchmal sind drei Wochen vergangen, bis er wieder in den Keller kam. Als ich klein war und drei Wochen im Ferienlager gewesen war, hatte ich meine Eltern, als ich nach Hause kam, fast vergessen. Aber der Baron *tat* kleine Dinge. Wenn ich nach Hause komme und er draußen auf dem Platz spielt, hört er auf. Und läuft mir entgegen. Und geht nur ein kleines Stück neben mir her. Als wollte er einfach zeigen, daß wir uns kennen. Nur bis zur Tür. Da bleibt er stehen. Und nickt mir zu. Um zu zeigen, daß er mich nicht vergessen hat. Andere Kinder vergessen. Sie mögen alle und jeden und vergessen alle und jeden.«

Er beißt sich auf die Lippe. Ich habe nichts hinzuzufügen. Worte können an der Trauer relativ wenig ändern. Worte können an allem relativ wenig ändern. Aber was haben wir denn sonst schon?

»Wir gehen in die Konditorei«, sage ich.

Auf dem Weg durch die Stadt erzähle ich ihm nicht von meinem Besuch am Liegeplatz 126. Aber ich erzähle ihm von meinem Anruf aus einer Telefonzelle bei Benedicte Clahn.

›La Brioche d'Or‹ liegt in der Fußgängerzone, beim Amagertorv im ersten Stock, ein paar Häuser weiter als das Geschäft der Königlichen Porzellanfabrik.

Unten im Eingang hängen Fotografien der Füllhörner, die

die Konditorei mit einem Kran an den Hof geliefert hat, sie haben einen Durchmesser von einem Meter. Auf halber Treppe sind besonders unvergeßliche Sahnekuchen ausgestellt, die aussehen, als hätte man sie mit Haarspray fixiert und nun für ewige Zeiten so stehenlassen. An der Eingangstür wacht das lebensgroße Zartbitterschokoladen-Modell des Boxers Ayub Kalule, das hergestellt wurde, als er Europameister wurde, und drinnen steht ein langer Tisch mit Kuchen, die aussehen, als könnten sie alles, nur nicht fliegen.

Die Decke ist mit Schlagsahne aus Stuck und verschiedenen Kandelabern dekoriert, auf dem Boden liegt ein Teppich, der dick und schwammig ist und die gleiche Farbe hat wie ein sherrygetränkter Tortenboden. An kleinen, weißgedeckten Tischchen sitzen vornehme Damen und helfen dem zweiten Stück Sachertorte mit Halblitertassen heißer Schokolade hinunter. Um das Warten auf die Rechnung zu versüßen und die Furcht vor der Begegnung mit der Waage zu mildern, sitzt ein Pianist mit Toupet auf einer Empore und spielt ein zerstreutes Mozartpotpourri, das geradezu schlampig wird, als er gleichzeitig dem Mechaniker zuzuzwinkern versucht.

In einer Ecke, ganz allein, sitzt Benedicte Clahn.

Manche Menschen scheinen mit ihrer Stimme nicht zusammenzuhängen. Ich erinnere mich noch an meine Überraschung, als ich das erstemal Ullorianguaq Christiansen gegenüberstand, der zwanzig Jahre lang Nachrichtensprecher beim grönländischen Rundfunk war. Der Stimme nach hatte ich einen Gott erwartet. Es zeigte sich, daß er nur ein Mensch war, eine Spur größer als ich.

Bei anderen dagegen spiegeln Stimme und Aussehen einander so genau, daß man sie wiedererkennt, wenn man sie sieht, auch wenn man sie nur einmal hat reden hören. Ich habe mit Benedicte Clahn nur eine Minute telefoniert, aber ich weiß, daß sie es ist. Sie trägt ein blaues Kostüm, sie hat ihren Hut aufbehalten, sie trinkt Mineralwasser, und sie ist schön und nervös und unberechenbar wie ein Rassepferd.

Sie ist Mitte Sechzig, hat lange rotbraune Haare, die sie zum Teil unter dem Hut hochgesteckt hat. Sie sitzt aufrecht, ist blaß, hat ein aggressives Kinn und vibrierende Nasenlöcher. Wenn ich je einen komplizierten Menschen gesehen habe, dann sie.

Die Zeit, die es braucht, um den Raum zu durchqueren, ist alles, was mir bleibt, um ein paar entscheidende Entschlüsse zu fassen.

Vor ein paar Stunden habe ich sie aus einer Telefonzelle am S-Bahnhof Enghave angerufen. Ihre Stimme ist tief, heiser, fast träge. Doch unter der Ruhe meine ich einen Blasebalg spüren zu können. Oder ich höre eine Fata Morgana. Nach einer Stunde am Liegeplatz 126 traue ich meinem Gehör nicht mehr.

Als ich erzähle, daß ich mich für ihre Arbeit 1946 in Berlin interessiere, sagt sie dezidiert nein.

»Davon kann überhaupt keine Rede sein. Das ist völlig ausgeschlossen. Es handelt sich immerhin um *Militärgeheimnisse*. Im übrigen war das in Hamburg.«

Sie ist sehr entschieden. Zugleich aber ist ein Anflug stramm gezügelter Neugierde zu spüren.

»Ich bin von der Svanemøllekaserne«, sage ich. »Wir machen gerade eine Gedenkschrift über die dänische Beteiligung am Zweiten Weltkrieg.«

Sie macht eine totale Kehrtwende.

»Tatsächlich? Sie rufen also von der Kaserne aus an. Sind Sie vielleicht vom Lottekorps, von den Heereshelferinnen?«

»Ich bin Historikerin. Ich redigiere die Gedenkschrift für das historische Archiv des Militärs.«

»Tatsächlich! Eine Frau! Das freut mich. Aber ich muß wohl erst mit meinem Vater darüber reden. Kennen Sie meinen Vater?«

Ich habe nicht die Ehre. Und wenn ich es noch schaffen will, muß ich mich beeilen. Ich rechne aus, daß er um die Neunzig sein muß. Doch das sage ich nicht laut.

»General August Clahn«, sagt sie.

»Wir hätten gern, daß diese Schrift eine Überraschung bleibt.«

Das versteht sie voll und ganz.

»Wann wäre es Ihnen möglich, mit mir zu sprechen?«

»Das wird schwer werden«, sagt sie. »Ich muß in meinem Kalender nachschauen.«

Ich warte. In der Stahlwand der Telefonzelle sehe ich mein Spiegelbild. Es zeigt eine große Pelzmütze und darunter dunkle Haare. Von den Haaren eingerahmt ein verschmitztes Grinsen.

»Vielleicht kann ich mich heute nachmittag einen Moment freimachen.«

Daran erinnere ich mich auf dem Weg durch die Konditorei. Während ich sie anschaue. Die Tochter eines Generals. Eine Freundin des Militärs. Aber auch eine heisere Stimme. Die Art und Weise, wie sie den Mechaniker betrachtet. Ein explosiver Mensch. Ich fasse einen Entschluß.

»Smilla Jaspersen«, sage ich. »Und das ist Kapitän und Dr. phil. Peter Føjl.«

Der Mechaniker stockt.

Benedicte Clahn lacht ihn strahlend an.

»Wie interessant. Sie sind auch Historiker?«

»Einer der besten Militärhistoriker Nordeuropas«, sage ich.

An seinem rechten Auge taucht ein Zucken auf. Ich bestelle Kaffee und Himbeertorte für ihn und mich. Benedicte Clahn nimmt noch ein Mineralwasser. Sie will keinen Kuchen. Sie will die ungeteilte Aufmerksamkeit von Dr. phil. Peter Føjl.

»Da gibt es viel. Ich weiß ja nicht, woran Sie interessiert sind?«

Ich setze alles auf eine Karte.

»An Ihrer Zusammenarbeit mit Johannes Loyen.«

Sie nickt.

»Haben Sie mit ihm gesprochen?«

»Kapitän Føjl ist ein enger Freund von ihm.«

Sie nickt schelmisch. Das ist natürlich. Ein hohes Tier kennt das andere.

»Das ist ja so lange her.«

Der Kaffee kommt in einem Glaskolben. Er ist heiß und aromatisch. Die Begegnung mit dem Mechaniker hat mich tatsächlich auf die schiefe Ebene der schädlichen Rauschgetränke gebracht.

Er läßt seine Tasse stehen. Er hat sich in seiner akademischen Würde noch nicht zurechtgefunden. Er sitzt da und schaut auf seine Hände.

»Das war im März 1946. Die Royal Air Force hatte nach den Deutschen das Dagmarhaus am Rathausplatz übernommen. Ich erfuhr, daß sie junge dänische Männer und Frauen suchten, die Deutsch und Englisch konnten. Meine Mutter war Schweizerin. Ich bin mal in Grindelwald zur Schule gegangen. Ich bin zweisprachig. Für den Widerstand war ich zu jung. Ich habe das als Möglichkeit gesehen, trotzdem etwas für Dänemark tun zu können.«

Sie spricht zu mir. Dennoch ist alles an den Mechaniker gerichtet. Überhaupt ist wohl ein Großteil ihres Lebens auf Männer ausgerichtet gewesen.

Sie lacht heiser.

»Wenn ich ganz ehrlich sein soll, ich hatte einen Freund, einen Leutnant, der ein halbes Jahr zuvor runtergefahren war. Ich wollte dort sein, wo er war. Frauen mußten innerhalb der ersten drei Monate ihres Aufenthalts dort unten einundzwanzig werden. Ich war achtzehn. Und ich wollte sofort los. Ich habe mich also drei Jahre älter gelogen.«

Vielleicht, dachte ich bei mir, war das auch deine Chance, ganz legal von Papa General wegzukommen.

»Ich war zum Interview bei einem *Colonel*, der die blaugraue Uniform der R.A.F. trug. Sie verlangten eine Prüfung in Englisch und Deutsch. Außerdem mußten wir Sütterlinschrift lesen können. Sie sagten, sie würden mein Verhalten während des Krieges überprüfen. Das können sie allerdings nicht getan haben, denn dann hätten sie die Sache mit meinem Alter entdeckt.«

Die Himbeertorte hat einen Mandelkremboden. Sie schmeckt nach Obst, gebrannten Mandeln und dickem Rahm. Zusammen mit der Umgebung bringt sie für mich die Mittel- und Oberschicht der westlichen Zivilisation auf den Begriff. Die Vereinigung von ausgesucht raffinierten Spitzenleistungen und angestrengtem, sinnlos verschwenderischem Verbrauch.

»Wir fuhren mit einem Sonderzug nach Hamburg. Deutschland war ja unter die Alliierten aufgeteilt worden, Hamburg war englische Zone. Wir arbeiteten in einer großen Wehrmachtskaserne und waren dort auch einquartiert, in der Graf-Goltz-Kaserne in Rahlstedt.«

Weil die meisten Dänen so talentlose Zuhörer sind, bringen sie sich um das Erlebnis eines faszinierenden Naturgesetzes. Des Gesetzes, das sich jetzt bei Benedicte Clahn durchsetzt. Es ist die Verwandlung des Erzählers in dem Moment, in dem er von seinem eigenen Bericht verschlungen wird.

»Wir waren gegenüber von den Blöcken, wo wir arbeiteten, in Zweierzimmern untergebracht. Unser Arbeitsplatz war ein großer Saal. Zwölf an jedem Tisch. Wir trugen Uniform, *khaki-battle-dress* mit Rock, Schuhen, Strümpfen und Cape. Wir hatten den Grad eines Stabsunteroffiziers im englischen Heer. An jedem Tisch saß ein *Tischsortierer.* An unserem Tisch war das ein weiblicher englischer Hauptmann.«

Sie denkt nach. Der Pianist arbeitet sich jetzt langsam in Frank Sinatra ein. Sie hört es nicht.

»Lila Bols«, sagt sie. »Ich war zum erstenmal in meinem Leben blau. Wir durften in dem Geschäft in der Kaserne einkaufen. Für eine Stange Capstan bekamen wir auf dem Schwarzmarkt genauso viel, wie eine deutsche Familie einen Monat lang zum Leben hatte. Der Chef war *Colonel* Ottini. Engländer, trotz des Namens. Um die fünfunddreißig. Charmant. Ein Gesicht wie eine sanfte Bulldogge. Wir lasen alle Post vom und ins Ausland. Briefe und Umschläge sahen genauso aus wie heute, waren aber aus schlechterem Papier. Wir schlitzten den Umschlag auf, lasen den Brief, stempelten *Censorship* darauf und klebten ihn mit Tesafilm wieder zu. Alle Fotografien und Zeichnungen mußten herausgenommen und vernichtet werden. Alle Briefe mit Klatsch über Nazis, die beim Wiederaufbau von Deutschland eine Position hatten, waren zu melden. Wenn da beispielsweise stand, ›denk mal, damals war er Sturmbannführer bei der SS, jetzt ist er Direktor‹, und so weiter. Das war ziemlich häufig. Vor allem aber suchten sie nach der Naziuntergrundorganisation

Edelweiß. Verstehen Sie, die Deutschen hatten beim Rückzug große Teile ihrer Archive verbrannt. Die Alliierten brauchten dringend Informationen. Deshalb hatten sie uns wohl eingestellt. Wir waren sechshundert Dänen. Und das allein in Hamburg. Wenn ein Brief das Wort *Edelweiß* erwähnte, wenn er eine gepreßte Blume enthielt, wenn Buchstaben unterstrichen waren, die möglicherweise das Wort Edelweiß bilden konnten, mußte er gestempelt werden – wir hatten alle unseren persönlichen Gummistempel – und an den Tischsortierer weitergehen.«

Wie durch Telepathie spielt der Pianist jetzt ›Lilli Marleen‹. Im Marschrhythmus, so wie Marlene Dietrich eine der Strophen gesungen hat. Benedicte Clahn schließt die Augen. Ihre Stimmung hat gewechselt.

»Dieses Lied«, sagt sie.

Wir warten, bis es zu Ende ist. Es geht in ›Ich hab' noch einen Koffer in Berlin‹ über.

»Der Hunger war das Schlimmste«, sagt sie. »Der Hunger und die Zerstörungen. Mit einer Art S-Bahn von Rahlstedt zur Hamburger Stadtmitte dauerte es zwanzig Minuten. Samstag nachmittag und am Sonntag hatten wir ja frei. Und in der Unteroffiziersuniform hatten wir Zugang zu den Offiziersmessen. Konnten Champagner, Kaviar, Chateaubriand und Eis bekommen. Etwa eine Viertelstunde vom Zentrum entfernt, um Wandsbek herum, fingen die Trümmer an. Sie können sich das nicht vorstellen. Trümmer, so weit das Auge reichte. Bis zum Horizont. Eine Ebene aus Ruinen. Und die Deutschen. Die hungerten. Sie gingen auf der Straße an dir vorbei, blaß, eingefallen, verhungert. Ich war sechs Monate da. Nie, nicht einmal, habe ich einen Deutschen in Eile gesehen.«

Ihre Stimme ist tränenerstickt. Sie hat vergessen, wo sie ist. Sie packt mich hart am Arm.

»Der Krieg ist gräßlich!«

Sie schaut uns an, ihr fällt ein, daß wir die Streitkräfte repräsentieren, und einen kurzen Moment lang kollidieren in ihr verschiedene Bewußtseinsebenen. Dann kehrt sie fröhlich und sinnlich in die Gegenwart zurück. Sie lächelt den Mechaniker an.

»Mein Leutnant fuhr nach Hause. Ich war bereit, ihm zu folgen. Doch eines Tages werde ich zu Ottini ins Büro gerufen. Er macht mir ein Angebot. Am nächsten Tag werde ich nach Blankenese versetzt. An die Elbe. Die Engländer hatten dort alle großen Villen übernommen. In einer davon arbeiteten wir. Wir waren vierzig Leute im Haus. Meist Engländer und Amerikaner. Zwanzig waren im oberen Stock damit beschäftigt, das Telefonnetz abzuhören. Unten waren wir mehrere getrennte Gruppen. Wir erfuhren natürlich nie, was die anderen machten. In Rahlstedt hatten wir zwar auch Schweigepflicht gehabt, aber dort redete man trotzdem miteinander. Man zeigte sich die lustigen Briefe. In Blankenese war das ganz anders. Dort lernte ich Johannes Loyen kennen. Anfangs waren wir nur zu dritt, ich und noch zwei andere. Ein englischer Mathematiker und ein belgischer Lehrer für choreographische Notationssysteme. Wir arbeiteten mit Kodebriefen und Telefongesprächen. Meist mit Briefen.«

Sie lacht.

»Ich glaube, daß sie uns am Anfang auf die Probe gestellt haben. Sie gaben uns Sachen, die nicht wichtig waren. Oft knackten wir zwei Briefe an einem Tag. In der Regel waren es Liebesbriefe. Ich kam im Juli nach Blankenese. Ab August änderte sich etwas. Die Briefe bekamen einen anderen Charakter, manchmal kamen mehrere, die von denselben Leuten geschrieben waren. Uns wurde ein neuer Zensor zugeteilt, ein Deutscher, der für Gehlen gearbeitet hatte. Ich verstand das nie. Also, daß die Amerikaner und Engländer Teile des deutschen Nachrichtenwesens übernahmen. Aber er war ein sanfter und freundlicher Mann. Man kann den Leuten so was nie richtig ansehen, oder? Es hieß ja auch immer, Himmler habe Geige gespielt. Holtzer hieß er. Irgendwie wußte er speziell etwas über die Sache, an der wir arbeiteten. Denn das begriff ich allmählich. Daß es eine Sache war. Die drei anderen wußten das. Sie sagten nie etwas. Fragten mich aber immer wieder nach bestimmten Wendungen. Nach und nach begann sich dann ein Bild abzuzeichnen.«

Wir verschwinden wieder, sie ist in Hamburg, an der Elbe und im August 1946.

»Es gab ein Wort, nach dem sie immer wieder fragten. Es war ›Niflheim‹. Eines Tages habe ich es nachgeschlagen. Es bedeutet ›Nebelwelt‹. Es ist der äußerste Teil des Totenreiches ›Hel‹. Ende August mußten sie das Feld, das sie absuchten, eingeengt haben, denn von da an bekamen wir nur noch Briefe, die dieselben vier Leute wechselten. Die Umschläge sahen wir nie. Wir kannten nur die Namen, nie die Adressen. Anfangs hatten wir acht Briefe. Jede Woche kamen etwa zwei neue. Der Kode war in gewisser Weise schlampig. Wie etwas, das in aller Eile zusammengeschustert worden war. Aber trotzdem kompliziert zu knacken, weil er nicht auf der Normalsprache aufbaute, sondern auf einer abgesprochenen Reihe von abgesprochenen Metaphern. Angeblich ging es darin um den Transport und den Verkauf von Waren. Zu dem Zeitpunkt wurde dann Johannes – Doktor Loyen – der Gruppe zugeteilt. Er war als Gerichtsmediziner in Deutschland, um an der Abwicklung der Konzentrationslager teilzunehmen.«

Sie kneift die Augen zusammen und sieht aus wie ein Schulmädchen.

»Ein sehr schöner Mann. Und sehr eitel. Das dürfen Sie ihm ruhig von mir bestellen, Herr Kapitän.«

Der Mechaniker nickt und knüllt seine Serviette in den Händen.

»Er war verbittert, weil bei den Identifikationen, auch im Zusammenhang mit den Nürnberger Prozessen, nicht er, sondern die Gerichtsodontologen die Stars waren. Bei uns sollte er in medizinischen Fragen als Berater fungieren. Dazu kam es jedoch nicht. Irgendwann entdeckte ich, daß ›Niflheim‹ eine Expedition nach Grönland sein mußte. Loyen wußte etwas über Grönland. Vielleicht war er mal oben gewesen. Er erzählte nie davon. Aber er sprach gut deutsch. Allmählich arbeitete er gleichberechtigt mit uns anderen. Ende September waren wir durch. Ich habe den Kode geknackt. Ein Brief erwähnte, als Prognose, den Bohnenpreis der betreffenden Woche. Zahlengrößen, die jeden Tag etwas stiegen und am Freitag kulminierten. Ich schlug die Woche in meinem Schreib- und Reisekalender nach, den mir meine Mutter geschickt hatte. Freitag war Vollmond. Ich hatte mehrmals auf Vaters großem Colin Archer im englischen Kanal am Admirals Cup teilgenommen. Ich fand, daß die Zahlen wie Gezeitenbewegungen aussahen. Wir schlugen in den Almanachen der englischen Marine nach. Es waren Ebbe und Flut in der Elbe. Danach war es einfach. Wir brauchten drei Wochen, um uns rückwärts durch die Briefe zu dechiffrieren. Es ging um die Beschaffung eines Schiffes. Und darum, es nach Grönland zu bringen. Operation Niflheim.«

»Wozu?« frage ich.

Sie schüttelt den Kopf.

»Das habe ich nie erfahren. Ich glaube auch nicht, daß die anderen das wußten. In den Briefen ging es um den Schiffshandel – der wegen des Ausnahmezustands äußerst kompliziert war. Um die Möglichkeit, nach Kiel und durch die dänischen Gewässer zu fahren. Darum, wo die von Minen freigeräumten Strecken lagen. Um die englische Bewachung der Elbe und des Kieler Kanals. Doch die Briefschreiben wußten alle, worum es ging. Deshalb erwähnten sie es nie.«

Wir lehnen uns alle drei gleichzeitig zurück. Zurück in die Konditorei Goldene Brioche, in den Duft von Kaffee, in die Gegenwart, zu ›Satin Doll‹.

»Ich möchte gern ein Stück Torte«, sagt Benedicte Clahn.

Sie hat es verdient. Es kommt und sieht aus, als sei Sommer. Die Schlagsahne so frisch und weich und gelblichweiß, als hätten sie die Kuh hinten in der Bäckerei stehen.

Ich warte, bis sie sie gekostet hat. Der Mensch ist nur bedingt auf der Hut, wenn seine Sinne gestreichelt werden.

»Haben Sie das schon mal in anderem Zusammenhang erzählt?«

Sie will das gerade indigniert leugnen. Dann aber lösen ihre wiedererweckten Erinnerungen, ihr Vertrauen zu uns und vielleicht auch der Geschmack der Himbeeren etwas in ihr aus.

»Ich bin mit Diskretion als Selbstverständlichkeit aufgewachsen«, sagt sie.

Wir nicken beruhigend.

»Vielleicht haben Johannes Loyen und ich ein- oder zweimal über diese Dinge gesprochen. Aber das ist mehr als zwanzig Jahre her.«

»Kann das 1966 gewesen sein?»

Sie sieht mich überrascht an. Einen Augenblick lang bin ich in der Gefahrenzone. Dann sagt sie sich, daß wir das selbstverständlich von Loyen haben.

»Johannes arbeitete für eine Gesellschaft, die eine Fahrt nach Grönland arrangieren wollte. Er wollte, daß wir uns zusammensetzten und versuchten, einige Informationen aus den Briefen von 1946 zu rekonstruieren. Es waren meist Routenbeschreibungen. Viel über Ankerverhältnisse. Es gelang uns nicht. Obwohl wir viel Zeit in die Sache steckten. Ich glaube sogar, ich habe ein Honorar dafür bekommen.«

»Und 1990 oder 1991 noch einmal?«

Sie beißt sich auf die Lippe.

»Helen, seine Frau, ist sehr eifersüchtig«, sagt sie.

»Woran war er interessiert?»

Sie schüttelt den Kopf.

»Er hat mir ja nie etwas erzählt. Haben Sie selbst versucht, ihn zu fragen?«

»Wir hatten noch keine Gelegenheit dazu«, sage ich. »Aber das kommt noch.«

Etwas an meiner Erklärung stört sie. Ich suche nach einer beruhigenden Bemerkung, mit der ich sie ablenken kann. Sie kommt selbst darauf. Sie schaut erst mich, dann den Mechaniker und dann wieder mich an.

»Sind Sie verheiratet?«

Da wird er überraschend rot. Es fängt am Hals an und kriecht nach oben, wie eine Schalentierallergie. Eine flammende, hilflose Röte.

Ich spüre eine kurze Hitzewelle an den Innenschenkeln. So daß ich einen kurzen Moment lang glaube, jemand habe mir etwas Warmes auf den Schoß gelegt. Aber da ist nichts.

»Nein«, sage ich. »Es ist schwer, sich vollständig dem Heeresarchiv zu widmen und gleichzeitig Familie zu haben.«

Sie nickt verständnisvoll. Sie weiß alles über das Hin- und Hergerissensein zwischen Krieg und Liebe.

»Zwei Männer begegnen sich«, sage ich, »vielleicht in Berlin. Loyen und Ving. Loyen weiß etwas über irgend etwas, das es sich aus Grönland zu holen lohnt. Ving hat eine Organisation, unter deren Deckmantel sie es holen können, denn er ist Vorstandsmitglied bei der Kryolithgesellschaft und ihr eigentlicher Leiter. Dann gibt es noch Andreas Licht. Von ihm wissen wir nur, daß er etwas über grönländische Verhältnisse weiß.«

Ich habe nicht vor, vom Liegeplatz 126 zu erzählen.

»Sie arrangieren eine Expedition, unter der Regie der Gesellschaft, 1966. Etwas geht schief. Vielleicht war es ein Sprengunglück. Jedenfalls mißlingt die Expedition. Danach warten sie fünfundzwanzig Jahre. Dann versuchen sie es noch einmal. Aber diesmal ist etwas anders. Geld von außen bezahlt den Transport. Es ist, als hätten sie Hilfe bekommen. Sich mit irgend jemandem verbündet. Aber wieder geht etwas schief. Es kommen vier Männer um. Darunter Jesajas Vater.«

Ich sitze auf dem Sofa des Mechanikers. Unter einer Wolldecke. Er steht im Zimmer und will eine Flasche Champagner aufmachen. Das teure Getränk hier im Zimmer hat für mich etwas Ablenkendes. Er stellt den Champagner ungeöffnet ab.

»Ich habe heute nachmittag mit Juliane gesprochen«, sagt er.

Ich habe es schon in der Konditorei und hinterher auf dem Nachhauseweg gespürt, daß irgend etwas los ist.

»Der Baron ist jeden Monat im Krankenhaus untersucht worden. Sie hat jedesmal 1 500 Kronen bekommen. Immer am ersten D-Dienstag im Monat. Er wurde abgeholt. Sie war nie mit dabei. Der Baron hat nie etwas gesagt.«

Er setzt sich hin und sieht die kalte Flasche an. Ich weiß, was er denkt. Er überlegt, ob er sie wieder wegstellen soll.

Er hat hohe, fragile Gläser für uns hingestellt. Er hat sie erst in heißem Wasser und ohne Seife gespült und danach mit einem sauberen Handtuch abgetrocknet, bis sie ganz transparent sind. In seinen großen Händen wirken sie hauchdünn, wie Zellophan.

Die Wartezeit für eine Wohnung in Nuuk beträgt elf Jahre. Danach kriegt man eine Bude, eine Schutzhütte, einen Schuppen. Alles Geld klebt in Grönland an der dänischen Sprache und Kultur. Wer das Dänische beherrscht, bekommt die lukrativen Posten. Die anderen können in den Filetfabriken oder in der Arbeitslosenschlange verkümmern. In einer Kultur, die eine Statistik für Tötungsdelikte hat wie in Kriegszeiten.

Die Tatsache, daß ich in Grönland aufgewachsen bin, hat mein Verhältnis zum Wohlstand kaputtgemacht. Ich sehe, daß es ihn gibt, könnte aber nie danach streben. Oder ihn ernsthaft respektieren. Oder darin ein Ziel sehen.

Ich fühle mich oft wie ein Abfalleimer. In mein Leben hat das Dasein den Überschuß der technologischen Kultur geworfen: Differentialgleichungen, eine Pelzmütze. Und jetzt: eine auf null Grad gekühlte Flasche Champagner. Mit der Zeit fällt es mir immer schwerer, das reinen Herzens zu genießen. Wenn es mir im nächsten Augenblick genommen würde, wäre das durchaus in Ordnung.

Ich tue nichts mehr, um Europa oder Dänemark auf Abstand zu halten, aber ich bitte sie auch nicht darum zu bleiben. Irgendwie sind sie Teil meines Schicksals. Sie kommen und gehen durch mein Leben. Ich habe aufgegeben. Was ich tue, tut nichts mehr zur Sache.

Es ist Nacht. Die letzten Tage sind so endlos lang gewesen, daß ich mich auf mein Bett und auf einen alles verschlingenden Schlaf wie in meiner Kindheit gefreut habe. Wenn ich gleich am Champagner genippt habe, werde ich aufstehen und gehen.

Der Mechaniker öffnet die Flasche fast lautlos. Er schenkt langsam und sorgfältig ein, bis die Gläser etwas mehr als halb voll sind. Sie beschlagen sofort mit einem matten Nebel. Aus unsichtbaren Unebenheiten an den gewölbten Innenseiten steigen feine Perlenreihen an die Oberfläche.

Er legt die Ellbogen auf die Knie und sieht in die Perlen. Sein Gesicht ist völlig abwesend, fasziniert von dem Anblick und in diesem Augenblick unschuldig wie das eines Kindes. So habe ich auch Jesaja oft die Welt betrachten sehen.

Ich lasse mein Glas unberührt stehen und setze mich vor ihm auf den niedrigen Tisch. Unsere Gesichter sind jetzt auf einer Höhe.

»Peter«, sage ich. »Du kennst die Entschuldigung, daß man blau war und deshalb nicht gewußt hat, was man tat.«

Er nickt.

»Deshalb kommt das hier, bevor ich trinke.«

Dann küsse ich ihn. Ich weiß nicht, wieviel Zeit vergeht. Doch solange es dauert, sitzt mein ganzer Körper im Mund.

Danach gehe ich. Ich hätte bleiben können, aber ich gehe. Weder um meinet- noch um seinetwillen. Aus Respekt vor dem, was mich gepackt hat, was seit Jahren nicht mehr dagewesen ist, was ich nicht mehr zu kennen meine, was mir fremd ist.

Es dauert lange, bis ich einschlafe. Vor allem, weil ich es nicht über mich bringe, die Nacht und die Stille zu verlassen und das wache, feinnervige Bewußtsein aufzugeben, daß er irgendwo unter mir liegt.

Als der Schlaf endlich kommt, meine ich in Siorapaluk zu sein. Wir liegen zu mehreren Kindern auf der Pritsche. Wir haben uns Geschichten erzählt, jetzt sind die anderen eingeschlafen. Nur meine Stimme ist noch übrig. Ich höre sie von außen, höre, wie sie versucht, sich aufrecht zu halten. Doch dann fängt sie an zu schlingern, wankt, geht in die Knie, breitet die Arme aus und läßt sich von einem Netz aus Geschichten auffangen.

5 Das Handelsregister ist in der Kampmannsgade Nr. 1 untergebracht, das Gebäude wirkt gut erhalten, frisch gestrichen, effektiv, verläßlich, hilfreich und exklusiv, ohne angeberisch zu sein.

Der Mann, der mir hilft, ist noch ein Junge. Er ist höchstens dreiundzwanzig, trägt einen zweireihigen Schneideranzug aus dünnem Harris-Tweed, einen weißen Seidenschlips, weiße Zähne und ein breites Lächeln.

»Wo habe ich dich schon mal gesehen?« sagt er.

Die Unterlagen sind in einem Spiralhefter abgelegt, der Stapel ist so dick wie eine Bilderbibel, und darauf steht ›Jahresabschluß 1991 der Aktiengesellschaft Kryolithgesellschaft Dänemark‹.

»Wo findet man, wer die Gesellschaft kontrolliert?«

Seine Hände streifen die meinen, als er den Hefter aufschlägt.

»Das kann man nicht ohne weiteres sehen. Doch laut Aktiengesetz müssen auf der ersten Seite alle Aktienpakete über fünf Prozent aufgeführt werden. Vielleicht bei einem Fest in der Wirtschaftshochschule?«

Die Liste hat vierzehn Zeilen, Personen- und Unternehmensnamen durcheinander. Ving. Und die Nationalbank. Und Geoinform.

»Geoinform, kannst du mir deren Jahresabschluß zeigen?«

Er setzt sich an die Tastatur. Während wir auf den PC warten, lächelt er mich an.

»Ich komme schon noch drauf, wo es gewesen ist«, sagt er. »Du hast doch nicht etwa Jura studiert?«

Er hat gerade in einer französischen Zeitung gelesen. Er folgt meinem Blick.

»Ich will in den diplomatischen Dienst«, sagt er. »Da muß man schon am Ball bleiben. Über die Geoinform haben wir nichts. Das ist sicher keine Aktiengesellschaft.«

»Kann man herauskriegen, wer da im Vorstand sitzt?«

Er holt ein Buch, das doppelt so dick ist wie ein Telefon

buch und *Greens dänische Fonds* heißt. Er schlägt für mich nach. Im Vorstand der Geoinform sitzen drei Personen. Ich schreibe mir die Namen auf.

»Kann ich dich nicht zum Essen einladen?«

»Ich will gerade zum Dyrehave und spazierengehen«, sage ich.

»Ich kann dich ja begleiten.«

Ich zeige auf seine Slipper.

»Da liegen fünfundsiebzig Zentimeter Schnee.«

»Ich könnte mir unterwegs ein Paar Gummistiefel kaufen.«

»Du bist im Dienst«, sage ich. »Auf dem Weg in den diplomatischen.«

Er nickt mißmutig.

»Vielleicht wenn der Schnee schmilzt«, meint er. »Im Frühjahr.«

»Wenn wir dann noch leben«, sage ich.

Ich fahre in den Dyrehave hinaus. In der Nacht hat es geschneit. Ich habe meine Kamiken mitgenommen. Ein gutes Stück hinter dem Eingang ziehe ich sie an. Kamikensohlen sind sehr wenig strapazierfähig. Als Kinder durften wir nie in ihnen tanzen, wenn Sand auf dem Boden lag. Man konnte sie in einer Nacht verschleißen. Doch auf Schnee und Eis, wo die Reibung anders ist, haben sie eine enorme Haltbarkeit. Der neue Schnee ist leicht und kalt. Ich halte mich so weit abseits von den Wegen, wie nur irgend möglich. Einen ganzen Tag lang pirsche ich langsam und schwer durch schwarze, schneeglitzernde Zweige. Ich folge einer verschlungenen Rehfährte, bis ich ihren Rhythmus kenne. Das plötzlich alle hundert Meter auftauchende Hinken des Tieres, seine Gewohnheit, den Urin in kleinen Portionen abzugeben, ein bißchen rechts von seiner Fährte. Die Regelmäßigkeit, mit der es ein offenes, herzförmiges Feld bis auf die dunkle Erde freischarrt, um Blätter zu finden.

Nach drei Stunden sehe ich es. Es ist eine Ricke. Weiß, wachsam, interessiert.

Ich suche mir einen abgelegenen Tisch bei Peter Liep und bestelle heiße Schokolade. Dann lege ich das Papier mit den drei Namen vor mich hin.

Katja Claussen

Ralf Seidenfaden

Tørk Hviid

Ich krame den Briefumschlag von Moritz mit den Kopien der Zeitungsausschnitte hervor. Ich suche einen ganz bestimmten.

Der Raum füllt sich mit einer Gruppe von Kindern und Erwachsenen. Sie haben ihre Ski und Schlitten draußen abgestellt. Ihre Stimmen klingen laut und froh. Von der rätselhaften Wärme des Schnees.

Der Ausschnitt stammt aus einer englischsprachigen Zeitung. Vielleicht ist er mir deshalb aufgefallen. Weil er schief ausgeschnitten wurde, ist von der Überschrift ein Stück verschwunden. Man hat es dann handschriftlich mit einem grünen Kugelschreiber wieder dazugeschrieben. Das Datum ist der 19. März 1992. *First Copenhagen seminar on Neocatastrophism. Professor, MD, Johannes Loyen, member of The Royal Danish Academy of Science, is giving the opening lecture.*

Loyen steht auf einer Bühne, anscheinend ohne Manuskript oder Rednerpult. Der Raum ist groß. Hinter ihm sitzen drei Männer an einem Tisch, der sich wie ein Kreisausschnitt krümmt.

Behind him Ruben Giddens and Ove Nathan from Copenhagen University and Toerk Hviid, the ...

Der Text ist abgeschnitten, die Fortsetzung der Zeile nicht mehr drauf. Die Setzmaschine hat für seinen Namen kein ø gehabt. Dadurch ist er auffällig geworden, deshalb habe ich mich daran erinnert.

Als ich nach Hause fahre, sinkt die Sonne glühend. Ich habe Herzklopfen.

In dem Moment, in dem ich zur Tür hereinkomme, klingelt das Telefon.

Es dauert ewig, bis ich das rote Band abhabe. Ich spüre, daß es der Mechaniker sein muß, daß er es unzählige Male probiert haben muß.

»Hier ist Andreas Licht.«

Die Stimme ist schwach, als sei er erkältet.

»Ich schlage vor, daß Sie sofort kommen.«

Ich spüre eine Stichflamme der Irritation. Manche Leute lernen es nie, Befehle entgegenzunehmen.

»Muß das heute sein?«

Ein ersticktes Geräusch, als verberge er ein Lachen.

»Sie sind doch interessiert, oder ...«

Der Hörer wird aufgelegt.

Da stehe ich, noch völlig angezogen, im Dunkeln, denn ich habe es noch nicht geschafft, das Licht anzumachen. Woher hat er meine Telefonnummer?

Ich hasse es, wenn ich hetzen muß. Ich habe andere Pläne für den Tag.

Ich stelle die Kamiken ab und gehe zurück, hinaus in den Kopenhagener Abend.

Auf der Treppe bleibe ich vor der Tür des Mechanikers stehen. Ich fühle mich versucht, ihn mitzunehmen. Erkenne jedoch das Gefühl als Schwäche.

In der Tasche habe ich einen Filzstift, aber kein Papier. Auf einen Fünfzigkronenschein schreibe ich: ›Südhafen, Svajerbryggen, Liegeplatz 126. Bin später wieder zurück. Smilla‹.

Die Nachricht ist ein Kompromiß zwischen meinem Schutzbedürfnis und der Gewißheit, daß man die Pläne, die man geheimhält, am besten durchsetzen kann.

Ich nehme ein Taxi zum Südhafenwerk. Vielleicht überträgt sich die Telefonparanoia des Mechanikers langsam auch auf mich, aber ich möchte sehr ungern eine deutliche Spur hinterlassen.

Vom Werk aus läuft man eine Viertelstunde.

Jetzt schlafen selbst die Maschinen. Die Stadt wirkt weit weg. In den öden Straßen, durch die ich komme, liegt trotzdem ein Abglanz ihres Lichts. Am schwarzblauen Himmel ziehen hin und wieder vereinzelte Raketen eine ätzende Leuchtspur und explodieren. Der ferne Knall braucht einige Zeit, bis er mich erreicht. Es ist Silvester.

Hier gibt es keine Straßenbeleuchtung. Gegen den helleren

Himmel sind die Kräne stille Silhouetten. Alles ist geschlossen, gelöscht, aufgegeben.

Die Kaianlage, Svajerbryggen, ist eine weiße Fläche in der Dunkelheit. Der neue Schnee auf dem Eis sammelt das bißchen Licht des Raumes und strahlt matt. Hier ist vor mir nur ein einzelnes Auto gewesen, ich gehe in seiner Fahrspur.

Das Schild an der Latte steckt immer noch in Plastik. Mit dem kleinen Riß, den ich zurückgelassen habe. Auf dem Kai, der Gangway und einem Teil des Decks ist der Schnee geräumt. Ein paar Kisten sind umgestellt worden, um einer Palette mit roten Kanistern Platz zu machen. Abgesehen vom Schnee, den Kanistern und der Dunkelheit ist alles wie gestern.

An Bord ist kein Licht.

Auf dem Weg über die Gangway fallen mir die Autospuren ein. Im Schnee verursachen Reifenprofile in der Spur einen leichten Rückwärtsrutscher. Die Spur, der ich gefolgt bin, führte zum Hafen hinunter. Es gab keine Spur zurück. Es gibt keinen anderen Weg zur Svajerbrygge, als den, den ich genommen habe. Doch das Auto ist nirgendwo zu sehen.

Die lackierte Tür ist geschlossen, aber nicht abgeschlossen. Dahinter ein schwaches Licht.

Ich weiß, daß der Glasfasereskimo dasein wird. Das Licht kommt von irgendwoher hinter dem Schirm. Auf dem Schreibtisch steht eine kleine Leselampe. Hinter dem Tisch sitzt Professor und Museumskurator Andreas Licht. Er hält den Kopf schief und lächelt mich breit an.

Als ich um den Schreibtisch herumgehe, verläßt das Lächeln sein Gesicht nicht.

Er hält seinen Stuhl mit beiden Händen unter dem Sitz fest. Als wollte er sich selbst aufrecht halten.

Von nahem sehe ich, daß er die Zähne bleckt. Er hält den Stuhl auch nicht gepackt, seine Hände sind mit dünnen Kabeln aus Kupferdraht gefesselt. Ich befühle ihn. Er ist warm. Ich lege die Finger seinen Hals. Kein Puls. Auch kein Herzschlag. Jedenfalls nicht so, daß ich ihn spüren kann.

In dem mir zugewandten Ohr hat er Watte. Wie kleine Kinder, die Mittelohrentzündung haben. Ich gehe um ihn herum. Er hat auch in dem anderen Watte.

Meine Neugierde ist aufgebraucht. Ich will nach Hause.

In dem Moment wird die Luke oben an der Treppe geschlossen. Keine Warnung. Kein Geräusch von Schritten. Sie wird einfach still und ruhig geschlossen. Danach wird sie von außen zugeschlossen.

Dann geht das Licht aus.

Erst jetzt verstehe ich, warum in dem Raum so wenig Licht gewesen ist. Blinden nützt Licht gar nichts. Absurd, gerade jetzt daran zu denken. Doch das ist im Dunkeln mein erster Gedanke.

Ich hocke mich hin und krieche unter den Schreibtisch. Das ist vielleicht nicht vernünftig und vielleicht Vogel-Strauß-Politik. Aber ich habe keine Lust, in die Dunkelheit hineinzuragen. Ich spüre die Knöchel des Kurators. Auch sie sind warm. Und ebenfalls mit Metalldraht an den Stuhl gebunden. Auf dem Deck über meinem Kopf bewegt sich etwas. Etwas wird geschleppt. Ich taste in der Dunkelheit herum und erwische eine Telefonleitung. Ich folge ihr und habe plötzlich das Ende zwischen den Fingern. Sie ist aus dem Telefon herausgerissen worden.

Dann startet die Schiffsmaschine. Das langsame Erwachen eines großen Dieselmotors. Er bleibt im Leerlauf.

Da laufe ich in die Dunkelheit hinein. Ich habe mich vor vierundzwanzig Stunden einmal in diesem Raum orientiert. Ich weiß also, wo eine Tür ist. Ich erreiche das Schott direkt daneben. Sie ist nicht abgeschlossen. Als ich durch bin, wird das Maschinengeräusch deutlicher.

Der Raum hat zum Kai hin kleine, hochgelegene Bullaugen. Durch sie fällt schwaches Licht ein. Der Raum erklärt, wie der Kurator sein Transportproblem gelöst hat. Er ist an Bord geblieben. Hier hat man ein Schlafzimmer für ihn eingerichtet. Ein Bett, ein Nachttisch, ein eingebauter Schrank.

Hinter der am weitesten entfernten Wand muß der Maschinenraum liegen. Er ist isoliert, trotzdem ist das Stampfen deutlich zu hören. Als ich versuche, aus einem Bullauge hinauszusehen, wird aus dem Lärm ein Heulen. Das Schiff schwingt langsam vom Kai ab. Jemand hat einen Gang eingelegt, doch es ist kein Mensch zu sehen. Nur die schwarze Kontur der Mole, die sich entfernt.

Am Kai entzündet sich ein Funke. Nur ein Licht. Wie wenn jemand eine Zigarette anzündet. Die Glut steigt, schwebt in einem Bogen zu mir herüber und zieht einen Funkenregen nach. Es ist ein Feuerwerkskörper.

Er explodiert mit einem gedämpften Knall ein Stück über meinem Kopf. In der nächsten Sekunde bin ich blind. Von der Mole und vom Wasser wird mir ein böser, weißer Schein entgegengeschleudert. Im selben Moment entzieht der Brand der Luft allen Sauerstoff, und ich werfe mich auf den Boden. Es ist ein Gefühl, als hätte ich Sand in den Augen, als atmete ich in einer Plastiktüte, auf die jemand mit einem Fön pustet. Die Benzinkanister, sie haben Benzin über das Schiff gekippt!

Ich krieche zurück und öffne die Tür zu dem Raum, aus dem ich gekommen bin. Jetzt hat es dort so viel Licht, wie man sich nur wünschen kann. Die Abdeckung der Oberlichter ist weggebrannt, der Raum wird wie von einer gigantischen Höhensonne erleuchtet.

An Deck ertönt ersticktes Krachen, das Licht von außen flackert blau und danach gelb. Danach füllt sich die Luft mit verbrannter Epoxyfarbe.

Ich krieche in das Schlafzimmer zurück. Es ist jetzt so heiß wie eine Sauna. Gegen das Weiße der Bullaugen sehe ich den Rauch, der allmählich eindringt. Vor einer der Scheiben ist das Feuer einen Augenblick lang verschwunden. Das Silo der Sojafabrik leuchtet wie im Sonnenuntergang, die Fenster an der Islands Brygge glühen wie geschmolzenes Glas. Es sind die Reflexe des Feuers um mich herum.

Dann verbreitet sich durch das Glas ein Spinnennetz aus Hitzesprengungen, und die Aussicht ist weg.

Ich denke daran, ob Dieselöl wohl brennen kann. Ich meine mich zu erinnern, daß es davon abhängt, wie hoch die Temperatur ist. Im selben Moment fliegt der Dieseltank in die Luft.

Es ist kein Krachen, eher ein Zischen, das in ein Brüllen übergeht, das ansteigt und zum lautesten Geräusch wird, das es auf Erden je gegeben hat. Ich bohre den Kopf in die Kajütendielen. Als ich ihn anhebe, ist das Bett weg. Die Wand zum Maschinenraum ist weg, ich schaue in eine Welt aus Feuer. Mitten in dieser Welt ist der Motor ein schwarzes Viereck mit einem ziselierten Rohrnetz. Dann fängt er an zu sinken. Er bricht vom Schiff ab. Als er auf das Meer trifft, kocht eine Explosion hoch. Danach verschwindet er. Über dem Wasser weben wabernde Dieselzungen einen Feuerteppich.

Die Rückseite des Schiffes bildet jetzt zur Islands Brygge hin ein offenes Tor. Während ich noch dastehe und zusehe, dreht sich das ganze Schiff langsam, weg von dem brennenden Öl. Der Rumpf krängt. Das Wasser ist eingedrungen und zieht ihn nach hinten. Ich stehe bis zu den Knien im Wasser.

Hinter mir schlägt die Tür, der Professor und Kurator Andreas Fine Licht kommt herein. Die Krängung hat den Bürostuhl ins Rollen gebracht. Er knallt in das Schott neben mir. Dann saust er durch das, was einmal sein Schlafzimmer war, und stürzt ins Wasser.

Ich ziehe mich aus. Wildledermantel, Pullover, Schuhe, Hose, Hemd, Slip und zuletzt die Strümpfe. Ich greife nach meiner Mütze. Auf meinem Kopf sitzt nur ein Kranz aus Pelz. Die Stichflamme des Dieselmotors muß sie weggebrannt haben. Ich habe Blut an den Händen. Auf dem Kopf bin ich kahlgesengt.

Bis zum Kai der Svajerbrygge sind es ungefähr zweihundert Meter. Ich habe keine Wahl. Auf der entgegengesetzten Seite ist das Feuer. Also springe ich.

Der Kälteschock läßt mich die Augen öffnen, noch während ich unter Wasser bin. Alles ist strahlend grün und rot, erleuchtet durch das Feuer. Ich schaue nicht zurück. In Wasser unter sechs Grad Celsius überlebt man nur wenige Minuten. Die Zahl der Minuten hängt vom Trainingszustand ab. Die Kanalschwimmer waren in guter Form. Sie haben lange ausgehalten. Ich bin in sehr schlechter Form.

Ich schwimme fast aufrecht, so daß nur die Lippen frei sind. Das Problem ist die Schwere in dem Teil des Körpers, der über Wasser ist. Nach wenigen Sekunden kommt das Zittern. Während die Körpertemperatur von achtunddreißig auf sechsunddreißig Grad absinkt, zittert man. Danach verschwindet das Zittern. Während die Temperatur auf dreißig Grad abfällt. Dreißig Grad sind kritisch. Dort fängt die Gleichgültigkeit an. Dort erfriert man.

Nach hundert Metern kann ich die Arme nicht mehr strekken. Ich denke an meine Vergangenheit. Es hilft nicht. Ich denke an Jesaja. Es hilft nicht. Ich habe plötzlich nicht mehr das Gefühl zu schwimmen, sondern das Gefühl, daß ich an einem Abhang stehe, mich gegen einen steifen Wind lehne und ebensogut aufgeben kann.

Das Wasser um mich herum ist ein Mosaik aus Goldstückchen. Ich erinnere mich, daß jemand versucht hat, mich umzubringen. Daß sie jetzt irgendwo dort drüben stehen und sich beglückwünschen. Jetzt haben wir sie. Smilla. Die Papp-grönländerin.

Dieser Gedanke hebt mich das letzte Stück. Ich beschließe, noch zehn Züge zu machen. Beim achten knalle ich mit dem Kopf an einen der Traktorreifen, die als Fender an der Nordlicht gehangen haben.

Ich weiß, daß mir nur noch wenige Sekunden Bewußtsein bleiben. Neben dem Reifen liegt gerade eben über dem Wasser eine Plattform. Ich versuche mich gleichsam auf sie hinaufzuschreien. Es kommt kein Ton. Aber ich komme hoch.

In Grönland rennt man, wenn man ins Wasser gefallen ist, um Erfrierungen zu vermeiden. Aber dort ist die Luft kalt. Hier ist sie herrlich mild wie im Sommer. Erst verstehe ich nicht, wieso. Dann sehe ich, daß es wegen des Feuers ist. Ich bleibe auf der Plattform liegen. Die ›Nordlicht‹ ist jetzt mitten in der Hafeneinfahrt, ein kohlschwarzes Holzskelett in einer weißen Feuerkugel.

Ich krieche auf Händen und Knien die Treppe hoch. Der Kai ist verlassen. Keine Spur von Menschen.

Ich bleibe auf einer Stufe hängen, ruhe mich in der Hitze des brennenden Schiffes aus. Ich sehe meine eigene nackte Haut glühen. Den kleinen Flaum, der schwarz versengt und gekräuselt ist. Dann gehe ich, langsam. Die Halluzinationen kommen stückweise, unzusammenhängend. Aus der Zeit, als ich klein war. Eine Blume, die ich gefunden hatte, Knöterich mit Knospen. Die krampfhafte Sorge, ob Eberlein wohl noch mehr von dem Brokat hat, aus dem mein Hut war. Das Gefühl, krank zu sein und ins Bett zu machen.

Vor mir Autoscheinwerfer, es ist mir egal. Das Auto bleibt stehen, es ist mir gleichgültig. Etwas hüllt mich ein. Nichts könnte mich weniger interessieren. Ich liege. Ich erkenne die Löcher im Dach. Es ist der kleine Morris. Es ist der Hals des Mechanikers. Er fährt den Wagen.

»Smilla«, sagt er. »Smilla, zum Teufel ...«

»Halt die Klappe«, sage ich.

In seiner Wohnung packt er mich in Wolldecken und massiert mich, bis es zu weh tut. Danach läßt er mich eine Tasse Milchtee nach der anderen trinken. Es ist, als wollte die Kälte nicht weggehen. Als sei sie bis in das Skelett vorgedrungen. Irgendwann nehme ich auch ein Glas Alkohol an.

Ich weine ziemlich viel. Unter anderem aus Selbstmitleid. Ich erzähle von Jesajas Versteck. Von dem Kassettenband. Von dem Kurator. Von dem Anruf. Von dem Brand. Ich habe das Gefühl, daß mein Mund nicht stillsteht, und zugleich stehe ich irgendwo außerhalb und schaue zu.

Von ihm kein Kommentar.

Irgendwann füllt er die Badewanne mit Wasser. Ich schlafe in der Wanne ein. Er weckt mich. Wir liegen nebeneinander in seinem Bett und schlafen. Immer ein paar Stunden am Stück. Mir wird erst richtig warm, als es wieder hell wird.

Es ist Vormittag, als wir miteinander schlafen. Ich bin wohl nicht richtig bei mir.

III

1 Ich wechsele zweimal das Taxi und steige am Farumvej aus. Von dort aus gehe ich durch das Utterslever Moor und schaue mich x-mal um.

Ich telefoniere vom Tuborgvej aus.

»Was ist *Neocatastrophism*?«

»Warum rufst du immer von diesen schrecklichen Telefonzellen aus an, Smilla? Hat es was mit Geld zu tun? Haben sie dir das Telefon gesperrt? Soll ich dafür sorgen, daß sie es wieder anschließen?«

Für Moritz ist Silvester das Fest aller Feste. Er leidet an dem zyklisch wiederkehrenden Selbstbetrug, daß man von vorn anfangen, daß man auf Vorsätzen ein neues Dasein aufbauen kann. Am ersten Tag des neuen Jahres miaut sein Kater dann so laut, daß man es durchs Telefon hört. Selbst an einem Münzautomaten.

»In Kopenhagen ist ein Seminar darüber gewesen, im März '92«, sage ich.

Er stöhnt gedämpft, während er versucht, sein Gehirn zum Funktionieren zu bringen. Was es schließlich in Gang setzt, ist die Tatsache, daß die Frage einen Zusammenhang mit ihm selbst hat.

»Ich bin eingeladen gewesen«, sagt er.

»Weshalb bist du nicht hingegangen?«

»Man mußte so viel lesen.«

Er erzählt schon seit vielen Jahren, daß er aufgehört hat zu lesen. Das ist erstens Schwindel. Zweitens ist es eine unerträgliche Art, durchblicken zu lassen, daß er jetzt so gut ist, daß seine Umwelt ihm nichts mehr beibringen kann.

»Neokatastrophismus ist ein Sammelbegriff. Der Ausdruck wurde irgendwann in den sechziger Jahren von Schindewolf geprägt. Er war Paläontologe. Aber an der Debatte haben sich alle möglichen Naturwissenschaftler beteiligt. Sie teilen die Vorstellung, daß sich die Erde – und insbesondere ihre Biologie – nicht gleichmäßig, sondern in Sprüngen entwikkelt hat. Gesteuert durch große Naturkatastrophen, die das Überleben bestimmter Arten begünstigt haben. Meteoriteneinschläge, Kometenpassagen, Vulkanexplosionen, spontane chemische Katastrophen. Im Kern der Diskussion ging es immer um die Frage, inwieweit diese Katastrophen in regelmäßigen Zeitabständen vorgekommen sind. Und wenn, was bestimmt dann ihre Häufigkeit? Man hat eine internationale Gesellschaft gegründet. Die erste Tagung war in Kopenhagen. Im Falkonercenter. Wurde von der Königin eröffnet. Es konnte gar nicht vornehm genug sein. Die kriegen von überall her Geld. Die Gewerkschaften geben es, weil sie glauben, daß es sich um Forschung über Umweltkatastrophen handelt. Der Industrierat gibt es, weil er glaubt, daß es jedenfalls nicht um Umweltkatastrophen geht. Die Forschungsgemeinschaften geben es, weil sie mit einem Haufen Namen angeben können.«

»Sagt dir in dem Zusammenhang der Name ›Hviid‹ etwas? Tørk Hviid?«

»Irgendein Komponist hieß mal Hviid.«

»Das klingt nicht danach, als sei das der.«

»Du weißt, daß ich mir Namen schlecht merken kann, Smilla.«

Das ist wahr. Er behält Körper, Titel. Er kann jeden Schlag in jedem größeren Turnier, das er gespielt hat, rekonstruieren. Aber er vergißt regelmäßig den Namen seiner Sekretärin. Das ist symptomatisch. Für den wirklichen Egozentriker verblaßt die Umwelt und wird namenlos.

»Warum bist du nicht zu dem Seminar gegangen?«

»Ach, es war mir einfach zu bunt, Smilla. Mit all diesen gegensätzlichen Interessen. Der ganzen Politik. Du weißt, daß ich der Politik lieber aus dem Wege gehe. Und dann haben sie sich nicht mal getraut, das Wort ›Katastrophe‹ zu benutzen. Sie nannten es ›Zentrum für Entwicklungsforschung‹.«

»Kannst du herauskriegen, wer Hviid ist?«

Er holt tief Luft, erfüllt von seiner unerwarteten Macht.

»Ich rechne also damit, daß du morgen rauskommst«, sagt er.

Ich will gerade sagen, daß er die Auskünfte schicken muß Aber ich bin geschwächt und irgendwie aufgeweicht. Er spürt es.

»Du kannst mich und Benja morgen bei ›Savarin‹ treffen.«

Das klingt wie ein Befehl, ist aber als schneller Kompromiß gemeint.

Eines der Kinder macht auf.

Ich bin die erste, die zugibt, daß Kaltwetterklima unvorhersagbar ist. Trotzdem bin ich für einen Moment überrascht. Draußen ist es fünf Uhr nachmittags. An einem marineblauen, wolkenlosen Himmel sind die ersten Sterne sichtbar. Aber drinnen, um das Kind, schneit es. Eine feine Schicht liegt auf den roten Haaren, den Schultern, dem Gesicht und den bloßen Armen.

Ich folge dem Mädchen. Im Wohnzimmer ist überall Mehl. Drei Kinder kneten den Teig direkt auf dem Parkett. In der Küche steht die Mutter der Kinder und schmiert die Backbleche ein. Auf dem Küchentisch sitzt ein kleines Mädchen und knetet etwas, das aussieht wie Mürbeteig. Sie versucht gerade, ihn dazu zu kriegen, ein Eidotter zu absorbieren. Mit beiden Händen und Füßen.

»Im Wohnzimmer ist die Mehltüte geplatzt.«

»Ja«, sage ich. »So wird der Fußboden wenigstens schön sauber.«

»Er sitzt draußen im Wintergarten. Hier drin habe ich ihm das Rauchen verboten.«

Sie besitzt eine autoritative Stärke wie der liebe Gott in meinen Kindheitsvorstellungen. Und eine unerschütterliche Milde wie der Weihnachtsmann in einem Disneyfilm. Wer wissen will, wer die eigentlichen Helden der Weltgeschichte sind, muß sich die Mütter anschauen. In den Küchen, an den Backblechen. Während die Männer draußen auf der Toilette sitzen. Draußen in der Hängematte liegen. Draußen im Wintergarten hocken.

Er bürstet die Kakteen ab. Die Luft ist blau von Zigarrenrauch. Er hat einen kleinen Besen, der schmal wie eine Zahnbürste, jedoch langhaarig, gebogen und vielleicht dreißig Zentimeter lang ist.

»Damit die Poren nicht verstopfen. Das würde sie am Atmen hindern.«

»Alles in allem«, sage ich, »wäre das vielleicht ein Vorteil.«

Er sieht schuldbewußt aus.

»Meine Frau verbietet mir, in der Nähe der Kinder zu rauchen.«

Er zeigt mir den Zigarrenstummel.

»*Romeo und Giulietta*. Eine klassische Havanna. Schmeckt verdammt gut. Vor allem die letzten Zentimeter. Wenn man sich fast die Lippen versengt. Dann trieft sie nur so vor Nikotin.«

Ich hänge meine gelbe Thermojacke über einen der weißen Eisenstühle. Dann nehme ich das Kopftuch ab. Darunter habe ich ein Stück Gaze. Ich entferne es ebenfalls. Der Mechaniker hat die Wunde gesäubert und mit Chlorhexidinsalbe eingeschmiert. Ich beuge den Kopf, so daß er sie sehen kann.

Als ich den Kopf wieder anhebe, sind seine Augen hart.

»Eine Verbrennung«, sagt er nachdenklich. »Waren Sie in der Nähe?«

»Ich war an Bord.«

Er wäscht seine Hände in einem tiefen Stahlwaschbecken.

»Und wie haben Sie es angestellt zu überleben?«

»Ich bin geschwommen.«

Er trocknet die Hände und kommt zurück. Er befühlt die Wunde. Es fühlt sich an, als ob er mir die Hände direkt ins Hirn steckt.

»Das ist oberflächlich«, sagt er. »Sie kriegen wohl kaum eine Glatze.«

Ich habe ihn noch am selben Tag im Reichskrankenhaus angerufen. Ich stelle mich nicht vor, doch das ist auch nicht notwendig.

»Das Schiff, das im Hafen verbrannt ist«, sage ich, »da war ein Mann an Bord.«

Im Radio haben sie es als wichtigste Nachricht gebracht Die Zeitungen hatten es auf der ersten Seite. Das Bild ist in der Nacht gemacht worden, ins Licht der Feuerwehrscheinwerfer. Mitten im Hafen ragen drei verkohlte Masten aus dem Wasser. Tauwerk und Querbalken sind weg. Über Tote oder Verletzte jedoch kein Wort.

Er wird sehr langsam, schleppend.

»Wirklich?«

»Ich muß das Resultat der Obduktion haben.«

Er schweigt lange.

»Himmel und Hölle«, sagt er. »Ich habe eine Familie zu versorgen.«

Dazu kann ich nichts sagen.

»Heute nachmittag. Nach vier.«

Er setzt sich mir gegenüber und entfernt von einer Zigarre Zellophan und Bauchbinde. Er hat eine Schachtel mit besonders langen Streichhölzern. Mit einem bohrt er in den Kegel des runden, geschlossenen Tabakblatts ein Zugloch. Dann zündet er die Zigarre langsam und sorgfältig an. Als sie gleichmäßig glüht, fixiert er mich.

»Es sind nicht vielleicht zufällig Sie gewesen«, sagt er, »die ihn umgebracht hat?«

»Nein«, erwidere ich.

Beim Sprechen schaut er mich jetzt unverwandt an, als versuche er, mein Gewissen zu erkunden.

»Wenn ein Mensch ertrinkt, versucht er zunächst, den Atem anzuhalten. Wenn das nicht mehr geht, macht er ein paar sehr kräftige und verzweifelte Atemzüge. Dadurch wird Wasser in die Lunge gepumpt. Diese Bewegung bildet in der Nase und im Rachen weißliche Proteinstoffe, nach demselben Prinzip, wie wenn man Eiweiß schlägt. Das nennt man *Schaumschwamm.* Die Person – über die ich natürlich nicht sprechen sollte, und schon gar nicht mit jemandem, der möglicherweise an dem Verbrechen beteiligt gewesen ist –, diese Person hatte keine Spur davon. Er ist also jedenfalls nicht ertrunken.«

Vorsichtig streift er die Asche von der Zigarre.

»Er war bereits tot, als ich an Bord kam.«

Er hört mich kaum. Seine Gedanken hängen noch am Morgen fest, bei der Obduktion.

»Erst haben sie ihn gefesselt. Mit einem Stück Kupferdraht. Er hat sich verteufelt gewehrt, aber zuletzt haben sie ihn doch gebunden. Sie müssen zu zweit gewesen sein. Er war ein starker Mann. Ein älterer Herr, aber kräftig. Danach haben sie ihm den Kopf zur Seite gedrückt. Sie kennen Natriumhydroxid. Eine stark ätzende Base. Einer hat ihn an den Haaren gehalten. Es wurden ziemlich viele Büschel ausgerissen. Und dann haben sie in das rechte Ohr Natriumhydroxid getropft. Verdammt noch mal, ganz langsam und ruhig.«

Nachdenklich betrachtet er die Zigarre.

»Wer in meinem Fach arbeitet, bekommt es ab und zu auch mit Folter zu tun. Das ist ein kompliziertes Thema. Teuflisch. Um der juristischen Definition standzuhalten, muß sie im übrigen von einer Organisation praktiziert werden. Für den Folterknecht geht es darum, den schwachen Punkt des Opfers zu finden. Und dieser Mann hier, der war blind. Das habe nicht ich entdeckt, das haben wir erst gesehen, als wir seine Unterlagen bekamen. Aber sie haben es gewußt. Sie haben sich also auf sein Gehör konzentriert. Das ist verdammt erfinderisch, das muß man ihnen lassen. Das ist psychopathisch. Hat aber einen Stich ins Kreative. Man fragt sich dann nur immer wieder, worauf sie wohl aus gewesen sind.«

Ich denke an die Stimme des Kurators am Telefon, an das, was ich für ein ersticktes Lachen gehalten habe. Da war er bereits gebrochen.

»Er hatte Watte in den Ohren.«

»Das freut mich, die war weg, als sie ihn aufgefischt haben. Aber ich habe auf Watte getippt. Als ich die kleinen Brandwunden fand. Irgendwann waren sie mit ihm nämlich am Ende. Was immer das war. Und dann haben sie etwas ganz Geschicktes gemacht. Sie haben ein bißchen Watte getränkt, vielleicht in dem Hydroxid, das hatten sie ja zur Hand. Dann haben sie eine Leitung geteilt und einen Pol an jedes Ohr angeschlossen, den Stecker eingesteckt und ganz ruhig den Strom eingeschaltet. Auf der Stelle tot. Schnell, billig, sauber.«

Er schüttelt den Kopf. Er ist Arzt, kein Psychologe. Der Welt, in der wir leben, steht er verständnislos gegenüber.

»Das waren Fachleute, verdammt noch mal. Aber wenn ich an Neujahrsvorsätze glauben würde, dann würde ich mir vornehmen, sie zu erwischen.«

Ich bin gegen eins aufgewacht. Ich habe geschlafen, bin jedoch von der einen Sekunde zur nächsten wach.

Er liegt neben mir. Auf dem Bauch, die Hände an der Seite. Die eine Seite seines schlafenden Gesichts drückt sich am Laken flach. Mund und Nase vibrieren weich, als rieche er an einer Blume. Oder als wollte er ein Kind küssen.

Ich liege still und sehe ihn mir an, wie ich ihn bisher noch nicht habe ansehen können. Seine Haare sind braun, mit ein paar grauen Strähnen. Dick, wie die Borsten eines Handfegers. Wenn man seine Finger hineingräbt, ist es, als würde man sich an einer Pferdemähne festhalten.

Hier im Bett kommt das Glück zu mir. Nicht als etwas, was mir gehört. Wie ein Rad aus Feuer, das durch Welt und Raum läuft.

Einen Augenblick lang glaube ich, daß es mir gelingt, es vorbeirollen zu lassen, daß ich liegenbleiben, spüren kann, was ich habe, und mir nicht mehr wünsche als das. Und im nächsten Moment möchte ich daran hängenbleiben. Ich will, daß es dauert. Er soll auch morgen neben mir liegen. Das hier ist meine Chance. Meine einzige, meine letzte.

Ich schwinge die Beine aus dem Bett, auf den Boden. Jetzt reagiere ich panisch.

Siebenunddreißig Jahre habe ich daran gearbeitet, genau das zu vermeiden. Systematisch habe ich das einzige in dieser Welt geübt, das lernenswert ist. Verzichten. Ich habe aufgehört, auf irgend etwas zu hoffen. Wenn praktizierte Demut zur olympischen Disziplin erklärt wird, komme ich in die Nationalmannschaft.

Ich habe nie Nachsicht mit dem Liebeskummer anderer Leute gehabt. Ich hasse ihre Schwäche. Ich sehe, wie sie jemanden finden, am Ende des Regenbogens. Ich sehe, wie sie Kinder kriegen und einen Silver-Cross-Royal-Blue-Kinderwagen kaufen, in der Frühjahrssonne auf dem Stadtwall spazierengehen, mich herablassend anlachen und denken, arme Smilla, sie weiß nicht, was ihr entgeht, sie weiß nicht, wie das Leben für uns ist, wie das ist, wenn man ein Baby und ein verbrieftes Recht aufeinander hat.

Vier Monate später gemütliches Beisammensein in der alten Geburtsvorbereitungsgruppe. Ferdinand hat einen kleinen Rückfall, legt auf einem Spiegel ein paar Bahnen aus, sie findet ihn draußen auf der Toilette, wo er mit einer der anderen frohen Mütter rammelt, und in einer Nanosekunde ist sie von der großen, stolzen, souveränen, unverletzlichen Mama auf einen geistigen Gnom reduziert. Mit einer einzigen Bewegung fällt sie auf mein Niveau und darunter und wird zu einem Insekt, einem Regenwurm, einem Skolopender.

Und dann werde ich hervorgeholt und abgestaubt, dann darf ich mir anhören, wie schwer es ist, nach der Scheidung alleinstehende Mutter zu sein, wie sie sich in die Haare geraten sind, als sie die Stereoanlage teilen wollten, wie ihre Jugend von dem Kind aufgesogen wird, das jetzt eine Maschine ist, die sie auffrißt und nichts wieder zurückgibt.

Das habe ich mir nie anhören wollen. Was zum Teufel habt ihr euch eigentlich vorgestellt, habe ich gesagt. Glaubt ihr vielleicht, ich redigiere einen Kummerkasten für Frauen? Glaubt ihr, ich bin ein Tagebuch? Die Telefonseelsorge?

Eines ist auf Schlittenreisen streng verboten, und das ist Winseln. Jammern ist ein Virus, eine tödliche, infektiöse, epidemische Krankheit. Ich will das nicht hören. Ich will mich von diesen Orgien emotionaler Kleinlichkeit nicht belämmern lassen.

Deshalb habe ich jetzt Angst. Ich höre etwas, hier im Raum, neben seinem Bett. Es kommt aus mir selbst, und es ist ein Winseln. Es ist die Angst, daß das, was mir gegeben worden ist, nicht dauern wird. Es ist der Klang all der unglücklichen Liebesgeschichten, die ich mir nie habe anhören wollen. Jetzt klingt es, als hätte ich sie alle in mir.

Aber noch bin ich zu retten. Ich kann meine Sachen zusammensuchen und sie unter den Arm nehmen. Ich brauche noch nicht einmal Zeit daran zu verschwenden, mich anzuziehen. Ich kann einfach rausgehen und die Treppe hochflitzen. In meiner Wohnung packe ich das Notwendigste, oder nicht einmal das, ich rufe einfach eine Umzugsfirma an, bestelle einen Wagen und lasse meine Möbel ins Magazin bringen, stecke das Kästchen mit dem Geld in die eine Tasche und Jesajas Band in die andere und ziehe ins Hotel, dann bin ich weg, wenn er aufwacht, und brauche ihm nie mehr in die Augen zu sehen.

Er schlägt die Augen auf und sieht mich an. Er bleibt ganz still liegen und versucht zu verstehen, wo er ist. Dann lächelt er mich an.

Ich merke, daß ich nackt bin. Ich kehre ihm den Rücken zu und gehe seitwärts zu meinen Sachen. Er hat sie mir zusammengelegt. So zusammengelegt sind sie nicht mehr gewesen, seit ich sie gekauft habe. Ich ziehe meine Unterwäsche an. Schamhaftigkeit ist ein Teil der Natur des Menschen. Ich finde die Vorstellung der Europäer zum Kotzen, sie könnten ihre eigenen, selbstverursachten Sexualneurosen lösen, indem sie das Fleisch auf den Tisch klatschen und unters Mikroskop legen.

Ich gehe ins Wohnzimmer. Ich habe keine Ahnung, was ich mit mir anfangen soll.

Er kommt einen Augenblick später. Er hat Boxershorts an. Sie sind weiß, reichen ihm bis an die Knie und sind so groß, als hätte man sie aus einem Bettbezug genäht. Er sieht aus wie ein halbangezogener Kricketspieler.

Ich sehe es jetzt und erinnere mich, daß ich es auch gestern gesehen habe. Um Handgelenk und Knöchel hat er schmale, schwarze Striemen. Es sind Narben. Ich will ihn nichts fragen.

Er kommt zu mir und küßt mich. Obwohl wir zu keinem Zeitpunkt blau gewesen sind, kann man durchaus sagen, daß dies unsere erste nüchterne Umarmung ist.

Erst jetzt erinnere ich mich an den gestrigen Tag. Dafür aber so deutlich, als stünde der Feuerschein jetzt, eben jetzt, an den Wänden der Wohnung.

Wir decken zusammen den Tisch. Er hat einen Entsafter. Er preßt Äpfel und Birnen in ein hohes Glas. Der Apfelsaft ist grün mit rötlichem Schimmer, der Birnensaft gelblich. Die ersten Minuten. Dann wechseln sie langsam Geschmack und Farbe.

Wir essen fast nichts. Wir trinken ein bißchen Saft und sehen auf das Geschirr, die Butter, den Käse, den Toast, die Marmelade und die Rosinen und den Zucker.

Im Hafen ist kein Verkehr, auf der Brücke sehr wenig. Es ist Feiertag.

Er ist mehrere Meter weg von mir, doch ich habe ihn so nah bei mir, als wären wir noch ineinander verschlungen.

Als ich ihn zum Abschied küsse und zu mir hochgehe, in Unterwäsche, meine Sachen unter dem Arm, haben wir an diesem Morgen kein Wort gewechselt.

Bei mir oben lasse ich das Duschen sein. Man kann viele Gründe haben, um sich nicht zu waschen. In Qaanaaq gab es eine Mutter, die die linke Wange ihres Kindes drei Jahre lang nicht wusch, weil Königin Ingrid sie geküßt hatte.

Ich ziehe mich an und gehe zur Telefonzelle auf dem Markt. Von dort aus rufe ich das Reichskrankenhaus an, Gerichtsmedizinisches Institut, Staatsobduzentur von Kopenhagen, und ich bitte um Doktor Lagermann.

Er hat gelüftet, wie sich zeigt, nur um genug Sauerstoff zu haben, damit die nächste Zigarre brennt. Einen kurzen Moment jedoch gibt es frische Luft und Kühle.

»Können die die viele Luft vertragen, die Kakteen?«

Mit Ironie verzinsen sich die Investitionen bei Lagermann nicht so richtig.

»In der Sahara, in den Senken in Niger, friert es nachts, sieben Grad. Am Tag steigt die Temperatur in der Sonne auf fünfzig Grad. Das ist der größte Temperaturunterschied auf der Erdoberfläche innerhalb von vierundzwanzig Stunden. Manchmal regnet es fünf Jahre hintereinander nicht.«

»Aber bepustet sie jemand mit Zigarrenrauch?«

Er seufzt.

»Drinnen darf ich wegen der Familie nicht rauchen. Und hier draußen belästigen mich meine Besucher.«

Er legt die Zigarre in die Kiste zurück. Eine flache Holzkiste mit einem Bild von Romeo, der auf dem Balkon Julia küßt.

»Und jetzt«, sagt er, »will ich verdammt noch mal eine Erklärung.«

Ich muß meine Gedanken zusammennehmen. Sie sind jedoch bei dem Kuß auf der Zigarrenkiste hängengeblieben.

»Kennen Sie Euklids *Elemente?*« frage ich.

Dann erzähle ich ihm alles der Reihe nach. Von Jesajas Tod. Von der Polizei. Von der Kryolithgesellschaft Dänemark. Vom Arktischen Museum. Ein bißchen vom Mechaniker. Von Andreas Licht.

Sobald ich angefangen habe, vergißt er sich und fischt eine Zigarre aus der Kiste.

Es dauert zwei Zigarren, bis ich fertig bin.

Als ich aufhöre zu reden, zieht er sich zurück, als wolle er Abstand zwischen uns legen. Langsam schlendert er auf den kurzen kleinen Trampelpfaden zwischen den Pflanzen herum. Er hat einen Trick, mit dem er die letzten Millimeter der Zigarre raucht, so daß er die Glut zuletzt zwischen den Fingern hat. Dann läßt er die letzten Tabakkrümel in die Beete fallen.

Er kommt zu mir.

»Ich habe meine Schweigepflicht gebrochen. Ich begehe eine strafbare Handlung, wenn ich gegenüber der Polizei verschweige, was Sie mir erzählt haben. Ich trete hier gegen einen der einflußreichsten Wissenschaftler von Dänemark an, außerdem gegen den Staatsanwalt und den Chef der Reichspolizei. Man hat schon Leute gefeuert, weil sie nur die Hälfte von dem gedacht haben, was ich bereits getan habe. Und ich habe eine Familie zu versorgen.«

»Und die Kakteen müssen gegossen werden«, sage ich.

»Aber was hätten die Kinder schon von einem Vater, dem der Arsch auf Grundeis geht, sobald sein Lebensunterhalt bedroht ist?«

Ich sage nichts.

»Man kann sein Geld wohl auch auf andere ehrliche Weise verdienen und muß nicht unbedingt Oberarzt sein. Meine Großmutter war Jüdin. Vielleicht kann ich die Toiletten auf dem mosaischen Friedhof putzen.«

Er denkt laut. Aber er hat sich bereits entschieden.

Drinnen in der Küche bleibt er stehen.

»Jahr und Datum der beiden Expeditionen?«

Ich gebe sie ihm.

»Könnte vielleicht aufschlußreich sein, wenn man sich die gerichtsmedizinischen Erklärungen von damals anschauen würde«, sagt er.

Die ersten Brote sind schon aus dem Ofen. Eines stellt eine nackte Frau dar. Brustwarzen und Schamhaare sind aus Rosinen.

»Guck mal«, sagt ein kleiner Junge zu mir, »das sollst du sein.«

»Ja«, ruft ein anderer, »zieh dich mal aus, damit wir sehen können, ob es stimmt.«

»Halt die Klappe«, sagt Lagermann.

Er hilft mir in den Mantel.

»Meine Frau meint, daß man seinen Kindern unter keinen Umständen eine runterhauen darf.«

»In Grönland«, sage ich, »schlägt man seine Kinder auch nie.«

Er sieht enttäuscht aus.

»Aber es ist zum Teufel noch mal doch nur menschlich, wenn es einen manchmal in den Fingern juckt.«

Der Mechaniker steht auf dem Bürgersteig. Die beiden Männer drücken einander die Hand. In ihrem Versuch, sich entgegenzukommen, reckt sich der Gerichtsmediziner, während sich der Mechaniker gegen die Erde drückt. Sie treffen sich in der Mitte, in einem Stummfilm aus Linkischkeit. Wie so oft erhebt sich die Frage, weshalb Männer in ihrer Persönlichkeit oft diffus sind, wie es sein kann, daß sie an einem Obduktionstisch, in einer Küche, hinter einem Hundeschlitten virtuose Equilibristen sein können, während sie, wenn sie einem Fremden die Hand geben müssen, in infantiler Unbeholfenheit versinken.

»Loyen«, sagt Lagermann.

Er wendet sich halb vom Mechaniker ab, wie um ihn aus dem Gespräch herauszuhalten. Ein letzter mißglückter Versuch, die fachliche Diskretion zu wahren und einen Kollegen zu schützen.

»Er kam frühmorgens. Er kommt und geht, wie es ihm paßt. Aber die Wache hat ihn gesehen. Ich habe im Arbeitsplan nachgeschlagen. Er hatte keinen anderen Grund zu kommen. Er hat die Biopsie gemacht. Er hat es, verdammt noch mal, nicht lassen können. Die Wache sagt, die Putzfrauen seien zur selben Zeit dagewesen. Vielleicht hat er deswegen geschlampt.«

»Wie hat er gewußt, daß der Junge tot war?«

Er zuckt die Achseln.

»Ving.«

Das ist der Mechaniker. Lagermann sieht ihn feindselig an.

»V-Ving. Juliane hat ihn angerufen. Und dann muß er Loyen angerufen haben.«

Sein kleiner Morris hält draußen. Wir sitzen nebeneinander, ohne etwas zu sagen. Als er spricht, stottert er heftig.

»Ich bin dir hinterhergefahren. Habe oben am Tuborgvej gehalten und g-ge-sehen, wie du durch das Moor gegangen bist.«

Unnötig zu fragen, warum. Irgendwo sind wir beide gleich verschreckt.

Ich knöpfe unsere Kleider auf. Setze mich rittlings auf ihn und lasse ihn in mich hinein. Wir sitzen lange so.

Er macht Klebeband an meine Eingangstür. Er hat eine Art weißes, mattes Band, wie es die Graphiker benutzen. Mit einer Schere schneidet er zwei schmale Streifen und klebt sie an die obere und die untere Türangel. Sie sind nicht zu sehen. Wenn man weiß, wo sie sind, kann man sie gerade eben spüren.

»Bloß während dieser Tage jetzt. Jedesmal, wenn du reingehst, fühlst du erst nach, ob sie noch festsitzen. Wenn sie nachgegeben haben, wartest du, bis ich da bin. Am besten aber kommst du so wenig wie möglich nach Hause.«

Er vermeidet es, mich anzusehen.

»Wenn d-du nichts dagegen hast, kannst du solange bei mir wohnen.«

Es bleibt offen, was dieses ›solange‹ beinhaltet.

An der Universität gab es viele komische ethnologische Klischees. Eines davon war, wie hoch doch die europäische Mathematik bei den alten Kulturvölkern in der Schuld stehe, man brauche sich ja nur die Pyramiden anzuschauen, deren Geometrie einem Respekt und Bewunderung abnötige.

Das ist natürlich als Schulterklopfen getarnte Idiotie. In der Wirklichkeit, die sie abgrenzt, ist die technologische Kultur souverän. Neben der Integralrechnung sind die sieben bis acht Faustregeln der ägyptischen Landmesser die reine Rechenbrettmathematik.

Jean Malauri schreibt in *Die letzten Könige von Thule*, ein wesentliches Argument für das Studium der interessanten Polareskimos sei die Tatsache, daß man dadurch etwas über den Übergang des Menschen vom Neandertalerstadium zum Steinzeitmenschen lernen könne.

Das ist mit einer gewissen Liebe geschrieben. Aber es ist eine Studie über nicht erkannte Vorurteile.

Jedes Volk, das sich an einer von der europäischen Naturwissenschaft festgesetzten Notenskala messen läßt, steht immer als Kulturverbund höherer Affen da.

Das Notengeben ist sinnlos. Jeder Versuch, die Kulturen nebeneinanderzustellen, um zu bestimmen, welche davon am höchsten entwickelt ist, führt immer nur dazu, daß die westliche Kultur noch einen weiteren beschissenen Versuch unternimmt, den Haß auf ihre eigenen Schatten auf andere zu projizieren.

Es gibt nur eine Art und Weise, eine andere Kultur zu verstehen. Sie zu *leben*. In sie einzuziehen, darum zu bitten, als Gast geduldet zu werden, die Sprache zu lernen. Irgendwann kommt dann vielleicht das Verständnis. Es wird dann immer wortlos sein. In dem Moment, in dem man das Fremde begreift, verliert man den Drang, es zu erklären. Ein Phänomen erklären heißt, sich davon entfernen. Wenn ich anfange, mit mir selber oder anderen von Qaanaaq zu reden, habe ich fast wieder verloren, was nie richtig mein gewesen ist.

Wie jetzt auf seinem Sofa, wo ich Lust habe, ihm zu erzählen, weshalb ich an die Eskimos gebunden bin. Daß es mit ihrer Fähigkeit zu tun hat, ohne jeden Zweifel zu leben in dem Wissen, daß das Dasein sinnvoll ist. Daß es mit der Art und Weise zu tun hat, wie sie in ihrem Bewußtsein mit unvereinbaren Gegensätzen leben, ohne an deren Widersprüchen zugrunde zu gehen oder nach einer vereinfachenden Lösung zu suchen. Daß es mit ihrem kurzen, kurzen Weg zur Ekstase zu tun hat. Weil sie einem Mitmenschen begegnen und ihn so sehen können, wie er ist, ohne zu bewerten und ohne ihren klaren Blick durch Vorurteile trüben zu lassen.

All das drängt es mich ihm zu sagen. Diesen Drang lasse ich jetzt wachsen. Ich spüre, wie er mir aufs Herz, auf den Hals, hinter die Stirn drückt. Ich weiß, daß das so ist, weil ich in diesem Augenblick glücklich bin. Nichts korrumpiert ja so sehr wie das Glück. Es läßt uns glauben, daß wir, wenn wir diesen Moment mit jemandem teilen, auch die Vergangenheit miteinschließen können. Wenn der Mechaniker stark genug ist, mir entgegenzukommen, kann er wohl auch meine Kindheit in sich aufnehmen.

Dann lasse ich los. Der Drang zu erzählen ist eine Spannung. Sie steigt empor und verschwindet durch die Decke, und der Mechaniker wird nie auch nur ahnen, daß sie existiert hat.

Er brät Bananen. Er läßt sie im Ofen, bis die Schale schwarz ist. Inzwischen röstet er Haselnüsse. Auf dem Toaster. Er versichert mir, daß sie dadurch g-gleichmäßiger geröstet würden.

Er ist feierlich wie ein Pfarrer. Ohne jeden Hang zu lachen. Er macht einen Schnitt in die Bananen. Sie sind gelb und dickflüssig. In den Schnitt träufelt er Heidehonig und ein paar Tropfen Likör.

Meinetwegen könnte die Welt jetzt stehenbleiben. Niemand braucht mehr irgend etwas zu sagen.

Er tupft seine Lippen mit der Serviette ab. Empfindsame Lippen und ein breiter Mund. Eine irgendwie dicke Oberlippe.

»1966 fahren sie hoch. Dann ist es fünfundzwanzig Jahre lang still. Danach fahren sie wieder hoch. Anschließend ist es anderthalb Jahre still. Dann kommt der Baron um. Dann interessiert sich die Polizei sehr dafür. Dann brennt das Museum.«

Wir möchten beide, daß der andere es sagt.

»Die Sache kommt irgendwie in Bewegung, Smilla.«

»Ja«, sage ich.

»Sie bereiten wieder eine Reise vor. Der Winter, das wäre

der richtige Zeitpunkt, um sich darauf vorzubereiten. Dann k-könnten sie im Vorfrühling fahren.«

Genau das habe ich auch gedacht.

»Aber w-wie machen sie das? Sie können die Reise, das Schiff und die ganze Ausrüstung nicht über die Kryolithgesellschaft organisieren, denn die ist fast ganz abgewickelt.«

Ich möchte den Sternenhimmel sehen, mache also das Licht aus. Der Lichtschein von draußen ist hier ein klein bißchen anders als in meiner Wohnung.

»Loyen, Licht, Ving«, sage ich. »Sie haben es entdeckt. Was immer es ist. Sie haben herausbekommen, daß es da ist. Vielleicht in Hamburg. Sie waren für die ersten Reisen zuständig. Aber jetzt sind sie alt. Sie könnten es nicht noch mal machen. Und jemand hat Licht umgebracht. Hinter den Dreien steckt etwas anderes, etwas Größeres, etwas Rücksichtsloseres.«

Er kommt zu mir und legt die Arme um mich. Ich kann meinen Kopf in seine Achselhöhle legen.

»Sie brauchen ein Schiff«, sagt er nachdenklich. »Ich habe einen Kollegen, der was von Schiffen versteht.«

Ich habe Lust, ihm Fragen zu stellen, um ein bißchen von alldem zu erfahren, was ich über ihn nicht weiß. Aber ich lasse es.

»Ich habe das Handelsregister eingesehen. Im Vorstand der Geoinform sitzen drei Leute.«

Ich nenne die drei Namen. Er schüttelt den Kopf. Vor dem Fenster taucht jetzt das Siebengestirn auf. Ich zeige darauf. »Die Plejaden. In meiner Sprache heißen sie *qiluttuusat.*«

Er spricht es langsam und sorgfältig aus. Wie er Essen kocht. Sein Atem ist aromatisch und scharf. Von den getoasteten Nüssen.

Wir stehen im Schlafzimmer und ziehen uns gegenseitig aus.

Er hat eine leichte, tastende Brutalität, die mich mehrmals denken läßt, daß es mich diesmal den Verstand kosten wird. In unserem heraufdämmernden gegenseitigen Verständnis bringe ich ihn dazu, den kleinen Spalt der Eichel zu öffnen, so daß ich die Klitoris einführen und ihn vögeln kann.

2

Zuerst kommen wir in den Salon. Die Bullaugen sind aus Messing, Wände und Decken aus Mahagoni. Die Sessel haben Bezüge aus hellem Leder, sind mit Messingbeschlägen im Boden verbolzt und haben einen kardanisch aufgehängten Bronzehalter für die Whiskygläser, und überhaupt sind sie so tief, daß man das Klirren der Eiswürfel in einem dreifachen Laphroaig auch bei einem arktischen Taifun genießen können müßte.

Der nächste Raum ist ein Spaziergang von fünfundzwanzig Metern in Fahrtrichtung durch noch mehr Mahagoni und an noch mehr polierten Bullaugen entlang, vorbei an Schiffsuhren und verbolzten Prestigeschreibtischen, an denen ein Dutzend Leute arbeitet, als müßte alles in dreißig Sekunden abgewickelt sein. Die Frauen schreiben an Textverarbeitungsgeräten, die Männer reden an drei Telefonen auf einmal, und die Decke verschwindet hinter einer Wolke aus Zigarettenrauch und Gehetztheit.

Dann ein Vorzimmer. Dort sitzt eine Dame mittleren Alters mit Make-up, Spitzenbluse und maßgeschneiderter Jacke, sie hat Unterarme, als habe man sie als Grobschmied angemustert. Wenn ich nicht den Mechaniker dabeigehabt hätte, hätte sie mich erschreckt.

Er kennt sie. Sie geben einander die Hand, was aussieht, als wollten sie gleich Fingerhakeln, dann gehen wir weiter zur Kajüte des Kapitäns. Auf dem Weg kommen wir an Vitrinen mit Modellen von Tankschiffen vorbei, auf denen die Besatzung unterwegs dreimal übernachten muß, bis sie von einem Ende zum anderen gekommen ist.

Hier sind die Bullaugen so groß wie Brunnendeckel und sitzen niedriger, so daß man auf die Büsche in der kleinen Anlage mitten auf dem Sankt Annæ Plads schauen kann und daran erinnert wird, daß diese ganze maritime Schwindelnummer im zweiten Stock eines Palais liegt, dessen Rückseite nach Schloß Amalienborg hinausgeht und das mir vorkommt wie die schlimmste innenarchitektonische Extravaganz, die ich je gesehen habe.

Am Schreibtisch, der Leisten hat, so daß die vergoldeten Kugelschreiber bei dem eingebildeten Seegang nicht auf den

Boden rollen können, sitzt ein Junge, der aussieht, als sei er höchstens vierzehn Jahre alt, mit Wasser gestriegelt und gerade erst konfirmiert worden; er hat sandfarbene Haare und Sommersprossen auf der Nase.

Als er den Mund aufmacht, spricht er mit einem dünnen, hellen, würdevollen Alt.

»Ich weiß schon, was du sagen möchtest, Schätzchen. Du willst sagen: Wo ist dein Vater, mein Kleiner, denn mit dem wollen wir reden. Aber du irrst dich. Ich werde nächsten Monat dreiunddreißig. Wenn mich aus Versehen ein Sittenstrolch umbringen sollte, hätten meine Frau und meine drei Kinder fünfundzwanzig Millionen Kronen, wenn das Geschäft hier verkauft würde.«

Dann zwinkert er mir zu.

Er heißt Birgo Lander. Er ist der Freund des Mechanikers. Er ist Reeder und Direktor seines eigenen Schiffahrtskontors. Seine Jugend verteilt sich auf sämtliche Erziehungsanstalten in Dänemark, er ist elternlos, reich, absolut skrupellos, noch mehr Legastheniker als der Mechaniker, versoffen, dem Glücksspiel verfallen und sieht aus, als könnte er auf Kinderfahrschein fahren, wenn das nicht unnötig wäre, da er einen Jaguar hat, *custom-made.*

Ein Teil davon wissen ich und der Rest von Dänemark aus Zeitungen und Illustrierten. Das übrige hat mir der Mechaniker auf dem Weg hierher erzählt.

Er umschließt die Hand des Mechanikers mit beiden Händen, sagt nichts, sieht ihn aber an, als hätte er gerade einen vermißten großen Bruder wiedergefunden. Dann setzen wir uns. Der Mechaniker schiebt seinen Stuhl etwas zurück und hält sich aus dem nun folgenden Gespräch heraus. Hier bin ich daran.

»Wenn ich ein Schiff von etwa 4 000 Tonnen mieten möchte, das eine Fracht transportieren soll, über die ich mich im übrigen nicht näher auslassen will, und das an einen Ort, von dem ich auch nichts zu sagen gedenke, was muß ich dann tun? Und wenn ich nun bereits angefangen hätte, nach dem richtigen Schiff zu suchen, könnte man meinen Bemühungen von außen nachschnüffeln?«

Er steht auf. Er trägt hochhackige Cowboystiefel. Sie helfen seiner Größe nicht richtig auf die Sprünge. Aus einem Schrank an der Wand holt er eine Doppelflasche klaren Obstbranntwein. Der Mechaniker und ich lehnen ab. Er schenkt sich selber in ein hohes, zylindrisches Wasserglas ein.

Sofort duftet es im ganzen Raum nach frischen Birnen. Er nippt am Inhalt. Siebenmal hintereinander. Dann sieht er mich an, um festzustellen, ob ich erschüttert bin.

»Ab zehn Uhr morgens bin ich blau«, sagt er. »Und ich kann es mir leisten.«

Seine Augen schwimmen, doch seine Stimme ist klar.

»Wenn du versuchen würdest, dir ein Schiff zu besorgen, könnte man dich ausfindig machen. Aber nur, wenn man mit einem Schiffsmakler befreundet wäre. Und das bist du jetzt, Schätzchen.«

Irgendwie mag ich ihn bereits. Ein Schmuddelkind, einer, der immer Mühe gehabt hat, sich zu benehmen, und eigentlich auch keine Lust gehabt hat, es zu lernen.

Aus einer Schublade kramt er einen Tausendkronenschein heraus und legt ihn auf den Tisch.

»Alles hat eine Vorder- und eine Rückseite. Normalerweise sind sie gleich groß.«

Er dreht den Schein liebevoll um.

»In der Schiffsbranche aber ist es so pfiffig eingerichtet, daß die Rückseite sehr viel größer ist als die Vorderseite.«

Er macht eine Handbewegung.

»Die Vorderseite ist die Adresse, hier an dem teuren Platz. Das Zigarrenkistenholz und die Suiten, durch die ihr durchgekommen seid, um hier hereinzukommen.«

Er klopft sich auf seine dünnen Haare.

»Die Rückseite, die ist hier drin. Aber man ›mietet‹ kein Schiff, Schätzchen, man ›chartert‹ es. Von einem Reeder. Das läuft über einen Vertrag. So einer hat eine Vorderseite, die man nötigenfalls dem See- und Handelsgericht vorlegen können muß. Auf der Vorderseite steht, wo das Schiff hinfährt und was es geladen hat.«

Er kostet von dem Alkohol.

»Doch du bist ja mit den Auskünften über Ort und Fracht

zurückhaltend. Du bittest also um einen Vertrag, in dem als Frachtort ›die ganze Welt‹ und unter Fracht ›unspezifiziert‹ steht. Der Wunsch wird jeden Reeder traurig machen. Schiffe sind wie Kinder. Man möchte gern wissen, wo sie spielen. Gerne schlechte Gesellschaft vermeiden. Doch kein Kummer ist so groß, daß man ihn mit Geld nicht lindern könnte. Du schlägst also vor, daß ein sogenannter *sideletter*, ein Nebenvertrag ausgestellt wird. Die dänische Schiffahrt ist voller Nebenverträge. So gut wie alle dänischen Reedereien haben während der letzten fünfzehn Jahre Kohle aus Südafrika geholt und Munition in den Nahen Osten verfrachtet. Obwohl das gesetzwidrig ist. Dazu braucht man meterweise Nebenverträge. Und die brauchen nicht zum See- und Handelsgericht. Sie sind genauso lichtempfindlich wie ein nicht entwikkelter Film. Um so einen bittest du. Darin steht, daß du der Reederei eine Prämie dafür bezahlst, daß du auch weiterhin eine diskrete und geheimnisvolle junge Dame sein kannst. Machen wir ein Spielchen. Sagen wir, ich bin der Reeder, bei dem du ein Schiff chartern möchtest. Achtundneunzig Prozent aller Abschlüsse in dieser Branche gehen unter vier Augen vor sich. Jetzt vertraust du also Onkel Birgo unter vier Augen an, wo dein Schiffchen in Wirklichkeit hin soll.«

»An die grönländische Westküste.«

»Das macht es schwerer für den, der chartern will, und leichter für den, der das Geschäft aufspüren möchte. Um nach Grönland fahren zu dürfen, muß ein Schiff Eisklasse haben. Die dänische Seeberufsgenossenschaft verlangt, daß alle Schiffe klassifiziert werden, und zwar im Hinblick auf den Schiffskörper alle vier Jahre und auf Sicherheitsausrüstung und Maschinen einmal im Jahr. Wenn das Schiff nicht abgenommen wird, kommt es überhaupt nicht auf See. Für Grönland brauchen die Schiffe seit letztem Jahr einen Doppelboden und doppelte Wände.«

»Und die Besatzung?«

»Normalerweise chartert man ein Schiff mit Besatzung. Oder man wendet sich an eine der internationalen Firmen, die weiter nichts tun, als Vollbesatzungen zu liefern. In diesem besonderen Fall würde man aber wohl eine *bare-*

boatcharter vorziehen. Das heißt, daß man das Schiff und nichts weiter chartert. Dann beschafft man sich als erstes einen Kapitän. Das muß ein besonderer Mensch sein, den man ein bißchen zur Seite nehmen und dem man bei einem gefüllten Glas erzählen kann, daß seine Heuer in diesem Fall über das übliche hinausgeht. Dafür braucht man all seinen Takt und all sein Feingefühl. Zusammen mit ihm findet man den Rest der Besatzung. Für ein Schiff von 4 000 Tonnen wären das elf bis zwölf Mann.«

Jetzt muß ich ihn um etwas bitten. Ersuchen sind immer schwer.

»Wenn ein Kunde einen Fühler nach einem solchen Schiff und einem solchen Kapitän ausgestreckt hätte würdest du das dann herauskriegen können, Onkel Lander?«

Er sieht mich betrübt an.

»Die Überschrift ganz oben auf der ersten Seite von allem, was in dieser Branche passiert, lautet *All negotiations whatsoever to be kept strictly private and confidential.* Die Schiffsbranche gehört zu den diskretesten der Welt.«

Feierlich faltet er die Hände um sein Glas und zwinkert mir zu.

»Aber für dich, mein Schnuckiputzi, würde ich zum Äußersten gehen.«

Er sieht den Mechaniker und danach mich an.

»Wenn ich dich so nennen darf?«

»Du darfst«, sage ich, »mich so nennen, wie es dir gerade in deinen kleinen Schrumpfschädel kommt.«

Er blinzelt kurz. Widerstand ist für ihn so ungewohnt, daß er vergessen hat, wie sich das anfühlt. Einen Augenblick lang verbirgt er das Gesicht in den Händen, um seine Gedanken zu sammeln.

»Auf der Vorderseite sieht diese Branche nicht besonders gut aus. Auf der Rückseite aber hat sie viel Ethik, wie man das nennt. Und die beiden wichtigsten Regeln sind: Man bescheißt nie einen Kunden. Man bescheißt nie einen anderen Makler.«

Er schluckt ein bißchcn. Hier haben wir seine ganze Lebensphilosophie.

»Staat und Behörden verarscht man, wann immer sich Gelegenheit dazu bietet. Mit einem fetten Grinsen bricht man die Devisengesetze von Justizminister Ole Espersen und fährt mit einer Mappe mit einer Million in bar nach Capetown, um einen Buschmann zu bestechen, der dort Hafenmeister ist und unter dem Vorwand von Quarantänebestimmungen einen Tanker von 500 000 Tonnen auf der Reede festhält. Man kauft jährlich in Panama fünf Gesellschaften zu tausend Dollar das Stück, damit man nicht unter dänischer Flagge und dänischer Gesetzgebung fahren muß. Man dirigiert eine Ladung, die vorm Zoll Allergieausschlag kriegt, in einen spanischen Hafen um, wo man den örtlichen Zöllner dazu gekauft hat, die Kisten umzufakturieren. Aber einen Kunden bescheißt man nicht. Denn die Kunden sollen ja wiederkommen. Vor allem aber bescheißt man keinen Makler. Wir Schiffahrtskaufleute halten zusammen. Schließlich funktioniert das ja so, daß ich einen Kunden habe, der ein Schiff hat, und du einen Kunden hast, der eine Fracht hat, und die bringen wir zusammen. Das nächstemal ist es umgekehrt. Ein Schiffsmakler lebt von anderen Maklern, der wieder von anderen Maklern lebt ...«

Er ist bewegt.

»Das ist eine einzige große Bruderschaft, Schätzchen.«

Er trinkt und wartet, bis seine Stimme wieder beweglich ist.

»Das bedeutet, daß wir ein Netzwerk haben. Wir kennen die Makler von Guadeloupe bis Feuerland, von Rangun bis zu den Äußeren Hebriden. Und wir reden miteinander. Kleine Gespräche, und wenn man ein paar Jahre miteinander geredet und eine Nase dafür hat, verdient man schließlich jedesmal, wenn man zum Hörer greift und den Mund aufmacht, hunderttausend. In jedem größeren Hafen haben Lloyd's und die anderen großen Gesellschaften einen Beobachter angestellt, der alle ein- und auslaufenden Schiffe meldet. Und die Beobachter kennt man ja allmählich. Wenn jemand versucht hat, 4 000 Tonnen Eisklasse zu chartern, um eine Geheimfracht an einen geheimen Ort zu bringen, und du an dem Wer und Wie interessiert bist, dann bist du an den Richtigen ge raten, Schätzchen. Denn dann wird Onkel Birgo das für dich herauskriegen.«

Wir stehen auf. Er reicht mir die Hand über den Schreibtisch.

»Es war mir wirklich ein Vergnügen, Schätzchen.«

Er meint es tatsächlich.

Wir gehen hinaus, an der Spitzenbluse vorbei. Im nächsten Büro kehre ich um.

»Ich habe noch was vergessen.«

Er sitzt am Schreibtisch. Er lacht noch immer vor sich hin. Ich gehe zu ihm hin und küsse ihn auf die Wange.

»Was soll denn Føjl dazu sagen?« fragt er.

Ich zwinkere ihm zu.

»All negotiations whatsoever to be kept strictly private and confidential.«

Alle zwei Tage holt Moritz Benja nach den Nachmittagsproben ab, und sie essen dann zusammen bei ›Savarin‹ im Nyhavn.

Moritz verkehrt dort, weil die Küche gut ist, die Preise sein Selbstgefühl anregen und er es mag, daß man durch die fassadenhohen Spiegelscheiben einen guten Ausblick auf die Leute auf der Straße hat. Benja geht mit, weil sie weiß, daß die Leute auf der Straße durch dieselben Scheiben einen guten Ausblick auf sie haben.

Sie haben ihren festen Tisch am Fenster und einen festen Ober, und sie essen immer dasselbe. Moritz nimmt Lammniere, Benja eine Schale mit der Sorte Futter, die man Kaninchen gibt. Ein Stück weg von ihnen sitzt heute eine Familie, die in diese ansonsten kinderfreie Zone klammheimlich ein kleineres Kind mitgenommen hat. Moritz sieht das Kind an.

»Du hast mir nie Enkel geschenkt«, sagt er zu mir.

»Kleine Kinder riechen nach nassen Windeln«, sagt Benja.

Moritz sieht sie verdutzt an.

»Das tun Lammnieren auch«, sagt er.

Ich denke an den Mechaniker, der draußen im Auto wartet.

»Willst du dich nicht setzen, Smilla?«

»Draußen wartet jemand auf mich.«

Durch die Scheiben kann Benja den Morris sehen, aber nicht, wer darin sitzt.

»Scheint jemand in deinem Alter zu sein«, meint sie. »Irgendwo in den Vierzigern. Nach dem schicken Auto zu urteilen.«

Wenn ich darauf antworten würde, verletze ich Moritz. Ich lasse es also unerwidert durchgehen.

Ich lehne mich an die Tischkante. So ist es immer gewesen. Benja und Moritz sitzen bequem zurückgelehnt. Sie gehören hierher. Ich stehe im Mantel da und fühle mich, als sei ich gerade von der Straße hereingekommen, um etwas feilzubieten.

Moritz hat zwei Umschläge in den Händen. Der eine ist grau und fleckig. Könnte Rotwein sein. In dem Schweigen zwischen uns versucht er, mich mit den Umschlägen auf einen Stuhl zu zwingen. Es gelingt ihm nicht.

»Es ist mir unangenehm«, sagt er.

Ich verstehe nicht, was er meint.

»Hviid ist kein gewöhnlicher Name. Es gab da mal einen Komponisten, Jonathan Hviid. Ich habe Victor Halkenhvad angerufen.«

Benja hebt den Kopf. Den Namen hat sogar sie schon mal gehört. »Ich wußte gar nicht, daß der noch lebt.«

»Ich bin auch gar nicht so sicher, daß er das tut.«

Er reicht mir den Umschlag. Ich halte ihn an die Nase. Der Fleck ist Rotwein. Moritz steckt einen Finger hinter seinen Rollkragen und fährt damit hin und her.

»Es war nicht angenehm. Er hat mächtig abgebaut. Irgendwann hat er den Hörer aufgeknallt. Als ich mitten in einem Satz war. Aber er hat trotzdem geschrieben.«

Die Gelegenheit, Moritz peinlich berührt zu sehen, bietet sich äußerst selten. Jetzt ist die Chance da. Erst draußen im Auto verstehe ich, weshalb.

Er holt mich an der Tür ein.

»Du hast den hier vergessen.«

Es ist der zweite Umschlag.

»Ein einzelner Ausschnitt über Tørk Hviid. Vom ›Dänischen Pressedienst‹.«

Ein Pressedienst, den er abonniert. Sie sammeln alle Presseausschnitte über ihn.

Er möchte mich anfassen. Er traut sich nicht. Er will etwas sagen. Er kriegt es nicht heraus.

Im Auto lese ich den Brief laut. Die Handschrift ist nahezu unleserlich.

Jørgen, du billiger kleiner Friseurtyp.

Der Mechaniker sieht durcheinander aus.

»Jørgen ist der Vorname meines Vaters«, erkläre ich. »Und Victor war schon immer reizbar.«

Es muß ungefähr fünfzehn Jahre her sein, seit ich ihn das letztemal gesehen habe. Die Oper hatte ihm in der Store Kannikestræde eine Ehrenwohnung gegeben. Er saß in einem Sessel, der zum Flügel hingerückt war. Er war im Schlafrock, ich hatte ihn noch nie anders gesehen. Seine Waden waren nackt und geschwollen. Ich weiß nicht, ob er überhaupt noch aufstehen konnte. Er muß über 150 Kilo gewogen haben. Alles an ihm hing. Er sah mich an, nicht Moritz. Unter den Augen hatte er nicht bloß Säcke, sondern Kojensäcke.

»Ich kann Frauen nicht leiden«, sagte er. »Rück weiter weg.«

Ich rückte weg. »Als kleines Mädchen warst du niedlich«, sagte er. »Die Zeit ist vorbei.«

Er signierte ein Plattencover und reichte es Moritz.

»Ich weiß, was du denkst«, sagte er. »Du denkst, jetzt hat der alte Idiot noch eine Platte gemacht.«

Es waren die *Gurrelieder.* Die Platte habe ich noch. Es ist immer noch eine unvergeßliche Aufnahme. Ab und zu habe ich mir gedacht, daß der Körper, unsere physische Existenz an sich, dem Schmerz, den ein Gemüt ertragen kann, eine Grenze setzt. Und daß Victor Halkenhvad auf der Platte bis an diese Grenze geht. So daß wir anderen hinterher zuhören und die Reise mitmachen können, ohne selbst so weit gehen zu müssen.

Auch wenn man wie ich nichts von europäischer Kulturgeschichte weiß, hört man, daß in der Musik, auf der Platte, eine Welt untergeht. Die Frage ist nur, ob etwas an ihre Stelle getreten ist. Das meinte Victor nicht.

Ich habe in meinem Tagebuch nachgesehen. Es ist jetzt alles, was ich noch an Gedächtnis habe. Dein letzter Besuch ist zehn Jahre her. Laß mich erzählen, daß ich Alzheimer habe. Selbst ein Gelddoktor wie Du weiß wohl, was das bedeutet. Jeder neue Tag reißt einen Bissen aus meinem Gehirn. Bald kann ich mich Gott sei Dank nicht einmal an euch erinnern, die ihr mich alle und euch selbst verraten habt.

Es war seine Gleichgültigkeit. Er sang, bebend, dem Bersten nahe, unerträglich von der Romantik und deren Gefühlen erfüllt, zugleich aber war da auch ein großer Überblick, war irgend etwas in ihm, das sich um alles einen Dreck scherte.

Jonathan und ich waren zusammen auf dem Konservatorium. Wir kamen '33 rein. Das Jahr, in dem Schönberg zum Judentum konvertierte. Das Jahr des Reichstagsbrandes. Jonathan war auch so. Verdammt schlechtes Timing. Er komponierte ein Stück für acht Querflöten und nannte es ›Silberpolypen‹. Mitten in der miefigen dänischen Nachkriegsborniertheit, die selbst einen Carl Nielsen zu provozierend fand. Er schrieb ein geniales Konzert für Klavier und Orchester. Dem Flügel mußten sie altmodische Eisenkochplatten auf die Saiten legen, weil das einen ganz speziellen Ton gab. Es wurde nie aufgeführt, nie, nicht ein einziges Mal. Er heiratete eine Frau, von der selbst ich kaum etwas Unvorteilhaftes sagen konnte. Sie war Anfang Zwanzig, als sie den Jungen bekamen. Sie wohnten in Brønshøj, in einem Viertel, das es nicht mehr gibt. Wellblechgartenschuppen. Ich besuchte sie dort. Jonathan verdiente keine müde Mark. Der Junge war total vernachlässigt. Durchlöcherte Klamotten, rote Augen, kriegte nie ein Fahrrad, wurde in der Proletenschule des Viertels verprügelt, weil er vor Hunger so schwach war, daß er sich nicht verteidigen konnte. Weil Jonathan ein großer Künstler sein wollte. Ihr habt eure Kinder alle im Stich gelassen. Und das muß euch eine alte Tunte wie ich erzählen.

Der Mechaniker ist an die Seite gefahren, um zuhören zu können.

»Die Blechbuden in Brønshøj«, sagt er. »An die erinnere ich mich. Die lagen hinter dem Kino.«

Er ließ die Verbindung abreißen. Ich hörte, daß sie irgendwann nach Grönland gegangen waren. Sie hatte Arbeit als Lehrerin angenommen. Versorgte die Familie, während Jonathan für die Eisbären komponierte. Nach ihrer Rückkehr habe ich sie einmal besucht. Der Sohn war auch da. Schön wie ein Gott. Eine Art Wissenschaftler. Kalt. Wir sprachen über Musik. Er fragte die ganze Zeit nach Geld. Dauergeschädigt. Wie Du selber, Moritz. Zehn Jahre lang hast Du mich nicht besucht. Hoffentlich erstickst Du in Deinem Vermögen. Diese beharrliche Verbissenheit, auch an dem Jungen. Wie Schönberg. Die Zwölftonmusik. Reine Verbissenheit. Aber Schönberg war nicht kalt. Der Junge war Eis. Ich bin müde. Ich habe angefangen, ins Bett zu pinkeln. Kannst Du es ertragen, Dir das anzuhören, Moritz? Dich erwischt es auch einmal.

Der Brief ist nicht unterschrieben. Der Ausschnitt in dem zweiten Umschlag ist nur eine Notiz. Die Polizei in Singapur hat am 7. Oktober 1991 den Dänen Tørk Hviid festgehalten. Das Konsulat hat im Namen des Außenministeriums eine Protestnote überbracht. Das sagt mir nichts. Erinnert mich aber daran, daß auch Loyen mal in Singapur gewesen ist. Um Mumien zu fotografieren.

Wir fahren zum Nordhafen. Vor der Kryolithgesellschaft Dänemark drosselt der Mechaniker die Geschwindigkeit, und wir schauen uns an.

Wir lassen das Auto beim Elektrizitätswerk Svanemøllen stehen und gehen durch die Sundkrogsgade zum Hafen hinunter.

Es weht ein trockener Wind, mit kaum sichtbaren, stiebenden Eiskristallen, die im Gesicht brennen.

Ab und zu halten wir uns an der Hand. Ab und zu bleiben wir stehen und küssen uns mit kalten Lippen und warmen Mündern, ab und zu gehen wir getrennt. Wir haben Stiefel an, auf dem Bürgersteig liegen Schneewehen. Trotzdem fühlen wir uns wie zwei Tänzer, die aus Umarmungen, Griffen und Hebungen entgleiten und wieder zurückkommen. Er hält mich nicht auf. Er drückt mich nicht zu Boden, er preßt mich nicht vorwärts. Bald ist er neben mir, bald etwas hinter mir.

Ein Industriehafen hat etwas Ärgerliches. Hier gibt es keine königlichen Jachtklubs, keine Promenaden, keine an Fassaden verschwendete Energie. Hier gibt es Futtersilos, Lagergebäude, Containerkräne.

In einem offenen Tor steht ein Stahlrumpf. Wir klettern eine Holzleiter hinauf und kommen an Deck. Wir sitzen im Cockpit und schauen über das weiße Deck. Ich lehne den Kopf an seine Schulter. Wir fahren. Es ist Sommer. Wir fahren nach Norden. Vielleicht an der norwegischen Küste entlang. Nicht so weit weg vom Land, weil ich Angst vor dem offenen Meer habe. An der Mündung der großen Fjorde vorbei. Die Sonne scheint. Das Meer ist blau, klar und tief. Als hätten wir unter dem Kiel einen mächtigen Block flüssiges Kristall. Wir haben Mitternachtssonne. Eine rötliche, gleichsam hüpfende Lichtscheibe. Der schwache Gesang des Windes in den Drähten.

Wir gehen zum Bootshafen hinaus. Männer im Overall fahren auf dem Fahrrad vorbei und drehen sich nach uns um, wir lachen sie an und wissen, daß wir leuchten.

Wir wandern die stillen Kais entlang, bis wir vor Kälte starr sind. Wir essen in einer kleinen Kneipe, die zu einer Räucherei gehört. Draußen verneigen sich die Wolken einen kurzen Moment lang vor einem roten, seltenen Sonnenuntergang, der die Farben der Fischkutter von Weißblau über Rosa ins Violette spielen läßt.

Er erzählt mir von seinen Eltern. Von seinem Vater, der nie etwas sagt und Tischler ist, einer der letzten in Dänemark, der Wendeltreppen machen kann, die sich in vollendeter Holzspirale in den Himmel hinaufschrauben. Von seiner Mutter, die nach den Rezepten der Frauenillustrierten Kuchen bäckt, die sie selbst nicht kosten darf, weil sie zuckerkrank ist.

Als ich ihn frage, woher er Birgo Lander kennt, schüttelt er den Kopf und schweigt. Ich streichle über den Tisch hinweg am Kaumuskel seinen Kiefer und denke, was das für ein Dasein ist, das uns mit einem uns vollständig fremden Menschen schockartig das Glück und die Ekstase erleben läßt.

Draußen ist es dunkel geworden.

Selbst in der Dunkelheit und auch im Winter liegt Hellerup in einer anderen Dimension als Kopenhagen. Wir halten in einer stillen, leisen Straße. An den Bordsteinkanten und den hohen Mauern um die Villen leuchtet der Schnee weiß. In den Gärten bilden immergrüne Bäume und Büsche dichte, schwarze Flächen, wie Waldränder oder Fjällhänge über einer weißen Decke aus Schnee.

Hier gibt es keine Straßenbeleuchtung. Trotzdem können wir das Haus sehen. Eine weiße, hohe Villa, die dort steht, wo der Weg, auf dem wir halten, in eine Allee mündet.

Das Haus hat weder eine Hecke noch einen Zaun. Vom Bürgersteig tritt man direkt auf die Rasenflächen. Ganz oben, im zweiten Stock, ist ein Fenster erleuchtet. Alles wirkt gut erhalten, frisch gestrichen, teuer und zurückgezogen.

Etwas weiter drin, auf dem Rasen, ein von einer Lampe erleuchtetes Schild. Auf dem Schild steht ›Geoinform‹.

Wir wollten eigentlich nur kurz vorbei, um uns das Gebäude anzuschauen. Jetzt halten wir hier schon eine Stunde.

Das hat nichts mit dem Haus zu tun. Wir hätten sonstwo halten können. Und sonstwie lange.

Ein Streifenwagen hält neben uns. Er ist schon zweimal an uns vorbeigefahren. Inzwischen sind sie neugierig geworden.

Der Beamte spricht über mich hinweg zu dem Mechaniker.

»Na, Meister?«

Ich stecke den Kopf durch das Fenster und in den Streifenwagen.

»Wir wohnen in einer Einzimmerwohnung, Herr Kommissar. Einer Kellerwohnung in der Jægersborggade. Wir haben drei Kinder und einen Hund. Ab und zu braucht man ein bißchen Privatleben. Und kosten darf es auch nichts. Also fahren wir hier raus.«

»Okay«, sagt er. »Aber fahren Sie mit Ihrem Privatleben woanders hin. Das hier ist ein Botschaftsviertel.«

Sie fahren. Der Mechaniker läßt den Wagen an und legt den Gang ein.

Da geht in dem Haus vor uns das Licht aus. Der Mechaniker fährt langsamer. Mit ausgeschalteten Scheinwerfern fahren wir im Schneckentempo die Allee entlang. Drei Gestalten treten auf die Treppe heraus. Zwei davon sind dunkle Punkte in der Nacht. Doch die dritte wendet sich instinktiv zum Licht. Ich sehe einen Pelz, ein weißes Gesicht, das das Licht einfängt. Es ist die Frau, die ich bei Jesajas Begräbnis mit Andreas Licht habe reden sehen. Sie wirft den Kopf zurück, und die dunklen Haare gleiten in die Nacht. Jetzt, wo ich die Bewegung wiederholt sehe, sehe ich auch, daß sie nicht Eitelkeit, sondern Selbstbewußtsein ausdrückt. Eine Garagentür geht auf. In einer Lichtflut kommt das Auto heraus. Scheinwerfer fegen über uns hin dann ist es weg. Hinter ihm gleiten die Türen langsam zu.

Wir liegen hinter dem Auto. Nicht zu dicht. Denn die Allee ist öde, aber auch nicht sehr weit weg.

Wenn man in der Dunkelheit durch Kopenhagen fährt und der Umgebung erlaubt, an Kontur zu verlieren und zu verschwimmen, tritt ein neues Muster zutage, das dem Blick, der scharf einstellt, nicht sichtbar ist. Die Stadt ist wie ein bewegliches Lichtfeld, wie ein über die Netzhaut gezogenes Spinnennetz aus Weiß und Rot.

Der Mechaniker fährt entspannt, fast in sich gekehrt, als sei er kurz vorm Einschlafen. Er macht keine plötzlichen Bewegungen, bremst nicht hart. Es ist kein eigentliches Stär keaufgebot, nur ein Fließen durch die Straßen und deren Verkehr. Irgendwo vor uns liegt die ganze Zeit wie eine breite, niedrige Silhouette das Auto, das uns führt.

Der Verkehr wird spärlicher und hört zuletzt ganz auf. Wir fahren Richtung Kaianlage Kalvebod Brygge.

Wir kommen auf den Damm, ganz langsam und ohne Licht. Ein paar hundert Meter vor uns, auf dem Kai, gehen ein paar rote Rücklichter aus. Der Mechaniker parkt an einem dunklen Bretterzaun.

Die relative Wärme des Meeres hat einen Dunst entstehen lassen, der das Licht des Raumes aufsaugt. Die Sicht beträgt vielleicht hundert Meter. Die andere Seite des Hafens ist im Dunkeln verschwunden. Die Dünung schlägt mit langgezogenem Schlurfen an die Mole.

Und plötzlich eine Bewegung. Kein Laut, sondern die schwarze Kristallisation eines Punkts in der Nacht. Ein Feld von Schwärze, das sich systematisch zwischen den geparkten Autos bewegt. Fünfundzwanzig Meter vor uns hört die Bewegung auf. Vor einem hellen Kühlanhänger steht ein Mensch. Über der Gestalt schwebt eine Erhellung, wie ein weißer Hut oder ein Glorienschein. Die Unbeweglichkeit dauert lange. Der Dunst verdichtet sich etwas. Als er lichter wird, ist die Gestalt verschwunden.

»Er h-hat die K-Kühlerhauben angefaßt, um zu fühlen, ob sie heiß sind.«

Er flüstert, als könnte seine Stimme in die Nacht hinausreichen.

»Ein vorsichtiger M-Mann.«

Wir sitzen still und lassen die Zeit durch uns hindurchgehen. Trotz des Ortes, trotz des Unbekannten, auf das wir warten, ist sie für mich wie ein Strom aus Glück.

Nach seiner Uhr vergeht vielleicht eine halbe Stunde.

Wir hören das Auto nicht. Es kommt mit gelöschten Scheinwerfern aus dem Nebel und fährt an uns vorbei. Das Geräusch ist nur ein leises Zischen. Die Scheiben sind dunkel.

Wir steigen aus dem Auto und gehen zum Kai. Die schwarzen Konturen, die mehr zu ahnen als zu sehen waren, sind Schiffe. Das nächstgelegene ist ein Segelschiff. Die Gangway ist eingezogen, es liegt im Dunkeln. Eine weiße Platte am Oberbau zeigt auf deutsch an, daß es sich um ein polnisches Schulschiff handelt.

Das nächste ist ein schwarzer, hoher Rumpf. Mittschiffs führt eine Aluminiumtreppe an Bord, doch alles wirkt öde und verlassen. Das Schiff heißt Kronos. Es ist vielleicht 125 Meter lang.

Wir gehen zum Auto zurück.

»Man sollte vielleicht an Bord gehen«, sagt er.

Den Beschluß muß ich fassen. Einen Moment lang fühle ich mich versucht. Dann folgen die Furcht und die Erinnerung an das Brandprofil der Nordlicht vor der Islands Brygge. Ich schüttele den Kopf. Jetzt, gerade jetzt, erscheint mir das Leben so wertvoll.

Wir rufen Lander von einer Telefonzelle aus an. Er ist noch im Büro.

»Und wenn das Schiff nun Kronos hieße«, sage ich.

Er geht und kommt zurück. Es vergeht einige Zeit, während er blättert.

»*Lloyd's Register of Ships* hat fünf: einen Chemietanker mit Heimathafen Frederiksstad, einen Sandpumper in Odense, einen Schlepper in Gdańsk und zwei *General Cargo*, einen in Piräus und einen in Panama.«

»Die beiden letzten.«

»Der griechische hat 1 200 Tonnen, der andere 4 000.«

Ich reiche dem Mechaniker den Kugelschreiber. Er schüttelt den Kopf.

»Z-Zahlen kann ich auch nicht«, flüstert er.

»Irgendein Bild?«

»Nicht bei Lloyd's. Aber eine ganze Menge Zahlen. 127 Meter lang, 1957 in Hamburg gebaut, eisverstärkt.«

»Die Eigentümer.«

Er verläßt das Telefon erneut. Ich sehe den Mechaniker an. Sein Gesicht liegt im Dunkeln, ab und zu lassen Autoscheinwerfer es hervortreten, es ist besorgt, empfindsam. Und hat unter der Empfindsamkeit etwas Unverrückbares.

»In *Lloyd's Maritime Directory* steht der Reeder als ›Plejada‹, registriert in Panama. Aber der Name sieht dänisch aus. Eine Katja Claussen. Nie von ihr gehört.«

»Aber ich«, sage ich. »Die Kronos ist unser Schiff, Lander.«

3 Wir sitzen in seinem Bett, den Rücken an der Wand. Die Narben an seinen Handgelenken und Knöcheln wirken in diesem Licht gegen seine weiße Nacktheit schwarz wie Eisenbügel. »Hast du das Gefühl, daß man über sein Leben bestimmt, Smilla?«

»Die Details«, sage ich. »Die großen Dinge kommen von selbst.«

Das Telefon klingelt.

Er nimmt das Klebeband ab und hört sich einen kurzen Bescheid an. Dann legt er den Hörer auf.

»Kann sein, daß du deine Hochhackigen raussuchen mußt. Birgo will uns heute abend treffen.«

»Wo?«

Er lacht geheimnisvoll.

»An einem schwarzen Ort, Smilla. Aber zieh dich nett an.«

Er trägt mich die Treppe hinauf. Ich zappele in seinen Armen, und wir lachen lautlos, um keine Aufmerksamkeit zu erregen. In Qaanaaq, als ich klein war, schleppte der Bräutigam die Braut in der Hochzeitsnacht zum Schlitten, und unter dem Gejohle der Gäste fuhren sie fort. Zuweilen tun sie das heute noch. Die Stunde, die ich jetzt allein sein muß, um mich umzuziehen, kommt mir schon im voraus lang vor. Am liebsten würde ich ihn bitten zu bleiben, wo ich ihn die ganze Zeit über sehen kann. Für mich ist er noch nicht richtig in meiner Wirklichkeit angekommen. Noch sind seine unbeholfene Sanftheit, seine Massivität und linkische Höflichkeit wie ein klarer Traum. Aber eben nur ein Traum. Ich recke mich, greife nach dem Türrahmen und wehre mich dagegen, abgesetzt zu werden. Ich lasse die Finger an der oberen Angel entlanggleiten. Die beiden Stücke Klebeband sind zerrissen, die ausgefransten Kanten piken gegen meine Fingerspitzen.

Ich nehme seine Hände und führe sie über das Klebeband. Sein Gesicht wird sehr ernst. Er legt seinen Mund an mein Ohr.

»Wir verdrücken uns ...«

Ich schüttele den Kopf. Meine Wohnung ist unverletzlich. Alles kann man mir nehmen. Aber eine Ecke ganz für mich, die muß ich haben.

Ich fasse die Türklinke an. Die Tür ist unverschlossen. Ich gehe hinein. Er muß mir folgen. Aber er tut es nicht gern.

Die Wohnung ist kalt. Weil ich immer die Heizung herunterdrehe, wenn ich gehe. Bei Energie bin ich geizig. Ich dichte die Fenster ab. Ich mache die Türen zu. Das kommt noch aus Thule. Von der gesunden Erfahrung, wie kostbar und rar Petroleum ist. Deshalb mache ich auch immer das Licht hinter mir aus. Und lasse überhaupt so wenig wie möglich brennen. Jetzt kommt aus dem Wohnzimmer ein Licht in den Flur, das ich nicht angemacht habe.

Der drehbare Schreibtischstuhl ist zum Fenster hingezogen. Über der Rücklehne hängt ein Mantel mit sehr breiten Schultern. Direkt auf den Schultern schwebt ein Hut. Auf dem Fensterbrett ein paar schwarze, gut geputzte Schuhe.

Ich glaube nicht, daß wir Krach gemacht haben. Trotzdem werden die Schuhe jetzt heruntergenommen, der Stuhl dreht sich langsam zu uns um.

»Guten Abend, Fräulein Smilla‹, sagt er. »Und Herr Føjl.«

Es ist Ravn.

Sein Gesicht ist aschgrau vor Müdigkeit, auf seinen Wangen zeichnet sich der Schatten eines Barts ab, und ich kann mir nicht vorstellen, daß der Staatsanwalt für Wirtschaftskriminalität den mögen würde. Ravns Stimme ist undeutlich, wie bei jemandem, der lange Zeit nicht geschlafen hat.

»Wissen Sie, was die erste Bedingung ist, wenn man im Justizministerium Karriere machen will?« fragt er.

Ich sehe mich um. Er scheint allein zu sein.

»Die erste Bedingung ist *Loyalität*. Einen hohen Examensdurchschnitt mußte man auch haben. Und den Willen zu einem über das Übliche hinausgehenden Arbeitseinsatz. Auf die Dauer entscheidend aber war: ob man loyal war. Gesunder Menschenverstand dagegen war keine Voraussetzung. Konnte ganz im Gegenteil ein Hindernis sein.«

Ich setze mich auf einen Stuhl. Der Mechaniker lehnt sich an den Schreibtisch.

»Irgendwann mußte man sich dann entscheiden. Einige sind Gerichtsassessor geworden und mit der Zeit Richter. Die hatten oft ein selbstverständliches Vertrauen in die Gerechtigkeit, in das System. Einen Glauben daran, daß man heilen und aufbauen kann. Wir anderen sind zur Polizei gegangen, wurden Polizeiassessor, Polizeikommissar, und später kamen wir zur Staatsanwaltschaft. Der eine oder andere wurde mit der Zeit vielleicht sogar Assessor. Wir waren die Mißtrauischen. Wir meinten, daß eine Erklärung, ein Geständnis, ein Ereignis nur selten das sind, wofür sie sich ausgeben. Dieses Mißtrauen war ein ausgezeichnetes Werkzeug. Solange es sich nicht gegen unsere Arbeit oder gegen das Ministerium richtete. Ein Beamter der Staatsanwaltschaft darf niemals daran zweifeln, daß er recht hat. Jede zudringliche Frage der Presse ist an höhere Instanzen zu verweisen. Jeder auch nur andeutungsweise kritische Artikel, den man veröffentlicht – ja, im großen und ganzen überhaupt jeder Artikel –, würde als Illoyalität gegenüber dem Ministerium ausgelegt. Im Justizministerium existiert man gewissermaßen nicht mehr als Individuum. Die meisten ordnen sich diesem Anspruch unter. Man könnte sogar sagen, daß die meisten es insgeheim als Befreiung erleben, daß der Staat ihnen das Problem abnimmt, ein selbständiger Mensch sein zu müssen. Die wenigen, die sich nicht einordnen können, werden frühzeitig aussortiert.«

Ich habe das auf langen Reisen gesehen. Wenn ein Mensch abgearbeitet ist, entdeckt er plötzlich in seinem eigenen Inneren Landschaften aus fröhlichem Zynismus.

»Trotzdem passiert es ab und zu, daß eine undurchsichtige Persönlichkeit im System bleibt. Ein Mensch, der seinen wahren Charakter verbergen kann, bis es zu spät ist. Bis er sich so unentbehrlich gemacht hat, daß das Ministerium ihn nur noch schwer abschieben kann. So jemand kommt nie nach oben, aber ein gutes Stück weit bringt er es schon. Vielleicht bis zum Assessor bei der Staatsanwaltschaft. Dann ist er zu alt – und auf seinem Gebiet vielleicht auch zu kompetent –, als daß man ihn entbehren könnte. Aber er ist zu unbequem geworden, als daß man ihn nach oben treten könnte. Ein solcher Mensch wird zu einem kleinen Stein im Schuh des Ministeriums. Er tut nicht richtig weh, aber er irritiert. Eine solche Person wird man mit der Zeit in eine Nische abzuschieben versuchen. Wo man auf ihre Beharrlichkeit und ihr Gedächtnis zurückgreifen kann, sie jedoch aus dem Licht der Öffentlichkeit heraushält. Vielleicht kümmert sich der Mann dann um besondere Aufgaben. Zum Beispiel um nachrichtendienstliche Angelegenheiten, bei denen er sich naturgemäß im Dunkeln halten muß. Und bei ihm könnte vielleicht auch eine Beschwerde über die Ermittlungen im Zusammenhang mit dem Tod eines kleinen Jungen enden. Wenn sich herausstellen würde, daß in diesem Fall bereits ein Bericht vorliegt.«

Er sieht keinen von uns an. Er spricht in den Raum hinein.

»Es kommt vor, daß man von oben den Auftrag erhält, den Beschwerdeführer zu beruhigen. Zu ›drücken‹, wie es im Ministerium heißt. Darin hat man eine gewisse Erfahrung. Diesmal ist die Sache allerdings schwieriger. Tod eines Kindes. Fotografien seiner Spuren auf dem Dach. Das könnte leicht zu einer Gewissensfrage werden. Ich bringe also den Gedanken vor, daß im Zusammenhang mit dem Tod des Jungen eine Unregelmäßigkeit vorliegt. Doch es kommt keine Unterstützung, weder von der Polizei noch vom Ministerium.«

Mühsam steht er vom Stuhl auf.

»Dann passiert dieses unselige Brandunglück. Das ist ja leider auch was mit Grönland. Und der Herr, der dabei umkommt, wird in dem erwähnten Bericht genannt. Gestern morgen hat man mir den Fall weggenommen. ›Wegen seines komplexen Charakters‹, und so weiter.«

Er rückt den Hut zurecht und geht zum Schreibtisch. Er klopft leicht auf das rote Klebebandkreuz auf dem Telefon.

»Sehr klug«, sagt er. »Diese Apparate bringen unschuldigen Bürgern endloses Unglück. Besser wäre es allerdings gewesen, überhaupt keine Anrufe zu beantworten oder Telefonnummern anzugeben. Das Schiff war im großen und ganzen ausgebrannt. Das Telefon muß jedoch aus schwer brennbarem Material gewesen sein. Außerdem lag es auf dem Fußboden. Es hatte ein eingebautes Gedächtnis für die zuletzt angerufene Nummer. Die letzte Nummer war ihre. Ich tippe darauf, daß Sie sehr bald zu einem Gespräch gebeten werden.«

»War das nicht ein Risiko für Sie, hierherzukommen?« frage ich.

Er hat einen Schlüssel in der Hand.

»Während der anfänglichen Ermittlungen haben wir uns vom Hausmeister einen Schlüssel geliehen. Ich habe mir erlaubt, davon einen Abdruck zu machen. Ich bin also durch den Keller gekommen. Ich habe vor, auf demselben unauffälligen Weg wieder zu gehen.«

Einen flüchtigen Moment lang geschieht etwas mit ihm. In seinem Gesicht wird es hell, als würde unter der Lava eine Messerspitze Humor und Menschlichkeit verbrannt. Die fossile Erinnerung des Bimssteins an damals, als alles noch heiß und flüssig war. Dieses Licht läßt mich fragen.

»Wer ist Tørk Hviid?«

Das Licht geht aus, sein Gesicht wird ausdruckslos, als habe die Seele den Körper verlassen.

»Ist das ein Name?«

Ich hebe seinen Mantel auf und helfe ihm hinein. Er ist etwas kleiner als ich. Ich schnipse ein Stäubchen von seiner Schulter. Er schaut mich an.

»Meine Privatnummer steht im Telefonbuch. Überlegen Sie sich, ob Sie mich nicht anrufen wollen, Fräulein Smilla. Aber von einer Telefonzelle aus, wenn Sie so nett sein würden.«

»Danke«, sage ich.

Doch er ist bereits gegangen.

Das Glockenspiel an der Erlöserkirche läutet. Ich sehe den Mechaniker an. Ich habe die Hände auf dem Rücken. Der Raum ist erfüllt von dem, was Ravn mitgebracht und zurückgelassen hat. Aufrichtigkeit, Bitterkeit, Andeutungen, eine Art menschlicher Wärme. Und noch etwas anderes.

»Er hat gelogen«, sage ich. »Zuletzt hat er gelogen. Er weiß, wer Tørk Hviid ist.«

Wir sehen einander in die Augen. Etwas stimmt nicht.

»Ich hasse Unwahrheiten«, sage ich. »Wenn gelogen werden muß, besorge ich das schon selber.«

»Dann hättest du ihm das sagen sollen. Statt ihn auch noch anzufassen.«

Ich traue meinen Ohren nicht, sehe aber, daß ich richtig gehört habe. Aus seinen Augen leuchtet der Widerschein der reinen, unverfälschten, stupiden Eifersucht.

»Ich habe ihn nicht angefaßt«, sage ich. »Ich habe ihm in den Mantel geholfen. Aus drei Gründen. Erstens, weil das eine Höflichkeit ist, die man einem gebrechlichen älteren Herrn schuldig ist. Zweitens, weil er mit seinem Kommen vermutlich seine Stelle und seine Pension aufs Spiel gesetzt hat.«

»Und drittens?«

»Drittens«, sage ich, »weil ich damit Gelegenheit hatte, sein Portemonnaie zu stehlen.«

Ich lege es auf den Tisch, unter das Licht, wo Jesajas Zigarrenkiste einmal gestanden hat, ein Doppelportemonnaie aus schwerem braunem Ochsenleder.

Der Mechaniker sieht mich starr an.

»Gebrauchsdiebstahl«, sage ich. »Wird im Strafgesetz milde geahndet.«

Ich leere den Inhalt auf die Tischplatte aus. Kreditkarten, Geldscheine. Ein Plastiketui mit einer weißen Karte, die unter einer geprägten schwarzen Krone bestätigt, daß Ravn das Recht hat, auf den Parkplätzen der Ministerien zu halten. Eine Rechnung aus der vornehmen Schneiderei der Gebrüder Andersen. Sie lautet über achttausend Kronen. Eine kleine Stoffprobe aus grauer Wolle ist mit einer Büroklammer am Papier festgemacht. ›Herrenmantel, Lewis-Tweed, geliefert 27. Oktober 1993‹. Bis jetzt habe ich seine Mäntel für einen Irrtum gehalten. Eine Kollektion, die er gebraucht gekauft hat. Jetzt sehe ich, daß sie Absicht sind. Von seinem normalen Beamtengehalt kauft er sich für ein Heidengeld die zarte Illusion eines zusätzlichen halben Meters Schulterbreite. Aus irgendeinem Grund gibt ihm das einen versöhnlichen Anstrich.

Das Portemonnaie enthält auch Münzen. Ich schütte sie aus. Dazwischen liegt ein Zahn. Der Mechaniker beugt sich über mich. Ich lehne mich gegen ihn und schließe die Augen.

»Ein Milchzahn«, sagt er.

Ganz hinten im Portemonnaie steckt ein Bündel Fotografien. Ich lege sie aus wie Karten für eine Patience. Auf einem Mahagonibuffet steht ein Samowar. Daneben ein Bücherregal mit Büchern. Zu den dänischen Wörtern, die für mich nie etwas anderes als sprachliche Gummiknüppel gewesen sind, die man anderen über den Schädel ziehen kann, gehört das Wort ›kultiviert‹. Doch vielleicht könnte man es für die Frau im Vordergrund benutzen. Sie hat weiße Haare, trägt eine randlose Brille und ein weißes Wollkostüm. Sie muß Mitte Sechzig sein. Auf den folgenden Bildern sieht man sie umgeben von Kindern. Enkelkindern. Das erklärt den Milchzahn. Sie schiebt ein Kind in der Schaukel an, schneidet an einem Tisch, der in einem Garten steht, Kuchen auf, nimmt einen Säugling entgegen, den ihr eine jüngere Frau reicht, die ihren Kiefer, aber Ravns Magerkeit hat.

Die Bilder sind in Farbe. Das nächste ist schwarzweiß. Sieht aus wie überbelichtet.

»Das sind Jesajas Spuren im Schnee«, sage ich.

»Warum sieht das dann so aus?«

»Weil die Polizei keinen Schnee fotografieren kann. Wenn man aus einem Winkel von über fünfundvierzig Grad Blitz oder Lampen benutzt, verschwindet alles in Reflexen. Es geht nur mit Polarisationsfiltern und Lampen in Schneehöhe.«

Das nächste Foto zeigt eine Frau auf einem Bürgersteig. Die Frau bin ich. Es ist der Bürgersteig vor Elsa Lübings Haus. Das Bild ist verwackelt, durch eine Autoscheibe aufgenommen, ein Teil der Tür ist vor die Linse geraten.

Mit dem Mechaniker haben sie mehr Glück gehabt. Seine Haare wirken zu kurz, aber sonst stimmt es. Eine Profilaufnahme, und eine von vorn.

»Aus der Militärzeit«, sagt er. »Sie haben die alten Bilder aus der Militärzeit herausgesucht.«

Das letzte Bild ist wieder ein Farbfoto, es sieht aus wie ein Ferienbild mit Sonne und grünen Palmen.

»W-warum Bilder von uns?«

Ravn macht sich keine Notizen und würde sicher auch keine Fotografien als Gedächtnisstütze brauchen.

»Um sie vorzuzeigen«, sage ich. »Anderen.«

Ich tue die Papiere, den Zahn und die Münzen zurück ins Portemonnaie. Ich tue alles zurück. Bis auf das letzte Bild. Palmen unter einer sicherlich unleidlichen Sonne. Luftfeuchtigkeit mit Sicherheit fast hundert. Trotzdem trägt der Mann im Vordergrund unter dem Laborkittel Hemd und Schlips. Er wirkt kühl und scheint sich wohl zu fühlen. Es ist Tørk Hviid.

4 Ich habe eine Smokingjacke mit breiten Revers aus grüner Seide ausgesucht. Schwarze Hosen, die bis knapp über die Knie reichen, grüne Strümpfe, zierliche, grüne Schnallenschuhe und einen kleinen Samtfez für den kahlen Fleck.

Mit einem Smoking für Frauen hat man immer das Problem, daß man nicht weiß, was man darüber anziehen soll. Ich nehme einen dünnen, weißen Burberry um die Schultern, habe dem Mechaniker aber auch gesagt, daß ich ganz bis zum Eingang gefahren werden will.

Wir fahren die Østerbrogade und dann den Strandvej entlang. Der Mechaniker ist ebenfalls im Smoking. In anderer Laune hätte ich vielleicht bemerkt, daß es die größte Konfektionsgröße und der Smoking ihm deshalb fünf Nummern zu klein ist, daß er im übrigen aussieht, als hätte er ihn von der Heilsarmee bekommen, und mehr schadet als nützt. Doch jetzt sind wir einander zu nahe gekommen. Selbst jetzt – in seinen Smoking eingezwängt – sieht er für mich aus wie ein Schmetterling, der sich aus seinem schwarzen Kokon herausarbeitet.

Er sieht nicht zu mir herüber. Er sieht in den Rückspiegel. Er fährt immer noch flüssig und mühelos. Doch seine Augen registrieren die Autos hinter und vor uns.

Wir biegen in Sundvænget ein, in eine der schmalen Seitenstraßen zum Strandvej, zum Öresund hin. Einstmals endete sie an einer Gartentür, die zum Strand hinunterführte, jetzt endet sie an einer hohen, gelben Mauer und einer weißen Schranke mit Pförtnerhäuschen, aus dem ein Mann in Uniform herauslangt, unseren Paß nimmt und unsere Namen auf einen Bildschirm eingibt, die Schranke öffnet und uns zur nächsten Schranke fahren läßt, wo eine Frau in ähnlicher Uniform zweimal zweihundert Kronen entgegennimmt und uns auf einen Parkplatz läßt, wo wir einem Wächter für einen unverschämt herablassenden Blick auf den Morris fünfundsiebzig Kronen bezahlen. Jetzt muß er auf ihn aufpassen, damit wir unbesorgt durch eine Drehtür in der Marmorfassade und dann zu einer Garderobe gehen können, an der wir beide fünfzig Kronen hinblättern müssen, damit eine Blondine, die ihre Nase so hoch trägt, daß man ihr in die Nasenlöcher gukken kann, unsere Mäntel annimmt.

Vor einem Spiegel, der eine ganze Wand einnimmt, bessere ich mit meinem Lippenstift ein paar Schäden aus, während ich mich darüber freue, daß ich zu Hause noch schnell auf die Toilette gegangen bin und mich jedenfalls nicht sofort der Situation aussetzen muß, herauszufinden, was es kostet, hier aufs Klo gehen zu dürfen.

Neben mir steht der Mechaniker und schaut sein Spiegelbild an, als gehöre es einer ihm unbekannten Person. Wir befinden uns im Foyer des Kasinos Öresund, Dänemarks zwölftem, neuestem und prestigeträchtigstem Kasino, von dem ich zwar gehört habe, jedoch nie erwartet hätte, daß ich jemals meinen Fuß über seine Schwelle setzen würde.

Hier hat sich Birgo Lander mit uns verabredet. In weißen Schuhen, weißer Hose mit hellblauen Längsstreifen, dunkelblauem Blazer, grauem Rollkragenpullover, seidenem Halstuch mit kleinen gestickten Ankern und einer kleinen, weißen Uniformmütze kommt er auf uns zu. Seine Augen sind glasig, er geht leicht schlingernd und strahlt wie eine Sonne. Mit beiden Händen zupft er vorsichtig meine weiße Fliege zurecht.

»Du siehst heute abend ungeheuer appetitlich aus, Schätzchen.«

»Du bist auch nicht so schlecht. Ist deine Uniform von den Marinepfadfindern?«

Einen kurzen Moment lang erstarrt er. Seit unserer letzten Begegnung sind erst zwölf Stunden vergangen. Doch er hat das Gefühl bereits wieder vergessen. Dann lächelt er den Mechaniker an.

»Sie hat in meinem Herzen einen Blankoscheck.«

Sie drücken einander die Hand, und wieder bemerke ich, daß sich der Geschäftsmann fast unmerklich verwandelt. Für einen Moment, während er die Hand des anderen hält, weichen sein Rausch und seine stilisierte und sorgfältig gepflegte Vulgarität einer an Anbetung grenzenden Dankbarkeit. Dann führt er uns hinein.

Ich lerne es nie, mich an teuren Orten zu bewegen. Jeden Schritt mache ich in dem Gefühl, daß jederzeit irgend jemand kommen und mir sagen kann, daß ich kein Recht habe, hierzusein. Dem Mechaniker geht es nicht viel besser. Er schleicht ein paar Meter hinter uns her und versucht, den Kopf zwischen die Schultern zu ziehen. Birgo Lander promeniert, als gehöre ihm der Laden.

»Weißt du, daß mir ein Stück von dem Kuchen gehört, Schätzchen? Liest du etwa keine Zeitungen? Zusammen mit der Unibank – die Marienlyst finanziert hat – und dem Casino Austria, das das Kasino im Hotel Scandinavia und das in Aarhus und Odense führt. Habe ich gemacht, um nicht selber spielen zu müssen. Die Eigentümer dürfen in ihren eigenen Kasinos nicht spielen. Dasselbe gilt für die Croupiers, die Dealer. Austria gibt ein Buch mit ihren Fotos heraus, keiner darf in einem der anderen Kasinos der Gesellschaft spielen.«

Er führt uns durch das Restaurant. Es ist ein großer, kreisförmiger Raum um eine Tanzfläche. Im Hintergrund eine gedämpft beleuchtete Bar. Auf einer Empore spielt verhalten und anonym ein Jazzquartett. Die Tischdecken sind hellgelb, die Wände cremefarben, die Bar ist aus rostfreiem Stahl. Alle Wände sind mit Nieten verziert, die Türrahmen meterdick und mit Bolzen versehen. Das Ganze ist die Imitation eines Geldschranks, solide, teuer, verstimmend kalt und fremd wie ein Abtanzball in einem Banksafe. Ein Stück Wand hat Fenster zum Sund hin. Man sieht die Lichter von Schweden und die Fortsetzung des Kasinos, die Spielräume, die sich wie erleuchtete Glaskäfige in das Wasser hinausschieben. Unter dem Glas ahnt man die grauen Eisschollen der gefrorenen Strandkante.

Der Mechaniker fällt zurück. Lander nimmt meinen Arm. An uns vorbei gleiten dekolletierte Damen und Herren im Smoking, Herren in lila Hemden und weißem Dinnerjacket, Herren in Waschleder-T-Shirts, mit Rolex-Golduhren und gebleichter, elegant zerzauster Seglerfrisur.

Der Raum ist ein Oval, dessen eine Hälfte zum Wasser hinaus aus einer Glaswand besteht. Sie ragt wie eine schwarze Mauer empor, das wenige Licht kommt von den gedämpften Lampen über den Spieltischen. Es sind vier halbrunde Black-Jack-Tische und zwei große Roulettetische. Ein Seil zwischen den Tischen deutet ein Trenngeländer an. Dahinter sitzen drei Obercroupiers, einer bei den Kartentischen, die beiden anderen jeweils auf einem hohen Stuhl am Ende des französischen und des amerikanischen Roulettetisches. Je zwei Tische haben einen Inspektor, jeder Tisch hat einen Croupier.

Die Leute stehen so dicht, daß man die Spielbretter nicht sehen kann. Das einzige Geräusch sind die Stimmen der Croupiers und das weiche Klicken der Jetons beim Stapeln.

Die Spieler sind ausschließlich Männer. An den Tischen hier und dort eine Asiatin. Ein paar europäische Frauen sehen zu, ohne zu spielen. Der Raum zittert in tiefer Konzentration. Die Gesichter der Spieler im Licht sind bleich, angespannt, hingerissen.

Ab und zu reißt sich eine Gestalt vom Tisch los und verschwindet an uns vorbei. Einige gebeugt, andere mit leuchtenden Augen, die meisten aber neutral, konzentriert. Einige grüßen Lander, mich sieht niemand.

»Die sehen mich nicht«, sage ich.

Er drückt meinen Arm.

»Du bist doch in die Schule gegangen, Schätzchen, du erinnerst dich doch, wie Männer innen aussehen. Herz, Gehirn, Leber, Niere, Magen, Testikel. Aber wenn man hier hereinkommt, verändert sich was. Sobald du deine Jetons wechselst, macht sich ein kleines Tier in deinem Inneren breit, ein kleiner Parasit. Zuletzt versuchst du nur noch, dich zu erinnern, welche Karten gespielt worden sind, zu spüren, wohin die Kugel fallen wird, und auszurechnen, welche Kartenkombinationen wahrscheinlich sind und wieviel du verloren hast.«

Wir schauen uns die Gesichter um den Tisch an, an den er mich geführt hat. Sie sind wie leere Hülsen. Es ist kaum vorstellbar, daß sie ein Leben außerhalb dieses Raumes haben. Haben sie ja vielleicht auch nicht.

»Der Parasit, das ist die Spielleidenschaft, Schätzchen. Sie ist wie ein Raubtier, eines der reißendsten Raubtiere der Welt. Ich weiß, wovon ich rede. Ich habe mehrmals alles verloren. Aber ich bin wiedergekommen. Deshalb mußte ich mich hier einkaufen. Jetzt, wo es mir gehört, jetzt, wo ich es von hinten gesehen habe, ist es anders geworden.«

Zwischen den Rücken bildet sich eine Öffnung, der grüne Filz kommt zum Vorschein. Der Croupier ist eine junge, hellblonde Frau mit langen roten Nägeln und einem perfekten, etwas nasalen Englisch.

»*Buying in? 45 000 goes down. One, two, three ...*«

Ein paar Gäste haben ein Mineralwasser vor sich stehen. Niemand trinkt Alkohol.

»Diese Leute, Schätzchen, die haben einfach einen Vogel. Allerdings in unterschiedlicher Größe. Bei manchen ist es ein Kanarienvogel. Bei mir ist es eine Mastente. Bei dem da ist es sogar ein Strauß ...«

Er hat geflüstert und auf niemanden gezeigt, doch ich bin mir ganz sicher, der Mann, über den er spricht, sitzt seitlich von uns. Er hat ein perfektes slawisches Gesicht und sieht aus wie einer der in den siebziger Jahren geflohenen Ballettänzer. Hohe Wangenknoehen, schwarze, drahtige Haare. Seine Hände liegen auf Stapeln farbiger Jetons. Er rührt keinen Muskel. Seine Aufmerksamkeit ist auf den Kartenhaufen neben dem Croupier gerichtet, als setze er jetzt sein ganzes Wesen ein, um den Ausgang des Spiels zu beeinflussen.

»*Thirteen, Black Jack, insurance, Sir? Sixteen. Do you want to split, Sir? Seventeen, too many, nineteen ...*«

»Ein Strauß, der ihn von innen her aufgefressen hat und jetzt mehr Platz beansprucht als er selbst. Er kommt jede Nacht hierher, bis er alles verspielt hat. Danach arbeitet er ein halbes Jahr. Dann kommt er wieder hierher und verliert alles.«

Er lehnt seinen Mund an mein Ohr.

»Kapitän Sigmund Lukas. Vorige Woche hat er das Letzte verloren. Mußte sich von mir Geld für ein Päckchen Zigaretten und fürs Taxi nach Hause leihen.«

Sein Alter ist unbestimmbar. Er könnte Mitte Dreißig, Mitte Vierzig sein. Vielleicht ist er fünfzig. Während ich ihn anschaue, gewinnt er und streicht einen hohen Stapel Jetons ein.

»Jeder Jeton ist 5 000 Kronen wert. Wir haben sie letzten Monat machen lassen. Jeder Tisch hat verschiedene Tarife. Das hier ist die teure Platte. Der Mindesteinsatz beträgt

1 000 Kronen, das Maximum 20 000. Mit dem Recht zu verdoppeln und einer durchschnittlichen Spielzeit von anderthalb Minuten pro Runde bedeutet das, daß du in fünf Minuten 100 000 gewinnen oder verlieren kannst.«

»Wenn er blank ist, mit wessen Geld spielt er denn dann heute?«

»Heute spielt er mit Onkel Landers Geld, Schätzchen.«

Er zieht mich weiter. Wir stellen uns mit dem Rücken zur Bar. Neben ihn wird ein hohes, mattes Glas hingestellt. Es hat im Freezer gelegen und ist von einer dünnen Schicht Eis bedeckt, das jetzt schmilzt und langsam herunterrutscht. Gefüllt ist es mit einer klaren, bernsteinfarbenen Flüssigkeit.

»*Bullshot*, Schätzchen. Acht Zentiliter Wodka, acht Zentiliter Rindsbouillon.«

Er überlegt etwas.

»Schau dir mal unsere Kunden an. Alles ganz verschiedene Menschen. Ziemlich viele Anwälte. Ein Teil Handwerksmeister. Ein paar Jungs, die von zu Hause ein dickes Taschengeld mitbringen. Die schwere Artillerie der dänischen Unterwelt. Die können jederzeit jede beliebige Summe in Jetons umwechseln. Die Polizei für Wirtschaftskriminalität wollte, daß wir die Geldscheinnummern aufschreiben. Wir haben der Forderung nicht nachgegeben. Deshalb ist dieser Laden hier eine der wichtigsten Waschanlagen für Drogengeld. Dann die kleinen gelben Damen, die die organisierte Prostitution mit thailändischen und burmesischen Mädchen leiten. Ein Großteil Geschäftsleute, ein paar Ärzte. Einige reisen um die Welt und spielen. Letzte Woche war ein norwegischer Schiffsreeder hier. Heute ist er vielleicht in Travemünde. Nächste Woche in Monte Carlo. Er hat einmal an einem Tag viereinhalb Millionen gewonnen. Die Zeitungen haben darüber geschrieben.«

Er leert sein Glas und stellt es ab. Es wird durch ein gefülltes ersetzt.

»So verschiedene Menschen. Eines haben sie allerdings gemeinsam. Sie verlieren, Smilla. Auf die Dauer verlieren sie alle. Der Laden hier hat zwei Gewinner. Uns Eigentümer und den Staat. Wir haben konstant acht Beamte vom Finanzamt hier. Sie wechseln – wie unsere Croupiers – in *day- and evening-*

shifts, und zuletzt ein *countshift*, wenn ab drei Uhr morgens die Kasse abgerechnet wird. Außerdem sind hier die zivilen Polizeibeamten und die zivilen Kontrolleure der Steuerverwaltung, die genau wie unsere eigenen Securityleute aufpassen, daß die Croupiers nicht schwindeln, die Karten nicht zinken, nicht mit einem der Gäste zusammenspielen. Unser Umsatz wird nach einer der härtesten Glücksspielbesteuerungen der Welt besteuert. Trotzdem haben wir allein in den Spielsälen des Kasinos zweihundertneunzig Angestellte: Manager, Dealer, Obercroupiers, Securityleute, technisches Personal und Inspektoren. Im Restaurant und im Nachtklub sind weitere zweihundertfünfzig Köche, Ober, Barpersonal, Wirtinnen, Rausschmeißer, Garderobenfrauen, Showmanager, Inspektoren und die festen Nutten, die wir auch kontrollieren. Weißt du, wie wir so viele bezahlen können? Das können wir, weil wir, unter uns gesagt, an den Spielern ein Schweinegeld verdienen. Für den Staat ist diese Kloake hier das größte Ding seit dem Öresundzoll. Der norwegische Schiffsreeder hat am nächsten Tag verloren, was er gewonnen hatte. Aber das haben wir nicht zu den Zeitungen durchsickern lassen. Eine thailändische Puffmutter hat letzte Woche dreimal 500 000 verloren. Sie kommt jede Nacht. Jedesmal, wenn sie mich sieht, fleht sie mich an, den Laden zuzumachen. Solange es ihn gibt, hat sie keine Ruhe. Sie muß hierher. Vor uns gab es natürlich die illegalen Lokale. Aber das war trotzdem nicht dasselbe. Meist Poker, aber das ist langsamer und erfordert kombinatorisches Wissen. Die Legalisierung hat das geändert. Es ist wie eine Ansteckung, die begrenzt war, jetzt aber freigesetzt ist. Zu uns kommt beispielsweise ein junger Mann, der eine Malerfirma hochgebracht hat. Er hatte noch nie gespielt, bis ihn jemand mitgenommen hat. Jetzt verliert er alles. Das hier zu bauen und einzurichten, hat hundert Millionen gekostet. Aber es ist vergoldete Scheiße.«

»Aber du hast da Geld reingesteckt«, sage ich.

»Vielleicht bin ich ja selbst ein faules Ei.«

Mich hat die wehmütige Schamlosigkeit, mit der die Dänen den ungeheuerlichen Abstand zwischen ihrer Einsicht und ihrem Tun und Lassen akzeptieren, immer fasziniert.

»Ein Geschäft wie das hier produziert einen Fall wie Lukas. Ein sehr, sehr tüchtiger Seemann. Hat viele Jahre hindurch mit seinem eigenen kleinen Kümo Grönland befahren. War danach für den Aufbau einer Fischerflotte bei Mbengano im Indischen Ozean, vor der Küste von Tanzania, verantwortlich, im größten skandinavischen Entwicklungsprojekt aller Zeiten. Trinkt nie, kennt den Nordatlantik wie kein anderer. Einige Leute behaupten sogar, daß er ihn mag. Aber er spielt. Der kleine Vogel hat ihn inwendig völlig leer gemacht. Er hat keine Familie mehr, kein Zuhause. Und jetzt ist er so weit, daß er käuflich ist. Wenn die Summe nur hoch genug ist.«

Wir stellen uns an den Tisch. Neben Kapitän Lukas sitzt ein Mann, der aussieht wie ein Schlachtermeister. Wir stehen vielleicht zehn Minuten da. In dieser Zeit verliert er 120 000.

Ein neuer Croupier stellt sich hinter das Mädchen mit den roten Nägeln und klopft ihr leicht auf die schwarze Frackjacke. Ohne sich umzudrehen, macht sie das Spiel fertig. Sigmund Lukas gewinnt. Soweit ich sehe, um die 30 000. Der Schlachtermeister verliert die letzten Jetons, die er noch vor sich liegen hatte. Er steht auf, ohne eine Miene zu verziehen.

Die roten Nägel stellen ihren Nachfolger vor. Ein junger Mann, der denselben oberflächlichen Charme und dieselbe Höflichkeit besitzt wie sie.

»Ladies and Gentlemen. Have a new dealer. Thank you.«

»Hast du Lust zu spielen, Schätzchen?«

Er hält einen Stapel Jetons zwischen Daumen und Zeigefinger.

Ich denke an die 120 000, die der Schlachtermeister verloren hat. Für einen von uns gewöhnlichen Dänen ein Nettojahresgehalt. Der fünffache Jahreslohn für einen von uns gewöhnlichen Polareskimos. Noch nie in meinem Leben habe ich eine solche Geringschätzung des Geldes erlebt.

»Spül sie im Klo runter«, sage ich. »Dort kann man sich wenigstens über das Rauschen freuen.«

Er zuckt die Achseln. Kapitän Lukas hebt zum erstenmal seine Katzenaugen vom Filz und schaut uns an. Er kratzt seine Jetons zusammen, steht auf und geht.

Wir folgen ihm langsam.

»Tust du das hier meinetwegen?« frage ich ihn.

Er nimmt meinen Arm, und jetzt ist sein Gesicht ernst.

»Ich mag dich, Schätzchen. Aber ich liebe meine Frau. Das hier, das tue ich wegen Føjl.«

Er denkt nach.

»Von mir gibt's nicht viel Gutes zu sagen. Ich trinke zuviel, ich rauche zuviel, ich arbeite zuviel. Ich vernachlässige meine Familie. Gestern, als ich in der Badewanne lag, kam mein Ältester, stellte sich neben mich und sagte: ›Vati, wo wohnst du eigentlich?‹ Mein Leben ist nicht viel wert. Doch was es wert ist, das schulde ich dem kleinen Føjl.«

Kapitän Lukas wartet in einer kleinen Glasveranda, die auf das Wasser hinausragt. Ich sinke auf die Bank an der anderen Seite des Tisches, der Mechaniker materialisiert sich von irgendwoher aus dem Blauen und rutscht neben mich. Lander bleibt stehen und lehnt sich an den Tisch. Hinter ihm schließt eine weibliche Bedienung die Schiebetür. Wir sind allein in einer kleinen Glasschachtel, die auf dem Öresund zu treiben scheint. Lukas hat uns die Seite zugekehrt. Vor ihm steht eine Tasse mit einem schwarzen Fluidum, das konzentriert nach Kaffee riecht. Er raucht eine Zigarette nach der anderen. Nicht einmal schaut er uns an. Die Worte tropfen bitter und widerwillig aus ihm heraus wie der Saft einer unreifen Zitrone. Er hat einen leichten Akzent. Ich tippe auf Polen.

»Sie kommen hier zu mir, eines Nachts, im Winter, vielleicht Ende November. Ein Mann und eine Frau. Sie fragen, wie ich es im März mit dem Meer nördlich von Godthåb habe. Wie alle anderen auch, sage ich. Verdammt miserabel. Wir trennen uns. Vorige Woche kommen sie wieder. Jetzt haben sich meine Umstände geändert. Sie fragen mich erneut. Ich versuche ihnen vom Packeis zu erzählen. Vom ›Friedhof der Eisberge‹. Von den Gewässern an der Küste, die so voller Treibeis, kalbender Eisberge und Eislawinen sind, die von den Gletschern direkt ins Meer rutschen, daß selbst der Atomeisbrecher ›Northwind‹ der Amerikaner von der Thulebase sich nur alle drei oder vier Winter durchtraut. Sie hören nicht zu.

Sie wissen das alles schon. Was ich glaube schaffen zu können, fragen sie. Was glaubt Ihr Scheckbuch schaffen zu können, sage ich.«

»Irgendein Name, eine Firma?«

»Nur das Schiff. Ein Kümo. 4 000 Tonnen. Kronos. Liegt im Südhafen. Sie haben es gekauft und umbauen lassen. Es ist gerade von der Werft gekommen.«

»Besatzung?«

»Zehn Mann, um die ich mich kümmere.«

»Fracht?«

Er sieht Lander an. Der Schiffsmakler rührt sich nicht. Die Situation ist unklar. Bis jetzt habe ich geglaubt, daß er mir das erzählt, weil Lander ihn unter Druck gesetzt hat. Jetzt, wo ich ihn von nahem erlebe, lasse ich den Gedanken fallen. Lukas nimmt von niemandem Befehle entgegen. Es sei denn, von seinem inneren Vogel.

»Ich kenne die Ladung nicht.«

An Selbsthaß grenzende Bitterkeit läßt ihn einen Augenblick hin und her schwanken.

»Ausrüstung?«

Es ist der Mechaniker, der plötzlich gesprochen hat.

Er wartet lange mit der Antwort.

»Ein LMC«, sagt er. »Ich habe einen ausrangierten von der Marine für sie gekauft.«

Er drückt seine Zigarette im Kaffee aus.

»Die Werft hat das Schiff mit großen Ladebäumen ausgerüstet. Mit einem Kran. Der vordere Laderaum ist besonders verstärkt worden.«

Er steht auf. Ich gehe ihm nach. Ich will ihn außer Hörweite haben, doch der Glaskäfig ist so klein, daß wir sofort an der Wand sind. Wir stehen so dicht am Glas, daß unser Atem weiße, flüchtige Inseln absetzt.

»Kann ich an Bord kommen?«

Er denkt nach. Als er antwortet, begreife ich, daß er die Frage mißverstanden hat.

»Mir fehlt noch eine Stewardeß.«

Die Schiebetür gleitet zur Seite. In der Öffnung steht ein Mann mit breiten, grauen Mantelschultern. Einen Gast mit weniger Autorität hätte man gezwungen, den Mantel an der Garderobe zu lassen. Es ist Ravn.

»Fräulein Smilla. Darf ich zwei Worte mit Ihnen wechseln?«

Alle sehen ihn an, und er erträgt ihre Blicke, wie vermutlich alles andere, mit steinerner Sanftmütigkeit.

Ich gehe ein paar Schritte hinter ihm. Niemand würde sehen können, daß wir einander kennen. Er führt mich durch einen breiten Flur mit Pflanzen und Arrangements aus Ledersofas. Am Ende ist eine Halle mit Spielautomaten. Es sind alle besetzt.

Ein junger Mann überläßt uns seinen Automaten. Er geht ein Stück weit weg und bleibt stehen.

Ravn nimmt eine Papierrolle mit Zwanzigkronenmünzen aus der Manteltasche.

»Es würde mich freuen, wenn ich mein Portemonnaie wiederhaben könnte.« Er hat mir den Rücken zugekehrt und spielt. »Ich habe hier alle zwei Wochen einen Tag Dienst«, sagt er. Seine Stimme dringt durch das Summen der Mechanik gerade noch zu mir durch.

»Ist man uns hierher gefolgt?«

Zuerst antwortet er nicht.

»Sie werden gesucht. Die Mitteilung kam vor einer Viertelstunde.«

Jetzt bin ich an der Reihe.

»Wir haben hier immer ein Dutzend Beamte in Zivil im Dienst. Dazu unsere eigenen Vertreter. Wenn Sie hierbleiben, sind Sie nur noch ein paar Minuten auf freiem Fuß. Wenn Sie sofort gehen, kann ich die Sache vielleicht ein bißchen hinauszögern.«

Ich reiche ihm von hinten sein Portemonnaie und zwei Stück Papier, ein Foto und einen Zeitungsausschnitt. Er nimmt sie entgegen, ohne die Automaten aus den Augen zu lassen, läßt das Portemonnaie in einer Tasche verschwinden und hält die Bilder vor das Gesicht. Als er die Hand wieder zurückstreckt, ist die Fotografie verschwunden. Er schüttelt den Kopf.

»Ich habe getan, was ich kann«, sagt er. »Und was Sie nicht bekommen haben, haben Sie sich selbst genommen. Jetzt muß Schluß sein.«

»Ich will es wissen«, sage ich. »Ich werde alles tun. Und wenn ich Sie an den Nagel verkaufen muß.«

»Den Nagel?«

»Den platten, harten Kriminalbeamten, der immer wieder auftaucht.«

Er lacht, zum erstenmal. Dann ist das Lächeln weg und nie dagewesen. Sein Spiegelbild im Glas vor ihm ist ein lebloser Reflex vor den buntschillernden, wild rotierenden Scheiben. Doch als er spricht, weiß ich, daß ich in irgend etwas vorgedrungen bin.

»Chiang Mai, an der Grenze zwischen Kambodscha, Laos und Burma. Das Gebiet wird von feudalen Fürsten beherrscht. Der größte ist Khum Na. Ein ständiges Heer von sechstausend Mann. Büros im gesamten Osten und in den größten westlichen Städten. Regelt den gesamten Welthandel mit Heroin. Tørk Hviid hat in Chiang Mai gearbeitet.«

»Woran?«

»Er ist Mikrobiologe, Spezialist für Strahlungsmutationen. Die gesamte Verarbeitung der Opiummohnpflanzen liegt oben in dem Gebiet. Es heißt, sie haben dort weltweit die modernsten Laboratorien dieser Art. Mitten im Dschungel. Hviid arbeitete an der Bestrahlung von Mohnsamen im Hinblick auf eine Veredlung der Produktion. Gerüchte wollten wissen, daß er eine neue Sorte, Majam, gezüchtet hat, die im ersten, eingedickten, jedoch noch nicht kristallisierten Zustand doppelt so stark ist wie irgendein bekanntes Heroin.«

»Was geht Sie das an, Ravn? Interessiert sich die Polizei für Wirtschaftskriminalität auch für Narkotika?«

Er antwortet nicht.

»Katja Claussen?«

»War ursprünglich Antiquitätenhändlerin. Zwischen 1990 und 1991 entdeckte man, daß in den achtziger Jahren der größte Teil des Heroins für die USA und für Europa in Antiquitäten eingeschmuggelt worden war.«

»Seidenfaden?«

»Transport. Ingenieur, Spezialgebiet Transportaufgaben. Arrangierte für verschiedene Firmen den Antiquitätentransport aus dem Osten. War eine Zeitlang für eine regelrechte Luftbrücke von Singapur über Japan in die Schweiz nach Deutschland und Kopenhagen zuständig. Um den riskanten Luftraum über dem Nahen Osten zu vermeiden.«

»Warum sitzen sie nicht im Gefängnis?«

»Die Großen, die Begabten, werden selten bestraft. Jetzt müssen Sie gehen, Fräulein Smilla.«

Ich bleibe stehen.

»Was war die Freia-Film?«

Seine Hand auf dem verchromten Hebel wird still. Dann nickt er müde.

»Eine Filmgesellschaft, die vor und während der Besatzungszeit der Deckmantel für deutsche Nachrichtentätigkeit war. Unter dem Vorwand von Filmaufnahmen zur Unterstützung von Hörbingers Thuletheorie veranstalteten sie zwei Expeditionen nach Grönland. In Wirklichkeit wollten sie insbesondere die Möglichkeit einer Besetzung der beiden Kryolithminen untersuchen, um sich die für die Flugzeugindustrie so entscheidende Aluminiumproduktion zu sichern. Sie unternahmen auch Vermessungen für die Anlage von Flugbasen, die bei einer eventuellen Invasion der USA als Stützpunkte dienen konnten.«

»War Loyen Nazi?«

»Loyen war und ist vom Ruhm besessen, nicht von Politik.«

»Was hat er in Grönland gefunden, Ravn?«

Er schüttelt den Kopf.

»Das weiß niemand. Schlagen Sie sich das aus dem Kopf.«

Jetzt sieht er mich an.

»Gehen Sie zu einer guten Freundin. Finden Sie eine plausible Erklärung dafür, daß Sie auf dem Schiff waren. Wenden Sie sich danach selber an die Polizei. Nehmen Sie sich einen guten Anwalt. Dann sind Sie am nächsten Tag wieder auf freiem Fuß. Vergessen Sie den Rest.«

Er reicht eine Hand nach hinten. Auf der Handfläche liegt ein Kassettenband.

»Ich habe es aus Ihrer Wohnung genommen. Um Sie bei einer Durchsuchung zu sichern.«

Ich greife danach, aber er läßt es wieder verschwinden.

»Warum tun Sie das alles, Ravn?«

Er schaut auf die rotierenden Räder des Automaten.

»Sagen wir, daß ich unzulänglich untersuchte Todesfälle von kleinen Kindern nicht mag.«

Ich warte, doch es kommt nichts mehr. Ich drehe mich um und gehe. In diesem Augenblick gewinnt er. Wie ein metallisches Erbrechen gibt der Roboter mit spuckendem Rasseln, das hinter mir andauert, einen Schwall von Münzen von sich.

An der Garderobe hole ich meinen Mantel. Meine Schläfen pochen. Es kommt mir vor, als würden mich alle anstarren. Ich schaue mich nach dem Mechaniker um. Ich hoffe, daß er eine Idee hat. Die meisten Männer wissen ja wie man schwänzt, sich entzieht, abhaut. Doch das Vestibül ist leer. Abgesehen von mir und einer Garderobenfrau, die ernster aussieht als nötig, wenn man bedenkt, daß es ihr eigentlich Spaß machen müßte, fünfzig Kronen dafür nehmen zu dürfen, daß sie die Mäntel anderer Leute auf einen Bügel hängt.

In diesem Moment kommt das Lachen. Laut, erschütternd, sonor. Es geht direkt in die Trompete über, ein wilder, klirrender, blökender Ansatz, der sofort in eine leisere, besser zu diesem Ort passende Tonlage abfällt. Doch da habe ich den Ton bereits erkannt.

Mir bleibt sehr wenig Zeit. Ich bahne mir einen Weg zwischen den Tischen hindurch und gehe quer über die leere Tanzfläche. Die drei weißen Musiker hinter dem Trompeter tragen hellgelbe Smokingjacken und haben Gesichter wie Mehlklöße. Er ist im Frack. Er ist gigantisch fett, sein Gesicht ist eine schwarze Schweißkugel, die großen, weißen Augen sind blutunterlaufen und quellen hervor, als versuchten sie, den tödlichen Promille im Schädel dahinter zu entkommen. Er sieht aus wie das, was er ist. Ein Koloß auf einem Fundament, das sich bereits aufgelöst hat und verschwunden ist.

Doch der Musik hat das nichts anhaben können. Selbst

jetzt, wo er mit einem Dämpfer spielt, hat sein Instrument einen überwältigend kompakten, goldenen und warmen Klang, und selbst in dem Gedudel, das die drei produzieren, ist sein Ton forschend, tiefsinnig, neckend. Ich stelle mich direkt an den niedrigen Bühnenrand.

Als sie aufhören, trete ich auf die Bühne. Er lächelt mich an. Doch es ist ein Lächeln ohne Wärme, nur eine versoffene Attitüde gegenüber der Umwelt, die er vermutlich nicht einmal ablegen kann, wenn er schläft. Wenn er jemals schläft. Ich nehme sein Mikrophon und drehe es von uns weg. Hinter uns hören Leute auf zu essen. Die Ober sind in ihren Bewegungen erstarrt.

»Roy Louber«, sage ich.

Sein Lächeln wird breiter. Er trinkt aus einem großen Glas, das er neben sich stehen hat.

»Thule. Sie haben einmal in Thule gespielt.«

»Thule ...«

Er spricht das untersuchend, anerkennend aus, als höre er es zum erstenmal.

»In Grönland.«

»Thule«, wiederholt er.

»Auf der amerikanischen Base. Auf der ›Northern Star‹. In welchem Jahr war das?«

Er lächelt mich an und schüttelt mechanisch seine Trompete. Ich habe wenig Zeit zu verschenken. Ich packe ihn am Revers und ziehe das große Gesicht zu mir herunter.

»›Mr P. C.‹. Sie haben ›Mr P. C.‹ gespielt.«

»Die sind tot, Darling.«

Sein Dänisch ist so verquollen, daß es schon fast amerikanisch klingt. »Schon lange. Tot und fort. Mr P. C. Paul Chambers.«

»In welchem Jahr, in welchem Jahr?«

Sein Blick ist wie aus Glasaugen, geht betrunken an mir vorbei.

»Tot und weg. Ich auch, Darling. Gleich. *Any time.*«

Er lächelt. Ich lasse ihn los. Er richtet sich auf und schüttelt die Spucke aus der Trompete. Da werde ich sanft auf den Boden hinuntergehoben. Der Mechaniker steht hinter mir.

»Geh schon mal los, Smilla.«

Ich gehe los. Er ist wieder weg. Ich gehe geradeaus weiter. Vor mir ist die Tür zum Foyer.

»Smilla Jaspersen!«

Wir verbinden Leute mit ihrer Kleidung und mit den Orten, an denen wir sie gesehen haben. Weshalb ich ihn zuerst nicht erkenne. Der dunkelblaue Anzug und der Seidenschlips passen nicht zu dem Gesicht. Dann sehe ich, daß es der Nagel ist. Er hat nichts Lautstarkes an sich, seine Stimme ist leise und fordernd. Genauso diskret und unvermeidlich werden sie mich gleich zum Auto hinausbegleiten. Ich gehe schneller. Ich habe den Verstand abgeschaltet. Von jeder Seite nähert sich mir ein Mann wie der Nagel, jeder eine selbstsichere und insistierende Gestalt.

Ich gehe hinaus, ins Foyer. Hinter mir knallt die Tür zu. Es ist eine große Tür, auch sie wie eine Safetür, so hoch und schwer, daß es aussieht, als sei sie nur zur Dekoration da. Jetzt klappt sie zu wie der Deckel einer Zigarrenkiste. Der Mechaniker lehnt sich entspannt dagegen. Sie schließt alle Geräusche aus. Ein schwaches Pochen, als jemand dahinter die Schulter dagegen stemmt.

»Lauf, Smilla«, sagt er. »Lauf jetzt. Lander wartet draußen auf der Straße.«

Ich sehe mich um. Im Foyer sind keine Gäste. Im Illustrierten- und Zigarettenkiosk gähnt langgezogen ein Portier. Am Informationsschalter ist ein Mädchen vor ihrem PC am Einschlafen. Hinter mir steht ein Mann von zwei Metern und lehnt sich träge an eine Stahltür, die in kleinen Rucken arbeitet. Alles ist ruhig und friedlich im Kasino Öresund. Ein Ort mit Klasse. Mit Stil, kultivierter Spannung und Zerstreuung am grünen Filz. Der Ort, an dem man neue Freunde kennenlernt und alte wiedertrifft.

Ich laufe. Draußen auf dem Parkplatz bin ich bereits außer Atem.

»Ihr Wagen, gnädige Frau.«

Es ist derselbe Wachmann wie bei unserer Ankunft.

»Ich habe beschlossen, ihn verschrotten zu lassen. Nach dem Blick, den Sie dafür übrig hatten.«

Es gibt keinen Weg für Fußgänger. Mit der Möglichkeit, daß Gäste zu Fuß ins Kasino kommen könnten, hat man nicht gerechnet. Ich stöckele also die Fahrbahn hinunter, tauche unter den weißen Schranken durch und komme auf die Sundvænge. Hundert Meter weiter hält ein roter Jaguar mit eingeschalteten Rücklichtern.

Lander sieht mich nicht an, als ich mich in den Wagen setze. Sein Gesicht ist weiß und angespannt.

Es ist Nacht und friert kräftig. Ich entsinne mich nicht, eine Großstadt schon einmal so im Griff des Frostes gesehen zu haben. Kopenhagen bekommt etwas Wehrloses und Ohnmächtiges, als bahne sich eine neue Eiszeit an.

»Was ist ein LMC?«

Er fährt steif und langsam, er ist die weiße Kristallhaut, die die Kälte über den Asphalt gezogen hat, nicht gewöhnt.

»*Landing Mobile Craft*. Flachbödige Landungsboote. Wie man sie bei der Invasion in der Normandie benutzt hat.«

Ich lasse ihn zur Havnegade fahren. Er parkt zwischen dem Anlegeplatz der Flugboote und dem alten Kai der Bornholmer Fähre. Ich bitte ihn um seine Schuhe und seine Mütze. Er gibt sie mir, ohne etwas zu fragen.

»Warte eine Stunde«, sage ich. »Und dann nicht mehr.«

Das Eis hat in der Nacht ein dunkles Flaschengrün und eine dünne Haut aus Schnee, der jetzt, heute nacht, gefallen sein muß. Ich klettere eine senkrecht in die Kaimauer eingelassene Holzleiter hinunter. Auf dem Eisspiegel ist es sehr kalt. Mein Burberry wird merkbar steif, Landers Schuhe wirken dünn wie Eierschalen. Aber sie sind weiß. Zusammen nur dem Mantel und der Mütze lassen sie mich mit dem Eis verschmelzen. Falls sie beim Weißen Schnitt jemanden postiert haben sollten.

Am Kai hat sich das Eis etwas gestaut, ich schätze die Eisdicke auf über zehn Zentimeter, die Hafenbehörden könnten ein Eisstadion aufmachen. Das Problem ist der dunkle, wie geronnene Strich in der Fahrrinne.

Man lebt in Nordgrönland so eng zusammen. Schläft zu mehreren in einem Raum. Hört und sieht die ganze Zeit über alle anderen. Die Gemeinschaft ist so klein. Als ich das letztemal zu Hause war, waren es auf zwölf Siedlungen verteilt sechshundert Menschen. Der Gegensatz dazu ist die Natur. Jeden Robbenfänger, jedes Kind packt ein wildes Delirium, wenn er die Siedlung verläßt, fortgeht oder fortfährt. Das erste Gefühl ist ein Energieanstieg bis an die Grenze des Wahnsinns. Danach meldet sich ein sonderbarer, glasklarer Überblick.

Ich weiß selbst, daß das komisch ist. Doch hier, um zwei Uhr nachts im Kopenhagener Hafen, kommt mir trotzdem dieses Gefühl des Überblicks. Als würde es sich irgendwie aus dem Eis und dem Nachthimmel und dem relativ offenen Raum ergeben.

Ich denke daran, was mir seit Jesajas Tod passiert ist.

Ich sehe Dänemark wie eine Eiszunge vor mir. Sie wandert, doch in den Eismassen eingefroren hält sie uns alle im Verhältnis zueinander in einer bestimmten Position fest.

Jesajas Tod ist eine Unregelmäßigkeit, eine Verwerfung, die eine Spalte verursacht hat. Diese Spalte hat mich freigesetzt. Für eine kurze Zeit, ohne daß ich erklären kann wie, bin ich in Bewegung geraten, ein über das Eis schlitternder Fremdkörper geworden. Der jetzt in Clownsmütze und geliehenen Schuhen durch den Kopenhagener Hafen schlittert.

Aus dieser Ecke kommt ein neues Dänemark zum Vorschein. Ein Dänemark, das aus denen besteht, die sich teilweise aus dem Eis herausgewunden haben.

Loyen und Andreas Licht, die eine – ganz verschiedene – Gier getrieben hat.

Elsa Lübing, Lagermann, Ravn, Beamte, deren Stärke und Problem in ihrer Treue zum Staatsapparat und in ihrer Loyalität gegenüber einem Unternehmen oder dem Ärztestand liegt. Die diese Loyalität aber aus Mitleid, aus Eigenheit, aus unverständlichen Gründen, umgangen haben, um mir zu helfen.

Lander, der Geschäftsmann, der Reiche, den eine Lust auf Abenteuer und eine rätselhafte Dankbarkeit treiben.

Das ist der Ansatz eines sozialen Querschnitts durch Dänemark. Der Mechaniker ist der Handwerker, der Arbeiter. Juliane der Abschaum. Und ich – wer bin ich? Bin ich die

Wissenschaftlerin, die Beobachterin? Bin ich diejenige, die die Chance hat, das Leben teilweise von außen zu betrachten? Von einem Aussichtspunkt aus, der zu gleichen Teilen aus Einsamkeit und Überblick besteht?

Oder bin ich einfach nur pathetisch?

In der Fahrrinne wird der Eisbrei durch eine dünne, dunkle, angelaufene Eiskruste zusammengehalten, die man ›faules Eis‹ nennt. Von unten her aufgelöst und zermürbt. Ich gehe am schwarzen Rand entlang auf den Weißen Schnitt zu, bis ich eine Scholle finde, die dick genug ist. Ich trete auf sie hinüber und von da aus weiter auf die nächste. Es herrscht eine schwache Strömung aus dem Hafen hinaus, von vielleicht einem halben Knoten. Wiegend, tödlich. Das letzte Stück springe ich von Scholle zu Scholle. Ich hole mir nicht einmal nasse Füße.

Die Fenster im Weißen Schnitt sind dunkel. Das ganze Gebäude scheint in einem Schlaf zu liegen, der auch die Mauern, den Spielplatz, die Treppen und die nackten Stämme der Bäume einschließt. Ich komme vom Kanal her, gehe hinter die Fahrradschuppen, langsam und vorsichtig. Dort bleibe ich stehen.

Ich schaue mir die parkenden Autos an. Die dunklen Türöffnungen. Keine Bewegung. Dann schaue ich auf den Schnee. Eine dünne, feine Schicht Neuschnee.

Der Mond scheint nicht, deshalb dauert es etwas, bis ich sie sehe. Eine einzelne Reihe von Spuren. Er ist über die Brükke gekommen und um das Gebäude herumgegangen. Auf dieser Seite des Spielplatzes werden die Spuren sichtbar. Eine Vibramsohle unter einem großen Menschen. Die Spuren führen unter das Schutzdach vor mir, aber nicht wieder fort.

Dann spüre ich ihn. Kein Laut, kein Duft, es ist nichts zu sehen. Doch durch die Spuren entsteht in mir eine Resonanz für seine Anwesenheit, die Gewißheit einer äußersten Gefahr.

Wir warten zwanzig Minuten. Als ich in der Kälte anfange zu zittern, ziehe ich mich, um keinen Lärm zu machen, von der Wand zurück. Ich könnte vielleicht aufgeben und denselben Weg zurückgehen, den ich gekommen bin. Doch ich bleibe. Ich verabscheue Furcht. Ich hasse es, Angst zu haben. Es gibt nur einen Weg zur Furchtlosigkeit. Nämlich den, der in das rätselhafte Zentrum der Angst hineinführt.

Zwanzig Minuten lautloses Warten. Bei dreizehn Grad Frost. Meine Mutter brächte das fertig. Und die meisten grönländischen Robbenfänger schaffen es jederzeit. Ich selbst kriege es auch schon mal hin. Für die meisten Europäer wäre es undenkbar. Sie würden ihr Gewicht verlagern, sich räuspern, husten, mit ihrer Kleidung , rascheln.

Er, dessen Anwesenheit ich weniger als einen Meter von mir entfernt spüre, muß davon überzeugt sein, daß er allein ist, daß niemand ihn hören oder sehen kann. Trotzdem ist er so lautlos, als habe er nie existiert.

Und doch bin ich keine Sekunde lang versucht, mich zu bewegen. Der Kälte nachzugeben. In einem einzigen, langen, inneren Heulton erzählt mir mein Gefühl, daß da einer wartet. Daß er auf mich wartet.

Ich höre ihn nicht einmal aufbrechen. Einen Moment lang habe ich die Augen geschlossen, weil die Kälte sie zum Tränen gebracht hat. Als ich sie wieder aufmache, hat sich ein Schatten unter dem Halbdach losgerissen und bewegt sich fort. Eine hohe Gestalt, ein schneller, gleitender Gang. Und über dem Kopf, wie ein Heiligenschein oder eine Krone, etwas Weißes, vielleicht ein Hut.

Eisbären werden auf zweierlei Weise gekennzeichnet. Das Normale ist, daß man sie vom Hubschrauber aus betäubt. Die Maschine geht direkt über dem Bären herunter, man lehnt sich aus dem Cockpit, in dem Moment, wo ihn der Luftdruck des Rotors trifft, drückt er sich auf die Erde, und man schießt.

Dann gibt es noch die Methode, die wir in Svalbard benutzt haben. Vom Schneescooter aus, *the viking way.* Man schießt mit einem Spezialluftgewehr der Firma Neiendamm aus Nordschleswig. Dazu muß man unter fünfzig Meter herankommen. Noch besser unter fünfundzwanzig. In dem Moment, in dem der Bär stehenbleibt und sich zu einem umdreht, sieht man ihn wirklich. Nicht das lebende Aas, über das man sich im zoologischen Garten amüsiert, sondern den *Eisbären*, den vom grönländischen Wappen, den Koloß, eine dreiviertel

Tonne Muskeln, Knochen und Zähne. Mit einer extremen, lebensgefährlichen Explosionsfähigkeit. Ein Raubtier, das erst zwanzigtausend Jahre existiert und in dieser Zeit nur zwei Kategorien von Säugetieren gekannt hat. Seine eigene Art und die Beute, das Fressen.

Ich habe noch nie danebengeschossen. Wir schossen mit Patronen, durch die mit einem Gasgerät eine hohe Dosis Zolatil injiziert wurde. Der Eisbär fiel fast augenblicklich. Doch nicht ein einziges Mal ist es mir gelungen, einer panischen, haarsträubenden Angst zu entgehen.

Wie jetzt. Was sich von mir entfernt, ist nur ein Schatten, ein Fremder, ein Mensch, der von meiner Anwesenheit nichts ahnt. Doch auf meiner vor Kälte gefühllosen Haut sträuben sich die Härchen wie die Stachel eines Igels.

Ich gehe durch die Keller zur Treppe. Die Wohnung des Mechanikers ist abgeschlossen, das Klebeband ist an seinem Platz.

Die Tür zu Julianes Wohnung steht offen. Als ich vorbei bin, kommt sie auf die Treppe hinaus.

»Du gehst fort, Smilla.«

Sie sieht hilflos und verkommen aus. Ich hasse sie trotzdem.

»Warum hast du mir nichts von Ving erzählt?« sage ich »Daß er Jesaja immer abgeholt hat.«

Sie fängt an zu weinen.

»Die Wohnung. Er hat uns die Wohnung gegeben. Er ist irgendwas in der Wohnungsbaugesellschaft. Er hätte sie mir wieder wegnehmen können. Das hat er selber gesagt Kommst du nicht zurück?«

»Doch«, sage ich.

Das ist wahr. Ich muß zurückkommen. Juliane ist das einzige, was von Jesaja noch übrig ist. So wie ich für Moritz der einzige Weg bin, auf dem er meine Mutter erreichen kann.

Ich gehe zu meiner Wohnung hinauf. Das Klebeband ist unberührt. Ich schließe auf. Alles liegt noch so da, wie ich es verlassen habe. Ich suche die notwendigsten Sachen zusammen. Das sind zwei Koffer voll, und sie wiegen so viel, daß ich einen Umzugswagen anrufen müßte. Ich versuche umzu packen. Das ist mühselig, weil ich mich nicht traue, Licht zu machen, sondern in dem von außen kommenden Licht der Stadt packe, das der Schnee spiegelt. Schließlich beschränke ich mich auf eine große Sporttasche. Allerdings nicht ohne herzergreifende Opfer.

Mitten im Wohnzimmer sehe ich mich ein letztes Mal um, nehme aus der Schublade Jesajas Zigarrenkiste und lege sie in die Tasche. Ich nehme einen kurzen, wortlosen Abschied von meinem Zuhause.

Da klingelt das Telefon.

Selbstverständlich muß ich es klingeln lassen. Ich habe dem Mechaniker versprochen, nicht mehr hierherzugehen. Mit der Polizei würde ich nicht reden wollen. Alles andere kann warten. Ich muß es einfach sein lassen. Ich habe alles zu verlieren und nichts zu gewinnen.

Ich lockere das Klebeband und hebe den Hörer ab.

»Smilla ...«

Die Stimme ist langsam, fast abwesend. Zugleich aber golden und klangvoll wie in einem Reklamefilm. Ich habe sie noch nie gehört. Meine Nackenhaare sträuben sich. Ich weiß, daß sie einem Menschen gehört, der noch vor ein paar Augenblicken weniger als einen Meter von mir entfernt gestanden hat. Ich weiß es mit Sicherheit.

»Smilla ... Ich weiß, daß du da bist.«

Ich höre seinen Atem. Tief, ruhig.

»Smilla ...«

Ich lege den Hörer hin, aber nicht auf die Gabel, sondern auf den Tisch. Ich muß beide Hände nehmen, um ihn nicht fallen zu lassen. Ich werfe mir meine Tasche über die Schulter. Nehme mir nicht die Zeit, die Schuhe zu wechseln. Ich stürze einfach zur Tür hinaus, die dunkle Treppe hinunter, zur Eingangstür hinaus und die Strandgade entlang, über die Brücke und durch die Havnegade. Wir können uns nicht unser ganzes Leben lang jede Sekunde beherrschen. Für jeden von uns kommt ein Augenblick, an dem uns die Panik übermannt.

Lander wartet mit laufendem Motor. Ich werfe mich auf den Beifahrersitz und drücke mich heftig an ihn.

»Das ist ja vielversprechend«, sagt er.

Allmählich kriege ich den Atem auf ein annehmbares Tempo.

»Das war eine reine Ausnahmesympathiebekundung«, sage ich. »Laß sie dir nicht zu Kopf steigen.«

Ich lasse ihn bis ganz an das Haus heranfahren. Jedenfalls für heute nacht habe ich die Lust verloren, im Dunkeln allein zu sein. Und ich weiß nicht, wo ich sonst hingehen sollte. Moritz selbst macht die Tür auf. Im weißen Frotteebademantel, weißen Seidenshorts, mit zerwühlten Haaren und verschlafenen Augen.

Er sieht mich an. Er sieht Lander an, der meine Tasche trägt. Er schaut auf den Jaguar. In seinem halb schlafenden Hirn wandern und streiten Verwunderung, Eifersucht, alte Wut, Jähzorn, Neugierde und salbungsvolle Empörung. Dann reibt er sich über die Bartstoppeln.

»Willst du reinkommen?« sagt er. »Oder soll ich dir das Geld durch den Briefschlitz reichen?«

5 Die Rippen sind die geschlossenen Ellipsenbögen der Planeten, ihren Brennpunkt haben sie im *Sternum*, dem Brustbein, dem weißen Zentrum der Fotografie. Die Lungenflügel sind die gräulichen Schatten der Milchstraße vor dem schwarzen Bleischirm des Himmelsraumes. Die dunkle Kontur des Herzens ist die Aschenwolke der ausgebrannten Sonne. Die nebligen Hyperbeln der Eingeweide sind die losgerissenen Asteroiden, die Vagabunden des Raumes, der zufällige kosmische Staub.

Wir stehen in Moritz' Sprechzimmer vor dem Lichtschirm, an dem drei Röntgenbilder aufgehängt sind. In der technischen Reduktion der Photonfotografie wird deutlicher denn je zuvor, daß der Mensch ein Universum ist, ein von einer anderen Galaxie aus gesehenes Sonnensystem. Und doch, dieser Mensch ist tot. Im Permafrost von Holsteinsborg hat ihm jemand mit einem Preßluftbohrer ein Grab gegraben, Steine darauf gelegt und Zement darüber gegossen, um die Polarfüchse abzuhalten.

»Marius Høeg, gestorben an Botulismus. Auf dem Barrengletscher, Gela Alta, August 1991.«

Moritz, der Gerichtsmediziner Lagermann und ich stehen vor dem Schirm. In einem Korbsessel sitzt Benja und lutscht am Daumen.

Der Fußboden ist aus gelbem Marmor, die Wände sind mit einem hellbraunen Gewebe verkleidet. Der Raum hat Korbmöbel und eine Untersuchungsliege in lackiertem Avocadogrün mit einem Bezug aus Ochsenleder in Naturfarbe. An der Wand hängt ein Original von Dali. Selbst der Röntgenapparat sieht aus, als fühle er sich in diesem Versuch, die Spitzentechnologie gemütlich zu machen, wohl.

Hier verdient Moritz normalerweise einen Teil des Geldes, das dazu beiträgt, den Spätnachmittag seines Lebens zu vergolden, im Moment aber arbeitet er gratis. Er betrachtet die Röntgenaufnahmen, die Lagermann gesetzwidrig unter Übertretung von sechs Paragraphen aus dem Archiv des Gerichtsmedizinischen Instituts hergebracht hat.

»Von der Expedition 1966 fehlt der Bericht. Einfach herausgenommen worden. Verdammt noch mal.«

Ich habe Moritz erzählt, daß man nach mir fahndet und

ich nicht im Sinn habe, mich an die Polizei zu wenden. Er verabscheut Gesetzwidrigkeiten, doch er senkt den Kopf und fügt sich, denn mit oder ohne Einverständnis der Polizei ist es immer noch besser, daß ich hier bin, und nicht weg.

Ich habe ihm erzählt, daß ich Besuch von einem Bekannten bekomme und wir seine Lichttafel in der Klinik brauchen. Seine Klinik ist sein Allerheiligstes, auf einer Ebene mit seinen Investitionen und seinen Konten in der Schweiz, doch er fügt sich.

Ich habe gesagt, daß ich nicht darüber reden will, worum es sich bei der Sache handelt. Er senkt den Kopf und fügt sich. Er versucht, seine Schuld bei mir abzutragen. Sie ist dreißig Jahre alt und bodenlos.

Jetzt, als Lagermann gekommen ist, ausgepackt und die Bilder mit kleinen Klammern festgeklemmt hat, geht die Tür doch auf, und Moritz kommt gekrümmt herein.

So, wie er da vor uns steht, ist er drei Menschen in einem.

Er ist mein Vater, der meine Mutter noch immer liebt, und vielleicht auch mich, und er ist krank vor Sorge, die er nicht beherrschen kann.

Er ist der große Arzt und Dr. med. und der internationale Injektionsstar, den man nie außen vor gehalten und der immer vor allen anderen Bescheid gewußt hat.

Und er ist der kleine Junge, den man vor die Tür gesetzt hat, hinter der etwas vor sich geht, an dem er brennend gern teilhaben möchte.

Diese letzte Person lasse ich, einem plötzlichen Einfall nachgebend, eintreten und stelle sie Lagermann vor.

Natürlich kennt er meinen Vater, schüttelt ihm die Hand und lächelt ihn breit an, er hat ihn bereits zwei- oder dreimal gesehen. Ich hätte voraussehen sollen, was jetzt passiert: daß Lagermann ihn vor den Schirm zieht.

»Schauen Sie mal«, sagt er, »hier ist verdammt noch mal etwas, was Sie wundern wird.«

Die Tür geht auf, und Benja trödelt herein. Mit ihren Wollsocken, ihren nach außen gedrehten Primadonnafüßen und ihrem Anspruch auf unbegrenzte Aufmerksamkeit.

Die transparente Sternenkarte auf dem Schirm hat die beiden Männer absorbiert. Sie reden und erklären mir. Wenden sich aber aneinander.

»In Grönland gibt es nur wenige gefährliche Bakterien.«

Lagermann weiß nicht, daß Moritz und ich mehr über Grönland vergessen haben, als er jemals lernen wird. Aber wir unterbrechen ihn nicht.

»Es ist zu kalt dort. Und zu trocken. Deshalb ist eine Lebensmittelvergiftung äußerst selten. Mit einer Ausnahme. Botulismus, anaerobe Bakterien, die eine äußerst gefährliche Form von Fleischvergiftung hervorrufen.«

»Ich bin Laktovegetarierin«, wirft Benja ein.

»Der Bericht liegt in Godthåb, mit Kopie in Kopenhagen. Darin heißt es, daß sie am selben Tag, dem 7. August 1991, fünf Leute gefunden haben. Gesunde, junge Menschen. Botulismus, *Clostridium botulinum* ist *anaerob*, so wie *Tetanus*, das Starrkrampfbakterium. An sich ungefährlich. Aber seine Abfallstoffe sind teuflisch giftig. Greifen das periphere Nervensystem an, wo die Nerven in die Muskelfasern eintreten. Lähmen die Atemwege. Kurz bevor der Tod eintritt, wird es natürlich spektakulär. Hypoventilation, verdammt starke *Azidose*. Das Gesicht wird gasblau. Doch wenn es erst mal vorbei ist, keine Spur. Natürlich sind die *Livores* ein bißchen dunkler, aber das sind sie verdammt noch mal auch beim Herzanfall.«

»Von außen ist also nichts zu sehen?« frage ich.

Er schüttelt den Kopf.

»Nichts. Botulismus ist eine Exklusionsanalyse. Ein Verdacht, zu dem man gelangt, weil man keine anderen Todesursachen findet. Dann entnimmt man eine Blutprobe. Proben der Lebensmittel, die unter Verdacht stehen. Die schickt man an das Seruminstitut. Das Königin-Ingrid-Krankenhaus in Godthåb hat selbstverständlich ein medizinisches Laboratorium. Doch keine Möglichkeiten, um die selteneren Giftstoffe aufzuspüren. Man hat also Blutproben nach Kopenhagen geschickt. In den Proben war Toxin von *Botulinum*.«

Er holt eines von seinen großen Zigarrenstreichhölzern heraus. Die Augenbrauen von Moritz runzeln sich bedrohlich. In der Klinik zu rauchen ist bei Todesstrafe verboten. Raucher werden in den Rauchersalon verwiesen, das ist ein Spaziergang im Garten. Selbst dort sieht er es nicht gern. Er meint, der Anblick des Rauchens könne selbst aus der Entfernung das Gleichgewicht seiner Schläge stören. Einer seiner wenigen großen wundersamen Siege über meine Mutter war, daß er sie in Qaanaaq dazu brachte, zum Rauchen hinauszugehen. Und eine seiner vielen Niederlagen war, daß sie in Siorapaluk im Sommerzelt rauchte.

Mit dem ungeschwefelten Ende des Streichholzes zeigt Lagermann auf eine Reihe mikroskopischer Zahlen an der Unterkante der Fotografie.

»Röntgen kostet ein Schweinegeld. Wir machen es nur, wenn wir nach Eisenwaren suchen, die man in die Leute gebohrt hat. 1991 hat man keine Platten gemacht. Man hat es nicht für notwendig gehalten.«

Aus seiner Brusttasche nimmt er eine Zigarre in Zellophan.

»Hier drin darf man nicht rauchen«, sagt Benja.

Er betrachtet sie zerstreut. Dann klopft er mit der Zigarre sanft an die Fotografie.

»Aber 1966, da mußten sie Bilder machen. Da war die Identifikation nicht eindeutig. Sie waren durch die Explosion ja stark verstümmelt. Da blieb nichts anderes übrig, als zu röntgen. Um nach alten Brüchen und Ähnlichem zu suchen. Die Bilder hätten dann an alle grönländischen Ärzte geschickt werden sollen. Zusammen mit einer Kugelaufnahme dessen, was von ihren Zähnen noch übrig war.«

Erst jetzt sehe ich, daß auf der Fotografie unter dem Bekken keine Oberschenkelknochen sind.

Sorgfältig bringt Lagermann neben der ersten noch zwei weitere Aufnahmen an. Auf der einen ist die gesamte Wirbelsäule so gut wie intakt, die zweite ist ein Chaos aus Knochenteilen und dunklen Schatten, ein zerlegtes Universum.

»Damit stellen sich verschiedene fachliche Fragen. Zum Beispiel die nach der Plazierung der Körper im Verhältnis zur Detonation. Es sieht aus, als hätten sie direkt auf der Ladung gesessen, und daß diese nicht – wie normalerweise, wenn man in Klippen oder Eis plastischen Sprengstoff benutzt – in einen vorgebohrten Kanal gelegt oder zu einer umgekehrten Dose geformt worden ist, die die Explosion in einem bestimmten Punkt fokussiert. Daß sie sozusagen zwischen ihren Arschbacken in die Luft gegangen ist. Was bei Fachleuten selten ist.«

»Jetzt gehe ich«, sagt Benja. Doch sie bleibt sitzen.

»Das sind natürlich alles Spekulationen auf der Grundlage dünner Indizien. Aber das hier nicht.«

Er hängt zwei größere Aufnahmen unter die ersten.

»Negativvergrößerungen dieser Bereiche.«

Er zeigt mit der Zigarre.

»Man sieht die Reste der Leber, den unteren *Oesophagus* und den Magen. Hier hat die untere Rippe gesessen, direkt über der *Vertebra lumbalis*, die hier ist. Das ist das Herz. Dort ist es lädiert, dort ist es intakt. Können Sie etwas sehen?«

Für mich ist das ein Chaos aus schwarzen und grauen Nuancen. Moritz beugt sich vor. Die Neugierde siegt über die Eitelkeit. Aus seiner Innentasche holt er die Brille, mit der nur wir, die Frauen in seinem Leben, ihn gesehen haben. Dann setzt er einen Fingernagel auf jedes Bild.

»Dort.«

Lagermann richtet sich auf.

»Ja«, sagt er. »Genau da. Aber was zum Teufel ist das?«

Moritz nimmt ein Vergrößerungsglas von einem Aluminiumtablett. Selbst als er darauf deutet, verstehe ich nichts. Erst als er es mir auf dem zweiten Bild zeigt, ahne ich etwas. Wie in der Glaziologie. Einmal ist ein Zufall. Strukturbildend ist die Wiederholung.

Es ist eine nadeldünne, weißliche Spur, die ungleichmäßig und gewunden ist. Sie wandert an den zerteilten Rückenwirbeln empor, verschwindet bei den Rippen, kommt an der einen Lungenspitze zum Vorschein, ist wieder weg und dann beim Herzen wieder da, davor und teilweise in der großen Herzkammer, wie ein weißer Lichtfaden.

Lagermann zeigt auf die zweite Fotografie. Durch die Leber in die linke Niere.

Sie starren durch das Vergrößerungsglas.

Dann dreht sich Moritz um. Vom Schreibtisch nimmt er eine dicke Hochglanzzeitschrift.

»*Nature*«, sagt er. »Ein Sonderheft von 1979. Auf das du Smilla, meine Aufmerksamkeit gelenkt hast.«

Auf der Rückseite ist eine Fotografie. Eine Röntgenaufnahme, die jedoch technisch so gemacht ist, daß auch die Weichteile sichtbar werden, so daß der Körper nahezu unmerklich in das Skelett übergeht.

»Das«, sagt Moritz, »ist ein Ghanaer.«

Er fährt mit seinem Füller an der linken Seite der Fotografie empor. Von der einen Hüfte durch die Bauchhöhle hinauf bewegt sich eine helle, gewundene Spur.

»*Dracunculus*«, sagt er. »Guineawurm. Wird durch *Cyclops*, Krebstiere, im Trinkwasser übertragen. Kann sich auch durch die Haut bohren. Ein richtig unangenehmer Parasit. Wird einen Meter lang. Arbeitet sich mit einer Geschwindigkeit von bis zu einem Zentimeter am Tag durch den Körper. Steckt zuletzt den Kopf durch den Schenkel raus. Dort fangen ihn die Afrikaner und rollen ihn auf einen Stock auf Jeden Tag wickeln sie ein paar Zentimeter auf. Es dauert einen Monat, bis man ihn heraus hat. Dieser Monat und die Monate davor sind eine einzige Leidenszeit.«

»Wie unappetitlich«, sagt Benja.

Wir gehen mit den Köpfen ganz dicht an die Fotografien heran.

»Habe ich mir gedacht«, sagt Lagermann, »habe ich mir doch gedacht, daß es eine Art Wurm sein müßte.«

»In dem Aufsatz in *Nature*«, fährt Moritz fort, »geht es um die Röntgendiagnose dieser Sorte Parasiten. Das ist sehr kompliziert, wenn sie nicht im Gewebe verkalkt sind. Weil das Herz nicht mehr schlägt, bringt man die Kontrastflüssigkeit nur schwer dazu, sich im Körper zu verteilen.«

»Hier geht es aber um Grönland«, werfe ich ein. »Nicht um die Tropen.«

Moritz nickt.

»Aber du hattest den Artikel in deinem Brief unterstrichen Loyen hat ihn geschrieben. Eines seiner großen Spezialgebiete.«

Lagermann trommelt gegen die Fotografie.

»Ich weiß nichts über Tropenkrankheiten. Ich bin Gerichtsmediziner. Aber in die beiden Menschen hier hat sich etwas hineingebohrt. Etwas, das vielleicht aussieht wie ein Wurm, vielleicht aber auch etwas anderes. Das einen vierzig Zentimeter langen und mindestens zwei Millimeter breiten Kanal hinterlassen hat. Sich durch das Zwerchfell und die Weichteile gebohrt hat. Und in Bereichen endet, die entzündet explodiert sind. Bei diesen beiden Herren hat das TNT keinen Unterschied gemacht. Sie waren bereits tot. Tot, weil etwas – was bei allen sieben Teufeln es auch gewesen sein mag – den Kopf in Herz und Leber gesteckt hatte.«

Ratlos sehen wir die Bilder an.

»Loyen wäre vielleicht der richtige Mann für dieses Problem«, sagt Moritz.

Lagermann betrachtet ihn mit zusammengekniffenen Augen.

»Ja«, sagt er. »Es wäre interessant zu hören, was er zu sagen hat. Aber es sieht ganz danach aus, als müßten wir ihn, wenn wir eine ehrliche Antwort haben wollen, an einen Stuhl binden, ihm *Sodium pentothal* geben und ihn an einen Lügendetektor anschließen.«

6 Ich möchte Benja gern *verstehen*. In diesem Moment mehr als je zuvor.

Das ist nicht immer so gewesen. Daß ich unbedingt verstehen wollte. Jedenfalls sage ich mir, daß das nicht immer so gewesen ist. Als ich das erstemal nach Dänemark kam, *erlebte* ich die Phänomene. In ihrem Grauen, in ihrer Schönheit oder grauen Tristesse. Doch ohne ein heftiges Bedürfnis nach einer Erklärung.

Oft war kein Essen da, wenn Jesaia nach Hause kam. Am Tisch saß Juliane mit ihren Freunden, es gab Zigaretten und Gelächter, Tränen und massiven Alkoholmißbrauch, aber keine müde Mark, mit der er sich an der nächsten Ecke Pommes frites hätte kaufen können. Er beklagte sich nie. Er schimpfte seine Mutter nie aus. Er maulte nicht. Geduldig, schweigend, achtsam wand er sich aus den ausgestreckten Händen und ging. Um, wenn möglich, eine andere Lösung zu finden. Manchmal war der Mechaniker zu Hause, manchmal ich. Er konnte eine Stunde oder länger bei mir im Wohnzimmer sitzen, ohne zu sagen, daß er Hunger hatte. Gefesselt von einer extremen, fast stupiden grönländischen Höflichkeit.

Wenn ich ihm etwas zu essen gemacht hatte, wenn ich eine Makrele gekocht und ihm den ganzen Fisch von anderthalb Kilo auf einer Zeitung auf den Fußboden gelegt hatte, weil er am liebsten dort essen wollte, und er mit beiden Händen, ohne ein Wort zu sagen, mit methodischer Gründlichkeit den ganzen Fisch fraß, die Augen aß, das Hirn aussaugte, die Gräten ableckte und die Flossen knackte, hatte ich manchmal Lust, mir etwas zu erklären. Den Unterschied zwischen einer Kindheit in Dänemark und Grönland zu verstehen. Um die demütigenden, aufreibenden, immer gleichen Gefühlsdramen zu begreifen, mit denen europäische Kinder und ihre Eltern in wechselseitigem Haß und gegenseitiger Abhängigkeit miteinander verbunden sind. Und um Jesaja zu verstehen.

Insgeheim weiß ich, daß das Begreifenwollen zur Blindheit führt, daß der Wunsch zu verstehen eine eingebaute Brutalität verbirgt, die verwischt, wonach das Verständnis greift. Nur das Erlebnis ist empfindsam. Doch dann bin ich vielleicht schwach und brutal. Ich mußte einfach immer probieren.

Benja scheint alles bekommen zu haben. Ich habe ihre Eltern kennengelernt. Sie sind schlank und zurückgenommen, spielen Klavier und sprechen Fremdsprachen, und jeden Sommer, wenn die Schauspielschule des Königlichen Theaters zumachte und sie in den Süden, zu ihrem Haus an der Costa Smeralda fuhren, hatten sie die beste französische Ballettpädagogin mit, die Benja jeden Morgen unter den Palmen auf der Terrasse herumkommandierte, und das war sogar ihr eigener Wunsch gewesen.

Man könnte annehmen, daß ein Mensch, der nie gelitten hat oder nie etwas Nennenswertes entbehren mußte, innerlich zur Ruhe kommt. Eine Zeitlang schätzte ich Benja denn auch falsch ein. Wenn sie nur in ihren kleinen Höschen vor Moritz und mir durch die Räume ging, mit roten Seidentüchern die Lampen abdeckte, weil der Schein sie blendete, eine unendliche Serie von Verabredungen mit Moritz vorschlug und sie wieder absagte, weil sie, wie sie sagte, heute das Bedürfnis habe, ein paar Gleichaltrige zu sehen, glaubte ich, das sei ein Spiel zwischen ihnen. Daß sie auf einer rätselhaften Woge der Selbstsicherheit ihre Jugend, Schönheit und Attraktivität an Moritz erprobte, der fast fünfzig Jahre älter war als sie.

Eines Tages bekam ich mit, daß sie von ihm verlangte, er solle die Möbel umstellen, damit sie Platz zum Tanzen habe, und da lehnte er ab.

Zuerst glaubte sie ihm nicht. Ihr schönes Gesicht, ihre schrägen, mandelförmigen Augen und die gerade Stirn unter den Korkenzieherlocken glühten vor Siegesbewußtsein. Dann begriff sie, daß er nicht nachgeben würde. Vielleicht war es das erstemal in ihrer Beziehung. Zuerst wurde sie bleich vor Zorn, dann bekam ihr Gesicht Risse. Ihre Augen wurden verzweifelt, leer, verlassen, ihr Mund verschloß sich in einem erstickten, infantilen, verzweifelten Weinen, das dennoch keine Tränen fließen lassen wollte.

Da sah ich, daß sie ihn liebte. Daß der werbenden Koketterie eine Liebe zugrunde lag wie eine militärische Operation, eine Liebe, die alles ertragen, alle nötigen Panzerschlachten ausfechten und dafür alles verlangen würde. Und dachte mir, daß sie mich vielleicht immer hassen würde. Und daß sie von vornherein verloren hatte. Irgendwo in Moritz gibt es eine Landschaft, die sie nie wird erreichen können. Die Heimat seiner Gefühle für meine Mutter.

Oder vielleicht irre ich mich auch. In diesem Moment, gerade jetzt, fällt mir ein, daß sie vielleicht trotzdem gewonnen hat. Wenn das so ist, will ich zugeben, daß sie wirklich in die Hände gespuckt hat. Daß sie es nicht dabei belassen hat, mit ihrem kleinen Po herumzuwackeln. Sich nicht damit begnügt hat, von der Bühne herunter Moritz im ersten Parkett anzuschmachten und zu hoffen, daß das auf die Dauer wirkt. Daß sie ihr Vertrauen nicht einfach auf ihren Einfluß zu Hause und im Schoß der Familie gesetzt hat. Falls ich es noch nicht gewußt habe, dann weiß ich es jetzt. Daß in Benja ungebändigte Energie steckt.

Ich stehe an die Hausmauer gepreßt im Schnee und schaue in den Wirtschaftsraum hinunter. Dort schenkt Benja ein Glas Milch ein. Bezaubernde, wendige Benja. Sie reicht es einem Mann, der jetzt in mein Gesichtsfeld tritt. Es ist der Nagel.

Ich komme von der S-Bahn Klampenborg den Strandvej herunter, und es ist ein Wunder, daß ich es überhaupt sehe, denn ich habe einen schweren Tag gehabt.

Morgens habe ich es nicht mehr ausgehalten. Bin aufgestanden, habe mir die Haare und die Binde, die jetzt nur noch ein Wundpflaster ist, unter eine Skimütze gesteckt, die Sonnenbrille aufgesetzt, einen Lodenmantel angezogen und die Bahn zum Hauptbahnhof genommen. Von dort aus rufe ich die Nummer des Mechanikers an, aber es nimmt niemand ab.

Dann gehe ich die Kais entlang, vom Zollkai zur Langelinje, um meine Gedanken zu sammeln. Am Nordhafen mache ich ein paar Einkäufe und lasse ein Paket packen, das sie zur Villa von Moritz hinausbringen sollen, und von einer Telefonzelle aus tätige ich einen Anruf, der, ich weiß es, eine der entscheidenden Handlungen in meinem Leben ist.

Trotzdem bedeutet es so seltsam wenig. Unter bestimmten Umständen fallen im Leben die schicksalsschweren Beschlüsse oder stellt sich vielleicht sogar die Frage, ob man leben oder sterben will, mit einer nahezu gleichgültigen Leichtigkeit. Während die kleinen Dinge, zum Beispiel die Art und Weise, wie man an dem, was sowieso vorbei ist, hängt, entscheidend sind. An diesem Tag ist es wichtig, daß ich die Knippelsbrücke noch einmal sehe, wo ich mit ihm gefahren bin, daß ich noch einmal den Weißen Schnitt sehe, wo ich mit ihm geschlafen habe, und die Kryolithgesellschaft und den Fischereihafen, wo wir untergehakt spazierengegangen sind. Aus der Telefonzelle am S-Bahnhof Nordhafen rufe ich nochmal bei ihm an. Ein Mann antwortet. Doch es ist nicht er. Es ist eine gefaßte, anonyme Stimme.

»Ja?«

Ich halte den Hörer ans Ohr. Dann lege ich auf.

Ich schlage im Telefonbuch nach. Ich kann seine Autowerkstatt nicht finden. Ich nehme ein Taxi zum Toftegårds Plads und gehe die Vigerslev Allé hinunter. Dort gibt es keine Werkstatt. Von einer Telefonzelle aus rufe ich den Fachverband an. Der Mann, mit dem ich spreche, ist freundlich und geduldig. Doch in der Vigerslev Allé war noch nie eine Autowerkstatt registriert.

Bis jetzt ist mir noch nie aufgefallen, wie ausgesetzt Telefonzellen sind. Wenn man anruft, stellt man sich sozusagen zum sofortigen Erkanntwerden aus.

Das Telefonbuch führt unter dem Zentrum für Entwicklungsforschung zwei Adressen an, eine im August-Krogh-Institut und eine zweite in der Dänischen Technischen Hochschule. Unter der zweiten Adresse gibt es angeblich eine Bibliothek und ein Sekretariat.

Ich nehme ein Taxi zur Kampmannsgade, zum Handelsregister. Lächeln, Schlips und Treuherzigkeit des Jungen sind dieselben.

»Gut, daß du gekommen bist«, sagt er.

Ich zeige ihm den Zeitungsausschnitt.

»Du liest doch ausländische Zeitungen. Erinnerst du dich an das hier?«

»An den Selbstmord«, sagt er. »Alle erinnern sich daran. Die Konsulatssekretärin ist vom Dach gesprungen. Der Mann, den sie festgenommen haben, hat versucht, sie davon abzubringen. Der Fall hat ein paar grundsätzliche Fragen hinsichtlich der Rechtssicherheit von Dänen im Ausland ausgelöst.«

»Du erinnerst dich nicht an den Namen der Sekretärin?«

Seine Augen füllen sich mit Tränen.

»Ich habe im selben Jahrgang wie sie internationales Recht studiert. Ein tolles Mädchen. Ravn hieß sie. Nathalie Ravn. Hatte sich beim Justizministerium beworben. Es hieß – intern im Ministerium –, sie könnte der erste weibliche Polizeidirektor werden.«

»Es gibt nichts Internes mehr«, sage ich. »Wenn in Grönland etwas passiert, hängt das mit etwas anderem in Singapur zusammen.«

Er sieht mich verständnislos und traurig an.

»Du bist nicht meinetwegen gekommen«, sagt er. »Du bist deswegen hier.«

»Ich bin keine Bekanntschaft wert«, erwidere ich und meine es.

»Sie sah dir ähnlich. Geheimnisvoll. Und auch niemand, den man sich hinter einem Schreibtisch hätte vorstellen können. Ich habe nie verstanden, wie sie plötzlich Sekretärin in Singapur geworden ist. Das ist ein anderes Ministerium.«

Ich nehme die S-Bahn nach Lyngby und von dort aus einen Bus. Irgendwie ist es wie damals, mit siebzehn. Man glaubt, daß die Verzweiflung einen vollkommen paralysiert, aber das tut sie nicht, sie verkapselt sich in einem dunklen Punkt, irgendwo im Innern, und zwingt den Rest des Systems zum Funktionieren, zur Erledigung praktischer Dinge, die vielleicht nicht wichtig sind, einen aber in Gang halten und garantieren, daß man trotzdem irgendwie lebendig ist.

Zwischen den Gebäuden liegt der Schnee einen Meter hoch, man hat nur schmale Wege freigehalten.

Das Zentrum für Entwicklungsforschung ist noch nicht fertig eingerichtet. Am Empfang hat man eine Schranke aufgestellt, die allerdings abgedeckt ist, weil sie gerade die Decke streichen. Ich erzähle ihnen, was ich suche. Eine Frau fragt mich, ob ich Datenzeit habe, nein, sage ich. Sie schüttelt den Kopf, die Bibliothek ist noch nicht geöffnet, die Schriftenreihe des Zentrums liegt auf UNI C, beim Dänischen EDV-Zentrum für Forschung und Ausbildung, dem Datensystem der Hochschulen, das externen Nutzern nicht zugänglich ist.

Eine Zeitlang laufe ich zwischen den Gebäuden herum. In meiner Studienzeit bin ich mehrmals hiergewesen. Unsere Landvermesserkurse fanden hier statt. Die Zeit hat das Ambiente verändert. Es härter und fremder gemacht, als es das in meiner Erinnerung war. Oder vielleicht ist es die Kälte. Oder ich bin es selbst.

Ich komme an der ›Datenbar‹, dem Raum mit den Terminals, vorbei. Sie ist geschlossen, doch als eine Gruppe Studenten herauskommt, gehe ich hinein. In der Zentralhalle stehen vielleicht fünfzig Bildschirme. Ich warte eine Zeitlang. Als ein älterer Mann hereinkommt, folge ich ihm. Als er sich setzt, stehe ich hinter ihm und passe genau auf. Er sieht mich nicht. Er sitzt eine Stunde da. Dann geht er. Ich setze mich an ein freies Terminal und drücke eine Taste. Die Maschine schreibt *Log on user id?* Ich schreibe LTH_3 – wie der ältere Herr. Die Maschine antwortet *Welcome to Laboratorium für technische Hygiene. Your password?* Ich gebe JPB ein. Wie der ältere Herr. Die Maschine antwortet *Welcome Mr Jens Peter Bramslev.*

Auf *Zentrum für Entwicklungsforschung* antwortet die Maschine mit einem Menü. Ein Punkt ist *Library.* Ich gebe *Tørk Hviid* ein. Es erscheint nur ein Titel. *Eine Hypothese über die Ausrottung submarinen Lebens im Polarmeer im Zusammenhang mit dem Alvarez-Zwischenfall.*

Es sind hundert Seiten. Ich blättere darin. Zeittabellen, Bilder von Fossilien. Weder sie noch der Bildtext sind wegen der groben Auflösung des Bildschirms lesbar. Verschiedene Kurven. Einige diagrammatische, geologische Karten der jetzigen Davisstraße zu verschiedenen Zeitpunkten ihrer Entstehung. Das Ganze wirkt einigermaßen unverständlich. Ich drücke mich ans Ende.

Nach einer langen Literaturliste kommt eine kurze Zusammenfassung des Aufsatzes.

Der Aufsatz geht von der in den siebziger Jahren von dem Physiker und Nobelpreisträger Luis Alvarez aufgestellten These aus, daß der Iridiumgehalt eines Lehmstreifens zwischen den Kreide- und Tertiärablagerungen bei Gubbio im nördlichen Apennin und bei Stevns Klint in Dänemark so hoch ist, daß er sich nur durch den Einschlag eines sehr großen Meteors erklären läßt.

Alvarez nimmt an, daß der Einschlag vor fünfundsechzig Millionen Jahren stattgefunden hat und der Meteor einen Durchmesser von sechs bis vierzehn Kilometern hatte, beim Einschlag explodierte und eine Energie in der Größenordnung 100 000 000 Megatonnen TNT freisetzte. Die dadurch entstehende Staubwolke jedenfalls schloß das Sonnenlicht für einige Tage vollkommen aus. In dieser Zeit brachen verschiedene Nahrungsketten zusammen. Als Folge davon wurde ein Großteil des marinen und submarinen Mikrolebens ausgerottet, was wiederum Konsequenzen für die großen Fleisch- und Pflanzenfresser hatte. In dem Aufsatz wird – auf der Grundlage von Funden, die der Autor in der Barentssee und bei der Davisstraße gemacht hat – die Möglichkeit erörtert, ob die durch die Einschlagsexplosion bewirkte radioaktive Strahlung eine Reihe von Mutationen unter marinen Parasiten in den frühen paleozänen Perioden erklären kann. Diskutiert wird auch, ob diese Mutationen die Massenausrottung der gößeren Meerestiere erklären können.

Ich blättere zurück. Die Sprache ist klar, der Stil konzis, fast durchsichtig. Aber fünfundsechzig Millionen Jahre scheinen sehr lange her zu sein.

Als ich den Zug zurück nehme, ist es dunkel. Der Wind trägt einen leichten Schnee heran – *pirhuk*. Ich registriere es wie durch eine Betäubung.

In der Großstadt lernt man, die Umwelt mit einem besonderen Blick zu betrachten. Mit einem fokussierenden, punktweise herausgreifenden Blick. Wenn man eine Wüste oder eine Eisfläche überschauen will, sieht man anders. Man läßt die Einzelheiten um der Gesamtheit willen aus dem Fokus herausgleiten. Ein solcher Blick sieht eine andere Wirklichkeit. Betrachtet man dagegen auf diese Weise ein Gesicht, beginnt es, sich in eine ständig verändernde Serie von Masken aufzulösen.

Für diesen Blick ist der Atem eines Menschen, dieser Schleier gekühlter Tröpfchen, der sich bei Temperaturen unter acht Grad Celsius in der Atemluft bildet, kein nur fünfzig Zentimeter vor dem Mund auftretendes Phänomen. Er ist etwas Umfassendes, eine Strukturänderung des Raumes um ein warmblütiges Wesen, eine Aura von minimalen, doch deutlichen thermischen Verschiebungen. Ich habe Robbenfänger in einer sternenlosen Winternacht aus einem Abstand von zweihundertfünfzig Metern Schneehasen schießen sehen, wobei sie ausschließlich auf den Nebel um die Tiere zielten.

Ich bin keine Robbenfängerin. Und ich schlafe innerlich. Vielleicht bin ich kurz davor aufzugeben. Doch ich spüre ihn, als ich noch fünfzig Meter entfernt bin, bevor er mich gehört hat. Er steht zwischen den beiden Marmorstützen, die die Tür einrahmen, die vom Strandvej zur Treppe hinaufführt.

Im Nørrebroviertel stehen die Leute an Straßenecken und in Toreinfahrten, aber dort bedeutet das nichts. Am Strandvej ist es signifikant. Außerdem bin ich inzwischen überempfindlich. Ich streife die resignierende Dösigkeit ab und trete einige Schritte zurück in den Nachbargarten.

Ich finde das Loch in der Hecke, durch das ich als Kind so oft geschlüpft bin, zwänge mich durch und warte. Nach ein paar Minuten sehe ich den zweiten. Er hat sich an der Ecke der Pförtnerwohnung aufgebaut, wo die Einfahrt zum Haus hin eine Kurve macht.

Ich gehe zurück zu der Stelle, von der aus ich die Küchentür in einem Winkel erreichen kann, den sie beide nicht sehen können. Die Sicht hat sich verschlechtert. Die schwarze Erde zwischen den Rosen ist hart wie Stein. Die Vogeltränke hat sich in eine große Schneewehe eingekapselt.

Ich gehe an der Hausmauer entlang und denke plötzlich daran, daß ich, die ich mich so oft verfolgt gefühlt habe, bisher vielleicht noch gar keinen richtigen Grund gehabt habe, mich zu beschweren.

Moritz ist allein im Wohnzimmer, ich sehe ihn durch das Fenster. Er sitzt in dem niedrigen Eichensessel und umklammert die Armlehne. Ich gehe weiter, um das Haus herum, am Haupteingang vorbei und an der Rückseite entlang bis zu der Stelle, wo der Erker vorspringt. Im Wirtschaftsraum ist Licht. Ich sehe Benja. Sie schenkt ein Glas kalte Milch ein. Stärkend an einem solchen Abend, wo man wachen und warten muß. Ich nehme die Feuertreppe. Sie führt zum Balkon des Zimmers, das einmal meins war. Ich komme hinein und taste mich vor. Sie haben den Karton gebracht. Er steht auf dem Fußboden. Die Tür zum Flur steht offen. Unten in der Diele geleitet Benja den Nagel hinaus.

Ich sehe ihn über den Kies davongehen, wie einen dunklen Schatten. Zur Garage und durch die kleine Tür.

Natürlich haben sie in der Garage geparkt. Moritz hat den Wagen für jeden Tag ein bißchen beiseite gerückt, damit sie Platz haben. Der Bürger muß der Polizei in jeder Weise behilflich sein.

Ich schleiche die Treppe hinunter. Ich kenne sie, mache also keinen Lärm. Ich komme in die Diele hinunter, an der Garderobe vorbei und in das kleine Wohnzimmer. Dort ist Benja. Sie sieht mich nicht. Sie schaut auf den Öresund hinaus. Zu den Lichtern am Tuborghafen, nach Schweden und zum Flakfort hinüber. Sie summt vor sich hin. Nicht richtig froh und entspannt. Aber intensiv. Heute nacht, denkt sie, heute nacht erwischen sie Smilla. Die Talmigrönländerin.

»Benja«, sage ich.

Blitzschnell fährt sie herum, wie wenn sie tanzt. Doch dann bleibt sie stecken.

Ich sage nichts, mache nur eine Handbewegung, und mit gesenktem Kopf geht sie vor mir ins Wohnzimmer.

Ich bleibe an der Tür stehen, die langen Gardinen machen mich gegen den Weg hin unsichtbar.

Moritz hebt den Kopf und sieht mich. Sein Ausdruck verändert sich nicht, doch das Gesicht wird flacher, vergrämter.

»Ich war's.« Benja hat sich neben ihn gestellt. Er gehört ihr. »Ich habe angerufen«, sagt sie.

Er reibt die Hand an seinem Kinn. Heute abend hat er sich nicht rasiert. Die Stoppeln sind schwarz, mit Grau durchsetzt. Seine Stimme ist leise und resigniert.

»Ich habe nie gesagt, daß ich vollkommen bin, Smilla.«

Das hat er zwar ständig gesagt, aber ich bringe es nicht über mich, ihn daran zu erinnern. Zum erstenmal sehe ich, daß er alt ist. Daß er irgendwann, in vielleicht nicht allzu langer Zeit, sterben muß. Einen Augenblick lang kämpfe ich dagegen an, dann gebe ich auf, Mitleid erfüllt mich. In diesem jämmerlichen Moment.

»Sie warten draußen auf dich«, sagt Benja. »Sie bringen dich weg. Du gehörst nicht hierher.«

Ich kann nicht anders, ich muß sie bewundern. Etwas von diesem Wahnsinn findet man bei Eisbärenweibchen, die ihre Jungen verteidigen.

Es ist, als hätte Moritz sie nicht gehört. Seine Stimme ist noch immer leise, introvertiert. Als spräche er hauptsächlich mit sich selbst.

»Ich möchte so gern Ruhe und Frieden haben. Ich möchte die Familie so gern um mich haben. Aber es gelingt mir nicht. Es ist mir nie gelungen. Die Dinge geraten mir außer Kontrolle. Als ich den Karton gesehen habe, den sie heute nachmittag gebracht haben, habe ich begriffen, daß du wieder weggehst. So wie alle die Male, als du weggelaufen bist. Ich bin zu alt geworden, um dich nach Hause zu holen. Vielleicht war es auch damals schon falsch.«

Seine Augen sind blutunterlaufen, als er mich anschaut.

»Ich möchte dich nicht gehen lassen, Smilla.«

Im Laufe eines jeden Lebens bietet sich die Möglichkeit einer Klärung. Diese Chance hat er verpaßt. Die Konflikte, die ihn jetzt in den Sessel drücken, hatte er schon mit dreißig, als ich ihn kennenlernte, als er mein Vater wurde. Das Alter hat nur die Stärke unterhöhlt, mit der er ihnen sonst begegnet ist.

Benja leckt sich die Lippen.

»Gehst du selbst zu ihnen«, sagt sie, »oder soll ich sie holen?«

Solange ich mich zurückerinnern kann, habe ich versucht, dieses Haus, dieses Land zu verlassen. Jedesmal hat das Dasein Moritz als willenloses Werkzeug benutzt, um mich zurückzurufen. In diesem Augenblick wird es so deutlich wie seit meiner Kinderzeit nicht mehr, daß die Wahlfreiheit eine Illusion ist, daß uns das Leben durch eine Reihe bitterer, unfreiwillig komischer, sich wiederholender Konfrontationen mit den Problemen führt, die wir nicht gelöst haben. Zu einer anderen Zeit hätte ich darüber vielleicht lächeln können. Im Moment bin ich zu müde. Ich senke also den Kopf und stelle mich darauf ein aufzugeben.

Moritz erhebt sich.

»Benja«, sagt er. »Du bleibst hier.«

Sie gafft ihn an.

»Smilla«, sagt er. »Was soll ich tun?«

Wir messen einander mit zusammengekniffenen Augen. In ihm ist etwas ins Rutschen geraten.

»Das Auto«, sage ich. »Fahr das Auto zum Hintereingang. So dicht, daß du den Karton hinaustragen kannst, ohne daß sie es sehen. Und so, daß ich ungesehen ins Auto kommen und mich vor den Rücksitz legen kann.«

Als er den Raum verläßt, setzt Benja sich in seinen Sessel. Ihr Gesicht ist abwesend, ausdruckslos. Wir hören, daß das Auto angelassen und herausgefahren wird, hören das Knirschen der Räder im Kies vor der Tür. Das Geräusch der Tür. Moritz' vorsichtige, angestrengte Schritte, als er den Karton hinausträgt.

Als er wieder hereinkommt, hat er Gummistiefel, Ölzeug und Mütze an. Er bleibt nur einen Augenblick in der Tür stehen. Dann macht er kehrt und geht voran.

Als ich aufstehe, geht Benja langsam hinter mir her. Ich gehe in das kleine Wohnzimmer, wo das Telefon steht, und wähle eine Nummer. Der Hörer wird sofort abgenommen.

»Ich komme«, sage ich. Dann lege ich auf.

Als ich mich umdrehe, steht Benja hinter mir.

»Wenn ihr weg seid, gehe ich zu ihnen raus und schicke sie hinter euch her.«

Ich trete zu ihr hin. Mit Daumen und Zeigefinger packe ich durch ihre Trikothosen den Venushügel und drücke zu. Als sie den Mund aufmacht, greife ich ihr mit der anderen Hand um die Kehle und verschließe die Luftröhre. Ihre Augen werden groß und weit vor Angst. Sie geht in die Knie und ich mit ihr, bis wir voreinander auf dem Fußboden knien. Sie ist größer und schwerer als ich, doch ihre Energie und ihre Perfidie liegen auf einer anderen Ebene. Am Königlichen Theater lernt man nicht, seinem Zorn physisch Ausdruck zu verleihen.

»Benja«, flüstere ich. »Laß mich in Ruhe.«

Ich drücke zu. Auf ihrer Oberlippe perlen Schweißtropfen. Da lasse ich sie los. Sie gibt keinen Laut von sich. Ihr Gesicht ist leer vor Angst.

Die Haustür zur Diele steht offen. Der Wagen hält davor. Ich krieche hinein. Auf dem Rücksitz steht mein Karton. Eine Decke wird über mich gelegt. Moritz setzt sich ans Steuer.

Er hält vor der Garage. Das Fenster wird heruntergekurbelt.

»Vielen Dank für Ihre Hilfe«, sagt der Nagel.

Dann fahren wir.

Der Wasserskiklub von Skovshoved hat eine breite Holzrampe, die von einem hohen Kai schräg zum Wasser hin abfällt. Dort wartet Lander. Er trägt einen einteiligen, wasserdichten Segleranzug, der in die Stiefel übergeht. Der Anzug ist schwarz. Und schwarz ist auch die Persenning auf dem Dach des Autos. Es ist nicht der Jaguar, sondern ein Landrover mit höher gelegter Karosserie.

Auch das Gummiboot, das unter der Persenning verzurrt ist, ist schwarz. Ein Zodiac aus schwerer Gummileinwand mit Holzboden. Moritz will helfen, kommt aber nicht dazu. Mit einem mühelosen Ruck kippt der kleine Mann das Boot vom Auto, fängt es auf dem Kopf auf und schubst es mit einer gleitenden Bewegung über die Rampe.

Aus dem Kofferraum holt er einen Außenbordmotor, hebt ihn ins Boot und macht ihn am Heckspiegel fest.

Wir packen alle drei an, um das Boot ins Wasser zu lassen. In meinem Karton finde ich Gummistiefel, eine Kapuzenmütze, Handschuhe aus Kunststoffpelz und einen Überziehanzug, den ich über meinen Pullover ziehe.

Moritz geht nicht mit auf die Rampe, sondern bleibt hinter dem Geländer stehen.

»Kann ich etwas für dich tun, Smilla?«

Die Antwort kommt von Lander.

»Sie können zusehen, daß Sie wegkommen.«

Dann stößt er ab und läßt den Motor an. Eine unsichtbare Hand ergreift das Boot von unten her und führt uns von Land. Der Schnee fällt jetzt dicht. Nach ein paar Sekunden ist Moritz' Gestalt verschwunden. Genau als sie sich umdreht und zum Auto zurückgeht.

Um das linke Handgelenk hat Lander einen Kompaß. In einem Sichtkorridor, der in dem Schneetreiben momentweise aufreißt, ist Schweden zu sehen. Da sind die Lichter von Tårbæk. Und als treibende, helle Flecken in der Dunkelheit zwei Schiffe, die zwischen der Küste und der mittleren Fahrrinne Anker geworfen haben. Nordwestlich vom Flakfort.

»Das an Steuerbord ist die Kronos.«

Ich kann Lander nur schwer von seinem Büro, seinem Alkohol, seinen hohen Hacken und seinem Abendanzug trennen. Die Autorität, mit der er das Boot zwischen den Wellen hindurchmanövriert, die immer schwerer werden, je weiter wir von Land wegkommen, ist unerwartet und fremd.

Ich versuche mich zu orientieren. Bis zur Fahrrinne hinaus ist es eine Seemeile. Unterwegs zwei Seezeichen. Die Leuchtfeuer der Einfahrt zum Tuborghafen. Zum Hafen von Skovshoved. Die Leuchtfeuer auf den Hügeln über dem Strandvej. Ein Containerschiff auf dem Weg nach Süden.

Als der Schneefall die Sicht versperrt, korrigiere ich seinen Kurs zweimal. Er schaut mich forschend an, gehorcht jedoch. Ich versuche nicht, ihm etwas zu erklären. Was sollte ich auch sagen?

Ein schwacher Wind kommt auf. Er klatscht kalte und

harte Salzwassertropfen in unsere Gesichter. Wir kriechen am Boden zusammen und lehnen uns aneinander. Der schwere Zodiac tanzt auf der kabbeligen See. Lander kommt mit seinem Mund nahe an meine Kapuzenmütze, die ich hochgezogen habe.

»Føjl und ich waren zusammen bei der Marine. Bei den Froschmännern. Wir waren Anfang Zwanzig. Als denkender Mensch muß man in diesem Alter sein, um sich so einen Scheiß gefallen zu lassen. Ein halbes Jahr lang sind wir um fünf Uhr morgens aufgestanden, einen Kilometer in eiskaltem Wasser geschwommen und anderthalb Stunden gerannt. Wir übten in der Nacht Fallschirmspringen über Wasser, fünf Kilometer vor Schottlands Küste, und ich bin fast nachtblind. Wir schleppten das blöde Gummiboot auf dem Kopf durch die dänischen Wälder, während die Offiziere uns anpißten und unsere Psyche umzumodeln versuchten, damit Soldaten aus uns wurden.«

Ich lege die Hand auf seinen Arm, der den Gashebel hält, und korrigiere die Richtung. Fünfhundert Meter vor uns schneidet das Containerschiff als grünes Steuerbordlicht und drei hochsitzenden Motorenlaternen unseren Kurs.

»Normalerweise kommen die Kleinen am besten zurecht. Die in meiner Größe. Wir hielten immer mit. Die Großen konnten einmal heben, und dann waren sie fertig. Wir mußten sie dann ins Gummiboot legen und mittragen. Aber mit Føjl war das anders. Føjl war groß, aber so schnell wie ein Kleiner. Ihn kriegten sie nicht matt und haben ihn auch in den Verhörkursen nie kleingekriegt. Er sah sie einfach freundlich an, genau so, wie du ihn kennst. Und gab keinen Millimeter nach. Eines Tages tauchen wir unter Eis. Es ist Winter. Das Meer ist gefroren. Wir haben uns ein Loch sprengen müssen. An dem Tag herrscht eine kräftige Strömung. Auf dem Weg nach unten gleite ich durch einen Kältegürtel. Das kann passieren. Das Kondenswasser der Atemluft gefriert zu Eis und blockiert die kleinen Ventile im Lungenautomaten. Ich habe die Sicherheitsleine, an der man zu dem Loch im Eis zurückfindet, noch nicht festgemacht. So ist das, wenn man unter Eis taucht. Nach zwei Metern ist das Loch eine dunkle Kante. Ist man fünf Meter weg, kann man es nicht mehr sehen. Mich packt also die Panik. Ich verliere die Leine. Ich glaube das Loch nicht mehr sehen zu können. Alles ist grünlich, strahlend und neonfarbig unter dem Eis. Ich habe ein Gefühl, als würde ich ins Totenreich eingesaugt. Ich spüre, wie mich die Strömung packt, nach unten und nach draußen führt. Sie haben mir später erzählt, daß Føjl es gesehen hat. Und einen Bleigürtel in die Hand genommen hat und ohne Flaschen ins Wasser gesprungen ist. Nur mit einer Leine in der Hand. Denn es war ja keine Zeit zu verlieren. Und er taucht zu mir hinunter. Er fängt mich in zwölf Meter Tiefe. Aber er taucht im Trockenanzug. Das bedeutet, daß der Wasserdruck das Gummi gegen die Haut preßt. Alle zehn Meter nimmt der Druck um eine weitere Atmosphäre zu. Bei zehn Metern schneidet sich die Gummikante an den Gelenken und Knöcheln durch die Haut. Alles, woran ich mich noch erinnere, sind Wolken von Blut.«

Ich denke an die Narben um Handgelenke und Knöchel, schwarz, wie Eisenbügel.

»Er war es auch, der das Wasser aus meinen Lungen gepreßt hat. Und mich künstlich beatmet hat. Wir mußten lange warten. Sie hatten nur einen kleinen Gasturbinenhubschrauber, und es war schlechtes Wetter. Auf dem ganzen Weg zum Land habe ich von ihm Herzmassage und Luft bekommen.«

»Wohin zum Land?«

»Scoresbysund. Wir hatten Übungen in Grönland. Es war kalt. Aber das war ihm gerade recht.«

Der Schnee schließt uns in ein chaotisches Gitter, eine wilde Verwirrung aus Schrägstrichen ein.

»Er ist verschwunden«, sage ich. »Ich habe versucht, ihn anzurufen. Am Telefon ist ein anderer. Vielleicht ist er verhaftet worden.«

Eine Minute, bevor das Schiff auftaucht, spüre ich es. Das Ziehen des Rumpfes an den Ankerketten, die langsame Verschiebung der großen, treibenden Masse.

»Vergiß ihn, Schätzchen. Das mußten wir andern auch.« An der Backbordseite ist am Ende einer steilen Jakobsleiter unter einer einzelnen gelben Laterne eine kurze Floßbrücke ausgelegt. Er macht den Motor nicht aus, sondern stabilisiert das Boot, indem er sich an einem Eisenträger festhält.

»Du kannst mit zurückkommen, Smilla.«

Er hat etwas Rührendes, als ginge ihm jetzt erst auf, daß wir längst aufgehört haben zu spielen.

»Die Sache ist nur die«, sage ich, »daß ich nichts habe, wofür sich das Zurückkommen sonderlich lohnt.«

Ich wuchte den Karton selbst auf die Brücke. Als ich hinterhersteige und mich umdrehe, schaut er mich noch einen Augenblick an, eine kleine Gestalt, das große Gummiboot hebt und senkt sie und versetzt sie in tanzende Bewegung. Dann wendet er sich um und stößt ab.

DAS MEER

I

1 Die Kajüte ist zweieinhalb auf drei Meter. Trotzdem haben sie darin ein Waschbecken mit Spiegel, einen Schrank, eine Koje mit Leselampe, ein Regal für Bücher, unter dem Bullauge einen kleinen Schreibtisch mit Stuhl und auf dem Tisch den großen Hund untergebracht.

Er reicht vom Schott bis über die Koje, ist also ungefähr zwei Meter lang. Seine Augen sind unglücklich, seine Pfoten dunkel, und bei jeder Krängung versucht er mich zu berühren. Wenn ihm das gelingt, verrotte ich auf der Stelle, das Fleisch wird mir von den Knochen fallen, die Augen werden ausfließen und in ihren Höhlen verdampfen, meine Eingeweide werden sich durch die Haut pressen und in einer Wolke aus Sumpfgas explodieren.

Er gehört nicht hierher. Er gehört überhaupt nicht in meine Welt. Er heißt *Aajumaaq* und ist aus Ostgrönland. Meine Mutter hat ihn von einem Besuch in Angmagssalik mit nach Hause gebracht. Als sie ihn dort unten einmal gesehen hatte, begriff sie, daß er immer in der Gegend von Qaanaaq gewesen sein muß, und seitdem sah sie ihn regelmäßig. Er berührt die Erde nie, auch jetzt schwebt er ein Stück über dem Schreibtisch, und er ist hier, weil ich auf einem Schiff bin.

Ich habe immer Angst vor dem Meer gehabt. In einen Kajak haben sie mich nie reingekriegt, obwohl das der sehnlichste Wunsch meiner Mutter war. Und ich habe nie einen Fuß an Deck von Moritz' ›Swan‹ gesetzt. Ich mag das Eis unter anderem deshalb, weil es das Wasser zudeckt und fest macht, sicher, befahrbar, überschaubar. Ich weiß, daß draußen der Seegang und der Wind stärker geworden sind, weit vorn stampft der Bug der Kronos in den Wellen, zersplittert sie und schickt lärmende Wasserkaskaden die Reling entlang, die sich vor meinem Bullauge in zischenden Nebel auflösen, der weiß durch die Nacht leuchtet. Auf dem offenen Meer gibt es keine Landmarken, nur eine amorphe, chaotische Verschiebung richtungsloser Wassermassen, die sich auftürmen und brechen und rollen und deren Oberfläche wiederum durch Teilsysteme gebrochen wird, die ineinandergreifen, Wirbel bilden, verschwinden, sich formieren und zuletzt spurlos vergehen. Langsam wird sich dieses Durcheinander in die

Flüssigkeitsbahnen meines Gleichgewichtssystems hineinarbeiten und meinen Ortssinn auflösen, in meine Zellen vorkämpfen und ihre Salzkonzentration und damit die Leitungsfähigkeit des Nervensystems verschieben und mich taub, blind und hilflos zurücklassen. Ich fürchte das Meer nicht, weil es mich ersticken will. Ich fürchte es, weil es mir meine Orientierung, das innere Gyroskop meines Lebens nehmen will, die Gewißheit des Oben und Unten, meine Verbindung zum *absolute space.*

In Qaanaaq wächst niemand auf, ohne auf das Meer zu gehen. Niemand kann wie ich als Studentin, professionelle Depotauslegerin und Navigatorin in Nordgrönland leben, ohne gezwungen zu sein, auf See zu gehen. Ich bin sehr viel länger auf dem Meer und auf sehr viel mehr Schiffen gewesen, als ich eigentlich wahrhaben möchte. Wenn ich nicht gerade auf einem Deck stehe, gelingt es mir in der Regel, den Gedanken zu verdrängen.

Ich baue ab, seit ich vor einigen Stunden an Bord gekommen bin. In meinen Ohren kocht es bereits, in meinen Schleimhäuten sackt die Flüssigkeit merkwürdig unmotiviert weg. Ich bin nicht mehr sicher, wo die Himmelsrichtungen sind. Auf meinem Tisch wartet Aajumaaq darauf, daß ich mir eine Blöße gebe.

Er wartet direkt vor dem Tor, das in den Schlaf führt. Jedesmal, wenn ich meinen Atem tiefer werden höre und weiß, jetzt schlafe ich, gleite ich nicht in das friedliche Verdämmern der Wirklichkeit, das ich brauche, sondern falle neben dem schwebenden Hilfsgeist, dem Hund mit den dreikralligen Pfoten, die sich in der Phantasie meiner Mutter vergrößert und verstärkt haben und von klein auf in meine Alpträume eingepflanzt wurden, in eine neue, gefährliche Klarheit.

Es ist vielleicht eine Stunde her, seit die Maschinen angelassen wurden und ich weit weg die Ankerwinde und das Rasseln der Kette mehr gespürt als gehört habe. Ich bin zu müde, um wach zu sein, und zu angespannt, um zu schlafen. ich will, daß das aufhört.

Die Unterbrechung kommt, als die Tür geöffnet wird. Es wird nicht angeklopft, keine Schritte warnen. Er hat sich an die Tür herangeschlichen, öffnet sie jetzt mit einem Ruck und steckt den Kopf herein.

»Der Kapitän will, daß du auf die Brücke kommst.«

Er bleibt in der Tür stehen, um es mir schwerzumachen, aus dem Bett zu kommen und mich anzuziehen, um mich zu zwingen, mich vor ihm zu entblößen. Mit der Decke um die Schultern rutsche ich zum Fußende und versetze der Tür einen Tritt, so daß er gerade noch den Kopf einziehen kann.

Jakkelsen. Er heißt Jakkelsen. Er hat möglicherweise auch einen Vornamen, aber auf der Kronos benutzt man nur die Nachnamen.

Ich bleibe im Schneeregen stehen, bis das Gummiboot mit Landers Silhouette verschwindet. Da kein Mensch zu sehen ist, versuche ich, meinen Karton allein zu heben, muß es jedoch aufgeben, ihn die Leiter hochzuwuchten. Ich lasse ihn stehen und klettere in die Dunkelheit über der einsamen Lampe hinauf.

Die Leiter endet vor einer offenen Ladeluke. Innen erleuchtet eine matte Notbeleuchtung auf der Höhe des zweiten Decks einen grünen Korridor. Geschützt vor dem Schneeregen und mit den Füßen auf einer Kabelkiste sitzt ein Junge da und raucht eine Zigarette.

Er trägt schwarze Sicherheitsschuhe, eine blaue Arbeitshose und einen blauen Wollpullover, und er ist zu jung und viel, viel zu mager, um Seemann zu sein.

»Ich habe auf dich gewartet. Jakkelsen. Wir benutzen hier die Nachnamen. Befehl vom Kapitän.«

Er betrachtet mich eingehend.

»Halt dich an mich, ich kann was für dich tun, verstehste.«

Er hat ein Meer von Sommersprossen auf der Nase, seine Haare sind rot und lockig, seine Augen über der Zigarette halb geschlossen, faul, forschend, unverschämt. Er ist vielleicht siebzehn Jahre alt.

»Dann hol doch gleich mal mein Gepäck.«

Er bewegt sich widerwillig, läßt die Zigarette auf die Planken fallen, wo sie liegenbleibt und weiterglüht.

Er schafft es gerade eben, mit dem Karton die Leiter hochzukommen. Er stellt ihn auf dem Deck ab.

»Ich habe einen schwachen Rücken, verstehste.«

Er geht voran, schlendernd, die Hände auf dem Rücken. Ich komme mit dem Karton hinterher. Den Schiffsrumpf durchzieht das leise, ununterbrochene Vibrieren großer Maschinen, als wollte mich jemand daran erinnern, daß die Abfahrt unmittelbar bevorsteht.

Über eine Treppe kommen wir auf das Oberdeck. Hier hat sich der Dieselgeruch verflüchtigt, die Luft schmeckt nach Regen und Kälte. Ein Gang hat rechts eine weiße Wand und links eine Reihe von Türen. Eine davon ist mir zugedacht.

Jakkelsen öffnet sie, tritt zur Seite, damit ich eintreten kann, kommt mir nach, schließt die Tür und stellt sich davor.

Ich schiebe den Karton beiseite und setze mich auf die Koje.

»Jaspersen. Laut Schiffsliste. Du heißt Jaspersen.«

Ich öffne den Schrank.

»Wie wär's mit einem kleinen Quickie?«

Ich überlege, ob ich mich verhört habe.

»Die Frauen sind verrückt nach mir.«

Jetzt hat er etwas Eifriges und Aufgewecktes. Ich richte mich auf. Man sollte sich möglichst nicht überraschen lassen.

»Gute Idee«, sage ich. »Aber verschieben wir es lieber auf deinen Geburtstag. Deinen fünfzigsten.«

Er sieht enttäuscht aus.

»Bis dahin bist du neunzig. Dann interessiert's mich nicht mehr.«

Er zwinkert mir zu und geht.

»Ich kenne das Meer, verstehste. Halt dich an mich, Jaspersen.«

Dann schließt er die Tür.

Ich packe aus. Das Bad ist draußen auf dem Flur. Das Wasser aus dem Warmwasserhahn ist kochendheiß. Ich stehe lange unter der Dusche. Danach reibe ich mich mit Mandelöl ein und ziehe einen Trainingsanzug an. Ich schließe die Tür ab und krieche unter die Decke. Die Welt kann mich holen, wenn sie mich braucht. Ich schließe die Augen und sinke. Durch das Tor. Auf dem Tisch kommt langsam Aajumaaq zum Vorschein. Im Traum weiß ich, daß er ein Traum ist. Man kann offenbar ein Alter und einen Punkt erreichen, wo selbst die Alpträume etwas halbwegs Versöhnliches und Vertrautes annehmen. Ungefähr dort bin ich angelangt.

Dann wird das Maschinengeräusch lauter, und sie holen den Anker ein. Dann fährt die Kronos. Dann öffnet Jakkelsen meine Tür.

Ich weiß, daß ich sie abgeschlossen habe. Ich notiere mir, daß er einen Schlüssel haben muß. Eine erinnernswerte Kleinigkeit.

»Deine Uniform«, sagt er vor der Tür. »Wir tragen Uniform.«

Im Schrank liegen blaue Hosen, die zu groß sind, blaue T-Shirts, die zu groß sind, ein blauen Kittel, der zu groß ist und unförmig wie ein Mehlsack, und eine blaue Wolljacke. Ganz unten stehen kurzschäftige Gummistiefel, in denen man noch wachsen kann. Mindestens fünf bis sechs Nummern, wenn ich sie ausfüllen soll.

Jakkelsen wartet draußen auf mich. Er mustert mich über seine Zigarette hinweg, sagt aber nichts. Seine Finger trommeln gegen das Schott, er strahlt eine neue Rastlosigkeit aus. Er geht voraus.

Am Ende des Flurs biegt er links zur Treppe ab, die zu den Oberdecks führt. Doch ich gehe nach rechts, auf Deck hinaus, und er muß mir folgen.

Ich stelle mich an die Reling. Die Luft trieft vor eisiger Nässe, der Wind ist stark und böig. Doch schräg voraus ist Licht zu sehen.

»Helsingör – Helsingborg. Das am dichtesten befahrene Gewässer der Welt, verstehste. Sundbusse, DSB-Fähren, Riesenjachthafen, Containerverkehr. Alle drei Minuten geht ein Schiff quer über. Es gibt nirgends so was wie das hier. Die Straße von Messina, verstehste, da bin ich schon oft gewesen, die ist gar nichts. Das hier, das ist wirklich was. Und bei solchem Wetter ist der Radar gestört. Dann ist es, als würde man ein U-Boot durch Buttermilchsuppe steuern.«

Seine Finger trommeln nervös auf das Geländer, doch seine Augen starren fast begeistert in die Nacht.

»Wir sind hier durchgekommen, als ich auf der Seefahrtsschule war. Auf einem Vollrigger. Sonne, Schloß Kronborg an Backbord, und die kleinen Mädchen im Jachthafen, die wurden unruhig, wenn sie uns sahen, verstehste.«

Ich gehe voran. Wir steigen drei Treppen höher und kommen zur Navigationsbrücke. Rechts von der Treppe liegt hinter zwei großen Glasscheiben der Kartenraum. Er ist dunkel, doch über den ausgebreiteten Seekarten glühen schwache, rote Birnen. Wir betreten den Kommandoraum.

Der Raum ist verdunkelt. Unter uns erstreckt sich im Schein einer einsamen Decklampe das Deck der Kronos, fünfundsiebzig Meter in die Nacht hinaus. Zwei sechzig Fuß hohe Masten mit schweren Ladebäumen. An jedem Mast vier Ladespille, beim Aufgang zu dem kurzen, erhöhten Vorderdeck ein Kontrollverschlag für die Spille. Zwischen den Masten auf Deck unter einer Persenning eine rechteckige Kontur, mehrere kleine, blaue Gestalten sind damit beschäftigt, lange Gummiquerriemen zu sichern. Vielleicht das LMC, das ausrangierte Landefahrzeug der Marine. Auf dem Vorderdeck eine große Ankerwinde und über einem Laderaum eine vierteilige Luke. An der Reling alle dreißig Fuß ein weißer, aufrechter Scheinwerfer Außerdem Feuerlöschhähne, Schaumlöscher, Rettungsgerät Sonst nichts. Das Deck ist geräumt, seeklar, ordentlich.

Und jetzt auch verlassen. Während ich noch zuschaue, sind die blauen Gestalten verschwunden. Das Licht geht aus, das Deck entschwindet. Weit vorn, wo der Steven in den Seen stampft, entstehen plötzliche, weiße Protuberanzen aus zerstäubtem Wasser. Auf beiden Seiten des Schiffes schieben sich überraschend dicht die Lichter der Küsten heran. Unmittelbar vor und hinter uns kreuzen die kleinen Fähren. Im Regen läßt das gelbe Scheinwerferlicht Kronborg aussehen wie ein trostloses modernes Gefängnis.

Aus der Dunkelheit des Raumes treten zwei grüne, langsam rotierende Radarbilder hervor. Ein roter Punkt aus mat tem Licht in einem großen Schwimmkompaß. Mitten vor dem Fenster, die eine Hand am manuellen Steuerrad, steht eine Gestalt, die uns halb den Rücken zukehrt. Es ist Kapitän Sigmund Lukas. Hinter ihm eine gerade, unbewegliche Person. Neben mir wippt Jakkelsen ruhelos auf den Fußballen.

»Sie können gehen.«

Lukas hat leise gesprochen, ohne sich umzuwenden. Die Gestalt hinter ihm gleitet zur Tür hinaus, Jakkelsen dicht hinter ihr. Einen Moment lang ist die Widerwilligkeit aus seinen Bewegungen gewichen.

Langsam gewöhnen sich die Augen an die Dunkelheit, aus dem Nichts treten die Instrumente hervor, von denen ich einige kenne, andere nicht, für die jedoch allesamt gilt, daß ich mich immer weit davon weggehalten habe, weil sie aufs offene Wasser gehören. Und weil sie für mich eine Kultur symbolisieren, die zwischen sich und dem Versuch, herauszubekommen, wo man sich befindet, eine Schicht aus Leblosigkeit eingeschoben hat.

Die Flüssigkristalle auf dem SATNAV-Computer, das Kurzwellenradio, Konsolen für LORAN C, ein Funkpeilsystem, das ich nie verstanden habe. Die roten Zahlen auf dem Echolot. Die Konsole für das Navigationssonar. Der Krängungsmesser. Ein Sextant im Stativ. Instrumentenpaneele. Das Maschinentelefon. Die Klarsichtscheiben. Ein Funkpeiler. Der Autopilot. Zwei Paneele mit Voltmessern und Kontrollampen. Und über allem: das wachsame, verschlossene Gesicht von Lukas.

Aus dem VHF kommt ein ununterbrochenes Knacken. Ohne den Blick abzuwenden, streckt er die Hand aus und schaltet ihn aus. Es wird still.

»Sie sind an Bord, weil wir eine Kajütenstewardeß gebraucht haben. Heute heißt das ja so. Aus keinem anderen Grund. Unser Gespräch war ein Einstellungsgespräch, nichts anderes.«

In meinen schlappenden Seestiefeln und dem viel zu großen Pullover fühle ich mich wie ein kleines Mädchen, das Rede und Antwort stehen muß. Er sieht mich nicht ein einziges Mal an.

»Wir haben nicht mitgeteilt bekommen, wohin wir fahren. Wir werden es später erfahren. Bis dahin fahren wir einfach der Nase nach nordwäts.«

Etwas an ihm hat sich verändert. Es sind seine Zigaretten. Sie fehlen. Vielleicht raucht er auf See nicht. Vielleicht fährt er zur See, um den Spieltischen und den Zigaretten zu entkommen.

»Steuermann Sonne wird Sie herumführen und Ihnen Ihre Arbeitsbereiche zeigen. Ihre Arbeit besteht aus ein bißchen Putzen, außerdem sind Sie für die Schiffswäscherei zuständig. Gelegentlich werden Sie den Offizieren auch das Essen servieren.«

Bleibt die Frage, warum er mich überhaupt mitgenommen hat.

Als ich schon an der Tür bin, ruft er mir nach, bitter, leise.

»Sie haben gehört, was ich gesagt habe, nicht wahr? Sie haben verstanden, daß wir ausgelaufen sind, ohne zu wissen, wohin wir fahren.«

Sonne wartet vor der Tür auf mich. Jung, korrekt, kurzer Haarschnitt. Wir klettern ein Stockwerk tiefer, auf das Bootsdeck. Er dreht sich zu mir um, senkt die Stimme und sieht mich ernst an.

»Wir haben auf dieser Reise Vertreter der Reeder dabei. Sie bewohnen die Räume auf dem Bootsdeck. Der Zutritt ist strengstens untersagt. Es sei denn, man ruft Sie zum Servieren. Sonst: Kein Zutritt. Kein Saubermachen. Sie haben hier nichts zu suchen.«

Wir gehen weiter nach unten. Auf dem Promenadendeck befinden sich Wäscherei, Trocken- und Wäscheraum. Auf dem Oberdeck, wo meine Kajüte liegt, sind Wohnräume, Büros für Maschinenmeister und Elektriker, Messen, die Kombüse. Auf dem zweiten Deck Kühl- und Gefrierräume für die Lebensmittel, Stauräume, zwei Werkstätten, CO_2-Räume. All das liegt in und unter den Aufbauten, davor und weiter vorn sind Maschinenraum, Tanks, Durchgänge und Laderäume.

Ich folge ihm auf das Oberdeck. Den Gang entlang, an meiner Kajüte vorbei. Hinten, auf der Steuerbordseite, liegt die Messe. Er stößt die Tür auf, wir treten ein.

Ich lasse mir viel Zeit und zähle in dem kleinen Raum elf Leute. Fünf Dänen, sechs Asiaten, zwei der letzteren sind Frauen. Drei der Männer sehen aus wie kleine Jungen.

»Smilla Jaspersen, die neue Stewardeß.«

Es ist immer so gewesen. Ich stehe allein in der Tür, vor mir sitzen die anderen. Mal ist es eine Schule, mal die Universität, mal irgendeine Versammlung. Es ist nicht unbedingt so, daß sie etwas gegen mich haben, es kann auch sein, daß ich ihnen einfach egal bin, aber fast immer ist es, als wären sie mich am liebsten los.

»Verlaine, unser Bootsmann. Hansen und Maurice. Die drei haben das Deck unter sich. Maria und Fernanda, Schiffsgehilfinnen.«

Das sind die beiden Frauen.

An der Tür zur Kombüse steht ein großer, schwergewichtiger Mann in weißer Kochuniform und mit rotbraunem Vollbart.

»Urs, unser Koch.«

Sie haben alle etwas Gedämpftes und Diszipliniertes. Ausgenommen Jakkelsen. Er lehnt unter dem Schild ›Rauchen verboten‹ an der Wand und hat eine Zigarette im Mund. Sein eines Auge hat er wegen des Rauchs zusammengekniffen, mit dem anderen betrachtet er mich aufmerksam.

»Das ist Bernard Jakkelsen«, sagt der Steuermann. Er zögert einen Augenblick.

»Er arbeitet auch an Deck.«

Jakkelsen ignoriert ihn:

»Jaspersen soll unsere Kajüten in Ordnung halten. Sie wird einiges zu tun haben, wenn sie bei elf Besatzungsmitgliedern und vier Offizieren ausmisten muß. Ich jedenfalls habe die Tendenz, meine Sachen einfach auf den Boden fallen zu lassen, verstehste.«

Weil meine Gummistiefel zu groß sind, sind mir die Socken über die Hacken gerutscht. Mit heruntergerutschten Socken kann man nicht menschenwürdig leben. Wenn man dann auch noch müde ist und Angst hat. Und dann lachen sie. Kein herzliches Lachen. Doch von der mageren Gestalt geht eine Dominanz aus, die den Raum in die Knie zwingt.

Ich verliere die Beherrschung. Packe seine Unterlippe und drücke zu. Ziehe sie von den Zähnen weg. Als er mein Handgelenk umklammert, greife ich mit der Linken nach seinem kleinen Finger und biege das letzte Glied nach innen. Kreischend wie eine Frau geht er in die Knie. Ich verstärke den Druck.

»Weißt du, wie ich in deiner Kajüte aufräume«, sage ich. »Ich mache das Bullauge auf. Und dann stelle ich mir vor, ich hätte einen großen Schrank aufgemacht. Und lege alles dort hinein. Und hinterher spüle ich mit Salzwasser nach.«

Ich lasse ihn los und trete zur Seite. Aber er versucht nicht, an mich heranzukommen. Er kommt langsam hoch und tastet sich zu einer gerahmten Aufnahme der Kronos vor einem Tafeleisberg in der Antarktis hin. Verzweifelt spiegelt er sich in dem Glas.

»Das gibt einen Bluterguß, verdammt noch mal, einen richtigen Bluterguß.«

Keiner im Raum hat sich gerührt.

Ich richte mich auf und schaue in die Runde. Man bittet im Grönländischen nicht gern um Verzeihung. Auf dänisch habe ich das Wort nie gelernt.

In meiner Kajüte schiebe ich den Tisch vor die Tür und klemme Bugges grönländisches Wörterbuch unter der Türklinke fest. Dann gehe ich ins Bett. Ich habe die berechtigte Hoffnung, daß mich der große Hund heute nacht in Ruhe läßt.

2 Es ist halb sieben, doch sie haben schon gegessen, und abgesehen von Verlaine ist die Messe leer. Ich trinke ein Glas Orangensaft und gehe wegen der Arbeitssachen mit ihm zum Depot. Er taxiert mich mit einem nüchternen Blick und reicht mir einen Stapel Klamotten.

Vielleicht ist es die Arbeitskleidung, vielleicht die Umgebung, vielleicht auch seine Hautfarbe. Einen Augenblick lang jedenfalls spüre ich den Drang nach Kontakt.

»Was ist deine Muttersprache?«

»Ihre«, sagt er sanft, »was ist Ihre Muttersprache.«

Sein Dänisch hat in jedem Wort eine leichte Hebung, wie im Fünischen.

Wir sehen einander in die Augen. In der Brusttasche hat er eine Plastiktüte. Daraus holt er einen Klumpen zusammengebackten Reis. Er steckt ihn in den Mund, kaut langsam und gründlich, schluckt, reibt die Handflächen aneinander.

»Bootsmann«, fügt er hinzu. Dann dreht er sich um und geht. Nichts unter der Sonne ist so grotesk wie die in der dritten oder vierten Welt praktizierte kalte europäische Höflichkeit.

In meiner Kajüte ziehe ich mich um. Er hat mir die richtigen Größen gegeben. Soweit Arbeitskleidung überhaupt jemals die richtige Größe haben kann. Ich versuche es mit einem Gürtel um den Kittel. Jetzt sehe ich nicht mehr aus wie ein Postsack. Eher wie eine einssechzig große Eieruhr. Ich binde mir ein Seidentuch um die Haare. Ich soll saubermachen und will keinen Staub auf dem feinen Pelz haben, der allmählich meinen kahlen Fleck bedeckt. Ich hole einen Staubsauger. Ich stelle ihn im Gang ab und schlendere gelassen in die Messe. Nicht um mein Frühstück fortzusetzen. Ich habe keinen Bissen herunterbekommen. Das Meer vor meinem Bullauge ist im Laufe der Nacht in meinen Magen eingesickert und hat sich mit dem Geruch von Dieselöl und dem Bewußtsein vermischt, auf hoher See zu sein, und mir eine laue, flaue Übelkeit beschert. Es gibt Leute, die behaupten, man könne Seekrankheit dadurch bekämpfen, daß man sich auf Deck an die frische Luft stellt. Das funktioniert vielleicht, wenn man am Kai liegt oder durch den Falsterbokanal fährt, wo man nach oben gehen und sich den festen Boden anschauen kann, den man bald unter den Füßen haben wird. Als ich heute morgen von Sonne gepurrt werde, der an meine Tür klopft, um mir einen Schlüssel zu geben, ich mich anziehe, in Daunenjacke und Skimütze an Deck stelle, in eine stockfinstere Winterdunkelheit hinausschaue und begreife, daß ich jetzt weitermachen muß, weil ich auf hoher See bin und es keinen Weg zurück gibt, wird mir erst richtig schlecht.

In der Messe sind die beiden Tische abgeräumt und abgewischt. Ich stelle mich an die Tür zur Kombüse.

Urs schlägt in einem Topf kochende Milch schaumig. Ich schätze ihn auf 115 Kilo. Aber festes Fleisch. Die Dänen werden im Winter blaß. Doch sein Gesicht changiert ins Grünliche. Und ist in der Hitze der Kombüse von einer leichten Schweißschicht bedeckt.

»Ein vorzügliches Frühstück.«

Ich habe es nicht angerührt. Aber irgendwo muß eine Konversation ja anfangen.

Er lächelt mir zu und kehrt zu seiner Milch zurück, wobei er die Achseln zuckt.

»I am Schweizer, I don't understand Danish.«

Ich habe das Privileg genossen, Fremdsprachen lernen zu dürfen. Statt wie die meisten anderen Leute nur eine blasse Ausgabe der Muttersprache zu sprechen, bin ich noch in zwei bis drei anderen Sprachen hilflos. Ich wiederhole also alles noch einmal auf deutsch.

»Beeindruckend. Wie in einem erstklassigen Restaurant« sage ich.

»I han so as Restaurant gha. In Genf. Bim See.«

Auf einem Tablett hat er Kaffee, heiße Milch, Orangensaft Butter und Croissants angerichtet.

»Für die Brücke?«

»Nein. Das Frühstück wird nit serviert. Es chunt mit dem Eßlift uffa. Aber wenn Sie am Viertel ab elfi chömmet, Fräulein, dann essen die Offiziere z' Mittag.«

»Wie ist das, auf einem Schiff zu kochen?«

Die Frage ist eine Ausrede für mein Stehenbleiben. Er hat das Tablett in den Aufzug gestellt und auf den Knopf mit ›Na vigation Bridge‹ gedrückt. Jetzt bereitet er das nächste Tablett vor. Und das interessiert mich. Das Frühstück besteht aus Tee, Toast, Käse, Honig, Marmelade, Orangensaft und einem weichgekochten Ei. Drei Tassen und drei Teller. Auf dem Bootsdeck, zu dem der Stewardeß der Zugang verwehrt ist, hat die Kronos also drei Passagiere.

Er stellt das Tablett in den Aufzug und drückt auf ›Boat Deck‹.

»Nit schlecht. Außerdem isch es nötig gsi. Also elf Uhr fünfzehn.«

Der Plan für den Weltuntergang liegt fest. Er fängt mit drei tiefgefrorenen Wintern an, in denen die Seen, Flüsse und Meere zufrieren. Die Sonne wird sich abkühlen, so daß sie keinen Sommer mehr zustande bringt, Schnee wird fallen, eine weiße, schonungslose Unendlichkeit. Es wird ein langer, unerbittlicher Winter kommen, und zuletzt wird der Wolf Skoll die Sonne schlucken. Mond und Sterne werden verlöschen, und es wird eine bodenlose Finsternis herrschen. Der Fimbulwinter.

In der Schule haben sie uns beigebracht, daß sich die Nordländer den Weltuntergang so vorgestellt haben, bis das Christentum sie lehrte, daß das All im Feuer vergehen wird. Ich habe mich immer daran erinnert, nicht weil es mich persönlich mehr anging als vieles andere, sondern weil es dabei um Schnee ging. Als ich die Geschichte zum erstenmal hörte, dachte ich, das müsse eine Wahnvorstellung von Menschen sein, die das Wesen des Winters nie begriffen haben.

In Nordgrönland waren die Ansichten geteilt. Meine Mutter und mit ihr viele andere zogen den Winter vor. Wegen der Jagd auf dem Neueis, wegen des tiefen Schlafs, wegen der Basteleien zu Hause, am meisten aber wegen der Besuche. Der Winter war eine Zeit des Beisammenseins, keine Zeit des Weltuntergangs.

In der Schule wurde uns auch erzählt, daß die dänische Kultur seit dem Altertum und der Theorie vom Fimbulwinter mächtige Fortschritte gemacht habe. In gewissen Augenblikken fällt es mir schwer zu glauben, daß das wirklich stimmt. Wie jetzt, wo ich das Solarium im Fitneßraum der Kronos mit Haushaltssprit abreibe.

Das ultraviolette Licht eines eingeschalteten Solariums spaltet kleine Mengen Sauerstoff der atmosphärischen Luft und bildet das instabile Ozon. Seinen scharfen Kiefernnadelgeruch gibt es im Sommer auch in Qaanaaq, in dem fast schmerzend gleißenden Sonnenlicht über den Reflektoren Schnee und Meer.

Es gehört zu meinen Arbeitsaufgaben, diesen nachdenklich stimmenden Apparat mit Spiritus abzureiben.

Ich habe immer gern saubergemacht. Obwohl sie uns in der Schule das Faulenzen beibringen wollten.

Im ersten halben Jahr wurden wir in der Siedlung von der Frau eines Robbenfängers unterrichtet. An einem Sommertag dann kamen sie vom Schulheim und wollten mich in die Stadt mitnehmen. Ein dänischer Pfarrer und ein westgrönländischer Katechet. Sie teilten Befehle aus, ohne sich unsere Gesichter anzuschauen. Sie nannten uns *avanersuarmiut*, Leute aus dem Norden.

Moritz zwang mich fortzugehen. Mein Bruder war schon zu groß und zu stur für ihn. Das Internat lag in Qaanaaq, direkt in der Stadt. Ich blieb fünf Monate, bis mein Kampfgeist soweit gereift war, daß ich mich verweigern konnte.

In der Schule wurden uns die Mahlzeiten vorgesetzt. Wir wurden jeden Tag heiß geduscht und bekamen alle zwei Tage saubere Sachen. In der Siedlung hatten wir nur einmal in der Woche gebadet, auf der Jagd und auf Reisen sehr viel seltener. Jeden Tag hatte ich vom Gletscher über den Klippen *kangirluarhuq* geholt, große Blöcke aus Süßwassereis, sie in Säcken zum Haus getragen und auf dem Ofen geschmolzen. Im Internat drehte man einen Hahn auf. Als die Sommerferien kamen, fuhren alle Schüler und Lehrer nach Herbert Island hinaus und besuchten die Robbenfänger. Zum erstenmal seit langer Zeit bekamen wir gekochtes Robbenfleisch und Tee. Dort spürte ich die Lähmung. Nicht nur bei mir, sondern bei uns allen. Wir konnten uns nicht mehr zusammennehmen, es war keine Selbstverständlichkeit mehr, daß man sich Wasser und Schmierseife und das Paket mit Neogen griff und sich daranmachte, Robbenhäute zu waschen. Es war auf einmal ungewohnt, seine Sachen selber waschen zu müssen, und unmöglich, sich zum Kochen aufzuraffen. In jeder Pause verfielen wir in ein träumerisches Abwarten. In dem wir hofften, daß jemand das Kommando übernehmen, uns ablösen, uns von unseren Pflichten befreien und all das tun würde, was wir selbst hätten tun sollen.

Als ich begriff, wohin das führte, trotzte ich Moritz zum erstenmal und ging zurück. Es war zugleich eine Rückkehr zu einer relativen Zufriedenheit über das Arbeiten.

Dieselbe relative Zufriedenheit meldet sich jetzt, als ich die Kajüten auf dem Oberdeck der Kronos sauge, die Mannschaftsetage. Dasselbe Gefühl der Ruhe wie in meiner Kindheit, wenn ich Netze flickte.

In sämtlichen Mannschaftskajüten herrscht strenge Ordnung. Wer sich wie ich durch die Internate des Lebens geschlagen hat, versteht das. Wenn man für sich und seine allerinnersten Gefühle nur wenige Kubikmeter zur Verfügung hat, muß in diesem privaten Raum, wenn er dem von der Umwelt ausgehenden Druck zum Aufgeben, zur Auflösung und Destruktion widerstehen können soll, peinlichste Ordnung herrschen.

Auf seine eigene Weise hatte auch Jesaja diesen peinlich genauen Sinn für Ordnung besessen. Der Mechaniker hatte ihn ebenfalls. Die Besatzung der Kronos hat ihn. Überraschenderweise auch Jakkelsen.

An den Wänden hat er Wimpel, Postkarten und kleine Souvenirs aus Südamerika, dem Fernen Osten, Kanada und Indonesien.

Alle Sachen im Schrank sind sorgfältig zusammengelegt und gestapelt.

Zwischen diesen Stapeln taste ich mich vor. Ich nehme die Matratze hoch und staubsauge den Bettkasten. Ich ziehe die Schreibtischschublade heraus, knie mich hin und schaue unter die Tischplatte, taste sorgfältig die Matratze ab. Er hat den Schrank voller Hemden, ich befühle sie alle. Einige sind aus sandgewaschener Seide. Er hat eine Sammlung Rasierwasser und Eau de toilette, die teuer und süßlich nach Alkohol riecht, ich öffne die Flaschen und träufele ein bißchen auf eine Papierserviette, die ich später zu einer Kugel rolle und in die Kitteltasche stecke, um sie irgendwann in die Toilette zu werfen. Ich suche etwas Bestimmtes und finde es nicht. Weder das noch irgend etwas anderes von Interesse.

Ich stelle den Staubsauger zurück und gehe nach unten, am zweiten Deck, an den Kühlräumen und Magazinen vorbei und von dort aus weiter die Treppe hinunter, hinter deren einer Seitenwand der Schornsteinabzug liegen muß. Die andere Seitenwand trägt die Aufschrift *Deep Tank*. Am Ende der Treppe liegt die Tür zum Maschinenraum. In der Hand habe ich als fertige Ausrede einen Schrubber und einen Eimer, und sollte das nicht ausreichen, kann ich immer noch auf die bewährte, immer noch wirkungsvolle Geschichte zurückgreifen, daß ich Ausländerin bin und mich deshalb verirrt habe.

Die Tür ist schwer und isoliert. Als ich sie aufmache, ist der Lärm zunächst ohrenbetäubend. Ich komme auf eine Stahlplattform, von der eine Laufbrücke unter der Decke um den ganzen Raum führt.

Auf dem Boden, zehn Meter unter mir, steht auf einem leicht erhöhten Fundament in der Raummitte die Maschine. Sie ist zweiteilig, hat einen Hauptmotor mit neun freiliegenden Zylinderköpfen und einen sechszylindrigen Hilfsmotor. Ruckend und rhythmisch arbeiten die polierten Ventile wie Teile eines klopfenden Herzens. Der gesamte Motorblock ist vielleicht fünf Meter hoch und zwölf Meter lang, und das Ganze macht den Eindruck einer überwältigenden, gezähmten Wildheit. Es ist kein Mensch zu sehen.

Der Stahl der Laufbrücke ist gegittert, meine Leinenschuhe wandern direkt über den Abgrund unter mir.

Überall verbieten fünfsprachige Schilder das Rauchen. Einige Meter vor mir ist eine Einbuchtung. Von dorther ziehen leichte blaue Tabakschwaden in den Raum. Jakkelsen sitzt auf einem Klappstuhl, die Beine auf einem Arbeitstisch und raucht eine Zigarre. Einen Zentimeter unter seiner Unterlippe hat er über die ganze Breite des Mundes einen Bluterguß. Ich lehne mich an den Tisch. Um meine Hand diskret auf den dreizehnzölligen Engländer legen zu können, der dort liegt.

Er nimmt die Füße herunter und legt die Zigarre beiseite. Sein Gesicht leuchtet mit einem Lächeln auf.

»Smilla. An dich habe ich gerade eben gedacht.«

Ich lasse den Engländer los. Jakkelsen hat seine Rastlosigkeit zwischenzeitlich weggepackt.

»Ich habe einen schwachen Rücken, verstehste. Auf anderen Schiffen geht man es ruhig an, wenn man auf Fahrt ist. Aber hier fangen wir um sieben an. Mit Rostklopfen, Spleißen von Trossen, Streichen, Abschlagen von Abbrand und Messingputzen. Wie soll man denn seine Hände vorzeigbar halten, wenn man jeden Tag Trossen spleißen muß?«

Ich sage nichts. Ich erprobe an Bernard Jakkelsen das Schweigen. Er erträgt es sehr schlecht. Selbst jetzt, wo er seine Laune nicht gegen sich hat, spürt man die versteckte Nervosität.

»Wo willst du hin, Smilla?«

Ich warte einfach.

»Ich fahre schon fünf Jahre zur See, aber das hier ist mir noch nie begegnet. Alkoholverbot. Uniform. Niemand darf aufs Bootsdeck. Und selbst Lukas sagt, daß er nicht weiß, wohin wir fahren.«

Er greift wieder nach der Zigarre.

»Smilla Qaavigaaq Jaspersen. Das muß ein grönländischer Mittelname sein ...«

Er muß in meinen Paß geschaut haben. Der im Geldschrank des Schiffes liegt. Das gibt zu denken.

»Ich habe mir das Schiff hier genauer angesehen. Ich weiß alles über Schiffe. Das hier hat doppelte Spanten und Eisverstärkungen auf die gesamte Länge. Vorn sind die Platten so dick, daß sie eine Panzergranate aushalten.«

Er sieht mich pfiffig an.

»Hinten, über der Schraube, hat es Eismesser. Die Maschine da gibt mindestens 6 000 PS her, das reicht für 16 bis 18 Knoten. Wir sind auf dem Weg ins Eis. Das ist bombensicher. Wir sind doch wohl nicht zufällig auf dem Weg nach Grönland?«

Ich brauche nicht zu antworten, um ihn in Gang zu halten.

»Und dann die Besatzung. Ein Misthaufen. Und die stekken zusammen. Kennen sich alle. Und Angst haben sie, aber kein Wort herauszukriegen, warum. Und die Passagiere, die man nie sieht. Warum müssen die wohl mit?«

Er legt die Zigarre weg. Er hat sie nicht wirklich genossen.

»Und dann noch du, Smilla. Ich bin schon auf unzähligen Viertausendtonnern gefahren. Die haben weiß Gott nie eine Kajütenstewardeß gehabt. Und schon gar keine, die sich aufführt wie eine Primadonna.«

Ich hebe seine Zigarre auf und lasse sie in meinen Eimer plumpsen. Sie verlöscht mit leisem Zischen.

»Ich mache gerade sauber«, sage ich.

»Wozu hat er dich an Bord genommen, Smilla?«

Ich antworte ihm nicht. Ich weiß nicht, was ich sagen soll.

Erst als die Tür des Maschinenraums hinter mir zufällt, merke ich, wie nervenaufreibend der Lärm gewesen ist. Die Stille ist wohltuend.

Verlaine, der Bootsmann, steht auf dem mittleren Absatz an die Wand gelehnt. Unwillkürlich wende ich mich zur Seite, als ich an ihm vorbei muß.

»Verirrt?«

Aus seiner Brusttasche holt er einen Klumpen Reis und schiebt ihn sich in den Mund. Er verliert kein Körnchen, an seinen Händen bleibt nichts zurück, die gesamte Bewegung ist sauber und routiniert.

Ich sollte vielleicht eine Entschuldigung versuchen, aber ich hasse Verhöre.

»Nur auf Abwegen.«

Ein paar Stufen weiter fällt mir etwas ein.

»Herr Bootsmann«, füge ich hinzu. »Nur auf Abwegen, Herr Bootsmann.«

3 Ich versetze dem Wecker einen Handkantenschlag. Er schießt wie ein Projektil durch die Kajüte, knallt gegen die Haken an der Tür und fällt zu Boden.
Mit lebenslänglichen Phänomenen komme ich nicht gut zurecht: mit Gefängnisstrafen, Eheverträgen, Anstellungen auf Lebenszeit. Mit Versuchen, Teile des Daseins festzuhalten und sie aus dem Lauf der Zeit herauszuhalten. Noch schlimmer ist es allerdings mit den Dingen, die ewig halten sollen. Wie jetzt mein Wecker. *Eternity clock.* So hieß er. Ich habe ihn aus dem zerschmetterten Armaturenbrett des zweiten NASA-Mondlandefahrzeugs ausgebaut, nachdem es auf dem Inlandeis Totalschaden erlitten hatte. Es konnte sich nicht behaupten, genauso wenig wie die Amerikaner die 55 Grad Frost und die Windstärken aushalten konnten, die weit über die Beaufortskala hinausgegangen waren.

Sie haben nicht gemerkt, daß ich die Uhr mitgenommen habe. Ich nahm sie, um ein Souvenir zu haben und zu beweisen, daß bei mir kein Immergrün gedeiht, bei mir hält selbst das amerikanische Raumprogramm keine drei Wochen.

Jetzt hält der Wecker schon zehn Jahre. Zehn Jahre nur Brutalität und böse Worte. Aber sie haben schon damals hohe Erwartungen an das Ding geknüpft. Sie sagten, man könne ihn in die Flamme eines Schneidbrenners halten, in Schwefelsäure kochen und im Philippinengraben versenken, und er würde trotzdem die Zeit anzeigen, als sei nichts geschehen. Für mich war diese Behauptung eine grobe Provokation. In Qaanaaq fanden wir Armbanduhren hübsch. Einige Robbenfänger trugen sie als Schmuck. Aber wir dachten nicht im Traum daran, uns danach zu richten.

Das erzählte ich Gil, der fuhr (ich saß im Beobachtercockpit und sagte ihm, wann der Firn die viel zu dunkle oder viel zu weiße Farbe annahm, die bedeutet, daß er nicht hält, sondern sich öffnen und die Erde fünfzehn Tonnen idiotischen amerikanischen Mondtraum verschlingen lassen wird, und zwar von einer dreißig Meter tiefen, strahlend blauen und grünen Spalte, die sich nach unten verengt und alles, was fällt, in klammernder Umarmung und 30 Grad Kälte verkeilt). In Qaanaaq richten wir uns nach dem Wetter, sagte ich zu ihm. Wir richten uns nach den Tieren. Nach der Liebe. Dem Tod. Nicht nach einem Stück Blechmechanik.

Ich war gerade Anfang Zwanzig. In dem Alter kann man mit größerem Selbstvertrauen lügen – sich sogar selbst belügen. In Wirklichkeit war die europäische Uhrzeit damals schon längst bis nach Grönland vorgedrungen, lange vor meiner Geburt. Sie kam mit den Öffnungszeiten des Grönlandhandels, mit den Zahlungsterminen, den Kirchenzeiten und der Lohnarbeit.

Ich habe mit einem Vorschlaghammer auf den Wecker eingeschlagen, doch davon bekam nur der Hammer Schrammen. Jetzt habe ich es aufgegeben. Jetzt begnüge ich mich damit, ihn auf den Boden zu fegen, wo er liegenbleibt und unbeeindruckt und elektronisch singt und es mir erspart, auf der Brükke antreten zu müssen, ohne kaltes Wasser ins Gesicht gekriegt und mir etwas auf die Augen geschmiert zu haben.

Es ist 2.30 Uhr. Im nördlichen Atlantik ist das mitten in der Nacht. Gegen 22 Uhr kam Lukas' Stimme nur mit dem grünen Blinken als Vorwarnung aus der Gegensprechanlage über dem Bett. Wie eine Invasion, in dem kleinen Raum.

»Jaspersen. Um drei Uhr früh Kaffee auf der Brücke.«

Erst als die Uhr auf den Boden fällt, gibt der Wecker einen Ton von sich. Ich bin von allein aufgewacht. Geweckt durch das Gefühl einer atypischen Aktivität. Vierundzwanzig Stunden haben ausgereicht, um den Rhythmus der Kronos zu dem meinen zu machen. Ein Schiff auf See ist nachts still. Natürlich stampft die Maschine, die langen, hohen Seen schlürfen an der Schiffsseite entlang, und ab und zu zerschmettert der Steven einen Block von fünfzig Tonnen Wasser zu feinem flüssigem Pulver. Aber das ist ein gleichmäßiger Lärm, und wenn sich die Geräusche oft genug wiederholen, werden sie zur Stille. Auf der Brücke wechseln die Wachen, irgendwo schlägt eine Uhr Glasen. Doch die Menschen schlafen.

In dieser bekannten Kulisse herrscht jetzt Unruhe. Stiefel auf den Korridoren, Türenschlagen, Stimmen, Lautsprechergeräusche und das ferne Brummen hydraulischer Spille.

Auf der Treppe zur Brücke stecke ich den Kopf auf das Deck hinaus. Es ist dunkel. Ich höre Schritte und Stimmen aber nirgendwo ist Licht. Ich gehe in die Dunkelheit hinaus.

Ich habe keinen Mantel an. Die Temperatur liegt um den Gefrierpunkt, der Wind kommt von achtern, die Wolkendekke ist niedrig und geschlossen. Die Seen werden erst ganz nahe beim Schiff sichtbar, doch die Wellentäler wirken lang wie Fußballfelder. Das Deck ist glatt und vom Salzwasser schlüpfrig. Ich ducke mich hinter die Reling, um mich zu schützen und so wenig wie möglich aufzufallen. Bei der Persenning komme ich im Dunkeln an einer Gestalt vorbei. Vorn ist schwaches Licht. Es kommt aus dem vorderen Laderaum. Die Luken sind zur Seite geschoben, um die Öffnung hat man ein Geländer hochgezogen. Von den beiden rückwärtigen Ladebäumen des vorderen Mastes führen zwei Stahltrossen in die Öffnung hinunter. Über das Geländer hängt vorn und achtern eine schwere, blaue Nylontrosse. Kein Mensch ist zu sehen.

Der Raum ist überraschend tief und wird von vier Leuchtstoffröhren erleuchtet, einer an jedem Schott. Zehn Meter tiefer sitzt auf dem Deckel eines großen Metallcontainers Verlaine. An jeder Kistenecke hat man einen weißen Glasfaserbehälter angebracht, der denen für die aufblasbaren Rettungsboote ähnelt.

Das kann ich gerade noch sehen. Von hinten packt mich jemand am Kittel.

Ich gebe der Bewegung nach, aber nicht resigniert, sondern um um so stärker zurückgeben zu können. Im selben Moment krängt das Schiff, wir verlieren den Halt und fallen rückwärts gegen das Kontrollpaneel für die Spille und in eine Aftershaveduftwolke, die ich kenne.

»Idiot, du Idiot!«

Jakkelsen ringt nach der Anstrengung nach Atem. In seinem Gesicht und seiner Stimme ist etwas, was vorher nicht da war. Eine Spur von Angst.

»Auf diesem Schiff wird kommandiert wie in alten Zeiten. Du hältst dich an die Bereiche, die dir zugeteilt sind.«

Er sieht mich fast flehentlich an.

»Hau ab. Los.«

Ich gehe zurück. Halb flüstert er, halb schreit er, als er mir gegen den Wind hinterherruft.

»Du willst wohl in dem großen, nassen Schrank enden, was?«

Ich ramme mit dem Tablett erst die eine, dann in die andere Seite des Türrahmens, dann komme ich elegant und geschirrklappernd in den dunklen Raum.

Niemand spricht mit mir. Nach einiger Zeit bewege ich mich rückwärts und suche auf dem Tisch unter Linealen und Meßzirkeln nach einem Platz für die Tassen und die Kopenhagener.

»Zwei Minuten, achthundert Meter.«

Er ist nur ein Schemen in der Dunkelheit, aber ein Schemen, den ich noch nicht gesehen habe. Er steht über die grünen Zahlen des elektronischen Logs gebeugt.

Der Blätterteig riecht nach Butter. Urs ist ein sorgfältiger Koch. Der Duft wird weggewirbelt, weil die Tür offensteht. Auf der Nock ahne ich Sonnes Rücken.

Über einer Seekarte wird eine schwache, rote Birne eingeschaltet, aus der Dunkelheit tritt Sigmund Lukas' Gesicht hervor.

»Fünfhundert Meter.«

Der andere trägt einen einteiligen Schutzanzug mit hochgeschlagenem Kragen. Neben ihm steht auf dem Navigationstisch eine flache Kiste, die etwa so groß ist wie der Verstärker einer Stereoanlage. Aus den Seiten der Kiste ragen zwei dünne Teleskopantennen. Daneben steht eine Frau, im gleichen Anzug wie der Mann. Auf diesem Arbeitsanzug und bei ihrer Konzentration wirken die langen, dunklen, gebürsteten Haare, die locker über ihren hochgestellten Kragen fließen und sich den Rücken entlangringeln, irgendwie fehl am Platze. Das ist Katja Claussen. Instinktiv weiß ich, daß der Mann Seidenfaden ist.

»Eine Minute, zweihundert Meter.«

»Hochholen.«

Die Stimme kommt aus der Gegensprechanlage an der Wand. Ich lockere meinen Griff um die Tischplatte hinter mir. Meine Handflächen schwitzen. Die Stimme habe ich schon mal gehört. Am Telefon, in meiner Wohnung. Das letzte Mal, als ich da war.

Die rote Lampe wird ausgeschaltet. Aus der Nacht wächst eine graue Kontur, die aus dem vorderen Laderaum steigt und langsam und schaukelnd über die Schiffsseite hinausschwingt.

»Zehn Sekunden.«

»Verlaine. Senken.«

Er muß in dem geschlossenen Ausguck oben im Vordermast sitzen. Wir hören seine Befehle an das Deck.

»Steif anziehen. Jetzt fieren.«

»Fünf Sekunden. Vier, drei, zwei, eins, null.«

Ein Lichtstrahl bohrt einen Tunnel in die Nacht, nach hinten. Der Container liegt im Wasser, fünf Meter vom Achtersteven entfernt. Anscheinend reitet er auf der Bugwelle. Von seiner rechten Ecke führt eine blaue Trosse an der Schiffsseite nach vorn. An der Reling stehen Maria und Fernanda, Hansen und die Decksjungen. Mit einem Ding, das aussieht wie ein langer Bootshaken, halten sie den Container vom Schiffsrumpf weg. In dem Licht sehe ich, daß an seinen Seiten zwei schmale, weiße, aufblasbare Gummileisten sitzen.

»Verlaine. Loslassen.«

Ich ziehe mich zur Nock hin zurück. Das Licht kommt von einem der Scheinwerfer, die an der Reling montiert sind. Sonne bedient ihn. Mit dem Lichtkegel sucht er das Wasser ab. Der Container ist von der Trosse los und inzwischen bereits vierzig Meter achteraus, er sinkt.

Ein scharfer Knall. Die fünf Glasfaserkapseln an der Wasseroberfläche sind abgeworfen, und über der großen Metallkiste breiten sich wie fünf große Seerosen fünf graue, sich automatisch aufblasende Schwimmballons auf. Dann geht der Scheinwerfer aus.

»Ein Meter. 2 000 Liter.«

Das ist die Stimme der Frau.

»3 000. 4 000. Zwei Meter. 5 000 Liter. Zwei Meter. Zweieinhalb. Zweidreißig. 5 000 Liter und zweidreißig.«

Ich stelle mich neben das Tablett. An meinen Platz. Auf dem Instrument vor ihr glühen jetzt mehrere rote Displays.

»Ich fiere. 4 700 und zweieinhalb. Drei, dreizwanzig, vier, viereinhalb, fünf. 5 700 Liter und fünf Meter. Krängung null. Temperatur minus ein halbes Grad.«

Sie dreht einen Knopf, und im Raum steigt ein Signalton an, als hätten sie meinen Wecker geholt.

»Peilsignal zehn vier.«

Sie macht aus, schaltet dann auch die Gegensprechanlage aus. Der Mann vor ihr richtet sich vom Log auf. Eine Spannung hat sich gelöst. Sonne kommt in den Raum und schließt die Tür. Lukas steht direkt neben mir.

»Sie können schlafen gehen.«

Ich mache eine Handbewegung zum Kaffee hin. Er schüttelt den Kopf. Sie wollen ihn nicht einmal eingeschenkt haben. Man hat mich nur geweckt, um mich ein Tablett sechs Meter vom Küchenaufzug zur Brücke tragen zu lassen. Das macht keinen Sinn. Es sei denn, er wollte mich sehen lassen, was ich gerade gesehen habe.

Ich nehme das Tablett. Die Frau vor mir streckt die Hand aus und streichelt den Mann. Sie sieht ihn nicht an. Ihre Hand ruht einen Moment lang auf seinem Nacken. Dann wikkelt sie ein kleines Büschel seiner Haare um die Finger und reißt es aus. Sie haben mich nicht bemerkt. Ich warte darauf, daß er auf den Schmerz reagiert. Aber er steht vollkommen reglos und aufrecht da.

Das Gesicht von Urs glänzt vor Schweiß. Er versucht zu gestikulieren und gleichzeitig den großen Zehnlitertopf zu balancieren.

»Feodora. Die einzige mit sechzig Prozent Kakao. Und der Rahm muaß a chli gefrora si. Zehn Minuta im Tüfgfrürar.«

Es sind alle elf da. Und keine Fragen in der Luft. Als sei ich die einzige, die nicht begriffen hat, was da vor sich gegangen ist. Oder als hätten sie nicht das Bedürfnis, etwas zu begreifen.

Ich schlürfe die kochende Schokolade durch die leicht gefrorene Schlagsahne. Die Wirkung ist wie ein augenblicklicher Rausch, der im Magen beginnt und heiß und pulsierend bis unter die Kopfhaut steigt. Ich überlege mir, was ein Zauberer wie Urs an Bord der Kronos zu suchen hat.

Verlaine sieht mich nachdenklich an. Doch ich meide seinen Blick.

Ich gehe als vorletzte. In einer Ecke brütet Jakkelsen über einer Tasse schwarzem Kaffee.

Maria steht in der Toilette vor dem Spiegel. Erst glaube ich, es sei eine Art Prothese, doch dann sehe ich, daß es kleine, hohle Aluminiumkegel sind. Sie hat einen an jeder Fingerspitze und nimmt sie jetzt vorsichtig ab. Darunter sind ihre Nägel, rot, vier Zentimeter lang, perfekt.

»Ich ernähre meine Familie«, sagt sie. »In Phuket. Mit meiner Heuer. Ich bin als Nutte nach Dänemark gekommen. In Thailand bist du entweder Jungfrau oder Hure.«

Ihr Dänisch ist dunkler als das von Verlaine, undeutlicher.

»Manchmal hatte ich dreißig Kunden am Tag. Ich habe mich da herausgearbeitet.«

Sie macht den Zeigefinger gerade, führt den Nagel an meine Wange und läßt ihn auf meiner Haut ruhen.

»Ich habe mal einem Polizisten die Augen ausgekratzt.«

Ich bleibe stehen und lehne mich gegen den Nagel. Sie sieht mich prüfend an. Dann läßt sie die Hand sinken.

Ich warte in meiner Kajüte, die Tür ist angelehnt. Jakkelsen kommt einen Augenblick später. Seine Kajüte liegt etwas weiter den Flur hinunter. Er schließt die Tür hinter sich ab. Barfuß gehe ich zu seiner Tür. Drinnen arbeitet er an etwas. Ein schwaches Scharren, die Klinke wird hochgedrückt. Er schiebt seinen Schreibtischstuhl an die Tür und klemmt ihn unter der Klinke fest.

Er verbarrikadiert sich. Vielleicht fürchtet er, einige der Frauen, die sich nach ihm sehnen, könnten die Tür aufbrechen.

Ich schleiche zu meiner Kajüte zurück. Ich ziehe mich aus, hole meinen rosa Frotteemorgenrock und meinen Hanfhandschuh aus dem Karton und gehe dann demonstrativ unter die Dusche, pfeife und schrubbe mich mit dem Handschuh ab, trockne mich ab, creme mich ein und klatsche in Badesandalen durch den Korridor. Von dort aus krieche ich zu Jakkelsens Tür zurück.

Dahinter ist es still. Möglich, daß er seine Nägel manikürt oder seine zarten Hände sonstwie pflegt. Aber ich glaube es nicht.

Ich klopfe an die Tür. Keine Antwort. Ich klopfe stärker. Das Schweigen ist total. In meiner Bademanteltasche habe ich meinen Schlüssel. Ich schließe damit seine Tür auf. Doch sie läßt sich immer noch nicht öffnen. Ich rüttele vorsichtig an der Klinke. Nach einer Minute fällt der Stuhl zu Boden. Ich warte, bis sich die Panik gelegt hat. Dann schiebe ich die Tür auf. Doch erst, nachdem ich einen langen Blick nach beiden Seiten geworfen habe. Die Situation könnte mißverständlich sein.

Ich bleibe im Dunkeln stehen. Es ist nichts zu hören. Ich sage mir, daß die Kajüte leer sein muß. Dann mache ich das Licht an.

Jakkelsen schläft in einem zart pastellfarbenen Pyjama aus Thaiseide. Seine Haut ist wächsern. An seinem einen Mundwinkel hängen Spuckeblasen, die sich bei jedem schwachen, mühsamen Atemzug bewegen. Sein einer Arm ragt über die Bettkante hinaus. Das Handgelenk, das aus dem Pyjamaärmel hervorguckt, ist erschreckend mager. Er sieht aus wie ein krankes Kind – und ist es in gewissem Sinne wohl auch.

Ich schüttele ihn. Seine Augenlider öffnen sich ein wenig. Die Augäpfel rollen nach oben, so daß mir das Weiße der Augen einen blinden, toten Blick zuwirft. Er gibt keinen Ton von sich.

Der Aschenbecher am Bett ist leer. Auf dem Tisch liegt nichts. Alles ist aufgeräumt und ordentlich.

Ich streife seinen Pyjamaärmel hoch. An der Innenseite des Arms hat er zwischen vierzig und sechzig kleine, blaugelbe Punkte mit schwarzer Mitte, ein feines Muster, das den geschwollenen Venen folgt. Ich ziehe den Bettkasten heraus. Er hat es dort hineinfallen lassen. Silberpapier, Streichhölzer, eine altmodische Glasspritze, Zehnsekundenkleber, Kanüle, ein offenes Taschenmesser, Plastikkapseln zum Aufbewahren von Nähmaschinennadeln, einen durchgeschnittenen Verpackungsriemen aus schwarzem Gummi.

Vorläufig denkt er nicht ans Aufwachen. Er schläft den vollkommen entspannten, sorglosen Pulverschlaf.

Vor der Selbstverwaltung gab es in Grönland keine Zöllner. Polizei und Hafenmeister waren die ganze Zollbehörde. In dem Jahr, in dem ich an der meteorologischen Station von Upernavik war, lernte ich Jørgensen kennen.

Er war der Hafenmeister. Aber er war selten auf Arbeit. Statt dessen hatten ihn die Amerikaner nach Thule geholt, oder er war an Bord eines Marineinspektionsschiffes. Er hielt den Grönlandrekord in Hubschraubertransporten.

Man holte Jørgensen, wenn man etwas gefunden hatte, aber nicht genau wußte, wo es war. Wenn man einen Verdacht hatte, ihn aber nirgendwo festmachen konnte. Die Drogenpatrouille der Thuler Airbase hatte Hunde und Metalldetektoren und ein Team von Laboranten und Technikern. In Holsteinsborg hatte die Marine mehrere Ermittlungsexperten und in Nuuk ein transportables Röntgengerät von der Kopenhagener Schweißzentrale.

Trotzdem holten sie alle Jørgensen. Er war Schweißermeister auf der Burmeister & Wain-Werft gewesen, hatte sich danach zum Steuermann weitergebildet und war schließlich Hafenmeister geworden, ein Hafenmeister, der sich nie im Hafen zeigte.

Er war ein kleiner Mann, grau, krummgebeugt und drahthaarig wie ein Dackel. Er sprach ohne Rücksicht auf Rang und Namen mit Grönländern, Russen und allen Militärleuten dasselbe nuschelnde Einsilbendänisch.

Sie holten ihn an Bord des aufgebrachten Schiffes oder des Flugzeugs, er murmelte ein bißchen mit der Besatzung und mit dem Kapitän, sah sich kurzsichtig um, klopfte ab und zu wie aus Zerstreutheit mit dem Knöchel gegen die Platten, dann holten sie einen Marineschlosser, der mit einem Winkelschleifer kam und die Platte entfernte, und dahinter fanden sie 5 000 Flaschen oder 400 000 Zigaretten und mit den Jahren auch immer häufiger gestapelte Blöcke aus weißem, mit Paraffin überzogenem Pulver.

Jørgensen erzählte uns, daß Systematik bei den Ermittlungen nur wenig weiterführt. »Wenn ich meine Brille vergessen habe«, sagte er, »gehe ich erst ein bißchen systematisch vor. Ich suche auf dem Klo und neben der Kaffeemaschine und unter der Zeitung. Aber wenn sie da nicht ist, höre ich auf zu denken, setze mich in einen Sessel, lasse den Blick schweifen und sehe zu, ob mir nicht vielleicht eine Idee kommt, und das tut sie immer, es kommt immer eine Idee. Wir können schließlich nicht alles auseinandernehmen, egal, ob wir nach einer Brille oder nach Flaschen suchen, wir müssen nachdenken, und dann müssen wir es spüren, wir müssen den Verbrecher in uns finden und herausfinden, wo wir selber es hingesteckt hätten.«

Im Februar 1981 wurde er bei einem Außenposten in der Diskobucht von vier jungen Grönländern erschossen, die auf seine Veranlassung hin ungerecht harte Strafen wegen Alkoholschmuggel verbüßt hatten. Mich mochte er aus irgendeinem Grund, aber die Grönländer insgesamt hat er nie zu verstehen versucht.

Ich denke also an Jørgensen und versuche, den Junkie in mir zu finden.

Ich würde mir für das Versteck Zeit nehmen. Ich würde nicht schlampen. Ich würde versucht sein, es außerhalb meiner Kajüte zu verstecken. Aber ich würde es nicht ertragen können, es nicht am Körper zu spüren. Wie die Mutter, die ihren Säugling angeblich nicht entbehren kann.

Die Klimaanlage. Die Kronos hat Preßluftventilation, die auch in diesem Augenblick schwach summt. Die Entlüftung liegt hinter den perforierten Deckenplatten. In jeder Platte sind mindestens vierzig Schrauben. Jedesmal vierzig Schrauben, wenn ich zu meinem Baby wollte, das wäre unüberwindbar.

Ich gehe seine Schubladen ein zweites Mal durch. Noch immer ergebnislos. Sie enthalten Schreibpapier, blaue Knete, wie man sie zum Aufhängen von Postkarten benutzt, ein paar dicke Hochglanzhefte des ›Playboy‹, einen elektrischen Rasierapparat, mehrere Kartenspiele, eine Schachtel mit Schachfiguren, vier durchsichtige Plastikschachteln mit knalligen Seidenfliegen, ziemlich viele Devisen, eine Kleiderbürste und noch ein paar Goldkettchen, wie die, die er um den Hals trägt.

Im Bücherregal ein spanisch-dänisches Wörterbuch. Berlitz' türkischer Sprachführer, ein Handbuch für Systembridge von BP, ein paar Schachbücher. Ein zerschlissenes Taschenbuch mit dem Bild eines nackten, blonden, gutgemästeten Mädchens und dem Titel *Flossy – süße 16*.

Ich habe mich nie ernsthaft für Bücher interessiert, die keine Fachbücher sind. Ich habe nie behauptet, daß ich kulturell veranlagt bin. Andererseits habe ich mir immer gedacht, es sei wohl nie zu spät, mich zu bilden und ein neues Leben anzufangen. Vielleicht sollte ich mit *Flossy – süße 16* den Anfang machen.

In der Schublade ist auch ein Taschenmesser. An der Schneide kleben ein paar flaschengrüne Körnchen. Ich öffne den Schrank und durchsuche die Sachen noch einmal. Er hat nichts in dieser Farbe. Im Bett gurgelt Jakkelsen leise vor sich hin.

Dann hole ich die Schachtel mit den Schachfiguren aus der Schublade. Ich nehme einen weißen König und eine schwarze Königin und stelle sie auf den Tisch. Sie sind aus einer schweren Holzsorte und sorgfältig geschnitzt. Das Brett liegt auf dem Tisch und hat an der Oberseite eine dünne Metallplatte. An Bord eines Schiffes ist es sicher praktisch, wenn ein Schachspiel magnetisch ist. Die Magneten sitzen unter den Figuren, eine bleifarbene Scheibe unter dem Fuß. Auf die Scheibe ist ein grünes Filzstückchen geklebt. Ich drücke die Messerschneide zwischen den Fuß des Königs und die Metallscheibe. Sie leistet Widerstand, kommt aber. Sie hat an den Rändern ein ganz klein bißchen Kleber bekommen. Ich lege die Scheibe auf den Tisch. Am Messer ist ein Filzkörnchen hängengeblieben, ein paar minimale grüne Härchen, die nur zu sehen sind, wenn man weiß, daß sie da sind.

Die Figur ist hohl. Sie ist vielleicht acht Zentimeter hoch, und auf die gesamte Länge ist ein Zylinder von anderthalb Zentimetern Durchmesser ausgebohrt. Vermutlich hat das nicht Jakkelsen getan, die Figuren sind schon so hergestellt worden. Doch er hat das ausgenutzt. Ganz oben liegt ein Klumpen Knete. Darunter drei klare Plastikröhrchen. Ich schüttele sie heraus. Dahinter sind vier weitere.

Ich lege sie zurück, versiegele die Figur mit Knete und klebe den Magnet an die Figur. Ich hätte auch die übrigen Figuren untersuchen können. Um herauszubekommen, ob in jedem Bauer zwei oder drei Röhrchen Platz haben. Um auszurechnen, ob es für vier oder sechs Monate reicht. Aber mir ist danach zu verschwinden. Eine alleinstehende Dame sollte sich nicht zu lange in der Kajüte eines fremden Herrn aufhalten.

4 »Es war meine erste Reise. Ich ging also zu einem Kollegen. ›Wie navigiere ich nach Grönland‹, habe ich ihn gefragt. ›Du fährst nach Skagen‹, antwortete er. ›Dort biegst du links ab. Wenn du ans Kap Farvel kommst, biegst du nach rechts ab.‹«

Ich bohre den Korkenzieher in den Korken. Es ist ein Weißwein, er hat eine gelbgrüne Farbe, und Urs hat ihn im letzten Moment allein im Aufzug hochgeschickt, als handele es sich um eine temperaturempfindliche Ikone. Als ich den Korkenzieher herausziehe, bleibt die Hälfte des Korkens in der Flasche stecken. Ich muß noch einmal bohren. Der Korkenrest zerkrümelt und fällt in den Wein. Urs hat gesagt, der Montrachet sei ein großer Wein. Da sollte so ein kleiner Korken ja eigentlich nicht so viel ausmachen.

»Danach hat er eine Seekarte genommen, das Lineal bei Skagen angelegt, zum Kap Farvel hochgedreht und eine Linie gezogen. ›Der folgst du‹, hat er gesagt, ›damit machst du *grand circle sailing*. Und die letzten beiden Tage und Nächte vor dem Kap schläfst du nicht. Da trinkst du schwarzen Kaffee und hältst nach Eisbergen Ausschau.‹«

Es ist Lukas, der redet. Ohne die Leute, zu denen er spricht, anzuschauen. Zugleich hält er sie mit seiner Autorität in Bann.

Abgesehen von ihm sind drei weitere Personen in der Offiziersmesse. Katja Claussen, Seidenfaden und Maschinenmeister Kützow.

Ich serviere zum erstenmal in meinem Leben.

»Damals fuhr man im April. Man versuchte, den sogenannten ›Osterostwind‹ zu erwischen. Wenn das gelang, konnte man den ganzen Weg über Mitwind haben. Undenkbar, daß man sich freiwillig die Zeit zwischen November und Ende März ausgesucht hätte.«

Für die Reihenfolge des Einschenkens gibt es Regeln. Sie sind mir leider nicht bekannt. Ich rate also und schenke aufs Geratewohl der Frau ein. Sie wirbelt den einen Zentimeter Flüssigkeit im Glas herum, aber ihre Augen hängen an Lukas, und als sie kostet, schmeckt sie nichts.

Ich versuche, abwechselnd von rechts und links an die Gläser zu kommen. Um alle zufriedenzustellen.

Sie haben sich umgezogen. Die Männer haben weiße Hemden an, die Frau trägt ein rotes Kleid.

»Das erste Eis können wir etwa vierundzwanzig Stunden vor Kap Farvel erwarten. Dort ist 1959 die Hans Hedtoft von der Grönlandhandelsgesellschaft untergegangen, fünfundneunzig Passagiere und Besatzungsmitglieder sind damals umgekommen. Haben Sie schon mal einen Eisberg gesehen, Fräulein Claussen?«

Ich serviere den Blumenkohl und Urs' Sauerteigbaguettes. Am Tisch geht es einigermaßen. Doch draußen am Aufzug kippt mir der restliche Blumenkohl über den gekochten Lachs. Da liegt er, in seiner ganzen Haut, und starrt mich abwartend an. Urs hat mir erzählt, daß er von einem japanischen Koch gelernt hat, die Augen nicht mitzukochen, sondern sie aufzuheben und wieder einzusetzen, wenn das Fleisch gar ist, und dann das Ganze leicht mit Eiweiß zu bepinseln, so daß der Fisch einen schleimigen Glanz erhält, als käme er direkt aus dem Netz auf den Tisch. Ich mag das nicht. Ich finde, der Fisch macht einen verendeten Eindruck.

Ich kratze den Blumenkohl ab und trage den Fisch hinein. Sie sehen sowieso nicht, was sie essen. Sie sehen Lukas an.

»Eisberge sind Gletscherstücke, die vom Inlandeis ins Meer treiben und abbrechen. Wenn sie massiv sind, beträgt das Verhältnis zwischen dem Teil über und dem unter Wasser eins zu fünf. Wenn sie hohl sind, ist es eins zu zwei. Die hohlen sind natürlich die gefährlichsten. Ich habe Eisberge gesehen, die vierzig Meter hoch waren und 50 000 Tonnen wogen und durch die Vibrationen der Schiffsschraube kentern konnten.«

Ich verbrenne mir die Finger am Kartoffelgratin. Lukas ist verschont geblieben. In der Antarktis bin ich in einem Gummiboot an teilweise geschmolzenen Tafeleisbergen vorbeigeschlichen, die neunzig Meter hoch waren, eine Million Tonnen wogen und explodiert wären, wenn man die erste Strophe von ›Der Mai ist gekommen‹ gepfiffen hätte.

»Die Titanic lief 1912 südöstlich von Neufundland auf einen Eisberg und sank innerhalb von drei Stunden. Dabei sind 1 500 Menschen umgekommen.«

In meiner Kajüte habe ich eine Zeitung ins Waschbecken gelegt, mich vorgebeugt und meine Haare zwanzig Zentimeter abgeschnitten, so daß sie jetzt genauso lang sind wie die, die nach der Verbrennung nachgewachsen sind. Zum erstenmal an Bord habe ich mein Kopftuch abgenommen. Mehr kann ich nicht tun, um zu verhindern, daß mich die Frau erkennt.

Ich hätte mir die Mühe sparen können. Ich bin eine Fliege an der Wand, sie sieht mich nicht. Der Mann sieht Lukas an, der Maschinenmeister schaut auf sein Glas, und Lukas sieht niemanden und nichts an. Einen Moment lang ruht der Blick der Frau abschätzend auf mir. Sie ist mindestens zwanzig Zentimeter größer und fünf Jahre jünger als ich. Sie ist dunkel, und sie ist wachsam, und um den Mund hat sie einen Zug, der eine Geschichte erzählt, vielleicht erzählt er, was es – entgegen der landläufigen Meinung – eine Frau kostet, gut auszusehen.

Ich halte den Atem an. Bei Jesajas Beerdigung war es dunkel. Es waren noch zwanzig andere Frauen anwesend. Sie war aus anderen Gründen da. Sie war da, um Andreas Fine Licht zu warnen. Er hätte auf die Warnung hören sollen.

Sie braucht nur den Bruchteil einer Sekunde, um mich zu katalogisieren. In ihrem Innern öffnet sie eine Schublade mit der Aufschrift ›Bedienung‹ und ›ein Meter sechzig‹, läßt mich hineinfallen und vergißt mich. Sie muß sich auf anderes konzentrieren. Unter dem Tisch hat sie dem Mann die Hand auf den Schenkel gelegt.

Er hat den Fisch nicht angerührt.

»Wir haben ja Radar an Bord«, sagt er.

»Die Hans Hedtoft hatte auch Radar.«

Kein erfahrener Kapitän oder Expeditionsleiter erschreckt seine Mitreisenden bewußt. Wenn man mit dem Risiko einer Eisfahrt vertraut ist, weiß man, daß man es sich, wenn die Reise einmal begonnen hat, nicht leisten kann, die äußere Gefahr durch innere Furcht zu verstärken. Ich verstehe Lukas nicht.

»Und dabei sind die Eisfjälls unser geringstes Problem. So stellt sich der Durchschnittsbürger die Polarmeere vor.

Schlimmer ist das Großeis, ein Gürtel aus Packeis, der die Ostküste hinuntertreibt, im November das Kap Farvel umrundet und sich an Godthåb vorbei hinaufzieht.«

Es gelingt mir, den Korken heil aus der zweiten Flasche herauszubekommen. Ich schenke Kützow ein. Er trinkt, während er zerstreut das Etikett betrachtet. Ihn interessiert der Alkoholgehalt.

»Wo das Packeis aufhört, fängt das Westeis an. Es bildet sich in der Baffinbucht und wird durch die Davisstraße hinuntergepreßt, wo es mit dem Wintereis zusammenfriert. Das bildet ein Eisfeld, in das wir bei den Fischgründen nördlich von Holsteinsborg hineinkommen.«

Das Reisen verstärkt alle menschlichen Gefühle. Wenn man von Qaanaaq zur Jagd oder zu Besuchen oder auch nach Qeqertat aufbrach, explodierten die latenten Verliebtheiten, Freundschaften, Animositäten. In der Luft zwischen Lukas und seinen beiden Passagieren und Arbeitgebern hängt ein massiver gegenseitiger Widerwille.

Ich sehe Lukas an. Er hat nichts gesagt und nichts getan. Trotzdem verlangt er wortlos, daß man ihn ansieht. Wieder überfällt mich das vage, beunruhigende Gefühl, daß ich hier eine Vorstellung miterlebt habe, die teilweise um meinetwillen inszeniert worden ist und die ich nicht verstanden habe.

»Wo ist Tørk?« fragt er.

»Er arbeitet«, antwortet die Frau.

Wer von Europa nach Thule fliegt, wird, wenn er aus der Maschine steigt, das Gefühl haben, in eine Tiefkühltruhe unter Überdruck geraten zu sein, weil sich eine unsichtbare Eiseskälte mit mehreren Atmosphären Druck in seine Lungen preßt. Fliegt man in die entgegengesetzte Richtung, hat man in Europa das Gefühl, in einer finnischen Sauna gelandet zu sein. Doch ein Schiff, das nach Grönland fährt, fährt nicht nach Norden, sondern nach Westen. Kap Farvel liegt auf dem Breitengrad von Oslo. Die Kälte kommt erst, wenn man es umfahren hat und direkt nach Norden steuert. Der Wind, der im Laufe des Tages aufgekommen ist, ist rauh und feucht.

aber nicht kälter als ein Sturm im Kattegat. Die Seen dagegen sind die tiefen und langen Dünungen des Nordatlantik.

Das Deck schwimmt vor Wasser. Die Luke zum vorderen Laderaum ist jetzt geschlossen. Ich schreite sie ab, sie mißt fünfeinhalb mal sechs Meter. Das sind nicht die ursprünglichen Maße. In Längsrichtung ist an beiden Seiten eine weiße, frischgestrichene, dreiviertel Meter breite Kante zu sehen. Und im Deck eine Schweißnaht. Die Öffnung ist erst vor kurzem an beiden Enden um knapp einen Meter erweitert worden.

Für Europa symbolisiert das Meer das Unbekannte, zur See zu fahren bedeutet Reisen und Abenteuer. Dieser Gedanke steht in keinem Zusammenhang mit der Wirklichkeit. Zur See zu fahren ist eine Bewegung, die eher einem Stillstand gleicht. Das Erlebnis der Bewegung braucht Landkennung, feste Punkte am Horizont, Eisbuckel, die unter den Kufen verschwinden, den Anblick von Bergen hinter dem *napariaq*, dem stehenden Schlittenlenker, und Eisformationen, die emporwachsen, vorbeigleiten und am Horizont versinken.

All das fehlt dem Meer. Ein Schiff scheint stillzustehen, scheint eine festgemachte Stahlplattform zu sein, die man über einem beweglichen, doch immer gleichbleibenden Abgrund aus Wasser angebracht hat und die ein fester Rundhorizont einrahmt, über den ein graues, kaltes Winterwetter hinwegzieht. Durchgerüttelt von der monotonen Anstrengung der Maschine, stampft es vergeblich auf der Stelle.

Oder vielleicht bin ich inzwischen auch nur zu alt zum Reisen.

Mit dem Nebel treibt die Depression über mich hin.

Um reisen zu können, muß man ein Zuhause haben, das man verlassen und zu dem man zurückkehren kann. Sonst ist man ein Flüchtling, ein Fjällgänger, ein *qivittoq*. In Qaanaaq in Nordgrönland rücken sie jetzt gerade in den Bretter- und Wellblechbuden zusammen.

Ich frage mich zum x-ten Mal, wie ich hier gelandet bin. Ich kann die Schuld daran nicht ganz allein tragen, die Last ist zu schwer, ich muß auch Pech gehabt haben, irgendwie muß sich das Universum von mir zurückgezogen haben.

Wenn meine Umgebung zurückweicht, ziehe ich mich zusammen wie eine lebende Miesmuschel, die man mit Zitrone beträufelt. Ich kann nicht auch noch die andere Wange hinhalten, ich kann der Feindseligkeit nicht mit noch mehr Zutrauen begegnen.

Einmal habe ich Jesaja geschlagen. Ich hatte ihm erzählt, daß wir als Kinder, wenn das Eis bei Siorapaluk weit drinnen in der Bucht aufbrach, von Eisscholle zu Eisscholle gesprungen sind, obwohl wir wußten, daß man, wenn man ausrutscht, unter das Eis rutscht und einen die Strömung nach Nerrivik hinuntertreibt, zur Mutter des Meeres, von der man nie zurückkehrt. Am nächsten Tag wollte er vor dem Supermarkt am Grönländerdenkmal auf dem Markt auf mich warten. Als ich aus dem Supermarkt kam, war er weg, und als ich über die Brücke ging, war er unten auf dem Eis, dünnem Neueis, das durch die Strömung von unten her verrottet ist. Ich schrie nicht, ich konnte nicht schreien, ich ging zum Pissoir am Kai und rief ihn ganz sanft, und als er kam, zögernd über das Eis trippelte und endlich auf dem Pflaster stand, schlug ich ihn. Der Schlag war wohl – das ist bei Gewalt nun mal so – ein Destillat meiner Gefühle für ihn. Er hielt sich gerade noch aufrecht.

»Schlägst du mich?« sagte er und sah sich tränenblinzelnd nach einer Waffe um, mit der er mich aufschlitzen konnte.

Dann fand er mit einem einzigen, aber riesigen Ruck zu den unbegrenzten Reserven zurück, die er hatte.

»*Naammassereerpoq*, daran kann man sich wohl auch gewöhnen«, sagte er.

Diese Tiefe habe ich nicht. Vielleicht ist es mir unter anderem deshalb so ergangen.

Ich höre keinen Ton, aber ich weiß, daß ein Mensch hinter mir steht. Im nächsten Moment lehnt sich Verlaine an die Reling und folgt meinem Blick über das Meer. Er zieht seinen Arbeitshandschuh aus und holt eine Handvoll Reis aus seiner Brusttasche.

»Ich habe immer geglaubt, Grönländer hätten kurze Beine, würden wie die Schweine ficken und nur arbeiten, wenn sie Hunger haben. Das eine Mal, als ich oben war, brachten wir Petroleum an einen Ort im Norden. Wir pumpten es direkt in die Behälter, die am Strand standen. Irgendwann kam ein kleiner Mann in einem Boot, feuerte ein Gewehr ab und schrie etwas. Da rannten sie alle zu ihren Hütten, kamen mit Gewehren zurück und fuhren in ihren Jollen aufs Meer hinaus oder schossen direkt vom Strand aus. Wenn ich nicht aufgepaßt hätte, hätte der Druck die Schläuche weggefetzt. Es zeigte sich, daß ein Schwarm von irgendwelchen Fischen vorbeigekommen war.«

»Zu welcher Jahreszeit war das?«

»Vielleicht im Juli oder Anfang August.«

»Weißfisch«, sage ich. »Ein kleiner Wal. Dann war das bei einem der Außenposten südlich von Upernavik.«

»Wir telegrafierten an die Handelsgesellschaft, daß die Leute die Arbeit niedergelegt hätten und zum Fischen gefahren seien. Wir bekamen die Antwort, das passiere mehrmals im Jahr. So ist das mit primitiven Menschen. Wenn sie den Bauch voll haben, sehen sie keinen Grund mehr zum Arbeiten.«

Ich nicke einverstanden.

»In Grönland sagt man«, sage ich, »daß die Filipinos eine Nation von faulen kleinen Zuhältern sind, die man auf See nur gebrauchen kann, weil sie nicht mehr als einen Dollar die Stunde kriegen, daß man sie aber die ganze Zeit über mit Unmengen frischgekochtem Reis füttern muß, wenn man nicht plötzlich ein Messer im Rücken haben will.«

»Das ist wahr«, sagt er.

Er lehnt sich zu mir herüber, um nicht brüllen zu müssen. Ich sehe zur Brücke hoch. Wo wir stehen, sind wir voll zu sehen.

»Das hier ist ein Schiff mit Regeln. Einige sind vom Kapitän. Einige von Tørk. Aber nicht alle. Sie sind nämlich von uns abhängig – von den Ratten.«

Er lächelt mich an, seine Zähne sind glasierte Kreidestückchen in der dunklen Haut. Er spürt meinen Blick.

»Porzellankronen. Ich war in Singapur im Gefängnis. Nach anderthalb Jahren hatte ich keinen Zahn mehr im Mund. Die Kiefer waren mit galvanisiertem Draht zusammengebunden. Da haben wir eine Flucht organisiert.«

Er lehnt sich noch weiter zu mir hin.

»Dort habe ich herausbekommen, wie schlecht ich Polizisten vertrage.«

Als er sich aufrichtet und geht, bleibe ich stehen und sehe auf das Meer hinaus. Es fängt an zu schneien. Aber das ist kein Schnee. Es kommt von Deck. Ich sehe an mir hinunter. In ihrer ganzen Länge, vom Kragen bis zum Gummibund, ist meine Daunenjacke mit einem einzigen Schnitt aufgeschlitzt worden, der, ohne das Futter zu berühren, die Wattierung geöffnet hat, aus der jetzt die Daunen herausgerissen werden und mich wie Schneeflocken umwirbeln. Ich ziehe die Jacke aus und lege sie zusammen. Auf dem Rückweg über Deck fällt mir ein, daß es kalt sein muß. Doch ich spüre die Kälte nicht.

5 Für die Handelsschiffahrt gibt es den staatlichen Dienst zur sozialen und kulturellen Betreuung von Seeleuten. Er schickt seinen Abonnenten immer neun Videofilme auf einmal. Sonne hat alles aufgebaut, um den ersten auf dem größeren Schirm im Fitneßraum zeigen zu können. Als ein Sonnenaufgang über einer Wüstenlandschaft aufblendet, stehle ich mich davon.

Auf dem zweiten Deck sind in zwei einander gegenüberliegenden Schrankreihen Werkzeug und Ersatzteile magaziniert. Ich nehme einen Kreuzschraubenzieher. Ich wühle planlos. In einer Holzkiste finde ich graue, leicht gefettete Lagerkugeln aus massivem Stahl, jede einzelne etwas größer als eine Golfkugel und in Ölpapier eingewickelt. Ich nehme eine davon.

Ich gehe die Treppe hoch auf das Achterdeck. Dort strahlt durch zwei lange Scheiben das Licht der Filmvorführung. Auf den Knien krieche ich zum Schott unter der Scheibe und schaue dann in den Raum hinein. Erst als ich Verlaines schwarz glänzende Haare und den Umriß von Jakkelsens Lokkenkopf gefunden habe, gehe ich zum Korridor zurück. Ich schließe mich in Jakkelsens Kajüte ein.

Jetzt liegt im Bettkasten unter der Koje nur Bettzeug. Doch das Schachspiel ist immer noch an seinem Platz. Ich wickele die Schachtel in meinen Pullover. Dann horche ich einen Moment an der Tür und gehe zu meiner Kajüte zurück. Weit weg, aus unbestimmbarer Richtung, ist durch den Metallrumpf die Tonspur des Films zu ahnen.

Ich lege die Schachtel in eine Schublade. Es ist ein merkwürdiges Gefühl, etwas zu besitzen, das, je nachdem, in welchem Hafen man es finden würde, seinem Besitzer von drei Jahren Gefängnis his zur Todesstrafe alles einbringen könnte.

Ich ziehe den Trainingsanzug an. Die Metallkugel binde ich in ein langes, weißes Badehandtuch, das ich doppelt gelegt habe. Danach hänge ich es wieder an den Haken. Dann setze ich mich hin und warte.

Wenn man lange zu warten hat, muß man die Wartezeit in den Griff kriegen, um zu vermeiden, daß sie destruktiv wird. Wenn man den Dingen ihren Lauf läßt, schweift das Bewußtsein ab, Angst und Rastlosigkeit machen sich breit, und es meldet sich die Depression und zieht einen runter.

Um mich oben zu halten, frage ich mich, was ein Mensch ist, wer ich selbst bin.

Bin ich mein Name?

In dem Jahr, in dem ich geboren wurde, reiste meine Mutter nach Westgrönland und brachte von dort den Frauennamen *Millaaraq* nach Hause. Weil er Moritz an das dänische Wort *mild* – das heißt ›sanft‹ – erinnerte, das in dem Wörterbuch der Liebesbeziehung zwischen ihm und meiner Mutter nicht vorkam, weil er alles Grönländische in etwas Europäisches und Bekanntes umwandeln wollte und ich ihn angeblich angelacht haben soll – mit dem grenzenlosen Zutrauen des Säuglings, der noch nicht weiß, was ihn erwartet –, einigten sie sich auf *Smillaaraq*, das auch das dänische Wort *smil* für ›Lächeln‹ enthielt und durch die Abnutzung, der die Zeit uns alle unterwirft, zu *Smilla* verkürzt wurde.

Was nur ein Laut ist. Doch wenn man hinter den Laut schaut, findet man den Körper mit seinem Kreislauf und seinen Flüssigkeitsbewegungen. Seine Freude am Eis, seinen Zorn, seine Sehnsucht, sein Wissen über den Raum, seine Gebrechlichkeit, Treulosigkeit und Loyalität. Hinter diesen Gefühlen entstehen und vergehen die unbenannten Kräfte, zerstückelte und zusammenhanglose Erinnerungsbilder, namenlose Laute. Und Geometrie. Tief in uns gibt es die Geometrie. Meine Lehrer an der Universität fragten immer wieder, was denn die Realität der geometrischen Begriffe sei. Wo gibt es, so fragten sie, einen vollendeten Kreis, eine wirkliche Symmetrie, eine absolute Parallelität, wenn sie sich in dieser unvollkommenen Außenwelt nicht konstruieren läßt?

Ich antwortete ihnen nicht, denn sie hätten die Selbstverständlichkeit der Antwort und ihre unabsehbaren Konsequenzen nicht verstanden. Die Geometrie ist ein angeborenes Phänomen in unserem Bewußtsein. In der Außenwelt wird es nie einen vollendeten Schneekristall geben. Doch in unserem

Bewußtsein liegt das glitzernde und makellose Wissen vom perfekten Eis verankert.

Wenn man die Kraft hat, kann man weitersuchen und hinter die Geometrie zurückgehen, in die Tunnel aus Licht und Dunkel in uns, die in die Unendlichkeit zurückreichen.

Man könnte so viel tun, wenn man die Kraft hätte.

Der Film ist vor zwei Stunden zu Ende gewesen. Vor zwei Stunden hat Jakkelsen seine Tür abgeschlossen. Doch es besteht kein Grund zur Ungeduld. Man kann nicht in Grönland aufwachsen, ohne daß einem der Mißbrauch vertraut wäre. Es ist ein irriges Klischee zu meinen, daß Drogen die Menschen unberechenbar machen. Sie machen sie ganz im Gegenteil absolut berechenbar. Ich weiß, daß Jakkelsen kommt. Ich habe die Geduld, den Zeitpunkt abzuwarten.

Ich beuge mich vor, um das Licht auszumachen, ich will im Dunkeln sitzen. Der Schalter ist zwischen Waschbecken und Schrank, ich muß mich also vorbeugen.

Das ist der Moment für ihn. Er muß das Ohr an der Tür gehabt haben. Ich habe Jakkelsen unterschätzt. Er hat sich an meine Tür herangeschlichen, sie aufgeschlossen und auf eine hörbare Bewegung dahinter gewartet, und das alles, ohne daß ich, unmittelbar dahinter, ihn habe hören können. Jetzt öffnet er sie so präzise, daß sie mich an der Schläfe trifft und zwischen Bett und Schrank zu Boden wirft. Dann ist er drin und hat sie hinter sich zugemacht. Er hat einen großen Marlspieker mit Holzgriff und hohler, polierter Stahlspitze mitgenommen.

»Her damit«, sagt er.

Ich versuche mich aufzusetzen.

»Liegenbleiben!«

Ich setze mich auf.

Er dreht den Marlspieker um, so daß das schwere Ende nach unten zeigt, und haut mir dabei auf den Fuß. Er trifft den Knöchel des rechten Fußgelenks. Einen Augenblick lang weigert sich der Körper, den Umfang des Schmerzes zu glauben, doch dann durchzuckt eine weiße Feuerzunge das Skelett bis zur Schädeldecke, und der Oberkörper fällt von allein auf den Boden zurück.

»Her damit.«

Ich bringe kein Wort heraus, stecke aber die Hand in meine Tasche, hole das kleine Plastikröhrchen heraus und reiche es ihm.

»Den Rest.«

»In der Schublade.«

Er denkt nach. Um an den Schreibtisch zu kommen, muß er über mich hinwegsteigen.

Seine Rastlosigkeit ist offensichtlicher als je zuvor, hat aber etwas Zielbewußtes. Ich habe Moritz einmal erzählen hören, daß man mit Heroin ein langes, gesundes Leben leben kann. Wenn man es sich leisten kann. Die Droge selber hat einen fast konservierenden Effekt. Was die Junkies in die Grube bringt, sind die kalten Treppenhäuser, die Leberentzündungen, die unreinen Mischungen, Aids und die aufreibende Arbeit des Geldbeschaffens. Wenn man es sich jedoch leisten kann, kann man mit seiner Abhängigkeit leben und sich blendender Gesundheit erfreuen. Hat Moritz gesagt.

Ich fand, er übertrieb. Es war die zynische, ironisch distanzierte Übertreibung des Fachmanns. Heroin ist Selbstmord. Für mich wird er nicht besser, nur weil man ihn über fünfundzwanzig Jahre hinzieht, und mit Sicherheit ist es eine Mißachtung des eigenen Lebens.

»Hol es mir.«

Ich ziehe mich hoch in die Hocke. Als ich mich aufstützen will, gibt das rechte Bein nach, und ich falle auf die Knie. Ich mache den Fall ein bißchen stärker, als er wirklich ist, und ziehe mich dann am Waschbecken hoch. Ich nehme das weiße Handtuch vom Haken und wische mir das Blut aus dem Gesicht. Danach drehe ich mich um und hinke einen Schritt zum Schreibtisch und zu den Schubladen. Das Handtuch noch immer in der Hand. Ich wende mich zum Schrank.

»Der Schlüssel ist da drin.«

In der Drehung setze ich zum Schwung an. Ein Kreisbogen, der zum Bullauge führt, zur Decke steigt und sich auf seinen Nasenrücken herab beschleunigt.

Er sieht es kommen und tritt zurück. Er ist allerdings nur darauf vorbereitet, daß ihm ein Stück Stoff ins Gesicht schnellt.

Die Kugel im Frottee trifft ihn direkt über dem Herzen. Er fällt auf die Knie. Ich hole noch einmal aus. Er schafft es, einen Arm hochzureißen, der Schlag landet unter der Schulter und wirft ihn aufs Bett. Jetzt hat er Mord in den Augen. Ich schlage, so hart ich kann, und ziele auf seine Schläfe. Er tut das einzig Richtige, bewegt sich dem Schlag entgegen, kriegt den Arm hoch, so daß sich das Handtuch herumwickelt, und zieht mit aller Kraft. Ich fliege einen Meter auf ihn zu. Flach ausholend schlägt er mit dem Marlspieker zu. Er trifft meinen Unterleib. Als mein Körper hochgehoben wird und rückwärts durch die Kajüte fliegt, glaube ich, mir dabei zusehen zu können, und begreife, daß das, was da meinen Rücken rammt, der Schreibtisch ist. Jakkelsen kommt über die Koje. Ich habe das Gefühl, keinen Körper zu haben, schaue also nach unten. Zuerst kommt es mir vor, als würde eine weiße Flüssigkeit aus mir herauslaufen. Dann sehe ich, daß ich beim Fallen das Handtuch mitgezogen habe. Er taucht über der Bettkante auf. Ich hebe die Kugel vom Boden ab, verkürze das Handtuch auf die halbe Länge, lege die rechte Hand auf die linke und ziehe mich mit gestreckten Armen nach oben.

Es trifft ihn unter der Kinnspitze. Sein Kopf wird nach hinten gerissen, der Körper folgt langsamer und wird zur Tür hingeschleudert. Einen Moment lang tasten seine Hände nach hinten und finden in der Klinke eine Stütze. Dann gibt er auf und sinkt zu Boden.

Ich bleibe eine Weile stehen. Dann krebse ich über die drei Meter Kajütendielen und stütze mich dabei auf das Bett, den Schrank und das Waschbecken, vom Nabel abwärts gelähmt. Ich hebe den Marlspieker auf und nehme das Röhrchen aus seiner Tasche.

Er braucht lange, bis er zu sich kommt. Ich warte und klammere mich an den Marlspieker. Er befühlt seinen Mund, spuckt in die Hände. Es kommen Blut und hellere, feste Stükke.

»Du hast mir das Gesicht verschandelt.«

Die Hälfte eines oberen Schneidezahns ist abgeschlagen. Man sieht es, wenn er spricht. Sein Zorn ist verebbt. Er sieht aus wie ein Kind.

»Gib mir das Röhrchen, Smilla.«

Ich hole es aus der Tasche und lasse es auf meinem Schenkel balancieren.

»Ich will den vorderen Laderaum sehen«, sage ich.

Der Tunnel beginnt im Maschinenraum. Eine in den Fußboden eingelassene kleine Treppe führt zwischen den Stahlträgern des Motorenfundaments hinunter. An ihrem Ende öffnet sich eine wasserdichte Feuertür zu einem schmalen Gang, in dem man gerade eben aufrecht stehen kann und der weniger als einen Meter breit ist.

Sie ist abgeschlossen, aber Jakkelsen schließt sie auf.

»Drüben, auf der anderen Seite der Maschine, führt ein Tunnel wie der hier unter den Zwischen- und Bodenräumen des Achterdecks hindurch zu den Wingtanks hinunter.«

In meiner Kajüte hat er auf meinem Taschenspiegel eine kurze, dicke Pulverbahn ausgelegt und sie direkt durch das eine Nasenloch hochgezogen. Das hat ihn in einen souveränen und selbstsicheren Führer verwandelt. Aber er lispelt wegen des zerschlagenen Schneidezahns.

Auf dem rechten Fuß kann ich kaum stehen. Er ist geschwollen wie bei einer starken Verstauchung. Ich halte mich hinter Jakkelsen, und ich habe die Spitze des kleinen Kreuzschraubenziehers in einen Korken gedrückt und ihn in meinen Hosenbund gesteckt.

Er macht das Licht an. Alle fünf Meter eine nackte Birne mit Drahtnetz.

»Er ist fünfundzwanzig Meter lang. Reicht vor bis zum Anfang des Vorderdecks. Darüber ist ein Laderaum von 34 500 Kubikfuß und darüber noch einer von 23 000 Kubikfuß.«

An den Tunnelwänden bilden die Spanten ein dichtes Gitter. Er legt die Hand darauf.

»Zwanzig Zoll. Zwischen den Spanten. Die Hälfte dessen, was üblich ist bei einem Viertausendtonner. Anderthalbzöllige Platten im Bug. Das gibt eine zwanzigmal stärkere Festigkeit, als sie die Versicherungsgesellschaften und die See berufsgenossenschaft für Eisfahrten verlangen, verstehste. Deshalb habe ich gewußt, daß wir ins Eis hochfahren.«

»Wie kommt es, daß du was von Schiffen verstehst, Jakkelsen?«

Er richtet sich auf. Ganz Charme und überschüssige Energie.

»Du kennst doch sicher den Seehelden Peder Most? Ich bin Peder Most, verstehste. Ich bin in Svendborg geboren, genau wie er. Ich habe rote Haare. Und ich gehöre in die alte Zeit. Als die Schiffe noch aus Holz und die Seeleute aus Eisen waren. Jetzt ist es umgekehrt.«

Er fährt sich durch die roten Locken, damit sie salzwasserfrisch und forsch hochstehen.

»Ich hab auch die Modefigur von ihm. Hab mehrere Angebote als Dressman bekommen. In Hongkong haben mal zwei mit mir einen Vertrag gemacht. Die waren aus der Branche. Denen war meine Haltung schon von weitem aufgefallen. Am nächsten Tag hatte ich meinen ersten Fototermin. Damals fuhr ich als Schiffsjunge. Der Abwasch war nicht zu schaffen, verstehste. Also habe ich das ganze Besteck und Porzellan aus dem Bullauge gekippt. Als ich dann zu ihnen ins Hotel kam, waren sie leider abgereist. Der Käpten hat mir für den Taucher, der das Geschirr hochholen mußte, 5 000 Kronen von der Heuer abgezogen.«

»Die Welt ist ungerecht.«

»Das ist sie wirklich, Mann. Deswegen bin ich nur Matrose. Ich fahre schon seit sieben Jahren zur See. Sollte schon x-mal auf die Seefahrtsschule. Ist bloß immer was dazwischengekommen. Aber ich weiß alles über Schiffe.«

»Aber die Kiste, die wir gestern ins Wasser geschmissen haben, die hast du nicht geschnallt.«

Seine Augen werden schmal. »Es stimmt also, was Verlaine sagt.«

Ich warte.

Er macht eine Handbewegung.

»Ich könnte ein nützlicher Mann für die Polizei sein. Sie könnten mich in die Drogenfahndung aufnehmen. Ich kenne diese ganze Szene, verstehste.«

Über unseren Köpfen verläuft ein Wasserrohr. Alle zehn Meter hat es Ventile für die Sprinkleranlage. An jedem Ventil ist eine matte, rote Birne. Jakkelsen zieht ein Taschentuch aus der Tasche und windet es mit geübtem Griff um den Hahn. Danach zündet er sich eine Zigarette an.

»In jedem sitzt ein Rauchmelder. Wenn man sich in einer Ecke gemütlich ein paar Züge genehmigen will, geht der Alarm los, wenn man sich nicht abgesichert hat.«

Genießerisch füllt er die Lunge und kneift gegen den Zahnschmerz die Augen zusammen.

»In Dänemark ist es höllisch schwer, eine illegale Ladung loszuwerden. Das ganze Land ist ja durchkontrolliert, sobald man sich einem Hafen auch nur nähert, hat man die Polizei, die Hafenbehörden und den Zoll auf dem Hals. Die wollen wissen, wo du herkommst und wo du hinwillst und wer dein Schiffsmakler ist. Und in Dänemark ist niemand aufzutreiben, der sich bestechen läßt. Das sind alles Beamte, die nehmen nicht mal ein Glas Mineralwasser an. Dann hast du die Idee, daß ein Kumpel in einem kleineren Boot längsseits gehen, die Kiste übernehmen und sie irgendwo an einer dunklen Küste absetzen könnte. Aber das geht auch nicht. Denn alle wissen, daß in Dänemark Marine und Zollwesen zusammenarbeiten. Auf den beiden großen Wachen in Frederikshavn und auf Anholt sitzen die Soldaten, verpassen allen ein- und auslaufenden Schiffen in den dänischen Gewässern auf dem PDS eine Nummer und folgen ihnen. Die würden deinen Kumpel mit dem Boot sofort sehen. Deshalb kommst du auf den Gedanken, daß du deine Kiste einfach über Bord schmeißen könntest. Mit einer Boje oder ein paar Schwimmballons. Einem kleinen Batteriesender, der ein Signal gibt, das derjenige, der die Kiste aufsammeln kommt, anpeilen kann.«

Ich versuche das, was ich jetzt höre, und das, was ich gesehen habe, in einen Zusammenhang zu bringen.

Er drückt die Zigarette aus.

»Trotzdem stimmt da irgendwas nicht ganz. Die Kronos ist von einer Hamburger Werft gekommen. Seit vierzehn Tagen in dänischen Gewässern. Hat in Kopenhagen angelegt. Irgendwie ist es zu spät dazu, die Ware fünfhundert Seemeilen weit draußen im Atlantik abzuwerfen, verstehste.«

Ich bin mit ihm einig. Es macht keinen Sinn.

»Das gestern, ich glaube nicht, daß das Schmuggelgut war. Die Branche kenne ich, ich bin mir ziemlich sicher, daß das keine Warenladung gewesen ist. Und weißt du, warum? Weil ich in den Container geguckt habe. Weißt du, was in dem Container war? Zement, Hunderte von Fünfzigkilosäkken mit Portlandzement. Ich habe in der Nacht nachgesehen. Er war mit einem Vorhängeschloß abgeschlossen. Aber die Schlüssel für die Laderäume hängen immer auf der Brücke. Falls sich die Tonnage verschieben sollte. Als ich Ankerwache hatte, habe ich ihn mir also ausgeliehen. Ich war gespannt, Mann. Ich mach den Deckel auf: nichts als Zement. Ich sage mir, das darf doch wohl nicht wahr sein. Da muß irgendwas hinterstecken. Ich gehe also den ganzen Weg zur Kombüse zurück und hole mir einen Grillspieß. Ich setze mir fast einen Haufen in die Hose bei dem Gedanken, daß Verlaine mich entdecken könnte. Ich bleibe zwei Stunden in dem Container. Schiebe die Säcke herum und stecke den Spieß rein, um etwas zu finden. Mir tat vielleicht der Rücken weh! Die Haut an den Händen kriegt Risse. Zementstaub gehört mit zum Schlimmsten. Aber ich finde nichts, verstehste. Das ist unmöglich, sage ich mir. Diese ganze Reise hier. Alles ist geheim. Erhöhte Heuer, weil wir nicht wissen, wo wir hinfahren. Nicht wissen, was wir laden. Und dann nehmen sie nur einen Abfallcontainer mit Zement an Bord. Das ist zuviel. In der Nacht kann ich fast nicht schlafen. Ich sage mir, das muß Dope sein.«

»Du hast also aufgegeben.«

»Ich glaube«, sagt er langsam, »daß das gestern ein Testlauf war. Es ist ja nicht so leicht, eine größere Ladung einfach so über Bord zu werfen. Du möchtest ja gern die genauen Koordinaten treffen, damit du die Ware wiederfinden kannst. Du möchtest vermeiden, daß die Kiste in die Schraube gerät. Du willst bei Wind und Seegang nicht zu sehr schlingern, damit du nicht riskierst, daß was zu Bruch geht. Und du weißt, daß selbst kleine Bewegungen deine relative Geschwindigkeit auf dem Radar der Marine ändern. Am liebsten würdest du anhalten und die Kiste ganz vorsichtig ins Wasser fieren. Aber das geht nicht. Die notieren alle Geschwindigkeitsänderungen. Über VHF hättest du sofort den Zoll am Hals. Wenn du also wirklich etwas Großes und Schweres im Wasser abladen und das unbemerkt und diskret tun willst, brauchst du einen Testlauf. Um deine Schwimmballons und deine Peilausrüstung zu testen und den Seeleuten die Chance zu geben, ihre Decksmanöver zu üben. Um Baum und Gangspill und das Verholen ordentlich aufeinander abzustimmen. Die Kiste gestern, das war ein Testlauf, ein Dummy. Die wurde hier abgeworfen, weil man sicher sein wollte, daß man aus der Reichweite des Radars heraus war. In Wirklichkeit war das nur der Vorlauf.«

»Wofür?«

»Für die richtige Ware, Mann. Die wir holen sollen. Darauf kannst du Gift nehmen. Ich weiß alles über das Meer. Das hier kostet die ein Vermögen. Das einzige, was dieses Kapital verzinst, ist Dope, verstehste.«

Am Ende des Tunnels schraubt sich eine schmale Wendeltreppe um einen Stahlträger, der nicht dicker ist als der Fuß eines Fahnenmasts. Jakkelsen legt die Hand auf die weiße Emaille.

»Der hier unterstützt den vorderen Mast.«

Ich denke an den Ladebaum und das Gangspill. Für beide ist eine Höchstbelastung von 45 Tonnen angegeben.

»Ist aber ziemlich dünn.«

»Säulendruck. Die Belastung des Masts bewirkt einen Druck nach unten. Da ist kein großer Seitendruck.«

Ich zähle sechsundfünfzig Stufen und schätze, daß wir an Höhenmetern gestiegen sind, was in etwa einem dreistöckigen Haus entspricht. Mein Fuß macht das gerade eben noch mit.

An einem Schott hat die Treppe einen Absatz. Im Schott ist ein kreisrunder Deckel mit einem Durchmesser von anderthalb Metern. Mit den beiden Spanngriffen sieht er aus wie der Eingang zu einem Banksafe in einem Zeichentrickfilm. Der Deckel ist nicht in das Schott eingepaßt. Die Kronos sieht aus, als sei sie zur gleichen Zeit gebaut worden wie die Kista

Dan der Reederei Lauritzen, das erste, überwältigende Dieselschifferlebnis meiner Kindheit. Das war Anfang der sechziger Jahre. Der Deckel sieht aus, als sei er von vorgestern.

Er ist nur lose geschlossen. Jakkelsen dreht beide Griffe eine halbe Drehung und zieht ihn zu uns heraus. Er sieht schwer aus, läßt sich aber widerstandslos bewegen. An der Innenseite schließt er mit einem schweren, dreifachen Flansch aus schwarzem Gummi ab.

Hinter der Tür schwebt über einem dunklen Nichts eine Plattform. Von irgendwoher neben der Tür holt Jakkelsen eine große Batterielampe. Ich nehme sie ihm weg und knipse sie an.

Bereits am Ton, an dem Hall von Wänden, die weit weg sind, hat man die Größe des Raumes erahnen können. Jetzt trifft der Lichtkegel auf einen Boden, der schwindelnd weit unter uns zu liegen scheint. In Wirklichkeit sind es vielleicht zehn bis zwölf Meter. Über uns sind es etwa fünf Meter bis zur Luke. Ich lasse das Licht ihre Kante umkreisen. Sie hat denselben Gummiflansch. Ich leuchte auf den Boden. Er besteht aus einem Edelstahlgitter.

»Das ist gesenkt worden«, sagt er. »Als der Container hier stand, war es weiter oben.«

Unter dem Gitter fällt der Boden zu einem Ablaufrost hin ab.

Ich finde eine Ecke und lasse den Lichtkegel dort an der Wand hochwandern.

Die Wände sind aus poliertem Stahl. Ein Stück weiter oben trifft der Lichtkegel auf einen Vorsprung. Er erinnert an einen Duschkopf, ist aber schräg nach unten abgewinkelt. Etwas höher sitzt noch einer. Danach noch ein weiterer. Dasselbe auf der anderen Seite der Wand. Im ganzen Raum sind es insgesamt achtzehn.

Ich leuchte die Wände ab. In der Mitte, oben und unten hat man in jede Wand einen Gitterrost von 50 mal 50 Zentimetern eingesetzt.

Die Plattform, auf der wir stehen, ragt einen halben Meter in den Raum hinein. Links ist eine Art Schalttafel angebracht. Auf ihr sind vier Lampen, ein Schalter, ein Meßgerät mit der Aufschrift ›Oxyg. 0/00‹, ein Meßgerät mit ›air atm.‹, ein Thermostat mit einer Skala von plus 20 bis minus 60 Grad Celsius sowie ein Hygrometer.

Ich hänge die Lampe an ihren Platz zurück. Wir gehen hinaus, und ich schließe den Deckel. Links in der Wand ist eine kleine Tür. Ich versuche sie zu öffnen, aber Jakkelsens Schlüssel paßt nicht. Halb so schlimm. Ich weiß ungefähr, was dahinter ist. Ein Schaltbrett wie das im Tank. Plus Regulierungsschalter.

Wir gehen zurück, Jakkelsen vorneweg. Seine Energie läßt nach. Er ist fast ausgebrannt.

Während ich ihm seine Figuren hole, lasse ich ihn in seiner Kajüte warten. Ich begegne keinem Menschen. Mein Wecker zeigt 3.30 Uhr. Ich fühle mich gealtert.

Ich gehe duschen. Als ich aus der Dusche komme, steht er in der Tür. Voller Energie. Mit einem verklärten Schein in seinem schmalen, jungen Gesicht.

»Smilla«, flüstert er, »wie wär's mit einem Quickie?«

»Jakkelsen«, erwidere ich, »sag mal, war dieser Peder Most auch ein Junkie?«

6 Ich stecke den Kopf in den Trockner und begrabe die Hände in den noch kochend heißen Geschirrtüchern. Umgehend und spürbar fängt die Haut im Gesicht und an den Händen an auszutrocknen.

Wer heimatlos ist, sucht immer wieder nach Korrespondenzen, nach einer Ähnlichkeit, nach den kleinen Gerüchen und Farben und Berührungen, die an einen Ort erinnern, an dem man sich zu Hause gefühlt hat, an dem man einmal zur Ruhe gekommen ist. In einem Trockner herrscht Wüstenluft, und in einer Wüste habe ich mich einmal zu Hause gefühlt.

Wir durchquerten in einer Talsohle eine Ebene. Um uns war flache, leblose Steppe, über uns eine heiße Sonne. Als hätte ein gnadenlos neugieriger Gott sein Mikroskop und seine Laborlampe auf uns gerichtet, weil wir die einzigen Lebewesen in einer ansonsten ausgestorbenen Welt waren. Wir gingen durch Sanddünen und über Salzpfannen, durch eine gelbbraune und aschgraue und dennoch ergreifend schöne Hitzehölle. Gegen Ende des Tages kam ein Staubsturm, wir mußten uns mit Halstüchern vor dem Gesicht auf den Boden drücken. Wir hatten kein Wasser mehr, und einer der Teilnehmer, ein junger Mann, bekam Fieber und schrie, er komme um vor Durst. Als sich der Sturm verzog, hing das wirbelnde Sandfeld noch einen Moment lang zwischen uns und der Sonne. Es leuchtete von innen her, als hätte es die Sonne umschlossen, als stiege ein großer, glühender Bienenschwarm mit ihr zum Himmel auf. Ich fühlte mich ohne nachweislichen Grund vollkommen klar im Kopf und glücklich.

Es war damals halb zwölf in der Nacht, das brennende Licht war die Mitternachtssonne und der Ort das Schukkerdttal in Nordostgrönland, eine arktische Wüste, wo die Polarsonne die Klippen in einem ganz kurzen Sommer auf fünfunddreißig Grad aufheizt und aus der Landschaft eine mückengeplagte Gegend mit ausgetrockneten Flußbetten und hitzeflimmernden steinigen Böden macht. Wir brauchten zwei Tage, um durchzukommen, und seither habe ich mich regelmäßig dorthin zurückgewünscht. Mein Bruder war als Jäger bei der Expedition dabei. Es war die letzte lange Reise, die er und ich zusammen unternahmen. Wir fühlten uns wie

Kinder, als hätte es den Tag, an dem Moritz mich nach Dänemark gezwungen hatte, nie gegeben, als hätten wir nie zwölf Jahre Trennung erlebt. In diesem Moment vor dem Trockner hänge ich an dieser unsinnigen, lieben Jugenderinnerung, die ich nie mehr mit jemandem werde teilen können. Das Dumme am Tod ist nicht, daß er die Zukunft verändert, sondern daß er uns mit unseren Erinnerungen allein zurückläßt.

Ich ziehe den Schraubenzieher aus dem Korken und schlitze den großen schwarzen Müllsack auf.

Vorgestern nacht hat mir Jakkelsen den Laderaum gezeigt. Seit gestern lege ich den Schraubenzieher nicht mehr weg.

Gestern gegen Mittag komme ich aus der Wäscherei in meine Kajüte zurück und will mich umziehen.

Mag sein, daß mein Leben insgesamt betrachtet ziemlich unordentlich ist. Aber meine Sachen halte ich in Ordnung. Ich habe Klemmbügel für meine Hosen und aufblasbare Bügel für meine Blusen mitgebracht, und ich lege meine Pullover auf eine ganz bestimmte Art zusammen. Die Kleidung bleibt wie neu und ist einem zugleich vertraut, wenn man sie ordentlich bügelt, zusammenlegt, aufhängt, bürstet, stapelt und an ihren Platz legt.

Ganz oben in meinem Schrank liegt ein T-Shirt nicht so, wie es eigentlich liegen sollte. Ich überprüfe den ganzen Stapel. Jemand hat ihn durchgekramt.

In der Messe setze ich mich neben Jakkelsen. Ich habe ihn seit der vorigen Nacht nicht mehr gesehen. Einen Moment lang hört er auf zu essen, dann beugt er sich wieder über seinen Teller.

»Hast du«, sage ich ruhig, »meine Kajüte durchsucht?«

In seinen Augen schlägt wie ein leichtes Fieber eine leise Furcht aus. Er schüttelt den Kopf. Ich sollte eigentlich essen, aber mir ist der Appetit vergangen. Als ich an diesem Nachmittag nach dem Essen wieder in die Wäscherei arbeiten gehe, habe ich zwei dünne Streifen Tesafilm an meine Tür geklebt.

Als ich vor dem Abendessen zurückkomme, sind sie zerrissen. Seitdem habe ich den Schraubenzieher nicht mehr weggelegt. Das ist möglicherweise keine rationale Reaktion. Aber

Menschen machen sich mit so vielen merkwürdigen Gegenständen Mut, und ein Kreuzschraubenzieher ist nicht schlimmer als vieles andere.

Aus dem Sack quellen Männersachen auf den Boden. Netzunterhemden, Hemden, Strümpfe, Jeans, Unterhosen, ein Paar Hosen aus schwerem Drillich.

Vor mir liegt der erste Wäschehaufen, den ich von dem für uns gesperrten Bootsdeck bekommen habe.

Ein bißchen Damenwäsche. Eine Strickjacke, Strümpfe, ein Baumwollrock, Handtücher Marke ›Jütische Damastwebereien‹ aus zentimeterdickem Frottee und mit dem eingewebten Namen Katja Claussen. Mehr hat sie nicht geschickt. Ich verstehe sie gut. Als Frau hat man es nicht so gern, wenn andere die schmutzige Wäsche sehen und in die Hand nehmen. Wenn ich in der Wäscherei nicht allein wäre, würde ich im Waschbecken waschen und die Sachen über einer Stuhllehne trocknen lassen.

Dann kommt noch ein Haufen Männersachen. T-Shirts, Hemden, Sweatshirts, Leinenhosen. Dazu sind drei Dinge anzumerken. Daß alles neu, teuer und Größe 46 ist.

»Jaspersen.«

Die kleinen schwarzen Kunststofftelefone, die auf der Kronos in jedem Raum zu finden sind, sich nur von der Brücke aus aktivieren lassen und es dem Wachhabenden erlauben, sich, wann immer er Lust hat, einzuschalten und Befehle zu erteilen, sind für mich – jedenfalls in diesem Augenblick – der Inbegriff dessen, was aus der genialen, kleinlich terroristischen, cleveren und abnorm überflüssigen technologischen Entwicklung der letzten vierzig Jahre herausgekommen ist.

»Würden Sie bitte den Kaffee auf die Brücke bringen.«

Ich lasse mich nicht gern überwachen. Ich hasse Stempelkarten und Gleitzeit. Auf vernetzte Register reagiere ich allergisch. Ich verabscheue Paßkontrollen und Geburtsscheine, Schulpflicht, Auskunftspflicht, Versorgerpflicht, Ersatzpflicht, Schweigepflicht, dieses ganze schwammige Ungeheuer staatlicher Kontrollmaßnahmen und Forderungen, die einem auf den Kopf fallen, wenn man nach Dänemark kommt, und die ich im Alltag aus meinem Bewußtsein wische, die sich aber jederzeit wieder vor mir aufbauen und sich beispielsweise in einem kleinen schwarzen Telefon materialisieren können.

Ich hasse es um so mehr, weil ich weiß, daß es auch eine Art schwarzer Segen ist, daß der gesamte westliche Kontroll-, Archivierungs- und Katalogisierungswahnwitz auch als Hilfe gedacht ist.

Als man in den dreißiger Jahren *Ittussaarsuaq*, die als Kind mit ihrem Stamm und ihrer Familie über Ellesmere Island nach Grönland in die Emigration gewandert war, in der die kanadischen Eskimos zum erstenmal seit siebenhundert Jahren mit den *inuit* von Nordgrönland in Berührung kamen, als man sie – eine Dame von vielleicht fünfundachtzig Jahren, die den gesamten modernen Kolonisierungsprozeß vom Steinzeitalter bis zum drahtlosen Radio mitgemacht hatte – fragte, wie denn das Leben jetzt im Verhältnis zu damals sei, sagte sie ohne Zögern: »Besser – die *inuit* sterben jetzt sehr viel seltener vor Hunger.«

Gefühle müssen klar fließen, um sich nicht zu verwirren. Man kann so weit kommen, daß man die Kolonisierung von Grönland mit reinem, unverfälschtem Haß haßt. Das Problem ist nur, daß sie – weshalb immer man sie auch verabscheut – unbestreitbar der materiellen Not des Lebens, das das härteste der Welt war, abgeholfen hat.

Es gibt keinen Antwortknopf. Ich lehne mich neben dem Lautsprecher an die Wand.

»Gerade eben«, sage ich, »habe ich gehofft, daß man mir eine Gelegenheit bieten würde, mein Möglichstes zu tun.«

Auf dem Weg nach oben gehe ich an Deck. Die Kronos rollt in der langen Querdünung, dem Seegang eines fernen Sturms, der verschwunden ist und nur diese bewegliche, mattgraue und in Wasser gebundene Decke aus Energie zurückgelassen hat.

Doch der Wind kommt von vorn, ein kalter Wind. Ich atme ihn ein, öffne den Mund und lasse ihn eine Resonanz finden, eine tiefe, stehende Welle, wie wenn man auf einer leeren Flasche bläst.

Vom Landungsfahrzeug ist die Persenning entfernt worden. Verlaine arbeitet mit dem Rücken zu mir. Mit einem elektrischen Schraubenzieher befestigt er am Boden lange Teakleisten.

Lukas ist allein auf der Brücke. Die Hand am Ruder. Der Autopilot ist abgestellt. Irgendwie weiß ich, daß er lieber manuell steuert, obwohl das den Kurs weniger genau macht.

Er dreht sich nicht um, und bevor er spricht, deutet nichts darauf hin, daß er mich bemerkt hat.

»Sie hinken.«

Er hat sich darauf getrimmt, alles zu sehen, ohne irgend etwas direkt anzuschauen.

»Das sind meine Krampfadern«, sage ich.

»Wissen Sie, wo wir sind, Jaspersen?«

Ich schenke ihm seinen Kaffee ein. Urs weiß genau, wie er ihn haben will. Klein, schwarz und giftig, wie einen Deziliter kochenden Teer.

»Ich rieche Grönland. Jetzt, heute. Draußen auf Deck.«

Sein Rücken strahlt Mißtrauen aus. Ich versuche eine Erklärung.

»Es ist der Wind. Er riecht nach Erde. Gleichzeitig ist er kalt und trocken. Es ist Eis drin. Ein Wind, der vom Inlandeis herunterkommt, über die Küste hinstreicht und uns hier draußen erreicht.«

Ich stelle die Tasse vor ihn hin.

»Ich rieche nichts«, sagt er.

»Es ist eine wissenschaftliche Tatsache, daß Kettenraucher ihren Geruchssinn wegbrennen. Starker Kaffee ist auch nicht gut.«

»Aber Sie haben recht. Heute nacht, gegen zwei Uhr, umfahren wir Kap Farvel.«

Er will etwas von mir. Er hat seit dem Tag, an dem ich an Bord gekommen bin, nicht mehr mit mir geredet.

»Es gibt die Regel, daß man sich bei der Kapumrundung beim Grönländischen Eismeldedienst meldet.«

Ich habe 300 Flugstunden in der Havilland Twin-Otter des Eismeldedienstes und drei Monate in den Baracken von Narsarsuaq damit verbracht, auf der Grundlage von Flugzeugaufnahmen Eiskarten zu zeichnen und sie anschließend an das Meteorologische Institut nach Kopenhagen zu faxen, das sie über Radio Skamlebaek an die Schiffahrt weitergibt. Doch all das erzähle ich Lukas nicht.

»Das ist freiwillig. Aber alle nutzen diese Möglichkeit. Sie melden sich von da an alle vierundzwanzig Stunden.«

Er schluckt den Kaffee wie eine Kopfschmerztablette.

»Es sei denn, man bewegt sich außerhalb der Legalität. Und möchte seine Bewegung verbergen. Meldet man sich nicht beim Eismeldedienst, geht nämlich auch kein Bescheid an die dänischen Inspektionskutter. Oder an die Polizei.«

Alle sprechen von der Polizei. Verlaine, Maria, Jakkelsen. Und jetzt Lukas.

»Mit der Reederei ist vereinbart worden, daß das Telefon an Bord unterwegs nicht benutzt wird. Ich bin bereit, eine einzige Ausnahme zu machen.«

Erst überrumpelt mich das Angebot. Ich meine nicht, den Eindruck gemacht zu haben, daß ich unbedingt an der Strippe hängen und über Radio Lyngby mit meiner Familie flennen muß.

Dann dämmert es mir. Zu spät, natürlich, dafür aber um so klarer. Lukas glaubt, ich bin von der Polizei. Verlaine glaubt es. Und Jakkelsen auch. Sie glauben, ich bin hier sozusagen in Verkleidung. Das ist die einzig mögliche Erklärung. Deshalb hat Lukas mich an Bord genommen.

Ich sehe zu ihm hinüber. Es ist ihm nichts anzumerken, aber natürlich muß sie dasein, die Furcht. Muß bereits bei der ersten Begegnung dagewesen sein, in dem Spiegelbild seines abgewandten Gesichts in den Kasinoscheiben. Er muß in seinem Leben mehrere zweifelhafte Fahrten gemacht haben. Doch die hier ist etwas Besonderes. Diese fürchtet er. So sehr, daß er mich an Bord genommen hat. In dem Glauben, daß ich einer Sache auf der Spur bin. Daß seine widerstrebende Nachgiebigkeit ihm eine Art Alibi verschaffen wird, falls das Gesetz gegen ihn, die Kronos und seine Passagiere vorgehen sollte.

Es sitzt in seinem Rücken, in seiner durchgedrückten Steifheit, in dem Gefühl, daß er alles zu überwachen, allgegenwärtig zu sein versucht. In der Disziplin, die er hält.

»Vermissen Sie etwas ... hier an Bord?«

Diese Wendung geht ihm nicht natürlich von der Zunge. Er ist kein Mannschaftsseelsorger oder Personalchef. Er ist einer, der Befehle erteilt.

Ich trete hinter ihn.

»Einen Schlüssel.«

»Sie haben einen Schlüssel.«

Jetzt bin ich so dicht hinter ihm, daß mein Atem seinen Nacken streift. Er dreht sich nicht um.

»Zum Bootsdeck.«

»Der ist eingezogen worden.«

Die Verbitterung lodert über seinen Rücken. Über mein Ansinnen. Am meisten aber darüber, daß man ihm die uneingeschränkte Macht als Oberbefehlshaber des Schiffes genommen hat.

Da frage ich. Wie mich Jakkelsen gefragt hat.

»Wohin fahren wir?«

Sein Finger landet auf der Seekarte neben ihm. Sie zeigt Südgrönland. Darüber liegt ein Klarsichtfaksimile des Senders Julianehåb mit den Linien, Kreisen, Schraffierungen und tintenschwarzen Dreiecken, die über Eiskonzentrationen, Sichtverhältnisse und Eisberge Auskunft geben. Entlang der Küste ist eine Kurslinie abgesteckt, um Kap Thorvaldsen herum und von dort aus Nordnordwest. Die Linie endet oben beim Westland, irgendwo mitten im Meer.

»Das ist alles, was ich weiß.«

Er haßt sie deswegen. Weil sie ihn an einer Kinderleine halten wie einen Säugling.

»Aber das Westeis reicht bis südlich von Holsteinsborg hinunter. Und es ist nicht lustig. Bis irgendwo nördlich von Söndre Strömfjord. Bis dahin bringe ich sie, und kein Stück weiter.«

Ich habe mich neben Jakkelsen gesetzt. Auf der anderen Seite des Tisches sitzen Fernanda und Maria. Sie haben sich ein für allemal gegen die sie umgebende Männerwelt zusammengetan. Sie sehen mich nicht. Als übten sie schon mal, wie es sein wird, wenn ich gleich nicht mehr existiere.

Jakkelsen stiert auf seinen Teller. Neben ihm auf dem

Tisch liegt sein Schlüsselbund. Ich lege Messer und Gabel hin, recke mich, lege die rechte Hand auf seine Schlüssel, führe sie langsam über die Tischplatte und lasse sie in den Schoß fallen. Im Schutz der Tischkante lasse ich sie einzeln durch die Finger gleiten, bis ich den finde, der mit drei Ks und einer Sieben gekennzeichnet ist. Das ist der Systemschlüssel der Kronos, den ich auch habe. Darüber hinaus aber hat Jakkelsens Schlüssel noch ein H. Das Schiff ist in Hamburg überholt worden. H steht für Hauptschlüssel. Ich drehe ihn aus dem Schlüsselring. Danach lege ich die restlichen Schlüssel zurück und stehe auf. Jakkelsen hat sich nicht gerührt.

In meiner Kajüte ziehe ich mich warm an. Von dort aus gehe ich auf das Achterdeck.

Ich schlendere, die Hand an der Reling. Es soll aussehen wie ein Spaziergang.

Entfernungen mißt man in Nordgrönland in *sinik*, in ›Schlaf‹, das heißt nach der Zahl der Übernachtungen, die eine Reise dauert. Das ist keine eigentliche Entfernung, denn mit dem Wetter und der Jahreszeit kann sich die Zahl der *sinik* ändern. Das Wort ist auch kein Zeitbegriff. Ich bin mit meiner Mutter bei heraufziehendem Sturm in einem Rutsch von Force Bay nach Iita gereist, eine Strecke, auf der man zweimal hätte übernachten sollen.

Sinik sind keine Distanz und keine Anzahl von Tagen oder Stunden. Es ist ein räumliches und zeitliches Phänomen, ein raumzeitlicher Begriff, er beschreibt die Vereinigung aus Raum, Bewegung und Zeit, die für die Eskimos selbstverständlich ist, sich jedoch mit keiner europäischen Alltagssprache einfangen läßt.

Die europäische Distanz, das Pariser Urmeter, ist etwas anderes. Ein Begriff für Umformer, aus deren Sicht die erste und wichtigste Aufgabe darin besteht, die Welt umzumodeln. Für Ingenieure, Militärstrategen, Propheten. Und Kartenzeichner. Wie mich.

Das metrische System ist mir erst im Herbst 1983 bei dem Landvermesserkurs an der Dänischen Technischen Hochschule richtig in Fleisch und Blut übergegangen. Wir vermaßen den Dyrehave. Mit Topoliten, Meßband, Normalverteilung, Äquidistanz und stochastischen Variablen, bei Regenwetter und mit Bleistiftstummeln, die dauernd gespitzt werden mußten. Und durch Abschreiten. Wir hatten einen Lehrer, der immer wiederholte, das A und O der Landvermessung sei, daß der Geodät seine eigene Schrittlänge kenne.

Ich kannte meine eigenen Schritte in *sinik*. Wenn wir hinter dem Schlitten herliefen, weil der Himmel schwarz war vor sich aufstauenden Explosionen, wußte ich, daß sich der Zeitraum um uns um die Hälfte der *sinik* reduzierte, die galt, wenn wir uns über gleichmäßiges Neueis ziehen ließen. Bei Nebel verdoppelten, bei Schneesturm verzehnfachten sie sich.

Im Dyrehave übersetzte ich mir meine *sinik* in Meter. Seither weiß ich, egal ob ich schlafwandele oder auf einem Seil tanze, ob ich Stiefel und Steigeisen oder das enge Schwarze trage, das mich zum japanischen Fünfzentimetergang zwingt, immer ganz genau, welche Entfernung ich durchschreite, wenn ich einen Schritt mache.

Es ist kein Vergnügungsausflug, den ich auf dem Achterdeck mache. Ich vermesse die Kronos. Ich sehe auf das Wasser hinaus. Aber alle verfügbare Energie brauche ich, um mir die Maße zu merken.

Ich schlendere an dem hinteren Mast mit den zwei Ladebäumen vorbei, fünfundzwanzig und einen halben Meter zum Achteraufbau. Zwölf Meter daran entlang. An der Reling beuge ich mich vor und schätze den Freibord auf fünf Meter.

Hinter mir steht jemand. Ich drehe mich um. Hansen füllt die Tür zur Metallwerkstatt ganz aus. Massiv, in großen Clogstiefeln. In der Hand hat er etwas, das wie ein kurzer Dolch aussieht.

Er betrachtet mich mit der gemächlichen, brutalen Zufriedenheit, die das Gefühl der körperlichen Überlegenheit manchen Männern gibt.

Er hebt das Messer. Führt die linke Hand zur Klinge und beginnt sie mit einem kleinen Lappen kreisend zu putzen. Auf der Klinge bleibt eine weiße, seifige Schicht zurück.

»Wienerkalk. Man muß sie mit Wienerkalk polieren. Sonst hält der Schliff nicht.«

Er sieht das Messer nicht an. Sein Blick läßt mich nicht los, während er spricht.

»Ich mache sie selber. Aus alten Kaltsägen. Der härteste Stahl der Welt. Erst wird die Schneide mit einem Diamantschleifer zugeschliffen. Danach putze ich mit Karborundum und Ölstein. Zum Schluß poliere ich dann mit Wienerkalk nach. Sehr, sehr scharf.«

»Wie Rasierklingen?«

»Schärfer«, sagt er zufrieden.

»Spitzer als ein Nagelreiniger?«

»Viel spitzer.«

»Wieso«, sage ich, »bist du dann ewig unrasiert und tauchst in der Kombüse, die ich saubergemacht habe, mit so unverschämt dreckigen Nägeln auf?«

Er schaut zur Kommandobrücke hinauf und sieht mich danach wieder an. Er leckt sich die Lippen. Findet aber keine Antwort.

Wiederholt sich die Geschichte nicht? Hat Europa nicht immer versucht, seine Kloaken in den Kolonien auszuleeren? Ist die Kronos nicht das Ganze noch einmal, Sträflinge auf dem Weg nach Australien, die Fremdenlegion auf dem Weg nach Korea, britische Kommandosoldaten auf dem Weg nach Indonesien?

Zurück in meiner Kajüte, ziehe ich die beiden zusammengerollten A4-Seiten, die ich in der Jackentasche gehabt habe, heraus. Ich lasse nichts Wichtiges mehr in der Kajüte liegen. Solange ich die Abmessungen, die ich abgeschritten habe, noch im Gedächtnis habe, trage ich sie in die Zeichnung ein, die ich vom Rumpf der Kronos anfertige. An den Rand schreibe ich die übrigen Angaben, die ich halb weiß, halb rate.

Länge über alles: 105 Meter
Länge zwischen den Loten: 97 Meter
Breite: 15 Meter
Oberdecktiefe: 9,5 Meter
Tiefe des zweiten Decks: 6 Meter
Ladekapazität (zweites Deck): 100 000 Kubikfuß
Ladekapazität (Rumpf): 125 000 Kubikfuß
Insgesamt: 225 000 Kubikfuß
Geschwindigkeit: 18 Knoten, entspricht 4 500 PS
Ölverbrauch: 14 Tonnen pro Tag
Aktionsradius: 10 000 nautische Meilen

Ich suche nach einer Erklärung für die Einschränkungen, denen die Bewegungsfreiheit der Mannschaft auf der Kronos unterworfen ist. Als der Eskimo Hans mit Peary zum Nordpol fuhr, durften die Seeleute das Offiziersdeck nicht betreten. Das gehörte zum Drill und war ein Versuch, das Aufgehobensein in der feudalen Hierarchie in die Arktis mitzunehmen. Heute ist die Besatzung auf einem Schiff zu klein für diese Art Regeln. Und doch gibt es sie auf der Kronos.

Ich schalte die Waschmaschinen ein. Danach verlasse ich die Wäscherei.

Wenn man Teil einer isolierten Gruppe von Menschen ist – in einem Internat, auf dem Inlandeis, auf einem Schiff –, weicht die Individualität auf und wird teilweise durch das Gefühl ersetzt, daß man Teil eines Ganzen ist. Unbewußt kann ich jederzeit jeden anderen im Schiffsuniversum einordnen. Nach seinen Schritten im Korridor, den Atemzügen beim Schlafen hinter geschlossener Tür, nach dem Pfeifen, dem Arbeitsrhythmus, nach meinen Kenntnissen der Wacheinteilung.

So wie sie wissen, wo ich bin. Das ist der Vorteil, wenn man in der Wäscherei arbeitet. Es klingt, als sei man da, auch wenn man nicht da ist.

Urs ißt gerade. Er hat einen Klapptisch neben dem Herd heruntergeklappt, eine Decke aufgelegt, gedeckt und eine Kerze angezündet.

»Fräulein Smilla, attendez-moi one minute.«

In der Messe der Kronos herrscht eine babylonische Verwirrung aus Englisch, Französisch, Philippinisch, Dänisch und Deutsch. Urs treibt hilflos zwischen Brocken von Sprachen, die er nie gelernt hat. Ich habe Mitleid mit ihm. Ich höre, daß sich seine Muttersprache zersetzt.

Er zieht mir einen Stuhl heran und stellt noch einen Teller auf den Tisch.

Er ist ein Gesellschaftsesser. Er ißt, als wollte er die Menschen aller Länder um die Fleischtöpfe vereinen in dem optimistischen Wissen, daß wir über Krieg, Vergewaltigung, Sprachbarrieren, Temperamentsunterschiede und selbst über die nach Einführung der Selbstverwaltung in Nordgrönland immer noch behauptete dänische Souveränität hinweg alle eines gemeinsam haben, nämlich daß wir uns über das Essen hermachen.

Auf seinem Teller hat er eine Portion Pasta, die so groß ist, daß man davon noch etwas anbieten könnte.

Er sieht mich traurig an, als ich ablehne.

»Sie sind z' dünn, Fräulein.«

Er reibt ein großes Stück Parmesankäse, die trockenen, goldenen Krümel rieseln über die Pasta wie feiner Schnee.

»Sie sind a Hungerkünschtleri.«

Er hat seine selbstgebackenen Baguettes längs durchgeschnitten und sie in Butter und Knoblauch geröstet. Er stopft sich immer zehn Zentimeter auf einmal in den Mund und mahlt langsam und genüßlich.

»Urs«, sage ich, »wie bist du an Bord gekommen?«

Ich bringe es nicht fertig, ihn zu siezen.

Sein Kauen stockt.

»Verlaine het gsait, Sie siget vo dr Polizei.«

Er wägt mein Schweigen.

»I bi im Gefängnis gsi. Zwei Jahr. I dr Schwiz.«

Das erklärt seine Hautfarbe. Gefängnisblässe.

»I bi mit dem Auto in Marokko unterwegs gsi. I ha denkt,

nimmsch zwei Kilo mit, denn hesch gnuag für zwei Jahr. A dr italienischa Grenza hend sie mi aghalta. Stichprobenkontrolle. I ha drei Jahr griagt.Nach zwei Jahr hent sie mi losgla. Letztsch Jahr im Oktober.«

»Wie war das Gefängnis?«

»Die besti Zit i minam Läba. Kai Stress. Nur Rua. I ha freiwillig Chuchidienscht gmacht. Wega dem han i Strafermäßigung griagt.«

»Und die Kronos?«

Noch einmal wägt er meine Absichten ab.

»I ha Militärdienscht gmacht. I dr Schwizer Marine.«

Ich schaue ihn an und versuche zu sehen, ob das vielleicht ein Spaß sein soll, aber er winkt abwehrend ab.

»Nei, nei, bi de Pontoniers. I bi Choch gsi. An Kolleg het Beziehiga kha in Hamburg. Er het die Kronos vorgschlaga. I ha mini Lehrzit zum Teil in Dänemark, in Tondern, gmacht. Das isch schwer gsi. Ma findet kai Arbet, we ma im Gefängnis gsi isch.«

»Und wer hat dich eingestellt?«

Er antwortet mir nicht.

»Wer ist Tørk?«

Er zuckt die Achseln.

»I ha ne numma eimal gse. Er isch immer uf am Bootsdeck. Seidenfaden und die Frau, dia gönd überall uma.«

»Was soll diese Fahrt?«

Er schüttelt den Kopf.

»I bi Choch. Es isch unmöglich gsi, Arbet z'finda. Sie hend kai Ahnig, Fräulein Smilla ...«

»Ich will die Kühlräume und die Magazine sehen.«

In seinem Gesicht steht die Furcht.

»Aber Verlaine het mer gsait, die Jaspersen will ...«

Ich lehne mich über den Tisch. Dadurch drücke ich ihn von der Pasta weg, weg von unserem gegenseitigen Verständnis von zuvor, von seinem Zutrauen zu mir.

»Die Kronos ist ein Schmugglerschiff.«

Jetzt wird er panisch.

»Aber i bi kai Schmuggler. I chöntis nit erträga non amal ins Gfängnis z'müssa.«

»War das nicht die beste Zeit deines Lebens?«

»Aber es isch gnuag gsi.«

Er packt mich am Arm.

»I will nit zrugg. Bitte, bitte nai. Wenn dia üs ufbringat, müand Sie däna säga, daß i uschuldig bin, daß i nüt gwüst han.«

»Ich will sehen, was ich tun kann«, antworte ich.

Die Proviantmagazine liegen unter der Kombüse. Sie bestehen aus einem Kühlraum für Fleisch, einem für Eier und Fisch, einem doppelten Kühlraum mit plus zwei Grad Celsius für andere leicht verderbliche Waren, sowie verschiedenen Schränken. Das Ganze ist gefüllt, sauber, ordentlich, funktionell und viel zu offensichtlich dauernd in Gebrauch, als daß man hier irgend etwas hätte verstecken können.

Urs zeigt sie mir mit fachlichem Stolz und ebensoviel Angst. In zehn Minuten hat man einen Überblick. Ich muß in meinem Zeitplan bleiben. Ich gehe in die Wäscherei zurück. Schleudere die Wäsche. Lege sie in den Trockner und drehe den Knopf auf Start zurück. Danach stehle ich mich wieder hinaus. Und gehe nach unten.

Ich weiß nichts über Motoren. Und ich habe obendrein auch nicht vor, etwas darüber zu lernen.

Als ich fünf Jahre alt war, war die Welt unüberschaubar. Als ich dreizehn war, erschien sie mir viel kleiner, sehr viel dreckiger und deprimierend vorhersagbar. Jetzt ist sie immer noch trübe, aber – wenn auch anders – genauso komplex wie in meiner Kindheit.

Mit dem Alter habe ich mich freiwillig für gewisse Begrenzungen entschieden. Ich bringe es nicht mehr, noch einmal von vorn anzufangen. Ein neues Handwerk zu lernen. Gegen meine eigene Persönlichkeit anzugehen. Mich mit einem Dieselmotor vertraut zu machen.

Ich halte mich an Jakkelsens beiläufige Bemerkungen. »Smilla«, sagt er, als ich ihn am Vormittag in der Wäscherei überrasche. Er sitzt mit dem Rücken an der Isolation der Heißwasserzufuhr, hat eine Zigarre im Mund und die Hände in der Tasche, damit sich die Salzwasserluft nicht einschleicht und die Pfirsichhaut verunstaltet, die er zum Streicheln von Damenschenkeln braucht. »Smilla«, antwortet er auf meine Frage nach dem Motor, »der ist enorm. Neun Zylinder, jeder davon mit einem Durchmesser von 450 und einem Hub von 720 Millimetern. Burmeister und Wain, direkt reversibel, mit Supercharge. Wir machen 18 oder 19 Knoten. Stammt aus den Sechzigern, Mann, ist aber überholt worden. Wir sind ausgerüstet wie ein Eisbrecher.«

Ich starre auf die Maschnie. Sie türmt sich vor mir auf, ich muß daran vorbei. An ihren Hähnen, Ventilstangen, Kühlrippen, Rohren, Federn, an ihrem polierten Stahl und Kupfer, ihrem Abgaskanal und ihrer leblosen und dennoch energischen Beweglichkeit. Wie die kleinen schwarzen Telefone von Lukas ist sie ein zivilisatorisches Konzentrat. Etwas Selbstverständliches und zugleich Unbegreifliches. Auch wenn es notwendig wäre, würde ich nicht wissen, wie ich sie stoppen sollte. In gewissem Sinne läßt sie sich vielleicht nicht stoppen. Vielleicht zeitweilig abschalten, aber nicht wirklich anhalten.

Vielleicht wirkt sie so, weil sie keine Individualität hat wie ein Mensch, sondern das Duplikat von etwas dahinter Liegendem, der Maschinenseele, des Axioms aller Motoren ist.

Oder aber es ist die Mischung aus Einsamkeit und Angst, die mich Gespenster sehen läßt.

Das Entscheidende kann ich sowieso nicht erklären. Warum man die Kronos vor zwei Monaten in Hamburg mit einem überdimensionierten Motor ausgerüstet hat.

Die Luke im Schott hinter der Maschine ist isoliert. Als sie hinter mir zufällt, verschwindet das Maschinengeräusch, und es singt mir taub in den Ohren. Der Tunnel führt sechs Stufen nach unten. Von dort aus erstreckt sich der Korridor fünfundzwanzig Meter weiter nach vorn, er ist gerade wie ein Lineal und wird von drahtnetzverkleideten Lampen erleuchtet, er ist eine genaue Kopie der Strecke, die Jakkelsen und ich zurückgelegt haben. Das muß weniger als vierundzwanzig Stunden her sein, wirkt aber wie eine ferne Vergangenheit.

Auf dem Fußboden sind die darunterliegenden Dieseltanks mit Nummern bezeichnet. Ich komme an Nummer sieben und acht vorbei. Bei jedem Tank hängen an der Wand ein Schaumlöscher und eine Decke, und außerdem gibt es einen Alarmknopf. An Bord eines Schiffes an Brandunglücke erinnert zu werden, ist nicht angenehm.

Am Ende des Tunnels führt eine Wendeltreppe nach oben. Die erste Luke kommt linkerhand. Wenn meine provisorische Vermessung hinhaut, führt sie in den hinteren und kleinsten Laderaum. An dieser Luke gehe ich vorbei. Die nächste liegt drei Meter höher.

Der Raum weicht von dem, was ich bisher gesehen habe, ab. Er ist nicht mehr als sechs Meter hoch. Die Seiten sind nicht auf Deckhöhe hochgezogen, sondern enden in Höhe des Zwischendecks, wo mein Lichtkegel in der Dunkelheit verschwindet.

Es ist ein schäbiger, fleckiger und vielbenutzter Laderaum. An dem einen Schott sind Holzkeile, Manilataue und Sackkarren zur Sicherung und Umlagerung der Ladung verstaut. Am anderen sind etwa fünfzig Eisenbahnschwellen gestapelt und verzurrt.

Eine Etage höher führt eine Tür zum Zwischendeck. Der Lichtkegel geht über ferne Wände, die hohe Kante, die den Laderaum abschließt, die Versteifung unter der Stelle, wo der hintere Mast stehen muß. Weißgespritzte Haufen elektrischer Kabel, die Düsen der Sprinkleranlage.

Das Zwischendeck reicht von Schiffsseite zu Schiffsseite und ist eigentlich ein langgestreckter, niedriger, säulenverstärkter Raum, der irgendwo an den Schotts beginnt, hinter denen die Kühlräume und Magazine liegen, und achtern im Dunkeln verschwindet.

In diese Richtung gehe ich. Fünfundzwanzig Meter weiter ist ein Geländer. Drei Meter darunter findet das Licht einen Boden. Der hintere Laderaum. Ich erinnere mich an Jakkelsens Aufzählung: 1 000 Kubikfuß hat er gesagt, gegenüber 3 500 in dem Raum, den ich gerade gesehen habe.

Ich hole meine Zeichnung hervor und vergleiche sie mit dem, was unter mir liegt. Es wirkt etwas kleiner, als ich es gezeichnet habe.

Ich gehe zur Wendeltreppe zurück und dann zu der ersten Tür hinunter.

Vom Boden des Raumes her gesehen ist verständlich, warum er kleiner aussieht als auf meiner Zeichnung. Etwas füllt ihn zur Hälfte aus. Etwas Quadratisches, anderthalb Meter Hohes unter einer blauen Persenning.

Mit dem Schraubenzieher steche ich an zwei Stellen ein und mache einen Riß in die Leinwand.

Angesichts der Schwellen könnte man auf die Idee kommen, daß wir vielleicht auf dem Weg nach Grönland sind, um dort fünfundsiebzig Meter Geleise zu verlegen und eine Eisenbahngesellschaft zu gründen. Unter der Persenning liegt ein Stapel Eisenbahnschienen.

Man könnte sie allerdings nicht an den Schwellen festmachen. Sie sind zu einer großen, quadratischen Konstruktion mit einem Bodenrahmen aus Winkeleisen verschweißt.

Das erinnert mich an etwas. Dann lasse ich den Gedanken fallen. Ich bin siebenunddreißig. Mit dem Alter erinnert alles mögliche an alles mögliche andere.

Auf dem Zwischendeck schaue ich auf den Wecker. Jetzt muß die Wäsche durchgelaufen sein. Vielleicht hat man nach mir gerufen. Es kann jemand vorbeigekommen sein.

Ich gehe weiter nach hinten.

Die Vibrationen des Schiffskörpers sagen mir, daß die Schraube irgendwo schräg unter meinen Füßen sein muß. Nach meiner Zeichnung ungefähr fünfzehn Meter. Hier endet das Deck an einem Schott mit einer Tür. Zu der Jakkelsens Schlüssel paßt. Hinter der Tür ist eine rote Nachtbeleuchtung mit einem Schalter. Ich mache das Licht nicht an. Ich befinde mich auf der Etage unter dem niedrigen Achteraufbau, die, seit ich an Bord bin, abgeschlossen ist.

Die Luke führt zu einem kurzen Gang mit drei Türen auf jeder Seite. Der Schlüssel öffnet die erste rechts. Peder Most und seinen Freunden bleibt keine Tür verschlossen.

Ein Teil des Raumes ist vor noch nicht allzu langer Zeit eine von drei kleineren Kajüten auf der Backbordseite gewesen. Jetzt sind die Zwischenwände herausgerissen, so daß sie einen Raum bilden. Ein Magazin. An den Wänden stehen

Rollen mit blauer 60-Millimeter-Nylontrosse. Geflochtene Polypropylentaue. Acht Satz 8-Millimeter-Kermantel-Doppeltau in leuchtenden, alpinen Sicherheitsfarben, alte Bekannte vom Inlandeis. Jeder Satz kostet fünftausend Kronen, hat eine Zugstärke von fünf Tonnen und kann sich als einziges Tau der Welt um fünfundzwanzig Prozent seiner Länge dehnen.

Unter Stropps liegen Aluminiumleitern, Firnanker, Zelte, Leichtgewichtstiefel und Schlafsäcke. An in die Wand eingeschraubten Metallhaltern hängen Eispickel, Kletterhämmer, Felshaken, Mauerhaken, dynamische Bremsen und Eisschrauben, die schmalen, die aussehen wie Korkenzieher, und die breiten, in die man einen Eiszylinder einschraubt. Sie können einen Elefanten halten.

Hinter einigen aufs Geratewohl geöffneten Türen liegen in Metallschränken an der Wand Klemmkeile, Gletscherbrillen, eine Kiste mit sechs Tommen-Höhenmessern, Rucksäcke ohne Gestell, Mendlstiefel, Sturzleinen, alles fabrikneu und in durchsichtigem Kunststoff verpackt.

Auch auf der Steuerbordseite ist durch die Zusammenlegung von drei Kajüten ein größerer Raum entstanden. Hier gibt es noch mehr Leitern und Taue und einen Feuerschrank mit der Aufschrift ›Explosives‹, den man mit Jakkelsens Schlüssel leider nicht öffnen kann. In drei großen Pappkartons liegen drei Stücke dänischer Qualitätsarbeit, drei identische 20-Zoll-*Manual-winches* von Sophus Berendsen, handbetriebene Spille mit drei Gängen. Ich weiß nichts Genaueres über mechanische Übersetzungen. Aber sie sind so groß wie Fässer und sehen aus, als könnten sie eine Lokomotive heben.

Ich schreite den Gang ab: An seinem Ende führt eine Treppe auf Deckniveau. Dort sind eine Toilette, ein Malerraum, eine Metallwerkstatt und eine kleine Messe, die bei Decksarbeiten als Aufenthaltsraum dient. Ich beschließe, die Untersuchung dieser Räume auf ein anderes Mal zu verschieben.

Dann ändere ich meinen Entschluß.

Ich habe die Tür, durch die ich gekommen bin, eingehakt. Vielleicht, weil der Gang und die kleinen Räume sonst wie eine Rattenfalle wirken würden. Vielleicht, damit ich sehen kann, wenn hinter mir Licht gemacht wird.

Auf einmal ein Geräusch. Nicht laut. Ein kleines Geräusch, das im Lärm der Schraube und dem zischenden Gischten des Meeres am Schiffsrumpf fast untergeht.

Es ist der Klang von Metall auf Metall. Vorsichtig, doch verstärkt durch das harte Echo des Raumes.

Ich laufe die Treppe hoch. Um auf das Deck rauszukommen. Oben ist eine Tür. Der Schlüssel läßt die Sperrklinke zurückschnappen, aber die Tür geht nicht auf. Sie ist von außen verschalkt. Ich laufe also zurück.

In der Dunkelheit des Zwischendecks verziehe ich mich seitwärts, hocke mich hin und warte.

Sie kommen fast im selben Moment. Es sind mindestens zwei, vielleicht mehr. Sie bewegen sich langsam und untersuchen den Raum. Diskret, jedoch ohne sich Mühe zu geben, leise zu sein.

Ich lege die Taschenlampe auf dem Deck ab. Ich warte darauf, daß die Kronos in einer hohen See giert. Als das passiert, knipse ich die Lampe an und lasse sie los. Sie rollt nach Steuerbord hinüber, während ihr Schein über die Säulen flakkert.

Ich laufe los, ganz an der Seite.

Es lenkt sie nicht ab. Vor mir ist etwas, das sich anfühlt wie ein Vorhang. Ich will ihn zur Seite schlagen, aber er legt sich um mich. Dann kommt noch einer angeflogen, um den Oberkörper und das Gesicht, und ich schreie, doch der Ton wird durch den dicken Stoff gedämpft und nur zu einem Schrei in meinen Ohren und einem Geschmack nach Staub und Stoff in meinem Mund. Sie haben Branddecken um mich gewickelt.

Es hat keine Gewalt gegeben, das Ganze war behutsam und undramatisch.

Sie legen mich hin, der Druck auf die Decken verstärkt sich, dann ein neuer Geruch. Nach Moder und Jute. Über die Decken haben sie vom Kopf her einen der Säcke gezogen, die ich im Laderaum in Massen gesehen habe.

Ich werde, immer noch rücksichtsvoll, hochgehoben und

liege auf den Schultern von zwei Männern, sie tragen mich über das Deck, und irrational und eitel kommt mir der Gedanke, daß ich jetzt eine lächerliche Figur abgeben muß.

Eine Luke öffnet und schließt sich. Die Treppe hinunter halten sie mich ausgestreckt zwischen sich. Die Blindheit führt zu einem verstärkten Körperbewußtsein, doch nicht ein einziges Mal stoße ich an die Stufen an. Wären da nicht die Verpackung und die Umstände gewesen, hätte das Ganze ein Krankentransport sein können.

Ein gedämpfter und zugleich naher Lärm sagt mir, daß wir vor der Tür zum Maschinenraum warten. Die Tür wird geöffnet, wir kommen durch den Maschinenraum, und das Geräusch erstirbt wieder. Die Entfernung und die Zeit strecken sich. Ich habe das Gefühl, daß wir eine Ewigkeit gegangen sind, als sie den ersten Schritt nach oben machen. In Wirklichkeit kann es nur die fünfundzwanzig Meter bis zur vorderen Treppe gedauert haben.

Jetzt habe ich nur noch eine Schulter unter mir. Ich versuche die Arme freizukriegen.

Behutsam werde ich auf dem Fußboden abgesetzt, irgendwo in meinem Kopf ist eine leichte metallische Vibration.

Jetzt weiß ich, wohin wir gehen. Die Tür, die geöffnet wurde, führt nirgendwo hin, sondern endet auf der kleinen Plattform, auf der Jakkelsen und ich gestanden haben, zwölf Meter über dem Boden.

Ich weiß nicht, wieso, aber ich weiß, daß sie mich von der Plattform auf den Tankboden hinunterstürzen wollen.

Sie haben mich in Sitzstellung gebracht. Dadurch bildet der Stoff eine Falte und löst sich so weit, daß ich meinen linken Arm über die Brust hochziehen kann. In der Hand habe ich den Schraubenzieher.

Als ich vom Boden gehoben werde, liegt meine Brust an einer anderen. Ich versuche mich an die Stelle heranzutasten wo die Rippe aufhört, zittere aber zu stark. Außerdem sitzt der Korken immer noch auf dem Schraubenzieher.

Ich werde gegen das Geländer gelehnt, und jemand kniet vor mir nieder wie eine Mutter, die ihr Kind hochheben will.

Ich bin sicher, daß ich sterben werde. Verschiebe den Ge

danken jedoch. Ich will diese Demütigung nicht akzeptieren. Die Art und Weise, wie sie das alles berechnet haben müssen, hat etwas Entwürdigendes. Es war zu einfach für sie, und jetzt hänge ich hier, Smilla, die Bauchlandegrönländerin.

Als sich eine Schulter unter mich schiebt, kriege ich den Schraubenzieher in die rechte Hand, und als ich langsam hochgehoben werde und er sich aufrichtet, führe ich ihn zum Mund, beiße in den Korken und bekomme ihn los. Ich werde eine Vierteldrehung gerollt, damit ich von der Kante wegkomme. Mit den Fingern der linken Hand finde ich die Schulter, ich kann nicht bis zum Hals vordringen. Doch ich spüre das Schlüsselbein, und zwischen diesem und dem Trapezius die weiche, dreieckige Höhlung, wo die Nerven unter einer dünnen Schicht Haut und Bindegewebe bloßliegen. Dort lege ich den Schraubenzieher an. Er geht durch den Stoff. Dann spüre ich ein Innehalten und den überraschend elastischen Widerstand und die Solidität der lebenden Zellen. Ich führe die Handflächen zusammen und mache meinen Körper mit einem Ruck frei, so daß mein ganzes Gewicht auf dem Griff liegt. Der Schraubenzieher geht glatt durch.

Er gibt keinen Ton von sich. Doch alle Bewegung hört abrupt auf, einen Augenblick lang schwanken wir zusammen. Ich warte darauf, daß ich losgelassen werde, ich bin bereits gespannt auf die Kollision mit dem Rost in der Dunkelheit unter mir. Da läßt er mich auf die Plattform fallen, und ich knalle mit dem Kopf gegen das Geländer. Der Schwindel breitet sich aus, nimmt zu und verschwindet wieder. Der Sack und die Wolldecken haben den Kopf so weit geschützt, daß ich bei Bewußtsein bleibe.

Da landet ein Rammbock in meinem Bauch. Er tritt mich.

Zuerst spüre ich den Drang, mich zu übergeben. Da der Schmerz jedoch immer wiederkehrt, kann ich zwischen den einzelnen Tritten keine Luft holen. Ich ersticke fast und ärgere mich, daß ich nicht näher an den Hals herangekommen bin.

Das nächste, was ich wahrnehme, ist ein Schreien. Ich glaube, daß er es ist, der schreit. Jemand packt mich an den Schultern, und ich denke, jetzt habe ich mein irdisches Glück und alle meine Reserven aufgebraucht, jetzt will ich in Frieden sterben.

Doch es ist nicht er, der schreit, es ist ein elektronisches Kreischen, die Sinuskurve eines Tongenerators. Ich werde die Treppe hochgezogen. Jede Stufe knallt in mein Kreuz. Langsam dringt Kälte in mich ein, zusammen mit dem Geräusch des fallenden Regens. Dann wird eine Luke zugeschlagen, und ich werde losgelassen. Neben mir hustet sich ein Tier die Lunge aus dem Leib.

Ich würge mir den Sack vom Kopf. Ich muß hin und her rollen, um mich aus den Decken zu befreien.

Ich komme in einen kalten, stürzenden Regen, in das elektronische Kreischen und blendendes elektrisches Licht hinaus, neben mir das röchelnde Gejapse.

Es ist kein Tier. Es ist Jakkelsen. Klitschnaß und weiß wie Kreide. Wir befinden uns in einem Raum, den ich nicht gleich identifizieren kann. Über unseren Köpfen schickt die Sprinkleranlage wild rotierende Wasserkaskaden auf uns herunter. Das Rauchmeldealarmsignal steigt und fällt, monoton und nervenaufreibend.

»Was hätte ich denn sonst tun sollen? Ich habe die Zigarre angezündet und den Mund an den Sensor gehalten. Dann ist der ganze Mist losgegangen.«

Ich versuche ihn etwas zu fragen, kriege aber keinen Ton heraus. Er errät die Frage.

»Maurice«, sagt er. »Der ist fertig. Hat mich nicht mal gesehen.«

Über unseren Köpfen rennen irgendwo Schritte. Sie kommen die Treppe herunter.

Ich bin außerstande, mich zu bewegen. Jakkelsen kommt auf die Beine. Er hat mich eine Etage hochgeschleppt. Wir müssen uns auf der Zwischenetage unter dem Vordeck befinden. Die Anstrengung hat ihn umgehauen.

»Ich bin schlecht in Form«, sagt er.

Dann stolpert er in die Dunkelheit.

Die Tür wird aufgerissen. Sonne tritt ein. Ich brauche einen Augenblick, bis ich ihn erkenne. Er trägt einen großen Schaumlöscher, einen Feuerwehranzug und auf dem Rükken eine Sauerstoffflasche. Hinter ihm stehen Maria und Fernanda.

Während wir uns noch ansehen, hört der Alarm auf, der Wasserdruck in der Löschanlage läßt allmählich nach und pendelt sich schließlich ein. Zwischen das Fallen der Tropfen von Wänden und Decken und die rieselnden Wasserbäche auf dem Fußboden dringt das ferne Geräusch der Wellen, die sich am Steven der Kronos brechen.

7

Verliebtheiten werden maßlos überschätzt, Verliebtheiten bestehen zu fünfundvierzig Prozent aus der Furcht davor, nicht akzeptiert zu werden, zu fünfundvierzig Prozent aus der manischen Hoffnung, daß diese Furcht ausgerechnet diesmal beschämt wird, und zu bescheidenen zehn Prozent aus dem zerbrechlichen Gefühl für die Möglichkeit der Liebe.

Ich verliebe mich nicht mehr. So wie mich auch der Frühjahrskoller nicht erwischt.

Aber man kann natürlich von der Liebe überfallen werden. In den letzten Wochen habe ich mir jede Nacht gestattet, einige wenige Minuten an ihn zu denken. Ich gebe dem Bewußtsein die Erlaubnis und sehe dann, wie sich der Körper sehnt, wie ich mich noch an ihn erinnere, bevor ich ihn wirklich wahrnahm. Ich sehe seine Sorgfalt, erinnere mich an seine Stimme, seine Umarmungen, das Erlebnis des massiven Persönlichkeitskerns. Wenn die Bilder vor Sehnsucht zu stark aufleuchten, unterbreche ich sie. Jedenfalls versuche ich es.

Das ist keine Verliebtheit. Dafür sehe ich zu klar. Verliebtheit ist eine Art Irrsinn. Eng verwandt mit dem Haß, mit der Kälte, mit dem Groll, dem Rausch, dem Selbstmord.

Es geschieht – äußerst selten, aber es geschieht schon mal –, daß ich an die Verliebtheiten meines Lebens erinnert werde. Zum Beispiel jetzt.

Mir gegenüber sitzt am Tisch der Offiziersmesse der Mann, den sie Tørk nennen. Hätte diese Begegnung vor zehn Jahren stattgefunden, hätte ich mich möglicherweise in ihn verliebt.

Es kann passieren, daß ein Mensch eine solche Ausstrahlung hat, daß sie unsere Paraden und unsere notwendigen Vorurteile und Hemmungen unterläuft und direkt in die Eingeweide eindringt. Um mein Herz hat sich vor fünf Minuten ein Reifen gelegt, und jetzt wird er angezogen. Das Gefühl vermischt sich mit dem zunehmenden Fieber, der Antwort des Systems auf den Schaden, den es erlitten hat, und hat einen stechenden Kopfschmerz zur Folge.

Vor zehn Jahren hätte dieser Kopfschmerz zu dem ernsthaften Wunsch führen können, meinen Mund auf den seinen zu drücken und ihn die Selbstbeherrschung verlieren zu sehen.

Heute kann ich das, was da mit mir passiert, voller Andacht vor dem Phänomen betrachten und weiß doch genau, daß es nur eine kurze, lebensgefährliche Illusion ist.

Die Fotografien haben seine Schönheit eingefangen, sie jedoch leblos werden lassen wie die einer Statue. Sie haben die Ausstrahlung nicht wiedergegeben, und das ist eine doppelte. Man wird in den Raum hinausgedrückt und zugleich zu dem Mann hingesogen.

Selbst im Sitzen wirkt Tørk sehr groß. Das Haar ist fast metallisch weiß und hinten am Kopf zu einem Pferdeschwanz zusammengebunden.

Er sieht mich an, das lärmende Pochen in meinem Fuß, meinem Rücken und meinem Hinterkopf schwillt an, und ich erinnere mich, so momentweise wie an die punktuellen Eisformationen, die wir zum Examen an der Universität zu sehen bekamen und danach wiedererkennen sollten, an eine Reihe von Jungen und Männern, die im Laufe meines Lebens auf diese Weise an mich herangekommen sind.

Dann packe ich die Wirklichkeit und ziehe mich wieder an Land. Meine Nackenhaare sträuben sich und sagen mir, daß er, abgesehen von allem, was er sonst noch sein mag, der Mann ist, der, während wir in Nacht und Kälte vor dem Weißen Schnitt gewartet haben, einen Meter von mir entfernt gestanden hat. Das Helle um seinen Kopf, das waren diese sonderbaren weißen Haare.

Er sieht mich aufmerksam an.

»Warum auf dem Vordeck?«

Lukas sitzt am Tischende. Er spricht mit Verlaine. Der mir schräg gegenübersitzt. Leicht zusammengesunken und entgegenkommend.

»Wollte Luft schnappen. Bevor ich mich wieder an die Arbeit an den Kufen machen mußte.«

Jetzt erinnere ich mich. Kista Dan und Maggi Dan, die Arktisschiffe der Reederei Lauritzen, die Schiffe meiner Kindheit. Vor der amerikanischen Base, vor den Maschinen aus Südgrönland. Die Schiffe waren – für den Einsatz unter extremen Bedingungen, wie zum Beispiel beim Festfrieren – mit besonderen Aluminiumrettungsbooten ausgerüstet, an deren Unterseite Kufen festgeschraubt waren, so daß man sie wie Schlitten über das Eis ziehen konnte. Solche Kufen hatte Verlaine gerade anbringen wollen.

»Jaspersen.«

Er sieht auf das Blatt Papier vor sich.

»Sie haben die Wäscherei eine halbe Stunde vor Ablauf Ihrer Wache, also um 15.30 Uhr verlassen, um einen Spaziergang zu machen. Sie sind in den Maschinenraum hinuntergegangen, haben eine Tür gesehen, sie geöffnet und sind den Tunnel bis zur Treppe gegangen. Was zum Teufel wollten Sie da?«

»Herauskriegen, was ich so täglich unter den Füßen habe.«

»Und?«

»Da war eine Tür. Mit zwei Kurbeln. Ich drehe an der einen, der Alarm setzt ein. Zuerst habe ich geglaubt, daß ich ihn ausgelöst habe.«

Er sieht von Verlaine zu mir. Der Zorn verschleiert seine Stimme.

»Sie können sich ja kaum aufrecht halten.«

Ich sehe Verlaine in die Augen.

»Ich bin gefallen. Als die Alarmanlage losging, bin ich einen Schritt zurückgetreten und die Treppe hinuntergefallen Ich muß mit dem Kopf auf eine Stufe aufgeschlagen sein.«

Lukas nickt, langsam und bitter.

»Irgendwelche Fragen, Tørk?«

Er wechselt die Stellung nicht. Hält nur den Kopf schief. Er könnte Mitte Dreißig, Mitte Vierzig sein.

»Rauchen Sie, Jaspersen?«

Ich erinnere mich jetzt deutlich an diese Stimme. Ich schüttele den Kopf.

»Die Sprinkleranlage arbeitet in Sektoren. Haben Sie irgendwo Rauch gerochen?«

»Auch nicht.«

»Verlaine, wo waren Ihre Leute?«

»Das untersuche ich gerade.«

Tørk erhebt sich. Er bleibt an den Tisch gelehnt stehen und sieht mich nachdenklich an.

»Der Uhr auf der Brücke zufolge hat sich die Alarmanlage um 15.57 Uhr eingeschaltet. Drei Minuten und fünfundvierzig Sekunden später hat sie sich ausgeschaltet. Die ganze Zeit über haben Sie sich in dem aktivierten Abschnitt aufgehalten. Warum sind Sie nicht klitschnaß?«

Meine Gefühle von vorhin sind verschwunden. Durch das Fieber hindurch spüre ich nur, daß mich nun noch eine Machtperson quält. Ich sehe ihm in die Augen.

»Das meiste, was ich erlebe, perlt an mir ab.«

8 Heißes Wasser wirkt lindernd. Ich, die ich mit milchigweißen eisgekühlten Schmelzwasserbädern aufgewachsen bin, bin von heißem Wasser abhängig geworden. Eine der wenigen Abhängigkeiten, zu denen ich mich bekenne. Wie zu dem Bedürfnis, ab und zu einen Kaffee zu trinken und ab und zu auf dem Eis die Sonne scheinen zu sehen.

Das Wasser, das aus den Hähnen der Kronos kommt, ist kochendheiß. Ich mische es mit kaltem bis auf eine Temperatur kurz vor dem Verbrühen und lasse es auf mich herunterprasseln. Es läßt aus Hinterkopf und Rücken, an den Blutergüssen über dem Unterleib und am schmerzhaftesten aus dem Fuß, der immer noch geschwollen und verstaucht ist, Flammen schlagen. Fieber und Zittern nehmen zu, aber ich bleibe trotzdem stehen, und dann verschwindet alles, und es bleibt nur noch eine große Mattigkeit.

In der Kombüse hole ich mir eine Thermoskanne Tee und nehme sie mit in die Kajüte. Ich setze sie im Dunkeln ab, verschließe die Tür, atme tief durch und mache das Licht an.

Auf meinem Bett sitzt Jakkelsen in einem weißen Trainingsanzug und mit Pupillen, die hinten in seinem Gehirn verschwunden sind und einen quarzartigen Blick künstlichen Selbstvertrauens zurückgelassen haben.

»Dir ist doch wohl klar, daß ich dich gerettet habe, verstehste?«

Ich warte darauf, daß der Schreck mir aus den Gliedern fährt, damit ich mich hinsetzen kann.

»Die Welt der See, sage ich mir, ist zu hart für Smilla. Ich setze mich also in den Maschinenraum und warte. Wenn man dich sucht, braucht man bloß nach unten zu gehen. Auf deinem Weg nach unten kommst du früher oder später mit Sicherheit hier vorbei. Gleich nach dir kommen Verlaine, Hansen und Maurice. Aber ich bleibe sitzen. Weil ich die Tür zum Deck abgeschlossen habe. Ihr müßt diesen Weg zurückkommen.«

Ich rühre in meinem Tee. Löffel und Tasse klirren gegeneinander.

»Als sie mit dir in einem Sack zurückkommen, sitze ich immer noch da. Ich kenne ihr Problem. Daß man den Kombüsenabfall und die, die man nicht leiden kann, über Bord kippt, das ist letztes Jahrhundert. Auf der Brücke sind sie immer zu zweit, und das Deck ist erleuchtet. Wenn jemand etwas über die Reling fallen läßt, das größer ist als ein Streichholz, kriegt er Schwierigkeiten und eine Verhandlung vor dem Seeamt an den Hals. Wir würden Godthåb anlaufen, und überall würden wie die Ameisen kleine krummbeinige Grönländer in Uniform herumwimmeln.«

Ihm fällt ein, daß er gerade mit einer der kleinen, krummbeinigen Ameisen spricht.

»Entschuldigung«, sagt er.

Irgendwo schlägt eine Uhr vier Doppelschläge, vier Glas, das Maß der Zeit auf dem Meer, eine Zeit, die den Unterschied zwischen Tag und Nacht nicht kennt, sondern nur von dem monotonen Wechsel der Vierstundenwachen weiß. Diese Schläge verstärken das Gefühl der Unverrückbarkeit, das Gefühl, daß wir nie abgefahren sind, sondern unbeweglich in Zeit und Raum stehen und uns nur tiefer in die Sinnlosigkeit hineingeschraubt haben.

»Hansen bleibt an der Luke zum Maschinenraum stehen. Ich schlendere also auf das Deck hoch und vor zur Backbordtreppe. Als Verlaine hochkommt, ist klar, worauf das Ganze hinausläuft. Verlaine als Wache an Deck, Hansen an der Luke. Und Maurice allein mit dir unten im Schiff. Was hat das zu bedeuten?«

»Vielleicht, daß Maurice einen Schnellfick wollte.«

Er nickt nachdenklich.

»Da ist was dran. Aber der will junge Mädchen. Das Interesse für reife Frauen kommt erst mit der Erfahrung. Ich weiß, daß sie dich in den Laderaum fallen lassen wollen. Gut gedacht, Mann! Das geht zwölf Meter runter. Und wird aussehen, als seist du von selber gefallen. Hinterher müßte man nur den Sack wegnehmen. Deswegen haben sie dich so vorsichtig getragen. Damit du keine Flecken kriegst.«

Er strahlt mich an. Froh darüber, daß er ihnen auf die Schliche gekommen ist.

»Ich gehe also zum Zwischendeck runter und zur Treppe. Zwischen den Stufen durch sehe ich, wie Maurice dich durch die Tür bugsiert. Er schnauft nicht mal. Ist aber auch jeden Tag im Gymnastikraum. Expander und fünfundzwanzig Kilometer auf dem Fahrrad. Jetzt muß ich mich entscheiden. Du hast ja nie etwas für mich getan, oder? Du hast mich sogar direkt angestänkert. Und du hast was ... was verdammt ...«

»Altjüngferliches?«

»Ja, genau. Andererseits habe ich Maurice nie verknusen können.«

Er macht eine wirkungsvolle Pause.

»Ich bin ein Freund der Damen. Ich zünde also die Zigarre an. Ich kann euch da draußen auf der Plattform nicht sehen. Aber ich nehme den Sensor in den Mund und puste, und die Anlage geht los.«

Er sieht mich prüfend an.

»Maurice kommt herein auf die Treppe. Voller Blut. Die Sprinkleranlage spült es von der Treppe. Ein kleiner Fluß. Zum Schlechtwerden. Warum machen sie sich so viel Umstände? Was hast du ihnen getan, Smilla?«

Ich brauche seine Hilfe. »Bis jetzt haben sie mich toleriert. Schiefgelaufen ist es erst, als ich dem Achterende zu nahe gekommen bin.«

Er nickt.

»Das ist immer Verlaines Reich gewesen.«

»Und jetzt gehen wir auf die Brücke«, sage ich, »und erzählen das Ganze Lukas.«

»Das geht nicht, Mann.«

Er hat jetzt rote Flecken im Gesicht. Ich warte. Aber er kann fast nicht sprechen.

»Weiß Verlaine, daß du Nadelfreak bist?«

Er reagiert mit dem barocken Selbstgefühl, das Leute manchmal an den Tag legen, die ziemlich am Ende sind.

»Ich kontrolliere den Stoff, nicht umgekehrt!«

»Aber Verlaine hat dich durchschaut. Er kann dich verpfeifen. Warum wäre das so schlimm?«

Er studiert eingehend seine Tennisschuhe.

»Warum hast du einen Hauptschlüssel, Jakkelsen?«

Er schüttelt den Kopf.

»Ich bin schon auf der Brücke gewesen«, sage ich. »Mit

Verlaine. Wir waren uns einig, daß die Alarmanlage von allein losgegangen ist. Und daß ich vor Erstaunen darüber die Treppe runtergefallen bin.«

»Das schluckt Lukas nie und nimmer.«

»Er glaubt uns kein Wort. Aber er kann nichts machen. Und du bist überhaupt nicht erwähnt worden.«

Er ist erleichtert. Dann durchfährt ihn ein Gedanke.

»Warum hast du nicht gesagt, was passiert ist?«

Ich muß mich seiner Hilfe versichern. Das ist allerdings, als wollte man auf Sand bauen.

»Verlaine ist mir egal. Mich interessiert Tørk.«

Die Panik in seinem Gesicht ist wieder da.

»Das ist viel schlimmer, Mann. Ich kenne meine Pappenheimer, und Tørk ist *bad news.*«

»Ich will wissen, was wir holen sollen.«

»Ich hab's dir doch gesagt, Mann, Dope sollen wir holen.«

»Nein«, erwidere ich. »Kein Dope. Drogen kommen aus den Tropen. Aus Kolumbien. Aus Burma. Aus Pakistan. Und gehen nach Europa. Oder in die USA. Aber nicht nach Grönland. Nicht in Mengen, für die man einen Viertausendtonner braucht. Der vordere Laderaum ist ja nun besonders groß. Ich habe so was noch nie gesehen. Man kann ihn mit Dampf sterilisieren. Luftzusammensetzung, Temperatur und Feuchtigkeit sind regulierbar. All das hast du gesehen und darüber nachgedacht. Zu welchem Ergebnis bist du gekommen?«

Seine Hände leben auf meinen Kissen ein eigenes, hilflos flatterndes Leben, wie Vogeljunge, die aus dem Nest gefallen sind. Sein Mund öffnet und schließt sich.

»Was Lebendiges, Mann. Sonst macht das keinen Sinn. Die wollen was Lebendiges transportieren.«

9 Sonne schließt mir das Sanitätszimmer auf. Es ist 21 Uhr. Ich nehme mir eine Gazekompresse. Er stützt seine Unsicherheit durch Habtachtstellung ab. Weil ich eine Frau bin. Weil er mich nicht versteht. Weil es etwas gibt, das er zu sagen versucht.

»Als wir mit den Löschgeräten aufs Zwischendeck kamen, haben Sie mit ein paar Branddecken dagesessen.«

Ich betupfe die Stelle, an der die Haut abgeschürft ist, mit einer dünnen Wasserstoffperoxidlösung. Kein Merbromin für mich. Ich will es brennen spüren, bevor ich daran glaube, daß es hilft.

»Ich bin zurückgegangen, aber da waren die Decken nicht mehr da.«

»Jemand muß sie weggenommen haben«, sage ich. »Ordnung ist was Schönes.«

»Aber den hier hatten sie nicht weggeräumt.«

Hinter seinem Rücken hat er einen nassen, zusammengelegten Jutesack versteckt. Maurices Blut hat darauf große, rotblaue Flecken hinterlassen.

Ich lege die Kompresse auf die Wunde. Die Gaze hat eine Art Kleber, so daß sie von allein hält.

Ich nehme eine große elastische Binde. Er begleitet mich zur Tür hinaus. Er ist ein netter junger Däne. Er sollte jetzt eigentlich an Bord eines Tankers der Ostasienkompagnie sein. Er hätte auf der Brücke eines Schiffes der Reederei Lauritzen stehen können. Und daheim in Æreskøbing bei Vater und Mutter unter der Kuckucksuhr sitzen, Frikadellen mit dicker Soße essen, die Kochkunst von Mutti loben und Anlaß von Vatis untertreibendem Stolz sein können. Statt dessen ist er hier gelandet. In schlechterer Gesellschaft, als er sich überhaupt vorstellen kann. Er fängt an, mir leid zu tun. Er ist ein Stückchen des guten Teils von Dänemark. Ehrlichkeit, aufrechte Haltung, Draufgängertum, Gehorsam, Bürstenschnitt geordnete Finanzen.

»Sonne«, sage ich, »kommen Sie aus Æreskøbing?«

»Aus Svaneke, von Bornholm.«

Er ist überrumpelt.

»Macht Ihre Mutter Frikadellen?«

Er nickt.

»Gute Frikadellen? So richtig knusprig?«

Er wird rot. Er möchte gern protestieren. Gern ernstgenommen werden. Gern seine Autorität behaupten. Wie Dänemark. Mit blauen Augen, roten Wangen und reellen Absichten. Doch um ihn herum sind die großen Kräfte am Werk, das Geld, die Entwicklung, der Mißbrauch, der Zusammenstoß zwischen der neuen und der alten Welt. Und er hat nicht begriffen, was da vor sich geht. Daß man ihn nur duldet, solange er mit dem Strom schwimmt. Und daß seine Phantasie gerade dazu ausreicht. Mit dem Strom zu schwimmen.

Um dagegenzuhalten braucht es ganz andere Talente. Sehr viel handgreiflichere, sehr viel klarsichtigere. Sehr viel verbittertere.

Ich strecke mich und gebe ihm einen Klaps auf die Wange. Ich kann nicht anders. Seine Röte wächst an seinem Hals hoch wie eine Rose unter der Haut.

»Sonne«, sage ich. »Ich weiß nicht, was Sie so treiben. Aber machen Sie trotzdem weiter so.«

Ich schließe meine Tür ab, klemme den Stuhl unter die Klinke und setze mich auf das Bett.

Jder, der lange genug in Gegenden gereist ist, wo es kalt genug ist, wird früher oder später in eine Lage geraten, in der sich am Leben zu halten dasselbe ist wie wach bleiben. Der Schlaf trägt den Tod in sich. Wer erfriert, durchläuft ein kurzes Stadium des Schlafes. Wer verblutet, schläft, wer unter einer kompakten Naßschneelawine begraben wird, schläft in den Erstickungstod hinüber.

Ich brauche Schlaf. Doch es geht nicht, noch nicht. Aber immerhin läßt einem der verschwommene Bereich zwischen Schlaf und Klarheit in dieser Situation eine gewisse Ruhe.

Bei der ersten *Inuit Circumpolar Conference* entdeckten wir, daß alle Völker um das Polarmeer die Geschichte vom Raben kennen, den arktischen Schöpfungsbericht. Darin heißt es über den Raben: »Doch begann auch er in Menschengestalt, und er tappte im Dunkeln, und seine Taten waren zufällig, bis ihm offenbart wurde, wer er sei und was er solle.«

Zu dem vorstoßen, was man soll. Vielleicht ist es das, was mir Jesaja gegeben hat. Was einem jedes Kind geben kann. Das Gefühl von Sinn. Das Bewußtein, daß sich durch mich und dann durch ihn ein Rad mit einer großen und empfindlichen und zugleich notwendigen Bewegung weiterdreht.

Diese Bewegung ist nun gebrochen. Jesajas Körper im Schnee ist ein Bruch. Als er sich bewegte, war er ein Sinnstifter, eine Vernunft. Und wie immer habe ich das ganze Ausmaß seiner Bedeutung erst ermessen, als er fort war.

Jetzt besteht der Sinn darin zu verstehen, weshalb er gestorben ist. Darin, in dieses minimale und allumfassende Detail, seinen Tod, einzudringen und es zu beleuchten.

Ich wickle die elastische Binde um meinen Fuß und versuche, den Blutkreislauf in Gang zu kriegen. Dann schließe ich hinter mir ab und klopfe leise bei Jakkelsen an.

Er ist immer noch in chemischer Hochform. Doch die Wirkung läßt bereits nach.

»Ich will auf das Bootsdeck«, sage ich. »Heute nacht. Du mußt mir helfen.«

Er ist auf den Beinen und schon fast zur Tür raus. Ich versuche nicht, ihn aufzuhalten. Ein Mensch wie er hat keine eigentliche Entscheidungsfreiheit.

»Du bist ja wohl wahnsinnig, Mann. Das ist verbotenes Gebiet. Spring ins Meer, Mann, spring lieber ins Meer.«

»Du mußt«, sage ich. »Sonst bin ich gezwungen, auf die Brücke zu gehen und sie zu bitten, dich zu holen und unter Zeugen deine Ärmel aufrollen zu lassen, damit sie dich in die Sanitätsstube stecken, auf die Pritsche binden und vor der verschlossenen Tür eine Wache aufstellen können.«

»Das würdest du nie tun, Mann.«

»Mein Herz würde bluten. Wenn ich einen Seehelden denunzieren müßte. Aber ich wäre dazu gezwungen.«

Er starrt mich ungläubig an, kämpft mit dem Zweifel.

»Außerdem würde ich Verlaine gegenüber ein paar Worte darüber fallen lassen, was du gesehen hast.«

Das haut ihn um. Er zittert unkontrollierbar.

»Er würde Hackfleisch aus mir machen«, sagt er. »Wie kannst du nur, nachdem ich dich gerettet habe?«

Vielleicht könnte ich ihn dazu bringen zu begreifen. Aber dazu wäre eine Erklärung nötig, die ich ihm nicht geben kann.

»Ich will«, sage ich, »ich will wissen, was wir da oben holen sollen. Wofür der Tank eingerichtet ist.«

»Warum, Smilla?«

Es beginnt und endet mit einem Menschen, der von einem Dach fällt. Dazwischen aber liegt eine Reihe von Zusammenhängen, die sich vielleicht nie erklären lassen. Und Jakkelsen braucht eine beruhigende Erklärung. Europäer brauchen leichte Erklärungen. Sie ziehen jederzeit eine eindeutige Lüge einer widersprüchlichen Wahrheit vor.

»Weil ich in der Schuld stehe«, sage ich. »Bei jemandem, den ich liebe.«

Das ist kein Versprecher, dieses Präsens. Jesaja hat nur in einem engen, physischen Sinne aufgehört zu existieren.

Jakkelsen starrt mich desillusioniert und melancholisch an.

»Du liebst niemanden. Du kannst dich nicht mal selber leiden. Du bist gar keine richtige Frau. Als ich dich die Treppe hochgezogen habe, habe ich den kleinen Zapfen gesehen, der aus dem Sack herausgeguckt hat. Ein Schraubenzieher. Wie ein kleiner Ständer. Du hast ihn niedergestochen, Mann.«

Sein Gesicht ist voller Verwunderung. »Ich werde aus dir nicht schlau, Mann. Du bist die gute Fee im Affenkäfig. Aber du bist verdammt noch mal auch kalt, Mann, du hast was vom Klabautermann.«

Als wir auf das offene Halbdach des Oberdecks hinaustreten, schlägt die Uhr auf der Brücke zwei Doppelschläge, es ist zwei Uhr nachts, mitten in der Hundewache.

Der Wind hat sich gelegt, die Temperatur ist gefallen, und *pujuq*, der Nebel, hat um die Kronos vier weiße Wände hochgezogen.

Jakkelsen neben mir zittert bereits. Er hat der Kälte nichts entgegenzusetzen.

Mit den Konturen des Schiffes ist etwas geschehen. Mit der Reling, den Masten, den Scheinwerfern, der Funkantenne, die in dreißig Meter Höhe vom vorderen zum hinteren Mast reicht. Ich reibe mir die Augen. Aber es liegt nicht an meiner Sehkraft.

Jakkelsen legt einen Finger auf die Reling und zieht ihn wieder zurück. An der Stelle bleibt ein schwarzer Fleck, dort hat sich der Finger durch die feine, milchige Eisschicht geschmolzen.

»Es gibt zwei Arten von Vereisung, verstehste. Die häßliche, die daher kommt, daß die Brecher auf Deck schlagen und festfrieren. Immer mehr und immer schneller, wenn die Wanten und alles Aufrechtstehende erst mal anfangen, dick zu werden. Und dann die richtig schlimme. Die vom Seenebel kommt. Dazu braucht es keine Brecher, die legt sich einfach um alles. Wie etwas, was einfach da ist.« Er deutet in die Weiße hinaus.

»Das hier ist der Anfang der schlimmen. Noch vier Stunden, und wir können die Eispickel rausholen.«

Seine Bewegungen sind kraftlos, aber seine Augen leuchten. Er würde es hassen, Eis hacken zu müssen. Doch irgendwo entfacht selbst diese Seite des Ozeans in ihm eine wilde Freude.

Ich gehe zehn Meter auf das Vorschiff hinaus. Wo man mich von der Brücke aus nicht sehen kann. Wo ich aber einen Teil der Fenster auf dem Bootsdeck überblicken kann. Sie sind alle dunkel. Alle Fenster in den Aufbauten sind dunkel, abgesehen von einem schwachen Licht in der Offiziersmesse. Die Kronos schläft.

»Sie schlafen.« Er ist auf dem Achterdeck gewesen, um zu den nach hinten gehenden Fenstern hinaufzuschauen.

»Wir sollten zum Teufel noch mal alle schlafen.«

Wir steigen die drei Stockwerke zum Bootsdeck hoch. Er geht bis zum nächsten Absatz weiter. Von dort aus kann er sehen, ob jemand die Brücke verläßt. Und ob vielleicht jemand das Bootsdeck verläßt. In einem Sack beispielsweise.

Ich habe meine schwarze Servieruniform an. Als Ausrede ist sie, hier und um zwei Uhr nachts, fast wertlos. Mir ist nichts anderes eingefallen. Ich tue alles mit dem Gefühl, das

Denken los zu sein. Weil es nur den Weg nach vorn gibt und keine Möglichkeit stehenzubleiben. Ich stecke Jakkelsens Schlüssel in das Schloß. Er paßt perfekt. Läßt sich aber nicht drehen. Die Schloßkombination ist geändert worden.

»Das ist ein Zeichen, Mann. Daß wir das lassen sollen.«

Er ist heruntergekommen und steht direkt hinter mir. Ich packe seine Unterlippe. Der Bluterguß ist noch nicht abgeschwollen. Er würde protestieren, wenn ich ihm nicht den Mund zuhalten würde.

»Wenn das ein Zeichen ist, dann dafür, daß hinter dieser Tür etwas steckt, das wir nicht sehen sollen, und daß sie sich alle Mühe gegeben haben, uns daran zu hindern.«

Ich habe es ihm ins Ohr geflüstert. Jetzt lasse ich ihn los. Er möchte eine Menge sagen, schluckt es aber runter. Er folgt mir mit gesenktem Kopf. Wenn sich die Gelegenheit bietet, wird er sich revanchieren und mich treten oder mich an den ersten besten verkaufen oder mir von hinten den letzten Schubs geben. In diesem Moment aber ist er eingeschüchtert.

Jeder Raum, der irgendeiner Gemeinschaft dient, wird unwirklich, wenn man ihn verläßt. Theaterbühnen, Kirchen, Speisesäle. Die Messe ist dunkel und ohne Leben, aber trotzdem von der Erinnerung an Leben und Mahlzeiten bevölkert.

In der Kombüse riecht es stark nach Säure, Hefe und Alkohol. Urs hat mir erzählt, daß sein Brot sechs Stunden geht, von zehn Uhr abends bis vier Uhr morgens. Uns bleiben anderthalb, höchstens zwei Stunden.

Als ich die beiden Schiebetüren öffne, wird Jakkelsen klar, was passieren soll.

»Ich wußte ja, daß du verrückt bist, Mann. Aber so verrückt ...«

Der Küchenaufzug ist saubergemacht worden. Und ein Tablett mit Tassen, Untertassen, kleinen Tellern, Besteck und Servietten steht darin, Urs' symbolische Vorbereitung auf den morgigen Tag.

Ich nehme das Tablett mit dem Geschirr heraus.

»Ich kriege Klaustrophobie«, sagt Jakkelsen.

»*Du* sollst ja schließlich nicht mit dem Ding hochfahren.«

»Kriege ich auch für andere.«

Der Kasten ist rechteckig. Ich setze mich auf den Küchentisch und krieche seitlich hinein. Erst probiere ich, wie weit ich den Kopf zwischen die Knie drücken kann. Dann schiebe ich mich zur Hälfte mit dem Oberkörper hinein.

»Du schickst mich zum Bootsdeck hoch. Wenn ich draußen bin, muß der Aufzug dableiben. Um keinen unnötigen Lärm zu machen. Danach gehst du die Treppe hoch und wartest. Wenn dich jemand wegschickt, bleibst du trotzdem. Wenn sie darauf bestehen, gehst du in deine Kajüte. Du gibst mir eine Stunde. Wenn ich bis dann nicht zurückgekommen bin, weckst du Lukas.«

Er ringt die Hände.

»Ich kann das nicht machen, Mann, ich kann das nicht.«

Ich muß die Beine strecken und zugleich aufpassen, daß ich mit den Händen nicht in den Sauerteig komme, der zum Gehen auf dem Tisch steht.

»Warum nicht?«

»Er ist mein Bruder, Mann. Deshalb bin ich doch hier, verstehste. Deshalb habe ich doch einen Schlüssel, verstehste. Er glaubt, ich bin clean.«

Ich fülle die Lunge ein letztes Mal bis in die Spitzen, atme aus und zwänge mich ganz in den kleinen Kasten hinein.

»Wenn ich innerhalb von einer Stunde nicht zurück bin, weckst du Lukas. Das ist deine einzige Chance. Wenn ihr mich nicht holt, erzähle ich alles Tørk. Er wird dafür sorgen, daß Verlaine sich um dich kümmert. Verlaine ist sein Mann.«

Wir haben kein Licht gemacht, die Kombüse ist dunkel, abgesehen von dem schwachen Schein des Meeres und dem Widerschein des Nebels. Trotzdem merke ich, daß ich Jakkelsen getroffen habe. Ich bin froh, daß ich sein Gesicht nicht sehen kann.

Ich ziehe den Kopf zwischen die Knie. Die Türen werden zusammengeschoben. Unter mir spüre ich das leichte Summen des Elektromotors. Ich steige hoch.

Die Bewegung dauert vielleicht fünfzehn Sekunden. Der einzige Gedanke ist: Hilflosigkeit. Die Angst vor dem, was mich dort oben erwartet.

Ich hole den Schraubenzieher heraus. Damit ich etwas zu bieten habe, wenn sie die Türen aufreißen und mich herausziehen.

Doch es passiert nichts. Der Aufzug in seinem Schacht aus Dunkelheit bremst, ich bleibe sitzen, und es gibt nichts außer dem Schmerz auf der Rückseite meiner Schenkel, der Bewegung des Schiffs in der See und dem fernen Maschinenlärm, den man jetzt kaum spürt.

Ich stecke den Schraubenzieher zwischen die beiden Gleittüren und drücke sie auseinander. Dann krieche ich auf dem Rücken auf eine Tischplatte hinaus.

In den Raum fällt schwaches Licht. Es ist die Motorlaterne des Hintermasts, die durch ein Oberlicht scheint. Der Raum ist eine Art Teeküche mit Kühlschrank, Anrichte und zwei Kochplatten.

Eine Tür führt auf einen schmalen Flur hinaus. In dem Flur hocke ich mich hin und warte.

Manche Menschen gehen in Übergangssituationen zugrunde. In Scoresbysund schossen sie mit der Schrotflinte auf die Köpfe, wenn der Winter anfing, den Sommer umzubringen. Es ist keine Kunst, auf der Wohlstandswelle mitzuschwimmen, wenn alles ein für allemal im Lot ist. Das Schwere ist das Neue. Das neue Eis. Das neue Licht. Die neuen Gefühle.

Ich setze mich. Das ist meine einzige Chance. Es ist die einzige Chance aller Menschen. Sich die notwendige Zeit zu nehmen, heimisch zu werden.

Das Schott vor mir bebt. Das ist die ferne Maschine unter uns. Hinter dem Schott muß der Schornstein sein. Um dessen großen rechteckigen Kasten herum diese Etage gebaut ist.

Links von mir sehe ich in Fußbodenhöhe ein schwaches Licht. Das Nachtlicht auf der Treeppe. Diese Tür zu dieser Treppe ist mein Rück- und Ausweg.

Rechts von mir herrscht zunächst Stille. Dann wachsen aus der Stille Atemzüge. Sie sind sehr viel leiser als die übrigen Schiffsgeräusche. Doch nach sechs Tagen an Bord sind die täglichen Geräusche zu einem diskreten Hintergrund geworden, vor dem alle Abweichungen deutlich hervortreten. Selbst das leichte Schnarchen einer schlafenden Frau.

Das bedeutet, daß es hier an der Backbordseite eine Kajüte gibt, möglicherweise auch zwei, und daß gegenüber auch eine oder zwei liegen. Und das heißt, daß Salon und Messe zum Vorderdeck hinausgehen.

Ich bleibe sitzen. Nach einiger Zeit gurgelt irgendwo ein Rohr. Die Kronos hat Toiletten mit Hochdruckspülung. Irgendwo unter oder über uns hat jemand die Toilettenspülung betätigt. Die Bewegung in den Rohren sagt mir, daß Bad und Toilette dieser Etage vor dem Schornstein liegen und daran angebaut sind.

Ich habe den Wecker in die Schürzentasche gesteckt. Was hätte ich sonst tun sollen? Ich werfe einen Blick darauf, und dann mache ich mich auf.

Das Schloß der Tür nach draußen ist ein Schnappschloß. Ich lasse es einschnappen. Damit ich selber schnell raus kann. Vor allem aber, damit man von draußen hereinkommt.

Zwischen dem kurzen Flur zum Ausgang und dem vermutlichen Salon ist eine Tür. Ich taste mich heran, lege das Ohr an die Tür und warte. Alles, was ich höre, ist eine ferne Schiffsuhr, die Glasen schlägt. Die Tür öffnet sich in eine Dunkelheit, die tiefer ist als die, aus der ich komme. Auch hier warte ich zuerst. Dann knipse ich das Licht an. Es ist kein gewöhnliches Licht. Es sind Hunderte von Aquariumlampen über Hunderten sehr kleiner, geschlossener Aquarien in Gummifassungen, die in Gestellen drei ganze Wände bedecken. In den Aquarien sind Fische. Mehr und unterschiedlichere Fische als in einem Aquariengeschäft.

An der einen Wand hat man einen schwarzgebeizten Tisch mit zwei großen flachen Porzellanwaschbecken und Mischbatterien mit Ellbogenbedienung angebracht. Auf dem Tisch stehen zwei Gasflammen und zwei Bunsenbrenner, alle mit festen Kupferrohrverbindungen zum Gashahn. An einem Seitentisch ist ein Autoklav festgeschraubt. Eine Mettlerwaage. Ein pH-Messer. Eine große, auf einem Ständer aufmontierte Balgenkamera. Ein bifokales Mikroskop.

Unter dem Tisch ein Metallregal mit kleinen, tiefen Kästen. Ich öffne ein paar davon. In Pappkartons aus Struers chemischem Laboratorium liegen Pipetten, Gummischläuche, Pfropfen, Glasspachtel und Lackmuspapier. Chemikalien in kleinen Glaskolben. Magnesium, Kaliumpermanganat, Eisenfeilspäne, Schwefelpulver, Kupfersulfatkristalle. An der Wand stehen in mit Stroh und Wellpappe ausgefütterten Holzkisten kleine Säureballons. Flußsäure, Salzsäure, Essigsäure in unterschiedlicher Konzentration.

Auf dem gegenüberliegenden Tisch feste Kunststofftabletts, Entwicklerflüssigkeit und ein Vergrößerungsapparat. Ich verstehe nichts. Die Einrichtung des Raums ist eine Mischung aus dänischem Nationalaquarium und Chemielabor.

Der Salon hat Doppeltüren mit Füllungen. Eine Erinnerung daran, daß die Kronos in den vornehmen fünfziger Jahren gebaut wurde, als diese Vornehmheit ihre Rolle bereits ausgespielt hatte. Der Raum liegt direkt unter der Navigationsbrücke und hat die Größe eines niedrigen dänischen Wohnzimmers. Sechs große Fenster gehen zum Vorderdeck hinaus. Sie sind alle vereist, und durch das Eis dringt ein schwaches blaugraues Licht.

An Backbord sind ungekennzeichnete Holzkisten und Pappkartons gestapelt, die von einer zwischen zwei Heizkörpern gespannten Flaggenleine gehalten werden.

In der Mitte des Raumes hat man einen Tisch festgeschraubt, in den Vertiefungen der Tischplatte stehen mehrere Thermosflaschen. An zwei Wänden ziehen sich lange Arbeitstische mit Luxolampen entlang. Ein kleines Fotokopiergerät ist mit dem Schott verschraubt. Daneben ein Telefax. Bücher füllen einen Oberschrank.

Auf dem Weg zum Regal sehe ich die Seekarte. Sie ist unter eine entspiegelte Plexiglasplatte gelegt worden, deshalb habe ich sie erst jetzt gesehen. Ich knipse meine Lampe an.

Der Randtext ist weggeschnitten worden, es dauert einige Augenblicke, bis ich die Karte identifizieren kann. Auf Seekarten ist das Festland ein Detail, eine einfache Linie, eine Kontur, die im Ziffernschwarm der Tiefenangaben untergeht. Dann erkenne ich das Vorgebirge gegenüber Sisimiut.

Unter die Glasplatte hat man an den Rand der Karte mehrere kleinere Fotokopien von Spezialkarten gelegt. ›Mittlerer Zeitverlauf von der Mondkulmination (oben oder unten) in Greenwich bis zum Eintreten der Flut bei Westgrönland.‹ – ›Übersicht über Oberflächenströmungen w. von Grönland.‹ – ›Überblickskarte über die Abschnittseinteilung im Gebiet Holsteinsborg.‹

Ganz oben, zum Schott hin, sind auf der Karte drei Fotografien ausgelegt. Zwei davon sind schwarzweiße Luftaufnahmen. Die dritte sieht aus wie ein auf einem Farbdrucker ausgedrucktes fraktales Detail der Mandelbrotmenge. Im Mittelpunkt zeigen sie alle drei dieselbe Kontur. Eine Figur, die sich nahezu kreisförmig um eine Öffnung krümmt. Wie ein Fünfwochenembryo, der sich fischartig um die Kiemenblase zusammenrollt.

Ich versuche die Karteischränke aufzumachen, doch die sind abgeschlossen, und als ich mir gerade die Bücher anschaue, geht irgendwo auf der Etage eine Tür. Ich mache die Lampe aus und verwachse mit dem Fußboden. Eine zweite Tür wird geöffnet und geschlossen, und es wird still. Doch die Etage wirkt nicht mehr, als ob sie schläft. Irgendwo sind Menschen wach. Ich muß gar nicht auf die Uhr sehen, die Zeit reicht noch, aber meine Nerven ertragen nichts mehr.

Ich habe bereits die Hand an der Tür zum Ausgang, als jemand die Treppe heraufkommt. Ich ziehe mich rückwärts in den Flur zurück. Ein Schlüssel wird ins Schloß gesteckt. Ein Moment Verwunderung, weil die Tür nicht abgeschlossen ist. Ich stoße die Kombüsentür auf, trete ein und mache sie hinter mir zu. Die Schritte kommen durch den Flur. Vielleicht haben sie etwas Behutsames, Untersuchendes, vielleicht wundert sich jemand darüber, daß die Tür nicht abgeschlossen war, vielleicht wollen sie die Etage durchsuchen. Aber vielleicht höre ich auch nur Gespenster. Ich schiebe mich auf den Küchentisch und in den Aufzug. Ich ziehe die Türen zu, aber sie lassen sich von innen nicht richtig schließen.

Die Tür zum Flur geht auf, es wird Licht gemacht. Direkt vor dem Spalt, den ich nicht habe schließen können, steht mitten im Raum Seidenfaden. Im Mantel, noch windzerzaust von einem Deckspaziergang. Er geht zum Kühlschrank und verschwindet aus meinem Blickfeld. Ein Zischen von Kohlensäure, und er kommt wieder zum Vorschein. Er trinkt im Stehen ein Bier, direkt aus der Dose.

Als sein Gesicht genießerisch in sich gekehrt und zugleich einem Hustenanfall nahe ist, sind seine Augen auf mich gerichtet, ohne mich zu sehen. In dem Moment summt der Aufzug, laut und klirrend.

Ich habe keinen Platz, um zusammenzuzucken. Ich kann nur den Schraubenzieher aus dem Korken ziehen und mich darauf vorbereiten, in zwei Sekunden entdeckt zu werden.

Der Aufzug sinkt.

Über mir in der Dunkelheit werden die Aufzugtüren zur Seite geschoben. Aber ich bin bereits weg, ich bin auf dem Weg nach unten.

Ich bete, daß es Jakkelsen ist, der sich meinem Verbot widersetzt hat, vielleicht im Schacht eine Bewegung gespürt und mich nach unten geholt hat. Ich hoffe, daß es dunkel ist, wenn die Tür aufgeht. Und daß ich mich auf Jakkelsens zitternde Hände stützen kann, wenn ich herauskrieche.

Als der Aufzug stehenbleibt, wird die Tür vorsichtig zur Seite gezogen. Draußen ist es dunkel.

Etwas Kaltes und Nasses preßt sich an meine Schenkel. Etwas legt sich in meinen Schoß. Etwas wird unter meine Kniekehlen geschoben. Danach wird die Tür zugeschoben, der Aufzug summt, ein Motor schaltet sich ein, ich steige wieder nach oben.

Ich wechsele den Schraubenzieher in die linke Hand und packe mit der Rechten die Lampe. Einen Moment lang blendet sie, dann kann ich sehen.

Fünf Zentimter vor meinen Augen und an meinem Körper erhebt sich aufrecht, tauperlend kalt und naß eine Riesenflasche der Marke Moët & Chandon 1986 brut Imperial Rosé. Rosa Champagner. In meinem Schoß liegt ein Champagnerglas. Unter meinen Kniekehlen sehe ich den gewölbten Boden einer weiteren Flasche.

Ich bin mir absolut sicher, daß ich mich, wenn die Luke aufgeht, in Licht gebadet Auge in Auge mit Seidenfaden wiederfinden werde. Doch ich zähle zwei kleine Stöße und weiß, daß ich am Bootsdeck vorbei bin. Ich bin auf dem Weg zur Brücke, zur Offiziersmesse.

Nach einer Stockung plötzlich ereignislose Stille. Ich versuche die Schiebetüren aufzukriegen. Wegen der Flaschen ist das fast nicht möglich. Irgendwo öffnet und schließt sich eine Tür. Dann wird ein Streichholz angezündet. Ich zerre die Türen einen Zentimeter auseinander. Die Kerze steht in einem Halter auf dem großen Eßtisch, an dem ich vor ein paar Tagen bedient habe. Jetzt wird er aufgehoben und in meine Richtung getragen.

Die Türen gleiten zur Seite. Ich habe eine Hand an der Wand hinter mir, um so viel Kraft wie möglich in den Stoß legen zu können. Ich erwarte Tørk oder Verlaine. Ich werde auf die Augen zielen.

Das Licht blendet mich, weil es so dicht vor mir steht. Zu sehen ist nur ein dunkler Umriß. Der erst die eine, danach die andere Flasche herausholt. Als das Glas herausgenommen wird, tastet eine Hand einen Moment lang über meine Hüfte.

Aus dem Raum dringt ein erstickter Laut des Erstaunens.

Ein Gesicht senkt sich zu mir herab: Kützows Gesicht. Wir sehen einander in die Augen. Seine quellen heute nacht hervor, als hätte er gerade einen Basedowanfall gehabt. Aber er ist nicht im üblichen Sinne krank. Er ist vollkommen blau.

»Jaspersen!« entfährt es ihm.

Dann sehen wir plötzlich beide den Schraubenzieher. Er zielt auf eine Stelle zwischen seinen Augen.

»Jaspersen«, wiederholt er.

»Eine kleinere Reparatur«, sage ich.

Jedes Wort ist anstrengend, weil die zusammengekrümmte Haltung das Atmen belastet.

»Hier an Bord sorge ich für Reparaturen, ich!«

Seine Stimme klingt gewichtig, aber belegt. Ich strecke den Kopf durch die Klappe.

»Ich sehe, daß du auch für den Weinvorrat sorgst. Das wird Urs und den Kapitän interessieren.«

Er wird rot, es ist ein langsamer, aber weitgehender Farbenwechsel zum Violetten hin.

»Ich kann alles erklären.«

In zehn Sekunden wird er anfangen zu denken. Ich kriege einen Arm raus.

»Ich habe keine Zeit«, sage ich. »Ich muß mit meiner Arbeit weitermachen.«

In diesem Moment fährt der Aufzug nach unten. Im letzten Augenblick ziehe ich den Oberkörper zurück. Spüre gerade noch einen Stich heller Wut darüber, daß es keine Sicherheitsvorrichtung gibt, die ihn am Fahren hindert, wenn die Türen nicht geschlossen sind.

In Gedanken durchlebe ich die totale Entdeckung, die Konfrontation und schließlich die Katastrophe. Als wir die Kombüse erreichen, ist mein Vorstellungsvermögen aufgebraucht. Aber der Aufzug hält nicht an. Er setzt seinen Fall nach unten fort.

Dann bremst er. Die letzten Sekunden haben meine letzten Kräfte ausgelaugt. Jetzt habe ich nur noch das Überraschungsmoment auf meiner Seite. Ich drücke die Türen auf und reiße sie auseinander. Sie fliegen krachend zurück. Mir entgegen schwebt ein Sack mit der Aufschrift ›50 kg Vildmose. Dänische Schiffsausrüstung‹. Ich drehe beide Beine heraus, stemme sie gegen den Sack und stoße zu. Seine Bewegung stoppt, er schaukelt zurück und stürzt in die entfernteste Ecke. Er landet in den Pappkartons mit der Aufschrift ›Wiuffs Lammefjordsmohrrüben‹.

Auf dem Fußboden finde ich mein Gleichgewicht wieder. Ich habe zwar nicht das Gefühl, Beine zu haben, aber ich habe den Schraubenzieher.

Hinter dem Sack erscheint Urs.

Mir fällt nichts ein. Als ich aus der Tür stakse, liegt er immer noch auf den Knien.

»Bitte, Fräulein Smilla, bitte ...«

Unbewußt muß ich einen Alarm erwartet haben. Bewaffnete, die auf mich warten. Aber die Kronos ist in vollkommene Dunkelheit gehüllt. Ich komme durch drei Decks, ohne jemandem zu begegnen.

Die Treppe unterhalb der Brücke ist leer. Jakkelsen ist nirgendwo zu sehen. Aufs Geratewohl betrete ich durch die Tür mit der Aufschrift *officers' accomodation* das Brückendeck und öffne die Tür zur Herrentoilette.

Er steht am Waschbecken. Er war gerade dabei, sich zu kämmen. Seine Stirn lehnt am Spiegel, als wollte er sichergehen, daß dabei wirklich etwas Nettes herauskommt. Er wollte sich gerade die Locken über die Ohren nach hinten streichen. Aber er schläft. Sein Körper folgt unbewußt und geschmeidig der Krängung des Schiffes und hält sich aufrecht. Aber Jakkelsen schnarcht. Sein Mund steht offen, die Zunge hängt ein Stück heraus.

Ich stecke die Hand in die Brusttasche seines Arbeitshemds. Kriege den Gummischlauch zu fassen. Er ist auf die Toilette gewitscht und hat sich einen kleinen Fix verpaßt, um sich zu stärken. Dann hat er sich ein bißchen zurechtmachen wollen. Und dann ist er müde geworden.

Ich trete ihm die Beine weg. Er knallt schwer auf den Boden. Ich will ihn hochziehen, aber mein Rücken tut zu weh. Ich kriege nur seinen Kopf hoch.

»Du hast Kützow übersehen«, sage ich.

Ein wollüstiges kleines Lächeln legt sich um seine Lippen.

»Smilla. Ich wußte, daß du zurückkommen würdest.«

Ich bringe ihn auf die Beine. Danach stecke ich seinen Kopf ins Waschbecken und drehe den Kaltwasserhahn auf. Als er sich wieder aufrecht halten kann, ziehe ich ihn zur Treppe.

Wir sind gerade fünf Stufen weit, als hinter uns Kützow durch die Tür kommt.

Mit Sicherheit meint er, er schleiche auf Katzenpfoten. In Wirklichkeit hält er sich nur aufrecht, weil er sich an alles hängt, was er zu fassen kriegt. Als er uns sieht, bleibt er abrupt stehen, legt die Hand auf die Tafel mit dem Barometer und starrt mich an.

Ich habe Jakkelsens schlottrigen Körper an das Geländer gedrückt. Ich selber komme nur mit Mühe vorwärts.

Der Schock bahnt sich langsam einen Weg durch seinen Rausch, der sich inzwischen um zwei oder drei perlende Riesenflaschen vergrößert haben muß.

»Jaspersen«, quäkt er. »Jaspersen ...«

Ich habe Männer und ihren Alkohol- und sonstigen Mißbrauch so satt. Seit ich in Dänemark bin, geht das so. Die ganze Zeit muß man aufpassen, daß man nicht über Leute stolpert, die sich vergiftet haben und auch noch meinen, sie trügen das mit Würde.

»Verpiß dich, Herr Maschinenmeister«, sage ich.

Er starrt mir leer nach.

Wir begegnen auf unserem Weg nach unten niemandem mehr. Ich schiebe Jakkelsen in seine Kajüte. Er fällt in seiner Koje um wie eine schlottrige Stoffpuppe. Ich drehe ihn auf die Seite. Säuglinge, Alkoholiker und Fixer riskieren, in ihrer eigenen Kotze zu ersticken. Danach schließe ich von außen mit seinem eigenen Schlüssel ab.

Ich verschließe und verbarrikadiere meine eigene Tür. Es ist 4.15 Uhr. Ich will drei Stunden schlafen, mich danach krank melden und dann noch mal zwölf Stunden schlafen. Alles andere muß warten.

Ich bringe es gerade auf eine Dreiviertelstunde. Durch die ersten Alpträume an der Oberfläche des Schlafs dringt zunächst ein elektronischer Alarm und dann die fordernde Stimme von Lukas.

Ich arbeite keine zwei Meter von Verlaine entfernt. Er benutzt eine harte Gummikeule, die so lang ist wie eine Waldaxt.

Am Austrocknen meiner Lippen spüre ich, daß es etwas unter zehn Grad minus hat. Er arbeitet in Hemdsärmeln. Mit der einen Hand hakt er sich an der Reling oder am Schutzgeländer der Radarscanner fest, mit der anderen holt er hinter dem Rücken in einem mitfühlenden zarten Bogen aus und läßt die Keule in einer Explosion, die klingt wie eine zerschmetternde Schaufensterscheibe, auf das Deckshaus knallen. Sein Gesicht ist schweißbedeckt, doch seine Bewegungen sind unermüdlich und mühelos. Jeder Schlag sprengt eine Eisplatte von ungefähr einem Quadratmeter los.

Es herrscht kein Wind, doch eine kurze, kabbelige See, in der die Kronos schwer stampft. Und dann der Nebel, große, feuchte Flächen aus Weiße in der Dunkelheit.

Jedesmal, wenn wir durch eine der Nebelwolken fahren,

die so niedrig hängen, daß sie den Eindruck machen, als schwömmen sie auf dem Wasser, nimmt die Eisschicht sichtbar zu. Mit der Schaftspitze eines Eispickels kratze ich Eis von den Scannern. Wenn ich fertig bin, kann ich an der Stelle weitermachen, an der ich angefangen habe und auf die sich in weniger als zwei Minuten wieder ein Millimeter hartes, graues Eis gelegt hat.

Deck und Aufbauten sind lebendig geworden. Nicht durch die kleinen, dunklen Gestalten, die Eis kratzen, sondern durch das Eis selbst. Die volle Deckbeleuchtung ist eingeschaltet. Licht und Eis haben zusammen eine mythologische Landschaft geschaffen. Wanten und Stage sind mit dreißig Zentimeter dicken Eisgirlanden umwunden, die wie glotzende Gesichter vom Mast auf das Deck herunterhängen. Die Ankerlaterne am Stag leuchtet durch ihre Eisverkapselung wie das brennende Gehirn im Kopf eines Fabeltieres. Das Deck ist ein graues, erstarrtes Meer. Alles Aufrechtstehende reckt sich mit fragendem Gesicht und grauen, kalten Gliedern empor.

Verlaine ist an Steuerbord. Hinter mir ist die Reling und dahinter ein freier Fall von knapp zwanzig Metern bis zum Deck. Vor mir, hinter den Radarsockeln und dem niedrigen Mast mit Antennen, Nebelhorn und einem beweglichen Scheinwerfer für Hafenmanöver, schaufelt Sonne Eis. Die Schollen, die Verlaine losschlägt, wuchtet er über die Seite, wo sie neben dem Rettungsboot auf das Bootsdeck fallen. Dort steht Hansen in gelbem Schutzhelm und befördert sie über die Schiffsseite weiter.

An Backbord schlägt Jakkelsen mit einem kurzen Hammer Eis von den Radarsockeln. Er arbeitet sich zu mir hin. Irgendwann decken uns die Scanner gegen das übrige Dach ab.

Er steckt den Hammer in die Jackentasche. Dann lehnt er sich an das Radar. Aus seiner Tasche zieht er eine Zigarette.

»Wie du vorausgesagt hast«, sage ich. »Die schlimme Vereisung.«

Sein Gesicht ist weiß vor Müdigkeit. »Nein«, erwidert er. »Die fängt erst bei fünf bis sechs Beaufort und direkt um den Gefrierpunkt an. Er hat uns zu früh an Deck gerufen.«

Er sieht sich um. In unmittelbarer Nähe ist niemand.

»Als ich zur See gefahren bin, verstehste, da hat der Kapitän das Schiff geführt, und die Zeit hat man nach dem Kalender gemessen. Wenn man in eine Vereisung hineinfuhr, hat man die Geschwindigkeit gedrosselt. Oder die Route geändert. Oder man ist umgekehrt und mit dem Wind gefahren. Das hat sich erst in den letzten paar Jahren schwer geändert. Jetzt bestimmen die Reedereien, jetzt lenken die Büros in den großen Städten die Schiffe. Und die Zeit mißt man damit.«

Er tippt auf seine Armbanduhr.

»Wir müssen offenbar irgendwas schaffen. Sie haben ihm den Befehl gegeben weiterzufahren. Und das tut er dann. Er verliert allmählich seinen *touch.* Denn wenn wir sowieso durch müssen, hatte er keinen Grund, uns jetzt an Deck zu rufen. Ein kleineres Schiff erträgt eine Vereisung von zehn Prozent seines Deplacements. Wir könnten mit fünfhundert Tonnen Eis fahren, ohne daß das etwas ausmachen würde. Er hätte ein paar von den Jungs hochschicken und die Antennen freihacken lassen können.«

Ich schabe Eis von der Peilantenne. Wenn ich arbeite, bin ich wach. Sobald ich aufhöre, überkommt mich für kurze Momente der Schlaf.

»Er hat Angst, daß wir die Geschwindigkeit nicht halten können. Angst, daß uns etwas bersten könnte. Oder daß es plötzlich schlimmer wird. Es sind seine Nerven. Er ist mit den Nerven am Ende.«

Er läßt seine Zigarette halbgeraucht auf das Eis fallen. Eine neue Nebelbank zieht an uns vorbei. Die Feuchtigkeit scheint sich förmlich an das Eis zu kleben. Einen Moment lang ist Jakkelsen fast nicht zu sehen.

Ich arbeite mich um das Radar herum. Ich sorge dafür, daß ich die ganze Zeit über in Jakkelsens und Sonnes Blickfeld bin.

Verlaine ist direkt neben mir. Seine Schläge gehen so dicht an mir vorbei, daß mir der Druck gefrorene Luft ins Gesicht preßt. Sie landen mit der Präzision eines chirurgischen Schnitts am Fuß des Metallsockels und reißen eine glasklare Eisplatte los. Er tritt sie zu Sonne hinüber.

Sein Gesicht ist neben meinem.

»Warum?« fragt er.

Ich halte den Eispickel ein bißchen hinter dem Rücken. Ein Stück weiter weg, außer Hörweite, reinigt Sonne mit dem Schaufelstiel den Mastfuß.

»Ich weiß, warum«, sagt er. »Lukas hätte es sowieso nicht geglaubt.«

»Dann hätte ich von Maurices Wunde reden können«, erwidere ich.

»Ein Arbeitsunfall. Das Winkelschleifgerät ging los, als er die Scheibe auswechseln wollte. Der Spannschlüssel hat ihn an der Schulter getroffen. Das ist gemeldet und erklärt.«

»Ein Unfall. Wie bei dem Jungen auf dem Dach.«

Sein Gesicht ist dicht an meinem. Es drückt nur Verständnislosigkeit aus. Er hat keine Ahnung, wovon ich rede.

»Aber mit Andreas Licht«, sage ich, »mit dem alten Mann auf dem Schiff, da war das Ganze ein bißchen ungeschickter.«

Sein Körper verspannt sich und läßt die Illusion entstehen, daß er einfriert wie das Schiff.

»Ich habe euch am Kai gesehen«, lüge ich. »Als ich an Land geschwommen bin.«

Während er sich noch überlegt, welche Konsequenzen das Gesagte hat, gibt er sich eine Blöße. Eine Sekunde lang schaut mich von irgendwoher aus seinem Körper ein krankes Tier an. Sein Körper ist wie seine Zähne, eine dünne Schale über einer Mißhandlung, die sich in Sadismus verkehrt hat.

»In Nuuk wird es eine Ermittlung geben«, sage ich. »Polizei und Marine. Allein der Mordversuch würde dir schon zwei Jahre einbringen. Jetzt werden sie auch noch in Lichts Tod herumbohren.«

Er lacht mich an, ein großes, weißes Lächeln.

»Wir laufen Godthåb gar nicht an. Wir laufen das Tankerschwimmdock an. Es liegt zwanzig Seemeilen vom Land entfernt. Man sieht die Küste nicht mal.«

Er sieht mich neugierig an.

»Sie wehren sich ordentlich«, sagt er. »Fast schade, daß Sie allein sind.«

II

1 »Ich denke«, sagt Lukas, »an den kleinen Kapitän auf der Brücke da oben. Er führt kein Schiff mehr. Er übt keine Autorität mehr aus. Er ist nur noch die Kupplung, die Impulse auf eine komplizierte Maschine überträgt.«

Lukas steht an das Geländer der Nock gelehnt. Vor dem Steven der Kronos wächst ein Hochhaus aus roter Polyemaille aus dem Meer. Es türmt sich über dem Vordeck auf und überragt die Spitze der Masten. Wenn man den Kopf in den Nacken legt, sieht man jedoch, daß unter dem grauen Himmel selbst dieses Phänomen irgendwo ein Ende hat. Es ist kein Haus. Es ist das Heck, der Spiegel eines Supertankers.

Als ich Kind in Qaanaaq war, in den späten fünfziger und frühen sechziger Jahren, war selbst die europäische Uhrzeit langsamer. Die Veränderungen kamen mit einem Tempo, das Protest noch zuließ. Die Auflehnung äußerte sich zunächst in dem Begriff »die gute alte Zeit«. Die Sehnsucht nach der Vergangenheit war damals in Thule ein völlig neues Gefühl. Sentimentalität ist die erste Revolte des Menschen gegen den Fortschritt.

Diese Reaktion ist inzwischen passé. Jetzt ist ein anderer Protest notwendig als die tränenselige Heimatduselei. Jetzt geht es nämlich so schnell, daß wir hier und jetzt in dem leben, was im nächsten Augenblick schon die gute alte Zeit sein wird.

»Für diese Schiffe«, sagt Lukas, »existiert die Umwelt nicht mehr. Wenn man ihnen auf offener See begegnet und sie über VHF anzurufen versucht, um Wettermeldungen und Positionen auszutauschen oder nach Eisvorkommen zu fragen, antworten sie nicht. Sie haben den Empfänger gar nicht eingeschaltet. Wenn man 250 000 Kubikmeter Wasser verdrängt, Pferdestärken wie ein Kernkraftwerk entwickelt und einen Elektronenrechner hat, der so groß ist wie eine altmodische Schiffskiste und Kurs und Geschwindigkeit ausrechnet und sie dann einhält oder leicht davon abweicht, wenn es notwendig sein sollte, dann hat man aufgehört, sich für die Umwelt zu interessieren. Dann gibt es von der Welt nur noch den Hafen, von dem man ausläuft, den Ort, den man anläuft, und den Auftraggeber, der bezahlt, wenn man angekommen ist.«

Lukas hat abgenommen. Er hat angefangen zu rauchen.

Deshalb kann er trotzdem recht haben. Es ist ein grönländisches Entwicklungssyndrom, daß alles erst neulich stattgefunden zu haben scheint. Die neuen schwerbewaffneten und schnellen Inspektionsschiffe der dänischen Marine sind gerade erst eingesetzt worden. Das EG-Referendum und die knappe Mehrheit für den Austritt ab 1. Januar 1985, die neuen Verhandlungen im November '92 und der Wiedereintritt zum 1. Januar 1993, die größte außenpolitische Kehrtwende aller Zeiten, das alles liegt gerade erst hinter uns. Das Verteidigungsministerium hat gerade kürzlich aus militärischen Gründen die Einreiseerlaubnis nach Qaanaaq begrenzt. Und der Ort, an dem wir stehen – die große schwimmende Ölpier Greenland Star vor Nuuk, 25 000 miteinander verbundene und 700 Meter unter uns im Meeresboden vertäute Eisenpontons, ein halber Quadratkilometer potthäßliches und trostlos sturmgezaustes grüngestrichenes Eisen, zwanzig Seemeilen vor der Küste – all das ist gerade erst neulich gebaut worden. Die Politiker benutzen dafür das Wort ›dynamisch‹.

All das wurde geschaffen, um zu zwingen.

Nicht, um die Grönländer zu zwingen. Die militärische Präsenz, die direkte Gewalt der Zivilisation, das ist in der Arktis allmählich vorbei. Die Entwicklung macht das nicht mehr erforderlich. Jetzt reicht der liberale Appell an die Habgier in allen ihren Schattierungen.

Die technologische Kultur hat die Völker um die Eismeere nicht kaputtgemacht. Wer das glaubt, hat eine viel zu hohe Meinung von dieser Kultur. Sie war nur ein Initiator, ein kosmisches Modell für die Möglichkeit – die in jeder Kultur und in jedem Menschen liegt –, das Dasein um die besondere westliche Mischung aus Raffgier und Bewußtlosigkeit zu zentrieren.

Sie wollen das nächste, das Größere in die Knie zwingen, das, was um die Menschen ist. Das Meer, die Erde, das Eis. Die Konstruktion zu unseren Füßen ist ein solcher Versuch.

In Lukas' Gesicht wütet das Unbehagen.

»Früher, bis ’92, gab es nur Polaroil bei Færingshavn. Ein kleiner Ort. Auf der einen Seite des Fjords eine Telestation und eine Fischfabrik. Auf der anderen Seite die Anlage. Verwaltet von der Grönländischen Handelsgesellschaft. Wir konnten bis zu 50 000 Tonnen vertäuen. Wenn wir die Schwimmschläuche ausgelegt harten, gingen wir an Land. Es gab nur ein Wohnhaus, eine Kombüse, ein Pumpenhaus. Es roch nach Diesel und Brymol. Fünf Mann verwalteten das Ganze. In der Kombüse trank man immer einen Gin-Tonic mit dem Verwalter.«

Die sentimentale Seite an ihm ist mir neu.

»Muß schön gewesen sein«, sage ich. »Hat es auch Holzschuhtanz und Ziehharmonikamusik gegeben?«

Seine Augen werden schmal.

»Sie irren sich«, sagt er. »Ich spreche von Machtbefugnissen. Und von Freiheit. Damals war der Kapitän oberste Autorität. Wir gingen an Land und nahmen bis auf die Ankerwache die ganze Besatzung mit. Es gab nichts in Færingshavn. Es war nur ein gottverlassenes, ödes Nest zwischen Godthåb und Frederikshåb. Aber in diesem Nichts ging man spazieren, wenn man Lust dazu hatte.«

Er macht eine Bewegung in Richtung des Pontonsystems vor uns und der Aluminiumbaracken in der Ferne.

»Hier gibt es drei zollfreie Geschäfte. Und eine feste Hubschrauberverbindung zum Festland. Hier gibt es ein Hotel und eine Tauchstation. Eine Post. Ein Verwaltungsbüro von Chevron, Gulf, Shell und Esso. In zwei Stunden können sie eine Landebahn montieren, die einen kleinen Jet aushält. Das Schiff da vor uns hat eine Bruttotonnage von 125 000 Tonnen. Hier gibt es Entwicklung und Fortschritt. Aber niemand kann an Land gehen, Jaspersen. Die kommen an Bord, wenn Sie was brauchen. Sie kreuzen Ihre Bestellungen auf einer Liste an, sie kommen mit einer transportablen Rutsche und schieben Ihnen die Ware an Bord. Wenn der Kapitän darauf besteht und an Land will, kommen ein paar Sicherheitsoffiziere, holen ihn an der Gangway ab und halten ihn an der Hand, bis er wieder an Bord ist. Wegen der Feuergefahr, heißt es. Wegen des Sabotagerisikos. Es heißt, daß bei vollen Piers hier insgesamt eine Milliarde Liter Öl liegt.«

Er sucht nach einer neuen Zigarette, aber die Packung ist leer.

»Das ist das Wesen der Zentralisierung. Angesichts solcher Maßnahmen sind die Schiffsführer fast verschwunden. Und Seeleute kommen überhaupt nicht mehr vor.«

Ich warte. Er will etwas von mir.

»Hatten Sie gehofft, an Land gehen zu können?«

Ich schüttele den Kopf.

»Auch nicht, wenn das die einzige Chance wäre? Wenn das die Endstation wäre? Wenn jetzt nur noch die Heimreise bliebe?«

Er will wissen, wieviel ich weiß.

»Wir laden nicht«, sage ich. »Wir löschen nicht. Das hier ist nur ein Halteplatz. Wir warten auf irgend etwas.«

»Sie raten.«

»Nein«, erwidere ich. »Ich weiß, wo wir hinwollen.«

Seine Haltung ist immer noch entspannt. Doch jetzt ist er auf der Hut.

»Erzählen Sie.«

»Dafür muß ich dann aber wissen, warum wir hier liegen.«

Seine Gesichtshaut ist nicht sehr robust. Sie ist ganz weiß und schilfert in der relativ trockenen Luft ab. Er leckt sich die Lippen. Er hat auf mich gesetzt als eine Art Versicherung. Jetzt steht er vor einem neuen, gewagten Vertrag. Das erfordert ein Zutrauen zu mir, das er nicht hat.

Ohne ein Wort geht er an mir vorbei. Ich folge ihm auf die Brücke. Ich schließe hinter uns die Tür. Er geht zu dem leicht erhöhten Navigationspult.

»Zeigen Sie es mir«, sagt er.

Die Karte ist im Maßstab 1:1 000 000 und zeigt die Davisstraße. Nach Westen reicht sie bis zur äußersten Spitze der Cumberland-Halbinsel. Im Nordwesten ist noch die Küste bei den Großen Heilbuttgründen darauf.

Auf dem Tisch liegt neben der Seekarte die Vereisungskarte des Eismeldedienstes.

»Die Treibeisdecke«, sage ich, »liegt in diesem Jahr seit November hundert Seemeilen weit draußen und nicht höher als Nuuk. Das Eis, das der Westgrönlandstrom hinauftreibt, ist aufs Meer hinausgeführt worden und geschmolzen, weil die Davisstraße drei milde Winter gehabt hat und deshalb wärmer ist als normal. Der Strom, jetzt ohne Eis, führt an der Küste entlang. Die Diskobucht hat die höchste Anzahl von Eisbergen pro Quadrateinheit in der Welt. Die letzten beiden Winter hat sich der Gletscher bei Jakobshavn vierzig Meter am Tag bewegt. Das gibt die größten Eisberge außerhalb der Antarktis.«

Ich lege einen Finger auf die Vereisungskarte.

»In diesem Jahr sind sie bereits im Oktober aus der Bucht herausgepreßt und an der Küste in einem Ausläufer der Turbulenz zwischen westgrönländischem Strom und Baffinstrom mitgeführt worden. Sogar in den Fjorden sind Eisberge. Wenn wir von hier wegfahren, gibt Tørk uns einen nordwestlichen Kurs, bis wir aus diesem Gürtel heraus sind.«

Sein Gesicht ist ausdruckslos. Doch seine Konzentration ist die gleiche, die ich am Roulettefilz gesehen habe.

»Der Baffinstrom hat das Westeis seit Dezember zum 67. Breitengrad heruntergeführt. Es ist irgendwo zwischen zweihundert und vierhundert Seemeilen draußen in der Davisstraße mit dem Neueis zusammengefroren. Tørk will uns in die Nähe dieser Gegend bringen. Deshalb werden wir einen deutlich nördlichen Kurs bekommen.«

»Sind Sie schon einmal mit einem Schiff hiergewesen, Jaspersen?«

»Ich bin wasserscheu. Aber ich verstehe was vom Eis.«

Er beugt sich über die Karte.

»In dieser Jahreszeit ist noch nie jemand weiter als bis nach Holsteinsborg gefahren. Nicht einmal in den Fjorden. Die Strömung hat die Treibeisdecke und das Westeis aufeinandergepackt und zu einem Betonboden gemacht. Wir könnten vielleicht gerade mal zwei Tage nach Norden fahren. Ich frage mich nur: Was will er, was sollen wir am Eisrand machen?«

Ich richte mich auf.

»Ohne Einsatz kein Spiel, Herr Kapitän.«

Einen Moment lang glaube ich, daß ich ihn verloren habe. Dann nickt er.

»Es ist, wie Sie gesagt haben«, sagt er langsam. »Wir warten. Das ist alles, was ich erfahren habe. Wir warten auf einen vierten Passagier.«

Die Kronos hat fünf Stunden zuvor den Kurs geändert. Vor der Messe hängt eine niedrige, matte Sonne, an ihrer Position sehe ich es mit Sicherheit. Aber ich habe es schon vorher gespürt.

In den Eßsälen der Internate verwuchsen die Schüler förmlich mit ihren Plätzen. In allen unstabilen Zusammenhängen werden die wenigen äußeren Fixpunkte wichtig. In der Messe der Kronos sitzen wir wie festgeleimt auf unseren Stühlen. Jakkelsen ißt am Nebentisch, blaß und in sich gekehrt hat er den Kopf über den Teller gebeugt. Fernanda und Maria vermeiden es, mich anzusehen.

Maurice ißt mit dem Rücken zu mir. Er ißt nur mit der rechten Hand. Die linke ist mit einer Schlinge hochgebunden, die den schweren Verband an der Schulter teilweise verdeckt. Er hat ein Arbeitshemd an, dessen einer Ärmel abgeschnitten worden ist, um dem Verband Platz zu machen.

Mein Mund ist trocken vor Angst. Solange ich an Bord bin, werde ich sie nicht mehr loswerden.

Als ich gehe, ist Jakkelsen hinter mir.

»Wir haben den Kurs gewechselt! Wir sind auf dem Weg nach Godthåb.«

Ich entschließe mich, in der Offiziersmesse sauberzumachen. Wenn Verlaine hinter mir her ist, muß er über die Brükke. Wenn wir auf dem Weg nach Nuuk sind, muß er kommen. Sie können mich unmöglich in einem großen Hafen an Land gehen lassen.

Ich bleibe vier Stunden in der Messe. Ich putze die Fenster, poliere die Messingleisten und reibe zuletzt die Paneele mit Teakholzöl ein.

Irgendwann kommt Kützow vorbei. Als er mich sieht, verzieht er sich schleunigst.

Dann taucht Sonne auf. Er bleibt eine Zeitlang stehen und wippt auf den Fußballen. Ich habe ein kurzes blaues Kleid angezogen. Vielleicht faßt er das als Einladung zum Bleiben auf. Das ist ein Mißverständnis. Ich habe es an, um möglichst schnell laufen zu können. Als er keine Aufmunterung bekommt, geht er wieder. Er ist zu jung, um anzubändeln, und nicht alt genug, um aufdringlich zu werden.

Um vier legen wir hinter dem roten Hochhaus an. Eine halbe Stunde später werde ich auf die Brücke gerufen.

»In dieser Jahreszeit«, sagt Lukas, »gibt es nur eine Chance, weiter nach Norden zu kommen. Es sei denn, man hat einen Eisbrecher dabei. Und selbst dann ist die Chance nicht groß. Man muß weiter aufs Meer hinaus. Sonst wird man in einer Bucht gefangen, plötzlich hat sich das Eis hinter einem geschlossen, und da sitzt man dann.«

Ich könnte ihn belügen. Doch er ist einer der ganz wenigen Strohhalme, an die ich mich noch klammern kann. Er ist ein Mann auf dem absteigenden Ast. Vielleicht wird er in allernächster Zukunft so weit unten landen, daß wir uns begegnen können.

»Beim 54. Längengrad«, sage ich, »fällt die Wassertiefe. Ein Arm des Weststroms biegt von der Küste ab und trifft auf den relativ kälteren Nordstrom. Und es entsteht, westlich der großen Fischgründe, ein Gebiet mit instabilem Wetter.«

»›Das Nebelmeer‹. Bin nie da gewesen.«

»Eine Zone, wo die größten Eisstücke von der Westküste hingeführt werden und nicht wieder herauskommen. Genau wie beim Friedhof der Eisberge nördlich von Upernavik.«

Mit der Ecke des Lineals suche ich ein dunkles Gebiet auf der Eiskarte.

»Zu klein, um deutlich eingezeichnet zu sein. Oft – und vielleicht auch jetzt – hat es die Form einer langen Bucht, wie ein Fjord im Packeis. Riskant, doch befahrbar. Wenn es unbedingt sein muß. Manchmal haben sich sogar die kleinen dänischen Inspektionskutter auf der Jagd nach englischen und isländischen Trawlern hineingewagt.«

»Warum fährt man ein Viertausendtonnenkümo und ein Dutzend Leute zur Baffinbucht und laviert sich dann durch eine lebensgefährliche Öffnung im Meereis?«

Ich schließe die Augen und rufe nur das Bild eines vergrößerten Pflanzenkeims ins Gedächtnis, eine kleine Figur, die sich um ihr eigenes Zentrum krümmt. Wie bei den Abbildungen, die auf der Seekarte auf dem Bootsdeck gelegen haben.

»Weil dort eine Insel liegt. Die einzige so weit von der Küste entfernte Insel vor Ellesmere Island.«

Unter meinem Lineal ist sie ein Punkt, der so klein ist, daß er fast nicht da ist.

»Isla Gela Alta. Von portugiesischen Walfängern im vorigen Jahrhundert entdeckt.«

»Ich habe davon gehört«, sagt er nachdenklich. »Vogelreservat. Zu schlechtes Wetter, selbst für die Vögel. Verboten, an Land zu gehen. Unmöglich, dort zu ankern. Auf der ganzen Welt gibt es keinen Grund, um dorthin zu fahren.«

»Trotzdem wette ich, daß wir genau dorthin fahren.«

»Ich bin«, sagt er, »nicht sicher, ob Sie in der Lage sind, Wetten einzugehen.«

Noch während ich die Brücke verlasse, denke ich, daß an Sigmund Lukas ein anständiger Mensch verlorengegangen ist. Es ist ein Phänomen, das ich oft beobachtet habe, ohne es verstehen zu können. Daß in einem Menschen ein anderer existieren kann, ein großzügiges und vertrauenerweckendes Individuum aus einem Guß, das aber leider immer nur momentweise zum Ausdruck kommt, weil es in einem korrupten und verschalten Gewohnheitsverbrecher steckt.

An Deck ist es dunkel geworden. Irgendwo im Dunkeln glüht eine Zigarette.

Jakkelsen lehnt an der Reling.

»Mann, ist das geil!«

Der Komplex unter uns ist erleuchtet, die Lampen stehen an beiden Seiten der Kaiarme. Selbst jetzt, in dieses gelbe Licht getaucht, sieht die grasgrün gestrichene Greenland Star mit den erleuchteten Gebäuden weiter hinten, den kleinen elektrischen Autos und den weißen, aufgemalten Verkehrszeichen immer noch aus wie ein paar tausend Quadratmeter auf dem Atlantik ausgelegter Stahl.

Für mich ist das Ganze von A bis Z ein Irrtum. Für Jakkelsen ist es eine wunderbare Einheit aus Meer und Spitzentechnologie.

»Ja«, sage ich, »und das beste ist, daß man das Ganze auseinandernehmen und in zwölf Stunden einpacken kann.«

»Mit dem Ding haben sie das Meer besiegt, Mann. Jetzt ist es egal, wie tief es bis zum Grund ist und wie das Wetter aussieht. Sie können überall einen Hafen hinpacken. Mitten im Ozean.«

Ich bin keine Pädagogin und keine Pfadfinderführerin. Ich habe kein Interesse daran, ihn zu korrigieren.

»Wozu muß man es auseinandernehmen können, Smilla?«

Vielleicht ist es Nervosität, die mich trotzdem antworten läßt.

»Sie haben das Ding gebaut, als sie bei Nordgrönland anfingen, Öl aus dem Meer zu holen. Nachdem sie das Öl entdeckt hatten, dauerte es zehn Jahre, bis sie es fördern konnten. Das Problem war das Eis. Sie bauten zuerst einen Prototyp für etwas, das die größte und solideste Bohrinsel der Welt hätte werden sollen, die Joint Venture Warrior, ein Resultat von Glasnost und grönländischer Selbstverwaltung, eine Zusammenarbeit zwischen USA, Sowjetunion und der Reederei A.P. Møller. Du bist doch schon mal an Bohrinseln vorbeigekommen. Du weißt, wie groß sie sind. Man sieht sie aus fünfzig Seemeilen Entfernung, und sie wachsen und wachsen: ein Universum für sich, das auf Pfählen zu schweben scheint. Mit Bodegas und Restaurants und Arbeitsplätzen, Werkstätten und Kino, Theater und Feuerwehrstationen, und das Ganze zwölf Meter über der Meeresoberfläche montiert, so daß selbst die schwerste Unwettersee drunter durchgeht. Stell dir so eine Insel mal vor. Die Joint Venture Warrior hätte viermal so groß sein sollen. Der Prototyp war achtzehn Meter über der Meeresoberfläche und als Arbeitsplatz für vierzehnhundert Mann gedacht. Sie bauten ihn in der Baffinbucht auf. Als er stand, kam ein Eisberg. Das war eingeplant. Doch der Berg war ein bißchen größer als üblich. Er war irgendwo am Rande des Eismeers entstanden. Hundert Meter hoch und oben flach, wie das nun mal ist, wenn ein Eisberg so hoch ist. Er hatte vierhundert Meter Eis unter der Meeresoberfläche und wog um die zwanzig Millionen Tonnen. Als sie ihn kommen sahen, kamen ihnen doch einige Bedenken. Aber sie hatten zwei große Eisbrecher dabei. Sie vertäuten sie am Eisberg, um ihn auf einen anderen Kurs zu ziehen. Es gab nur eine ganz leichte Strömung und keinen Wind. Trotzdem passierte nichts Nennenswertes, als sie die Maschinen aufdrehten. Außer daß sich der Berg immer weiter geradeaus bewegte. Als würde er nicht merken, daß an ihm gezogen wurde. Und er spazierte über den Prototyp hinweg und hinterließ vom stolzen Entwurf der Joint Venture Warrior gerade mal ein paar Ölflecke und einige Wrackteile. Seitdem haben sie sämtliche Eismeerausrüstungen so gemacht, daß man sie innerhalb von zwölf Stunden zusammenpacken kann. Das ist der Vorhersagezeitraum des Eismeldedienstes. Sie bohren von schwimmenden Inseln aus, die davonlaufen können. Dieser beeindruckende Hafen hier ist nichts weiter als ein Blechtablett. Das Eis würde es mitnehmen, wenn es vorbeikäme, als wäre das Ding nie hiergewesen. Sie legen es nur in den milden Wintern aus, in denen die Treibeisdecke nicht bis hierher reicht oder das Packeis nicht herunterkommt. Sie haben das Eis nicht besiegt, Jakkelsen. Der Kampf hat noch nicht mal angefangen.«

Er macht die Zigarette aus. Er hat mir den Rücken zugekehrt. Ich weiß nicht, ob er enttäuscht ist oder ob es ihm egal ist.

»Woher hast du das, Smilla?«

Als sie noch überlegten, ob sie die Joint Venture Warrior auf das Eis stellen sollten, arbeitete ich ein halbes Jahr am amerikanischen Kaltwasserlaboratorium auf Pylot Island an Modellen zur Berechnung der Elastizität des Meereises. Wir waren eine enthusiastische Gruppe von fünf Leuten. Wir kannten uns von den ersten ICC-Konferenzen her. Wenn wir feierten und blau waren, schwangen wir Reden darüber, daß es das erstemal gelungen war, fünf Glaziologen eskimoischer Herkunft an einem Ort zusammenzubringen. Und bestätigten uns, daß in diesem Moment nirgendwo auf der Welt mehr Fachwissen auf einem Fleck zu finden sei.

Unsere wichtigste Empirie holten wir uns aus Abwaschschüsseln. Wir kippten Salzwasser hinein, stellten sie in einen Laborfreezer und ließen das Wasser auf eine standardisierte Eisdicke gefrieren. Wir nahmen die Eisplatten hinaus ins Freie, legten sie zwischen zwei Tischkanten, belasteten sie mit Gewichten und maßen, wieviel sie nachgaben, bevor sie brachen. Wir brachten die Gewichte mit einem kleinen Elektromotor zum Vibrieren und bewiesen, daß die durch die Bohrungen verursachten Erschütterungen weder die Struktur noch die Elastizität des Eises beeinflußten. Wir waren voller Stolz und begeistertem wissenschaftlichem Pioniergeist. Erst als wir an dem abschließenden Bericht schrieben, in dem wir A.P Møller, Shell und Gospetrol den Abbau der grönländischen Ölvorkommen von auf Eis gebauten Bohrinseln aus empfahlen, ging uns auf, was wir da eigentlich taten. Doch da war es bereits zu spät. Eine sowjetische Firma hatte die Joint Venture Warrior entworfen und die Konzession bekommen. Wir wurden alle fünf gefeuert. Fünf Monate später wurde der Prototyp pulverisiert. Seitdem haben sie sich nur noch an schwimmende Bohrinseln getraut.

Das hätte ich Jakkelsen erzählen können. Aber ich tue es nicht.

»Heute nacht deichsele ich alles für uns«, sagt er.

»Wunderbar.«

»Du glaubst mir wohl nicht, Mann. Aber wart's nur ab. Die Sache ist sonnenklar. Ich hab mir noch nie auf der Nase herumtanzen lassen. Ich kenne das Schiff, verstehste. Ich hab's im Griff.«

Als er in das Licht der Brücke hinaustritt, sehe ich, daß er keine Jacke anhat. Er hat bei zehn Grad Kälte dagestanden und sich mit mir unterhalten, als wären wir drinnen gewesen.

»Brauchst nur noch heute nacht was Schönes zu träumen, Smilla. Morgen wird alles anders.«

»D'Gefängnischuchi het einzigartigi Möglichkeiten zum Bacha vo Surteigbrot bota.«

Urs hat sich über eine rechteckige, in ein weißes Geschirrtuch gewickelte Form gebeugt.

»Dia vila Faktora. Dr Surteig, dr Rührteig und zletscht dr Brotteig. Wia lang brucht er zum Ufga und bi wellara Tempratur? Was für Mehlsorta? D'Ofahitz?«

Er packt das Brot aus. Es hat eine dunkelbraune, glasig blanke Kruste, in der hier und da ganze Weizenkörner zu sehen sind. Ein überwältigender Duft nach Korn, Mehl und einer säuerlichen Frische. Unter anderen Umständen hätte ich mich darüber gefreut. Doch mich interessiert etwas anderes. Ein Zeitfaktor. Auf einem Schiff kündigt sich jedes Ereignis zuerst in der Kombüse an.

»Du bäckst jetzt, Urs. Das ist ungewöhnlich.«

»Z'Problem ischs Glichgwicht. Zwüschet am Sürlicha und am Ufga.«

Nachdem wir den Kontakt verloren haben, nachdem er mich im Küchenaufzug gefunden hat, finde ich, daß er selbst etwas Teigiges bekommen hat. Etwas Bewegliches, Unverdorbenes, Einfaches und doch Raffiniertes. Und zugleich viel, viel zu Weiches.

»Gibt es jetzt eine extra Mahlzeit?«

Er versucht mich zu überhören.

»Du landest im Knast«, sage ich. »Direkt im Kittchen. Hier in Grönland. Kein Küchendienst. Keine Strafmilderung. Mit dem Essen machen sie hier nicht viel Aufhebens. Wenn wir uns in drei bis vier Jahren wiedersehen, werden wir ja sehen, ob du dir deine gute Laune erhalten hast. Auch wenn du dreißig Kilo abgenommen hast.«

Er sackt zusammen wie ein punktiertes Soufflé. Er kann nicht wissen, daß es in Grönland keine Gefängnisse gibt.

»Am elfi. Für ei Person.«

»Urs«, sage ich, »weswegen bist du verurteilt worden?«

Er sieht mich versteinert an.

»Es kostet mich nur einen Anruf«, sage ich. »Bei Interpol.«

Er antwortet nicht.

»Ich habe vor unserer Abfahrt angerufen«, sage ich. »Als ich die Schiffsliste gesehen habe. Es war Heroin.«

In dem schmalen Feld zwischen Bart und Oberlippe perlt eine Kette von Schweißtropfen.

»Das hast du nicht von Marokko aus gemacht. Von woher?«

»Warum müant sie mi immer alli quäla?« sagt er.

»Woher?«

»Vom Flughafa in Genf. Der See isch ganz in dr Nächi. I bi bim Militär gsi. Miar hend Kista zsämma mit em Proviant mitgna, uf am Fluß.«

Als er antwortet, begreife ich zum erstenmal in meinem Leben etwas von der Kunst des Verhörs. Er antwortet mir nicht nur aus Furcht, sondern ebensosehr aus dem Bedürfnis nach Kontakt, aus der Last eines gequälten Gewissens, aus der Einsamkeit auf dem Meer heraus.

»Kisten mit Antiquitäten?«

Er nickt.

»Us am Osta. Mit em Flugzüg vo Kioto.«

»Wer hat sie herausgebracht? Wer war der Spediteur?«

»Aber das müand Sie ja wüssa.«

Ich sage nichts. Ich kenne die Antwort, bevor sie kommt.

»Dr. Verlaine natürlig ...«

So haben sie die Kronos bemannt. Mit Leuten, die so gefährdet sind, daß sie keine andere Wahl gehabt haben. Erst jetzt, nach so langer Zeit, sehe ich die Schiffsmesse, wie sie wirklich ist. Als Mikrokosmos, als Bild des Netzes, das Tørk und Claussen zuvor geknüpft haben. So wie Loyen und Ving die Kryolithgesellschaft genutzt haben, so haben sie auch diese bereits vorhandene Organisation benutzt. Fernanda und Maria aus Thailand, Maurice, Hansen und Urs aus Europa, Teile desselben Organismus.

»I han kai Wahl gha. I bin zahligsunfähig gsi.«

Seine Ängstlichkeit wirkt jetzt nicht mehr übertrieben.

Ich will schon gehen, als er mir nachkommt.

»Fräulein Smilla. Hi und da denk i, daß Si villicht blöffend ... Daß Si villicht gar nit vo dr Polizei sind.«

Selbst einen halben Meter von Urs entfernt spüre ich die Hitze des Brotes. Es muß gerade aus dem Ofen gekommen sein.

»Und i dem Fall wär es eigentli kai bsunders Risiko, wenn i

Ihna amena schöna Tag, säga mer, a Portion Trifle mit Glasscherba und chlina Stacheldrahtstückli serviera würdi.«

Er hält das Brot in der Hand. Es muß über zweihundert Grad heiß sein. Vielleicht ist er ja doch nicht so weich. Vielleicht würde er, wenn man ihn hohen Temperaturen aussetzte, eine glasharte Kruste bekommen.

Ein Zusammenbruch braucht nicht als Einschnitt zu kommen, es kann durchaus sein, daß man nur sachte in die Resignation hineinrutscht.

Bei mir kommt er so. Auf dem Weg von der Kombüse beschließe ich, von der Kronos abzuhauen. In meiner Kajüte ziehe ich zuerst Unterwäsche aus reiner Wolle an. Darüber meine blauen Arbeitssachen, blaue Turnschuhe, einen blauen Pullover und eine dünne, dunkelblaue Daunenjacke. Im Dunkeln wird das fast schwarz sein. Es ist das am wenigsten Auffällige, das ich im Moment finden kann. Ich packe keinen Koffer. Ich rolle mein Geld, meine Zahnbürste, Schlüpfer und eine kleine Flasche Mandelöl in eine Plastiktüte. Ich glaube nicht, daß es mir gelingt, mit mehr wegzukommen.

Ich sage mir, daß mich die Einsamkeit erwischt hat. Ich bin zusammen mit anderen aufgewachsen. Wenn ich kurze Phasen der Einsamkeit und des In-sich-gekehrt-Seins gebraucht habe, dann nur, um gestärkt wieder in die Gemeinschaft zurückzukehren.

Aber ich habe diese Gemeinschaft nicht gefunden. Irgendwie ist sie mir verlorengegangen, irgendwann in dem Herbst, in dem Moritz mich zum erstenmal aus Grönland ausflog. Ich suche immer noch, ich habe noch nicht aufgegeben. Doch es kommt mir vor, als würde ich nie ankommen.

Jetzt ist mir das Leben auf diesem Schiff zu einem Zerrbild meiner Existenz geworden, meiner Existenz in der modernen Welt.

Ich bin keine Heldin. Ich habe etwas für ein Kind empfunden. Ich hätte meine Sturheit jemandem zur Verfügung stellen können, der seinen Tod hätte verstehen wollen. Aber es gibt niemanden. Niemanden außer mir.

Ich gehe nach oben, an Deck. An jeder Ecke rechne ich mit Verlaine. Doch ich begegne niemandem. Das Deck wirkt verlassen. Ich stelle mich an die Reling. Die Greenland Star sieht anders aus als vor ein paar Stunden, als ich hier gestanden habe. Als ich noch gelähmt war von den hinter mir liegenden Tagen. Jetzt ist sie mein Weg weg von hier, meine Fluchtmöglichkeit.

Die Piers, von denen mindestens zwei eine Länge von einem Kilometer haben, sind in den langen Dünungen, die aus der Dunkelheit herangerollt kommen, sonderbar still. Hinten bei den Gebäuden sehe ich kleine, beleuchtete Elektroautos und Gabelstapler.

Die Gangway der Kronos ist ausgefahren. Auf den Kais stehen große Schilder mit der Aufschrift *Access to pier strictly forbidden*.

Vom Ende der Gangway aus sind es über sechs- bis siebenhundert Meter über den in helles Licht getauchten Pontonkai. Sie haben zwar keine Wachposten aufgestellt, in den Kontrolltürmen, von denen aus sie das Auspumpen des Öls steuern, ist kein Licht, aber dennoch wird das Areal sicher überwacht. Sie werden mich sehen und aufgreifen.

Darauf setze ich. Wahrscheinlich sind sie verpflichtet, mich wieder abzuliefern. Doch vorher werden sie mich an einen Ort mit einem Offizier, einem Schreibtisch und einem Stuhl führen. Dort werde ich etwas über die Kronos erzählen. Nichts, was auch nur annäherungsweise mit dem Teil der Wahrheit zu tun hat, den ich kenne. Den würde man mir ohnehin nicht glauben. Aber etwas von Jakkelsens Drogen, und daß ich mich von der übrigen Besatzung bedroht fühle und das Schiff verlassen möchte.

Sie werden mir zuhören müssen. Desertion als technisches und juristisches Phänomen gibt es nicht mehr. Ein Matrose und eine Stewardeß können an Land gehen, wann immer sie wollen.

Ich gehe auf das zweite Deck hinunter. Von hier aus sieht man die Gangway. Wo sie auf das Deck trifft, ist eine windgeschützte Stelle. Dort hat Jakkelsen seinerzeit auf mich gewartet.

Jetzt wartet ein anderer. Hansen hat seine Turnschuhe auf den niedrigen Stahlkasten plaziert.

Ich würde die Gangway nicht schaffen, bevor er vom Stuhl hoch wäre. Bei einem Spurt von hundertfünfzig Metern den Kai hinunter wäre ich die sichere Siegerin. Aber dann wäre ich total am Ende, ich würde stehenbleiben und umfallen.

Ich ziehe mich auf das Deck zurück. Stehe und wäge meine Möglichkeiten ab. Gerade bin ich zu der Erkenntnis gelangt, daß ich keine habe, als plötzlich das Licht ausgeht.

Ich habe gerade die Augen geschlossen. Ich versuche, in den Geräuschen eine Lösung zu finden. Die Dünung, die am Kai entlangläuft, das hohle Geräusch, wenn das Wasser an die Fender schlägt. Die Schreie der großen Möwen in der Dunkelheit. Das leise Heulen des Windes um die Kontrolltürme. Das Seufzen der verkoppelten Pontonteile, die sich aneinanderreiben. Ein fernes, schwaches Kreischen großer Turbinengeneratoren. Und niederschmetternder als all diese Geräusche zusammen: das Gefühl, daß all dieser Lärm über dem schwarzen Atlantik in die Leere gesogen wird. Daß die ganze Konstruktion und die vertäuten Schiffe ein empfindlicher Fehlgriff sind, der sehr bald über den Haufen geworfen wird.

In diesen Geräuschen liegt kein Rat für mich. An einem Ort wie diesem kann man ein Schiff nur über die Gangway verlassen. Ich bin auf der Kronos gefangen.

In diesem Moment also geht das Licht aus. Als ich die Augen öffne, sind sie zuerst wie von der Schwärze geblendet. Und dann glüht es, in Abständen von vielleicht hundert Metern, am Kai rot auf. Die Notbeleuchtung.

Auf der Pier, an der die Kronos vertäut ist, und auf dem Schiff selbst ist das Licht aus. Die Nacht ist so dunkel, daß auch die nächste Umgebung verschwunden ist. Der entferntere Teil der Plattform liegt wie eine gelblichweiße Insel in der Nacht.

Ich sehe den Kai. Ich sehe eine Gestalt auf dem Kai. Sie bewegt sich von der Kronos fort. Die Mischung aus Furcht, Hoffnung und alter Gewohnheit bewirkt, daß ich mir den Kopf weder am Mast noch an einem Ankerspill einrenne. Oberhalb des letzten Treppenstücks bleibe ich kurz stehen.

Es ist niemand zu sehen. Doch selbst wenn jemand da wäre, würde ich ihn nicht sehen können. Dann laufe ich.

Vom Schiff und die Gangway hinunter. Ich sehe niemanden. Niemand ruft mich an. Ich biege ab und laufe die Pier entlang. Die Pontons unter den Füßen fühlen sich lebendig und unsicher an. Hier unten wirkt die Notbeleuchtung quälend hell. Ich halte mich an der den Lampen entgegengesetzten Seite, lege jedesmal Tempo zu, wenn ich ein Lichtfeld erreiche, und gehe langsam, um wieder Luft zu kriegen, wenn ich wieder im Dunkeln bin. Seit ich Lander im Nebel nach Skovshoved habe zurückfahren sehen, sind gerade sechs Tage vergangen. Ich bin in jeder Beziehung immer noch auf dem offenen Meer. Trotzdem empfinde ich etwas, was Ähnlichkeit mit der Freude haben muß, die ein Matrose auf großer Fahrt empfindet, wenn er seinen Fuß wieder auf festen Boden setzt.

Vor mir wird eine Gestalt sichtbar. Sie bewegt sich torkelnd und ruckartig von einer Seite auf die andere, wie ein Betrunkener.

Es hat angefangen zu regnen. Der Kai hat Verkehrszeichen wie ein Boulevard. Zu beiden Seiten ragen fensterlose Schiffsrümpfe wie Hochhäuser fünfundvierzig Meter hoch auf. Weit weg glänzt das Aluminium der Baracken. Große, unsichtbare Maschinen lassen alles gedämpft vibrieren. Die Greenland Star ist eine ausgestorbene Stadt am Rande eines leeren Himmels.

Das einzige Lebewesen ist die vor mir hin und her hopsende Gestalt. Es ist Jakkelsen. Die Silhouette vor einer Lampe ist unbestreitbar Jakkelsen. Vor ihm, weit voraus, ist ein anderer, ein Mensch auf dem Weg irgendwohin. Deshalb wechselt Jakkelsen dauernd die Seite. Er versucht wie ich, das Licht zu meiden. Versucht, sich vor dem, den er verfolgt, unsichtbar zu machen.

Hinter mir ist anscheinend niemand, ich mache also langsamer. Damit ich die beiden vor mir nicht einhole, aber doch vorankomme.

Ich biege um den letzten Turm. Vor mir liegt ein weitgestreckter, offener Platz. Ein Marktplatz mitten auf dem Meer.

Das einzige Licht im Halbdunkel kommt von vereinzelten, hochsitzenden Leuchtstoffröhren.

In der Mitte des Platzes, im Mittelpunkt einer Reihe weißer, konzentrischer Kreise, ragt geduckt die Silhouette eines großen, toten Tieres auf. Ein Sikorskyhubschrauber mit vier leicht gerundeten, hängenden Rotorblättern. Neben einer Baracke hat jemand einen kleinen Pumpenwagen zum Schaumlöschen und einen Elektrobus stehenlassen. Jakkelsen ist weg. Es ist der ödeste Ort, den ich je gesehen habe.

Als Kind habe ich ab und zu geträumt, alle Menschen seien tot und hätten mich mit der euphorischen Freiheit der Entscheidung in einer verlassenen Erwachsenenwelt zurückgelassen. Ich habe das immer für einen Wunschtraum gehalten. Jetzt, hier auf dem Platz, sehe ich, daß es immer ein Alptraum gewesen ist.

Ich gehe weiter auf den Helikopter zu, daran vorbei, in das schwache Licht hinaus, das vom rutschfesten Belag der Pontons dunkelgrün gefärbt wird. Um mich herum ist es so leer, daß ich nicht einmal fürchten kann, entdeckt zu werden.

Dort, wo die Plattform direkt ins Meer übergeht, stehen drei Baracken und ein Halbdach. Im Schatten, etwas weg vom Licht, sitzt Jakkelsen. Einen Augenblick lang werde ich unruhig. Vor einigen Minuten hat er sich noch affenartig schnell bewegt, jetzt ist er vollkommen zusammengesunken. Doch als ich ihm die Hand auf die Stirn lege, spüre ich seine Hitze und seinen Schweiß vom Laufen. Als ich ihn wachrütteln will, klirrt Metall. Ich fische in seiner Brusttasche herum und hole seine Injektionsspritze heraus. Ich erinnere mich an seinen Gesichtsausdruck, als er mir versicherte, er würde den Laden schon schmeißen. Ich versuche ihn auf die Beine zu kriegen. Aber er ist zu schlaff. Was er braucht, sind zwei starke Krankenträger und ein Krankenhausbett auf Rädern. Ich ziehe meine Jacke aus und lege sie ihm um. Ziehe sie ihm bis über seine Stirn, damit es ihm nicht ins Gesicht regnet. Lasse die Spritze in seine Tasche zurückgleiten. Man muß schon jünger oder zumindestens idealistischer sein als ich, um Menschen verschönern zu wollen, die den festen Entschluß gefaßt haben, sich umzubringen.

Als ich mich aufrichte, ist ein Schatten unter einem Halbdach hervorgeglitten und lebendig geworden. Er bewegt sich nicht in meine Richtung, er ist auf dem Weg über den Platz.

Es ist ein Mensch. Mit einem kleinen Koffer und wehendem Mantel. Doch nicht der Koffer ist klein, sondern die Person ist groß. Aus dieser Entfernung sehe ich nicht viel. Doch das ist auch nicht notwendig. Zum Erkennen braucht es nicht viel. Es ist der Mechaniker.

Vielleicht habe ich es die ganze Zeit über gewußt, daß er der vierte Passagier sein würde.

Als ich ihn erkenne, begreife ich, daß ich auf die Kronos zurückmuß.

Nicht daß es plötzlich gleichgültig geworden wäre, ob ich lebe oder sterbe. Eher daß mir das Problem aus den Händen genommen worden ist. Es hat nicht nur etwas mit Jesaja zu tun. Oder mit mir selbst. Oder mit dem Mechaniker. Nicht einmal nur mit dem, was zwischen uns ist. Es ist etwas Größeres. Vielleicht ist es die Liebe.

Als ich den Kai entlanggehe, ist das Licht wieder da. Es hat keinen Sinn, sich verstecken zu wollen.

Der Turm vor der Kronos ist bemannt. Die Gestalt hinter dem Glas gleicht einem Insekt. Aus der Nähe sieht man, daß es an ihrem Sicherheitshelm mit den zwei kurzen Antennen liegt.

Zwei Schläuche führen an Bord, die Kronos tankt Diesel. Oben an der Gangway sitzt Hansen. Als er mich sieht, erstarrt er. Er hat meinetwegen dagesessen. Aber er hat mich aus der anderen Richtung erwartet. Auf diese Situation ist er nicht eingestellt. Er kommt nur langsam in die Gänge, Improvisation ist nicht seine Stärke. Zunächst einmal versperrt er mir den Weg. Versucht das Risiko einer Offensive einzuschätzen. Ich taste nach dem Schraubenzieher und gerate mit der Hand in meine Plastiktüte. Auf der Treppe hinter ihm kommt Lukas zum Vorschein. Ich reiche Hansen meine geballte Hand.

»Von Verlaine«, sage ich.

Seine Hand schließt sich um das, was ich ihm gegeben habe. In einem spontanen, durch den Namen des Bootsmanns hervorgerufenen Gehorsam. Jetzt steht Lukas direkt hinter ihm. Er überschaut die Situation mit einem einzigen Blick. Seine Augen werden schmal.

»Sie sind naß, Jaspersen.«

Er versperrt mir den Weg zur Treppe.

»Ich habe etwas erledigt«, sage ich. »Für Hansen.«

Hansen sucht nach Worten des Protests. Er öffnet die Hand, um vielleicht dort eine Antwort zu finden. Auf seiner großen Handfläche liegt eine Kugel. Sie entfaltet sich, während wir sie ansehen. Es sind ein paar Schlüpfer, kleine, mit Spitze, kreideweiß.

»Es gab sie nicht größer«, sage ich. »Aber Sie kommen bestimmt rein, Hansen. Sie sind sehr elastisch.«

Ich gehe an Lukas vorbei. Er versucht nicht, mich aufzuhalten. Hansen hat seine volle Aufmerksamkeit. In seinem Gesicht steht das blanke Staunen. Er hat es schon schwer, der Lukas. Um ihn herum nichts als unbeantwortete Fragen.

Auf der Treppe höre ich gerade noch, daß er auch vor diesem Rätsel aufgibt.

»Erst das Gepäck«, sagt er. »Danach das hintere Ankerspill. Wir laufen in einer Viertelstunde aus.«

Seine Stimme ist heiser, erstaunt, irritiert und gequält.

Ich ziehe das nasse Arbeitszeug aus und setze mich auf die Koje. Ich denke an Jakkelsen.

Durch den Schiffsrumpf spürt man, daß die Ölpumpen abgeschaltet werden. Daß die Schläuche eingerollt werden, daß sie die Springe einfahren und das Deck seeklar gemacht wird.

Irgendwo draußen im Dunkeln, etwa einen Kilometer von hier entfernt, sitzt Jakkelsen. Ich bin die einzige, die weiß, daß er es geschafft hat, von Bord zu kommen. Die Frage ist, ob ich seine Abwesenheit melden soll.

Die Gangway wird abgezogen. Auf Deck werden die Posten an den Vertäuungen besetzt.

Ich bleibe sitzen. Weil Jakkelsen vielleicht irgend etwas mitbekommen hat. Seine Stimme an Deck, sein Selbstvertrauen und seine Gewißheit hatten irgend etwas, das mir immer wieder durch den Kopf geht. Wenn es wahr ist, daß er etwas entdeckt hat, muß es einen Grund haben, daß er an Land wollte. Er muß gedacht haben, daß das, was zu tun war, von dort aus getan werden mußte. Vielleicht kann er mir also immer noch helfen. Obwohl ich nicht sehe, wie oder warum er das tun sollte. Oder mit welchen Mitteln.

Die Schiffssirene heult nicht, die Kronos verläßt die Greenland Star so anonym, wie sie gekommen ist. Ich habe noch nicht einmal gemerkt, daß die Maschine aufgedreht hat. Nur eine Veränderung in den Bewegungen des Rumpfes sagt mir, daß wir fahren.

Unsere Durchschnittsgeschwindigkeit beträgt achtzehn Knoten. Zwischen vierhundert und vierhundertfünfzig Seemeilen am Tag. Das bedeutet, daß wir in ungefähr zwölf Stunden da sind. Wenn ich recht gehabt habe. Wenn wir auf dem Weg nach Gela Alta zum Barrengletscher sind.

Etwas Schweres wird durch den Korridor geschleift. Da die Tür zum Achterdeck geschlossen ist, gehe ich dem Geräusch auf dem Flur hinterher. Durch die Scheibe in der Tür sehe ich, daß Verlaine und Hansen das Gepäck des Mechanikers nach hinten bringen. Schwarze Kisten, die aussehen wie Instrumentenkoffer, auf Sackkarren. Er muß im Flugzeug Übergewicht gehabt haben. Das ist teuer gewesen. Ich frage mich, wer das wohl bezahlt hat.

2 Wenn man in einem Land wie Dänemark siebenunddreißig geworden und regelmäßig ohne Medikamente ausgekommen ist, keinen Selbstmord begangen und die zarten Ideale seiner Kindheit nicht völlig verraten hat, dann hat man ein bißchen gelernt, mit den Widerwärtigkeiten des Daseins umzugehen.

In Thule maßen wir in den siebziger Jahren mit in meteorologischen Ballons hochgeschickten Geräten supergekühlte Wassertropfen. Sie bilden sich für kurze Zeit in hochliegenden Wolken. Um sie herum ist es kalt, aber ganz still. In einem Hohlraum aus Unbeweglichkeit sinkt ihre Temperatur auf minus vierzig Grad. Sie müßten eigentlich zu Eis gefrieren, tun es aber nicht, sie bewegen sich nicht, bleiben im Gleichgewicht und schweben.

Genauso versuche ich den Widerwärtigkeiten zu begegnen.

Die Kronos ist noch nicht zur Ruhe gekommen. Eine unsichtbare Geschäftigkeit und Bewegung sind spürbar. Doch länger zu warten geht nicht mehr.

Ich hätte durch den Maschinenraum und über das Zwischendeck gehen können. Wenn das nicht mit so vielen klaustrophobischen Erinnerungen verbunden wäre. Ich will sie zumindest sehen, wenn sie kommen.

Das Achterdeck erstrahlt im Licht. Ich hole tief Luft und gehe über die Bühne. Aus den Augenwinkeln sehe ich die Spills und das Geländer um den Mast vorbeigleiten. Dann bin ich beim Achteraufbau und schließe auf. Hinter der Tür bleibe ich an der Scheibe stehen und sehe auf das Deck hinaus.

Hier ist Verlaines Domäne. Selbst jetzt, wo kein Mensch zu sehen ist, ist seine Gegenwart spürbar.

Ich schließe die Tür hinter mir ab. Meine Waffen waren die ganze Zeit über die kleinen Details, von denen niemand etwas weiß. Meine Identität, meine Absicht, Jakkelsens Hauptschlüssel. Daß ich den habe, können sie nicht wissen. Sie müssen glauben, daß es eine Panne war, Nachlässigkeit von ihrer Seite, daß ich das letztemal über das Achterdeck hereingekommen bin. Sie hatten Angst, ich sei einer Sache auf der Spur. Aber von dem Schlüssel können sie nichts wissen.

Im ersten Raum lasse ich den Lichtkegel über dichtgestapelte und vertäute Dosen mit Bleimennige, Grundierfarbe, Schiffsemaille, Spachtelmasse, Spezialverdünner, Kisten mit Filtermasken, Epoxyteer, Pinseln und Rollen streichen. Alles gestapelt, sauber und ordentlich. Verlaines Sorgfalt.

Die nächste Tür ist der Hintereingang einer Toilette. Die Tür gegenüber führt zu einem doppelten Duschraum. Die nächste zur Metallwerkstatt. Wo Hansen seine Messer mit Wiener Kalk poliert hat.

Der letzte Raum ist die Elektrikerwerkstatt. In dem Labyrinth aus Schränken, Regalen und Kisten könnte man einen kleinen Elefanten verstecken, und ich würde eine Stunde brauchen, um ihn zu finden. Aber ich habe keine Stunde. Also schließe ich die Tür und gehe nach unten.

Die Tür zum Zwischendeck ist jetzt abgeschlossen. Und dann noch extra verrammelt. Jemand wollte ganz sichergehen, daß auf diesem Weg niemand hereinkommt. Ich habe meine Lampe nur einen kurzen Moment lang angeknipst. Das ist sicher eine überflüssige Vorsichtsmaßregel. Ich befinde mich in einer fensterlosen Dunkelheit. Aber zu mehr reichen meine Nerven nicht.

Ich bleibe stehen und horche. Ich muß mich zusammenreißen, um nicht in Panik zu geraten. Dunkelheit habe ich noch nie gemocht. Die dänische Gewohnheit, nachts herumzustromern, habe ich nie verstanden. In pechschwarzer Dunkelheit abends Spaziergänge zu machen. Nachtigallenspaziergänge im Wald. Unbedingt die Sterne anschauen wollen. Nachtorientierungsläufe.

Vor der Dunkelheit muß man Respekt haben. Die Nacht ist die Zeit, in der der Weltraum vor Bosheit und Verderbnis kocht. Man kann das Aberglaube nennen, und man kann dazu Angst vor der Dunkelheit sagen. Doch so zu tun, als sei die Nacht wie der Tag, bloß ohne Licht, das ist Dummheit. Die Nacht ist dazu da, daß man, wenn man nicht zufällig allein und zu anderem gezwungen ist, drinnen zusammenrückt.

Im Dunkeln sind die Geräusche handgreiflicher als die Gegenstände. Das Geräusch von Wasser um die Schraube, irgendwo unter meinen Füßen. Das gedämpfte Zischen des Kühlwassers. Der Maschinenlärm, die Ventilation. Der Lauf der Schraubenachse im Achslager. Ein kleiner elektrischer Kompressor, die Richtung ist fast nicht zu bestimmen. Als würde man in einer Wohnung herauszubekommen versuchen, in welcher Nachbarwohnung der Kühlschrank solchen Krach macht.

Auch hier ist es ein Kühlschrank. Ich finde ihn nicht aufgrund des Geräusches. Ich finde ihn, weil mir die Dunkelheit meine Zeichnung klar vor Augen führt. Ich schreite den Korridor ab. Das Ergebnis kenne ich bereits. Aus reiner Nervosität habe ich es bisher nur nicht registriert. Der Korridor ist zwei Meter zu kurz. Irgendwo hinter der abschließenden Wand liegt laut Jakkelsen das hydraulische Rudersystem. Doch das erklärt noch nicht die zwei Meter.

Ich leuchte die Wand an. Sie ist mit demselben Sperrholz verkleidet wie die übrigen Wände. Deshalb habe ich sie vorher nicht gesehen. Doch das Sperrholz ist erst vor relativ kurzer Zeit eingesetzt worden. Von irgendwo hinter der Wand her dringt ein gedämpftes Summen wie von einem Kühlschrank. Die Sperrholzplatte ist angenagelt. Kein sonderlich sorgfältiges Versteck. Nur notdürftig zusammengeschustert. Aber allein könnte ich die Platte nicht entfernen. Auch wenn ich das richtige Werkzeug hätte.

Ich öffne die nächste Tür.

An der Wand stehen die schwarzen Kisten. *Grimlot Music Instruments Flight Cases* steht darauf. Ich öffne die erste. Sie ist viereckig und sieht aus, als könnte man einen mittelgroßen Hochtöner darin unterbringen.

Der Garantieschein unter den beiden blauen, blanken Flaschen aus emailliertem Stahl lautet auf *Self-contained Underwater Breathing Apparatus.* Die Flaschen sind in einem Gumminetz, um die Farbe vor Stößen zu schützen.

Ich öffne eine zweite, kleinere Kiste. Der Inhalt sieht aus wie Ventile, die man auf die Flaschen schraubt. Blitzblank. In formgegossenes Schaumgummi eingelassen. Ein Lungenautomat. Aber ein Typ, den ich noch nie gesehen habe. Der auf die Flaschen montiert wird, statt direkt an das Mundstück.

Die dritte Kiste enthält Manometer und Armbandkompasse. In einem großen Koffer mit Griff liegen Brillen, drei Paar Flossen, Edelstahldolche in Gummischeiden und zwei aufblasbare Schwimmwesten, an denen man die Flaschen festmachen kann.

Ein Transportsack enthält zwei schwarze Gummianzüge mit Kapuze und Reißverschluß an Hand- und Fußgelenken. Anzüge aus Neopren. Mindestens fünfzehn Millimeter dick. Darunter zwei wasserdichte Poseidontaucheranzüge. Darunter Handschuhe, Socken, zwei Thermoanzüge, Sicherheitsleinen und sechs verschiedene Batterielampen, zwei davon sind in einen Helm eingebaut.

Ein Kasten sieht aus wie ein Instrumentenkoffer für einen akustischen Baß, ist aber länger und tiefer. Er steht gegen das Schott gelehnt. In dem Kasten ist Jakkelsen.

Er war nicht groß genug für ihn, deshalb haben sie seinen Kopf auf die rechte Schulter gedrückt und die Beine hinter den Oberschenkeln so hochgezogen, daß er jetzt kniet. Seine Augen sind offen. Er hat immer noch meine Jacke um die Schultern.

Ich befühle sein Gesicht. Er ist noch feucht und warm. Die Körpertemperatur eines größeren Tieres sinkt im Sommer, nachdem es erschossen worden ist, in der Stunde um ein paar Grad. Es ist anzunehmen, daß es beim Menschen ähnlich ist. Jakkelsen nähert sich der Zimmertemperatur.

Ich stecke die Hand in seine Brusttasche. Die Spritze ist weg. Aber es ist etwas anderes da. Ich hätte früher daran denken sollen. Metall an sich klirrt nicht. Es klirrt gegen anderes Metall. Ganz vorsichtig bekomme ich mit den Fingern in seiner Tasche ein kleines Dreieck zu fassen. Es wächst aus seinem Brustkasten.

Die Totenstarre breitet sich von den Kaumuskeln nach unten aus. In dieselbe Richtung wie neurotische Spannungen. Er ist steif bis zum Nabel. Ich kann ihn nicht umdrehen, taste aber hinter seinem Rücken und unter der Jacke nach. Unter den Schulterblättern ragt ein Stück Metall heraus, nur ein paar Zentimeter lang, flach und nicht sehr viel dicker als eine Nagelfeile. Oder eine Kaltsägenklinge.

Das Blatt ist zwischen zwei Rippen hineingejagt und von dort schräg nach oben geführt worden. Ich vermute, daß es durch das Herz gegangen ist. Danach ist der Handgriff abgenommen worden, die Klinge jedoch steckengeblieben. Um das Bluten zu verhindern.

Bei einem anderen Menschen wäre die Klinge nicht vorn wieder herausgekommen. Aber Jakkelsen ist ja modisch schlank.

Es muß gerade passiert sein, bevor ich ihn erreicht habe. Möglicherweise, als ich über den Platz ging.

In Grönland hatte ich keine Löcher in den Zähnen, jetzt habe ich zwölf Plomben. Jedes Jahr kommt eine neue dazu. Ich will mich nicht betäuben lassen. Ich habe eine Strategie entwikkelt, um dem Schmerz zu begegnen. Ich atme mit dem Magen, und kurz bevor der Bohrer den Schmelz zum Zahnbein durchbricht, denke ich, daß man jetzt etwas mit mir tut, was ich akzeptieren muß. Dadurch werde ich zu einem engagierten, doch nicht selbstvergessenen Zuschauer des Schmerzes.

Ich war im Landsting dabei, als die Siumutpartei den Vorschlag einbrachte, den geplanten Rückzug der amerikanischen und dänischen Truppen aus Grönland durch die Aufstellung eines grönländischen Heeres einzuleiten. Aber so nannten sie das natürlich nicht. Ein dezentraler Küstenschutz, hieß es, zunächst einmal rekrutiert aus den Grönländern, die in den letzten drei Jahren als Sergeanten in der Marine gedient hatten. Und geführt von Offizieren, die in Dänemark ausgebildet werden sollten.

Ich dachte, das ist unmöglich, das tun sie nicht.

Der Vorschlag fand keine Mehrheit. »Wir finden das Abstimmungsergebnis überraschend«, sagte Julius Høeg, der außenpolitische Sprecher der Siumut, »besonders in Anbetracht der Tatsache, daß der sicherheitspolitische Ausschuß dieses Parlaments einen Küstendienst empfohlen und eine vorbereitende Arbeitsgruppe aus Vertretern der dänischen Marine, der grönländischen Polizei, der Siriuspatrouille, des Eismeldedienstes und anderen Sachverständigen eingesetzt hat.«

Und anderen Sachverständigen. Die wichtigsten Informationen kommen immer zuletzt. Sozusagen en passant. In einem *sideletter.* Am Rand.

Das Sicherheitspersonal auf der Greenland Star bestand aus Grönländern. Erst jetzt fällt mir das auf, jetzt, wo sie hinter uns liegt. Was selbstverständlich geworden ist, sehen wir nicht mehr. Bewaffnete Grönländer in Uniform sind selbstverständlich geworden. Es ist selbstverständlich für uns geworden, Krieg zu führen.

Auch für mich. Alles, was mir darüber hinaus noch bleibt, ist meine Distanz.

Was hier passiert, geschieht mit mir, der Schmerz ist meiner, aber er absorbiert mich nicht völlig. Ein Teil von mir ist Zuschauer.

Ich krieche in den Küchenaufzug. Das ist seit gestern nicht leichter geworden. Man wird ja schließlich nicht jünger.

Jetzt bin ich froh, daß es keine Sicherheitsvorrichtung gibt. Das lebensgefährliche System läßt es zu, daß ich mich selbst nach oben drücke.

Der Sog der Furcht auf dem Weg durch den Schacht nach oben ist derselbe. Die Stille am Ende des Weges. Die leere Küche.

Durch das Oberlicht scheint der Mond herein. Auf dem Weg zur Tür habe ich eine Vision von mir, ich sehe mich, wie ich von außen aussehen muß. Schwarz gekleidet, aber bleich wie der weiße Clown.

Im Korridor dieselben Geräusche. Die Maschine, die Toiletten, die Atemzüge einer Frau. Es ist, als sei die Zeit stehengeblieben.

Das Mondlicht, das in den Salon hereinströmt, ist blau und spürbar kalt, wie eine Flüssigkeit auf der Haut, durch die Bewegung des Schiffes auf dem Meer strecken sich die Silhouetten der Fensterkanten wie lebende Schatten über die Wände.

Ich suche zuerst nach den Büchern.

Der grönländische Lotse, das Kartenbuch von Grönland

des Geodätischen Instituts, die Seekarten der Admiralität von der Davisstraße, auf ein Viertel verkleinert und in einem Buch gesammelt. Colbecks ›Dynamics of Snow and Ice Masses‹ über die Bewegung des Eises, Buchwalds ›Meteorites‹ in drei Bänden. Hefte von ›Naturens Verden‹ und ›Varv‹. Jawetz' und Melnicks ›Review of Medical Microbiology‹. Rintek Madsens ›Parasitologie – ein Handbuch‹. Dion R. Bell: ›Lecture Notes on Tropical Medicine‹.

Ich lege die beiden letzteren auf den Boden und blättere mit der Rechten, während ich mit der Linken die Lampe halte. Unter *Dracunculus* ist mit gelber Kontrastfarbe so viel unterstrichen worden, daß es aussieht, als hätte das Papier die Farbe gewechselt. Ich stelle beide Bände zurück.

Auf dem Flur horche ich lange, an jeder Tür. Dennoch ist es ein Zufall, daß ich Tørks Tür gleich beim erstenmal finde. Ich öffne sie drei Millimeter. Durch das Bullauge fällt das Mondlicht auf die Koje. In dem Raum ist es kalt. Trotzdem hat er die Bettdecke zur Seite geschoben. Sein Oberkörper gleicht bläulichem Marmor. Er schläft tief. Ich trete ein und schließe die Tür hinter mir. Es sind die Entscheidungen, die das Leben schwer machen. Wer gezwungen ist, immer vorwärts zu gehen, hat es einfach.

Alles ergibt sich von selbst. Er hat am Schreibtisch gearbeitet. Die Schreibgeräte sind weggräumt, alles, was rollen kann, muß auf einem Schiff weggeräumt werden. Doch die Papiere liegen noch da. Ein ganzer Stapel, aber nicht so groß, daß ich ihn nicht tragen könnte.

Ich bleibe einen Augenblick stehen und sehe Tørk an. Wundere mich, wie so viele Male zuvor seit meiner Kindheit, wie total wehrlos die Menschen im Schlaf sind. Ich könnte mich zu ihm hinunterbeugen, ich könnte ihn küssen. Ich könnte seinen Herzschlag fühlen. Ich könnte ihm die Kehle durchschneiden.

Ich begreife plötzlich, daß ich oft wach gewesen bin, während andere geschlafen haben, mein Leben hat sich einfach so gestaltet. Ich habe viele späte Nächte und viele frühe Morgen gesehen. Ich habe es nicht so gewollt, doch so ist es nun einmal gekommen.

Ich nehme den Papierstapel mit in den Salon. Es bleibt keine Zeit, ihn zu mir mitzunehmen.

Ich bleibe einen Augenblick sitzen, ohne Licht zu machen. Der Raum hat auf einmal etwas Feierliches. Als hätte das Mondlicht alles in blaugrauem Glas verkapselt.

Jeder träumt davon, den Schlüssel zu sich und seiner Zukunft zu finden. Den Religionsunterricht in der Sonntagsschule in Qaanaaq gab ein Katechet der Herrnhuter Mission, ein introvertierter und brutaler Mathematiker, der kein Wort Thuledialekt sprach. Der Unterricht ging in einer aberwitzigen Mischung aus Englisch, Westgrönländisch und Dänisch über die Bühne. Wir fürchteten den Mann, doch er interessierte uns auch. Man hatte uns dazu erzogen, die Tiefe zu respektieren, die im Wahnsinn liegen kann. Sonntag für Sonntag kreiste der Mann um zwei Dinge. Um die in dem neuentdeckten Nag Hammadi-Kanon enthaltene Aufforderung, sich selbst kennenzulernen, und um den Gedanken, daß unsere Tage gezählt sind, daß es im Universum also eine göttliche Arithmetik gibt. Wir waren alle zwischen fünf und neun Jahre alt. Wir verstanden kein Wort. Trotzdem erinnerte ich mich später noch an einiges. Vor allem dachte ich, würde ich gern die kosmische Berechnung meines Lebens sehen.

Ab und zu habe ich das Gefühl, als sei dieser Augenblick gekommen. So wie jetzt. Als hätte der Stapel Papier, der vor mir liegt, etwas Entscheidendes über meine Zukunft zu sagen.

Die Ahnen meiner Mutter hätten sich gewundert, wenn sie gewußt hätten, daß für einen ihrer Nachkommen der Schlüssel zum Universum ein schriftlicher sein würde.

Obenauf liegt eine Kopie des Berichts der Kryolithgesellschaft Dänemark über die Expedition von 1991 nach Gela Alta. Die letzten sechs Seiten sind keine Kopien. Es sind die originalen, leicht verwackelten und technisch unzulänglichen Luftaufnahmen des Barrengletschers. Er sieht aus wie sein Ruf. Trocken, kalt, weiß, abgewetzt, windzerzaust und sogar von den Vögeln verlassen.

Es folgen etwa zwanzig handgeschriebene Seiten mit Zahlen und kleinen Bleistiftzeichnungen, die mir unverständlich sind.

Zwölf Fotografien sind Kopien von Röntgenaufnahmen. Möglicherweise sind das die Personen, die ich auf dem Lichtschirm in Moritz' Sprechzimmer gesehen habe. Möglich, daß sie irgend etwas anderes darstellen.

Noch mehr Fotografien. Auch diese möglicherweise mit Röntgen aufgenommen. Doch das Motiv sind keine Menschenkörper. Über dem Bild liegen regelmäßige, gerade schwarze und graue Streifen, wie mit dem Lineal gezogen.

Die letzten Seiten sind von eins bis fünfzig durchnumeriert und bilden eine Einheit. Es ist ein Bericht.

Der Text ist sparsam, die vielen Tuschezeichnungen sind skizzenhaft, an mehreren Stellen, wo der Schreibmaschine die Symbole gefehlt haben, sind die Berechnungen mit der Hand eingefügt worden.

Es handelt sich um Erfahrungen beim Transport von Gegenständen mit großer Masse über Eis. Mit Zeichnungen für den Arbeitsablauf und kurzen, anschaulichen Berechnungen der mechanischen Verhältnisse.

Der Bericht enthält auch eine Zusammenfassung der Erfahrungen mit dem Einsatz von Lastschlitten bei Nordpolexpeditionen. Eine Reihe von Zeichnungen zeigt, wie man Schiffe über das Eis gezogen hat, damit sie nicht unter das Eis gedrückt wurden.

Mehrere Abschnitte haben als Überschrift kurze Namen, *Ahnighito, Dog, Savik I, Agpalilik.* Sie behandeln den Transport der größten bekannten Meteoritenfragmente vom Kap-York-Einschlag. Pearys komplizierte Bergung und die Fahrt auf dem Schoner Kite, Knud Rasmussens Registrierung, Buchwalds legendären Transport des dreißig Tonnen schweren *Agnighito* im Jahre 1965.

Dieser letzte Abschnitt enthält Fotokopien von Buchwalds Fotografien. Ich habe sie bereits vor vielen Jahren gesehen, sie waren während der letzten zwanzig Jahre in jedem Aufsatz zu diesem Thema zu finden. Trotzdem sehe ich sie jetzt wie zum erstenmal. Die Rutschen aus ausgelegten Schwellen. Die Winden. Den grob zusammengeschweißten Schlitten aus Eisenbahnschienen. Die Fotokopien haben zu starke Kontraste, deshalb sind die Einzelheiten verwischt. Dennoch liegt die Sache jetzt auf der Hand. Daß die Achterladung der Kronos eine Kopie von Buchwalds Ausrüstung ist. Der Stein, den er nach Dänemark transportierte, wog dreißig Tonnen und achthundertachtzig Kilo.

Im letzten Abschnitt geht es um die dänisch-amerikanisch-sowjetischen Pläne für eine Bohrinsel auf dem Eis. In der Literaturliste ist der Bylot-Bericht über die Tragfähigkeit des Eises aufgeführt. Mein Name steht auf der Autorenliste.

Fast ganz unten in dem Haufen liegen sechs Farbfotos. Es sind Blitzlichtaufnahmen aus einer Art Tropfsteinhöhle. Jeder Geologiestudent hat solche Bilder schon mal gesehen. Die Salzminen in Österreich, die blauen Grotten auf Sardinien, die Lavahöhlen auf den Kanarischen Inseln.

Diese sind dennoch anders. Das Blitzlicht ist in blendenden Reflexen auf die Linse zurückgeworfen worden. Als sei es ein Bild von tausend kleinen Explosionen. Es ist in einer Eishöhle aufgenommen worden.

Die Eishöhlen, die ich gesehen habe, hatten alle nur eine sehr kurze Lebensdauer, bis sie der Gletscherbruch oder die Spalte verschloß oder sie durch unterirdische Schmelzwasserzuflüsse volliefen. Die Höhle auf den Fotos ist wie keine von denen, die ich schon einmal gesehen habe. Aus der Decke wachsen überall lange, glitzernde Tropfsteine, ein kolossales System aus Eiszapfen, das sich über lange Zeit hinweg gebildet haben muß.

In der Mitte der Höhle ist etwas, das aussieht wie ein See. Und im See liegt irgend etwas. Es kann alles mögliche sein. Das Foto läßt nicht einmal eine Vermutung zu.

Wenn man sich überhaupt eine Vorstellung von den Größenverhältnissen machen kann, dann nur, weil im Vordergrund ein Mann sitzt. Er sitzt auf einer der Erhöhungen, die das tropfende Wasser und die Kälte aus dem Boden der Höhle haben emporwachsen lassen. Er lacht triumphierend in die Kamera. Hier trägt er Daunenhosen. Aber immer noch Kamiken. Es ist Jesajas Vater.

Als ich den Stapel vom Tisch nehmen will, bleibt das letzte Blatt liegen, weil es dünner ist als die Fotografien. Es ist ein Blatt Schreibpapier mit einem Briefentwurf. Ein paar Zeilen mit Bleistift und vielen Streichungen. Danach zuunterst gelegt. Wie wenn man Tagebuch geschrieben hat. Oder sein Testament. Und eigentlich nicht dazu steht und findet, daß es nicht offen daliegen und die Bekenntnisse einfach so ausposaunen sollte. Es aber trotzdem in der Nähe haben muß. Vielleicht, weil man weiter daran arbeiten will.

Ich lese. Dann falte ich das Blatt zusammen und stecke es in die Tasche. Mein Hals ist staubtrocken. Meine Hände zittern. Was ich jetzt brauche, ist ein problemloser Abgang.

Ich habe bereits die Hand ausgestreckt, um Tørks Kajütentür zu öffnen, als es dahinter klickt und ein Lichtstreifen in den Korridor fällt. Ich trete zurück. Die Tür geht langsam auf. Sie öffnet sich zu mir. Das läßt mir Zeit, mir eine Tür rechts von mir auszusuchen, sie zu öffnen und in dem Raum zu verschwinden. Ich wage es nicht, die Tür zuzumachen, ziehe sie aber an. Der Raum ist dunkel. Die Fliesen unter meinen Füßen sagen mir, daß es ein Bad ist. Von außen wird das Licht angemacht. Ich ziehe mich hinter den Vorhang der Duschkabine zurück. Die Tür geht auf. Alles ist geräuschlos, doch ein paar Hände schweben in das längliche Blickfeld, wo der Vorhang nicht schließt. Es sind Tørks Hände.

Im Spiegel taucht sein Gesicht auf. Es ist so schlaftrunken, daß er sich nicht einmal selber sieht. Er senkt den Kopf, dreht den Hahn auf, läßt das Wasser kalt werden und trinkt. Dann richtet er sich auf, dreht sich um und geht hinaus. Seine Bewegungen sind mechanisch wie die eines Schlafwandlers.

In derselben Sekunde, in der sich die Tür zu seiner Kajüte schließt, bin ich auf dem Flur. In einer Sekunde wird er sehen, daß die Papiere fehlen. Ich will weg, aus der Etage verschwinden, bevor die Suche losgeht.

Das Licht geht aus. Seine Koje knarrt. Er ist zu seinem Schlaf im blauen Mondenschein zurückgekehrt.

Eine solche Chance, ein so leuchtendes Glück hat man nur einmal im Leben. Ich würde am liebsten zum Ausgang tanzen.

Vor mir in der Dunkelheit, ein Stück weiter den Flur hinunter, ruft eine Frau leise und befehlend. Ich mache kehrt und taste mich zurück. Vor mir kichert ein Mann und geht an der offenen, mondhellen Tür zum Salon vorbei. Er ist nackt. Er hat eine Erektion. Sie haben mich nicht gesehen. Ich bin zwischen sie geraten.

Ich trete rücklings in die Toilette zurück, zurück in die Dusche. Das Licht wird angemacht. Sie kommen zur Tür herein. Er geht zum Waschbecken. Bleibt stehen und wartet, daß seine Erektion nachläßt. Dann stellt er sich auf die Zehen und uriniert in das Waschbecken. Es ist Seidenfaden. Der Autor des Berichts über den Transport schwerer Massen über Meereseis, in dem ich gerade geblättert habe. Des Berichts, in dem er auf einen Aufsatz verweist, den ich geschrieben habe. Und jetzt sind wir uns zum Greifen nah. Wir leben in einer Welt komprimierter Zusammenhänge.

Die Frau steht hinter ihm. Ihr Gesicht ist konzentriert. Einen Moment lang glaube ich, daß sie mich im Spiegel gesehen hat. Dann hebt sie die Hände über den Kopf. Sie hält einen Gürtel, mit der Schnalle nach unten. Als sie schlägt, tut sie das so genau, daß nur die Schnalle trifft und einen langen, weißen Streifen über seine eine Pobacke zieht. Der Streifen ist erst weiß, danach flammend rot. Er packt das Waschbecken, macht ein Hohlkreuz und drückt den Po nach hinten. Sie schlägt erneut, die Schnalle trifft die andere Backe. Romeo und Julia fallen mir ein. Europa hat eine lange Tradition vornehmer Rendezvous. Dann geht das Licht aus. Die Tür geht. Sie sind weg.

Ich trete in den Flur hinaus. Meine Knie zittern. Ich weiß nicht, was ich mit den Papieren anfangen soll. Ich mache zwei Schritte auf Tørks Kajüte zu. Bereue es. Mache einen Schritt zurück. Beschließe, sie im Salon abzulegen. Es gibt keinen anderen Ausweg. Ich fühle mich, als säße ich auf einem Verschiebebahnhof fest.

Vor mir im Dunkeln geht eine Tür auf. Diesmal gibt es keine Vorwarnung, kein Licht wird angemacht, und nur weil mir der Weg inzwischen vertraut ist, kann ich gerade noch in das Bad zurücktreten und mich in die Dusche stellen.

Auch das Badlicht wird diesmal nicht angemacht, dafür aber die Tür geöffnet, zugemacht und abgeschlossen. Ich halte den Schraubenzieher bereit. Sie kommen, um mich zu holen. Hinter meinem Rücken die Papiere. Ich werde sie fallen lassen, wenn ich zusteche. Schräg von unten gegen den Unterleib. Und dann werde ich loslaufen.

Der Vorhang wird zur Seite gezogen. Ich mache mich bereit, mich von der Wand abzustoßen.

Das Wasser wird aufgedreht. Das kalte Wasser. Danach das heiße. Dann die Temperatur eingestellt. Der Duschkopf ist auf die Wand gerichtet gewesen. Ich bin nach drei Sekunden klatschnaß.

Der Strahl wird von der Wand weggedreht, jemand stellt sich darunter. Ich bin zehn Zentimeter von ihm weg. Abgesehen vom Plätschern des Wassers sind keine Geräusche zu hören. Und es ist kein Licht an. Aber ich brauche kein Licht, um auf diese Entfernung den Mechaniker zu erkennen.

Im Weißen Schnitt machte er im Treppenhaus nie Licht an. Er wartete im Keller bis zum letzten Moment, bevor er auf den Schalter drückte. Er mag die Ruhe und die Einsamkeit in der Dunkelheit.

Seine Hand streift mich, als er nach dem Seifenhalter tastet. Er findet ihn, tritt ein wenig vor den Duschstrahl und seift sich ein. Legt die Seife zurück, massiert die Haut. Sucht wieder nach der Seife. Seine Finger streifen meine Hand und verschwinden, dann kommen sie langsam zurück. Befühlen die Hand.

Ein Nach-Luft-Schnappen wäre jetzt ja wohl das mindeste. Auch ein Schrei wäre angebracht. Doch er gibt keinen Ton von sich. Seine Finger registrieren den Schraubenzieher, nehmen ihn mir vorsichtig aus der Hand, folgen dem Arm bis zum Ellbogen.

Das Wasser wird abgedreht, der Vorhang zur Seite gezogen. Er tritt in den Raum hinaus. Einen Augenblick später macht er das Licht an.

Er hat ein großes, oranges Handtuch um die Hüften geschlungen. Sein Gesicht ist ausdruckslos. Alles, was er tut, ist ruhig, überlegt, verhalten.

Er sieht mich. Und dann erkennt er mich.

Seine Beherrschung der Gegenwart gerät in Auflösung. Er rührt sich nicht, sein Gesicht verändert kaum den Ausdruck. Aber er ist wie gelähmt.

Ich weiß jetzt, daß er nicht gewußt hat, daß ich an Bord bin.

Er sieht mein nasses Haar, mein klitschnasses Kleid, die durchweichten Papiere, die ich jetzt vor mir halte. Die quietschnassen Turnschuhe, den Schraubenzieher, den er in der Hand hält. Er begreift nichts.

Dann reicht er mir sein Handtuch. Mit einer unbeholfenen und ratlosen Geste. Ohne daran zu denken, daß er sich damit entblößt. Ich nehme es und reiche ihm die Papiere. Er hält sie sich vor den Unterleib. Während ich mir meine Haare trockne. Seine Augen lassen mich nicht los.

Wir sitzen in seiner Kajüte auf dem Bett. Eng zusammen, mit einem Abgrund zwischen uns. Wir flüstern, obwohl das nicht nötig wäre.

»Weißt du, was hier vor sich geht?« frage ich.

»Das m-meiste.«

»Kannst du es mir erzählen?«

Er schüttelt den Kopf.

Wir sind ungefähr da, wo wir angefangen haben. In einem Morast des Verschweigens. Ich spüre den wilden Drang, mich an ihn zu klammern, ihn zu bitten, mich zu betäuben und mich erst wieder zu wecken, wenn das Ganze vorbei ist.

Ich habe ihn nie wirklich kennengelernt. Bis vor ein paar Stunden habe ich geglaubt, wir hätten gewisse Augenblicke einer schweigenden Zusammengehörigkeit geteilt. Als ich ihn über die Landeplattform der Greenland Star gehen sah, habe ich eingesehen, daß wir einander immer fremd gewesen sind. Solange man jung ist, glaubt man, der Sex sei der Gipfel der Vertrautheit. Später entdeckt man, daß das gerade mal ein Anfang ist.

»Ich möchte dir etwas zeigen.«

Ich lasse die Papiere auf seinem Tisch liegen. Er reicht mir ein T-Shirt, Unterhose, Thermohose, Wollstrümpfe und Pullover. Wir ziehen uns mit dem Rücken zueinander an, wie Fremde. Ich muß seine Hose auf Kniehöhe und die Pulloverärmel auf Ellbogenlänge hochkrempeln. Ich bitte um eine Wollmütze und bekomme sie. Aus einer Schublade nimmt er eine flache, dunkle Flasche und steckt sie in die Innentasche seiner Jacke. Ich nehme die Wolldecke von der Koje und falte sie zusammen. Dann gehen wir.

Er öffnet die Kiste. Jakkelsen sieht uns betrübt an. Seine Nase ist bläulich geworden, scharf, wie erfroren.

»Wer ist das?«

»Bernard Jakkelsen. Der kleine Bruder von Lukas.«

Ich gehe zu ihm hin, knöpfe das Hemd auf und ziehe es von dem dreieckigen Stahl. Der Mechaniker rührt sich nicht.

Ich mache die Taschenlampe aus. Wir stehen im Dunkeln einen Moment still da. Dann gehen wir. Ich schließe hinter uns ab. Als wir auf das Deck hinaustreten, bleibt er stehen.

»Wer?«

»Verlaine«, sage ich. »Der Bootsmann.«

Am äußeren Schott ist eine Treppe angeschweißt worden. Ich krieche vorneweg. Er kommt zögernd hinter mir her. Wir kommen auf ein kleines Halbdeck, das im Dunkeln liegt. Auf zwei Holzbrücken steht ein Motorboot, dahinter ein großes Gummiboot. Wir setzen uns dazwischen. Von hier aus haben wir einen Ausblick auf das Achterdeck und sind selbst außerhalb des Lichts.

»Es ist auf der Greenland Star passiert. Gerade als du angekommen bist.«

Er glaubt mir nicht.

»Verlaine hätte ihn dort über die Kante hieven können. Aber er hat Angst gehabt, Jakkelsen könnte am nächsten Tag am Plattformrand herumschwappen. Oder in eine Schraube geraten.«

Ich denke an meine Mutter. Was ins Polarmeer geworfen wird, kommt nie mehr hoch, aber das weiß Verlaine nicht.

Der Mechaniker sagt noch immer nichts.

»Jakkelsen hat Verlaine auf den Kais verfolgt. Er ist entdeckt worden. Das Sicherste war, in einer der Kisten Platz zu machen und ihn dort hineinzulegen. Ihn an Bord zu nehmen. Zu warten, bis wir von der Plattform weg sind. Und ihn dann über Bord rutschen zu lassen.«

Ich versuche, die Verzweiflung aus meiner Stimme zu halten. Er muß mir glauben.

»Inzwischen sind wir wieder draußen auf offener See. Jede Minute mit ihm in der Ladung ist für sie ein Risiko. Sie werden jeden Moment kommen. Sie müssen ihn aufs Deck heraufbringen. Es gibt keinen anderen Weg über die Reling. Deshalb sitzen wir her. Ich fand, daß du das sehen solltest.«

Aus der Dunkelheit kommt ein gedämpfter Seufzer. Es ist der Korken, der aus der Flasche flutscht. Er reicht mir die Flasche, ich trinke. Es ist dunkler, süßer, schwerer Rum. Ich lege die Wolldecke über uns. Es hat vielleicht zehn Grad minus. Trotzdem ist mir innen brennend warm. Der Alkohol erweitert die Kapillaren, die Hautoberfläche spannt ein wenig. Es ist dieser Schmerz, den man um jeden Preis vermeiden muß, wenn man nicht erfrieren will. Ich nehme die Wollmütze ab, um die Kühle an der Stirn zu spüren.

»T-Tørk hätte das nie zugelassen.«

Ich reiche ihm den Brief. Er sieht zu den dunklen Scheiben der Brücke hinauf, beugt sich hinter den Rumpf des Motorboots und liest im Schein meiner Taschenlampe.

»Das lag zwischen Tørks Papieren«, sage ich.

Wir nehmen noch einen Schluck. Das Mondlicht ist so klar, daß man Farben unterscheiden kann. Das grüne Deck, die blauen Thermohosen, das Gold und Rot auf dem Flaschenetikett. Es ist wie Sonnenlicht. Und fällt mit spürbarer Wärme auf das Deck. Ich küsse ihn. Die Temperatur hat keine Bedeutung mehr. Irgendwann knie ich über ihm. Da gibt es keine Körper mehr, nur noch Hitzepunkte in der Nacht.

Wir sitzen aneinandergelehnt. Er ist es, der die Decke über uns zieht. Ich friere nicht. Wir trinken aus der Flasche. Es schmeckt schwer und feurig.

Bist du von der Polizei, Smilla, nein, antworte ich. Bist du von einer anderen Firma, nein, sage ich. Hast du es die ganze Zeit über gewußt, nein, sage ich. Weißt du es jetzt? Ich habe eine Idee, sage ich.

Wir trinken wieder. Er legt sich auf mich. Das Deck unter der Decke muß kalt sein, doch wir spüren es nicht.

Es kommt niemand. Die Kronos liegt ohne Leben da. Als

hätte sich das Schiff aus dem Kurs manövriert und mache sich jetzt mit uns auf und davon, nur mit uns.

Irgendwann ist die Flasche leer. Als ich aufstehe, tue ich das, weil ich weiß, daß jetzt etwas anders ist. Hat der Schiffsrumpf keine anderen Öffnungen, frage ich, gibt es keinen anderen Weg, ihn loszuwerden? Weshalb redest du vom Tod, fragt er. Was soll ich ihm antworten? Wo läuft der Anker durch, fragt er.

Wir steigen zum Zwischendeck hinunter. In dem Kasten liegen jetzt Rettungswesten. Jakkelsen ist weg. Wir nehmen die Treppe, gehen durch den Tunnel, den Maschinenraum, den Tunnel, die Wendeltreppe hinauf, er öffnet zwei Riegel und eine Tür, die einen Durchmesser von einem Meter mal einem Meter hat. Die Ankerkette steht straff im Raum. An der Decke verschwindet sie in einem Rohr, an dessen Seiten man das Mondlicht und die Silhouetten des Ankerspills sieht. Nach unten läuft sie durch eine Klüse von der Größe eines Gullydeckels. Der Anker ist bis dicht unter die Klüse hochgezogen. Das läßt nicht viel Platz. Er sieht sich die Öffnung an.

»Hier kriegt man keinen erwachsenen Mann durch.«

Ich befühle den Stahl. Wir wissen beide, daß Jakkelsen heute nacht hier durchgetaucht ist.

»Er war modisch schlank«, sage ich.

3 Kapitän Lukas ist unrasiert, er ist nicht gekämmt und sieht aus, als hätte er in den Klamotten geschlafen. »Was wissen Sie über elektrischen Strom, Jaspersen?« Wir sind allein auf der Brücke. Es ist halb sieben Uhr morgens. Noch anderthalb Stunden, bis seine Wache anfängt. Seine Gesichtshaut ist gelblich und mit einem dünnen Schweißfilm überzogen.

»Ich kann eine Birne auswechseln«, sage ich. »Aber normalerweise verbrenne ich mir dabei die Finger.«

»Gestern, als wir am Kai lagen, wurde auf der Kronos die Stromversorgung unterbrochen. Und in einem Teil der Hafenanlage.«

Er hat ein Stück Papier in der Hand. Die Hand und das Papier zittern.

»Auf einem Schiff liegen alle Leitungen zwischen Sicherungskästen. Folglich haben alle Stecker eine Sicherung. Wissen Sie, was das heißt? Es heißt, daß es auf einem Schiff verdammt schwer ist, die Elektrizität durcheinanderzubringen. Es sei denn, man ist schlauer als erlaubt und geht direkt an die Hauptleitung. Gestern ist jemand an die Hauptleitung gegangen. In den allzu kurzen Augenblicken, in denen Kützow nüchtern ist, hat er seine hellen Momente. Er hat die Ursache des Störfalls ausfindig gemacht. Eine Stopfnadel. Gestern hat jemand eine Stopfnadel in das Zuleitungskabel gesteckt. Vermutlich mit einer Isolierzange. Und hinterher das Nadelöhr abgebrochen. Vor allem letzteres war geschickt. Das bedeutet nämlich, daß sich die Isolierung über der Nadel zusammenzieht. Der Fehler ist hinterher nicht mehr zu finden. Wenn man nicht wie Kützow ein paar Tricks mit einem Magneten und einem Polsucher drauf hat und im übrigen eine Nase dafür hat, wonach man suchen muß.«

Ich denke an Jakkelsens Aufgeräumtheit. An den Tonfall seiner Stimme. Ich deichsle das hier für uns, Smilla. Morgen ist alles anders. Ich habe einen ganz neuen Respekt vor seinen Ressourcen.

»Es sieht ganz danach aus, als habe sich bei dieser Verdunkelung einer der Matrosen – Bernard Jakkelsen – über das Ausgehverbot hinweggesetzt und die Kronos verlassen. Heute morgen haben wir von ihm dieses Telegramm erhalten. Es ist eine Kündigung.«

Er reicht mir das Papier. Es ist ein Fernschreiberausdruck. Er kommt von der Telestation der Greenland Star. Für eine Kündigung ist das Schreiben sehr kurz.

An Kapitän Sigmund Lukas.
Hiermit kündige ich aus privaten Gründen meine Heuer auf der Kronos fristlos. Geht zum Teufel.
B. Jakkelsen.

Ich sehe zu ihm auf.

»Mich quält«, sagt er, »mich quält der Verdacht, daß Sie während des Stromausfalls ebenfalls an Land gewesen sind.«

Durch sein Gesicht geht ein Sprung. Weg ist der Offizier, weg ist der Sarkasmus. Übrig ist nur noch eine Sorge bis zur Verzweiflung.

»Erzählen Sie mir, was Sie von ihm wissen.«

Alles, was mir Jakkelsen nicht erzählt hat, sehe ich jetzt. Lukas' entschlossene Fürsorge, den Wunsch zu beschützen, zu retten, den Bruder über Wasser und unbestraft und weg von den schlechten Freunden in den Städten zu halten. Koste es, was es wolle. Auch wenn es bedeutet, daß er ihn auf eine Heuer wie diese mitnehmen muß.

Einen Moment lang bin ich versucht, ihm alles zu erzählen. Einen Augenblick lang spiegele ich mich in seiner Qual. In unserem irrationalen, blinden und vergeblichen Versuch, andere vor etwas zu schützen, von dem wir nicht wissen, was es ist, und das sich dennoch durchsetzt, egal, was wir tun.

Dann lasse ich meine Anwandlung ausklingen und verebben. Ich kann für Lukas jetzt nichts tun. Für Jakkelsen kann niemand mehr etwas tun.

»Ich habe auf dem Kai gestanden. Das ist alles.«

Er zündet sich eine neue Zigarette an. Ein Aschenbecher ist bereits voll.

»Ich habe die Telestation angerufen. Die ganze Situation ist völlig unmöglich. Es ist streng verboten, auf diese Weise einen Mann an Land zu setzen. Außerdem wird das Ganze durch das interne System noch undurchsichtiger. Man schreibt das Telegramm und liefert es an einem Schalter ab. Von dort wird es zur Ausgabe getragen. Von dort holt eine dritte Person es zum Fernschreiber. Ich spreche mit einer vierten. Sie wissen nicht einmal, ob es persönlich abgeliefert oder telefonisch durchgegeben worden ist. Es ist unmöglich, irgend etwas zu erfahren.«

Er packt mich am Oberarm.

»Haben Sie auch nur die leiseste Ahnung, was er an Land wollte?«

Ich schüttele den Kopf.

Er wedelt mit dem Telegramm.

»Das ist typisch er.«

Er hat Tränen in den Augen.

Genauso würde Jakkelsen schreiben. Kurz, arrogant, geheimnisvoll und doch stark von den Klischees der formalen Sprache eingenommen. Aber es ist nicht Jakkelsen, der das geschrieben hat. Das ist der Text auf dem Blatt Papier, das ich heute nacht aus Tørks Kajüte mitgenommen habe.

Er schaut aufs Meer, ohne etwas zu sehen, und ist ganz und gar hineingesogen in die erste der qualvollen Grübeleien, die von jetzt an zunehmen werden. Er hat vergessen, daß ich da bin.

In diesem Augenblick geht der Feueralarm los.

Wir sind sechzehn Mann hoch in der Kombüse versammelt. Alle an Bord, außer Sonne und Maria, die auf der Brücke sind.

Faktisch gesehen ist es Tag, doch draußen ist es dunkel. Der Wind hat aufgefrischt, die Temperatur ist gestiegen, eine Kombination, die den Regen wie Zweige über die Scheiben peitschen läßt. Die Wellen an der Schiffsseite sind unregelmäßige Schläge mit einem Schlägel.

Der Mechaniker lehnt neben Urs am Schott. Verlaine sitzt etwas abgesondert, Hansen und Maurice sitzen zwischen den anderen. In die Gemeinschaft fügen sie sich immer unauffällig ein. Eine Diskretion, die zu Verlaines Sorgfalt gehört.

Lukas sitzt am Tischende. Es ist eine Stunde her, seit ich ihn auf der Brücke gesehen habe. Er ist nicht wiederzuerkennen. Er trägt ein frisch gebügeltes Hemd und blankgeputzte Lederschuhe. Er ist rasiert und hat seine Haare mit Wasser gestriegelt. Er ist wach und knapp.

Direkt neben der Tür steht Tørk. Vor ihm sitzen Seidenfaden und Katja Claussen. Es dauert eine Weile, bis ich mich dazu bringen kann, sie anzusehen. Sie nehmen mich nicht wahr.

Lukas stellt den Mechaniker vor. Er teilt mit, daß beim Rauchmelder immer noch Funktionsstörungen vorkommen. Der Morgenalarm war falsch.

Er sagt ganz kurz, daß sich Jakkelsen abgesetzt hat. Er sagt alles auf englisch. Er benutzt das Wort *deserted.*

Ich sehe zu Verlaine hinüber. Er hat sich an die Wand gelehnt. Seine Augen bohren sich aufmerksam und forschend in die meinen. Ich kann den Blick nicht senken. Aus meinen Augen schaut jemand anders als ich, ein Teufel. Und der gelobt Verlaine Rache.

Lukas teilt mit, daß wir uns dem Ziel der Reise nähern. Weiter sagt er nichts. *We are approaching our terminal destination.* In ein oder zwei Tagen sind wir dort. Es gibt keinen Landgang.

Die Mitteilung ist in ihrer mangelnden Genauigkeit absurd. Im Zeitalter der SATNAV ßt sich der Zeitpunkt der Landkennung auf ein paar Minuten genau bestimmen.

Es kommen keine Reaktionen. Sie wissen alle, daß mit dieser Fahrt etwas nicht stimmt. Außerdem sind sie an die Verhältnisse an Bord der großen Tanker gewöhnt. Die meisten von ihnen sind auch schon sieben Monate unterwegs gewesen, ohne einen Hafen anzulaufen.

Lukas sieht zu Tørk hinüber. Die Mannschaft ist für Tørk zusammengerufen worden. Auf seine Veranlassung hin. Möglicherweise, damit er uns zusammen sehen kann. Uns ausforschen kann. Während Lukas gesprochen hat, ist sein Blick von Gesicht zu Gesicht gewandert und hat einen Moment lang auf jedem geruht. Jetzt dreht er sich um und geht. Seidenfaden und Claussen folgen ihm.

Lukas beendet die Versammlung. Verlaine geht. Der Mechaniker bleibt noch einen Augenblick stehen und spricht mit Urs, der ihm in wackligem Englisch etwas über die Croissants erzählt, die wir gegessen haben. Ich schnappe auf, daß der Dampf wichtig ist. Beim Gehen und im Ofen.

Fernanda zieht ab. Sie vermeidet es, mich anzusehen.

Der Mechaniker geht. Er hat mich nicht einmal angesehen. Ich werde ihn heute nachmittag sehen. Bis dahin aber existieren wir füreinander nicht.

Ich denke an das, was ich bis dahin tun muß. Es ist keine gloriose Zukunftsplanung. Es ist eine mickerige und phantasielose Überlebensstrategie.

Ich trödele den Flur entlang. Ich muß mit Lukas reden.

Ich habe schon den Fuß auf der Treppe, als mir Hansen entgegenkommt. Ich ziehe mich auf das offene Deck vor der oberen Etage zurück. Erst hier merke ich, wie schlecht das Wetter ist. Die Regentemperatur bewegt sich um den Gefrierpunkt, der Regen fällt schwer und reichlich und in den kurzen Windstößen peitschend. Wo der Wind die Wellenspitzen kappt und sie als Schaum mitzieht, fegen weiße Streifen über das Meer.

Die Tür hinter mir öffnet sich. Ich drehe mich nicht um und gehe auf den Ausgang zum Achterdeck zu. Durch den Ausgang kommt Verlaine herein.

Das kurze überdachte Stück des Decks wirkt jetzt anders als zuvor. Man läßt sich eigentlich immer von den ewig brennenden Lampen und den beiden Türen ablenken. Von der Tatsache, daß die Fenster der Mannschaftskajüten in diese Richtung gehen. Jetzt sehe ich, daß es sich um eine der abgelegensten Stellen auf dem Schiff handelt. Von oben ist sie nicht zu sehen, und man hat nur von zwei Punkten Zugang. Die Fenster hinter mir sind die von Jakkelsens Kajüte und die von meiner eigenen. Vor mir ist nur die Reling. Dahinter geht es die zwölf Meter hinunter ins Meer.

Hansen kommt näher, Verlaine bleibt stehen. Ich wiege fünfzig Kilo. Das ist ein schneller Ruck, und danach das Wasser. Was hatte Lagermann noch gleich gesagt? Daß man den

Atem anhält, bis man glaubt, daß die Lunge zerspringt. Genau da ist das Leiden. Dann atmet man sehr heftig und tief aus und ein. Danach ist Ruhe.

Hier ist die einzige Stelle, wo sie es tun können, ohne von der Brücke aus gesehen zu werden. Sie müssen auf diese Gelegenheit gewartet haben.

Ich gehe an die Reling und lehne mich darüber. Hansen kommt näher. Unsere Bewegungen sind ruhig und sorgfältig. Rechts von mir ist die offene Reling unterbrochen, weil man den Freibord bis zum Geländer hinuntergeführt hat. An der Außenseite des Schiffes sind eine Reihe rechteckiger Eisenbügel in den Stahl eingelassen, die oben im Dunkeln verschwinden.

Ich setze mich rittlings auf das Geländer. Hansen und Verlaine bleiben stehen. Wie jeder, der vor einem Menschen steht, der selbst springen will. Aber ich springe nicht. Ich packe die Bügel und ziehe mich an der Seite hoch.

Hansen kriegt so schnell nicht mit, was vor sich geht. Aber Verlaine ist im nächsten Augenblick an der Reling und greift nach meinen Fußgelenken.

Die Kronos wird von einer harten See getroffen. Der Rumpf zittert und legt sich nach Steuerbord.

Verlaine hat meinen Fuß gepackt. Doch die Bewegung des Schiffes drückt ihn an das Geländer und droht ihn ins Meer zu schleudern. Er muß loslassen. Meine Füße rutschen auf den Sprossen, die von Salz und Regen seifig glatt sind. Während das Schiff zurückrollt, hänge ich an den Armen. Irgendwo weit unter mir leuchtet weiß die Wasserlinie. Ich schließe die Augen und klettere hoch.

Nach einer halben Ewigkeit öffne ich sie. Irgendwo unter mir sieht Hansen zu mir hoch. Ich bin nur ein paar Meter höher gekommen, vor die Fenster des Promenadendecks. Links vor mir ist hinter blauen Gardinen Licht. Ich hämmere mit der flachen Hand gegen die Scheibe. Als ich schon aufgegeben habe und weiterklettere, werden die Gardinen vorsichtig zur Seite gezogen. Kützow schaut zu mir heraus. Ich habe an das Fenster der Maschinenmeisterei geklopft. Er legt die Handflächen an das Gesicht, um die Reflexe wegzuhalten, und lehnt sich an die Scheibe. Seine Nase wird zu einem zerfließenden, mattgrünen Fleck. Unsere Gesichter sind nur wenige Zentimeter voneinander entfernt.

»Hilfe«, schreie ich. »Hilfe, zum Teufel!«

Er sieht mich an. Dann zieht er die Gardinen vor.

Ich klettere weiter. Die Sprossen sind zu Ende, und ich falle neben den Davits, die das Backbordrettungsboot halten, auf das Bootsdeck. Die Tür ist gleich rechts. Sie ist abgeschlossen. Eine Außenleiter, wie die, auf der ich gekommen bin, führt den Schornstein hinauf, zur Plattform vor der Brücke.

Unter anderen Umständen hätte man Verlaines Gründlichkeit bewundern müssen. Am Ende der Leiter, wenige Meter über mir, steht Maurice. Den Arm noch immer in der Binde. Er ist da, um sich zu vergewissern, daß es auf den höher gelegenen Decks keine Zeugen gibt.

Ich laufe zu der Treppe, die nach unten führt. Aus dem Stockwerk darunter kommt mir Verlaine entgegen.

Ich kehre um. Ich denke mir, daß ich vielleicht das Rettungsboot herablassen kann. Daß es irgendeinen Schnellauslöser haben muß, daß man es aufs Wasser fallen lassen kann. Daß ich hinterherspringen können muß.

Vor den Spillen zum Abfieren gebe ich auf. Das System aus Karabinerhaken und Drähten ist unüberschaubar. Ich reiße die Persenning vom Boot. Um etwas zu finden, mit dem ich mich verteidigen kann. Einen Bootshaken, eine Signalrakete.

Die Persenning ist aus schwerem grünem Nylon, das mit einem Gummizug an der Reling des Bootes abschließt. Als ich sie anhebe, zieht der Wind sie weg, und sie flattert über die Schiffsseite. In einem Auge am Steven des Rettungsbootes bleibt sie hängen. Verlaine ist auf dem Deck. Hinter ihm Hansen. Ich packe das grüne Nylon und trete über die Schiffsseite hinaus. Die Kronos rollt, ich werde abgehoben, presse die Schenkel um die Persenning und fiere mich ab. Am Ende der Persenning baumeln meine Füße im leeren Raum. Dann falle ich, sie haben sie losgeschnitten. Ich strecke die Arme aus, die Reling trifft mich in den Achselhöhen. Meine Knie schlagen gegen die Schiffsseite. Aber ich bleibe hängen. Erst gelähmt, vor allem weil mir der Atem wegbleibt. Danach rolle ich kopfüber auf das Oberdeck.

Eine kurze, absurde Erinnerung an die ersten Seeräuberspiele meines Lebens, gleich nachdem ich nach Dänemark gekommen war. Das ungewohnte Spiel, das schnell die Schwachen und danach in einer natürlichen Hierarchie auch alle anderen ausschloß. Die Versuche, am Leben zu bleiben, wenn alle anderen Fänger waren.

Die Tür zur Treppe geht auf, Hansen kommt heraus. Ich laufe auf das Achterdeck, komme neben der Treppe heraus. In Kopfhöhe kommen ein paar blaue Schuhe die Stufen herunter. Ich stecke die Hände durch das Geländer und fege die Füße nach außen. Es ist nur eine Fortsetzung ihrer eigenen Bewegung, es braucht dazu keine Kraft. Sie segeln in einem kurzen Bogen durch die Luft, und neben meiner Schulter knallt Verlaines Kopf auf die Treppe. Danach stürzt er die letzten Meter und rammt das Deck, ohne nach einem Halt zu greifen.

Ich laufe die Treppe hoch. Auf dem Bootsdeck nehme ich die Backbordseite und klettere von dort aus die Leiter hoch. Maurice muß mich gehört haben. Als ich mich aufrichte, erreicht er die Leiter. Hinter ihm geht die Tür zur Brücke auf, Kützow kommt heraus. Er ist im Bademantel und barfuß. Er und Maurice sehen einander an. Ich gehe an ihnen vorbei auf die Brücke.

Ich taste in der Tasche nach der Taschenlampe. Der Lichtkegel fängt Sonnes Gesicht ein. Am Ruder steht Maria.

»Ich muß in den Sanitätsraum«, sage ich. »Ich habe einen Unfall gehabt.«

Sonne geht voraus. Vor dem Kartenraum dreht er sich um und bleibt stehen. Ich sehe an mir herunter. Meine Jogginghose hat keine Knie mehr. Nur zwei blutige Löcher. Beide Handflächen sind aufgeschnitten.

»Ich bin gefallen«, sage ich.

Er schließt den Sanitätsraum auf. Er vermeidet es, mich direkt anzusehen.

Als ich mich hinsetze und die Haut über den Knien spannt, bin ich nahe daran, in Ohnmacht zu fallen. Ein Strom aus kleinen, schmerzvollen Erinnerungen. Die ersten Treppen im Schulinternat, Hinfallen auf rauhem Eis: der Lichtblitz, die

Lähmung, die Hitze, der spitze Schmerz, die Kälte, und zuletzt das schwere Pochen.

»Kannst du das hier reinigen?«

Er sieht weg.

»Ich kann kein Blut sehen.«

Ich mache es selbst. Die Hände zittern, die Flüssigkeit läuft über die Wunden. Ich lege sterile Kompressen auf. Wikkele Gaze herum.

»Ketogan.«

»Das ist gegen die Dienstvorschrift.«

Ich sehe zu ihm auf. Er sucht das Glas.

»Und Amphetamin.«

Jede Schiffsapotheke und jede Expedition ist mit Medikamenten ausgerüstet, die das Zentralnervensystem stimulieren und das Gefühl der Müdigkeit aufheben.

Er reicht sie mir. Ich zerkrümele fünf Tabletten in einem Pappbecher mit Wasser. Es schmeckt sehr bitter.

An den Händen kann man nicht viel machen. Er sucht ein Paar weiße, enganliegende Baumwollhandschuhe heraus, die für Allergiker gedacht sind.

Als ich zur Tür hinausgehe, versucht er tapfer zu lächeln.

»Geht es ein bißchen besser?«

Niemand ist dänischer als er. Die Angst und der eiserne Wille, das, was um einen herum geschieht, zu verdrängen. Der unverwüstliche Optimismus.

Der Regen hat nicht nachgelassen. Er legt sich wie Wasserdrähte schräg über die Fenster der Brücke, die jetzt in einem schwachen Tageslicht grau leuchten.

»Wo ist Lukas?«

»In seiner Kajüte.«

Ein Mensch, der zwei Tage und zwei Nächte nicht geschlafen hat, ist wertlos.

»Er tritt seine Wache in einer Stunde an«, sagt Sonne. »In der Tonne. Er will das Eis selbst sehen.«

Der eine Radarschirm ist auf einen Radius von fünfzig Seemeilen eingestellt. Ein Stück vom Rand zeichnet er einen schraffierten, grünlichen Kontinent. Den Anfang der Treibeisdecke.

»Sag ihm, daß ich zu ihm hochkomme«, sage ich.

Das Deck der Kronos ist verlassen. Es sieht nicht mehr aus wie ein normales Deck auf einem normalen Schiff. Das dünne Tageslicht wirft tiefe Schatten, und es sind nicht einfach nur Schatten. In jeder Dunkelheit brütet ein Inferno. Als ich Kind war, begleitete diese Stimmung jeden Todesfall. Irgendwo im Raum schrien die Frauen, und wir wußten, daß jemand gestorben war, und dieses Bewußtsein veränderte den Raum. Selbst der Mai, der in Siorapaluk alles mit seinem grünblauen Licht übergoß und alles durchdrang und die Menschen vor Frühjahr verrückt machte, selbst dieses Licht verwandelte sich in den kalten Widerschein eines Totenreiches, das jetzt auf die Erde hinaufgerückt war.

Die Leiter führt an der Vorderseite des Mastes hoch. Der Ausguck, die Tonne, *crow's nest*, ist ein flacher Aluminiumkasten, der vorn und an der Seite Scheiben hat. Obligatorisch für jedes Schiff, das ins Eis fährt.

Bis nach oben sind es zwanzig Meter. Auf meiner Karte der Kronos macht das nicht viel her. Aber die Strecke zu klettern ist entsetzlich. Das Schiff stampft in der See und rollt zur Seite, alle Bewegungen am Drehpunkt des Rumpfes verstärken sich, während ich hochsteige, immer mehr, weil sich der Winkelschenkel verlängert.

Die Leiter endet an einer kleineren Plattform, auf der die Taljenblöcke der Lastbäume festgemacht sind. Von dort aus tritt man auf eine noch kleinere Plattform hinauf und von da aus durch eine kleine Tür in den Metallverschlag.

Er hat knapp Zimmerhöhe. Im Dunkeln ahne ich einen altmodischen Maschinentelegrafen, einen Neigungsmesser, ein Log, einen großen Kompaß, die Ruderpinne und die Gegensprechanlage zur Brücke. Von hier aus wird Lukas, wenn wir in das Treibeis hineinfahren, die Kronos steuern, nur von hier aus hat man einen ausreichenden Ausblick.

An der Rückwand ist ein Sitz. Als ich hereinkomme, rückt

er zur Seite und macht Platz, er wirkt wie eine Verdichtung der Dunkelheit. Ich will ihm von Jakkelsen erzählen. Auf jedem Schiff hat der Kapitän irgendeine Art Waffe. Und er hat immer noch seine Autorität. Es muß möglich sein, Verlaine in Schach zu halten und das Schiff zu wenden. Wir können Sisimiut in sieben Stunden erreichen.

Ich rutsche auf den Sitz, er legt die Beine auf den Telegrafen. Es ist nicht Lukas. Es ist Tørk.

»Das Eis«, sagt er. »Wir nähern uns dem Eis.«

Es ist knapp sichtbar, als weißgrauer Schimmer am Horizont. Der Himmel ist niedrig und dunkel, wie Kohlenrauch, mit vereinzelten helleren Partien.

Die kleine Kabine um uns wird ruckweise hin und her geworfen, ich rolle zu ihm hin und zurück gegen die Wand. Er bewegt sich nicht. Mit seinen Stiefeln auf dem Telegrafen und seiner Hand auf dem Sitz wirkt er wie festgekeilt.

»Du warst auf der Greenland Star an Land. Du warst beim ersten Feueralarm im Vorschiff. Kützow hat dich nachts mehrmals gesehen. Weshalb?«

»Ich bin es gewöhnt, mich auf Schiffen frei bewegen zu können.«

Ich kann sein Gesicht nicht sehen, nur seinen Umriß ahnen.

»Welche Schiffe? Du hast dem Kapitän nur einen Paß abgegeben. Ich habe ein Fax an das Schiffahrtsamt geschickt. Auf deinen Namen ist nie ein Seefahrtsbuch ausgestellt worden.«

Einen Moment lang ist die Versuchung aufzugeben überwältigend.

»Ich bin auf kleineren Schiffen gefahren. Außerhalb der Handelsmarine wird nie nach Papieren gefragt.«

»Du hast also von dieser Heuer gehört und Kontakt zu Lukas aufgenommen.«

Das ist keine Frage, ich antworte also nicht. Er studiert mich, er kann vermutlich auch nicht sonderlich viel sehen.

»Diese Fahrt ist nirgendwo erwähnt worden. Sie wurde geheimgehalten. Du hast dich nicht mit Lukas in Verbindung gesetzt. Du hast Lander, einen Kasinobesitzer, eine Begegnung erzwingen lassen.«

Seine Stimme ist gedämpft, interessiert.

»Du hast Andreas Fine Licht und Ving aufgesucht. Du suchst nach etwas.«

Es ist, als wanderte das Eis langsam auf uns zu, über das Meer hin.

»Für wen arbeitest du?«

Das Unangenehme ist der Gedanke, daß er von Anfang an gewußt hat, wer ich bin. Ich erinnere mich nicht, mich seit meiner Kindheit je so sehr in der Gewalt eines anderen Menschen gefühlt zu haben.

Er hat dem Mechaniker nicht erzählt, daß ich an Bord sein würde. Er wollte bei der Konfrontation dabeisein. Um zu begreifen, was uns verbindet. Das war es vor allem, deswegen hat man uns in der Messe zusammengerufen. Keine Ahnung, welche Schlüsse er daraus gezogen hat.

»Verlaine meint, für die Reichspolizei. Irgendwann war ich selbst drauf und dran, das zu glauben. Ich habe mir deine Wohnung in Kopenhagen angesehen. Deine Kajüte hier an Bord. Du wirkst so allein. So unorganisiert. Aber vielleicht für ein Unternehmen? Einen Privatkunden?«

Einen Augenblick lang war ich nahe daran, mich zurückfallen zu lassen, um auf den Schlaf, die Bewußtlosigkeit und das Aufhören von allem zu warten. Die Wiederholung der Frage holt mich aus der Trance. Er braucht eine Antwort. Das, auch das ist ein Verhör. Er kann nicht mit Sicherheit wissen, wer ich bin. Zu wem ich Kontakt habe. Wieviel ich weiß. Noch bin ich am Leben.

»Ein Kind aus unserem Haus ist von einem Dach gefallen. Bei seiner Mutter habe ich Vings Adresse gefunden. Von der Kryolithgesellschaft bekommt sie eine Witwenrente. Das hat mich zu den Archiven der Gesellschaft geführt. Zu den Auskünften über die Expeditionen nach Gela Alta. Alles andere ergibt sich daraus.«

»Wer hat dir dabei geholfen?«

Seine Stimme ist die ganze Zeit über eindringlich und dennoch teilnahmslos gewesen. Als redeten wir über gemeinsame Bekannte, über Zusammenhänge, die uns genaugenommen nichts angehen.

Ich habe bei Menschen nie an Kälte geglaubt. An Verkrampfung schon, aber nicht an Kälte. Das Wesen des Lebens ist Wärme. Selbst Haß ist gegen ihre natürliche Richtung gekehrte Wärme. Jetzt, hier, sehe ich, daß ich mich geirrt habe. Von dem Mann neben mir geht ein physisch spürbarer, überwältigender, kalter Energiestrom aus.

Ich versuche ihn mir als Jungen vorzustellen, versuche, mich an etwas Menschliches, etwas Verständliches zu klammern, einen fehlernährten, vaterlosen Jungen in einem Schuppen in Brønshøj. Gequält, vogelhaft zart, allein.

Ich muß aufgeben, das Bild mißlingt, zersplittert, löst sich auf. Der Mann neben mir ist aus einem Guß und zugleich fließend, geschmeidig, ein Mensch, der sich über seine Vergangenheit hinausgehoben hat, so daß jetzt keine Spur mehr davon übrig ist.

»Wer hat dir geholfen?«

Diese letzte Frage ist die entscheidende. Das Wichtigste ist nicht, was ich selbst weiß. Das Wichtigste ist, mit wem ich dieses Wissen geteilt habe. Er will verstehen, was ihn erwartet. Vielleicht ist das seine Menschlichkeit, die Spur einer Kindheit in bodenloser Unsicherheit: Der Hang zu planen, seine Welt berechenbar zu machen.

Ich nehme jedes Gefühl aus meiner Stimme heraus.

»Ich bin immer allein zurechtgekommen.«

Zuerst ist er still.

»Warum tust du das?« fragt er dann.

»Ich will begreifen, warum er gestorben ist.«

Wenn man mit einer schwarzen Binde vor den Augen am Ende der Planke steht, kann einem das eine sonderbare Sicherheit geben. Ich weiß, daß ich das Richtige gesagt habe.

Er absorbiert die Antwort.

»Weißt du, was ich auf Gela Alta will?«

In diesem ›ich‹ liegt ein Moment großer Aufrichtigkeit. Weg sind das Schiff, die Besatzung, bin ich, sind seine Kollegen. Die ganze aufwendige Maschinerie bewegt sich allein um seinetwillen. Die Frage ist ohne jede Überheblichkeit. Es ist ganz einfach so. Irgendwie sind wir alle hier, weil er es gewollt hat und es hat durchsetzen können.

Ich balanciere auf Messers Schneide. Er weiß, daß ich gelogen habe. Daß ich nicht ohne Hilfe bis hierher gekommen bin. Allein die Tatsache, daß es mir gelungen ist, überhaupt an Bord zu kommen, sagt ihm das. Doch er weiß immer noch nicht, ob er neben einer Einzelperson oder einer Organisation sitzt. Sein Zweifel ist meine Chance. Mir fallen die Mienen der Robbenfänger ein, wenn sie nach Hause zurückkehrten. Je mehr sie scheinbar die Ohren hängen ließen, desto mehr lag auf dem Schlitten. Ich erinnere mich an die falsche Bescheidenheit meiner Mutter nach dem Fischfang; was bei ihr nur gespielt war, ließ Moritz in einem seiner Wutausbrüche heraus: Am besten ist es, wenn man zwanzig Prozent untertreibt. Vierzig Prozent sind noch besser.

»Wir werden etwas holen«, sage ich. »Etwas so Schweres, daß man ein Schiff von der Größe der Kronos braucht.«

Kein Anhaltspunkt dafür, was in ihm vor sich geht. In der Dunkelheit spüre ich nur den Druck einer Aufmerksamkeit, die registriert und analysiert. Und wieder kommt mir das Bild eines Eisbären: die nüchterne Bilanz, die das Raubtier aus seinem Hunger, der Verteidigungsfähigkeit der Beute, den Umständen zieht.

»Weshalb der Anruf«, höre ich mich fragen. »In meiner Wohnung?«

»Mit diesem Anruf habe ich viel begriffen. Keine normale Frau, kein normaler Mensch hätte bei diesem Anruf abgenommen.«

Wir treten gleichzeitig auf die Plattform hinunter, die jetzt eine leichte Eisdecke hat. Wenn ein Brecher gegen den Rumpf prallt, spürt man die Anstrengung des Motors, merkt man, daß der Druck auf die Schraube zunimmt.

Ich lasse ihn vorausgehen. Die Machtvollkommenheit eines Menschen nimmt ab, wenn er ins Freie kommt. Seine nicht. Er nimmt den Raum und das graue, wässerige Licht um uns herum in seine eigene Ausstrahlung auf. Noch nie zuvor habe ich einen Menschen auf diese Weise gefürchtet.

Hier, auf der Plattform, weiß ich plötzlich, daß er mit Jesaja auf dem Dach gewesen ist. Daß er ihn hat springen sehen. Die Gewißheit kommt wie eine Vision, noch ohne Einzelheiten, doch absolut sicher. In diesem Moment teile ich über Zeit und Entfernung hinweg Jesajas Angst, in diesem Augenblick bin ich mit auf dem Dach.

Als er die Hände am Geländer hat, sieht er mir in die Augen.

»Würdest du bitte ein paar Schritte zurücktreten.«

Unser gegenseitiges Verständnis ist vollkommen und fast wortlos. Er hat eine Möglichkeit gesehen. Daß er die Leiter ein paar Schritte hinuntersteigt, ich vortrete und seine Hände losreiße, ihm ins Gesicht trete und ihn die zwanzig Meter rücklings auf das Deck fallen lasse, das unter uns so begrenzt wirkt, als könnte man nicht sicher sein, ob er es überhaupt treffen würde.

Ich trete zurück, bis ich den Rücken am Geländer habe. Ich bin ihm fast dankbar dafür, daß er diese Vorsichtsmaßnahme getroffen hat. Die Versuchung wäre möglicherweise zu groß für mich gewesen.

Zweimal ist es vorgekommen, daß ich nach Grönland gefahren bin und mein Spiegelbild ein halbes Jahr lang nicht gesehen habe. Auf der Heimreise habe ich alle Spiegel in Maschinen und Flughäfen sorgfältig gemieden. Wenn ich mich dann in meiner Wohnung vor den Spiegel stellte, sah ich den physischen Ausdruck des Laufs der Zeit ganz deutlich. Die ersten grauen Haare, das Spinnengewebe der Falten, die immer tieferen und deutlicheren Schatten der Knochen unter der Haut.

Kein Wissen war für mich beruhigender als die Gewißheit, daß ich sterben muß. In diesen Augenblicken der Klarsicht – und man sieht sich selbst nur klar, wenn man sich als Fremden sieht – verschwinden alle Verzweiflung, aller Mutwille, alle Depression und weichen der Ruhe. Für mich war der Tod nicht so sehr ein Schreckbild, ein Zustand oder ein Ereignis, das eintreten und mich treffen wird, sondern eher eine Konzentration auf das Jetzt, eine Hilfe, ein Verbündeter in der Arbeit des Gegenwärtigseins.

In Sommernächten kam es vor, daß Jesaja auf meinem Sofa einschlief. Ich erinnere mich nicht, was ich tat, ich habe wohl nur dagesessen und ihn angeschaut. Irgendwann habe ich seinen Hals befühlt und gespürt, daß er zu heiß war, und vorsichtig sein Hemd aufgeknöpft und seine Brust freigemacht. Ich bin aufgestanden und habe das Fenster zum Hafen geöffnet, und in dem Moment waren wir an einem anderen Ort. Wir waren bei Iita im Sommerzelt, durch die Zeltplane sickert ein Licht wie bei Vollmond. Doch es ist das Zelttuch, das das Licht blau färbt, denn als ich es zur Seite schlage, fällt die rote, matte Mitternachtssonne auf ihn. Er wacht nicht auf, er hat vierundzwanzig Stunden nicht geschlafen, wir haben in der unaufhörlichen Helligkeit nicht schlafen können, und jetzt ist er zusammengesunken. Vielleicht ist er mein Kind, es wirkt so, ich schaue auf seine Brust und seinen Hals, unter der braunen, makellosen Haut bewegen sich sein Atem und der schnellere Puls.

Ich habe mich vor den Spiegel gestellt, die Jacke ausgezogen und mir meine Brust und den Hals angeschaut und gesehen, daß es eines Tages vorbei sein wird, selbst das, was ich für ihn empfinde, wird einmal vorbei sein. Doch dann wird immer noch er dasein und nach ihm seine Kinder oder andere Kinder, ein Rad aus Kindern, eine Kette, eine Spirale, die sich in die Ewigkeit hineindreht.

Bei solchen Erlebnissen vom Ende und der Fortsetzung aller Dinge war ich sehr glücklich. Und bin es gewissermaßen auch jetzt. Ich habe mich ausgezogen und bin vor den Spiegel getreten.

Wenn sich jemand für den Tod interessiert, hätte er etwas davon, wenn er mich jetzt sehen würde. Ich habe die Verbände abgenommen. Auf den Kniescheiben ist keine Haut. Zwischen den Hüftknochen zieht sich ein breites, blaugelbes Feld aus Blut, das unter der Haut koaguliert ist, über den Unterleib, dort, wo mich Jakkelsens Marlspieker getroffen hat. Beide Handflächen haben Risse, die nässen und sich nicht schließen wollen. Im Nacken habe ich eine Beule wie ein Möwenei und eine Stelle, an der die Haut weggeplatzt ist und sich zusammengezogen hat. Und dabei bin ich noch so bescheiden gewesen, meine weißen Socken anzubehalten, so daß man das geschwollene Fußgelenk nicht sieht, wie ich auch die sonstigen blauen Flecke oder die Kopfhaut nicht erwähne, die wegen der Brandwunde manchmal immer noch pochend schmerzt.

Ich habe abgenommen. Von mager zu ausgezehrt. Zuwenig Schlaf, die Augen sind in den Schädel gesunken. Trotzdem lächele ich die Fremde im Spiegel an. Bei der Verteilung von Glück und Unglück durch das Leben gibt es keine einfache Mathematik, keine Normalverteilung. An Bord der Kronos befindet sich einer der wenigen Menschen auf der Welt, für die es sich lohnt, am Leben zu bleiben.

Er ruft genau um 17 Uhr an. Zum erstenmal empfinde ich Zärtlichkeit für die Gegensprechanlage.

»S-Smilla, in einer Viertelstunde im Krankenzimmer.«

Ihm geht es mit dem Telefon wie mir. Er liefert knapp seine Nachricht ab und hängt wieder ein.

»Føjl«, sage ich. Ich habe seinen Nachnamen noch nie ausgesprochen. Er hinterläßt eine Süße im Mund. »Es war schön gestern.«

Er antwortet nicht. Die Anlage klickt, die Lampe geht aus.

Ich ziehe blaue Arbeitssachen an. Das ist keine willkürliche Entscheidung. Nichts passiert zufällig, wenn ich mich anziehe. Natürlich könnte ich mich ein bißchen zurechtmachen. Sogar jetzt. Doch die blauen Sachen sind die Uniform der Kronos, ein Symbol dafür, daß wir uns jetzt unter anderen Bedingungen begegnen, daß wir die Welt jetzt anders gegen uns haben als je zuvor.

Lange stehe ich an der Tür und horche, bevor ich auf den Flur hinausgehe.

Ich kann mir nicht vorstellen, daß es so etwas wie die christliche Hölle überhaupt gibt. Doch das alte grönländische Totenreich scheint mir einiges für sich zu haben. Wenn man sich anschaut, mit welchen Unerfreulichkeiten man im Leben zu tun hat, ist es unwahrscheinlich, daß das aufhört, wenn man tot ist.

Wenn es im Totenreich heimliche Rendezvous mit dem Geliebten gibt, fangen sie wahrscheinlich an wie jetzt: Ich bewege mich von Tür zu Tür. Ich sehe die Kronos nicht mehr nur als Schiff, sondern eher als Risikofeld. Ich versuche im voraus auszurechnen, wo sich dieses Risiko zur Lebensgefahr verdichten kann.

Als jemand aus dem Fitneßraum kommt, bin ich schon auf der Toilette, bevor die Tür hinter dem Herauskommenden zuschlägt. Durch den Türspalt sehe ich Maria vorbeigehen. Schnell, verschlossen. Ich bin nicht die einzige, die weiß, daß die Kronos eine Untergangswelt ist.

Auf der Treppe nach oben begegnet mir niemand. Die Tür zur Brücke ist zu, der Kartenraum leer.

Vor dem Krankenzimmer bleibe ich stehen. Ich zupfe meine Sachen zurecht, ich fühle mich nackt im Gesicht ohne Schminke.

Der Raum ist dunkel. Die Gardinen sind zugezogen. Ich schließe die Tür hinter mir und stelle mich mit dem Rücken dagegen. Ich spüre meine Lippen. Ich wünsche mir, daß er aus der Dunkelheit kommt und mich küßt.

Ein feiner, kühler, blumiger Duft erreicht mich. Ich warte.

Es ist nicht die Deckenbeleuchtung, die angemacht wird, es ist die Lampe über der Pritsche, eine Art Operationslampe. Sie wirft gelbe Lichtfelder auf das schwarze Leder und läßt den übrigen Raum in der Dunkelheit liegen.

Auf einem Stuhl, die Stiefel auf der Pritsche, sitzt Tørk. An der Wand steht im Halbdunkel Verlaine. Katja Claussen sitzt am Fußende der Pritsche und läßt die Beine baumeln. Weiter ist niemand im Raum.

Ich sehe mich von außen. Vielleicht, weil es weh tut, in mir zu bleiben. Die drei vor mir sind mir egal, ich selbst bin mir egal. Es war der Mechaniker, mit dem ich vor einem Moment gesprochen habe. Er hat mich hierhergerufen.

Eine Grenze, wir haben alle eine Grenze. Unsere Ausdauer hat Grenzen. Man kann nicht beliebig oft versuchen, sich dem Leben zu nähern. Nicht beliebig viele Zurückweisungen ertragen.

»Leeren Sie Ihre Taschen.«

Das ist Verlanie. Zum erstenmal habe ich Gelegenheit, die Arbeitsverteilung zwischen den beiden zu sehen. Ich schätze, Verlaine kümmert sich um die physische Gewalt.

Ich trete ans Licht und lege meine Taschenlampe und die Schlüssel auf die Pritsche. Ich wundere mich, was die Frau hier im Raum soll. Das klärt sich im selben Augenblick. Verlaine nickt ihr zu, und sie tritt zu mir hin. Die Männer sehen weg, während sie mich untersucht. Sie ist so viel größer als ich, aber trotzdem gewandt. Sie beginnt auf den Knien, betastet die Fußgelenke und arbeitet sich langsam nach oben vor. Sie findet den Schraubenzieher und Jakkelsens Nadelhülse. Zuletzt nimmt sie mir den Gürtel weg.

Tørk sieht sich nicht an, was sie gefunden hat. Doch Verlaine wägt es in der Hand.

Wie wird es kommen? Werde ich es noch sehen?

Tørk erhebt sich.

»De jure stehst du unter Arrest.«

Er sieht mich nicht an. Wir wissen beide, daß jeder Hinweis auf Formalia Teil derselben Illusion ist wie unsere gegenseitige Höflichkeit. Jetzt sind nur noch die letzten Schleier übrig.

Er schaut vor sich hin. Dann schüttelt er langsam den Kopf, etwas wie Verwunderung geht über sein Gesicht.

»Du bluffst wunderbar«, sagt er. »Ich würde viel lieber oben im Ausguck sitzen und dir beim Lügen zuhören, als mich unter all diesen mittelmäßigen Wahrheiten zu bewegen.«

Einen Moment lang stehen alle drei still. Dann gehen sie.

Verlaine schließt die Tür ab. An der Tür bleibt er einen Moment stehen. Er sieht müde aus. Sein Schweigen hat etwas Ehrliches. Er sagt mir damit, daß dies keine Zelle und die Situation keine Verhaftung ist. Es ist der Anfang vom Ende, das nun gleich kommen wird.

DAS EIS

1 In der Sonntagsschule brachten sie uns bei, die Sonne sei unser Herr Jesus, im Internat hörten wir dann plötzlich, sie sei eine permanent explodierende Wasserstoffbombe.

Für mich wird sie immer der himmlische Clown sein. In meiner ersten bewußten Erinnerung an die Sonne schaue ich mit zusammengekniffenen Augen direkt in sie hinein, obwohl ich genau weiß, daß das verboten ist, und ich stelle mir vor, daß sie zugleich droht und lacht, wie das Gesicht des Clowns, wenn er es mit Blut und Asche schminkt, ein Stöckchen quer in den Mund nimmt und uns Kindern unbekannt, grauenerregend und freudig entgegentritt.

Jetzt, unmittelbar bevor die Sonnenscheibe den Horizont erreicht, der schwarzen Wolkendecke noch einen Augenblick lang entkommt und ein Lichtfeuer auf das Eis und das Schiff wirft, verbildlicht sie die Strategie des Clowns. Dem Dunkel zu entkommen, indem man sich tief genug duckt. Die gefährliche Schlagkraft der Demütigung.

Die Kronos ist auf dem Weg ins Eis. Ich sehe es von weitem, verschleiert durch zehn Millimeter bruchsicheres Glas, das von außen durch Salzkristallisation vernebelt ist. Doch das ändert nichts daran, ich spüre das Eis, als ob ich darauf stünde.

Es ist eine dichte Treibeisdecke, und anfangs ist alles grau. Der schmale Kanal, durch den sich die Kronos hindurchzwängt, wirkt wie eine Aschenrinne; die Eisschollen, die meisten haben die Ausdehnung des Schiffes, sind leicht erhabene, frostverwitterte Klippenstücke. Es ist eine Welt aus konsequenter Leblosigkeit.

Dann fällt die Sonne hinter die Wolkendecke, wie angezündetes Benzin.

Die Eisdecke hat sich letztes Jahr im Polarmeer gebildet. Von dort aus ist sie zwischen Svalbard und der grönländischen Ostküste hindurchgepreßt und unten um Kap Farvel herumgeführt worden, um dann die Westküste hinaufzutreiben.

Sie ist in Schönheit entstanden. An einem Oktobertag ist die Temperatur in vier Stunden um dreißig Grad gesunken, das Meer ist still geworden wie ein Spiegel. Es wartet darauf, ein Schöpfungswunder aufführen zu können. Die Wolken und das Meer gleiten in einem Vorhang aus grauer, fetter Seide zusammen. Das Wasser wirkt dickflüssig und ganz leicht rötlich, wie ein Likör aus wilden Beeren. Ein blauer Nebel aus Frostrauch befreit sich aus der Wasseroberfläche und treibt über den Wasserspiegel. Danach erstarrt das Wasser. Aus dem dunklen Meer zieht die Kälte jetzt einen Rosengarten, einen aus Salzen und gefrorenen Wassertropfen gebildeten, weißen Teppich aus Eisblumen. Sie leben vielleicht vier Stunden, vielleicht zwei Tage.

Zu dem Zeitpunkt sind die Eiskristalle um die Sechs aufgebaut. Um ein Hexagon, eine Bienenstockzelle aus erstarrtem Wasser, strecken sich sechs Arme nach sechs neuen Zellen aus, die sich – durch ein Farbfilter und stark vergrößert fotografiert – wiederum in neue Sechsecke teilen.

Danach bildet sich das *frazil* Eis, der Eisbrei, das Pfannkucheneis, dessen Platten zu Schollen gefrieren. Es scheidet das Salz aus, das Meerwasser gefriert von unten her. Das Eis bricht auf, Oberflächenstau, Niederschlag und Meeresfrost verleihen ihm eine hügelige Oberfläche. Irgendwann wird es in eine Drift gepreßt.

Am weitesten weg ist *hiku*, das Festeis, der Kontinent aus gefrorenem Meer, an dem wir entlangfahren.

Um die Kronos sind in dem Fjord, den die – bisher nur teilweise verstandenen und beschriebenen – örtlichen Strömungsverhältnisse geschaffen haben, überall *hikuaq* und *puktaaq*, Eisschollen. Die gefährlichsten sind die blauen und schwarzen Schollen aus reinem Schmelzwassereis, die schwer und tief liegen und aufgrund ihrer Klarheit die Farbe des sie umgebenden Wassers angenommen haben.

Deutlicher sichtbar ist das weiße Gletschereis und das gräuliche, von Luftpartikeln gefärbte Meereseis.

Die Oberfläche der Schollen ist eine verwüstete Landschaft aus *ivuniq*, aus von der Strömung und dem Zusammenstoß der Platten nach oben gepreßten Eisstaus, aus *ma-*

niilaq, Eisbuckeln, und aus *apuhiniq*, dem Schnee, den der Wind zu harten Barrikaden komprimiert hat. Derselbe Wind, der die *agiuppiniq* über das Eis gezogen hat, die Schneefahnen, denen man mit dem Schlitten folgt, wenn sich der Nebel auf das Eis gelegt hat.

So wie es aussieht, lassen Wetter, Meer und Eis die Kronos durch. Jetzt sitzt Lukas im Eisausguck, nun bugsiert er sein Schiff vorsichtig durch die Kanäle, sucht die *killaq*, die Waken, läßt den Steven dort, wo das Neueis weniger als dreißig Zentimeter dick ist, auflaufen, um es durch das Gewicht des Schiffes zu zerschmettern. Er kommt voran, weil die Strömung hier so ist, wie sie ist. Weil die Kronos dafür gebaut ist, weil er Erfahrung hat. Aber es geht nur knapp.

Shackletons eisverstärktes Schiff Endurance wurde im Weddelmeer vom Packeis zermalmt. Die Titanic erlitt Schiffbruch. Und die Hans Hedtoft. Und die Proteus, als sie im zweiten internationalen Polarjahr der Expedition von Leutnant Greely zu Hilfe kommen sollte. Die Verluste in der Polarfahrt sind unzählig.

Im Eis ist so viel Widerstand, daß es keinen Sinn hat, es besiegen zu wollen. Eben jetzt sehe ich, wie die Zusammenstöße die Schollenkanten zersplittert und sie zu zwanzig Meter hohen Absperrungen aufgestaut haben, unter denen die Schollen dreißig Meter tief ins Wasser hinunterragen. Um uns friert es. Jetzt, in diesem Augenblick, spüre ich, wie sich das Meer um uns schließen will, daß uns nur eine fast zufällige, vorübergehende Konstellation aus Wasser, Wind und Strömung weiterfahren läßt. Hundertzehn Meilen weiter nach Norden ist das Packeis eine Mauer, durch die nichts hindurchdringt. Nach Osten zu stehen die festgefrorenen Eisberge, die vom Gletscher von Jakobshavn abgebrochen sind; in einem einzigen Jahr hat er tausend Eisberge abgeworfen, zusammen über hundertvierzig Millionen Tonnen Eis, die wie eine erstarrte Bergkette fünfundsiebzig Seemeilen vor der Küste zwischen uns und dem Land stehen. Zu jeder Zeit gibt es auf einem Viertel der Meeresoberfläche der Erde treibendes Eis, der Treibeisgürtel der Antarktis ist zwanzig Millionen Quadratkilometer groß, um Grönland und Kanada sind es zwischen acht und zehn Millionen Quadratkilometer.

Trotzdem wollen sie das Eis besiegen. Sie wollen es durchfahren, Ölbohrinseln darauf bauen und Tafeleisberge vom Südpol zur Sahara bugsieren, um die Wüste fruchtbar zu machen.

Alles Projekte, deren Zwischenrechnungen mich nicht interessieren. Die Kalkulation von Unmöglichkeiten ist Zeitverschwendung. Man kann versuchen, mit dem Eis zu leben. Aber man kann nicht gegen das Eis anleben oder es verändern und an Stelle des Eises leben.

Irgendwie ist das Eis sehr deutlich: Es trägt seine Geschichte auf der Oberfläche. Die Staus, die Buckel, das durch Schmelzen und neues Zusammenfrieren gebildete Packeis. Die Mischung verschiedener Eisalter im Mosaikeis, die schwarzen Stücke von *sikussaq*, altem, in geschützten Fjorden gebildetem Eis, die sich mit der Zeit losgerissen haben und aufs Meer hinausgedrückt worden sind. Jetzt, in den letzten Sonnenstrahlen, fällt aus den Wolken, vor denen sich die Sonne geduckt hat, ein feiner Schleier aus *qanik*, langsam sinkendem Schnee.

Von der weißen Fläche reicht ein Rohr bis in mein Herz. Wie eine Verlängerung des Salzwasserbaums im Inneren des Eises.

Als ich aufwache, merke ich, daß ich geschlafen habe. Es muß Nacht sein. Die Kronos fährt immer noch. Die Bewegungen sagen mir, daß sich Lukas noch immer einen Weg durch das Neueis bahnen muß.

Ich versuche die Schubladen des Medizinschranks aufzuziehen. Sie sind abgeschlossen. Ich wickele meinen Pullover um den Ellbogen und drücke eine Scheibe der Tür ein. Im Schrank sind Scheren, Péan-Klemmen, Pinzetten. Ein Otoskop, eine Flasche Äthanol, Jod, steril abgepackte chirurgische Nadeln. Ich suche mir zwei Einmalskalpelle aus Plastik und eine Rolle Leukoplast heraus. Ich lege die beiden schmalen, zerbrechlichen Kunststoffgriffe zusammen und umwickle sie mit dem Pflaster. Jetzt haben sie eine gewisse Bruchstärke.

Ich habe keine Schritte gehört, die Tür geht einfach auf.

Der Mechaniker kommt mit einem Tablett herein. Er ist müder und geduckter als das letztemal, als ich ihn gesehen habe. Sein Blick bleibt an der zerbrochenen Scheibe hängen. Ich drücke das Skalpell an den Schenkel. Ich schwitze an den Händen. Er sieht auf meine Hand hinunter, ich lege das Messer auf die Pritsche. Er stellt das Tablett ab.

»U-Urs hat sich Mühe gegeben.«

Ich habe das Gefühl, daß ich mich übergeben muß, wenn ich das Essen nur anschaue. Er geht zur Tür und macht sie zu. Ich rücke weiter weg. Die Selbstbeherrschung ist so zerbrechlich.

Das Schlimmste ist nicht der Zorn. Das Schlimmste ist die Lust hinter dem Zorn. Mit einem Gefühl in seiner Reinheit kann man leben. Was mich wirklich erschreckt, ist das lauernde Bedürfnis, mich an ihm festkrallen zu wollen.

»Du bist s-selbst auf Expeditionen gewesen, Smilla. Du w-weißt, daß ein Punkt kommt, wo man sie l-laufen lassen muß, wo man nicht mehr stoppen kann.«

Irgendwie habe ich das Gefühl, daß ich ihn nicht kenne, daß wir uns nie geliebt haben. Andererseits hat es eine kalte, vornehme Konsequenz, daß er nichts bereut. Sobald sich die Gelegenheit bietet, werde ich ihn mit einem Tritt aus meinem Leben hinausbefördern. Im Augenblick aber ist er meine einzige zarte, unmögliche Chance.

»Ich will dir etwas zeigen«, sage ich. Und dann erzähle ich ihm, was.

Er lacht angestrengt.

»Unmöglich, Smilla.«

Ich mache die Tür auf, damit er geht. Bis jetzt haben wir geflüstert, jetzt gebe ich das Leisereden auf.

»Jesaja«, sage ich. »Irgendwie bist du mit dabeigewesen. Irgendwie bist jetzt auch du hinter ihm auf dem Dach gewesen.«

Seine Hände schließen sich um meine Oberarme, er hebt mich auf die Pritsche zurück.

»Wie kannst du so s-sicher s-sein, Smilla?«

Sein Stottern hat heftig zugenommen. In seinem Gesicht ist Furcht. Jetzt gibt es an Bord der Kronos vielleicht keinen einzigen Menschen mehr, der keine Angst hat.

»Du h-haust nicht ab. Und du kommst hinterher m-mit zurück?«

Fast muß ich lachen.

»Wo sollte ich denn hingehen, Føjl?«

Er lächelt nicht.

»Lander hat gesagt, er hat dich auf dem Wasser gehen sehen.«

Ich ziehe meine Strümpfe aus, zwischen Zehen und Mittelfuß sitzt ein Stück Pflaster. Es hält Jakkelsens Hauptschlüssel fest.

Wir begegnen niemandem. Das Licht auf dem Achterdeck ist aus. Als ich uns aufschließe, spüren wir beide, daß wir nur wenige Meter von der Deckplattform entfernt stehen, auf der wir vor weniger als vierundzwanzig Stunden darauf gewartet haben, Jakkelsens letzte Reise zu sehen. Das Wissen darum bedeutet nichts Besonderes. Die Liebe kommt aus dem Überfluß, sie verschwindet, wenn man sich dem Instinktiven nähert, dem Hunger, dem Schlaf, dem Bedürfnis nach Sicherheit.

In der Unteretage mache ich das Licht an. Eine Lichtflut im Verhältnis zu dem Kegel der Batterielampe. Vielleicht ist das unvorsichtig. Aber wir haben keine Zeit für etwas anderes. Spätestens in ein paar Stunden sind wir da. Dann wird das Decklicht angemacht, dann werden alle verlassenen Räume bevölkert sein.

Wir bleiben vor der Rückwand stehen.

Ich setze alles auf meine Verwunderung: Ich wundere mich, weshalb die Wand meiner Messung zufolge über fünf Fuß vom hydraulischen Steuersystem abgerückt ist. Weshalb irgendwo hinter der Wand eine Art Generator steht.

Ich sehe den Mechaniker an. Plötzlich verstehe ich nicht, warum er mitgegangen ist. Vielleicht versteht er es auch nicht. Vielleicht wegen der Verlockung, die das Unwahrscheinliche immer hat. Ich zeige auf die Tür zur Metallwerkstatt.

»Drüben ist ein Holzhammer.«

Er scheint mich nicht zu hören. Er packt die Leiste, die die

Wand abschließt, und zieht sie ab. Er betrachtet die Nagellöcher. Es ist frisches Holz.

Er steckt die Hände zwischen Platte und Schott und zieht. Die Platte gibt nicht nach. Auf jeder Seite sitzen vielleicht fünfzehn Nägel. Da zieht er mit einen harten Ruck und hält die Wand in den Händen. Es ist eine sechs Quadratmeter große, zehn Millimeter dicke Möbelplatte. In seinen Händen sieht sie aus wie eine Schranktür.

Hinter der Tür steht ein Kühlschrank. Er ist zwei Meter hoch, einen Meter breit, aus Edelstahl und erinnert mich an die Milchgeschäfte der sechziger Jahre in Kopenhagen, wo ich zum erstenmal erlebt habe, daß Menschen Energie verbrauchen, um etwas Kaltes aufzubewahren. Er ist mit einem Bandeisen gegen die Schiffsbewegungen gesichert, das an die ursprüngliche Hinterwand montiert und mit dem Sockel des Kühlschranks verschraubt worden sein muß. Die Tür hat ein Zylinderschloß.

Er holt einen Schraubenzieher. Er schraubt das Bandeisen ab. Dann packt er den Kühlschrank. Er wirkt unverrückbar. Der Mechaniker entspannt sich und zieht ihn dann einen halben Meter in den Raum hinein. Seine Bewegungen haben etwas Einsichtiges, ein Wissen, daß man sein Äußerstes nur in Bruchteilen einer Sekunde leistet. Er zieht und rückt noch dreimal, und dann steht der Schrank mit der Rückseite zu uns. In seinem Taschenmesser hat er einen Kreuzschraubenzieher. An der Rückwand sitzen vielleicht fünfzig Schrauben. Er drückt das Kreuz in die Kerbe, stützt die Schraube mit dem Zeigefinger der linken Hand und dreht nach links, nicht ruckweise, sondern kontinuierlich. Die Schrauben verlassen die Löcher wie von selbst. Er braucht keine zehn Minuten, um sie alle zu entfernen. Er sammelt sie vorsichtig in einer Tasche und hebt die ganze Rückwand mitsamt Leitungen, Kühlrippen, Kompressor und Flüssigkeitsbehälter ab.

Selbst unter diesen Umständen registriere ich, daß das, was wir sehen, banal und ungewöhnlich zugleich ist. Wir sehen von hinten in einen Kühlschrank. Er ist voller Reis. Von unten bis oben liegen die viereckigen Kartons sorgfältig gestapelt da.

Er nimmt einen Karton, öffnet ihn und hebt den Kochbeutel heraus. Ich denke gerade, daß ich ohnehin nicht viel zu verlieren gehabt habe. Da sehe ich, wie sich seine Gesichtshaut strafft. Ich schaue wieder auf die Tüte, sie ist matt, aber doch halb durchsichtig. Das ist kein Reis. Die Tüte enthält luftdicht verpackt eine Substanz, die dicht und gelblich ist wie weiße Schokolade.

Er klappt eine Messerklinge auf und ritzt die Tüte an. Mit einem kleinen Seufzer saugt sie die Luft an. Ein klumpiges, dunkles Pulver rieselt in seine Hand, das sich anfühlt, als hätte man geschmolzene Butter in den feinen Sand aus einem Stundenglas gegossen.

Aufs Geratewohl wählt er ein paar Kartons aus, öffnet sie, schaut hinein und legt sie sorgfältig zurück.

Er schraubt die Rückwand an und schiebt den Schrank wieder an seinen Platz. Ich helfe ihm nicht, ich kann ihn nicht mehr anfassen. Er bringt das Bandeisen an, drückt die Holzplatte in die richtige Position, holt einen Hammer und schlägt die Nägel in die alten Löcher. Seine Bewegungen sind zerstreut und steif.

Erst jetzt schauen wir uns an.

»*Majam*«, sage ich. »Ein Verarbeitungsstadium zwischen Rohopium und Heroin. Ölhaltig, deshalb muß es in den Kühlschrank. Tørk hat es entwickelt. Ravn hat mir davon erzählt. Es ist ein Teil der Absprache zwischen Tørk und Verlaine. Das ist Verlaines Anteil. Es ist so gedacht, daß wir auf dem Rückweg einen Hafen anlaufen. Vielleicht Holsteinsborg, vielleicht Nuuk. Vielleicht hat er Verbindungen auf der Greenland Star. Vor gerade mal zehn Jahren haben sie Alkohol und Zigaretten hier herauf geschmuggelt. Das ist inzwischen vorbei. Das sind schon die guten alten Zeiten. Jetzt gibt es in Nuuk massig Kokain. Und eine grönländische Oberschicht, die wie die Europäer lebt. Hier oben ist der beste Markt.«

Seine Blick ist verträumt, weit weg. Ich muß ihn erreichen.

»Jakkelsen muß es entdeckt haben. Er muß es herausgekriegt haben. Und dann hat er sich verraten. Er war high, absolute Selbstüberschätzung. Er hat sie unter Druck gesetzt. Das hat sie gezwungen, etwas zu unternehmen. Tørk hat dann das Telegramm für sie übernommen. Er mußte. Aber er und Verlaine hassen sich. Sie kommen aus zwei verschiedenen Welten. Sie sind nur zusammen, weil sie sich ausnützen können.«

Er beugt sich zu mir herunter und nimmt meine Hände.

»Smilla«, flüstert er, »als Kind, da hatte ich so einen Panzer zum Aufziehen, der fuhr auf Raupen. Wenn man etwas davorgelegt hat, ist er senkrecht daran hinaufgekrochen, weil er eine ganz kleine Übersetzung hatte. Wenn etwas von oben herunterhing, machte er kehrt, kroch daran entlang und suchte sich einen anderen Weg. Er war nicht aufzuhalten. Du bist genauso eine Maschine, Smilla. Du hättest aus alldem hier herausgehalten werden sollen, aber du bist immer wieder hineingeraten. Du hättest in Kopenhagen bleiben sollen, aber plötzlich bist du an Bord. Sie sperren dich also ein, das war meine Idee, es ist das Sicherste für dich. Es wird abgeschlossen, Schluß mit Smilla, und dann bist du plötzlich wieder draußen. Du kommst immer wieder hoch. Du bist genauso eine Maschine, Smilla, ein Stehaufmännchen, das sich immer wieder aufrichtet.«

In seiner Stimme streiten sich unvereinbare Gefühle.

»Als ich klein war«, sage ich, »hat mir mein Vater einen Plüschteddy geschenkt. Davor hatten wir nur die Puppen, die wir selbst gemacht hatten. Er hielt eine Woche. Erst wurde er dreckig, dann fielen die Haare aus, danach bekam er ein Loch, die Füllung rieselte heraus, und dann war er innen leer. Du bist auch so ein Teddybär, Føjl.«

Wir sitzen in seiner Kajüte nebeneinander auf der Koje. Auf dem Tisch steht eine der flachen Flaschen, doch nur er trinkt.

Er sitzt gekrümmt, die Hände zwischen den Schenkeln.

»Es ist ein Meteor«, sagt er, »eine Art Stein. Tørk sagt, er ist alt. Er hat sich in einer Art Sattel in der Klippe unter dem Eis verkeilt. Wir sollen ihn holen.«

Ich denke an die Fotografien unter Tørks Papieren. Bereits da hätte ich es erraten müssen. Die Fotos, die an Röntgenaufnahmen erinnerten. Die Widmannstättenschen Figuren. In jedem Schulbuch zu finden. Der sichtbare Ausdruck des Verhältnisses zwischen Nickel und Eisen in Meteoriten.

»Warum gerade der?«

»Wer in Grönland etwas Interessantes findet, muß es dem Landesmuseum in Nuuk melden. Dort würden sie das Mineralogische Museum und das Institut für Metallurgie in Kopenhagen anrufen. Man würde den Fund als national interessant registrieren und ihn beschlagnahmen.«

Er beugt sich vor.

»Tørk sagt, er wiegt fünfzig Tonnen. Es ist der größte Meteor aller Zeiten. 1991 hatten sie Sauerstoff und Acetylen mit. Sie haben ein paar Stücke abgeschnitten. Tørk sagt, es sind Diamanten darin. Substanzen, die es auf der Erde nicht gibt.«

Wenn nicht diese verquere Situation gewesen wäre, hätte ich vielleicht gedacht, er hat etwas Rührendes, etwas Jungenhaftes. Die Begeisterung des Kindes bei dem Gedanken an den rätselhaften Stoff, die Diamanten, das Gold am Ende des Regenbogens.

»Und Jesaja?«

»Er ist 1991 dabeigewesen. Er war mit seinem V-Vater mit.«

Natürlich, so mußte es zusammenhängen.

»Er ist in Nuuk vom Schiff abgehauen. Sie mußten ihn zurücklassen. Loyen hat ihn gefunden und nach Hause geschickt.«

»Und du, Føjl«, sage ich. »Was wolltest du von ihm?«

Als er versteht, was ich meine, verschließt sich sein Gesicht und wird sehr hart. In diesen Minuten, wo sowieso alles zu spät ist, dringe ich zu den entferntesten Winkeln seines Wesens vor.

»Ich habe ihn nicht angefaßt, bestimmt nicht, dort oben auf dem Dach. Ich mochte ihn, wie ich n-nie ...«

Sein Stottern erstickt ihm den Satz. Er wartet, bis sich die Spannung gelegt hat.

»Tørk wußte, daß er etwas mitgenommen hatte. Ein K-Kassettenband. Der Gletscher hatte sich verschoben. Sie suchten vierzehn Tage lang, ohne ihn zu finden. Z-zuletzt charterte Tørk einen Hubschrauber und flog nach Thule. Um die Eskimos zu finden, die 1966 dabeigewesen waren. Er fand sie. Aber sie w-wollten nicht mit zurück. Er bekam also eine Routenbeschreibung. Das Band hat der Baron genommen. Du hast es gefunden.«

»Und der Weiße Schnitt, wieso bist du da eingezogen?«

Ich kenne die Antwort.

»Ving«, sage ich. »Es war Ving. Er hat dich im Weißen Schnitt untergebracht, damit du Jesaja und Juliane im Auge behalten konntest.«

Er schüttelt den Kopf.

»Umgekehrt, natürlich«, sage ich. »Du warst zuerst da. Ving hat Jesaja und Juliane dort einziehen lassen, um sie in deiner Nähe zu haben. Vielleicht um herauszubekommen, wieviel sie wußten und an wieviel sie sich erinnerten. Deshalb wurde Julianes Gesuch, nach unten ziehen zu dürfen, nicht stattgegeben. Sie sollten in deiner Nähe sein.«

»Seidenfaden hat mich angestellt. Von den beiden anderen hatte ich noch nie gehört. Nicht, bevor du sie gefunden hattest. Ich hatte für Seidenfaden getaucht, er ist Transportingenieur. Damals handelte er mit Antiquitäten. Ich habe für ihn nach Götterbildern getaucht, im Liai-See, in Birma, vor dem Ausnahmezustand.«

Ich denke an den Tee, den er für uns gemacht hat, an den Geschmack der Tropen.

»Später bin ich in Kopenhagen über ihn gestolpert. Ich war arbeitslos. Hatte k-keine Wohnung. Er bot mir an, ich könnte den Baron im Auge behalten.«

Es gibt keinen Menschen, der sich nicht erleichtert fühlt, wenn er gezwungen wird, die Wahrheit zu erzählen. Der Mechaniker ist kein geborener Lügner.

»Tørk?«

Sein Blick wird weit.

»Jemand, der durchzieht, was er sich vorgenommen hat.«

»Was weiß er über uns? Weiß er, daß wir jetzt hier sitzen?«

Er schüttelt den Kopf.

»Und du, Føjl, wer bist du?«

Sein Gesicht wird leer. Das ist eine Frage, zu der er in seinem ganzen Leben noch nie Stellung genommen hat.

»Jemand, der gern ein bißchen Geld verdienen möchte.«

»Hoffentlich ist es viel«, sage ich. »Es muß immerhin den Tod von zwei Kindern kompensieren.«

Sein Mund wird ein schmaler Schlitz.

»Gib mir einen Schluck«, sage ich.

Die Flasche ist leer. Er holt eine andere aus der Schublade. Ich erhasche einen Blick auf eine runde, blaue Plastikdose und einen um ein Rechteck gewickelten gelben Putzlappen.

Der Alkohol geht weg wie nichts.

»Loyen, Ving, Andreas Fine Licht?«

»Die w-waren von Anfang an abgehängt. Sie sind z-zu alt. Das hier sollte unsere Expedition sein.«

Hinter seinen Klischees höre ich Tørks Stimme. Naivität hat etwas Sympathisches. Bis sie verführt wird. Dann ist sie nur noch deprimierend.

»Als ich anfange, anstrengend zu werden, macht ihr also ab, daß du mir einfach folgst?«

Er schüttelt den Kopf.

»Von dem hier oder von Tørk und Katja hatte ich nichts gehört. Das kam erst später. Was du und ich herausbekommen haben, das war neu für mich.«

Jetzt sehe ich ihn, wie er ist. Es ist nicht unbedingt ein enttäuschender Anblick. Er ist nur komplexer, als ich zuerst gesehen habe. Faszination vereinfacht. Wie die Mathematik. Ihn zu sehen, wie er ist, heißt nüchtern werden, die Illusion von einem Helden fahrenzulassen und in die Wirklichkeit zurückzukommen.

Oder ich bin schon nach den ersten paar Schlucken blau. Das kommt davon, wenn man so selten trinkt. Man ist blau, sobald sich die ersten Moleküle in die Schleimhäute der Mundhöhle einsaugen.

Er steht auf und geht zum Bullauge. Ich lehne mich vor. Mit der einen Hand nehme ich die Flasche, mit der anderen ziehe ich die Schublade heraus und befühle den Putzlappen. Er ist um ein rundes, geriffeltes Metallstück gewickelt.

Ich sehe ihn an. Ich sehe seine Schwere, seine Langsamkeit, seine Tatkraft, seine Gier und seine Einfältigkeit. Sein Bedürfnis nach einer Autorität, seine Gefährlichkeit. Ich sehe aber auch seine Sorgfalt, seine Wärme, seine Geduld, seine Leidenschaft. Und ich sehe, daß er immer noch meine einzige Chance ist.

Da schließe ich die Augen und mache innerlich reinen Tisch. Unsere wechselseitige Verlogenheit, die unbeantworteten Fragen, die begründeten und die krankhaften Verdächtigungen – weg damit. Die Vergangenheit ist ein Luxus, den wir uns nicht mehr erlauben können.

»Føjl«, sage ich, »sollst du bei dem Stein tauchen?«

Er hat genickt. Ich habe nicht gehört, ob er etwas gesagt hat. Aber er hat genickt. Diese Bestätigung verstellt einen Augenblick alles andere.

»Warum?« höre ich mich fragen.

»Er liegt in einem Schmelzwassersee. Er ist fast bedeckt. Er soll dicht unter der Eisoberfläche liegen. Seidenfaden meint, es sei nicht schwer dranzukommen. Entweder durch einen Schmelzwassertunnel. Oder durch die Spalten in einem Bruch, der direkt hinter dem Sattel liegt. Das Problem ist nur, ihn herauszukriegen. Seidenfaden meint, wir müssen den Tunnel, der den See drainiert, erweitern und den Stein dort durchbringen. Der Tunnel muß mit Sprengstoff erweitert werden. Alles Unterwasserarbeit.«

Ich setze mich neben ihn.

»Wasser«, sage ich, »gefriert bei null Grad Celsius. Welche Erklärung hat Tørk dir dafür gegeben, daß um den Stein Wasser ist?«

»Hat das nicht etwas mit dem Druck im Eis zu tun?«

»Doch. Es hat was mit dem Druck zu tun. Je tiefer du in einen Gletscher hineinkommst, desto wärmer wird es. Wegen des Drucks der Eismassen über dir. Das Inlandeis hat in fünfhundert Metern Tiefe minus dreiundzwanzig Grad. Noch fünfhundert Meter weiter unten sind es zehn Grad minus. Da der Schmelzpunkt druckabhängig ist, gibt es das tatsächlich:

Wasser bei Temperaturen unter dem Gefrierpunkt. Vielleicht bei minus 1,6 oder bei 1,7. Es gibt temperierte Gletscher, in den Alpen oder in den Rocky Mountains, wo man ab dreißig Meter Tiefe Schmelzwasser findet.«

Er nickt. »So hat Tørk es erklärt.«

»Aber Gela Alta liegt nicht in den Alpen. Es ist ein sogenannter ›kalter‹ Gletscher. Und er ist sehr klein. Im Moment wird seine Oberflächentemperatur minus zehn Grad betragen. Die Temperatur am Boden ist etwa ähnlich. Der Druckschmelzpunkt liegt um die null Grad. In diesem Gletscher kann sich nicht ein Tropfen Wasser in flüssiger Form bilden.«

Er trinkt und sieht mich an. Was ich gesagt habe, hat ihn nicht beunruhigt. Vielleicht hat er es nicht verstanden. Vielleicht ruft Tørk bei Menschen ein Vertrauen hervor, das sich gegen die Umwelt abschottet. Vielleicht ist es auch nur das Übliche: daß das Eis für den, der nicht damit geboren ist, nicht zu begreifen ist. Ich versuche es anders herum.

»Haben sie erzählt, wie sie ihn gefunden haben?«

»Es waren Grönländer. In vorgeschichtlicher Zeit. Er kam in ihren Sagen vor. Deshalb hatten sie Andreas Fine Licht mit. Damals lag der Stein vielleicht noch auf dem Eis.«

»Wenn ein Meteor in die Atmosphäre eintritt«, sage ich, »ungefähr hundertfünfzig Kilometer weit draußen, läuft erst eine Druckwelle durch ihn hindurch, als sei er in eine Betonmauer gekracht. Die äußere Schicht schmilzt ab. Ich habe auf dem Inlandeis solche schwarzen, herabgetropften Streifen gesehen. Aber damit verringert sich die Geschwindigkeit des Meteors, und dadurch auch die Hitzeentwicklung. Wenn er runterkommt, ohne zerschellt zu sein, hat er typischerweise die mittlere Temperatur der Erde, um die fünf Grad. Er schmilzt also nicht durch. Aber er bleibt auch nicht liegen. Die Schwerkraft wird ihn ganz einfach runterdrücken. Man hat noch nie Meteoriten auch nur kleinerer Größe *auf dem* Eis gefunden. Und wird auch nie welche finden. Die Schwerkraft preßt sie nach unten. Sie werden eingekapselt und mit der Zeit ins Meer hinausgeführt. Und wenn sie wirklich in einer Spalte des Untergrunds hängenbleiben sollten, werden sie zermalmt. Ein Gletscher hat nichts Behutsames. Er ist eine Mischung aus einem gigantischen Hobel und einem Steinbrecher. Er baut keine verzauberten Höhlen um Objekte von geologischem Interesse. Er zerfeilt sie, zerraspelt sie, zermahlt sie zu Pulver und schiebt das Pulver in den Atlantik.«

»Dann müssen um ihn herum warme Quellen sein.«

»Auf Gela Alta gibt es keine Vulkantätigkeit.«

»Ich habe die F-Fotos gesehen. Er liegt in einem See aus Wasser.«

»Ja«, sage ich. »Ich habe die Bilder auch gesehen. Wenn das Ganze kein Trick ist, liegt er in Wasser. Ich hoffe inständig, es ist ein Trick.«

»Warum?«

Ich frage mich, ob er es wohl wird fassen können. Aber ich habe sowieso keine andere Möglichkeit, als es mit der Wahrheit zu versuchen. Mit dem, was ich für die Wahrheit halte.

»Ich kann es nicht mit Sicherheit wissen. Aber es könnte so aussehen, als käme die Wärme vom Stein. Als würde er Energie abgeben. Vielleicht in Form einer Art Radioaktivität. Aber es gibt auch noch eine andere Möglichkeit.«

»Welche?«

Ich sehe es ihm an. Daß das auch für ihn keine neuen Gedanken sind. Auch er hat gewußt, daß irgend etwas nicht stimmt. Aber er hat das Problem beiseite geschoben. Er ist Däne. Jederzeit lieber das bequeme Verschweigen statt der belastenden Wahrheit.

»Der vordere Tank der Kronos ist umgebaut worden. Man kann ihn sterilisieren. Er ist mit einer Sauerstoffzufuhr und Druckluft ausgestattet worden. Man hat ihn gebaut, als sollte ein großes Tier transportiert werden. Mir ist der Gedanke gekommen, Tørk könnte vielleicht meinen, daß der Stein, den ihr holen sollt, lebendig ist.«

Es ist nichts mehr in der Flasche.

»Das war gut gemacht, das mit dem Feueralarm«, sage ich.

Er lächelt müde.

»Es war die einzige Möglichkeit, die Papiere zurückzubringen und z-zugleich zu erklären, warum sie naß waren.«

Jeder sitzt an seinem Ende der Koje. Die Kronos fährt immer langsamer. In meinem Körper tobt eine obskure und wollüstige Schlacht zwischen zwei Arten von Vergiftung. Zwischen der glasklaren Unwirklichkeit des Amphetamins und dem zerfließenden Wohlbehagen des Alkohols.

»Als Juliane dir erzählt hat, daß Loyen Jesaja regelmäßig untersuchte, habe ich zum erstenmal daran gedacht, daß es sich um irgendeine Krankheit handeln muß. Sicher war ich aber erst, als ich die Röntgenbilder gesehen habe. Von der Expedition 1966. Beschafft von Lagermann, aus dem Königin-Ingrid-Krankenhaus in Nuuk. Sie waren nicht durch die Explosion gestorben. Sie waren von irgendeinem Parasiten angegriffen worden. Vielleicht von einer Art Wurm. Aber größer als irgendeiner, den man kennt. Und schneller. Sie sind innerhalb weniger Tage gestorben. Vielleicht im Laufe von ein paar Stunden. Loyen wollte wissen, ob Jesaja infiziert war.«

Er schüttelt den Kopf. Er will es nicht glauben. Er ist ja auf Schatzsuche. Auf dem Weg zu Diamanten.

»Loyen ist von Anfang an nur deshalb dabeigewesen. Er ist Wissenschaftler. Geld ist sekundär. Für ihn ging es immer um den Nobelpreis. Seit damals, als er den Parasiten in den vierziger Jahren entdeckt hat, hat er eine wissenschaftliche Sensation vorausgesehen.«

»Warum haben sie mir das dann nicht erzählt?«

Wir leben alle ein Leben in blindem Zutrauen zu denen, die die Entscheidungen treffen. Wir vertrauen der Wissenschaft. Weil die Welt unüberschaubar, alle Information unsichtbar ist. Wir akzeptieren die Existenz eines runden Erdballs, wir akzeptieren die Existenz von Atomkernen, die wie Tropfen zusammengehalten werden, von einem sich krümmenden Raum, von der Notwendigkeit des Eingriffs in das genetische Material. Nicht weil wir wissen, daß das richtig ist, sondern weil wir denen, die es uns erzählt haben, glauben. Wir sind allesamt Proselyten der Wissenschaft. Doch im Gegensatz zu den Anhängern anderer Religionen läßt sich der Abstand zwischen uns und den Priestern nicht mehr überbrükken. Die Schwierigkeiten entstehen, wenn man über eine offensichtliche Lüge stolpert. Und es dabei um das eigene Leben geht. Die Panik des Mechanikers ist die eines Kindes, das seine Eltern zum erstenmal bei einer Unwahrheit ertappt, von der es eigentlich immer gewußt hat, daß sie existiert.

»Jesajas Vater hat getaucht«, sage ich. »Das haben die anderen vermutlich auch getan. Die meisten Parasiten durchlaufen ein Stadium im Wasser. Du sollst tauchen. Und du sollst andere zum Tauchen bringen. Du bist der letzte, der etwas erfahren darf.«

Seine Aufgewühltheit bringt ihn auf die Beine.

»Du mußt mir helfen zu telefonieren«, sage ich.

Als wir aufstehen, schließt sich meine Hand in der Schublade um ein Stück in einen Putzlappen gewickeltes Metall und um eine flache, runde Dose.

Der Funkraum liegt hinter der Brücke, gegenüber der Offiziersmesse. Wir gelangen dorthin, ohne gesehen zu werden. Vor der Tür zögere ich. Er schüttelt den Kopf.

Der Raum ist leer. Die IMO, die internationale Seeschifffahrtsorganisation, schreibt vor, daß er zweimal pro Stunde bemannt sein muß, doch wir haben keinen Funkgast an Bord. Statt dessen lassen sie das Hochfrequenzgerät auf 2182 Kilohertz stehen, der internationalen Notfrequenz, und schließen es an eine Alarmanlage an, die sich einschaltet, wenn Notrufe kommen.

Jakkelsens Schlüssel paßt nicht. Ich bin kurz davor, loszuschreien.

»Ich *muß* rein«, sage ich.

Er zuckt die Achseln.

»Das schuldest du uns beiden«, sage ich.

Einen letzten Augenblick schwankt er. Dann legt er vorsichtig die Hände auf die Klinke und drückt die Tür ein. Es kommt kein Splittern von Holz, nur ein Schrammen, als die Sperrklinke den Stahlrahmen eindrückt.

Der Raum ist sehr klein, sehr vollgestopft. Ein kleiner

VHF, ein doppelter Langwellensender von der Größe eines Kühlschranks, ein Kasten, wie ich ihn noch nie gesehen habe, mit einem fest montierten Morseschlüssel. Ein Tisch, Stühle, ein Fernschreiber, ein Telefax, eine Kaffeemaschine, Zukker und Plastikbecher. An der Wand eine Uhr, auf deren Glas Papierdreiecke in verschiedenen Farben aufgeklebt sind, ein Mobiltelefon, ein Kalender, Gerätezertifikate in schmalen Stahlrahmen, eine Lizenzkarte, die Sonne als Funker ausweist. Auf dem Schreibtisch ein festgeschraubtes Tonbandgerät, Handbücher, ein aufgeschlagenes Funklogbuch.

Ich schreibe die Nummer auf ein Stück Papier.

»Das ist Ravn«, sage ich.

Er bleibt stehen. Ich nehme ihn am Arm und denke, daß es das letztemal in meinem Leben ist, daß ich ihn anfasse.

Er setzt sich auf den Bürostuhl und verwandelt sich in einen anderen Menschen. Wie in seiner Küche werden seine Bewegungen schnell, genau und beschützend. Er klopft an das Zifferblatt der Uhr.

»Die Dreiecke bezeichnen die international festgesetzten Zeiten, in denen die Kanäle frei und für Notsignale offen sein müssen. Wenn wir diese Zeiten überschreiten, schaltet sich die Alarmanlage ein. Für die Hochfrequenz ist das von halb bis drei Minuten nach halb und von voll bis drei Minuten nach. Wir haben zehn Minuten.«

Er gibt mir einen Telefonhörer und nimmt selbst den Kopfhörer. Ich setze mich neben ihn.

»Es ist hoffnungslos, in diesem Wetter und mit dem Abstand zur Küste«, sagt er.

Anfangs kann ich noch verstehen, was er tut, obwohl ich es nicht selbst hätte tun können.

Er stellt die maximale Ausgangsleistung von zweihundert Watt ein. Damit riskiert der Sender, sein eigenes Signal zu übertönen, doch das trübe Wetter und der Abstand zur Küste machen es notwendig. Zuerst das Knistern des leeren Raums, dann geht die Stimme durch.

»This is Sisimiut. What can we do for you?«

Er entscheidet sich, auf Trägerwelle zu senden. Der Sender hat eine analoge Anzeige und automatische Einstellung.

Jetzt wird er sich die ganze Zeit über auf der Trägerwelle justieren, während das Gespräch über ein Seitenband gesendet wird. Die genaueste Art und Weise, und in einer Nacht wie dieser vielleicht die einzige.

Unmittelbar bevor ihm die Einstellung gelingt, fängt der Empfänger einen kanadischen Sender ein, der über das Kurzwellennetz klassische Musik sendet. Einen kurzen Moment lang sehe ich vor lauter Kindheitserinnerungen den Raum um mich herum nicht mehr. Victor Halkenhvad singt die ›Gurrelieder‹. Dann ist Sisimiut wieder da.

Der Mechaniker bittet nicht um Radio Lyngby; er bittet um Reykjavik. Als die Station durchkommt, bittet er um Thorshavn.

»Was machst du da?« frage ich.

Er hält das Mikrophon zu.

»Alle größeren Stationen haben einen automatischen Richtungspeiler, der sich einschaltet, wenn sie einen Anruf empfangen. Die Gesprächsgebühren werden unter dem Schiffsnamen, den man angibt, aufgeführt. Sie sichern sich gegen einen falschen Namen ab, indem sie die Schiffsposition anpeilen. Damit kann man ein Gespräch immer auf einen Koordinatensatz zurückführen. Ich l-lege einen Schleier aus. Jede neue Station macht es schwerer, den Anruf zu orten. Im vierten Glied ist es unmöglich.«

Er bekommt Radio Lyngby, erzählt, er rufe von der Candy 2 an und gibt Ravns Nummer an. Er sieht mir in die Augen. Wir wissen beide, daß er, wenn ich ein anderes Vorgehen, einen direkten Anruf verlangen würde, der es Ravn möglich machen würde, die Position der Kronos zu orten, sofort abbrechen würde. Ich sage nichts. Ich habe ihn sowieso schon sehr weit getrieben. Und noch sind wir nicht fertig.

Er verlangt eine Security-line, eine Leitung ohne Mithöranlage. Weit weg, in einem anderen Teil des Weltalls, klingelt ein Telefon. Das Signal ist schwach und flatterig.

»Wie sieht es draußen aus, Smilla?«

Ich versuche mich an die Nacht und das Wetter zu erinnern.

»Eiskristallwolken.«

»Das ist das Schlimmste. Die HF-Strahlen krümmen sich mit der Atmosphäre. Bei Schnee und trübem Wetter können sie sich in einem Reflexionsraum fangen.«

Das Telefon klingelt, monoton, leblos. Ich gebe auf. Die Hoffnungslosigkeit ist eine Fühllosigkeit, die vom Magen ausstrahlt.

Dann wird abgehoben.

»Ja?«

Die Stimme ist nah, vollkommen deutlich, aber schlaftrunken. In Dänemark muß es gegen fünf Uhr morgens sein.

Ich sehe sie vor mir. Wie sie auf den Fotos in Ravns Portemonnaie ausgesehen hat. Weißhaarig, in einem Wollkostüm. »Kann ich bitte mit Ravn sprechen?«

Als sie den Hörer hinlegt, weint irgendwo ganz in der Nähe ein Kind. Es muß in ihrem Schlafzimmer geschlafen haben. Vielleicht zwischen ihnen im Bett.

»Hier Ravn.«

»Ich bin es«, sage ich.

»Ein andermal.«

Weil seine Stimme so deutlich durchkommt, wirkt auch die Ablehnung sehr deutlich. Ich weiß nicht, was passiert ist. Aber ich bin schon viel zu weit gegangen, als daß ich darüber noch nachgrübeln könnte.

»Zu spät«, sage ich. »Ich will darüber sprechen, was auf den Dächern so vor sich geht. In Singapur und in Christianshavn.«

Er antwortet nicht, bleibt jedoch am Hörer.

Unmöglich, ihn sich als Privatperson vorzustellen. Was hat er an, wenn er schläft? Wie sieht er jetzt aus, im Bett, neben seinem Enkel?

»Wir müssen uns vorstellen, daß es Spätnachmittag ist«, sage ich. »Der Junge geht allein vom Kindergarten nach Hause. Der einzige, der nicht jeden Tag abgeholt wird. Er geht, wie Kinder das immer tun, Ungleichmäßig, hopsend, den Blick gesenkt. Achtet nur auf die nächste Umgebung. So wie Ihre Enkel, Ravn.«

Ich höre seinen Atem so deutlich, als wäre er hier im Raum.

Der Mechaniker hat die eine Hörmuschel beiseite geschoben, um unser Gespräch verfolgen und zugleich auf den Gang hinaushören zu können.

»Deshalb sieht er den Mann nicht, bis er direkt neben ihm steht. Er hat im Auto gewartet. Zum Parkplatz hin gibt es keine Fenster. Es ist fast dunkel. Wir haben Mitte Dezember. Der Mann packt ihn, nicht am Arm, sondern an der Kleidung. Am Latz seiner Regenschutzhosen, die nicht kaputtgehen können und wo man keine blauen Flecken hinterläßt. Aber jetzt verrechnet er sich. Der Junge hat ihn sofort erkannt. Sie haben Wochen zusammen verbracht. Doch er erinnert sich nicht deshalb an ihn. Er erinnert sich an ihn von einem der letzten Tage her. Er erinnert sich an den Tag, an dem er seinen Vater hat sterben sehen. Vielleicht hat er gesehen, wie der Mann die Taucher ins Wasser zurückgezwungen hat, nachdem einer von ihnen umgekommen war. Irgendwann, als sie noch nicht begriffen hatten, was los war. Oder vielleicht verknüpft sich für den Jungen mit diesem Mann auch nur das Erlebnis des Todes. Jedenfalls sieht er keinen Menschen vor sich. Er sieht eine Bedrohung. So wie nur Kinder Bedrohungen erleben können. Überwältigend. Zuerst erstarrt er. Alle Kinder erstarren zuerst.«

»Sie raten«, sagt Ravn.

Die Verbindung ist jetzt schlechter. Einen Moment lang bin ich nahe daran, den Faden zu verlieren.

»Auch das Kind neben Ihnen«, sage ich. »Das würde auch erstarren. Genau da aber verrechnet sich der Mann. Der Junge vor ihm sieht so klein aus. Er beugt sich zu ihm hinunter. Der Junge ist wie eine Puppe. Er will ihn auf den Sitz heben. Einen Moment lang läßt er ihn los. Das ist sein Fehler. Daß er nicht mit den Energien des Jungen gerechnet hat. Plötzlich rennt der Junge los. Der Schnee auf der Erde ist festgetrampelt. Deshalb holt ihn der Mann nicht ein. Auf Schnee zu rennen, darauf ist er nicht so gut trainiert wie der Junge.«

Jetzt hören beide aufmerksam zu, neben mir und über eine unendliche Entfernung hinweg. Aber sie hören nicht eigentlich mir zu. Es ist die Furcht, die uns verbindet, die Furcht des Kindes, das wir alle in uns haben.

»Der Junge läuft am Haus entlang. Der Mann geht auf die Fahrbahn hinaus und schneidet ihm von der Straße aus den Weg ab. Der Junge läuft an den Packhäusern entlang. Der Mann immer hinterher, gleitend, wankend. Doch jetzt ruhiger. Es gibt keinen Weg weg von hier. Der Junge dreht sich zu ihm um. Jetzt entspannt sich der Mann. Der Junge schaut sich um. Er hat aufgehört zu denken. Aber in ihm arbeitet ein Motor, der laufen wird, bis alle Kraft verbraucht ist. Mit diesem Motor hat der Mann nicht gerechnet. Plötzlich ist der Junge auf halbem Weg hinauf ins Gerüst. Der Mann folgt ihm. Der Junge weiß, was hinter ihm ist. Die personifizierte Angst. Er weiß, daß er sterben muß. Dieses Gefühl ist stärker als seine Höhenangst. Er klettert weiter, bis aufs Dach hinauf. Und dort läuft er vorwärts. Der Mann hält inne. Vielleicht hat er es von Anfang an so gewollt, vielleicht kommt ihm die Idee erst jetzt, vielleicht werden ihm seine eigenen Absichten erst hier bewußt. Die Möglichkeit, eine Bedrohung auszuschalten. Die Möglichkeit, zu vermeiden, daß der Junge jemals erzählt, was er in einer Gletscherhöhle irgendwo in der Davisstraße gesehen hat.«

»Sie raten!«

Seine Stimme ist ein Flüstern.

»Der Mann geht auf den Jungen zu. Sieht, wie er an der Kante entlangläuft, um einen Weg nach unten zu finden. Kinder haben keinen Überblick, der Junge weiß vermutlich nicht einmal richtig, wo er sich befindet, sieht nur die nächsten paar Meter vor sich. Am Schneerand bleibt der Mann stehen. Er will keine Spuren hinterlassen. Ihm ist es lieber, daß das nicht notwendig wird.«

Die Verbindung ist weg. Der Mechaniker dreht an den Knöpfen. Sie kommt zurück.

»Der Mann wartet. Irgendwie ist in diesem Warten ein großes Selbstvertrauen. Als ob er wüßte, daß allein seine Anwesenheit ausreicht. Seine Silhouette am Himmel. Wie in Singapur. Hat das dort gereicht, Ravn? Oder hat er sie gestoßen, weil sie älter war und gefaßter als der Junge, weil er ganz an sie herankommen konnte, weil da kein Schnee war, der seine Spuren festhalten konnte?«

Der Laut ist so deutlich, daß ich glaube, er kommt vom Mechaniker. Doch der schweigt.

Dann noch einmal, aber zerquält, diesmal von Ravn.

Ich spreche leise zu ihm.

»Sehen Sie sich das Kind an, Ravn, das Kind neben Ihnen, es ist das Kind auf dem Dach, Tørk ist hinter ihm her, eine Silhouette, er könnte es aufhalten, tut es aber nicht, er treibt es weiter, wie damals die Frau auf dem Dach. Wer war sie, und was hat er mit ihr gemacht?«

Er verschwindet und kommt wieder zurück, weit weg.

»Ich muß es wissen! Sie hieß Ravn!«

Der Mechaniker legt mir eine Hand auf den Mund. Die Handfläche ist kalt wie Eis. Ich muß geschrien haben.

»... war ...« Seine Stimme verschwindet.

Ich packe den Apparat und schüttele ihn. Der Mechaniker zieht mich weg. Im selben Moment kommt Ravns Stimme zurück, deutlich, klar, ohne jedes Gefühl.

»Meine Tochter. Er hat sie gestoßen. Sind Sie jetzt zufrieden, Fräulein Smilla?«

»Das Foto«, sage ich, »hat sie die Aufnahme von Tørk gemacht? War sie bei der Polizei?«

Er sagt etwas, doch da wird seine Stimme in einen Lärmtunnel gezogen und verschwindet. Die Verbindung ist abgebrochen.

Der Mechaniker macht die Deckenbeleuchtung aus. Im Schein der Instrumentenschalttafeln ist sein Gesicht weiß und straff. Langsam nimmt er den Kopfhörer ab und hängt ihn an seinen Platz. Ich schwitze, als wäre ich gelaufen.

»Eine Zeugenaussage von einem Kind hätte vor Gericht wohl kaum Gültigkeit?«

»Vor den Geschworenen wäre sie belastend gewesen«, sage ich.

Er führt den Gedanken nicht weiter, braucht es auch nicht. Wir denken dasselbe. Jesaja hatte manchmal etwas in seinem Blick, ein Wissen, das älter war als sein Alter, älter als das Alter von irgend jemandem, eine tiefe Einsicht in die Erwachsenenwelt. Tørk ist diesem Blick begegnet. Es gibt andere Anklagen als die, die ein Gericht erheben kann.

»Was ist mit der Tür?«

Er biegt den Stahlrahmen vorsichtig zurück.

Er ist mit mir zur Außentreppe zurückgegangen. Im Krankenzimmer bleibt er einen Augenblick an der Tür stehen.

Ich wende mich von ihm ab. Körperlicher Schmerz ist im Vergleich zum Schmerz in der Seele papierdünn und nebensächlich.

Er spreizt die Finger und sieht seine Hände an.

»Wenn wir fertig sind«, sagt er, »bringe ich ihn um.«

Niemand könnte mich dazu bringen, eine Nacht – und sei es eine so kurze und trostlose wie die, die vor mir liegt – auf einer Krankenpritsche zu verbringen. Ich nehme das Laken ab, die Kissen von den Stühlen und lege mich direkt an die Tür. Wenn jemand herein will, muß er mich erst zur Seite schieben.

Es will niemand herein. Ich schlafe ein paar Stunden wie bewußtlos, danach knirscht der Rumpf zitternd gegen etwas, und das Deck ist voller Füße. Ich glaube auch, daß ein Anker gerasselt hat, vielleicht hat die Kronos an der Eiskante angelegt. Ich bin zu müde, um aufzustehen. Irgendwo in der Nähe, draußen im Dunkeln, liegt Gela Alta.

2 Es gibt einen Schlaf, der schlimmer ist als Schlaflosigkeit. Von den letzten beiden Stunden erwache ich angespannter und körperlich zerschlagener, als wenn ich mich wach gehalten hätte. Draußen ist es dunkel.

Im Kopf mache ich mir eine Liste. Wen, frage ich mich, würde ich auf meine Seite ziehen können. Das ist kein Ausdruck von Hoffnung. Eher ist es wohl so, daß sich das Bewußtsein nicht aufhalten läßt. Solange man am Leben ist, wird es von sich aus nach Überlebensmöglichkeiten suchen. Als hätte man eine andere Person bei sich, die naiver, aber auch ausdauernder ist als man selber.

Ich gebe die Liste auf. Die Besatzung der Kronos läßt sich in diejenigen aufteilen, die ich bereits jetzt gegen mich habe, und die, die ich schließlich gegen mich haben werde. Den Mechaniker habe ich nicht mitgerechnet. Ich versuche, nicht an ihn zu denken.

Als das Frühstück kommt, liege ich auf der Pritsche. Jemand tastet nach dem Lichtschalter, und ich bitte darum, kein Licht zu machen. Er stellt das Tablett an der Tür ab und geht. Es war Maurice. Im Dunkeln kann er die zerbrochene Scheibe nicht gesehen haben.

Ich zwinge mich dazu, ein bißchen zu essen. Jemand setzt sich draußen vor die Tür. Ab und zu höre ich einen Stuhl gegen die Tür schrammen. Irgendwann werden der Hilfsmotor und die großen Generatoren angelassen. Zehn Minuten später löschen sie vom Achterdeck aus. Ich kann nicht sehen, was. Die Fenster des Sanitätsraums gehen nach Backbord.

Der Tag beginnt. Es wirkt, als brächte die Morgendämmerung kein Licht, sondern als sei sie eine selbständige Substanz, wie Rauchfetzen, die an den Fenstern vorbeitreiben.

Von diesem Blickwinkel aus ist die Insel nicht zu sehen. Doch ich spüre das Eis. Die Kronos ist am Achtersteven vertäut. Die Eiskante ist vielleicht fünfundsiebzig Meter entfernt. Ich sehe, wo die eine Vertäuungstrosse zu einem Anker aus Eisschrauben führt, der zwischen aufgetürmten, festgefrorenen Eisschollen befestigt ist.

Das Motorboot wird gelandet und geleert. Es ist nicht hell genug, um die Menschen identifizieren oder das Gepäck bestimmen zu können. Irgendwann wirkt das an der Eiskante vertäute Boot wie aufgegeben.

Ich habe das Gefühl, den Weg zu Ende gegangen zu sein. Weiter zu gehen – das kann man von keinem Menschen verlangen. Zwischen den Stuhlpolstern, die ich als Kopfkissen benutzt habe, liegt Jakkelsens Schlüssel. Dort liegt auch eine blaue Plastikschachtel. Und ein in einen Putzlappen gewickeltes Stück Metall. Ich hatte erwartet, daß er meinen Diebstahl sofort entdecken würde, aber er ist nicht gekommen

Es ist ein Trommelrevolver. Ballester Molina Inunangitsoq. Mit argentinischer Lizenz in Nuuk hergestellt. Zwischen Zweck und Design besteht ein Mißverhältnis. Es hat etwas Überraschendes, daß Tücke eine so einfache Form haben kann.

Gewehre kann man damit entschuldigen, daß man sie zur Jagd benutzt. In bestimmten Schneearten kann ein langläufiger, schwerkalibriger Revolver zur Selbstverteidigung notwendig sein. Weil Moschusochsen und Eisbären um den Jäger herumgehen und von hinten angreifen können. Und zwar so schnell, daß keine Zeit bleibt, das Gewehr herumzureißen.

Für diese stumpfnäsige Waffe aber gibt es keine Entschuldigung.

Die Patronen haben einen flachen Bleimantel. Die Schachtel ist voll. Ich fülle die Trommel. Sechs haben Platz. Ich drükke die Trommel zurück.

Ich stecke einen Finger in den Hals und fange röchelnd an zu husten. Ich trete in die Glasscherben, die noch im Rahmen stecken. Sie fallen klirrend zu Boden. Die Tür schwingt auf, Maurice kommt herein. Ich stütze mich an der Pritsche ab und halte den Revolver mit beiden Händen.

»Auf die Knie«, sage ich.

Er geht auf mich zu. Ich richte den Lauf auf seine Beine und drücke ab. Es passiert nichts. Ich habe vergessen, den Revolver zu entsichern. Er schlägt mit dem gesunden linken Arm nach vorn und hoch, der Schlag trifft mich an der Brust und wirft mich gegen den Schrank. Die Scherben der zersplitterten Scheibe schneiden mir mit dem charakteristischen kalten Schmerz sehr scharfer Schnittflächen in den Rücken. Ich falle auf die Knie, er tritt mir ins Gesicht, der Fuß bricht meine Nase und nimmt mir einen Augenblick lang das Bewußtsein. Als es zurückkehrt, ist sein einer Fuß neben meinem Kopf, er muß direkt über mir stehen. Aus der Werkzeugtasche meiner Arbeitshose hole ich die mit Pflaster umwickelten Skalpelle. Ich schiebe mich etwas vor und schneide hinter dem Knöchel ein. Es gibt einen kleinen schnalzenden Knall, als seine Achillessehne reißt. Als ich das Messer wegnehme, sehe ich an der Schnittfläche den gelblichen Schein des Knochens. Ich rolle von ihm weg. Er versucht nach mir zu treten, fällt aber nach vorn. Erst als ich wieder stehe, merke ich, daß ich den Revolver immer noch in der Hand habe. Er kniet auf dem einen Knie. Ohne Eile steckt er die Hand unter seine Windjacke. Ich trete zu ihm hin und schlage ihm den kurzen Zylinderlauf in den Mund. Er fällt nach hinten gegen den Schrank. Ich wage nicht mehr, mich ihm zu nähern. Ich gehe zur Tür hinaus. Sein Schlüssel steckt noch im Schloß. Ich schließe hinter mir ab.

Der Flur ist leer. Doch hinter der Tür zur Messe bewegt sich etwas. Ich öffne sie einen Zentimeter. Urs deckt gerade den Tisch. Ich stelle mich innen an die Tür. Er setzt einen Brotkorb ab. Erst sieht er mich nicht, dann sieht er mich.

Ich schraube den Deckel von einer Thermosflasche. Schenke in eine Tasse ein, tue Zucker hinein, verrühre ihn, trinke. Der Kaffee ist fast kochend, der gebrannte Geschmack der Bohnen verursacht mir zusammen mit der Süße Übelkeit.

»Wie lange sollen wir hier liegen, Urs?«

Er starrt mir ins Gesicht. Ich spüre meine Nase nicht. Nur eine diffuse Hitze.

»Sie haben Arrest, Fräulein Smilla.«

»Ich habe die Erlaubnis herumzugehen.«

Er glaubt mir nicht. Er hofft, daß ich gehe. Sichere Verlierer kann niemand leiden.

»Drei Tage. Morn sölle mer Verpflegig an Land bringe. Denn schaffe mer alli im Schnee.«

Sie werden den Stein über die Schwellenrutsche ziehen. Das bedeutet, daß er sehr nahe an der Küste liegen muß.

»Wer ist an Land?«

»Tørk, Verlaine, dr neui Passagier. Mit Fläsche.«

Erst verstehe ich ihn nicht. Er zeichnet mit der Hand Sauerstoffflaschen in die Luft.

Ich bin schon auf dem Weg nach draußen, als er hinter mir herkommt. Die Situation ist eine Wiederholung, so haben wir schon einmal gestanden.

»Fräulein Smilla ...«

Er, der es nie gewagt hat, mir nahezukommen, packt insistierend meinen Arm.

»Sie müand schlafa. Sie bruchend medizinische Behandlig ...«

Ich ziehe den Arm zurück. Es ist mir nicht gelungen, ihn zu erschrecken. Ich habe nur an sein Mitleid appelliert.

Auf See schließt man Türen prinzipiell nur ab, wenn man einen Raum verläßt. Um im Falle eines Brandes die Rettungsarbeiten zu erleichtern. Lukas schläft mit offener Tür. Er schläft tief. Ich mache die Tür hinter mir zu und setze mich an sein Fußende. Er schlägt die Augen auf. Erst sind sie matt vom Schlaf, dann werden sie im Schock glasig.

»Ich habe mich zwischenzeitlich selber entlassen«, sage ich.

Er versucht an mich heranzukommen. Er ist schneller als erwartet, wenn man bedenkt, daß er auf dem Rücken liegt und gerade noch geschlafen hat. Ich zeige ihm den Revolver. Er setzt die Bewegung fort. Ich hebe den Lauf vor das Gesicht und entsichere.

»Ich habe nichts zu verlieren«, sage ich.

Er entspannt sich.

»Gehen Sie zurück. Der Arrest ist Ihre Sicherheit.«

»Ja«, sage ich. »Mit Maurice vor der Tür ist das wirklich sehr beruhigend. Ziehen Sie Ihren Mantel an. Wir gehen an Deck.«

Er zögert. Dann greift er nach seinen Sachen.

»Tørk hat recht. Sie sind krank.«

Vielleicht hat er recht. Jedenfalls hat sich zwischen mich und den Rest der Welt eine Schicht aus Fühllosigkeit geschoben. Eine Kruste, in der die Nerven abgestorben sind. Am Waschbekken wasche ich mir die Nase. Das ist ungeschickt, weil ich dabei auch noch die Waffe halten und Lukas im Auge behalten muß. Im Gesicht ist gar nicht so viel Blut, wie ich gemeint habe. Gesichtsverletzungen fühlen sich größer an, als sie sind.

Er geht voran. Als wir an der Treppe zu den oberen Decks vorbeigehen, kommt Sonne herunter. Ich trete dicht hinter Lukas. Sonne bleibt stehen. Lukas winkt ab. Er zögert, dann setzen sich die Navigationsschule, sein Jahr bei der Marine und seine innere Disziplin durch. Er tritt zur Seite. Wir gehen auf das Deck hinaus. An die Reling. Ich stelle mich ein paar Meter weg. Das bedeutet, daß wir laut reden müssen, um einander zu hören. Aber es macht es schwerer für ihn, an mich heranzukommen.

Nach so vielen Tagen auf hoher See hat die Insel für mich eine dunkle, schmerzliche Schönheit. Sie ist so schmal und so hoch, daß sie sich wie ein Turm aus dem gefrorenen Meer erhebt. Sie ist ganz von Eis bedeckt, nur vereinzelt ist die Klippe zu sehen. Von der schalenförmigen Inselspitze fließt es wie aus einem polaren, kalten Füllhorn über die Kante und an den steil abfallenden Seiten hinunter. Zur Kronos hin gleitet eine Zunge ins Meer, der Barrengletscher. Wenn wir die anderen Seiten sehen könnten, würden wir senkrechte, von Lawinen und Eisfall zerklüftete Felswände sehen.

Der Wind kommt von der Insel, Nordwind, *avangnaq*. Er kristallisiert ein anderes Wort, und zuerst ist nur die Lautseite des Wortes da, wie von jemand anderem gesagt, aber in mir. *Pirhirhuq*, Schneesturmwetter. Ich schüttele den Kopf. Wir sind nicht in Thule, das Wetter hier ist ein anderes, mein zerrüttetes System produziert Phantasiebilder.

»Wo wollen Sie danach hingehen?«

Er zeigt auf das Deck, auf das offene Wasser. Auf das Motorboot an der Eiskante.

»*Feel free*, Fräulein Smilla.«

Jetzt, wo die Höflichkeit von ihm abfällt, sehe ich, daß es nie die seine gewesen ist. Es ist Tørks Höflichkeit und die Justiz an Bord. Lukas ist immer nur ein Werkzeug gewesen.

Langsam geht er, von mir weg. Auch er ist ein Verlierer. Auch er hat nichts mehr zu verlieren. Ich lasse das schwere Eisen in die Tasche gleiten. Zuvor, im Krankenzimmer, hätte ich Maurice erschießen können. Vielleicht. Oder vielleicht hatte ich auch ganz bewußt nicht entsichert.

»Jakkelsen«, rufe ich ihm hinterher. »Verlaine hat ihn umgebracht, und Tørk hat das Telegramm geschickt.«

Er kommt zurück. Er stellt sich zu mir und schaut zur Insel hinüber. Während ich rede, bleibt er so stehen, ohne den Ausdruck zu verändern. Irgendwann reißen sich hoch oben von den Eishängen die Konturen großer Vögel los, Wanderalbatrosse, er sieht sie nicht. Ich erzähle ihm alles von Anfang an. Ich weiß nicht, wie lange es dauert. Als ich fertig bin, hat sich der Wind gelegt. Auch das Licht scheint gewechselt zu haben. Ohne daß sich genau sagen ließe, wie. Ab und zu sehe ich zur Tür hin. Es kommt niemand. Lukas hat sich Zigarette um Zigarette angezündet. Als müßte er das Anzünden, Inhalieren und Rauch-von-sich-Geben jedesmal wieder neu durchexerzieren.

Er richtet sich auf und lächelt mich an.

»Sie hätten auf mich hören sollen«, sagt er. »Ich habe vorgeschlagen, Ihnen eine Spritze zu geben. Fünfzehn Milligramm Diazepam. Ich habe ihnen gesagt, daß Sie ausbrechen würden. Tørk hat sich widersetzt.«

Er lächelt erneut. Jetzt lauert ein Wahnsinn hinter seinem Lächeln.

»Es sieht fast so aus, als hätte er gewollt, daß Sie kommen. Er hat das Gummiboot dagelassen. Vielleicht will er Sie an Land haben.«

Er winkt mir zu.

»Die Arbeit ruft«, sagt er.

Ich lehne mich an das Geländer. Irgendwo in den niedrigen Nebelbänken, wo das Eis ins Meer fließt, ist Tørk.

Tief unter mir liegt ein weißer Kranz. Lukas' Zigarettenkippen.

Sie schaukeln nicht, sie bewegen sich nicht durcheinander. Sie liegen ganz still. Das Wasser, auf dem sie treiben, ist noch schwarz. Aber es ist nicht mehr blank. Es ist von einer matten Haut überzogen. Das Meer um die Kronos friert zu. Über mir werden die Wolken in den Himmel gesogen. Die Luft ist windstill. Die Temperatur ist in der letzten halben Stunde um mindestens zehn Grad gesunken.

In meiner Kajüte ist anscheinend nichts angerührt worden. Ich suche mir ein Paar kurzschäftige Gummistiefel heraus. Nehme meine Kamiken aus einer Plastiktüte.

Der Spiegel zeigt mir, daß meine Nase nicht weiter angeschwollen ist. Aber sie sitzt verkehrt, ist viel zu sehr zur Seite gedrückt.

Gleich wird er tauchen. Ich erinnere mich an den Dampf auf dem Foto. Das Wasser hat vielleicht zehn oder zwölf Grad. Er ist nur ein Mensch. Das ist so wenig. Ich weiß es von mir selbst. Trotzdem versucht man, sich am Leben zu erhalten.

Ich ziehe Thermohosen an. Zwei dünne Wollpullover, Daunenjacke. In der Kiste finde ich noch einen Armbandkompaß und eine flache Feldflasche. Die Bettdecke aus Wolle. Irgendwann, vor langer Zeit, muß ich mich auf diesen Augenblick vorbereitet haben.

Sie haben alle drei gesessen, deshalb sehe ich sie nicht, bevor ich ganz oben bin. Die Luft aus dem Gummiboot ist herausgelassen worden, es liegt als graue Gummidecke mit gelben Markierungen flach vor dem Achteraufbau.

Die Frau hockt. Sie zeigt mir das Messer.

»Ich habe die Luft damit rausgelassen«, sagt sie.

Sie gibt das Messer Hansen zurück, der sich an die Davits lehnt.

Sie steht auf und kommt mir entgegen. Ich habe den Rükken an der Leiter. Seidenfaden kommt zögernd hinter ihr her.

»Katja«, sagt er.

Sie haben alle drei keine Jacken an.

»Er wollte, daß du an Land gehst«, sagt sie.

Seidenfaden legt ihr eine Hand auf die Schulter. Sie dreht sich um und schlägt ihn. Sein einer Mundwinkel platzt auf. Sein Gesicht gleicht einer Maske.

»Ich liebe ihn«, sagt sie.

Das ist an niemand Bestimmten gerichtet. Sie kommt näher.

»Hansen hat Maurice gefunden«, sagt sie wie zur Erklärung. Und dann unvermittelt:

»Begehrst du ihn?«

Das habe ich schon öfter gesehen, das Feld, in dem Eifersucht und Wahnsinn zusammenfließen und die Wirklichkeit verwischen.

»Nein«, sage ich.

Ich weiche zurück und stoße an etwas, das nicht nachgibt. Hinter mir steht Urs. Er hat noch seine Schürze an. Darüber einen dicken Pelz. In der Hand ein Brot. Es muß gerade aus dem Ofen gekommen sein, in der Kälte ist es von einer dichten Dampfwolke umgeben. Die Frau ignoriert ihn. Als sie nach mir greifen will, legt er das Brot an ihren Hals. Sie fällt auf das Gummiboot und bleibt liegen. Die Brandwunde geht auf wie ein Film, den man entwickelt, mit dem genauen Abdruck der Brotrillen.

»Was soll ich tun?« fragt er.

Ich reiche ihm den Revolver des Mechanikers.

»Kann ich ein bißchen Zeit haben?« frage ich.

Nachdenklich sieht er Hansen an.

»Kein Problem«, sagt er.

Die Schwimmbrücke ist noch ausgelegt. Sobald ich das Eis sehe, weiß ich, daß ich zu früh dran bin. Es ist noch zu transparent, um zu tragen. Da steht der Stuhl. Ich setze mich und warte. Ich lege die Füße auf den Kabelkasten. Hier hat einmal Jakkelsen gesessen. Und Hansen. Auf einem Schiff kreuzt man ununterbrochen seine eigenen Spuren. Wie im Leben.

Es schneit. Große Flocken, *qanik*, wie der Schnee über Jesajas Grab. Noch ist das Eis so warm, daß die Flocken darin einschmelzen. Wenn ich jetzt lange darauf starre, sieht es aus, als fielen sie nicht, sondern wüchsen aus dem Meer und türmten sich zum Himmel empor, um sich auf das Dach des Felsturmes über mir zu legen. Erst als sechseckige, neugebildete Schneeflocken. Dann als achtundvierzig Stunden alte Flocken mit verfließenden Konturen. Am zehnten Tag wird aus jeder Flocke ein körniges Kristall geworden sein. Nach zwei Monaten ist sie kompakt. Nach zwei Jahren befindet sie sich im Übergangszustand zwischen Schnee und Firn. Nach drei Jahren ist sie *névé*. Nach vier Jahren ist sie zu einem großen, blockartigen Gletscherkristall geworden.

Mehr als drei Jahre wird sie auf Gela Alta nicht existieren können. Danach wird der Gletscher sie ins Meer hinausstoßen. Von wo sie eines Tages aufbrechen und zur Schmelze, Auflösung und Aufnahme ins Meer schwimmen wird. Aus dem sie sich eines Tages wieder als neuer Schnee erheben wird.

Das Eis ist jetzt gräulich. Ich trete darauf. Es ist nicht gut. Nichts ist mehr richtig gut.

Solange wie möglich halte ich mich im Windschatten der Reling der Kronos. Irgendwann wird das Eis so dünn, daß ich vom Kurs abweichen muß. Wahrscheinlich können sie mich sowieso nicht sehen. Es dunkelt. Das Licht treibt fort, ohne jemals dagewesen zu sein. Die letzten zehn Meter muß ich auf dem Bauch robben. Ich lege die Decke auf das Eis und schiebe mich vorwärts.

Das Motorboot ist an der Eiskante vertäut. Es ist ausgeräumt worden. Bis zum Strand sind es dreihundert Meter. Wo ein Eisfluß mehrmals getaut und wieder gefroren ist, hat sich eine Treppe gebildet.

Der Geruch nach Erde wird durchdringend. Nach so langer Zeit auf dem Meer duftet die Insel wie ein Garten. Ich schabe die Schneeschicht weg. Es sind ungefähr vierzig Zentimeter. Darunter die Reste von Moosen, von verwitterter arktischer Weide.

Als sie ankamen, hat eine dünne Schicht Neuschnee gelegen. Ihre Spuren sind sehr deutlich. Sie haben zwei Zugschlitten mitgehabt. Der Mechaniker hat den einen Schlitten gezogen, Tørk und Verlaine den anderen.

Sie sind den Abhang hinaufgegangen, um die steilen Öffnungen zu vermeiden, wo sich das Eis in das Meer hinausschiebt. Hier ist der lose Schnee einen halben Meter tief. Abwechselnd haben sie die Spur getrampelt.

Ich ziehe Kamiken an. Ich schaue auf den Schnee und konzentriere mich auf das Gehen. Es ist, als sei ich wieder Kind. Wir müssen irgendwohin, ich erinnere mich nicht wohin, die Reise ist lang gewesen, vielleicht mehrere *sinik*, ich fange an zu stolpern, ich bin nicht mehr identisch mit meinen Füßen, sie gehen von selber, mühsam, als sei jeder Schritt eine zu lösende Aufgabe. Irgendwo im System wächst der Drang aufzugeben, sich hinzusetzen und zu schlafen.

Da ist meine Mutter hinter mir. Sie weiß es, sie hat es eine Zeitlang gewußt. Sie spricht, sie, die sonst so wortkarg ist, sie gibt mir eine Kopfnuß, halb Gewalt, halb Liebkosung, was ist das für ein Wind, Smilla? Das ist *kanangnaq*. Das stimmt nicht, Smilla, du schläfst. Nein, tue ich nicht, er ist nämlich schwach und feucht, das Eis muß gerade erst gebrochen sein. Rede anständig mit deiner Mutter, Smilla. Die Unhöflichkeit hast du von *qallunaaq* gelernt.

So machen wir unseren Weg, und ich bin wieder wach. Ich weiß, wir müssen es schaffen; ich bin schon seit langem so schwer, daß sie mich nicht mehr tragen kann.

Ich bin siebenunddreißig Jahre alt geworden. Vor fünfzig Jahren war das in Thule ein ganzes Lebensalter. Aber ich bin nicht erwachsen geworden. Ich habe mich nie daran gewöhnt, allein zu gehen. Irgendwo in meinem Inneren hoffe ich, daß jemand hinter mich tritt und mich anstößt. Meine Mutter. Moritz. Eine Kraft von außen.

Fast stolpere ich. Ich stehe am Gletscher. Hier haben sie haltgemacht. Sie haben die Steigeisen an die Stiefel geschnallt.

So aus der Nähe gesehen wird sein Name verständlich. Der Wind hat seine Oberfläche zu einer kompakten, glatten Decke ohne Unregelmäßigkeiten abgeschliffen, wie eine weiße keramische Glasur. Unmittelbar vor mir schiebt er sich über einen Absturz von ungefähr fünfzig Metern hinaus. Hier ist die Oberfläche von einem Eisfall gebrochen worden. Ein System aus grauen, weißen und graublauen Treppen. Von weitem sieht man ihre Regelmäßigkeit, doch wenn man näher kommt, bilden sie ein Labyrinth.

Ich weiß nicht, wie sie den Weg gefunden haben. Sie sind nicht zu sehen. Ich fange also an zu gehen. Die Fährte ist jetzt schwerer zu verfolgen. Aber nicht unmöglich. Auf den waagerechten Treppenstufen ist der Schnee liegengeblieben. Dort haben sie Abdrücke hinterlassen. Irgendwann habe ich die Richtung verloren und fange an im Halbkreis zu gehen, bis ich von weitem ein gelbes Zeichen aus Urin sehe.

Nach und nach kommen Halluzinationen, Bruchstücke von Gesprächen. Ich sage etwas zu Jesaja. Er antwortet. Der Mechaniker ist auch da.

»Smilla.«

Ich bin einen Meter von ihm entfernt an ihm vorbeigegangen, ohne ihn zu sehen. Es ist Tørk. Er hat auf mich gewartet. So sanft hat er mich gerufen. Wie damals, als er mich angerufen hat, die letzte Nacht in meiner Wohnung.

Er ist allein. Er hat keinen Schlitten und kein Gepäck. Er sitzt so farbenfroh da. Die gelben Stiefel. Die rote Jacke, die auf den Schnee um ihn herum einen rosa Schein wirft, das türkisfarbene Band um die blonden Haare.

»Ich wußte, daß du kommst. Aber ich wußte nicht, wann. Ich habe dich über das Wasser gehen sehen.«

Als seien wir die ganze Zeit über Freunde gewesen, hätten das aber vor der Umwelt verbergen müssen.

»Es hat eine Eisschicht.«

»Davor bist du durch verschlossene Türen gegangen.«

»Ich hatte einen Schlüssel.«

Er schüttelt den Kopf.

»Bei Menschen mit Ressourcen *passieren* die richtigen Dinge einfach. Sie sehen aus wie Zufälle. Doch sie entstehen aus der Notwendigkeit. Katja und Ralf wollten dich schon in Kopenhagen bremsen. Aber ich habe deine Möglichkeiten gesehen. Du würdest uns zeigen, was wir übersehen hatten. Was Ving und Loyen übersehen haben. Was man immer übersieht.«

Er reicht mir einen Sitzgurt. Ich trete hinein und schließe ihn vorn.

»Aber die Nordlicht«, sage ich, »der Brand?«

»Licht hat Katja angerufen, als er das Band bekommen hatte. Er hat versucht, Geld zu erpressen. Wir mußten etwas tun. Daß auch du mit hineingezogen worden bist, war mein Fehler. Ich habe es Maurice und Verlaine überlassen. Verlaine hat diesen primitiven Haß auf Frauen.«

Er gibt mir das Ende des Seils. Ich mache eine Achterschlinge. Er reicht mir ein kurzes Eisbeil.

Er geht voran. Er hat einen langen, dünnen Stock. Damit tastet er den Boden nach Spalten ab. Als er fünfzehn Meter weit weg ist, redet er. Die blanken Wände um uns sorgen für eine Akustik wie in einem Badezimmer. Hart und trotzdem intim, als säßen wir zusammen in der Badewanne.

»Ich hatte selbstverständlich gelesen, was du geschrieben hast. Diese Leidenschaft für das Eis macht einen nachdenklich.«

Er preßt sein Eisbeil in den Schnee, legt das Seil darum und holt vorsichtig ein, während ich ihm folge. Als ich seinen Standplatz erreiche, redet er wieder.

»Was sagt die Sachverständige zu diesem Gletscher?«

In der zunehmenden Dunkelheit sehen wir uns um. Die Frage ist schwer zu beantworten.

»Sie weiß nicht, was sie sagen soll. Hätte er die zehnfache Fläche gehabt, hätten sie ihn als eine sehr kleine Eiskappe klassifizieren können. Hätte er niedriger gelegen, hätten sie gesagt, es sei ein Botugletscher. Wären Strömungs- und Windverhältnisse etwas anders gewesen, hätte das Eisgestöber, die Deflation ihn im Laufe eines Monats so kräftig reduziert, würden sie sagen, hier sei gar kein Gletscher gewesen, sondern nur eine Insel mit ein bißchen Schnee. Er läßt sich nicht klassifizieren.«

Ich habe ihn erneut eingeholt, er reicht mir das Seil, ich wähle einen Standplatz, er geht weiter. Seine Bewegungen sind agil und methodisch, doch das Eis verleiht ihnen etwas Tastendes, wie bei allen Europäern. Er sieht aus wie ein Blinder, in seiner Blindheit geübt, perfekt an seinen Stock gewöhnt, aber eben doch immer noch blind.

»Die begrenzten Erklärungsmöglichkeiten der Wissenschaft haben mich immer beschäftigt. Man braucht nur mein eigenes Gebiet zu nehmen, die Biologie. Sie basiert auf zoologischen und botanischen Klassifikationssystemen, die alle zusammengebrochen sind. Als Wissenschaft hat sie keine Grundlage mehr. – Was hältst du von der Veränderung?«

Er hat unvermittelt gefragt. Ich folge ihm, er windet das geflochtene Doppelseil auf. Wir sind wie Mutter und Kind durch eine Nabelschnur verbunden.

»Öfter mal was Neues soll gut sein«, sage ich.

Er reicht mir seine Thermosflasche. Ich trinke. Heißer Tee mit Zitrone. Er bückt sich. Auf dem Schnee liegen ein paar dunkle Körner, zerstoßene Steine.

»4,6 mal 10 hoch neun. 4,6 Milliarden Jahre. Da hat das Sonnensystem in seiner jetzigen Form angefangen zu existieren. Das Schwierige an der geologischen Geschichte der Erde ist, daß man sie nicht studieren kann. Es gibt keine Spuren. Denn seit damals, seit der Erschaffung der Welt, sind Steine wie diese endlose Male umgesetzt worden. Dasselbe gilt für das Eis hier, die Luft, das Wasser. Ihr Ursprung läßt sich nicht mehr ausfindig machen. Es gibt auf der Erde keine Substanzen, die ihre ursprüngliche Form bewahrt haben. Deshalb sind Meteore so aufschlußreich. Sie kommen von außen, sie sind den Umsetzungsprozessen entgangen, die Lovelock in seiner Theorie von ›Gaia‹ beschrieben hat. Sie haben eine Form, die auf den Ursprung des Sonnensystems zurückgeht. In der Regel bestehen sie denn auch aus den ersten Metallen des Universums. Eisen, Nickel, Silikat. Liest du Romane?«

Ich schüttele den Kopf.

»Das ist ein Fehler. Die Schriftsteller sehen früher als die Wissenschaft, wohin wir uns bewegen. Bei dem, was wir in der Natur finden, geht es nicht so sehr darum, was da zu finden ist. Was wir finden, entscheidet sich einfach dank unserer Möglichkeit zu verstehen. Wie in Jules Vernes' ›Die Goldkugel‹ der Meteor, der sich als der größte Wert erweist, den die Welt je gesehen hat. Wie in Wells' Visionen von anderen Lebensformen. In Pipers ›Uller Uprising‹. In dem Buch wird eine besondere Art von Leben beschrieben. Auf der Grundlage anorganischer Stoffe, aus Silikaten aufgebaute Körper.«

Wir sind auf ein flaches, windgeschliffenes Plateau gelangt. Vor uns öffnet sich eine Reihe regelmäßiger Spalten. Wir müssen die Ablationszone erreicht haben, die Stelle, an der sich die unteren Schichten des Gletschers an die Oberfläche schieben. Ein Felshöcker hat den Eisstrom geteilt. Weil er aus einer weißlichen Eisart besteht, habe ich ihn von unten nicht gesehen. Jetzt leuchtet der Stein in der zunehmenden Dunkelheit.

Wo der Boden zu einer Spalte hin abfällt, ist der Schnee festgetrampelt. Hier sind sie stehengeblieben. Von hier aus ist er zurückgegangen, um mich zu holen. Ich frage mich, wie er gewußt haben kann, daß ich kommen würde. Wir setzen uns. Das Eis bildet eine große, schalenförmige Vertiefung, wie eine offene Muschel. Er schraubt den Deckel von seiner Thermosflasche. Er spricht weiter, als sei das Gespräch nicht unterbrochen worden, und vielleicht ist es das auch nicht, vielleicht ist es in ihm weitergegangen, vielleicht hört es in ihm nie auf.

»Sie ist schön, diese Theorie von der Gaia. Theorien müssen schön sein. Aber natürlich ist sie falsch. Lovelock zeigt, daß die Erde und ihr Ökosystem eine komplexe Maschine sind. Aber er zeigt nicht, daß sie mehr sind als eine Maschine. Gaia unterscheidet sich nicht grundlegend von einem Roboter. Und er teilt einen Mangel mit dem Rest der Biologie. Er erklärt den Beginn nicht. Die erste Form des Lebens, seine Entstehung, das, was den Cyanobakterien vorausgeht. Leben auf der Grundlage anorganischer Stoffe wäre ein solcher erster Schritt.«

Ich bewege mich vorsichtig, um mich warmzuhalten und seine Aufmerksamkeit auf die Probe zu stellen.

»Loyen war in den Dreißigern hier. Mit einer deutschen Expedition. Sie wollten den Bau eines Flugplatzes auf einem flachen, schmalen Küstenstreifen auf der Nordseite vorbereiten. Sie brachten Thuleeskimos mit. Es war ihnen nicht gelungen, Westgrönländer zu bekommen, wegen des schlechten Rufs der Insel. Loyen suchte so, wie Knud Rasmussen seine

Meteoriten gefunden hat: indem er die Erzählungen der Eskimos ernst nahm. Er hat ihn gefunden. 1966 ist er zurückgekommen. Er und Ving und Andreas Fine Licht. Aber sie wußten zu wenig, um die technischen Probleme lösen zu können. Sie haben zu dem Stein einen festen Abstieg aus Beton gegossen. Danach wurde die Expedition abgebrochen. 1991 sind sie zurückgekommen. Da waren dann wir dabei. Aber wir mußten umkehren.«

Sein Gesicht ist in der Dunkelheit fast verschwunden, das einzig Feste ist die Stimme. Ich versuche zu verstehen, warum er redet. Warum er immer noch lügt, selbst in dieser Situation, die so vollständig die seine ist.

»Was ist mit den Stücken, die abgesägt wurden?«

Sein Zögern löst das Problem. Dieses Zögern zu verstehen, ist irgendwie eine Erleichterung. Ihn beschäftigt immer noch die Frage, wieviel ich weiß und ob ich allein bin. Ob ihn jemand erwartet, auf der Insel, auf dem Meer, wenn er einmal zurückkommt. Noch, einen kleinen Augenblick noch, bis ich gesprochen habe, braucht er mich.

Zugleich mit diesem Verstehen kommt ein anderes, entscheidend wichtiges und unverständliches. Wenn er wartet, wenn er warten muß, dann deshalb, weil der Mechaniker ihm nicht alles erzählt hat, nicht erzählt hat, daß ich allein bin.

»Wir haben sie untersucht. Wir haben nichts Ungewöhnliches gefunden. Sie bestanden aus einer Mischung aus Eisen, Nickel, Olivin, Magnesium und Silikat.«

Ich weiß, daß das die Wahrheit sein muß.

»Er ist also nicht lebendig?«

Durch die Dunkelheit spüre ich, daß er lächelt.

»Die Wärme. Er produziert mit Sicherheit Wärme. Sonst wäre er mit dem Eis weggeführt worden. Er schmilzt die Wände um sich herum mit einer Geschwindigkeit, die der Bewegung des Gletschers entspricht.«

»Radioaktivität?«

»Wir haben gemessen, aber keine gefunden.«

»Und die Toten«, sage ich, »die Röntgenaufnahmen. Die hellen Streifen in den inneren Organen?«

Eine Zeitlang ist er still.

»Du könntest mir wohl nicht erzählen, woher du das weißt?« sagt er.

Ich antworte ihm nicht.

»Ich habe es gewußt«, sagt er. »Du und ich, wir hätten etwas voneinander haben können. Als ich dich angerufen habe, in der Nacht damals, das war eine impulsive Handlung, ich verlasse mich immer auf meine Intuition, ich wußte, daß du den Hörer abnehmen würdest, ich habe dich gespürt, ich hätte sagen können: ›Komm rüber zu uns.‹ Wärst du gekommen?«

»Nein«, sage ich.

Der Tunnel beginnt am Fuß des Felsens. Er ist eine einfache Konstruktion. Dort, wo das Eis ohnehin dazu neigt, den Felsen freizugeben, haben sie sich hineingesprengt und danach große Kanalisationsröhren aus Beton ausgegossen. Die Röhren führen in einem steilen Winkel schräg nach unten. Die Stufen sind aus Holz. Erst wundert mich das, dann erinnere ich mich daran, wie schwierig es ist, auf einer Permafrostunterlage Beton zu gießen.

Zehn Meter weiter unten brennt es.

Der Rauch kommt aus einem Raum, der an die Treppe angrenzt und aus einer balkenversteiften Betonverschalung besteht. Auf dem Boden liegen ein paar Säcke, und auf den Säkken brennen in einer Öltonne zerhackte Holzkisten.

An der hinteren Wand stehen auf einem breiten Tisch Instrumente und Ausrüstungsgegenstände. Chromatographen, Mikroskope, große Kristallisationsgläser, ein Wärmeschrank, ein Apparat, den ich noch nie gesehen habe und der aussieht wie ein großer Plastikkasten mit Glasvorderseite. Unter dem Tisch stehen ein Generator und mehrere Holzkisten wie die, die in der Tonne brennen. Alles ist modeabhängig, sogar die Laborausrüstung, die Instrumente erinnern mich an die siebziger Jahre. Alles ist von einer Schicht aus grauem Eis überzogen und muß 1966 oder 1991 zurückgelassen worden sein. Was werden wir zurücklassen?

Tørk legt eine Hand auf den Plastikkasten.

»Elektrophorese. Zur Trennung und Analyse von Proteinen. Loyen hatte ihn 1966 mit, als sie noch geglaubt haben, es handele sich um eine Art organischen Lebens.«

Er nickt, eine kleine Bewegung. Alles, was er tut, ist von dem Wissen durchdrungen, daß diese kleinen Zeichen und Bewegungen ausreichen, damit sich die Welt um ihn nach seinem Willen einrichtet. An einem hohen Arbeitstisch steht Verlaine vor einem Dissektionsmikroskop. Er stellt es für mich ein, Okular 10, Objektiv 20. Er rückt eine Gaslampe näher heran.

»Wir sind dabei, den Generator aufzutauen.«

Erst sehe ich nichts, dann stelle ich scharf ein und sehe eine Kokosnuß.

»*Cyclops marinus*«, sagt Tørk. »Der Salzwasserkrebs, es gibt ihn oder seine Verwandten überall, in allen Meeren der Erde. Die Fäden sind Gleichgewichtsorgane. Wir haben ihm ein bißchen Salzsäure gegeben, deshalb liegt er still. Achte mal auf den Hinterkörper. Was siehst du?«

Ich sehe nichts. Er übernimmt das Mikroskop, rückt die Petrischale darunter zurecht und stellt wieder scharf ein.

»Das Verdauungssystem«, sage ich, »die Därme.«

»Das sind keine Därme. Das ist ein Wurm.«

Jetzt sehe ich es. Darm und Magen sind ein dunkles Feld an der Unterseite des Tieres, der lange helle Kanal dagegen verläuft oben am Rücken.

»Die übergeordnete Gruppe ist *Phylum nematoda*, die Gruppe der Fadenwürmer, der hier gehört zur Untergruppe *Dracunculo idea*. Es ist der *Dracunculus borealis*, der Polarwurm. Spätestens seit dem Mittelalter bekannt und beschrieben. Ein großer Parasit. Bei Walen, Robben und Delphinen gefunden, wo er aus den Därmen in die Muskulatur wandert. Hier paaren sich Männchen und Weibchen, das Männchen stirbt, das Weibchen wandert zur Unterhaut hin, wo es einen Knoten von der Größe einer Kinderfaust bildet. Wenn der erwachsene Wurm spürt, daß es im Wasser um ihn herum *Cyclops* gibt, perforiert er die Haut und entläßt Millionen lebendiger kleiner Larven ins Meer. Dort werden sie von den Krebsen verspeist, die damit als sogenannter Zwischenwirt fungieren, bei dem die Würmer ein Entwicklungsstadium von einigen Wochen durchlaufen. Wenn der Krebs dann mit dem Meereswasser in die Mundhöhle oder in die Gedärme eines größeren Wassersäugetiers gerät, löst er sich auf, die Larve dringt hinaus und bohrt sich in diesen neuen und größeren Wirt, wo sie reift, sich paart, zur Unterhaut vordringt und ihren Zyklus vollendet. Anscheinend stört das weder den Krebs noch die Säugetiere. Einer der bestangepaßten Parasiten der Welt. Hast du mal darüber nachgedacht, was Parasiten daran hindert, sich auszubreiten?«

Verlaine legt Holz nach und zieht den Generator zum Feuer, die ausstrahlende Hitze brennt an der einen Seite des Körpers, die andere ist kalt. Es gibt keinen richtigen Abzug, der Rauch ist erstickend, sie müssen in Zeitnot sein.

»Es gibt immer wieder hemmende Faktoren, die sie aufhalten, wie zum Beispiel beim Guineawurm, dem engsten Verwandten des Polarwurms. Er ist abhängig von Wärme und stehendem Wasser. Dort, wo es ihn gibt, sind die Menschen von Oberflächengewässern abhängig.«

»Wie an der Grenze zwischen Birma, Laos und Kambodscha«, sage ich, »zum Beispiel bei Chiang Mai.«

Tørk und Verlaine erstarren. Bei Tørk ist es nur ein kaum merkbares Stocken.

»Ja«, sagt er, »wie zum Beispiel dort, in den relativ seltenen Trockenperioden. Sobald es regnete und das Wasser zu fließen begann, sobald es kühler wurde, wurden die Bedingungen für den Wurm schwieriger. So muß es sein. Parasiten haben sich zusammen mit ihren Wirten entwickelt. Der Guineawurm muß parallel zum Menschen entstanden sein, vielleicht vor über einer Million Jahren. Sie passen zueinander. Hundertvierzig Millionen Menschen laufen jährlich Gefahr, sich einen Guineawurm zu holen. Es gibt zehn Millionen Fälle im Jahr. Die meisten davon Betroffenen durchleben eine mehrmonatige Leidenszeit, aber dann wird der Wurm ausgestoßen. Selbst in Chiang Mai hat höchstens ein halbes Prozent der erwachsenen Bevölkerung dauernde Schäden erlitten. Eine Grundregel des haarfeinen Gleichgewichts der Natur lautet: Ein guter Parasit bringt seinen Wirt nicht um.«

Er macht eine Bewegung, und ich rücke unwillkürlich zur Seite. Er sieht durch das Mikroskop.

»Stell dir ihre Situation vor, Loyen, Ving, Licht, 1966. Alles ist organisiert, natürlich gibt es Probleme, aber das sind technische, überschaubare Dinge. Sie haben den Stein ausfindig gemacht, den Abstieg gegossen und diese Räume gebaut. Sie haben Glück mit dem Wetter, und sie haben relativ viel Zeit. Sie haben eingesehen, daß sie nicht den ganzen Stein nach Hause bringen können, wissen aber, daß sie ein Stück mitnehmen können. Es gibt Fotografien von ihren Sägen, eine geniale Erfindung, ein gehärtetes Stahlband, das über Walzen läuft. Loyen hatte sich dagegen gesträubt, daß man mit einem Schneidbrenner an den Stein heranging. Und dann, gerade als die Eskimos die Säge installieren wollen, kommen sie um. Zwei Tage nach dem ersten Tauchen. Sie sterben fast gleichzeitig, innerhalb einer Stunde. Damit wird alles anders. Das Projekt ist mißlungen, die Zeit ist plötzlich sehr knapp. Sie müssen einen Unfall improvisieren. Das ist natürlich Loyens Job. Er hat so viel Geistesgegenwart, daß er die Leichen verstümmelt. Bereits da hat er das Gefühl, daß irgend etwas nicht in Ordnung ist. Noch in Nuuk obduziert er sie. Und was findet er?«

»Die Zeit«, sagt Verlaine.

Tørk ignoriert ihn.

»Er findet den Polarwurm. Ein verbreiteter Parasit. Groß, dreißig bis vierzig Zentimeter, aber ganz gewöhnlich. Ein Fadenwurm, dessen Zyklus man kennt und analysiert hat. Nur eines stimmt nicht. Bei Menschen kommt er nicht vor. Bei Walen, bei Robben, Delphinen, ganz selten auch mal bei Walrossen. Aber nicht beim Menschen. Es passiert jeden Tag, vor allem bei den Eskimos, daß infiziertes Fleisch gegessen wird. Doch in dem Moment, in dem die Larve in den menschlichen Körper eindringt, erkennt unser Immunsystem sie als Fremdkörper, und sie wird von Lymphozyten gefressen. An dieses Immunsystem hat sich die Larve nie gewöhnt. Als sollte sie sich für immer auf bestimmte große Meeressäugetiere beschränken, mit denen zusammen sie sich entwickelt haben muß. Das ist ein Teil des Gleichgewichts der Natur. Stell dir

Loyens Erstaunen vor, als er den Wurm nun trotzdem in den Leichen findet. Und das obendrein durch einen Zufall. Weil er im letzten Augenblick gezwungen war, Röntgenaufnahmen zu machen, um sie identifizieren zu können.«

Ich will ihm nicht zuhören, nicht mit ihm reden, aber ich kann es nicht lassen. Außerdem schindet das Zeit.

»Wie war das möglich?«

»Genau diese Frage konnte Loyen nicht beantworten. Deshalb konzentrierte er sich auf etwas anderes. Auf die Art und Weise, wie es passiert ist. Er hatte Proben des Wassers, in dem der Stein lag, mit nach Hause gebracht. Abgesehen von dem Schmelzwasser wird der See an der Oberfläche durch einen höher gelegenen See gespeist. Um ihn herum gibt es eine Vogelwelt. Auch einige Forellen. Und mehrere Krebsarten. Das Wasser um den Stein ist voll davon. Alle Proben, die Loyen mit nach Hause gebracht hatte, waren infiziert. Er versuchte dann also, die Larven in lebendes menschliches Gewebe einzupflanzen.«

»Das klingt gut«, sage ich. »Aber wie hat er das denn gemacht?«

Ich frage und kenne die Antwort schon. Er hat es in Grönland gemacht. In Dänemark wäre die Gefahr, dabei erwischt zu werden, zu groß gewesen.

Tørk sieht, daß ich verstanden habe.

»Er hat fünfundzwanzig Jahre gebraucht. Aber er hat herausbekommen, daß sich die Larve dem menschlichen Immunsystem angepaßt hat. Noch im Mund dringt sie durch die offenen Schleimhäute und bildet aus den Eigenproteinen des Menschen eine Art Haut. In dieser Tarnung verwechselt das Immunsystem sie mit dem Körper und läßt sie in Ruhe. Dann fängt sie an zu wachsen. Nicht langsam, über Monate hinweg wie bei Robben und Walen, sondern schnell, von Stunde zu Stunde oder Minute zu Minute. Selbst die Paarung und die Wanderung durch den Körper, die bei den Wassersäugetieren bis zu einem halben Jahr dauern, brauchen hier nur wenige Tage. Aber das ist nicht das Entscheidende.«

Verlaine hat ihn am Arm gepackt. Tørk sieht ihn an. Er nimmt die Hand zurück.

»Ich muß sie etwas fragen«, sagt Tørk.

Vielleicht glaubt er es selbst, doch er redet nicht deshalb. Er redet, um Aufmerksamkeit und Anerkennung zu bekommen. Unter der Selbstsicherheit und der scheinbaren Sachlichkeit liegen ein wilder Stolz und ein Triumph über das, was er herausbekommen hat. Verlaine und ich schwitzen und haben angefangen zu husten. Doch er ist kühl und fühlt sich wohl, in dem flackernden Feuerschein ist sein Gesicht voller Ruhe. Vielleicht weil wir mitten im Eis stehen, vielleicht weil ziemlich klar ist, daß wir dem Ende so nahe sind, ist er für mich plötzlich durchsichtig. Und wie immer, wenn ein Erwachsener durchsichtig wird, tritt das Kind hervor. Mir fällt Victor Halkenhvads Brief ein, und plötzlich und ohne daß ich etwas dagegen tun kann, kommen aus meinem Mund die Worte ganz von selbst.

»Wie das Fahrrad, das man als Kind nie bekommen hat.«

Die Bemerkung ist so absurd, daß er sie zuerst nicht versteht. Dann dämmert ihm der Sinn, einen Moment lang schwankt er, als hätte ich ihn geschlagen, einen Moment lang ist er nahe daran, alles hinzuwerfen, doch dann sammelt er alles wieder ein.

»Es sieht so aus, als stünden wir vor einer neuen Art. Doch das ist nicht der Fall. Es ist der Polarwurm. Nur: Etwas ist grundlegend anders. Er hat sich dem Immunsystem des Menschen angepaßt. Jedoch ohne sich unserem Gleichgewicht angepaßt zu haben. Die schwangere Larve dringt nach der Paarung nicht zur Unterhaut vor. Sie dringt in die inneren Organe ein. In das Herz oder die Leber. Und dort läßt sie ihre Larven heraus. Larven, die in der Mutter gelebt haben, die den menschlichen Körper noch nicht kennengelernt haben, nicht von der Proteinhaut überzogen sind. Auf die reagiert der Körper mit Entzündung, Inflammation. Und zwar schockartig, eine einzige Entleerung enthält zehn Millionen Larven. Und das in den lebenswichtigen Organen. Man stirbt auf der Stelle, es gibt keine Rettung. Was immer mit dem Polarwurm auch geschehen sein mag, es hat jedenfalls das Gleichgewicht verschoben. Er bringt seinen Wirt um. Im Verhältnis zum Menschen ist hier ein schlechter Parasit entstanden. Aber ein hervorragender Killer.«

Verlaine sagt etwas in einer Sprache, die ich nicht verstehe. Tørk ignoriert ihn erneut.

»Verlaine hat die Larve allen Fischen, die wir erwischen konnten, eingepflanzt, Salzwasserfischen, Süßwasserfischen, großen, kleinen, bei unterschiedlichen Temperaturen. Der Parasit paßt sich allen an. Er kann überall leben. Weißt du, was das heißt?«

»Daß er nicht wählerisch ist.«

»Das heißt, daß einer der wesentlichsten Faktoren, die seine Ausbreitung einschränken, fehlt, nämlich die Abgrenzung der Wirte, die ihn übertragen können. Er kann überall leben.«

»Warum hat er sich dann noch nicht auf dem Rest der Erde ausgebreitet?«

Er rafft ein paar Seilrollen zusammen, nimmt eine Tasche, befestigt eine Stirnlampe. Sein Zeitgefühl ist wieder da.

»Auf die Frage gibt es zwei Antworten. Die eine lautet, daß er sich in Meeressäugetieren langsam entwickelt. Auch wenn er von diesem See – und vielleicht von anderen Stellen auf dieser Insel – ins Meer hinausgespült wird, muß er brav auf vorbeikommende Robben warten, die ihn weiterführen können. Falls sie noch leben, wenn sie vorbeikommen. Und die zweite Antwort ist, daß es hier noch zuwenig Menschen gegeben hat. Erst mit den Menschen geht es schnell.«

Er geht voraus. Ich weiß, daß ich ihm folgen soll. Einen Augenblick noch bleibe ich zurück. Wenn er einen Raum verläßt, überfällt einen ein Gefühl der Kraftlosigkeit. Verlaine sieht mich an.

»In der Zeit, als wir für Khum Na gearbeitet haben«, sagt er, »kamen zwölf Polizeibeamte. Eine Frau war die einzige, die entkam. Frauen sind Schädlinge.«

»Ravn«, sage ich, »Nathalie Ravn?«

Er nickt.

»Sie kam als englische Krankenschwester. Sprach Englisch und Thai ohne Akzent. Zu der Zeit lagen wir mit Laos, Kambodscha und zuletzt auch Birma im Krieg, mit Unterstützung der USA. Es gab viele Verwundete.«

Er hält die Petrischale zwischen Daumen und Zeigefinger und hebt sie in meine Richtung. Instinktiv will der Körper weg von dem Wurm. Es muß die pure Sturheit sein, die mich festhält.

»Wenn er durch die Haut hindurchdringt, stülpt er seine Gebärmutter um und leert eine weiße Flüssigkeit mit Millionen von Larven aus. Ich habe es gesehen.«

Der Ekel verzerrt sein Gesicht.

»Die Weibchen sind viel größer als die Männchen. Sie graben sich durch das Fleisch. Wir haben es beim Ultraschallscanning erfolgt. Loyen hatte sie in zwei Grönländer eingepflanzt, die Aids hatten. Er hatte sie nach Dänemark geflogen und in eines der kleinen Privatkrankenhäuser eingewiesen, wo sie nur nach der Kontonummer fragen. Wir konnten alles sehen, wie er das Herz erreichte und sich dann umstülpte. Den Unterleib und alles. Das ganze weibliche Geschlecht ist so, auch bei den Menschen, vor allem bei den Menschen.«

Vorsichtig stellt er die Petrischale zurück.

»Ich sehe schon«, sage ich, »daß Sie ein subtiler Frauenkenner sind, Verlaine. Was haben Sie in Chiang Mai sonst noch gemacht?«

Das Kompliment läßt ihn nicht unberührt. Deshalb antwortet er wohl auch.

»Ich bin Laborant. Wir haben Heroin hergestellt. Als die Frau kam, hatten sie die Armee gegen uns ausgeschickt, alle drei Länder. Da ist Khum Na zum Fernsehen gegangen und hat gesagt: ›Letztes Jahr haben wir neunhundert Tonnen auf den Markt geworfen, in diesem Jahr schicken wir dreizehnhundert auf den Markt, und im nächsten Jahr werden es zweitausend sein, bis ihr die Soldaten zurückruft.‹ An dem Tag, als er das gesagt hatte, endete der Krieg.«

Ich bin schon fast aus der Tür, als er erneut spricht.

»Der Mensch ist der Parasit. Der Wurm ist das Werkzeug der Götter. Wie der Mohn.«

3 Tørk wartet auf mich. Als wir die Sohle erreichen, sind wir ungefähr zwanzig Meter abgestiegen. Der Tunnel verläuft jetzt waagerecht und hat eine grobe, viereckige Betonversteifung. Sie endet in einer schwarzen Leere. Tørk geht voran, wir bleiben an einem Abgrund stehen.

Zu unseren Füßen fällt der Boden fünfundzwanzig Meter bis zum Grund der Höhle ab. Von dort unten wachsen Tropfsteine aus Eis senkrecht aus der Erde empor und uns entgegen, glitzernd, regenbogenfarbig.

Er bricht ein Stück Eis ab und wirft es in den Raum. Der Abgrund wird zu Kreisen und danach zu Nebel und hört dann auf zu existieren. Was wir gesehen haben, ist die Dekke der Höhle, die sich zu unseren Füßen in einem See mit einer so stillen Oberfläche spiegelt, wie sie an der Erdoberfläche nie vorkommen könnte. Selbst als sie von Wellensystemen durchlaufen wird, wollen die Augen nicht begreifen, daß es Wasser ist. Langsam kommt es zur Ruhe, die Ordnung dieser unterirdischen Welt ist wiederhergestellt.

Wachstumsmodelle und Kristallbeschreibungen der Eiszapfen sind von Hatakeyama und Nemoto im *Geophysical Magazine*, 28, 1958 veröffentlicht worden. Von Knight 1980 im *Journal of Crystal Growth*, 49. Von Maeno und Takahashi in ›Studies on Icicles‹, *Low Temperature Science*, A, 43, 1984. Doch das vorläufig brauchbarste Modell ist von mir und von Lasse Makkonen vom Laboratorium für Bautechnik in Espoo in Finnland vorgeschlagen worden. Es zeigt, daß ein Eiszapfen wie ein Rohr wächst, es ist ein Hohlraum aus Eis, der sich um flüssiges Wasser schließt. Daß sich die Masse des Eiszapfens einfach durch

$$M = \frac{\pi D^2}{4} Q_a L$$

ausdrücken läßt, wobei D der Durchmesser, L die Länge, Q_a die Dichte des Eises ist und das Pi über dem Bruchstrich natürlich daher kommt, daß wir mit einem hemisphärischen Tropfen gerechnet haben, dessen Durchmesser auf 4,9 Millimeter festgesetzt ist.

Wir stellten unsere Formel aus Furcht vor dem Eis auf.

Nachdem in Japan eine Reihe von Unfällen mit Eiszapfen passiert waren, die in Eisenbahntunneln abgestürzt waren und die Zugwagen durchbohrt hatten.

Über unseren Köpfen hängen die meisten und die größten Eiszapfen, die ich in meinem Leben je gesehen habe. Instinktiv will ich zurücklaufen, spüre aber Tørk und gebe den Versuch auf.

Der Raum ist eine Kathedrale. Über uns erhebt sich ein Gewölbe, das mindestens fünfzehn Meter hoch sein und bis in die Nähe der Oberfläche des Gletschers reichen muß. Um die Kuppel, wo es eingestürzt ist, hat es Bruchflächen; dort hat das Eis den Boden bedeckt und die Grotte gefüllt und ist danach wieder weggeschmolzen.

Zu Zeiten, wenn Moritz weg war, wenn wir uns kein Petroleum leisten konnten, oder in kurzen Phasen des Mangels, wenn das Schiff nicht durchgekommen war, stellte meine Mutter Paraffinkerzen auf einen Spiegel. Selbst mit wenigen Kerzen war der Effekt überwältigend. Dasselbe passiert mit dem Kegel von Tørks Stirnlampe. Er hält sie still, um mir Zeit zu lassen. Das Licht wird vom Eis vervielfacht, vergrößert und wie ein aufsteigender Strahlenregen in die Kuppel hinaufgeworfen.

Die langen Eisspieße scheinen zu schwimmen. Prismatisch glitzernd tropfen sie von der Decke und strecken sich zur Erde. Vielleicht sind es zehntausend, vielleicht mehr. Einige davon hängen zusammen wie Ketten aus herabhängenden, gotischen Kathedralen, andere sind ganz kurz und sitzen dicht bei dicht. Nadelkissen aus Bergkristall.

Darunter der See. Vielleicht dreißig Meter im Durchmesser. In der Mitte liegt der Stein. Schwarz, ohne Bewegung. Das Wasser um ihn herum ist von den in Gletschereis aufgelösten Blasen leicht milchig. Der Raum hat kein anderes Aroma als das leichte Kratzen des Eises im Rachen. Die einzigen Geräusche machen die Tropfen, die fallen. In langen Zeitintervallen. Der Abstand zwischen Decke und Stein gibt dem Raum eine Art Gleichgewicht. Es friert und schmilzt nur wenig. Der Wasserumsatz ist normal. Der Ort ist leblos.

Wenn nicht die Wärme gewesen wäre. Sie ist genau wie

die Wärme in der Schneehöhle meiner Kindheit. Die Strahlungskälte der Wände läßt sie einladend wirken. Obgleich die Temperatur zwischen null und fünf Grad liegt.

Neben uns liegt ein Teil Gepäck. Luftflaschen, Anzüge, Flossen, Harpunen, Kisten mit Plastiksprengstoff. Taue, Lampen, Handwerkszeug. Außer uns ist hier kein Mensch. Einmal nur arbeitet das Eis knirschend, als verschiebe jemand in einem Nebenzimmer ein schweres Möbelstück. Doch es gibt keine Nebenzimmer. Es gibt nur kompaktes, zusammengepreßtes Eis.

»Wie bringt ihr ihn raus?«

»Wir sprengen einen Tunnel«, sagt er.

Das ist machbar. Er muß vielleicht hundert Meter lang sein. Aber sie werden ihn nicht zu versteifen brauchen. Und der Stein wird von selbst durch den Tunnel rollen, wenn der das richtige Gefälle hat. Das wird Seidenfaden schon schaffen. Katja Claussen wird ihn zwingen. Und Tørk wird sie und den Mechaniker zwingen. So habe ich die Welt erlebt, seit ich Grönland verlassen habe. Als eine Kette aus Zwängen.

»Lebt er?« fragt er still.

Ich schüttele den Kopf. Aber nur, weil ich es nicht glauben will. Er faltet die Hände um die Lampe. Ihr Kegel ist jetzt auf den Schnee unter uns gerichtet. Von dort wird er nach oben geworfen. Deshalb sind jetzt nicht mehr die einzelnen Eiszapfen zu sehen, sondern eine Wolke aus schwebenden Reflexen, Edelsteine ohne Schwere.

»Was passiert, wenn der Wurm entwischt?«

»Wir werden den Stein einkapseln.«

»Ihr könnt den Wurm nicht festhalten. Er ist mikroskopisch klein.«

Er antwortet nicht.

»Ihr könnt es nicht wirklich wissen«, sage ich. »Niemand kann es wissen. Ihr wißt über ihn nur, was ihr aus ein paar kleinen Laborversuchen gelernt habt. Aber es besteht die schwache Möglichkeit, daß er ein wirklicher Killer ist.«

Er antwortet nicht.

»Was war die zweite Antwort auf die Frage, weshalb er sich nicht überall verbreitet hat?«

»Als Kind habe ich ein Jahr in Grönland verbracht, an der Westküste. Dort habe ich Fossilien gesammelt. Seitdem kreisen meine Gedanken ab und zu um die Möglichkeit, daß einige der großen, prähistorischen Ausrottungen von Leben durch einen Parasiten verursacht worden sein könnten. Wer weiß, vielleicht durch den Polarwurm. Er hätte die notwendigen Eigenschaften. Der Wurm kann die Dinosaurier ausgerottet haben.«

Seine Stimme ist scherzhaft, mit einem Mal verstehe ich ihn.

»Aber das ist nicht wichtig, oder?«

»Nein, es ist nicht wichtig.«

Er sieht mich an.

»Es ist nicht wichtig, wie sich die Dinge wirklich verhalten: Wichtig ist, was Menschen glauben. Sie werden an diesen Stein glauben. Hast du schon mal von Ilya Prigogine gehört? Belgischer Chemiker, hat 1977 für seine Beschreibung *dissipativer Strukturen* den Nobelpreis erhalten. Er und seine Schüler kreisten ununterbrochen um die Idee, daß das Leben aus anorganischen Stoffen entstanden sein könnte, die von Energie durchströmt wurden. Diese Idee hat den Weg gebahnt. Die Menschen *warten* auf diesen Stein. Ihr Glaube und ihre Erwartung werden ihn wirklich machen. Werden ihn *lebendig* machen, gleichgültig, welche Bewandtnis es tatsächlich mit ihm hat.«

»Und der Parasit?«

»Ich höre bereits die erste Garde der spekulativen Journalisten. Sie werden schreiben, der Polarwurm repräsentiere ein signifikantes Stadium in der Begegnung zwischen dem Stein, dem anorganischen Leben und den höheren Organismen. Sie werden alle möglichen Schlußfolgerungen ziehen, die jede für sich genommen unwichtig sind. Das Wichtige sind die Kräfte aus Furcht und Hoffnung, die damit freigesetzt werden.«

»Warum, Tørk? Was willst du damit?«

»Geld«, sagt er, »Berühmtheit. Mehr Geld. In Wirklichkeit ist es unwesentlich, ob er lebt. Was zählt, ist allein seine Größe. Die Wärme. Der Wurm darum herum. Er ist die größte naturwissenschaftliche Sensation des Jahrhunderts. Keine Zahlen auf einem Stück Papier. Keine Abstraktionen, für die man dreißig Jahre braucht, um sie in einer Form zu veröffentlichen, die man der Öffentlichkeit auch verkaufen kann. Ein Stein. Etwas Handgreifliches. Von dem man Stücke abschneiden und sie verkaufen kann. Von dem man Bilder und Filme machen kann.«

Wieder denke ich an Victor Halkenhvads Brief. ›Der Junge war wie Eis‹. Das stimmt nicht ganz. Die Kälte ist nur oberflächlich. Dahinter ist Leidenschaft. Eine kranke, verzerrte Machtgier. Plötzlich ist es auch für mich nicht mehr wichtig, ob der Stein lebt. Plötzlich ist er ein Symbol. Um ihn kristallisiert sich in diesem Augenblick die Haltung, die die westliche Naturwissenschaft zur Welt um sich herum einnimmt. Die Berechnung, der Haß, die Hoffnung, die Angst, der Versuch zu instrumentalisieren. Und über allem anderen, stärker als irgendein Gefühl für etwas Lebendiges: die Geldgier.

»Ihr könnt den Wurm nicht einfach nehmen und ihn in einen dicht bevölkerten Teil der Welt bringen«, sage ich. »Nicht, bevor ihr wißt, was es ist. Ihr könntet eine Katastrophe auslösen. Wenn er global verbreitet gewesen ist, hat er sich in seiner Ausbreitung erst wieder begrenzt, als er seine Wirte ausgerottet hatte.«

Er legt die Lampe neben sich auf den Schnee. Ununterbrochen gebärt und erhält sie über den Wasserspiegel und den Stein hinweg einen konischen Lichttunnel. Der Rest der Welt ist ausgelöscht.

»Der Tod ist immer Verschwendung. Zuweilen ist es aber das einzige, was die Menschen wachrüttelt. Bohr beteiligte sich am Bau der Atombombe und meinte, sie würde dem Frieden nützen.«

Ich erinnere mich an etwas, was Juliane einmal gesagt hat, irgendwann, als sie nüchtern war. Daß man den dritten Weltkrieg nicht fürchten sollte. Die Menschheit brauche einen neuen Krieg, um zur Vernunft zu kommen.

Mein Gefühl ist das gleiche wie damals. Das Bewußtsein des Wahnsinns in diesem Argument.

»Man kann Menschen, wenn man sie nur genügend erniedrigt, nicht in die Liebe hineinzwingen«, sage ich.

Ich verlagere mein Gewicht auf den anderen Fuß und bekomme eine Taurolle zu fassen.

»Dir fehlt die Phantasie, Smilla. Das ist unverzeihlich bei einem Naturwissenschaftler.«

Wenn ich die Rolle schleudern könnte, könnte ich ihn damit vielleicht ins Wasser schlagen. Danach könnte ich weglaufen.

»Der Junge«, sage ich, »Jesaja, weshalb hat Loyen ihn untersucht?«

Ich trete ein paar Schritte zurück, um dem Schwung einen größeren Bogen zu verleihen.

»Er ist ins Wasser gesprungen. Wir hatten ihn mit in die Höhle nehmen müssen, er litt an Höhenangst. Sein Vater brach bereits an der Wasseroberfläche zusammen. Er wollte zu ihm. Er hatte nie Angst vor kaltem Wasser, er schwamm im Meer. Loyen war es, der die Idee hatte, ihn unter Aufsicht zu halten. Bei ihm saß der Wurm subkutan, nicht in den Gedärmen. Er spürte ihn nicht.«

Das erklärt die Muskelbiopsie. Loyens Wunsch nach einer letzten und entscheidenden Probe, nach einer Auskunft über das Schicksal des Parasiten, wenn sein Wirt tot ist.

Das Wasser hat einen grünlichen Ton, eine friedvolle Farbe. Grauenerregend ist nur die Vorstellung vom Tod, das Phänomen selbst kommt immer so natürlich wie ein Sonnenuntergang. In Force Bay habe ich einmal gesehen, wie Major Guldbrandsen von der Siriuspatrouille mit einem Repetiergewehr drei Amerikaner zwang, von einer mit Trichinen infizierten Bärenleber zu lassen. Das war am hellichten Tag. Die Männer wußten, daß das Fleisch giftig war und daß sie nur die Dreiviertelstunde zu warten brauchten, bis es gekocht sein würde. Trotzdem hatten sie, als wir sie erreichten, schmale Streifen von der Leber abgeschnitten und angefangen zu essen. Alles war ganz alltäglich. Die blaue Nuance des Fleisches, ihr Appetit, das Gewehr des Majors, ihr Erstaunen.

Er greift hinter mich und nimmt mir die Rolle ab wie einem Kind, dem man ein scharfes Werkzeug wegnimmt.

»Geh hoch und warte.«

Er leuchtet die Wand gegenüber an. Von dort geht ein weiterer Tunnel aus. Ich gehe darauf zu. Jetzt erkenne ich den Weg wieder. Er führt nicht hinauf und hinaus, er führt in das Erlöschen. Der Eingang zum Ende ist immer ein Tunnel. Wie der Eingang zum Leben. Er hat mich hierhergeführt. Den ganzen Weg vom Schiff bis hierher hat er mich geführt.

Erst jetzt sehe ich seine Brillanz als Planer. Er konnte es nicht an Bord tun. Er muß schließlich zurück, die Kronos muß immer noch irgendwann einmal einen Hafen anlaufen. Er würde es nicht verbergen können. Aber das hier wäre eine zweite Desertion. Ein Verschwinden wie das von Jakkelsen. Niemand hat gesehen, daß ich Tørk getroffen habe, niemand wird mich verschwinden sehen.

Auch der Mechaniker wird nicht zurückkommen. Er wird alles verstehen. Er wird mich so sicher, als hätte er uns hier gesehen, mit Tørk in Verbindung bringen. Tørk wird ihn tauchen lassen, wahrscheinlich brauchen sie ihn, jedenfalls um die erste Ladung anzubringen. Sie werden ihn tauchen lassen, und danach wird er aufhören zu existieren. Tørk wird zurückkommen, und es wird ein Unglück gegeben haben, vielleicht einen Unfall mit dem Lungenautomaten. Tørk wird sich auch das ausgedacht haben.

Jetzt begreife ich die Ausrüstung am See. Der Mechaniker hat sie ausgepackt, während Tørk geredet hat. Deshalb hat Tørk mich in das Labor mitgenommen.

Das Licht seiner Lampe fängt den Stein ein und wirft dessen Schatten an die Wand vor mir. Als ich in den Tunnel komme, wird es dunkler. Es ist ein viereckiger, waagerechter Schacht, zwei Meter in alle Richtungen. Nach einigen Metern erweitert sich der Tunnel, und dort steht ein Tisch. Auf der Tischplatte Meßapparate, Milchflaschen, getrocknetes Fleisch, Haferflocken, alles achtundzwanzig Jahre alt und eisbedeckt.

Ich lasse die Augen sich an das schwache Licht des Eises gewöhnen und gehe weiter, bis alles schwarz ist, und selbst dann noch gehe ich weiter, folge mit ausgestreckter Hand der Wand. Der Tunnel hat eine schwache Steigung, doch kein Luftzug deutet darauf hin, daß vor mir ein Ausgang sein könnte, es ist eine Sackgasse.

Vor mir eine Wand, eine Mauer aus Eis. Hier warte ich.

Dann: kein Geräusch von Schritten, aber ein Licht, erst weit weg, dann näher. Er hat die Lampe an der Stirn befestigt. Die Lampe fängt mich an der Mauer, und das Licht wird unbeweglich. Dann legt er sie ab. Es ist Verlaine.

»Ich habe Lukas den Kühlschrank gezeigt«, sage ich. »Wenn das zu Jakkelsen dazukommt, kriegst du lebenslänglich, ohne Möglichkeit, begnadigt zu werden.«

In der Mitte zwischen mir und dem Licht bleibt er stehen.

»Auch wenn man dir Arme und Beine ausreißen würde«, sagt er, »würdest du noch irgendwie treten.«

Er senkt den Kopf und spricht mit sich selber, es klingt wie ein Gebet. Danach tritt er zu mir hin.

Erst glaube ich, es sei nur sein Schatten an der Wand, doch dann sehe ich genauer hin. Auf dem Eis erblüht eine Rose, vielleicht drei Meter im Durchmesser, sie ist mit kleinen, roten Punkten gemalt, die an die Wand gespritzt sind. Dann hebt er seine Füße vom Boden ab, breitet die Arme aus, steigt einen halben Meter und wirft sich gegen die Wand. Er bleibt hängen wie ein großes Insekt in der Mitte der Blüte. Erst dann kommt das Geräusch. Ein kurzes Zischen. In das Licht aus der Lampe auf dem Boden treibt eine graue Wolke. Aus der Wolke kommt Lukas. Er sieht mich nicht an. Er sieht Verlaine an. In der Hand hält er eine Druckluftharpune.

Verlaine bewegt sich. Mit einer Hand tastet er seinen Rükken ab. Irgendwo unterhalb des Schulterblatts kommt ein schwacher, schwarzer Strich heraus. Das Metall muß eine besondere Legierung sein, wenn es ihn vom Boden weghalten kann. Die Harpunenspitze ist keine anderthalb Meter von ihm entfernt gewesen, als Lukas abgedrückt hat. Sie ist ungefähr da eingedrungen, wo Jakkelsen niedergestochen wurde.

Ich trete aus dem Licht heraus und gehe an Lukas vorbei. Ich gehe einer aufgehenden, weißen Lichtsonne entgegen. Als ich aus den Tunnelwänden herauskomme, sehe ich, daß jetzt eine auf ein Stativ aufmontierte Lampe brennt. Sie müssen den Generator angelassen haben. Neben der Lampe steht Tørk. Der Mechaniker steht bis zu den Knien im Wasser. Es dauert einen Augenblick, bis ich ihn erkenne. Er trägt einen großen, gelben Anzug, feste Stiefel und einen Helm. Ich bin halb bei ihnen, als Tørk mich sieht. Er bückt sich. Aus dem Gepäck holt er ein Rohr von der Größe eines zusammengerollten Regenschirms. Der Mechaniker schaut auf das Wasser. Der Helm wird ihn daran hindern, mich zu hören. Ich nehme meinen Kompaß und werfe ihn ins Wasser. Er hebt den Kopf und sieht mich. Dann fängt er an, seinen Helm abzunehmen. Tørk arbeitet an dem Regenschirm. Klappt einen Kolben auf.

»S-Smilla.«

Ich gehe weiter. Hinter mir, im Resonanzrohr des Tunnels, hallen Schritte.

»W-wir t-tauchen nur dieses eine Mal. Das ist für die Arbeit morgen notwendig.«

»Für dich und mich gibt es kein Morgen«, sage ich. »Frag ihn, wo Verlaine ist.«

Der Mechaniker dreht sich zu Tørk um. Sieht und versteht.

»Der Junge«, sage ich, »weshalb?«

Ich frage um des Mechanikers willen und um die Zeit anzuhalten, nicht, weil ich eine Antwort brauche. Ich weiß, was geschehen ist, ich weiß es so sicher, als wenn ich selbst mit auf dem Dach gewesen wäre.

Ich spüre Tørk, als sei er ein Teil von mir. Durch ihn spüre ich die Katastrophe. Die vielen Bälle, mit denen er spielt. Die Frage, wie weit er ohne den Mechaniker zurechtkommt. Die Notwendigkeit, einen Entschluß treffen zu müssen. Trotzdem ist seine Stimme ruhig, fast traurig.

»Er ist gesprungen.«

Ich gehe weiter, während ich spreche. Er bringt senkrecht auf dem Lauf ein langes Magazin an.

»Die Panik hat ihn gepackt.«

»Wie?« sage ich.

»Ich wollte ihn bitten, mir die Kassette zu geben. Aber er rannte weg, er hatte mich nicht erkannt. Glaubte, ich sei ein Fremder. Es war dunkel.«

Er entfernt eine Sicherung. Der Mechaniker sieht die Waffe nicht, er sieht in Tørks Gesicht.

»Wir kommen auf das Dach. Er sieht mich nicht.«

»Die Spuren«, lüge ich. »Ich habe die Spuren gesehen, er hat sich umgedreht.«

»Ich habe ihn gerufen, er drehte sich um, aber er hat mich nicht gesehen.«

Er sieht mir in die Augen.

»Schwerhörig«, sage ich. »Er war schwerhörig. Er hat sich nicht umgedreht, er konnte nichts hören.«

Unter mir ist Eis, ich bin auf dem Weg über das Eis, zu ihm, so wie Jesaja auf dem Weg weg von ihm war. Es ist, als sei ich Jesaja. Doch nun auf dem Weg zurück. Um etwas noch einmal zu tun. Um auszuprobieren, ob es eine andere Möglichkeit geben sollte.

Lukas ist fünf Meter von Tørk entfernt, als der ihn sieht. Er hat den anderen Weg um den Stein herum genommen. Tørk hat seine Aufmerksamkeit zwischen mir und dem Mechaniker geteilt. Man kann nicht alles schaffen. Selbst er kann nicht alles schaffen,

»Bernard ist tot«, sagt Lukas.

Er hat die Harpune vor sich. Er muß sie wieder geladen haben. Sie wirkt lang wie eine Lanze, einen Augenblick lang gleicht er mit seiner viel zu geraden und ausgemergelten Gestalt einer Zeichentrickfigur. Seine Hosen sind zu einem Eispanzer gefroren. Auf dem Weg zur Küste muß er eingebrochen sein.

»Du wirst verantwortlich gemacht«, sagt er.

Tørks Regenschirm ruckt. Eine große, unsichtbare Hand wirbelt Lukas auf der Stelle herum. Danach kommt der flache Knall, und Lukas hat eine Pirouette beschrieben. Sein Gesicht ist uns wieder zugekehrt, doch jetzt fehlt ihm der linke Arm. Er setzt sich auf das Eis und fängt an zu bluten.

Nun bewegt sich der Mechaniker. Weil er aus dem Wasser kommt, sieht er einen kurzen Moment aus wie ein großer Fisch, der über Land springt. Der Regenschirm klirrt über das Eis. Selbst ohne ihn hat Tørks hochaufgerichtete Gestalt eine große Selbstsicherheit.

Der Mechaniker erreicht ihn. Der eine gelbe Fausthandschuh liegt auf Tørks Schulter, der andere preßt sich um seinen Kiefer. Dann drückt er zu. Als das Gesicht unter dem blonden Haar nach hinten fällt, beugt er den Helm darüber, sie sehen einander in die Augen. Ich erwarte ein Geräusch von Rückenwirbeln, die auseinandergerissen werden. Der Peitschenhieb wird nicht klingen wie etwas, das bricht, sondern wie etwas, das einrastet.

Tørk tritt zu, eine geschulte Bewegung, die von unten kommt und sich halbkreisförmig auf das Gesicht des Mechanikers zubewegt. Er trifft die Seite des Helmes mit einem Ton, wie wenn sich ein Beil in einen Baumstumpf gräbt. Langsam kentert die ganze gelbe Gestalt, wankt zur Seite und geht in die Knie.

Der Regenschirm vor mir auf dem Eis. So groß ist meine Furcht vor Waffen, daß ich ihm noch nicht einmal einen Tritt versetze.

Der Mechaniker richtet sich auf. Er beginnt seine Flaschen abzustreifen. Die Bewegungen sind schwerelos langsam, wie die eines Astronauten.

Da läuft Tørk los. Ich folge ihm.

Er kann die anderen dazu zwingen abzufahren. Sie würden es nicht gern tun. Vor allem Sonne würde es nicht gern tun. Aber er kann sie dazu bringen.

Er läuft den Eisbruch hinunter. Seine Lampe flackert, hier ist es dunkel. In Qaanaaq ging ich nachts auf das Eis, um Schmelzwasserblöcke zu holen. Das Eis hat sein eigenes nächtliches Entgegenkommen. Ich habe jetzt keine Lampe, aber ich laufe wie auf einer geraden Straße. Nicht mühelos, aber sicher. Meine Kamiken greifen im Schnee ganz anders als seine Stiefel. Bei ihm braucht es nicht viel. Eine einzige Unaufmerksamkeit, und er fällt, wie Jesaja gefallen ist.

Wo der Schnee liegengeblieben ist, bilden die weißen Felder in der Dunkelheit Sechsecke. Wir laufen durch das Universum.

Ich verlasse die Gletscherkante vor ihm und laufe nach unten. Ich will ihn vom Motorboot abschneiden. Er hat mich nicht gesehen und nicht gehört. Trotzdem weiß er, daß ich hier bin.

Das Eis ist *hikuliaq*, Neueis, das sich gebildet hat, wo das alte Eis hinausgetrieben ist. Es ist zu dick, um mit dem Motorboot durchfahren zu können, und zu dünn, um darauf zu gehen. Darüber steht, schleiernd, weißer Frostnebel.

Er sieht mich, oder vielleicht sieht er auch nur, daß da eine Gestalt steht, und läuft auf das Eis hinaus. Ich folge ihm in einer Richtung, die parallel zu der seinen verläuft. Er sieht, wer ich bin. Er merkt, daß er nicht genügend überschüssige Kraft hat, um mich zu erreichen.

Die Kronos ist im Nebel verborgen. Er läuft zu weit nach rechts. Als er instinktiv korrigiert, liegt das Schiff zweihundert Meter hinter uns. Er hat die Orientierung verloren. Er bewegt sich auf das offene Wasser zu. Dorthin, wo die Strömung das Eis unterhöhlt hat, so daß es dünn wird wie eine Haut, eine Eihaut, und darunter ist das Meer dunkel und salzig wie Blut, und von unten preßt sich ein Gesicht gegen die Eishaut, es ist Jesajas Gesicht, der noch ungeborene Jesaja. Er ruft: Tørk. Zieht Jesaja ihn zu sich, oder bin ich es, die auf seine andere Seite läuft, um ihn dadurch auf das dünne Eis hinauszudrängen?

Seine Kräfte sind allmählich verbraucht. Wenn man nicht in dieser Landschaft aufgewachsen ist, verbraucht sie die Kräfte.

Vielleicht gibt das Eis unter ihm gleich nach. Er wird es möglicherweise als Erleichterung empfinden, daß das kalte Wasser ihn schwerelos macht und nach unten zieht.

Von unten her wird das Eis selbst in dieser Nacht weißbläulich sein, wie ein Neonlicht.

Oder er wechselt die Richtung und läuft wieder nach rechts, über das Eis. Heute nacht wird die Temperatur weiter sinken, und es wird ein Schneesturm kommen. Er wird nur ein paar Stunden leben. Irgendwann wird er stehenbleiben, und die Kälte wird ihn verwandeln, wie einen Eiszapfen, eine gefrorene Schale, die sich um ein gerade noch schwimmendes Leben geschlossen hat, bis auch der Puls abstirbt und er mit der Landschaft verschmilzt. Das Eis kann man nicht besiegen.

Hinter uns ist immer noch der Stein, sein Rätsel. Sind die Fragen, die er ausgelöst hat. Und da ist der Mechaniker.

Irgendwo vor mir wird die laufende Gestalt langsam dunkler.

Erzähl uns, werden sie kommen und zu mir sagen. Damit wir verstehen und abschließen können. Sie irren sich. Nur was man nicht versteht, kann man abschließen. Die Entscheidung bleibt offen.

Weitere Werke von Peter Høeg:

Die Frau und der Affe

Roman
Aus dem Dänischen von Monika Wesemann
1997

»Die Frau und der Affe
ist ein ganz besonderes Dschungelbuch,
ein Märchen-Thriller, eine spannend
und komisch erzählte Fabel
über die Hinterhältigkeiten der Zivilisation und die
Sehnsucht nach Vereinigung mit der Natur.«
Stern

Von der Liebe und ihren Bedingungen
in der Nacht des 19. März 1929

Erzählungen
Aus dem Dänischen von Monika Wesemann
1996

Sechs Geschichten von der Liebe,
und alle spielen in derselben Nacht.
Ein Geschichtenzyklus als kleines Welttheater,
das von Dänemark bis Indien,
von Lissabon bis Zentralafrika reicht.
»Vielleicht helfen Geschichten wie diese,
mit der Verlorenheit der Welt fertig zu werden.
Peter Høeg kann sie erzählen.«
Frankfurter Rundschau

Der Plan von der Abschaffung des Dunkels

Roman
Aus dem Dänischen von Angelika Gundlach
1995

Peter Høegs Roman geht unter die Haut –
als Anklage eines unmenschlichen Schulsystems,
als philosophischeBetrachtung über die Zeit,
als autobiographische Bewältigung
und als ganz zarte Liebesgeschichte.
»Ein Buch für die Ewigkeit!«
Stern

Vorstellung vom zwanzigsten Jahrhundert

Roman
Aus dem Dänischen von Monika Wesemann
1992

»Eine blitzgescheite Gesellschaftssatire«.
Frankfurter Allgemeine Zeitung

Seine Werke sind als Hardcover im Carl Hanser Verlag
und als Taschenbücher bei Rowohlt erschienen.